曹征路 文集

曹征路文集

中短篇小说卷 1

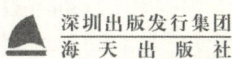

图书在版编目（CIP）数据

曹征路文集．中短篇小说卷．1 / 曹征路著．—深圳：海天出版社，2014.1
ISBN 978-7-5507-0829-7

Ⅰ．①曹… Ⅱ．①曹… Ⅲ．①中篇小说－小说集－中国－当代②短篇小说－小说集－中国－当代 Ⅳ．①I247.7

中国版本图书馆CIP数据核字（2013）第196792号

曹征路文集．中短篇小说卷．1
Caozhenglu Wenji. Zhongduanpian Xiaoshuojuan. 1

出 品 人：	尹昌龙
责任编辑：	涂　俏
责任校对：	钟愉琼　罗亚杰
责任技编：	蔡梅琴　梁立新
排版制作：	思成致远
装帧设计：	李松璋书籍设计工作室

出版发行：	海天出版社
地　　址：	深圳市彩田南路海天综合大厦（518033）
网　　址：	www.htph.com.cn
订购电话：	0755-83460137（批发）　83460397（邮购）
排版制作：	深圳市思成致远创意文化有限公司　Tel：0755-83537697
印　　刷：	深圳市新联美术印刷有限公司
开　　本：	787mm×1092mm　1/16
印　　张：	36
字　　数：	340千
版　　次：	2014年1月第1版
印　　次：	2014年1月第1次
定　　价：	98.00元

海天版图书版权所有，侵权必究。
海天版图书凡有印刷质量问题，请随时向承印厂调换。

自 序

掐指一算，老汉今年64啦，步入人生黄昏，回头数数自己的脚印不为过。再掰脚指头一算，从1971年发表第一篇短篇小说算起，也有40多年了，发表了400多万字的作品，编一个200万字的文集也不为过。感谢海天出版社，满足了我这点虚荣心。

生活中我是个散漫的人，知足且快乐，喜欢打球打牌，没有太高的追求。别人站着我蹲着就行，别人坐着我趴着就行。但写小说就不一样了，比较认真，更不愿说违心的话。我不赞成玩文学的说法。忠实地把我经历的时代变迁记录下来是个基本态度，这套文集就是我对近30年的审美记忆。尽管今天的传播手段越来越多，越来越娱乐化，但小说作品就精神深度而言，依然是其他文艺形式不能替代的。所谓不怕不识货，就怕货比货。

认真地反省起来，我的所有的作品似乎只写了一个主题——找到自觉的人生。我的经历还算得上丰富，工农兵学商差不多都见识过。见得多了，想得也就复杂一些，故而也希望人们分享自己那些经过思考的生活。我真诚地希望这个世界美好起来。不管我这些脚印是何等的浮浅，思考是何等的幼稚，我还是希望能够成为您的朋友，为您服务；希望和您一起探讨人生，探讨时代，找到规律，走向自由；希望和您一起找到认识这个世界的新方法和新角度；希望和您一起领略人类无比丰富的精神世界，领略人类无比多样的美和力。

那么，请接受我由衷的谢意。您——爱护和帮助过我的编辑们，指导和鼓励过我的师长们，每一个读过我作品的朋友们，每一个善意指教过我的批评者，谢谢啦。

本雅明认为资本主义的基本经验就是"震惊"，那么转型时期的我们也应当有传达这种"震惊"的艺术品。从这个角度看，说批判精神也是对的。一个文人对现存价值提不出怀疑和批判是他的悲哀，更是时代的悲哀。

我的艺术主张是没有主义。一个写小说的，动不动标榜主义是不自信的表现。在我看来，最好的艺术不过是量体裁衣，为自己的表现对象找到最合适的角度和形式。因为形式本身没有高下，也无先进落后之分。中国文学史的经验是这样，西方文学史的经验同样是这样。说白了，艺术就是真情实感四个字。

我去泰国旅游，见众人围观一赤膊跌足者，只见他火中取物，上下翻飞，绕前捧后，有托儿跟着大声喝彩。伸头一瞧，原来是卖烤鱼干的。于是联想到近年我国的文坛种种，哑然失笑。

小说是最具思辨色彩的艺术，要经得起咀嚼才好。倘若没有当今人类最前沿的思想发现，不能用人类文明的成果照亮时代生活，那么所有绕前捧后的表演不过是"玩花活"，是卖烤鱼干。

上世纪80年代我在北京学习时，亲眼目睹过一批青年作家用各种主义爆破了文坛，新奇怪异成为先锋，所以那个时代被称为"方法论年代"。圈内的流行词叫"玩老头子"，也亲眼看到一批老头子生怕被时代抛弃而亦步亦趋，被玩晕了。中国文坛在经历了近20年的主义轮番轰炸以后，小说艺术的基本价值作为一个问题被一再提出来，绝不是偶然的。

生动而真实的故事细节、鲜活而独特的人物性格、蕴藉而深刻的情感寓意、多数人感同身受的时代呐喊，是小说艺术永远的生命力所在。作家首先是真理的追求者，是人类合理生存方式的叩问者，是世俗潮流的怀疑者。尽管对文学精神的遮蔽古已有之，各个时代表现不一，但文学精神从来未被杀死。它仍顽强地，一代一代地，在真文学的血脉中薪火相传不绝如缕，我是相信这一点的。历史还将继续证明这一点。

所谓精神到处文章老，沧桑阅尽意气平。是为序。

曹征路写于2013年2月24日元宵节

目·录

蝉蜕 …………………………… 1
我的第二个父亲 ……………… 81
死角 …………………………… 179
李固之死 ……………………… 199
难得爱一回 …………………… 231
躁动年华 ……………………… 257
多味拉力合成画 ……………… 343
军列 …………………………… 369
老人乐园 ……………………… 425
只要你还在走 ………………… 477

蝉蜕

一

　　火车发出吭哧吭哧的轰响滑离站台。随着它加快的节奏，站在车门口招手的林春一颗绷紧着的心也松弛下来。刚才那一刹那，他真怕奶奶和小珏哭出来。还好，她们顺着车紧走了两步就停住了。每回离家都免不了这么一刻，真是人生的一大缺憾。北风中，奶奶扬起的手臂就像一枝枯干的树杈，而穿着墨绿色小袄的珏儿正像老树根上新抽出的嫩枝条。缩小，缩小，老树和新绿越来越远了……

　　他找到一个靠窗的座儿。外面是个银白的世界，积雪很深。公路上缓慢行驶的汽车就像一艘机帆船，车轮后面翻腾着浊黄的化雪，留下两条黄褐色的车辙。阳光下，到处都闪着刺眼的光。他闭上眼想，自己会在那座陌生的城市留下什么样的脚印呢？

　　这回团省委组织青年干部下基层，本是他的提议。可省委组织部把他也算上一个，而且事先连风也不透。直到他们书记在党校的操场上找到他，把市委书记一介绍，高书记伸出手来表示欢迎了，他才明白过来。当时他脸红了，像个被夸奖的新媳妇儿。

　　"欢迎啊，年轻人！"高书记的笑声洪亮宽厚，很有感染力。他说起话来两眼总盯在你脸上，让你感到一种力量在血管里跳荡。又有谁不愿在有魄力的领导下面工作呢？

　　另外，此行还有一个重要意义：他家属的农村户口可以解决了。这是高书记亲口说的。为这事，他们书记没少费口舌。可毕竟省会是大城市，不如下边好办。也许这也是调动的一个原因？书记没说,他也没问。反正今后泼出劲干好工作就是了。要对得起组织,对得起领导,对得起同志们,对得起奶奶的叮嘱,小珏儿的欢呼和那可怜的卧床一年多的玉枝,以及她那些无声的泪水。

人生真是个奇妙的旅程。有多少回,他躺在草滩上,望着广漠的天空,瞪着在头顶上盘旋的兀鹰,听任蚊虫的围攻,嘴里嚼着苦涩的草根,他却幻想着:倘若此时能吃一碗大米饭就米粉肉,他便满足了,幸福了。可"出来"后,斗争、清查、报告、调查、整顿……浑身散发着热力,满脑子规划着蓝图。他要学这、学那,做这、做那,改革这、创造那。肯定,没有国家那些令人鼓舞的翻天覆地的变化,他至今还在幻想那碗大米饭哩。

他摇摇头,仿佛要驱走自己散乱的思想。

车厢过道上,塞满了形形色色的纸箱子。其实旅客并不多,很多座位都空着。不用问,这些全是小商贩们的收获。列车的喇叭里播送着一篇什么重要文章,而斜对过一只收录机却在针锋相对地欢唱着"嘚嚓嚓"。随着这有力的节奏,一双三节头式白色皮鞋也在摇动。它的主人是斜躺在双人座上的,姿势很刺眼。两个老头,看样子是农民,激烈地争论着私人买拖拉机究竟合算不合算。他们对面的一对恋人正旁若无人地依偎着,丝毫不受干扰地进入某种境界。老头不时白他们一眼,然后又气呼呼地大声辩论,似乎这样就可以盖住一切。

"这就是八十年代!"林春耳旁忽然响起机关里那个号称抬杠大王的尖声,似乎又看见那对支棱起来的招风耳,笑起来。

他对面坐着一个穿蓝色棉大衣的人,总是把脑袋顶在玻璃上,个把钟头过去了,也没见他动一下。这人的宽边眼镜腿上贴了块雪白的胶布,看样子挺寒酸。他颧骨高耸,鬓角花白,眼睛眯缝着,像是在看什么,又像在想什么。

他是干吗的?教师?采购员?机关干部……林春这么无聊地猜测着,也熬过了不少时间。他觉得自己从现在起就应该锻炼出一种本领,一眼就能猜出对方的职业、性格、修养等等。"请问……"他终于忍不住了,想证实一下。

那人纹丝不动,像座木雕。仿佛除了眼前缓慢转动的大地之外,他就不知还有别的存在。

林春轻轻叹口气,这人一定是个诗人,或者是画家。他结论式地想。不知为什么,他对文艺界的同志总怀有一种敬而远之的隔膜感。

"旅客同志们,本次列车设有餐车。我们供应盖浇饭,盖浇面。要用午饭的同志请准备好零钱。四毛钱一客!"列车员推着小车,热情地吆喝着。

林春买了一份盖浇面。他注意到,对面那位,仍然无动于衷。

小车又倒回来。"旅客同志们……你不来一份?同志?"列车员对他招呼着,又推他胳膊。

他这才如梦初醒似的跳起来,摘下眼镜,愣愣神,大声说:"来两客米饭!"

列车员笑了:"您先吃一客,不够再来,别浪费……"

"我要两客!"他固执地把钱塞过去。

"好咧!"列车员仍然笑眯眯。

列车员的态度够好的了。林春想,而这位,也够横的。他有些不平。难道这就是艺术家的风度?有一点成就,尾巴能翘上天,有什么了不起!现在他心里已经进一步把他列入艺术家的行列了。

这位倒霉的"艺术家"端起第二盒饭时,哽住了。林春一直在冷眼观察他:额头上那块顶玻璃落下的红斑还没褪尽。由于硬撑米饭而一伸一缩的脖子,使他像个填食的公鸡。脸上开始渗出细密的汗珠,头上散发出蒸汽……蒸笼头,没错,是个急性子。林春有把握地笑了,开始可怜他,便伸出自己空了的饭盒,说:"干脆,我给你代劳一点吧。"

艺术家一愣,有点尴尬:"不,我能吃掉。"

这时,火车呼啸着钻进涵洞,车厢立刻暗下来。他脸上那丝碰壁的懊丧也得以掩饰。这才叫热脸贴冷屁股呢。他闭上眼,不再瞧他,开始懊悔不该把书全部捆在行李里。

"看,长城!"有人大声喊。车厢里骚动了。

古长城顺着蜿蜒起伏的山峦时隐时现。这古代工事仿佛卧在一个巨大的沙盘里,旋转着。阳光在雪原上跳动,干雪在山谷中打着旋儿……

这时,林春突然瞥见,这位"艺术家"的眼镜底下现出了一粒豆大的泪珠,接着又是一串儿,噗嗒嗒地落进了饭盒。这使林春大大地感动。到底不愧是艺术家,感情太丰富了!

"艺术家"掩饰地别过脸去,慌乱地大口吞咽着那点冰冷的剩饭。

林春对他的那点不快顿时无影无踪,决心跟他搭上话茬儿:"请问,您去哪?"还用力牵人家的袖子。

"艺术家"摘下眼镜,捂着眼睛,慢吞吞地答:"加拿大。"什么?林春呆了。他把此人重新打量一番:瞧瞧!棉大衣袖口尽是油腻,眼镜腿上绑着胶布,一头乱糟糟的花白头发,不过好像才刮的脸,显得年轻些,看上去不过四十五六的样子。

唉,这些艺术家真是的。

"这么说,您是出国访问?"

摇头。

"是……讲学?"

摇头。

"参观?"

还是摇头。

"那么……是投亲靠友——?"后面的音调立刻变了。

他托着脑袋看着远处的箭楼发呆,不回答。

列车驶过一道铁路桥，共鸣像一声尖厉的长啸。林春也像受了一击，冷笑了一声，倒像是他捉弄了自己一般。"是啊，咱们国家太穷！有些人，眼睛总盯在外面……多吃点祖国的大米饭吧，加拿大尽是小麦！"

他突然回过头来，凶狠地瞪着林春。林春也不甘示弱，给他来个对眼战术。

"穷？我嫌祖国穷？"他发出一阵短促的嘶哑的笑声。声音像是从胸腔里直喷出来，很瘆人。

林春别过脸，哼了一声。

"……告诉你，我1960年回国，那时什么样子你总知道。我什么苦没吃过？什么罪没有受过？哼！这些年运动过来，运动过去，我动摇过吗？在外国，我……唉，跟你说这些有什么用？"

他低下头，揉太阳穴。可过了一会儿，他又自言自语道："……我相信总有一天国家还要建设，还需要我们这些人。好容易等到现在……可，可……这叫搞建设？这叫糟踏钱！糟踏人！"

"所以你就走？"林春冷笑着问。

"我老了，这辈子总还要干点事吧？我叔父就要来广州谈生意，他来了几回信，我这才决定……"他叹口气，仰头靠在椅背上，下颌轻轻颤动着。

林春主动结束了冷战，沉默了。车轮有节奏的冲撞声显得格外响。人们都已进入午饭后舒适的昏睡。不知是为自己的判断错误难为情，还是为眼前这位怪人抱屈，林春忽然觉得心里空荡荡的。骗子！要不就是世上第一流的演员！再不然……是真的？——骗子？他骗我干什么？想捞什么？笑话。一个念头在心头一闪，他拍着茶几突然问：

"What was your major at college？"（你在大学时读的是什么？）

"My major at Massachusetts Institute of Techenology was chemical engineering."（我在麻省理工学院主修的是化工。）

"What did you do?"（你过去干的是什么？）

"I was the deputy chief engineer of a chemical fibreplant."（我在一家化纤厂担任副总工程师。）

"Your wife hasn't come with you,has she?"（您夫人没有一起来，是吗？）

"No, she's in the countryside. When I get everything settled,I'll ask her to come here."（没有，她在农村里，我安顿好了就接她来。）

"What?In the countryside?"（怎么？在农村？）

"Yes,it is because of the great Cultural Revolution.But she treats me kindly. she is a virtuous woman indeed."（是的，这是由于文化大革命的缘故。不过，她确是一位善良的女子，待我很好。）

林春深深吐了一口气，不再问了。他的口语很差劲，总带着一股大山里的地瓜干味儿，自己都感到别扭。在学校时，他最怕课堂提问。他手指在茶几上弹着，嘴里吹起几乎无声的口哨。自己也不明白，怎么现出这德性来。

对面那位也在惊讶地观察他。

"您别出去了！跟我走。"林春突然大声说。

他浑身一震。

"要不，您先去看看。"

他依然不解。

"我说，我们那儿原先是个重工业城市。原材料生产，利润不高。眼下正是发展轻纺工业的时候，自然也需要各方面的人才。到我们市来吧，怎么样？"

"不可能。"他说。

"为什么？"

"你？……"他哼了一声。

林春笑起来，这回很自信。他掏出自己的组织介绍信，递过去："先自我介绍。把您所有的证件也都拿出来，我见识见识。"这种不容置疑的口气把对方征服了。他犹豫着踩到座位上，取下一只漂亮的黑色手提箱。

车站检票口外站着一位身高一米八的小伙子，肯定地对他喊："您来了？林春同志。"一口地道的北京话。

林春佩服地答应着挤过去："你真是好眼力！认识我？"

小伙子自负地一笑，伸手接过行李："刘建国，组织部办公室秘书。"

他们路过售票房，林春跳起来在屋檐下摘一根冰溜子捂在脸上。这动作被刘建国飞快地睃了一眼，他在鼻子里含蓄地笑出声来。

林春却满不在乎地对他说："小时候，我最喜欢玩冰，奶奶总为这个揍我。"说着，还把冰溜子塞进嘴里吮了一口。

刘建国忍不住哈哈大笑："您可真不忌讳。"

林春奇怪地问："干吗要忌讳？"

"您是部长啊！"说罢他又接着笑。

来到吉普车前，刘建国见他身后还跟着一位，便拿肩头轻轻碰了碰林春："这位老同志是一起来的？"

林春忙说："介绍一下，这是裴总，裴文卿同志。才调到咱们市工作的化工专家。"

裴总尴尬地和他握握手，眼皮总垂着。

坐上车，林春问："咱们市有化纤一类的厂子吗？"

"有一家小厂，是大集体。"

"管他大集体小集体，干事业都一样！"林春碰碰裴总："对吧？"

裴总不置可否地摘下眼镜。刘建国却满腹狐疑地嘀咕道："您不是说裴总已经调来了吗？"

"当然！"林春畅快地开怀大笑。

一条笔直的林荫道在他们眼前伸展。路旁有不少新建的高楼。看来这里并不像有些人说的那么荒凉。树是小了点，积雪也没清扫。一个新兴的城市能做到这样就很可以啦。空气潮湿而又清新，和那浊闷的火车车厢相比，这就是天堂。他摇下车窗，贪婪地把头伸出窗外……

裴总被他们留在宿舍里。林春迫不及待地要去报到。刘建国只好把他领进这间挤得不能再挤的副部长办公室。六张办公桌并排摆着，这就是说，连他一共六位副部长。两只文件柜被挤到墙犄角，只是门的右首有张半长的皮椅子。刘建国往桌前一站，而林春这时就只能站门口了。

"坐呀，干吗愣着？"刘建国说着手一划拉，茶杯水壶碰得叮当响，然后屁股一抬坐在桌上。"这是您的桌子，钥匙在抽屉里。坐呀。"看着林春侧身坐下，他解嘲地笑了，露出一口白牙，"挤了点儿。可这屋常空着，反正他们也不来。"见林春有了疑问，又解释道："也许……他们经常在下面吧。"又指着办公桌前的空地说："这屋里的椅子全都到会议室学习去了。还是这皮椅子好，有铁丝拴着，谁也甭想搬动。"说完跳下地，端只茶缸出门去了。

林春低头一瞧，椅腿上果真有根特粗的铁丝，和文件柜拴在一起。他感到团省委固然很穷，但办公条件比这儿还好一些，不禁摇头苦笑。一个高音大嗓的女声从走廊尽头传过来："建国，建国！小刘……刘大秘书长。"随即，一个像充了气的皮球般的女人把头伸进来，目光停在林春身上，"咦"了一声，"劳驾，往里挪一点！"她说罢挤到林春身边，还将一只脚蹬在椅上，重心全压在林春身上。他只好尽量往里缩，但身上还明显地感到她臀部肥肉的颤动。这使他很不自在。

幸亏刘建国回来了，端来满满一杯子茶水。林春接过来喝了一大口，一股浓郁的茉莉花香立刻在身体内散发开来。刚才那点小小的不适也无踪影了。不管怎么说，他感到了温暖——到底是干部之家呀。

他看见胖女人踮起脚尖对刘建国嘀咕些什么，刘建国锁着眉头连说"不行不行"。接着胖女人一把拧过刘建国的耳朵，把他揿弯了腰。瞅着小伙子嗷嗷地讨饶，林春不由得笑了起来。

刘建国像发现救星那样对她喊："哎，大姐！介绍一下，这位是刚来的副部长，林春同志……"

"胖大姐"立即住手，对林春妩媚地一笑："来啦？"甜甜的，软软的。然后一扭身子，走了。

"欢迎欢迎！"这时，一行人鱼贯入室，挤满了一屋子，热情地寒暄。为首的是副部长，姓韩。部里除了另外几个部长，各科室的主要干部全到了。韩副部长向林春简要介绍了部里同志们的情况。他说话声音不高，完全是南方人的普通话，但每一句都简明扼要，干干净净。同时介绍每个人之后还都附上一句无伤大雅的玩笑，使气氛不至于沉闷……总之，他那机警而又温和的眼神、庄重而又诙谐的谈吐，给林春印象极深。大家挨个儿握了手，有的靠墙站着，有的坐桌上，谈得很热火、很随便。原来除了韩副部长外，部长、副部长都是清一色的抗日老同志，科长中资历最浅的也参加过中印边境反击战。林春感到脸红，惶怵不安，和他们相比，自己算什么呢？六七年大学毕业，正式分配后当过三年屠夫，两年小学教师。参加过什么斗争？四清，文化大革命，再有就是贴大字报，锒铛入狱。哪一条都不足挂齿。惭愧，惭愧得很呐。他觉着自己在缩小……

"支持你，当然支持！"

"年轻啊，这是最大的资本！"

"我们还能干几天？以后就看你们这些人的啦！"

大家宽厚的赞许，又使他略感坦然。他便扼要地把巧遇裴总的情况介绍了一番。

办公室里静了一下，"这么说你还没到职就干开啦？"韩副部长带头，大家跟着哈哈大笑。

干部科徐科长说："这个逃兵正好碰上你，也该他倒霉！哈哈……有意思！"

林春挠挠头，有点难为情："其实也算不上逃兵……"

徐科长说："现在外面什么人都有，你可要小心。他不会是个骗子吧？"

"我正要请你打个电话，让金州市查询一下。"说着，林春把一张准备好的纸条递过去。

几个科长面面相觑。徐科长手伸出来又缩回去，眼睛看着韩副部长，犹豫着不接。林春脸上的微笑冻住了。

胖大姐挤上来笑眯眯地解释道："林部长才来，大概还不了解干部调动的程序吧？这要先联系，再调档案，最后才能进人，办手续呢。"

林春为难地说："今天是特殊情况……"他把头扭向韩副部长。

韩副部长一抬头，办公室立刻鸦雀无声："这样吧，电话先打。这事儿等明天吴部长回来再研究，好不好？"说着，搂着林春的肩膀一推，"走，到宿舍看看去！"

林春和刘建国挤在一间宿舍。这间屋够老的了：半壁墙已被煤油熏得黄里透黑，屋顶上挂满了一串串榆钱儿似的烟灰。韩副部长一路走一路向林春解释，市里条件差，只好暂时挤一挤。尽管林春再三表示没问题，在省里也住单身宿舍，可大家还是表示过意不去。刘建国咋唬道："这还不好办？住宾馆就是了。其实哪个领导干部刚来不住宾馆？"

林春忙说："不用不用……"

胖大姐插上嘴说："小建国就是想一个人住，好会对象。你瞧他瘦的！"大家哄然一笑……

宿舍里，裴总正焦灼地猛喝开水，一见他们进来，立刻惶恐地站起，双手在衣襟上蹭着。

林春给他们作了介绍。韩副部长豁达地和他拉了拉手，其他几位就有点矜持，后面的干脆装作没看见他伸出的手。裴总很尴尬，脸色也黯淡下来。

大家刚坐下，徐科长忽然掏出个小本子，弯腰凑在林春面前问："刚才忘了，您爱人在哪儿工作？交给我们办吧。"

林春有点窘，他把高书记答应给解决户口问题的话说出来，又把玉枝瘫痪的症状介绍一番。大家唏嘘着表示同情。"我一来，就给组织上带来麻烦，真不好意思！"林春真挚地说。

"不就个把户口么？"徐科长把胸脯一拍，"我包了！组织部的事，好说。"

林春注意到，裴总哼了一声，又把脸扭向窗外。直到人都走了，刘建国舞动扫帚扫天花板了，他也没动窝，落了一头一身的灰。

外面，阳光在闪烁。向阳的屋顶上，积雪在消融，现出了斑驳的红色瓦顶。雪一大块一大块地从房顶上滑落，摔在地上发出动人心魄的轰响。

林春感到不能给裴总一个肯定的消息，很歉疚，却又不好说什么。晚上，他和裴总抵足而眠，各自想着心思。裴总摘下镜子，双手刮着眼圈，毫无睡意。

刘建国熄了灯，突然问："怎么样？第一印象如何？"

林春脑中现出小伙子床头一条有趣的格言："浮浅和偏激是最

危险的敌人。"便随口答道:"圆滑可不能算是美德。"

刘建国喉咙里很响亮地咕噜一声,再也不吭声了。

二

很快,林春就明白,无论从什么意义上说,他都是个多余的角色。

第二天,他见到部长了。这是个眼皮有些浮肿,眼眶下像挂了个肉口袋的个头矮小的老年人,模样挺慈善,讲话总是带着"这个这个",像是在不停地斟酌字句。他的名字很好记——吴剑。

林春本来想说,过去在团省委虽说是组织部长,但工作要简单得多;到下面来,心里还真有点发怵,好在部长们都是老前辈了,可以随时指教;自己年纪还轻,还能多做些事;自己缺点很多,希望同志们及时帮帮等等。可不用他开口,这些意思部长全说出来了。他不停地用手势止住林春,一句接一句,慢条斯理。

这使林春感到很自在,很亲切,也感到部长是个很能理解干部、很有经验的老同志。但一谈到工作,部长立刻愁容满面:"你不知道,现在干部工作有多难。没有满意的时候,哪像从前……人也比过去复杂,真复杂!这个这个……"他把十个手指绞在一起,做了个难解难分的动作。鼻音特重的胶东腔,让人听了很压抑。最后部长建议林春暂时抓抓办公室工作,了解一下全面情况。"年轻,将来还要挑担子嘛。"

林春一怔,高书记在省里可不是这样交代的呀。重担子是要挑,是现在而不是将来。

"怎么样？小伙子？分管干部科，眼下重点是抓好企业班子中管理人才的选拔工作……怎么，怯阵了？没出息……你也算个组织部长，我考考你：你说咱们干部制度中的弊端究竟是什么？""是终身制，是缺少科学的考核制度，是……我说不好。""哈哈……"高书记笑了，"我谅你也答不上来！等你干上半年就清楚了。"他虽然没答上来，可心里并不难过。在这样的领导手下工作，心里踏实：因为他确实比你站得高。站得高，势能就大，你也就可以跟着他放心大胆地工作。

可是，现在……他看了部长一眼，老头子恰巧闭上眼皮。你要注意！年轻，资历浅，经验少，没参加过什么斗争……你要谦虚谨慎！——"好吧。"他终于说道。

部长立刻睁开眼，站起身，抓过他的手拍了一下，笑了。

下午就安排了部务会，讨论裴总的问题。会议到三点才正式开始。先是韩副部长发言。他强调了人才问题的紧迫感，拍着《组工通讯》上的一篇文章讲得很是慷慨激昂。后来又谈到本市的工作，说明我们这儿从来还没有发生过类似问题。"人才请都请不到，还把人往国外推？笑话，真是笑话。怎么这么容不得人呢……"

林春越听越糊涂，搞不清他到底是同意还是不同意。他开始坐不住了，不时抿一口水。

一扯到南斯拉夫的干部管理制度，几个老头子顿时来了气。

"唏——那叫什么玩意儿？干部自我介绍？那叫自我吹嘘！""那叫自我拍卖！赶明儿，老吴哇，你就当个人口贩子吧！哈哈。"

眼看五点半了，林春急得直瞪吴部长。可老头子照样半眯着眼躺在圈椅里。刘建国干脆摸出一把什锦锉，配起钥匙来，吱嘎嘎——吱嘎嘎——分外刺耳。

最后，吴部长终于慢条斯理地发言了："这个这个，问题的症结是不是在这——此人不是骗子已经肯定了，金州电话来过了吧？

小刘——一方面是个人尽其才的问题，一方面是个如何安置的问题，还有一个涉及兄弟省市之间的关系问题……老韩这个意见也好嘛，先说服他回原单位待命，我们给他积极联系……"

老韩的意见？韩副部长什么时候说过这个意见？林春急了，来不及多想，他站起来，嗓子有点嘶哑："那不等于把人家推出去了？我建议先让他工作，再积极联系。现在时间非常紧迫，爱护人才，我们组织部有这个责任……"

霎时，屋里气温降下来。偌大一个会议室，呼吸也都艰难了。静默了几分钟，吴部长竟对小刘说："下一个议题是什么？……小刘，念嘛。"

他本想，能争论一下也好，他已经想得比较成熟，甚至必要时还可以引经据典。谁知结果竟是这样！他脸黄了。

回到宿舍，林春颓然倒在床上，揪自己的头发出气。刘建国给他带回来一盒饭，还有一缸子糖氽鸡蛋并特别说明："鸡蛋是吴部长慰劳你的。这老头子，把人家当小孩哄！"

活见鬼！林春翻过身去，闭上眼。

"你不吃？你客气我可就福气了啊。"他说着把两个又尖又长的手指插进瓷缸，捞出一只糖蛋，稀溜稀溜地吃起来。

"我问你，韩部长什么时候说的意见？我怎么没听见？我连厕所都没上啊。"

"你可真差劲儿！有什么重要决定是在会议桌上做的？这么点基本国情都不了解？"

"那在哪儿做呢？"林春翻身坐起。

"饭桌上。"他把最后一点汤倒进嘴里，"或者是床头上，打电话！"

林春火了："你在哪儿学的这么老气横秋？"

刘建国无可奈何地推开窗子，自我解嘲似的叉腰大声说。

"咱们组织部有句行话,叫做本质还不错,就是不成熟……"

林春无心和他争辩。这时他忽然想起老裴不在了,这一惊非同小可。两人手忙脚乱地在桌上床上到处乱翻,最后在饭盒下发现了一张留条。

"我去那家厂子看看,晚饭别等我。裴。"

林春吁了一口气,赶紧打开饭盒,大口吞吃起来。

刘建国不知从哪弄来两辆自行车,在宿舍走廊里骑来骑去,骑一辆还带一辆。然后他抱着膀子靠在门上,对林春一挤眼。"遛遛?"

林春扔下饭盒,抹抹嘴,心想:这小子,真聪明。

三

这也算是一家工厂?

一溜平房,几架空梁,几台设备在北风中瑟缩,剥落的漆片还不时飞扬起来,一看就让人寒心。林春心凉了,凭这,留不住人!

裴总和一个三十左右的女同志从一排管道下钻出来,他们一边谈着一边拿棉纱头擦着手。那女同志看上去挺沉着,她瞧着裴总钦佩地点着头,她那两只又黑又亮的宝石般的眼珠子,很引人注目。

"看过了?……怎么样?"

裴总摘下眼镜,捏捏鼻梁,慢腾腾地答:"不怎么样。不过,潜力很大。那边就是铜冶炼厂,你看,有用不完的硫酸。这边,又是一家焦化厂。原材料不必发愁。我真不明白,条件这样好,为什么只办这么个小厂?可惜,真可惜……"

林春问:"这个厂有多少人?"

那女干部答:"正式工人三百多,还有知青二百。"

"你是厂长?"

"我是临时帮忙的。厂长、书记都……病假。我叫叶筠。"说着,她大方地伸出手来。

"是党员吗?"

她不假思索地答:"二等党员。"

"什么意思?"林春顶讨厌这种阴阳怪气的时髦腔调,顿时火了。

"这是你们组织部的看法。"

刘建国兴趣反倒上来了,凑上来问:"你知道我们是组织部的?"

叶筠还是那个调子:"你们都习惯用一种俯视的眼光看人,这标志着身份。"

"有意思。"刘建国赞叹地附和。

他们走出去很远,林春偶一回头,发觉她还立在那儿。在白雪的衬托下,蓝色工作服显得很突出。

俯视的眼光!她知道什么叫俯视?……经常,为了一件鸡毛小事,大家排成一行,站在北风料峭的堤坝上。寒气透过再生布号衣像锥子样在皮肉上咬。头头不说一句话,从头走到尾,再从尾走到头。目光从一张张面孔上掠过去,停在谁身上,谁的腿肚子都会打颤。目光扫过队列,就像秋风吹过苇田,人头一排排低下去,又一排排抬起来……这才叫俯视!俯视是一种威力。难道,难道自己也有了这种威力?也习惯于此?如果群众对组织部的同志有这种看法,那该是多么可怕!但愿这是偏见,是夸张。

……在农场里,有多少回,他被从冰冷的被窝里拉出来?记不清了。那位总场的头头一来就喝酒,一喝就烂醉如泥,像条被酒腌透的肉口袋。他就搀着这堆活肉回场部。这种活儿干部和警卫是不干的。对他倒挺放心,并不担心被暗害。暴雨冲刷着堤坝,泥泞漫过了膝盖，干雪在草甸上翻滚，北风吹酥了骨节。来回十几里地，到家人都瘫成一团，可心里却有种异样的满足：虽然戴了顶反革命帽子，却依然受到了这样的信任。世界上还有比这种信任更可悲的吗？

这晚，三个人坐在被窝里，裴总几次想启口，都被林春挡回去。林春表现得很兴奋，滔滔不绝地、颠三倒四地、一遍又一遍地谈着劳改农场的故事。最后，连自己都沉醉进去了。

刘建国不时瞟他两眼，像是在研究他，又像在可怜他。

裴总不厌其烦地做眼睛保健操，最后倒下身去，拿腿踢踢林春，含糊不清地说："我说，明天你给我借床被子。我到化纤厂去住几天。这儿……睡不着。"

林春心中一喜："你……"

刘建国却不咸不淡地插嘴道："上帝被感动了！"

裴总不理他，继续说："你这地方潜力确实很大，扩建一千吨细丝毫无问题。我要帮他们搞个设计。有朝一日，能用上我的设计……三年之后，不，两年半……"他突然翻身坐起，指着林春大声嚷，"你懂一千吨细丝是什么概念吗？产值三个亿，利润最少九千万！一年还清贷款还能重建一个厂！安排一千人就业……然后，然后可以再搞棉纺！配套！织布！印染！成品加工！一年就是十几亿，几十亿……"他的手激烈地指着林春喊叫，眼里闪射出逼人的光，最后，"咚"的一声倒下去，头撞在床架上。

林春与刘建国骇然对视，一句话也说不出来。林春费力地咽下一口唾沫，熄了灯。

裴总还在黑暗中喃喃地说："不，就是五百吨也好啊……你们不懂，你们根本不想懂……"

四

　　裴总一大早就下去了,刘建国陪他去的。小刘说他有办法在宾馆搞一套铺盖。可他们走了以后,林春突然感到空虚得可怕。

　　他烦躁地在屋里来回走,恨不能哭一场才好。他觉着自己就像柜台里陈列的无锡大阿福,笑容可掬地站在那儿。——请看,这就是我们的青年干部,你瞧他笑得多甜呐,真幸福。是吗?这就是我们未来的可爱接班人吗?当心别碰坏了!对不起,这是陈列商品,不卖的……

　　林春站在吴部长办公室门口迟疑着,几回抬起手来又放下。

　　冷静,再冷静一些!他把裤带勒勒,推门进去。

　　吴部长从一大堆文件中抬起头来,老花镜吊在鼻尖上,有点诧异地瞅着他。

　　林春走到他桌前,眼睛尽量往别处看:"我来以前,高书记和我谈过,让我分管干部科工作,并且……因此……"他觉得自己在做文章。

　　"是啊是啊。你先坐,坐下谈嘛。"吴部长热情地把他按在椅子上,"这个问题,常委会也议过——你年轻,又是大学毕业,和知识分子、青年干部有共同语言。这都是考核干部的资本嘛!另外你新来乍到,脑子里没有框框,这都很好嘛!"

　　林春简直目瞪口呆,不知说什么好了:"可你,昨天……"

　　"昨天嘛,昨天你才来。有些情况……这个这个,"他又莫名其妙地笑起来,抓着林春的手像抚摸那样拍起来,"这个问题,下次再议吧!啊?"

　　林春还想说,却总是被吴部长的吟吟笑声给拦回去。他的手软绵绵的,拍在手上像一只跑气的皮球。林春腻歪地抽出手,懊丧地走出来。

这都哪儿对哪儿啊？他捶着自己的前额来回走，像狮子在笼里踱步。

刘建国回来了，对他打了个漂亮的响指："解决了！老裴这人真是够迂的。他一定要付租金，搞得宾馆小张差点把铺盖收回去。嘻……"

解决了？这算什么解决呢？临时工？外包工？帮助工作？

……倒霉的老裴，你怎么碰上个没本领的林春呢？不管怎么说，总算争取到了几天时间。现在只有等高书记回来，否则怎么向人家交代！你这爱管闲事的冒失鬼……

"嘻……"刘建国笑道，"瞧你那失魂落魄的样儿！不就是调个把人么？……我包了！"他大大咧咧地把林春肩头一拍。

林春哼了一声，摇摇头。

办公室主任长期病休，所谓"抓抓办公室"，也就是小刘、打字员和管档案的胖大姐。秘书工作小刘完全独当一面，档案，林春更是无需插手。那么，林春的具体工作只是帮打字员印文件、递油墨了。他安慰自己说，不能急躁，一切都要有个过程。

倒是刘建国越来越让人无法理解。他同上上下下都处得挺随和，热心地为人办这办那。上班时间嘻嘻哈哈，有时还和胖大姐揪揪打打，开些无聊的玩笑。他每天很晚才回来，起初林春以为他在会女朋友，后来才知道这对恋人每周才见一次面。房子、家具早就办好了，就是拖着不结婚。他把这叫做"最大限度地延长爱情"。而在正式场合，学习或研究工作，他却一言不发，还有做不完的小动作。比方拼七巧板，配钥匙，或者趴在窗台上和楼下某个人打着手势。但一回到宿舍，他立即从床头搬出一摞子书来，还做着详尽的笔记。

林春有回凑过头去翻了一下，原来是一本《人事工作手册》，一本《中小型图书分类法》，还有几本《处世恒言》《劝君十戒》

之类的油印小册子。

他一边写一边大大咧咧地解释道:"在我老婆那儿借的。有意思极了……我要编一本《干部工作指南》,工具书。等我当部长的时候,彻底改革组织部门的工作……根据图书的分类,你就可以大体了解各类技术干部的专业。现在调配干部,笑话百出,驴唇不对马嘴的事儿多着呢!……你不信?"

林春想了一下,认真而又有点揶揄地说:"那么现在呢?现在不应该改进工作?"

他把头抬起来,神秘地眨眨眼:"现在?"他两手合十,在鼻尖上夹了一下,喃喃地说,"现在我们的任务是适应。物竞天择,适者生存。只有适应,才能生存;只有生存,才能发展。假如我想当部长,我就先适应现任部长的一套。不管我有什么高见,我都等着,等我当部长时候再用。"他叹口气又大声补充说,"人,应当向皮球学习,没有棱角,可有弹性……"

林春好奇地瞧着他,觉得他是用这种曲折的方式在告诫自己。"这也是你老婆教给你的?"

刘建国哈哈大笑,摔在被子上,两腿悠闲地抖着:"我老婆可不关心这个,她关心哪种沙发布雅致合算……"

三天以后,林春在帮打字员印文件时发现了一份给金州市的商调函。他把眼睛揉了又揉,那上面还是明明白白地印着:"关于商调你市化纤厂副总工程师裴文卿同志……"他急忙查对原稿,发文稿签上写得清清楚楚——拟稿人:刘建国。签发:吴。

"怎么回事儿?"午休时他悄悄问刘建国。

一丝嘲讽爬上刘建国的嘴角:"怎么?这不是林部长的意思?"

林春脸红了:"吴部长同意了?"

"这是对刘某人的信任。部长还用审吗?"

"你……"

"我怎么？我还特别对部长说，您可要看仔细啊，出了错儿本人概不负责。他把我脖子一拧'小——鬼'！"他学着吴部长的胶东腔，手在林春脖子上也拧了一把。仿佛连这点损失也要挽回去。

林春打开他的手，喊道："胡闹！"

"胡闹的事儿多着呢。"小刘头一仰倒在床上。

林春上班就找到吴部长，为这事检讨了自己，办公室是他"抓"的嘛。吴部长愣了一下，涨红了脸，随即又尴尬地笑了："小刘这孩子……真……哦，发就发了吧，你那天的意见很好嘛！"

"我是说这种做法！"

吴部长思来想去，终于决定在学习会上批评刘建国，希望能引起重视。结果是林春很得到吴部长几句夸奖，而事情本身又不了了之。学习会，本来参加的人就不多。徐科长开会回来，又从省城带回土特产什么，大家热闹了一阵。气氛早就淡了……林春瞥见部长批评小刘时，他正在拇指上画了个人脸，再套上纸叠的官帽子，学着某个领导的讲话神态。大约总是惟妙惟肖，逗得打字员伏在桌上直抽肩头，一不小心，胳膊肘碰翻杯子，茶水泼了一地……

下班了，林春帮助整理会议室。他发觉徐科长总跟在他左右。他搬椅子，他也搬；他拿扫帚，他立刻去抢畚箕，并且还不时对他做出笑脸来。这笑很怪，很不是味儿。

在办公楼门口，胖大姐拦住了他："小林，今晚来家吃饭吧，包饺子。"口气亲昵得就像他姐姐。她伸手摘下林春衣襟上的纸屑。"哟，你这身衣裳可不干净啦，赶明儿脱下来我给你洗洗……"这使林春大为感动。但他还是谢绝了。他实在提不起兴致来。

秘的微笑。

林春愣了一会儿，感到了一种被他宽容的悲哀，但还是跟着去了。所谓公园，也就是一个大湖和一些树木。他们围着湖走了一圈又一圈。湖面的风很大，衣裳被风一阵阵鼓起来。刘建国一会儿跳起捋一把树叶，一会儿拣石子儿打"浮漂"。林春盯着在水面上划出弧线、跳跃着飞远的石子儿，心想：他这会儿才像个青年。

"有话直说吧，我不走了。"

刘建国又扔一个石头子儿，奇怪地问："有话什么时候不能说，干吗现在？"

"今天的事，你不想吵一架吗？"

"吵架？跟你？找倒霉？"说罢又捡石头。

林春按住他胳膊："什么意思？"

"没什么意思……你真的和省委萧书记一块儿坐过牢吗？真运气！"

"你听谁瞎扯的？没这话。"

"这有什么瞒的？换别人早八辈子吹出去了！你瞧徐科长，这次开会忙不迭地往回赶，快下班了还往办公室颠。送情报来啦。"

林春给镇住了，一屁股坐在地上。难怪徐科长那样怪异地笑，难怪胖大姐……他靠在树干上。刘建国也挨着他坐下来。

"怎么能私自调查我？"他自言自语。

"这也算不上调查。本系统的事，这点协作关系还能没有？了解干部嘛，当然也包括了解他的背景。"他说着一扬手，石子儿又飞进湖里。

林春也扔了一块，不过只发出"噗"的一声，漂不起来。他感到委屈。萧书记来省工作后，他们只是在大会堂见过一面，握过手。谈话一共不超过三分钟。即使自己是萧书记的亲戚，又怎么样呢？难道……明白了！大概在他们看来，这次工作变动只是由于这个。多么可笑啊，八十年代，共产党内……能行？

远处响起一声蛙鸣，接着又是一声，然后归于沉寂。夜，降临了。

回去路上，林春问："你打算就告诉我这些？"

"徐科长不是表态要给你跑家属户口的事吗？你抓紧他。这人路子熟……以免夜长梦多。"

林春觉得这很可笑，不以为然地哼了一声。

"也许……是我猜错了。我有一种预感……好像要出什么事。"他又把手一挥，"算了。不谈什么。你读过一部小说，叫《组织部来了个年轻人》吗？"

"读过。我不喜欢那种忧郁的调子。"

刘建国摘了一片树叶，衔在嘴里，沉思着望着远方："我觉得你挺像他弟弟。"

"谁？"

"林震呀。你叫林春，名字也合适。……不过，他是从课堂上来的。你呢，是从月球上来的。"他突然得意地大声笑起来，大概自以为这是个绝妙的句子。快活的笑声在公园里显得格外响亮，以致树荫下一对恋人迅速地分开了。

林春哭笑不得地摇摇头……

六

无论如何，商调函已经发出去了，事情不能不说是有了进展。就这一点，得感谢刘建国！而且事情本身就提供了现成的经验：要主动进攻，按部就班是办不成事的。

一早，林春蹬上车就上化纤厂了。在一间很糟糕的办公室里，林春看见了老裴的铺盖卷儿。这是几张拼在一起的白皮办公桌。

一只暖瓶盖上搁了只咬了半个的馒头。桌下,是一盆换下的脏衣服。多寒酸呐,他图什么呢……他感到眼窝有些潮湿。这么些年过去了,他自认也算历尽沧桑,在感情上是受过磨炼的人,可他还是控制不住自己。他咂咂嘴,看看身上,耳旁又响起胖大姐那甜滋滋的沙嗓子。嗳,人呐,他扒下外衣,扔进盆里,找来一块肥皂,就搓起来。搓完了,一双女人的手伸了过来,把脸盆端起。正是那个出言不逊的叶筠。看样子她已经来了一会儿了。

林春有点难为情,和她争夺着。叶筠却一本正经地说:"我看你还行,动作挺利索。"这时,裴总进来了,林春也就就坡下台。不过心里总有点不自在。

他们坐下来。林春看着他津津有味地啃那半只馒头,心里就认定他情绪不错。果然,老裴吃完了,就宣布道:"顺便说一下,我已经给广州拍了电报,告诉叔父我暂时不去了。"

林春笑着问:"主意拿定了?"

"没有。我是说暂时。"

林春笑起来:"那怎么办?我们已经给金州去了函。部里还让你把家属情况写个报告呢!"话一出口,把自己都吓了一跳。

老裴眉梢一跳,嘴上却说:"谁知他们会怎么想呢?有些人,对你出国没意见,又是留通讯地址,又是带东西。要调走,可不容易啦。可留在那儿,又不让你干!"他越说越兴奋,也没注意林春暗下来的脸色,又指着门外晾衣裳的叶筠低声说:"比方说她,上下都承认她能干,就是不用人家,留在机关里闲放着。这次是第三次进厂了。厂里领导班子散了,发不出工资了,才把她派来临时顶着。你说这干部政策怪不怪?"

"原因呢?"

"说不清……"

现在说不清的事情太多啦。多得人们都懒得再说……车子蹬得风快,一排排黑影从他眼前倒下去,倒下去。总觉得有双眼睛盯在背后,谁的?这么扰人,就像电弧光烙上了后脊梁。

轻工局、经委、计委、建委、财办……自行车锁上又打开,搬上搬下……进攻!逢人他就宣传:"您知道一千吨细丝是什么概念吗?""您知道这是奇货可居呀,远景了不起呀……""抓住这一环,就能带动我市整个轻纺工业的起飞呀!""您知道这是一本万利的大买卖,咱们市条件这么好,可不能坐失良机呀!"

树木已经返青,大地已经回暖,新陈代谢最旺盛的季节已经到来,同志们,努力呀!

高书记开会回来了。林春在楼梯口拦住了他:"您知道……"

"知道!知道!"高书记哈哈大笑,"有人对我反映说,你做经济工作似乎更合适!"

林春一愣。

"我说不对,你做组织工作更合适。过两天我带经委、计委的同志一块儿去化纤厂听汇报,你也参加。"

功夫不负有心人,他的宣传攻势奏效了!可是下午一上班,市委办公室就来通知他,高书记找他谈话。

他在沙发上坐下。高书记在他面前踱着步,好一会儿都不开口。他心里又惶惶然了。

"你会下围棋吗?"高书记突然问。

"不会。"

"那你成天就是吃饭、睡觉、工作,这么干巴巴的?"

他发了傻,脸也红起来:"我会下军棋。"

"军棋?哈哈,那也叫棋?你见过什么运动会上有军棋比赛?没出息没出息……"

他更加窘困,把他喊来就是为了下棋?

"这样吧,我教教你。"

"我不学。"

"你这个徒弟我带定了,包教包会。对,就这样!今天先教你个术语——打劫。有句话叫做你缠我也缠。懂不懂?"

"我……不懂。"

"唉,你这个徒弟可不好带呀。"他站在林春面前,脸色突然严肃起来,"我问你,你对部里的分工有意见没有?"

林春心里一格愣,慌忙站起来:"有意见。"

"那你在部务会上为什么不争?"

他本想说,部务会上根本没谈分工问题,可现在再谈还有什么意义呢?"我是想……"

"你什么都没想,你只想了自己!你怕才来就落了个争权争地位的坏印象,对不对?党派你去工作的,不是让你在那里假清高、爱小面子。你认为这是个分工问题吗?"

一股热血冲上脑门,他真想把头夹到胳肢窝里去:"我懂了!"

"哼。"高书记又在屋里踱起来:"不,你不懂。你那点认识只是感情上的。"他托着脑门,声音越说越低,后来就像喃喃自语了,"你不明白打劫的那一粒棋子往往对全局有多么重大的意义……既然是一场改革,就免不了有斗争,当然是对事不对人的,但客客气气总不行啊……"

回去后,林春迫不及待地要刘建国去借本围棋书来……

七

这天,林春正坐着苦思冥想,吴部长笑容满面地走进来,把他肩膀一拍。他跳了起来。

"老韩住院了！干部科的工作还是你抓起来。"吴部长这回显得很干脆。"这个这个"也没有了，甚至两只眼眶下的肉口袋都平复了不少。

"'昨天'过去了？"林春问。

"过去了！"吴部长"嗨嗨"地笑着，又要握他的手。末了他告诉林春，眼下市里对化纤厂很重视，一定要抓紧时间把班子配好，尤其要注意优秀的中青年。

林春自然无比振奋，他痛快地答应了。这天晚上，他特意买了几个菜，刘建国搞来两瓶酒，又打电话把裴总喊回来，干了一家伙。不管怎么说，这是他进入工作后的第一次开颜。

吃饱喝足了，三个单身汉碗也不洗就钻进了被窝。疯得不成样子。

"谁关灯？"林春喊。

"谁后进被窝谁关。"

"谁官大谁关。"

"当然是年轻人关。"

"干脆来盘老K？谁输谁关。"

"这才叫得意忘形啊，真正的得意忘形！"裴总嘀咕着起来把灯关上。月光匹练一般斜挂下来，水一样的平静。裴总突然发了呆，就那么穿着衬衣愣着。"你们真让我想起了自己的热血年华……还有理想抱负……"他唏嘘起来。

"得了得了！"刘建国嚷起来，"真酸……"

鼾声很快就响起来，从来没这么踏实过。谁又能料到，再过十二小时又出了新岔子呢？

老裴一早就赶回化纤厂去了。林春也把刘建国打起来，让他去通知徐科长一起去化纤厂参加汇报会。

他们赶到化纤厂时，领导同志还没来。老裴因为忙于计算没有理他们。林春便一个人钻进车间里去。刘建国、徐科长则和叶筠在办公室里闲聊。

会议一开始，轻工局先汇报，然后是叶筠把厂里的基本情况、工艺流程、产品样品和发展远景作了介绍。高书记听了非常满意。经委、计委的领导同志也都说："我们市过去总是单打一，偏重发展重工业，对轻纺没有足够重视。因此总是投资大见效慢，效率低。一直苦于找不到一条打破这种局面的路子，找不到一家能带动整个轻工业起飞的带头企业。这下子可有门了！"高书记笑着说："老汉今年六十八，天天盼着早发财、发大财，再迟了就等不及了！找来找去，原来聚宝盆就在脚底下！"大家笑起来。林春兴奋得脸色通红。刘建国捅捅他轻声说："这回老裴调来没问题了！"

高书记接着说："林春同志为我们市请来一个专家，一下子就解决了这么个大问题。了不起啊，知识！偏偏有些同志就是看不起知识分子。这也不奇怪。想想刚进城时，我们也不过三十多岁，如果那时精力能放到学习上，也还来得及。可我们这些年……唉，不谈了！至于具体定盘子，地方财政能拿多少，能不能争取省里部里投资等问题，统统带回去常委会研究——怎么样？诸位，还有什么问题？"

还有什么问题？态度是明朗的，决心是显而易见的，林春站起来伸了个懒腰。真痛快！

"等等，我还有个问题！"一直坐在角落里的老裴突然叫起来。徐科长赶紧对他说："老裴同志，你的问题我们正在联系，快了快了！"

老裴没理他，站起来，摘下眼镜擦擦："昨天我看到报纸上有条消息，上面谈到我国优先发展轻纺工业，现在已经有了大大小小几百家化纤厂投产。我有些担心……"

"哦？坐下谈，坐下谈。"高书记警惕地摆摆手。

"刚才我估算了一下，照这样下去，那么生产很快就会过剩。产品的销路就会有问题。更何况，国产丝本来成本就高，哪里还会有竞争能力呢？因此，这么大一个项目，上不上还是慎重一点好。"

啊？一屋人全傻了。

……最后，高书记说："这样吧，你们轻工局尽快搞一个报告，把情况搞清楚，送常委会讨论。大家不用像鸡犯瘟一样嘛！"其实，他自己也有点沉不住气了，额头上都渗出汗来。

"你这人真他妈混！"屋里还剩下他们三个和叶筠的时候，刘建国张口就骂起来，"别人给你使劲儿，你自己倒这么下三滥！这厂子上不去，你还能调？还他妈一五一十地呢！"

这一喊，裴总才像突然从梦中醒来，嘴张着，眼也直了。

"刘建国！"林春狠狠瞪了他一眼。"老裴，你别急，再想想。这问题总该有办法解决呀。比方说国外，竞争这么激烈，总是……"

"办法是有。"裴总慢腾腾地若有所思，"我在想，国内都是生产白丝，然后再加工染色的。可国外早就有搞彩丝的了，出来就能直接上机子。如果我们能搞出这种丝来，竞争还是有绝对把握的。"

"嘿！"刘建国把他肩膀一拍，"你刚才怎么不早说？"

裴总白了他一眼："这要通过试验！我搞的是科学，不像你们……"

林春笑起来："我们是搞什么的呢？"

"你们，你们共产党办事好像是……玄学。这么大的事情，不通过智囊班子研究分析出几套方案来，开个常委会就决定了？常委有那么大本事呀？"他摇头了。

林春深深吸了一口气，抬起头来，正碰上叶筠同样负疚的目光。

"我看你才搞的是悬学！"刘建国不服气地说，"自个儿工资还不知在哪儿开呢，就管那么多。悬不悬？"说罢又"哧"地笑出声来。

"那就试验吧。"一直默不作声的叶筠表了态,"大约需要多少钱?"

裴总想了想:"至少……要三五万吧。"

"这……"叶筠犯愁了。她解释说:"我们厂这个月才开始不亏损。眼下有两万多是准备发奖金的……试验吧,奖金不发了。不够我再来想办法。"

"你有什么办法?"

"我……私人还有点钱。还可以借点。"

"嘿,好干部!不够咱也凑点数。不过我的钱可得付利息。"

刘建国说完,自己憋不住哈哈大笑。

说归说,笑归笑,可这毕竟是板凳头上的鸡蛋,总不能像站在山洞前喊声"开门吧,芝麻芝麻"那么简单。林春想,这也算是"悬学"。

八

林春又把这一节向高书记作了汇报。高书记沉吟着不说话,手指头沾了水不停地在桌上画着。林春凑过一看,原来他总写着人才两个字。林春心里一动,便趁机又把裴总调动的问题提出来。

没想到高书记火了:"你还算个组织部长?要不要我给你擦屁股?"

是呀,过去自己不是这样的呀。林春感到羞愧。

应该说,徐科长是个十分热情的人。第一次见面就把林春捧个昏天黑地，这次从省里回来更是让人受不了。可一谈到工作，立刻有发不完的牢骚。"省委组织部也是，光知道催报表，提拔数字，后备名单……也不知下边的难处。报纸也成天瞎胡吹，一会儿强调年龄、文化，一会儿万金油好得很。人嘴两块皮呀。"

谈到化纤厂的班子，他像是突然想起来，浑身上下到处摸，最后在工作证里找出一张纸条来："韩部长曾经让我考虑个人选，对，姓冯，两点水的冯，现在科委情报站工作。很不错，我考核过。"

林春说："好，你把条子留下。"

徐科长却找来一张大便笺，工工整整另写了一张，末了又凑到林春耳旁透露道，最近"农转非"问题卡得特紧，希望林部长还是抓紧时间把家属户口落实的好。林春愣了一下，他又立刻表示自己可以去代办："组织部的事嘛，好说。"

林春感激地拉着他的手："那就麻烦你……"

徐科长刚出去，刘建国又进来说："刚才赵部长来电话，给你推荐一个化纤厂的厂长，姓……洪，三点水的洪，叫……"他看手心上的字。

"好，现在有好几个人选了，化纤厂终于得到重视了！"林春拍拍脑门，兴奋地又腰站起。

刘建国又"哧"一声笑出来。林春不解地看着他。

"你知道为什么本来不起眼的化纤厂突然成了热门儿吗？"

"说明它确实有潜力，得到了社会的重视。"

"这是一方面。另一方面是：只要扩建项目一上马，这个厂的科级架子就有可能变成县团级架子。那么干部就有可能相应地升级……"

林春拧起了眉头。

小刘继续说："你这儿现在是两张条子，明天就有可能是十张，信不信？得！这回一个也办不成，得罪谁都不好。"

林春厌烦地说："你怎么总这样说话？你也可以推荐嘛。"

刘建国耸耸肩，走了。

果然，中午上班时，他们在办公楼门前碰上匆匆上小轿车的吴部长。他喊住林春问："化纤厂的人选有人推荐吗？"

"有两个。"

吴部长咂咂嘴："这个这个，伤脑筋！暂时先放一放吧，以后再说。"

林春一惊："为什么？"

他哼了一声："我一中午接连接到好几个电话，都适合干化纤厂！"

小车无声地开走了，林春愣在那里。刘建国却大摇大摆地走进楼去，得意地大声唱起来，鬼也不知那是一首什么歌："咳，我说了你也不信，不说你怎知我的心？……"

林春大喝一声："刘建国！下午跟我去轻工局！"

……叶筠，女，三十岁。文化程度，高中。家庭出身，城市贫民。一九六九年参加工作，一九七一年入党。曾任钳工班长、化纤厂革命领导小组副组长。现任轻工局业务科干事。政工科意见：报批化纤厂副厂长。局党委意见：同意。

报市委组织部……

在轻工局，政治处主任接待了他们。看来这是个谨小慎微的人，一听说要考核化纤厂的班子，赶紧搬出一摞档案来给他们看。口口声声说，刚从部队下来几年，情况不是很了解。可档案又能说明多少问题呢？谈到叶筠，他却明显地流露出一些赞赏的口气来。"这个叶筠，能力是有的。局里上下都公认的嘛，是个才女，是个才女。化纤厂就是她一手筹备搞起来的，以后两次经济危机，也都靠她撑着。机构调整时，她那个副组长就'派司'了。以后嘛，也报过两回，没有批……你们知道的，我是部队转业干部，地方情况不是十分清楚。是不是找她本人谈一谈？这个女同志很有意思，三十岁老姑娘了，还没有对象，说话有点怪……"说着他就动手打电话，好像他们已经同意似的。

林春也没制止他："部里为什么没有批？"

"理由嘛，不太清楚……据说她文化大革命初期当过红卫兵的小头头。后来批林批孔中间，因为我们局里王局长的关系……咳咳，你们知道的，我是部队转业干部，地方上的根根绊绊我是一概不清楚的，我也不管的……"

"王局长？"

"就是王德田呀，三八年的老同志啦……"

"他现在在哪儿？"

"死了。"

"死了？"

"哎呀，死得冷冷清清，三八年的老同志呀，你们组织部连花圈也没送一只……哎呀！这个事情小刘你应当知道的呀。你是活地保嘛，我倒忘了咧！"

林春给他越说越糊涂。看来他不是不清楚，只是不愿谈罢了。他只好把头扭向刘建国。

刘建国望着天花板愣了半天才开口："我倒没想到，原来就是叶筠！这事扯起来话长了，简单地说，历次运动中，你上我下，谁都整过人，谁都挨过整。总之，各有得失。文化大革命中的两派也是这个老根子上发展起来的。到了批林批孔的时候，被揪的干部当中，就有一派的骨干人物王德田。由于有了文化大革命的经验，虽然一夜之间就形成了高潮，但王德田早就躲了起来，据说被个女人藏在宿舍里，那么就是叶筠了——就跟胡传魁躲在那水缸里一样。揪斗风潮很快就过去了，王德田照样当他的局长。但不知他老婆受了什么人的挑唆，跑到市委大吵大闹，说王德田跟这女的有关系，非让这老头子承认不可。过了几个月，老头子就死在医院里。这时她老婆后悔也来不及了……很有传奇色彩，是不是？这是轰动一时的新闻。原来就是她！听说火葬的时候，她还去送了花圈。"

他连连点头："不简单，一个姑娘有这种勇气，很不简单的！"他这回倒也不掩饰观点了。"据说组织部不批，这也是一条理由：可能作风有问题。这种事情哪能好可能的呢？"他又摇头了。

这时，叶筠汗涔涔地走进来。他们不由自主地全部站起来，目光集中在她身上。她穿着一件宽大的工作服，短发水湿，脸上红扑扑的："是你们？"她迟疑着不进来，"是……找我吗？"

"你们认得的呀？你们谈你们谈。"政治处主任趁势把门带上，走了。

"……别人都说我是块上不得筵席的臭豆腐。其实，我自己一点也不灰心。只要让我干工作，就很不错。我算什么？中国的人才多的是。像裴总那样的，不也报国无门么？据我知道，真正在工交第一线出力流汗的，目前的工作骨干大都是我们这一辈人。这和搞科研文教的情况不一样。我相信党已经看到了这一点……"

"假如让你当车间主任，你能胜任吗？"

"没问题。"

"副厂长呢？"

"也行。"

"厂长呢？"

"……"

"另外还有个问题，你别见怪。我们想问问你的个人问题……"

"这和工作没关系。"

"这主要是为了便于让组织上掌握情况……"

她抬眼飞快地瞧了林春一眼："这是私事。"

"你知道……"

"对不起,我拒绝回答!"

一直回到宿舍,他们俩谁也不说一句话。吃过晚饭,刘建国突然问:"你怎么没指出她言论偏激,政治上不成熟?"

"为什么?"林春说。

"这还不明白?大凡处事果决,说话坦白的人,在我们看来就是不成熟。而那种办事拖沓,吞吞吐吐,被我们认为是一种老练。"

林春发现,刘建国突然失去了那种老气横秋的味儿,情绪亢奋,眼睛里闪射出一种从未见过的光。他便故意问:"你别总我们我们的,你自己的看法呢?"

刘建国把头一昂:"我和她是同代人,不好说。反正现在干部中有种流行的时髦病。一谈起文化大革命,恨不能扒下衣裳来比比谁的伤疤多。可当时呢?那些人想巴结造反派还巴结不上呢。我在这个市土生土长,肚里清清朗朗一本账!现在一个个都装得像个人样儿,拿着红卫兵出气。德性太坏!"

九

党的十一届六中全会快要召开的消息传来,机关里那些发不完的牢骚突然消失了。人人似乎都在等待,又似乎什么也与他们不相干。组织部的工作也好像进入了一个痛苦的蜕变时期。一个显著标志是:发言不那么热烈了,连开玩笑也不能使气氛活跃起来。

这天讨论化纤厂的干部人选,除了刘建国一反过去那种貌似稳健的作风，一口气说了六七条理由，证明叶筠完全可以胜任厂长外，沉默了足足有一个小时。最后，在林春的再三催促下，徐科长发言了。

他说："我这个人就是敢讲！没什么了不起……第一，叶筠是不是中央明确指出的那三种人？没把握。第二，轻工局有没有派性？很难说没有。第三，她不是技术干部，连中专也不是。第四，有反映说，这个同志生活上不严谨……"

"那也不能光讲才不讲德呀，有的同志辛辛苦苦几十年，组织上也不能不考虑吧！"胖大姐也没头没脑地插话说。

然后又是僵持……林春抬腕看看表："快下班了，下午再接着议吧。大家再考虑考虑。"

板凳拖响了。茶水泼在地上。这时徐科长却走到一直闭目养神的吴部长跟前低声说："是不是我下午再去轻工局侧面了解一下？"

林春瞠目结舌地看着他，脑子快炸开来。

吴部长却答道："……也好吧。"

这天食堂供应米粉肉，可林春却像在吞糨糊。刘建国走到他身边，碰他一下，向门外努努嘴。林春看见，徐科长拎着皮包匆匆走过："瞧，去了，他哪是去轻工局，他是去汇报！"

"给谁？"

"后台呗。"

"我听不懂。"

刘建国哼一声，不屑一顾地走开。

林春勃然大怒："回来！"将饭盒摔在桌上。

刘建国浑身一颤，两眼瞪起来。但一瞬间，他发觉人们都在注意他俩，便立刻双肩一耸，立正低头，做出一副接受批斗的架式。哄一声食堂里笑开了锅。

第二天上班，吴部长通知林春说，不用在大范围争论了，先通过部务会统一认识。林春也觉得这办法好。正谈着，徐科长笑嘻嘻地进来说："哎呀，轻工局果然反应很强烈！我这思想真有点半僵化啰。"说着递上几份万能表格来，说明这是各单位报批的干部一览表，请领导先看看，"如果时间来得及，就一块儿批了吧。"

林春扫了一眼，那上面足足有一百多人。叶筠是头一个，报批职务是化纤厂厂长。他心里奇怪，昨天还困难重重，壁垒森严，今天怎么突然就冒出这些人来？便说："这么个大单子，讨论不了。今天重点解决认识问题，务虚。"

徐科长瞅了吴部长一眼，吴部长正好搭上眼皮。他只得讪讪坐下。过了一会儿，他又忽然跳起，凑着林春的耳朵说："户口已经办妥了，正好有个指标。"

林春也没细想，就说："这么快？谢谢你！"

"组织部的事，好说。"

"那请你也给裴总的家属办一下吧。"林春顺手把裴总的报告递给他。

"这……好。试试。"他像下了大决心。

吴部长像是睡着了一样。刘建国却是把一切都点滴不漏地装进自己的眼里，然后消化、吸收，转换成新的概念。他看问题总有自己的角度，自己的计量单位——这是林春的评论。

这晚，林春做了个好梦。他把家搬来了。珏儿快活得像从山里蹿下来的小鹿，明亮的眼睛四处张望，不停地宣布自己的新发现。奶奶笑着，对珏儿的发现其实也觉着新鲜，可嘴上却要责怪珏儿少见多怪的疯劲儿。玉枝呢，温顺地甜蜜地笑着，看不够似的盯着他。他用板车把玉枝推进医院，然后，他们俩一同走着出来，小板车空着拖在身后。珏儿吊在他脖子上疯喊："好啰！好啰！"

他醒了，看见刘建国一脸酒气地坐在他床头。

"怎么了?"他问。

小刘把手指捏得格格响,半天才说:"没什么,跟老婆干了一仗。"过了一会儿又喃喃地说,"真有意思,我们组织部天天都在做人的工作,但自己却不知该做个什么人。"

林春一骨碌爬起来,吃惊地看着他。

"从前,我想学好,像课本上说的那样,可我处处碰钉子。在农村差点没把小命丢了。后来我聪明了,我学坏了,却能一路顺风!我偷卖了妈妈的手表,请大队书记吃饭,我很快就上来了。我入党!我提干!又进了组织部。我在领导干部中间穿梭,成了他们家的座上宾。我为他们办这办那,打听他们不出门就能知道的干部动态,自己也能得到不少好处。我陪他们的妻子、孩子聊天,插科打诨,逗乐取笑,我多得意呀!又有漂亮的女朋友。一抬手就分一套房子,我多神气呀!可我心里,心里……"

他尖厉地吹了一声口哨,停住了。

多么可怕的逻辑!想学好就处处碰壁,想学坏却一路顺风——难道,生活真是这样的吗?

……在农场,有回上厕所,撞见"教授"——其实是个中学的生物老师——正在往嘴里塞生地瓜,手上带着成块的泥巴,嘴角泛着黄色的唾沫,起劲地嚼着。他扭头便退出来,倒像被对方捉住了什么似的。当晚,"教授"把一个洗净的小地瓜塞进他被窝,他谢绝了。从此"教授"见了他便惶惶不安……过了几个月,有次他又躺在草滩上晒太阳,"教授"趸过来躺在他身边,问:"人什么时候最聪明?"还没等他反应过来,教授却自己答道,"到快进坟墓那一刹那最聪明。"那时,他也这样问过自己——难道,生活是这样的吗?

林春忍着心里的隐隐阵痛,把刘建国扶到床上,安慰道:"年轻人,拌两句嘴算不得什么。"

"是算不得什么。"他同意地点点头,躺下了。可睡了一会儿,又坐起来,低声喊:"老林,老林,睡着了?……告诉你,今天徐科长递的大单子,别的我不清楚,其中有个科委姓冯的,我可太了解了。上回推荐去化纤厂的就是他。我念初中一年级的时候,他就在我们班。我念初二,他还在初一。我念初三,他才初二。可表上填的却是相当于大学毕业!笑话……"

林春警惕地坐起来,他却响起了鼾声。

十

林春单独下去跑了几天。他通知徐科长说,那个大单子先不忙研究,他要亲自下去考核几个人。徐科长悻悻不快,他也没在意。

从考核的情况看,百分之八十是好的或比较好的。不合格的有几个,但像科委姓冯的那种情况确实少见:政治处组织干事根本不知道,是市委组织部直接打招呼让党组上报的。

这位组织干事发牢骚说:"报就报了,偷偷摸摸的干吗?你让我们办,我们还敢不办吗?谁不知道他是夏书记老战友的侄孙!照顾也是可以嘛,但是正常渠道还是要走走的。"他讲一口别扭的普通话,一听就知是上海人。

林春越听越不是味儿:"提拔干部讲什么照顾?这要看够不够条件!"

"条件?有啥条件好讲啦?现在就是这么回事——除了年龄学历是个死杠子,其他啥条件达不到啊?讲到底还是一条:该同志是否老实可靠!"

有人说上海一些人干什么事都有一副生意人的头脑，一下子就能抓住问题的实质。林春一直不相信，这回算是领教了。他不耐烦地挥挥手："你还是介绍一下具体情况吧。刚才你说他是谁的……什么侄孙，怎么回事儿？表现怎么样？"

"嗨嗨，这个问题……领导上掌握的。我们小不拉子，领导叫做啥就做啥，不管这许多的。至于具体情况，你是知道的，我……"

林春火了："你也是刚转业没几年？"

"谁说的？"

林春扭头就走了。

"嗳嗳，同志，你走啦？走好噢！不送了噢……"

星期六的下午，他弯到化纤厂去看老裴。叶筠喜形于色地向他悄悄透露，试验有了很大进展，看来成功的把握很大。可老裴却对他一口咬定："失败了十几次啦，希望极小！"林春看着他熬红的眼球，嘴唇翕动几下，不再问了。

吃罢晚饭，老裴要接着搞试验，就请一直呆陪着的叶筠送他出来。

他们顺着沿江路，慢慢地走。叶筠的手搭在自行车衣包架上。他们中间始终保持着一个等距离。不知不觉月亮出来了，江面上现出了粼粼的波光。风很轻，很潮湿，带着鱼鲜的腥气。江的上游有几星渔火在慢慢地靠拢、靠拢……偶尔有汽车从他们身边驶过，林春总要下意识地四处张望。他呼吸急促起来，这样默不作声地在马路上悠悠地荡，很不像话。"你有什么事吗？"几次话到嘴边，他又咽回去。他发觉，叶筠换了春装，身材显得匀称挺拔。她头总低着，咬着嘴唇，眉微微蹙起，像是有点心事。

这一路，凡是脚够得着的石子儿，都被她踢得干干净净。

眼看前面就是闹市了。林春拨了一下车铃，叶筠仍然没事儿一样。林春抬腕看看表说:"时间不早了,我该走了。"

"哦,对不起!"她手仍搭在车上。

他打了个激灵,感到有些冷。他深深吸了一口气,抬头看着天。这时一轮圆月正缓缓钻进一片羽纱一般的云翳里。"要我送你回去吗?"

她点点头。于是他们又往回走。到了厂边,他站住了。叶筠的手也放下来。

"你看,那片盐碱地,就是我们未来的厂址。"

"哦,好……好!"他应道,"这个厂的发展,有你一份功劳。"

"……"

"油菜花香,你闻不见?"她指着另一边问。

"哦,是香。再见!"他翻身上车。叶筠又把车给拽住了。

她抬起那双黑眼看他,这正是林春一直不敢正视的。"请问,你在文化大革命中一直是清醒的吗?"

林春干咳了一声,一颗狂跳的心放下来。他为自己邪恶的预感而羞愧:"不,我也狂热过。不过,我很快就清醒了。"他把自己的经历大体上告诉了她。

叶筠听着,用脚在地上旋出一个个小土坑。末了,她把头一甩,问:"清醒了很痛苦,是吗?"

"是的。无能为力就更痛苦。"

"我最痛苦的时间是林彪事件以后,恰恰在这之前我入了党。"

林春一惊,感到这念头很奇特。

"那时脑子里简直就是一片沙漠。整天只能看见狂风卷着石砾,推动一个个沙丘,往前移、移……吞没了绿洲,吞没了春天……你见过沙漠吗?"她不等他回答又接着说,"我见过。印象很深刻。我的入党志愿书里写着这样的话:永远忠于伟大领袖毛主席和他的亲密战友……这句话现在还在我的档案里。"

"没有必要去篡改历史。每个人都经历过从蒙昧到清醒的过程。这才是进步。"

"对，"她同意地点头，"可当时……如果有人对我说，你一头撞死算了！我会毫不犹豫地结束自己。但没人对我这样说。我的介绍人还劝我：小叶，你发什么傻？犯得着为一句屁钱不值的话去折腾自己吗？我想想也对。我发现周围的党员也都安之若素，像批刘少奇一样地批判林彪。他们说，上面怎么说，你就怎么干，没错！可我心里感到，也许这正是我们民族的可悲之处。也许，我根本不配做个党员？反正我以后，开始用自己的脑袋想问题了。尽管结果不好，可我心里平静。我读了些书，开始明白了一些道理……你说，一个党员，最主要的素质是什么？"

林春不假思索地答："忠诚。"

"多么一般化的答案！"她评论道，"可我认为，最主要的素质应当是有一颗用科学武装的头脑！共产主义学说是门科学，不是宗教。忠诚和信仰只能解决感情问题，不能从理性上达到质的飞跃。忠诚只能培养勇敢的战士，不能培养自觉的战士。而只有自觉才能从根本上解决诸如忠心耿耿啦，吃苦在前享乐在后啦等等对党员的一般性要求。要达到自觉，就必须用科学来武装。只有科学才能引导人类不断向自由王国挺进。……不对吗？"她的眼睛在黑暗中闪动着光亮。

"嗯，对……"林春重重地呼了一口气，"可是，要知道，自觉总是相对的，作为个人不可能掌握一切真理。因此……"

"正因为如此，才需要党员自觉地前赴后继地斗争！"

"你相信共产主义会实现吗？"

"当然相信！马克思的结论并没有错。但马克思的具体研究对象是英国，而当时英国的高度发展是依仗殖民手段，靠着加拿大的小麦、澳大利亚的羊毛和印度、中国的矿产……你想过没有？为什么他在西方发达国家的预言恰恰在东方的落后国家取得了胜利？对，整个链条中最薄弱的一环！但是内因呢？难道这里面就没有其他更深刻的原因吗？"

林春无心和她辩论，只是感到她的思想很不简单。"再见！"他说。

"再见。"她有些失望地说。

他推着车跐了两步，感觉到她的手仍拽着车。她盯着他的眼，挑战似的问："明天晚上，你能再来吗？"

他慌了，含糊着答："不……我……再看吧。"他把车蹬得风快，不敢回头。

难过，说不出的难过。她在想什么？她说什么了？什么也没说。可为什么……

星期天，刘建国会女朋友去了。林春带着玉枝的病历去了医院。他希望用这来保持心理上的平衡。两位主治医生研究了半天，对他说："带来试试吧。"

他没少试过，经济条件也不允许他长期"试"下去。怀着惆怅的心情回到宿舍，躺在床上，那双眼睛又来干扰。他焦躁地等刘建国回来，想听听他的见解。不知为什么竟会认为他对自己会有帮助。

天又黑了。晚上八点，刘建国还没回来。理智不受控制，他推出自行车。

在沿江路口，叶筠在树荫下踯躅。"来了？"她问，显然有点慌乱。

林春垂头丧气，像个俘虏。

但这晚不再拘谨，他们谈得很愉快。他们谈亚里士多德、谈黑格尔、谈老聃和戴震、谈列宁和普列汉诺夫、毛泽东和艾思奇。林春发现她读的书很多、很杂。对当代哲学思潮的理解，甚至连林春这个科班出身的都很惊叹。同时他又觉得她的概念比较混乱，能把两个完全不相干的东西滑稽地扯在一起。当然也说明她思路很活，完全不受现成结论的约束……他们谈着，大声地辩论，刻薄地嘲笑对方……叶筠带了一小壶开水，甚至还预备了两张垫屁股的报纸。林春拒绝了它——他说还是走走好。这时他们目光相碰了，立刻无话可谈。然后，又争先恐后地，滔滔不绝地重新开始。

哲学清晰博大的思辨力也没有帮助林春。临分手时，他虽然坦率地说了："今天谈得很愉快"，可又补了一句，"我想，今后还是注意点好。"

她也说了"对"。同时垂下了眼睑。

但星期一晚上，他又在宿舍门口"碰"上了叶筠。

"我想问一下……"林春说。

"别问！"

"我想……"

"什么也别想！"

"难道就这样一直……走下去？"

"要能走下去就好了！"

起风了。江涛推着泡沫和草屑一次又一次涌上堤岸，又一次次退下去。在沙砾上留下一道清晰的白线。

"天呐，"他对自己说，"她是有想法的。但是，假如这是纯理性的友谊，会怎么样呢？探讨理论，谈谈工作和理想，这有什么不好呢？"

十一

星期二，他更加神思恍惚。前天，他还渴望同刘建国谈一谈，可现在，他连见都怕见到他。一清早，他就溜出来。这种心理状态，连自己都吃惊。

在重工业局，他接到刘建国的电话："你中午无论如何也要回来！有重要事情。"电话挂上了，他一颗心也下沉了。

宿舍里，一股浓烈的烟草气向他扑来。裴总和刘建国同时站起。裴总示意他坐下。刘建国赶紧闩上门。

"是这样，"裴总狠狠吸着烟卷，"今天小叶把给你的一封信当做计划书递给我了……"

"也有人看见你们俩在逛马路。"刘建国说。

林春眼皮翻了一下，并不感到意外，这事迟早都会发生。

"其实，前天，我就发现小叶有点不正常。这也怪我。那天……"

"这跟你没有关系。"林春说。

"你干脆说怎么办！"刘建国嚷道，"痛快点！"

"要在过去，我决不会管的……"

"我们只会当笑话看。"刘建国又打岔。

裴总瞪了他一眼，不说了。刘建国赶紧闭嘴，赔笑脸，变得格外老实。

"我们虽然认识时间不长，可我觉得我们已经是……朋友了，是的，是朋友！我在你身上寄托了许许多多的希望……这是真心话。因此，我们希望你把眼界放高一点。人生还有很多东西要追求，还有很多事情没做完——我绝不是为自己考虑——我们商量了一上午，我们要……"

"挽救你！"刘建国干脆说。

"快刹车吧。"他说完了，吁了一口长气，然后紧张地盯着林春。

林春抱着头。半天才从牙缝里挤出一句话："你们真的认为，我是在……恋爱？"这两个字讲得很拗口。

"开头总是这样的。何况，小叶的意思很明显。"

"老裴，说呀！把你的故事……唉，你们这些酸人！还不好意思呢。告诉你吧，无独有偶——老裴也有过同样的经历。一个漂亮的女技术员……不漂亮？反正都一样。他们从农村回来后就热火上了。后来，他们又自动刹了车。因为他们认识到，这不现实。不仅伤害了另一位，而且还会使他重新陷入一个被嘲笑、被歧视的境地，从而再次失去为理想献身的机会——是不是这意思？"刘建国一口气说完，又摇着头评论道，"爱！不爱！那是艺术家的语言。其实还不就是那么回事儿！世上好人多的是，志同道合的也多得是，你还跟所有的搞恋爱？世上的事认不得真。"

林春蹦起来。老裴又夹着他胳膊把他按下去。

"你听我说，"裴总推推眼镜，"我们都不是圣人。正因为如此才不能不现实一点。历史不会重复。我当时就想过，假如历史重新来过一次，我会怎么样呢？"

"给我支烟抽。"林春打断了他的话。

一股辛辣的、猛烈的刺激进入胸腔，顺着血液在身体内发散开来，然后末梢神经在颤动，毛细血管在扩张……

这就叫历史？……才"出来"时，他未得到平反，人家只对他说：你可以走了！当时他晃了一下，没有多问。走，比什么都要紧。回到家乡，邻居们那种惊讶、恐怖的目光他并不在乎，他习惯了。可一见到奶奶，他腿就软下去，软下去，然后整个世界都消失了。他睁开眼，看见一个姑娘的身影倏地一闪，然后是奶奶在抹眼泪。他才知道,这一闭眼一睁眼,已经过去二十三天!奶奶招呼身后羞涩的姑娘,他看清了她——小时牛背上的朋友,玉枝。然后由玉枝喂他喝莲子汤(他家乡认为这东西最养人)。那汤经过她的口,又一勺一勺地流进他干涸的喉管,就像一道清亮的温泉流进久旱龟裂的田畈,一切都溶化了,百分之一百地吸收了。还有什么话说呢?一切都是这样自然:当世人都抛弃他的时候,玉枝毅然选择了他,独力支撑了他那个残破的家,照顾了他唯一的亲人。在那姑娘论秤称的山区,玉枝本可以找个好人家,可她为自己作了牺牲。玉枝并不丑,只是没文化。可这又有什么要紧?在这贫瘠的山区,劳动力才算得财富。一切都应顺乎自然!奶奶甚至都没同他正经商量,就操办了一切。他们结合了,生活得很好。他调省里工作了,虽没海誓山盟,却也依依难舍。后来玉枝腰部突然受伤,落下半身不遂,他为此托师拜友,没少费神。难道这都是虚情假意?难道这都不过是权宜之计?可怕,多可怕!临去省城报到的那天早晨,玉枝亲手替他扣上纽扣,低声问:"以后你能带我出去看看吗?"当时为什么不答应她?哦,照顾奶奶。"嗯哪。"她对他的吩咐永远只有这两个字。多么驯顺!多么善良!就在不久以前,他来上任的那天夜里,玉枝把他的手拉到自己胸脯上,惶恐地、悔恨地哭了,泪水湿透了他的肩头。他劝慰她说,不要紧的,不在乎一时半时,他不是那种人。将来病好了,会过得很幸福……言犹在耳,可怕,太可怕。

裴总碰碰他,递过来一张纸。他木然地打开,这就是叶筠昏昏沉沉错给他的那封信。

    林春同志。我之所以不让你问,叫你什么也别想,是因为我想一个人承担这种罪孽。可我自己也没有勇气说出来。从前,我也和别的姑娘一样,做过许多关于爱情的梦。老实说，我身边也不乏好心的追求者。可我总有一种预感，好像我在等一个人。有的人天天见面，无动于衷，有的人只见一次，却能终生难忘。现在我眼前出现了你……你我都是三十以上有理性的人了，用不着玩那些孩子的把戏。我只能说一句话：相识方恨相见晚。我很清楚这件事会给你我带来什么后果，但我没有力量控制自己。我该怎么办？

裴总让刘建国把窗户打开，说："清醒一下。你能办到……这事，凡人，都能碰上，没什么了不起！也不用不好意思，所以我也把小刘找来一起商量，我看这小伙子就是嘴臭，心还不算太坏……"

既然，别人已经有了看法。既然，咱们有自己的国情。既然，为了从事自己心爱的事业……那么……"说吧，我该怎么办？"

裴总说："我们给你安排了最后一次……"

"单独会谈！"刘建国嚷道。

裴总把他拉起来，捶捶他的胸脯："记住！主要一点是，大于一切的是，尽管我们不是任何意义上的殉道者，可我们都是要干事业的中国人……"

天黑下来。闪过了稀疏的灯光，避开了川流的人群。起初，林春被他们一左一右夹着胳膊，也许他们认为不这样林春就会干出什么胡闹的事来。后来林春挣开了，苦笑着说："我也是个男子汉！"

天是阴的，空气是潮的，情感是灰的，步履是沉重的。

到了江边，他俩让林春独自去。他们倒像哨兵那样，远远地看着。

叶筠已经坐在那儿了。"来了？"她头也不回。

"老裴和你谈过了？"他也问。

她点点头，捂着脸抽泣起来。

林春望着湍急的、望不到头的大江源头出神。过了一会儿，又问："老裴怎么说？"

"……他说，酸和碱的化合，有时并不完全必要。这会导致原有物质形态的……分解。"

"老裴是对的。"林春飞快地说。

一丝冷笑漾上了嘴角，她的眼立时干涸了。

"我想，他也把我爱人的情况告诉了你。"

"这是两回事！"她的眼皮一跳，盯住他。

再次心动过速。林春竭力稳住自己，费力地说："不是两回事。我感到我这样做不好……很不好。"

"哼……"她又冷笑了。末了，补充一句，"这件事是我不好。现在倒是……很好。"

远处在咳嗽了。叶筠抱紧双腿，下颌顶在膝盖上，睫毛上挂着一滴晶莹的泪。林春这才看清，她眼眶上有一圈很深的黑晕。

"我们都是有缺点的人。"

"是的。"

"我们应当坚强起来。"

"对。"

"那么……"他站起来。

"再见。"她也站起来。

"说再见的时候应当伸出手来！"刘建国在黑暗中喊。

叶筠果真大方地伸出手来："让我们握第一次手吧。"她手心湿漉漉的。

"当然也不是最后一次！"老裴也凑趣地大喊。

然后他们走到一起，相顾一笑。然后他们快步离去，刚走出了十几步，刘建国突然兴致来了，放声大唱一支熟悉的歌。起初是他

一个人唱,紧跟着林春和叶筠的声音也掺和了进去。接着,老裴也哼起来了。那不是唱,简直是他们的心在嚎叫:

　　……
　　我们相别在昨天,
　　我们相逢在今天,
　　唱起来,唱起来吧!
　　一切都将过去,
　　友谊像天地一般久远……

　　叶筠唱着,泪水像两道小溪,在脸上欢快地淌。她也不擦,还是大声地尽情地唱……歌声和着江涛的节拍在四月的夜里传得很远。

十二

　　无边春雨潇潇下,雨丝很细,也很密。接连下了两天,林春也在床上躺了两天,他病了。不过这也使他有机会清理一下自己。刘建国对前来探视的同志们说:"林部长上班到现在还没休息过一天。现在决定对他停职反省。"他只有苦笑,心照不宣地苦笑。
　　是呵,反省。过去在农场他不知反省过多少次,哪一次也没有这样自觉,这样痛苦。这是在用解剖刀剖自己的心,剔自己的肉。
　　首先,他感到作为一个人,自己的弱点并不比一般人少一些。怎么会干出这种蠢事来的呢?……小时候,有次玉枝家的牛病了,满山遍野地跑，赶不回来。玉枝不敢回家，是谁陪她在山洞里躲了一晚？夜里，冷了，两人蜷缩在一起。早晨醒来，脑袋插到玉枝的小褂子里去了……到县里上高中那年正赶上困难时期，家里没东西可带，奶奶给了一罐辣椒糊。奶奶说："饿了，就抹一口吧，暖暖心。"他心里别提多委屈。玉枝来了，小蓝布手帕里包了四个鹌鹑蛋。她知道他最喜欢吃，就满山里去掏。手帕里还有一只大的。奶奶说，这个怕是蛇蛋吧？他手一抖，掉在地上。

玉枝把蛋拣起来，流着泪说了老实话：这是家里的鸡蛋，她偷了一个。那年头，鸡蛋也不成样子……后来，长大了，两个人来往少了。但玉枝死活不肯嫁人，他们俩结婚时，她都快三十了，她在等谁呢？！这些事，玉枝没有提起，自己也不曾问过。好像她的每一分体贴，每一针每一线，每一口好菜，每一盆洗脚水，都是理所应当！这些事，现在想起来，就像一束强光照在业已混浊的视网膜上！山里人的话，你当官了，人上人了，眼珠子往头顶上移了！

其次，作为一个党员，自己的责任感并不比别的同志强。叶筠是有责任感的，她已经把对理想的执着追求化作了自己的韧性战斗。裴总是有责任感的，他为祖国的振兴在脚踏实地地默默工作，刘建国貌似没有责任感，但他灵活多变的工作方法也不无可取之处。而你呢？高书记批评得对——党派你是去工作的！

可你在哪儿……干吗呢？碰到一点困难就长吁短叹，束手无策，牢骚满腹，想等领导，等机会，等将来……心里隐隐约约在想着什么呢？噢，现在是个"官"了，身份不同了，事事得考虑不能超出"权限范围"了。好一个冠冕堂皇的盾牌！过去，当你为党和国家的命运去思考去战斗的时候，"权限"有多大？范围有多大？那时，你是一个战士，一个真正的党员！

他终于出了一身汗。傍晚的时候，烧退了。

刘建国到九点多才回来，一进门就嚷道："报告你一个好消息，老裴的试验搞成了！"

林春一骨碌爬起来，正好接住他扔过来的一塑料袋肉包子。

他食欲顿生，掏出来就啃："咱们去看看！"

"我看了才回来。你不用去了。"

"你怎么不叫我？"

"对不起，紧急出发。我是跟市里头儿们的车去的。谁让你……"他对明显消瘦的林春瞧了一眼，又不说了。接着掏出一束天蓝色的锦纶丝来。

那玩意儿软软的、细细的，色泽柔和而鲜亮，灯光映照下，像一股清泉从手中淌过。

林春笑着说："我看这玩意儿有个手摇的织袜机就能织出尼龙袜子来。等我家属来了，让她干这一行。"

刘建国乜斜着眼，嘴角抽了几下，大概又想说什么刻薄话。

可他忍住了。"就一种颜色吗？"

"是啊，头儿们也想打听。可厂里除了当班工人，一个管事的也看不见。"

"叶筠呢？"

"你记性真不赖！"刘建国随口一冲，见林春的脸色一变，赶紧说，"她出差去了，就是前天晚上。我就给他们找啊，哪个房间都没有！可怜轻工局的书记大人，急得汗珠子噼里啪啦往下掉……哈哈，最后把老裴找着了——你猜他在哪儿？……这老小子真行，倒在锅炉房煤渣堆上就睡着了！你瞧他那熊样儿——"他比划着，把椅子调过来当马那样骑着，"眼镜腿一只挂耳朵上，另一只插在嘴巴里。一手抓一把锦纶丝，另一只手笼在大衣袖子里。缩成一团儿，像个猴儿……我本来想把他给揪起来，让高书记给拦住了。他让人找来两件值班大衣，垫一件，盖一件……报告完了。你怎么了？"

林春心里突然一酸，倒下身去："睡吧。"他拿被盖住脸。

夜里十二点多，一阵猛烈的敲门声把他们惊醒。市委值班秘书来通知说，有林春的长途电话，一定要他本人去接。

刘建国嘟嘟哝哝，但还是爬起来了，他坚持要陪林春去。

电话挂通了。林春一听就知道是叶筠的声音，不禁手上一抖。

"你别紧张，完全是为了工作！"那边嚷道，"因为市里领导我一个也不认识，事情又急，只好请你帮忙。"

林春冷静了一下，说："老裴的试验成功了，知道吗？"

"知道了。我已经让他们把样品连夜送来。其实两天以前就有了眉目，他坚持要稳定一下，所以对外没透露。下面我开始讲，你听清楚——"夜里，载波电话的声音格外清晰、响亮。林春不得不把耳机移得远一点儿。刘建国瞪大了眼睛。

"这次来参加订货会是我挤进来的。我们厂小，人家根本不买账，好容易才捞到个列席的位置。这里的情况是这样：裴总上次的预计得到了证实，销路发生问题。部里已经明确表态要关停并转一批。有五六家厂子已经准备转向或者下马。形势很好啊！"

"什么？"林春完全糊涂了，这还好呐。

"你听我说：我现在有了一个想法，必须赶快向市里汇报，这事只有市委才能表态。听清楚了吗？……第一，我们的彩丝已经成功，估计这玩意儿能打响，价格比染色的要低多啦，不愁没人要……你听清啊！现在有五六家厂子出让设备，他们情愿只要半价。其实这批设备都是今年刚进的，我知道。我想我们应该有这个魄力，把这几家厂子的设备吃下来！只要咱们的彩丝一上马，不愁没有销路，不愁打不开局面。这样咱们就能一举在全国化纤市场站住脚跟，然后再往国外打！喂，你听清没有？"

呆了。林春被这个惊人的计划完全击呆了。刘建国也骇然地张开大嘴，半天没反应过来。

"喂，听清了吗？"

"听清了听清了！"

"你现在立即去向市委领导汇报，请他们表态。我早晨四点整打电话来听决定，啊？记住，这是决定成败的关键一着棋！"

"好吧。请你再打个电话直接向经委汇报一下……就这样！"

林春慢慢放下话筒。电话把上留下一片明显的水渍。他擦去额头的虚汗，胸腔里怦怦乱跳，看着刘建国。

刘建国嚷道："还愣什么？快……"

高书记盘腿坐在床上，眉头锁得紧紧的，听林春汇报完。他点上烟，一口气吸去了小半支。一缕轻烟又从他嘴角、鼻眼里慢慢地溢出来。他们两个紧张地盯着他。

"这个女同志真有魄力。敢想、敢干！"半天他才吐出这么一句。

林春小心地说："我看，也可以试一下……"

"试？"他突然放声大笑，把他俩吓了一跳。"咱们市一年的机动财力也不过一千五百万，试得起？"他拍了刘建国一下，"小鬼，你叫办公室立即通知常委们，开紧急会议。"说着穿衣下床。瞅着刘建国跑出去，高书记说："而且问题的严重性还不在几个钱上……"

"是的。"林春点点头。他明白，一个共产党的市委领导机构，连夜讨论这样一个只有资本主义国家某董事会才常常碰到的问题，未免多少有点滑稽，多少触犯了某种原则。但，这就是八十年代的中国出现的新形势啊，能回避吗？

高书记扣上衣扣，歪着头对林春眨眨眼："这一回，我是完全给你们绑到战车上啰。唉，杞国无士忧天倾，怕也没用！反正我是准备老死在这儿了，坟地都看好了！哈……"

林春感到有点难为情："其实，我也是半夜被拉来听电话的。"

"你不用貌似中庸嘛，你的倾向性我还看不出来？走吧……"

四点一刻，高书记从常委会议室走出来，亲自听了叶筠的电话。他脸色似乎不太好："……小鬼！我可是把口袋底全部抖给你了，你还有什么话说？"

他们都听见了叶筠清脆的快活的笑声："高书记！十个月，不，一年，你给我一年时间，我要不把它翻回来，你砍我脑袋！"

"砍脑袋？你这个脑袋我还舍不得砍哩。要砍就砍我这颗花白脑袋好了，反正不值钱啦……好生干吧，年轻人！"不知为什么，高书记眼窝突然湿润了，嗓子也喑哑起来。

躺在床上，林春还是激动得不行，刘建国一个后滚翻从床架上翻下地，评论道："我看呐，咱们市恐怕还没有一件事情干得这么漂亮！"

十三

化纤厂终于在摇摇晃晃中正式决定扩建了。市委已经下了文件，设计工作也全面展开，裴总也被设计室聘请为顾问。一切似乎都已经踏上了坦途。但……就在林春理智失控以后的那些时间里，市委工作会议上，有人对组织部发了难。当然林春对这一切是不清楚的。外来人，消息总是闭塞一些。而刘建国也恰恰为了接二连三的"小岔子"，触角不够灵。

这天林春在建委碰上来查阅设计资料的裴总。他们俩前脚刚进设计室，组织部的电话就跟了过来。徐科长在电话里神气十足地对他说："啊——是林部长！"

林春并没有听出味道来，便说："我正要找你商量一下，我在下面跑了些日子,是不是咱们把情况碰一碰?"

"不忙——既然林部长不放心,多考核一下也好嘛!"

林春一愣,还没转过味儿来,那边又嚷道:"喂,喂喂!金州市委组织部的函已经回来了!要不要我念给你听听?"

他下意识地看看裴总,说:"……好吧。"

"你部来函已悉。"不知为什么耳机声音特响,"经查:裴文卿同志确系我市化纤厂副总工程师。我们认为:该裴谎称出国,实则私自联系调动的做法,是十分错误的。望你部协助我们共同做好该裴的思想工作,令其速返金州……"

林春的手垂下来,话筒里的声音还在继续。"我早说过这种事不好办。看看,被动了吧……"

他把话筒搁回去,看着脸色苍白的裴总,一时无话可说。

良久,裴总摘下眼镜擦了擦,抬起头来深思熟虑地对他说:"我考虑过了。我决定写一份检讨报告,寄回去。随便他们怎么处理,撤职降级都行。总能放我了吧?就这么点面子下不来,我知道,面子!"

林春瞪着他,突然怒气冲冲地说:"用不着!"接着就自觉不妥,便又把裴总拉到门外,低声说,"我们党讲真理,不讲面子,你不相信?"

裴总若有所悟地点点头,又莫名其妙地摇摇头,说:"好吧,我等着。"

林春回到组织部,找不着徐科长。刘建国听说后也大吃一惊,他找到收文登记簿。原来这份函三天前就到了。林春捶着自己的脑袋差点哭起来:"我真昏!"

刘建国自语道:"可他把函压两天是什么意思呢?"

下午五点钟左右,林春正在起草一封给金州市委的长信,电话铃急促地响起来。

"裴总走了！"叶筠在电话里大声尖叫，"现在已经在火车站了！快……"

他拉上刘建国，发疯一般冲下楼。一路上车铃打得山响。这时，他开始明白，这都是对自己的惩罚呀，该死的！

已经上车的裴总被他们不由分说地揪下来。他还是穿着那件蓝大衣，神色颓丧，一屁股坐在月台上。火车吭哧着滑走了。他动了一下，叹了一口长气，任他俩怎么叫骂，他就是不吭声，一支接一支地抽烟。

叶筠气喘吁吁地赶来，短发贴在额角鬓脚上，像个黑色的头盔。她喘着气捂着小腹，递给林春一张纸条，上面写得很简单：

"小叶。我走了。没完成的那部分设计，我会寄回来的。请向小林、小刘二位致意。愿你们大家努力！裴，即日。"

"怎么回事儿？"林春吼道。

"上午，你们部里的徐科长来过。"叶筠说。

"我一猜就是他。"刘建国把行李拎上自行车，"没别人！他还说得很漂亮：我们一定积极联系。要相信组织。同在一个党中央的领导之下嘛，党的政策是一贯的嘛，等等，对不对？他还表扬你的爱国热忱，高度评价你对我市作出的贡献，对不对？最后他还请你考虑，体谅组织上的苦衷，对不对？他还一定对现行政策发了一些牢骚，对不对……"

老裴不理他，把林春拉到一边儿。刘建国和叶筠对视一眼，他把肩头一拱，也不客气地跟过去。老裴只得低声对林春说："你不该这么做。"

"怎么做？"

"把你爱人的户口指标让给我。"

林春的头"嗡"一声涨大了。捏造，完全是无中生有的捏造！可徐科长为什么要这么干？他瞥见叶筠晃了一下，脸色顿时变得死灰一般。她咬着下唇，抽动着肩头跑开了。

刘建国扭头看了一眼叶筠踉跄的背影，哼了一声。他把老裴一推，嚷道："姓徐的到底怎么说？"

"当然，他也许并没有……别的意思。他说，林部长家里很困难，他们做下级的心里都很难受。可他坚持要把指标让出来……这叫我，我……"

"你就胡思乱想了，对不对？"刘建国说。

"我说，我明白该怎么做。当然，无论从哪方面想，我只有这个选择，为了……"

"为了你是个十足的书呆子！"刘建国打断他，又捶了一下林春的胸脯，嘲讽地说，"你也不用神经过敏！我敢担保——姓徐的这么干只为了一个人……"

"谁？"

"科委那个姓冯的。"刘建国魔术般地从口袋里摸出一包烟来。他们三个人点上烟，大口地吞着烟气。刘建国老练地一手推车，一手搂着林春的肩，哈哈笑起来。"我当是碰上什么难题！我告诉你，只要你满足他们的要求，包你万事皆休！老裴的户口问题也一句话。哈哈……老裴你也够意思，迂得简直有点可爱！叶筠呢，吓得面色如土，魂不守舍，真是头发长，见识短……瞧，还在那儿蹭呢。唉，你们这些人呐……"他一路嬉笑着，尽情地挖苦着，像是押着一队犯人。他们俩越是不作声，他说得越起劲。

叶筠只是垂头丧气地远远地跟着。

夜里，起风了。玻璃窗发出铮铮的鸣响。刘建国一条大腿压在被子上，发出如雷的鼾声。林春索性坐起来。渴，渴得似乎一张嘴就能喷出火星来。他摇摇暖瓶，空的，早已被刘建国洗脚倒得一滴不剩。他端起杯子，尽量从茶叶里吸吮一点残汁。一丝冰冷的苦涩的汁水流进喉咙，火熄灭了。有什么可火的呢？一切都是自作自受。现在面前只有两条路：要么放弃原则，屈服；要么就走徐科长为你安排好的路……然后，然后机关大院的每个办公室里都会翻滚着一根根长舌，让你在这些唾液的绳索下被绞死，在这些唾液中被淹死——看，就是他！哟，才来了几天就……啊呀，现在的年轻人真……啧啧！……对，他们也可能什么也不知道！自己只会受到表扬。真是一心为公呀，舍己为人呀，这样的青年干部真……啧啧！鲜花，微笑，拍肩膀……还有玉枝的眼泪，奶奶的责怪和珏儿期待的眼神……

搅了一夜，早晨一觉醒来，他为自己的梦幻感到可笑。世界上哪有这样绝对的事情：不是东就是西，非此即彼，不这样便那样。看问题好偏执一端，这正是年轻人的弱点！他一个鲤鱼打挺跳下地，轻松地对刘建国说："昨晚亏了你！要不，我差点钻进地缝里去。"

刘建国伸了个懒腰，含糊不清地说："是吗？真是荣幸！不过你也别高兴得太早。化纤厂的热闹戏还在后头呢。"

"你又听见什么了？"

"还用听吗？脚丫子也想得出来——一个建筑安装公司开进去，少说也是副总经理带队，而她，还是一个无职无名的女干事，啊？成吗？"

十四

整整一上午，林春坐在办公室里没动窝，装作什么也不知道，继续写那封给金州的长信。真是晓之以理，动之以情，挖空了心思。

徐科长有事没事进来了几回，装模作样地找东西或者倒开水。两人目光只要一相碰，他就对林春讪笑着退出去。

"他比我还沉不住气呢。"林春心想。

下午一上班，他就推车出去了，也没和刘建国打招呼，还是一个老办法——进攻！

户籍科长是个五十来岁保养得很好的人。他一开口，那本地滑稽的滑舌音尾子就接连不断。他满脸堆笑，客气地把林春让进里屋，倒茶、递烟，然后把椅子拉到林春身边，挨着他坐下来，盯着他。

"你和我们部徐科长是老乡吧？"林春问。

他怔了一下："也谈不上老乡，我离他家二十多里地呢！"

他显然有些发窘，便又摸出一支香烟来，把两支烟慢慢地接起来，然后把这三寸多长的小白棍儿托在手掌里吸。

林春又开始那个宣传攻势，从化纤厂的重要意义，中央的落实知识分子政策，一直谈到裴文卿的具体困难。最后，他还谨慎地把高书记的牌子给扛出来。

这位烟瘾特别大的科长始终耐心地听着，不插一句话。直到两支烟吸完了，见林春还有话，他又掏出火柴，开始挖耳朵。一只挖完了再挖另一只。触到痒处，还快活得眯起眼……末了，他淡淡地说："关于这位裴总的情况，这个问题你们徐科长已经和我谈过——"他抬手挡住林春，"重要！我知道重要！我们也很着急，但是，真伤脑筋，我们没有指标……"他拉开抽屉，翻出一大堆文件摊在林春面前。"林部长您请过目，我们的口袋底子都抖给市委领导看过……不瞒您说，连您家属的指标都是我们挤别人的！是这么个问题。"

林春像是嘴里给人塞进了臭袜子，涨得脸通红："这不对，高书记早就……"

"不错，高书记年初就有指示。您请过目：我们这搭还有常委会议记录的抄件。但是——领导同志一句话，我们做具体工作的就难办煞！指标呢，只好大家挤。问题是这样子的。唉！"

"你说的这些都当真？"

"当然！"他笑起来，"我还能欺骗领导么？"他把两手一摊。

"真的想不出一点办法吗？比如说下一批？能不能灵活一点？"

"哎呀呀，林部长你这个问题叫我没有办法回答了！下一批？现在申请的名单要是排队可以排十年。灵活——当然啰，任何事情都不是绝对的。灵活，在一般意义上总是可以说说的。比方说，组织部的工作能不能灵活呢？哈哈……走题了，走题了。"

林春只好站起来。

他立刻双手握住他的手，一直把他送到马路上："哎呀，真是对不起林部长，让您白跑一趟！下次有什么事可以让徐科长来办嘛，何必您亲自出马呢？走好走好，再见，路上当心……"

空手而归，脚下反而感到沉重，蹬得十分吃力。几个放学的小学生挺着胸脯，端着胳膊模仿竞走运动员的姿势，嘻嘻哈哈地超过了他。他们一边走还一边炫耀地对他做鬼脸。

这位科长真会说话！礼貌和尊严、态度和原则，在他手里已经变成一堵有弹性的高墙。你的钥匙在这堵城墙上只能听见悦耳的回声，却永远摸不进那道门。真的没门儿了吗？他分明说过"可以让徐科长来办"，什么意思呢？徐科长可以办？要办非得徐科长？不过"组织部能不能灵活呢？"——显然话里是有话的。但也难说，他完全可以解释成什么意思也没有，你自己神经过敏。哦，多么聪明的中国人！多么丰富的现代汉语！

在横道线上，一个买菜的老太太在他车前犹豫着。车头剧烈地摆起来，最后终于自己翻倒在地。而车轮也擦着了老太太的腿。他满脸通红地爬起来。老太太拍打着裤子，横着眼狠狠地"哼"了一声。他竟然说："谢谢！"哄一声，四周笑开了锅。

这有什么好笑的？他不明白。

是呀，"路上当心！"当心什么呢？既然只剩一条路好走，那也就无需考虑得更多。让不明真相的人去夸奖吧。让窥视内情的去评头论足吧。让玉枝她们去流泪吧，痛骂吧。让良心在清水里煎熬吧。这就是惩罚。

"小林！"有人拉住他的车龙头。

林春一愣神，看清是吴部长站在路口上，看样子已经等了好一会儿了，暮色中显得有些疲惫。"徐科长干的那事我听说了。"

"他干得好！"林春已经厌烦了，不愿再纠缠这些事了。

"今晚我请客，喝两盅吧。"

"喝就喝！"

一大盆热腾腾的水饺端上来。半透明的饺皮把饺馅儿嫩绿的色泽清晰地现出来。饺边儿捏成一棱一棱匀称的花纹，简直就是一件艺术品。看得出来，这是经过刻意加工的。林春四处张望了一下，屋里没别人。

"吃啊，愣什么？就咱们俩。喝！"吴部长给他斟了满满一杯酒。

林春不客气了。一股韭菜黄的清香在屋里飘散开来。转眼间，盆子浅下去大半。

吴部长看他吃得津津有味，满头是汗，羡慕地叹息道："到底年轻啊，真有福。"三杯酒下肚，老头子脸色发紫，话也多起来。"听说了吧，这次市委工作会议，有人发难了！"

林春眼睛瞪圆了，心里怦怦地跳，血涌到脖子根上，他觉得耳朵也烫起来——尽管他没喝酒。果然来了！他想。发难就发难吧，反正就是这么回事。就是泡狗屎，也得吃下去，谁让你自己不争气呢？大不了带着一身臊滚蛋！他在给自己这么打气。可是身子却抖得厉害，只得用脚死劲别住桌子腿。

"吃啊，吃！"

林春抬起眼，固执地等着他说出来。

"其实也没什么——你别激动。说是组织部有人培植个人势力。撇开下面干部科一下子抓了个一百多人的大名单。要市委警惕这样的……野心家。"他伸手按住林春的肩膀，好像生怕他会蹦起来。

其实林春恰恰吁了一口长气，身子轻松了许多。"原来是这个！"他说。他又闷头吃起来，吃完了，把筷子一扔，抹抹嘴。

"这还不简单？市委了解一下就清楚了。"

吴部长摇头苦笑道："你真是无忧无虑，像个光屁股娃娃……现在复杂就复杂在这里：谁去了解？即使了解了，说清了，谁来清除影响？更何况……这个这个，唉！"他又摇头，不说了。他接着又连干了两杯，脸更紫了，像块风干了的猪肝。眼眶下那两个肉口袋也颤起来。

林春只好换一个话题，把下去跑的情况简要汇报了一遍。

吴部长手托着前额，舌头打着卷儿，含混地慢慢说："是啊，难就难在这里！每回夹带几个。就是摆开了也说得过去：不可能百分之百都高质量嘛，买肉还要搭骨头嘛，金无足赤、人无完人嘛，再讲手续完备，有看法也干瞪眼——谁来过秤称啊？你明知是那么回事，也只好捏鼻子不吭声。"

"您说的不对！"林春叫起来，"明明掌握情况，百分之一也得抠出来！决不能用这种人身依附取代党的组织！决不能让不正之风……"

"是呵是呵，"吴部长乏力地摆摆手，也不知他是同意还是不同意，"有些情况你刚来，还吃不透。我就怕你陷进去。你还年轻，干工作的时候长着呢……这个这个，这批干部还是先放一放吧。"

林春这才明白,来请他"喝两盅"原来是为这个。他没好气地说:"放到什么时候?二十一世纪?"
　　"六中全会不是快了吗?"
　　林春泄气了,靠在椅背上。
　　吴部长又喝了一杯,然后眯缝着眼,转动手里的酒杯,仿佛在研究杯底的美人头像为什么会突然消失。"看见你,"他说,"我就想起我的青年时代。多么热情多么干脆,多么好!"他用手捂着眼,喃喃地继续说,"那种劲头,刚刚恢复时,又像闪电那样来过一阵。可后来、后来……"他又要倒酒,被林春拦住了。
　　他痴痴地盯着林春,眼角上竟现出了泪花子。猛地,他拉林春站起,指着墙上一幅字,那是郑板桥的"难得糊涂"四个字,写得奇谲古怪。"这是1973年我出干校时,一个老教授送我的。刚恢复工作,我把它取下来。过了一年,我又把它给挂回去……不错,我能力差点。可我不糊涂。我知道我手脚都捆着。捆着手脚跳舞,像木偶。嘿嘿……"
　　林春简直有点可怜他了。他搀扶着老头子,不知该怎么劝好。
　　但吴部长还是把那条幅给扯了下来。

十五

　　折腾了一夜,还是睡不着。摸出表一看,已经四点半了。林春叹口气爬起来,轻轻带上门,走出来。
　　天还黑黝黝的,可林荫道旁已有锻炼身体的人。空气很新鲜,确切地说,还带一点草腥气。看着那些跑步像鸭摆,打拳像摸鱼似的人，林春觉得很可笑，有这精神睡个早觉多快活。可他偏偏睡不着。

"你早啊，小伙子。没见你出来锻炼过嘛。"

林春打个激灵，定睛一看，原来像鸭跑的竟是高书记。他脸一红，嘟哝着说："我早上爱睡早觉。身体结实，用不着……"

"别吹。等你到我这年纪试试？"高书记嘴里说着，脚底下还不停地动弹。"怎么？睡不着？碰得焦头烂额了吧？哈哈……"

林春赶紧做几个扩胸动作。

"慢慢来，了解情况嘛，就得慢慢来。否则怎么下决心？有慢才有快嘛。……新来乍到没框子，有好处哇，过去毛主席就多次提出干部要交流的思想……怎么样？敢不敢跟老头子比试比试……一、二！"

林春眼睛一亮，顿时明白过来。他抬起腿，追上去。他想对书记说，原来市委完全了解情况，原来市委已经有了考虑，原来……不，他什么也不想再说，什么也不用说了。

早晨上班，他一步三蹬地跨上楼梯。吴部长手里拿着一只信封，站在楼梯口堵着他。吴部长说："昨晚我喝多了一点，没说什么出格的话吧？"

林春撇撇嘴说："没有。你的话都可以上文件。"他想了想，又说，"我想上金州去一趟。"

吴部长似乎并不介意："也好吧。亲自去谈谈……这是介绍信。回头顺便回家看看。"

林春愣了，半天才接过来。他嗫嚅着，自己也不知该说什么。

吴部长别过脸去，故意不看他："里边有一封我给他们市委书记的信。一个锅里抡马勺的战友啦，这点面子不给？现在就讲究原则加面子嘛。"

林春动情地捧住他的手，摇了又摇，扭头冲下楼去。要不是上班的人流已经涌上楼梯，林春真能把他给抱起来。原来这么个干瘪的老头还有颗大大的好心，真看不出来！

接下去，顺风，顺风，一路的绿灯。在金州市，他根本没上组织部，而是把吴部长给"老战友"的信往市委办公室一放，人家就把他用小车送进了宾馆。一切都不用他烦神，三天以后，裴文卿的组织手续全部完备，包括他全家的户口迁移证。临走时，那位"老战友"还亲自送行，再三征询他的意见。还有什么意见？这才是干四化的样子呐！最后，他们组织部提出一点小小的要求：裴文卿同志在金州化纤厂的职务是否不免，因为他们也还需要这样的人才。这有什么问题？林春爽快地答应了。只要是中国的事业，都一样。智力也可以联合嘛。组织部的同志们一个个和林春紧紧握手，表示要向他们学习，适当的时候还要派代表团去参观。林春赶紧惶恐地谢绝了。他心想，也不知谁该学习谁呢。至于金州方面那封倒胃口的公函，大家提也没提。既然已经十分圆满，那就圆满下去吧。

只是，家里的一切并不圆满。正像刘建国预计的那样，就在林春离开的第三天，化纤厂的扩建工程就炸窝了。其实讲起来，事情并不大。

建筑安装公司的前站人员带着三卡车器材和办公用品开进化纤厂的时候，鉴于那片盐碱地太潮湿，要求化纤厂给倒出一幢房子来做办公室。叶筠当即痛快地答应了。她把除了裴总绘图兼卧室的那间以外的所有办公室全部腾出来。但那位科长仍要裴总的这一间。叶筠不答应，告诉他这是一位专家住的。这位科长表示不相信："专家？专家怎么不住宾馆？你糊弄谁呢？叫你们领导来。"

叶筠只得告诉他自己就是本厂的临时负责人。

那人将手背在身后，围着她走了半个圆圈，眼睛从上到下地将她扫了两遍。

叶筠火了："我们是施工单位，你们是建设单位，按照规定，本厂并没有提供办公室的义务！"

"那好，这话可是你说的！"说罢就指挥工人将东西全部卸在露天里，跳上车就走。车开了还不忘捎上一句，"误了工期你负完全责任！"

那些东西就堆在露天里。一连三天，建筑安装公司连个人影都不见。叶筠急了，亲自上公司去找领导，也不知那位科长是怎么汇报的，公司经理不是开会，便是休息，就是不见。叶筠在办公楼前台阶上整整坐等了一天。最后传达室的老工人劝道："回去吧，姑娘。咱们经理在北满时候就干地下党啦，资格老鼻子啦！他要说不见，市委书记也得绕道走……"偏这天，经委李主任找上组织部来，正赶上吴部长和刘建国在聊天，他一肚子不高兴："我说，化纤厂的班子你们究竟有没有打算？"

吴部长听他把情况一介绍，合上眼沉吟了一会儿，说："这好办，干脆成立一个扩建指挥部，经委牵头，你老李挂帅，不就什么问题都解决了？"

李主任说："又是个临时摊子！你知道我身兼多少职了？二十二！你成心想损我的阳寿啊？……再说，即使成立指挥部，化纤厂也得有干部任副指挥呀。谁？是不是小叶？告诉你，化纤厂除了小叶，别人都不合适！"

事情又提到常委会上。

高书记的态度倒是十分明朗："就这么定了，组织部立即办手续，下文。也不用再复议了，都议过了嘛！像叶筠同志这样的干部，就是要破格提拔！厂长，直接提厂长！"

问题又回到组织部。

谁知当天下午，正开部务会时，原化纤厂的书记兼厂长，一个红鼻子老头，气喘吁吁地指名要找吴部长谈。他嚷道："我严肃地要求，组织上给我落实政策！啊？"他颤巍巍地自己摸着椅子坐下来，"叶筠是什么东西！一个双突干部，中央点名的三种人，啊？

一个小学生，作风又不好，啊？什么货色！"

　　刘建国好说歹说，把他老人家劝出了门，他又到车库给老头要了辆小车，他才哼着走了。刘建国瞅着冒烟的车屁股笑起来，这老头把徐科长那四条理由原本照搬都搬歪了。

　　徐科长咂咂嘴，很忧虑地说："干部科过去是韩部长分管，现在是林部长分管，他们俩一个住院，一个出差，这叫我，我……我实在挑不起这副担子！我看林部长反正很快就要回来了，是不是再等个天把再议？"

　　几位副部长也都认为还是慎重一点好，党的干部政策一贯是积极还要稳妥嘛。

　　"……也好吧。"吴部长表态了。

　　第二天下班时，刘建国又摸到个惊人的情况：纪律检查委员会的胡秘书透露道，"你们林部长这次是不是回家离婚？真不会挑时候！……有人民来信，书记已经批了，要查。"

　　刘建国对着大楼连连冷笑了。

　　当然，远在千里之外的林春是看不见的。他正春风得意马蹄疾，日夜兼程往家赶呢。

十六

　　从前，在镇上的小学校里，他第一次见到一本画册，那上面有山一样高的大楼，比河还要宽的大马路。他第一次感到自己的小镇是多么可怜。好像从那时起，他就对大城市偷偷地神往了。他还和同伴们编了一首歌谣挖苦小镇：

一条小道一座楼（饭店），
一泡尿能撒到头，
一个学校一间屋，
一屋子全是光葫芦头（男孩）!

现在，走遍天下觉着还是家乡好。整洁光滑的青石道，木柱青砖的小瓦房，还有镇左那条蜿蜒的天堂河，以及早早晚晚山里涌出来的阵阵浓雾。没有污染，没有噪音，没有烦扰……天堂也不过如此。

林春笑了，为了孩提时的无知和荒唐。他手里拎着两瓶虎骨酒，悠悠地踏上镇头，心里很平静，就像汹涌的江河突然进入大海。他自信可以说服奶奶和玉枝再忍耐一时，其实若不是她们衰老病弱，又何必挤进大城市去凑热闹？

"小珏！"他一眼就在许多戏水的孩子中间发现了自己的宝贝女儿，大叫起来。

珏儿愣愣神，长长的睫毛扑闪着，掉头就往家跑。还不好意思呢，到底是女孩子，他想。

可他一进门，就呆了。

奶奶端坐在家里那把唯一的红木椅上，阴沉着脸，大口喘着粗气："站着！"这是家法。

林春只好讪笑着站住不动。他瞥见，珏儿吮着手指，瞪大眼珠靠在里屋门槛上，屋里传来了玉枝嘤嘤的哭泣声。他明白了，血往脸上冲。小时为了淘气，他也不知这么站了多少回，哪一回也不像眼下这么尴尬，这么无地自容。

"你还知道心疼家里不是？亏你还知道带两瓶药酒！看看，"她指着窗台上一溜子十全大补酒说，"外人比你都懂事！……你不就当个芝麻绿豆大的官不是?跟你磨过多少牙?做人要知恩图报,不能过河拆桥。你那官是省里萧书记给的不是?人家老爷子是萧书记的救命恩人,他不就是你恩人的恩人不是?你不该抬抬手让人家过去不是?……你打算把我们怎么处置?说!"老太太的手在桌上拍得砰砰响。

"奶奶!"玉枝凄惨地叫了一声。

老太太拭着泪对他挥挥手。又是玉枝救了他。珏儿懂事地闪开道,偎到奶奶身边,眼巴巴地瞅着他。

夜里,珏儿睡熟了,他才敢轻轻抚摸她胖乎乎的圆脸。

如豆的灯光飘忽着,煤油味儿弥漫着,油里大约兑了水,噼噼啪啪地响着,玉枝用蚊帐半遮着面,肝肠寸断地叙说着。

"……这两年,我把你拖苦了。只要你能把小珏和奶奶带出去,就算没忘了咱们的恩情!我也不指望能……"

"你说什么呀!我……我还问了医生……"

"你也不用瞒我们。上回组织上来人都对我讲了……他说你把指标让给人家,还说那么什么厂里有个……"她说不下去,把蚊帐角塞进嘴里。

"你别胡思乱想。"他竟然脱口说。

"人家也没那么说。我是……我不怨你,是我拖苦你了!实话,只要不亏了小珏,你就再找个吧……"

林春发疯地揪头发,咬手指。"我是个贼,是个骗子!"他在心里骂。

小珏翻了个身,睡梦中甜蜜地叫了声:"爸,咱们什么时候走?"

林春慌了,含糊地答:"快了!快了……"然后是整夜地失眠,夜夜如此……

白天,他同往常一样,劈柴、挑水、整治菜地。困了,就在山坡的草地上打个盹。珏儿也同他和解了。她在草地上打着滚,咯咯地笑着。她用那只肉墩墩的小手轻轻合上爸爸的眼皮,然后,满地采摘金银花藤。她说,要打一个大大的花环,然后,轻盈地跳起舞来,哼着一支老掉牙的童谣:

老鸡带小鸡,
走东又到西。
老鸡唱着咯咯咯,
小鸡唱着叽叽叽。
老鸡骂小鸡,
你这笨东西:
叫你唱个咯咯咯
为啥非唱叽叽叽?

夕阳推着山峦的阴影慢慢压过来,身下开始有了潮气,家里的母羊也"咩咩"地叫唤起来。小珏连蹦带跳地跑过来……一丝淡淡的咸水渗入嘴角,他用手遮住了脸。

"爸,你哭了?"

他把珏儿搂在胸前,心里说——吃饭时一定和盘托出!

端起饭碗,他又对自己说——要不,或者,先对玉枝坦白?

……可是,他终于什么也没说。

还在他当少先队干部的时候,就不止一次地教育别人,应当如何勇于承认错误。现在自己轮上了,才明白这是多么难于启齿。如果仅仅是让个指标,事情就简单得多。一掺和上这些,就复杂了,扯不清了。

玉枝和奶奶再也没问一个字。她们越是不问,林春越是待不下去……

十七

他为刘建国挑了一对"猫叹气",这种带盖儿的,像工艺品一般精致的竹篮,是家乡的特产。拎着这玩意儿,他在大街上出足了风头。

"送给你未来的媳妇。"林春疲惫地对小刘说。

刘建国接过来,若无其事地吹声口哨,一脚将它踢进床肚。"结束了,"他宣布道,"一切都结束了!"

"又干仗了?"林春一边脱衣,勉强笑着问。

"不,我客客气气地对她说,咱们这种装腔作势可以结束了。那些家具你要喜欢,全归你。……她当时哭哭啼啼。可第三天我就听说家具全数搬走,宿舍钥匙也寄过来了。"

"这是何苦来……"

"没什么苦,这很好。"他两眼冒着火,沉思了一会儿。"出去走走好吗?"说罢将枕头高高抛起,又一拳将它打到墙上。

晚风很轻,很柔和。一辆公共汽车从他们身边驶过,汽油味儿立刻弥漫在空气里。刘建国很响亮地吸了两口,说:"我从小就喜欢闻汽油味儿。"

"我也是。"林春想起第一次在县城里追逐汽车的情形。

一天星斗从浓荫中露出来,柏油路上撒满块块亮斑。路很直,吊在树梢中间的路灯一盏连着一盏,一直溶进星空。静极了。

"老林,咱们得分手了。"刘建国突然说。

林春站住,惊异地瞧着他。

"你出去半个多月，出了点事。"他递过一张本地的日报来。

林春疑惑地接过报纸。圈好的大标题是：《市轻工局大胆提拔青年干部，化纤厂当月转亏为盈》。"又是上一回的把戏？"林春抖抖地问。

"不错。我拟的批复，同意叶筠同志任化纤厂厂长。吴部长签发，当天生效。"

林春哆嗦着，一时竟无言以对。偷天换日，瞒天过海，先斩后奏，无法无天……报纸从他手中飘下来。

刘建国弯腰拣起报纸，叠整齐，揣进兜里，很平静地说："我知道，你是不赞成这么干的。我一个人干，我自己负责。这是非常措施。我不愿再待在一边看，我非让组织部出点儿脓、流点血不可，就是这！可笑，他们也是看了报纸才知道。但已是既成事实了。部里闹哄哄吵了两天，结果奇迹发生了——"

"你……混蛋！"林春再也找不出别的词儿了。

"混蛋的不是我，是他们！"刘建国眨巴着眼昂起头，"你听我说完——省电台播了这条消息，省报还专门来人总结组织部的经验。……这戏剧性场面可惜你没看到，嘿，真精彩！连韩副部长都急忙从医院里跑出来，又是接待，又是宴请，热闹了几天。昨天开了一天部务会，我知道研究我的事呢。我也自觉点，不参加。今天找我谈的话，就……"

"这是你应得的处分！无政府主义。"

"不是处分，是礼送出境——安排个副科级。"

"为什么？"林春跳起来。

刘建国肩一耸，怪声怪调地大笑："你真是月球上来的！这是不成文的规矩。组织部的干部除了犯错误，出去最低安排副科级。我犯错误了？谁敢说我犯错误？"

林春觉得心脏像是给捏了一把，火辣辣地刺痛，身子也突然变软了。

　　刘建国反倒搂着他瘦嶙嶙的肩头，不以为然地安慰道："没什么想不开的，这种事多着呢！"

　　林春用力推开他："部长这么信任你，可你……"

　　他也叹口气："吴部长真是个老好人，就是太软弱。不过他心里什么都清楚，睁一眼闭一眼就是了。大原则上他还是能坚持的，比如当初有人要把你挤到经委去，他就顶住了……话说回来，上有夏，下有韩，让他夹在当间儿是够受的。每回部务会，只要韩一开口，立刻形成多数。你让他怎么办？你才来那会儿，他让你吃闭门羹，其实是好心，怕你陷进去……你以为你做点自我牺牲就能感动谁，没门儿！"

　　林春不动了，瞧着他冷笑。

　　"别这么看着我。组织部换过三个部长，我也算三朝元老了，瞧得清清楚楚。每回换个部长，来时劲头十足，走时灰心丧气。底下这班人不变嘛。市委能了解多少干部？还不是他们说了算？咱们市有句话，不太准确，叫做，夏家党，韩家枪，老乡亲戚喽啰帮。你捉摸捉摸这意思吧。他们上下路子都通，根子很硬，嗅觉又灵，永远不犯错误。什么政治运动来了都是他们当家，一有风吹草动，就住进医院，等时局明朗了再出来，天下还是他们的。你看，高书记来市后，提拔韩副部长到统战部当部长。他说是宁愿当副手，就是赖着不去。其实韩这个人很有水平，什么工作都能干得很漂亮。省里安排夏书记当省经委副主任，也是不走，说是准备离休，但又拖着不办手续。还不是舍不得这块根据地。同时市里还真有一百名中层干部联名给省委写信，要求他留下，你相信吗？"

　　"他们干什么坏事了吗？"林春冷冷地问。

　　"干吗要干坏事？他们又不是反革命。人为了有效地抗击大自然和野兽的袭击，被迫过起群居生活。这话是谁说的？恩格斯？他们集结起来,适应了环境,结果生存了下来。他们互相帮衬着,形成了一条……看不见的战线。你听说过乡绅文化吗?中国封建社会延续两千多年靠的就是这个。不管谁来当皇帝,他们就是秩序,才是真正的统治者。你不信?他们对任何事物、任何干部都有一套固定的看法,不管实行什么政治,不管天上下什么雨,他们照种自己的庄稼。以不变应万变,万变不离其宗。你说是好事还是坏事?我看哪,高书记才来时雄心勃勃,一派干事业的样子,现在恐怕也尝出味道来了,最后……哼,就那么回事儿……"

林春费力地撩开他的胳膊,后退了两步。

"嗳——你听我说嘛,这里面关系深着呐!"刘建国什么也没说出来,他看清了林春发青的脸。

> 老鸡骂小鸡,
> 你这笨东西:
> 叫你唱个咯咯咯,
> 为啥偏唱叽叽叽?

骂,大可不必。可为什么它们偏唱叽叽叽呢?对,它们只能唱叽叽叽。但最终也还是要唱咯咯咯的呀。那么老鸡不该苛求,小鸡也不该自以为是……小时候,常唱这首歌,看来是根本没有真正理解过。现在,总算明白了一点点。

……那天,他被从学校宿舍里带出来,警察给他戴上手铐的时候,他是麻木的。走出院子,在围观的群众面前,他是坦然的。

可当他在人缝里看见他学生的小脑袋,陈小毛、孟胜利……为什么,为什么那样迅速地用力将双手插进袖筒,将那个冰冷生硬的东西藏起来?怕丑?下意识?……后来才明白,孩子们不应该在老师身上看见这个。他们应该多看点阳光、春风、鲜花和微笑。

当时的刘建国比陈小毛他们大不了多少，可他什么都见过了……不，丑恶不是一切，该遮盖的，还是要遮盖一下。党不是没有看见这些痼疾，但医治创伤需要时间。高书记不就说过干部交流的设想吗？党中央不也规定了废除干部终身制吗？是的，治疗疾病，最根本的是提高自身免疫力。党自身的创伤，不靠自己疗救，还能靠别的什么人吗？刘建国啊刘建国，你自以为是，装作一副貌似老成的样子，除了给党带来被动，还有什么呢？你自以为发现了囊肿，却找来一把没消毒的手术刀。你用虚无主义的眼光来寻找、嘲笑、捉弄我们自身的缺陷，对谁有利呢？你还算个共产党员？不错，党内是有这么一些人，他们热衷于自己的小圈子，眼睛盯在自身那么点可怜的利益上，这也是另一种信仰危机。可你，你刘建国在干些什么？

这时，不知哪儿的收音机响了，正是中央人民广播电台联播节目结束的时刻，国际歌悲壮的旋律在夜空中振荡，一遍又一遍。……蓦地，醍醐灌顶一般，周身血液燃烧起来，他仰起脸，热泪泉涌一样喷出，顺着腮帮、耳下，痛快地、成串地淌下来。多少天来，塞在胸口的那把乱稻草终于被冲出来——成功与失败，经验与教训，欢乐与痛苦，获得与牺牲，死亡与新生——不，绝不是那么回事儿！一百多年来，无数志士仁人为之奋斗的理想事业，就那么回事儿？太轻松了！

没有什么需要掩饰，没有什么不能抛弃，个人的一切都算不得什么。或许，自己有着比别人更多的弱点，工作中有着更多的差错，但主要一点是：软弱，患得患失，不敢斗争。明天，最迟明天，一定要找高书记好好谈一次，把一切都谈出来，包括所有的不成熟的设想。党需要我们做一粒棋子吗？我一定要像钉子那样钉在劫口上，拔不掉！啃不动！拉不歪！

刘建国转身离去，他的身骨架摇晃着，头耷下来，黑暗中，像一块失去了墙壁依托的门板。

"刘建国!"站住了。

"你不用办手续。这两天,好好写一份检讨。像样点儿,要对得起你自己……"

刘建国嘴张着,哆嗦着,突然蹲下身去,嗷嗷地哭起来,像个真正的大孩子。

不知什么时候,裴总和叶筠匆匆赶来,看见了这两个流着热泪的汉子。他们交换了一个眼色,顿时明白了。叶筠立即背过身去。裴总轻轻叹口气,捧起林春的手,拍了拍,什么话也没说。

还用说什么呢?一切言语都是多余的。

热泪还在流……

叶筠突然说:"明天扩建工程破土,你能来吗?"

"明天?明天我当然要去。"

然后,他们顺着林荫道并排走去。

明天,也许痛苦的蝉蜕就要结束,从而进入自由的新生?

不。只要还有阳光、空气和水分,还有蛋白质和碳水化合物,这种挣裂与钳制,渴求与痛苦,坏死与衍生,热泪与欢笑,就会永远交织在一起,组成一个真正的生命的乐章。他想。

原载于《江南》1983年第1期

我的第二个父亲

1

也许我的童年过得太零碎，走得太匆忙，不然脑子里怎么尽是一些碎片呢？

这是一个不成章的故事。

马克思说过一句话：自由的首要条件是自我认识，而自我认识又离不开坦白。

那么我想，你能听听坦白人的声音也不坏。

还是在那个"戴帽子"初中班的时候。有天做课间操，我瞥见福生他们几个头对着头顶在一起叽咕什么，还不时地朝我这边瞧瞧，指指点点，然后又一起流里流气地嘻嘻笑起来。我就知道他们又想算计我。我也没往心里去，谁让他大大是大队书记呢？妈妈常说，对这种孩子心里有数就行了，犯不着为他生气。可心里总是不自在，右眼皮也扑扑地跳起来。

上课钟撞响了，我悻悻地回到教室里。屁股刚挨上板凳，小梅就轻轻牵我的衣角："他们讲，你爸爸来了，真的？"

我腾地转身跳起来，脸上就像撒了把烧红的焦炭，火辣辣地发烫。在我们山里，小伢子喊父亲都喊"大大"，她现在讲"爸爸"，意思自然再清楚不过了。在我们学校里，最时兴揭"老底"，只要一吵架，谁谁家里的什么丑事立马被抖出来。这一手不晓得多厉害。我攥紧了拳头。

小梅垂下眼皮，离开座位，一只手抖抖地搓着衣角，声音低得像哼哼："又不是我讲的。"她嘴一扁一扁地，就要哭了。

我一扭头，福生正咧着大嘴，托着腮帮，喜滋滋地看热闹。

"狗嘴吐不出象牙！"

"心里有事心里惊，心里无事凉冰冰。"

"造谣！"

"你还不承认？老子都看见了！"说着，他伸手在书包里掏了一把，然后一扬手，红红绿绿的糖纸飞起来。教室里像飘起了万国旗。"看，你爸爸孝敬老子的……"这显然是最有力的证据了，玻璃糖纸在山里是不多见的。

"叫你狗日的造谣！"我一拳迎面砸过去。

正中鼻梁。他大声嚎起来："你不要脸！你有两个大大，你还赖……"教室里乱了，抢糖纸的，翻桌子助阵的，搅得一团糟。

这节正是妈妈的课。

妈妈一见打架的是我，气得脸通红，不问青红皂白，把手向门外一指："出去。"她就是这样，发火的时候说话也不重，但有威力。

我一肚子委屈，拉出书包就往外跑。

谁知我刚跨出教室的高门槛，就一头撞在一个穿灰干部服的人身上。他慌忙扶住我。这时，福生突然大叫："就是他！"

回想起来，这大约是他们最兴奋的时刻之一。我现在一闭眼还能想象出福生那副得意的面孔。人人都屏住呼吸，注视这一精彩场面。我抬头，只能看清来人胡子拉碴的下巴在竦竦地抖，一只手抓在门边上。他叫——

"靳雯！我来……来看看孩子……"

我看见妈妈脸色一惨，本来通红的脸刷一下失了血，身体摇晃着，她想抓住黑板的粉笔槽，但我们那种只有一根钉的黑板倾斜了，最后"咣"一声倒下来……

我顿时明白了！你们大人搞来搞去，最后倒霉的还不是我？我扭身冲出祠堂。

我倒在老皂角树下，拿书包盖住脸，咬紧了书包带。眼泪禁不住往外涌。"你还赖！你还赖！"声音像榔头敲在耳膜上，怕人。是啊，我干吗要赖呢？我是有两个父亲的呀。这谁不知道？从前我们家在城里，住在黄字三号，一个带院子的大房子里，谁不知道？从前爸爸是干部，妈妈是工程师，谁不知道？我们才来山里时，我像个小公子，带着一大堆玩具和画书，谁不知道？后来我有了大大，大大就是陈义元，谁不知道？我干吗要赖呢？

2

不知过了多久，有人踢我屁股。我挪开书包，看见了大大。

大大一手拎酒瓶，一手托着一刀肉。他两眼愣愣地，不住地咽口水。看样子，又不晓得喝了多少酒。他想笑，可嘴歪到一边去，抽动着，比哭还难看。

"晓得个啦？"

我坐起来，没说话。

"没出息样子。你有么事想不开？"他拔开瓶塞，又喝一口，靠在我身边坐下，嘴里却说："家去吧……"

没有一丝云，没有一丝风，日头毒得可以烤山芋。满耳知了的喧嚣："死啦——死啦——"烦死人。浑身就跟汗淌不出来的样子，湿乎乎，黏答答，像是抹了厚厚的一层油。野草萎了，茎叶匍匐在地皮上喘息……不知不觉，日头晒到树根上来，屁股发烫了。

我爬起来，看见他微闭着双眼，眼皮子突突地跳，蒜头鼻子里喷着又短又粗的气，眼角似乎还有一道水渍子。他惊了一下，也站起来："好，家去！到家要喊人，别讲老子没得家教。"

他把肉递过来，我却抓过酒瓶子，走了。

他又赶上几步，替我拍拍灰、扯扯压皱了的老布褂子。

3

我傍在门上，瞪着堂屋里这个陌生的人。他双手捧着脑袋，勾着身子坐着，只能看见一头灰白的毛发。大桌上堆着他带来的礼物——其中有一袋子红红绿绿的糖。

妈妈不在。但里屋传来低低的啜泣声。

我们的茅屋就像一场雷阵雨过后的山洞，弥漫着热烘烘的雾瘴气。

他抬起头，看见了我："军军！"他站起身，紧跨了一步，站住了。他又倾斜着上身伸出双手，像个叫化子。他高高的颧骨抽搐着，嘴角颤栗着，努力挤出笑来。让我看到并记住的，只是一双雾蒙蒙的泪眼。

我往后退了一小步，书包掉在地上，把手背到身后，眼睛却狠狠地瞪着他。

他打个激灵，喉咙里像有只老鼠蹿下去，然后又倒退着用手摸着板凳慢慢坐下。我看见那双手在桌沿上使劲地拧，又看见他眼角、嘴唇在剧烈地跳，我怕。

妈妈出来了，两眼通红，声音却很平静："军军，来，喊爸爸。"

我又往后退一步，掉头就跑。胳膊却被一只手捉住了。是大大。

大大一手拎着我，另只手把肉撂在桌上，然后拍着我的脑袋："军子，你怎搞的见面连……爸——爸都不晓得喊？喊！"那两个字讲得特别拗口，那只大手却牢牢地罩在我头顶上。我感到他手心很烫。

"……"我使了很大劲，大约脸也憋紫了。我喊不出来。

"别……别……这么长时间，不习惯……"爸爸失望而又宽容，慌乱而又拘谨地连连摇着手，又重新坐下去，险些把长凳也碰翻了。

大大弯下腰看看我，又求救似的看看妈妈。妈妈却别过身去，用手捂住嘴巴，大大吸了口气。过了一会儿，他又突然惊醒似的，大声说："哎，军子他妈，今晚烧两个菜，好生干一家伙，过过瘾……军子，我俩砍柴去，让你妈跟爸爸好生呱呱！"他像背书一般说完，把手一拧，我旋了一个圈，推着我出了门。

我也松了一口气。

4

砍什么柴？自从我上了初中班，大大就再也没让我动过斧子。我看着屋檐下那一排码得齐齐整整的干柴棍子，还有拐角空场上那一堆小山似的松毛发呆。就这，够我们烧一年的。

大大还是找出了斧子、柴刀和两副绳索。

砍什么柴呀。往常，一担柴也不过顿把饭工夫，一边三大捆，齐齐崭崭。我呢，只要把那些杂木枝条，树叶茅草搂搂，就够挑两趟。可我们整整混了一个下午。

大大把柴棍一根一根慢慢钉进柴捆里，直到野藤撑断。散了，再重新来过。就像有意要测定一下这野山藤究竟有多大拉力似的。我呢，背着手靠在树干上，冷冷地看着，不讲一句话。要在从前，他早就咋唬起来。"军子！……像你这样，二回西北风都没得喝！有智吃智，无智吃力，无智无力就得吃苦！"……然后，刀光直闪，汗水飞溅，嚓嚓嚓嚓，木屑、茅草像雪片一般飞起来。可今天……

　　我把砍刀一扔，干脆在树荫下躺下来。随手拽一根狗尾巴草插进牙缝，是个什么滋味儿？说不清。

　　过了一阵，大大也学我的样，躺倒了。我瞥见他眼皮飞快地眨动，眼圈微微有些红肿，就像盯着太阳看了很久很久。有回我跟同学们比赛，看谁对着太阳看的时间长，我傻乎乎地一直坚持到最后，结果眼皮跳了整整一夜，眼泪流了两天。所以这个滋味我清楚。后来，他拿手掌遮住了眼……

　　我鼻子一酸。耳旁又响起他打雷一般的吼声："军子，再淌眼睛水我揍你！男子汉一点骨子都没得……"

　　我忍住了。

　　落日推着山尖的阴影，慢慢移过来。像一卷巨大的铅皮，展开，再展开。山沟里起风了，阴凉、湿润，一阵阵从脸上掠过，很舒坦。松林开始了低低的晚唱，斑鸠子也呼啦啦地扑翅。老麻鹰在山梁、岩隙间盘旋，盘旋，许是在找一个合适的宿处？我想起妈妈从前常常对着窗前明月轻轻念诵的一首诗。

　　　　月明星稀
　　　　乌鹊南飞，
　　　　绕树三匝，
　　　　何枝可依？
　　　　……

我始终不明白，这是什么意思。就像我永远也说不准大大是个什么样的人一样。

"妈的！"大大忽然翻身爬起，拍拍身上的草屑，骂道。

我吃了一惊，也一骨碌坐起。

大大眉心已经展开，手脚麻利地捆起柴担。挑上肩，还轻松地颠了两下。

我也说："妈的！"然后把削尖的柴棍插进松毛里。"嗬——"我叫起来。

"嗬——嗬……"四面八方也都跟我叫，这种下山前的呼唤能让劳累得到最好的发泄，也是一天最快活的时候。

大大看着我笑笑，就像平常考问我树木花草的名称一样随便，问："军子，二回到城里逛逛，想不想？"

这问题很古怪，但我也能隐约猜出一点味道来。我毫不犹豫地答："不想！"

大大看了我一眼，一溜小跑下了山，再也不吭声。就跟根本没我这个人似的。

也许他以为我不是讲心里话？其实城里我一点也不想，这是真话。城里，留给我的印象是怕人的。

5

好像是我六岁那年夏天，街上很热闹，我也很快活。一会儿敲锣打鼓，飘着彩绸，一会儿走来一队大人们，喊着口号，到处都写着大字，连马路上都是，到处是大喇叭在嚷，什么也听不清……有一天,从幼儿园放学回家,我像往常一样,一阵旋风地冲进院子。但我被坐在堂屋门口的阿姨一把拽住了。她对我摇摇手,又对我努努嘴。我一听,原来爸爸妈妈正吵架呢。火气都大得吓人。

在我的记忆中,很少来家的爸爸总是那么快活。他一到家,我们那个冷清的院子就立刻热闹起来。他除了喜欢拿胡子扎人不好,你怎么跟他玩,他都不生气。有回我们玩"骑马"我手中的柳条不小心抽到爸爸脸上。他鼻子里流了好多好多血,总也不停。我吓坏了,连妈妈都瞪着眼要打我,我都忘了跑。可爸爸却拦在妈妈前面,手在脸上一划拉,弄了个大花脸,搞得全家都哈哈大笑起来。妈妈呢,就不像爸爸那么随便,就像钟摆那么呆板。早晨起床,一定要把被单扯得平平的,一点折皱都没有。衣服一定要整洁,一点纱头线脑什么的都要拣光。所以每天下午下班以前,阿姨一定要揪着我,把我浑身上下刷上一遍。妈妈总是那么匆忙,每天洗好脸,两手在脸上一抹,用个大夹子往头发上一插,拿个馒头就上班去了。这时大挂钟不多不少正敲六点半。也许她是所有的妈妈中顶会讲故事的一个吧?她有那么多故事,每晚睡觉前都要说上几个。连我夜里好尿床,在她的故事里都能找到。我怕自己以后像小狐狸小黄鼠狼那样,吃过晚饭就再也不敢喝水了。她的故事就像大海里的浪花那么多,天上云彩那么千姿百态。我对妈妈的畏服就是从这些故事中产生的。但爸爸和妈妈吵架,这是我第一次,也是最后一次听到。他们说的话我一点也听不懂。后来我听见"咣啷"一声像是茶杯什么的摔在地上,然后妈妈大声呜呜地哭起来。尽管用被子堵在嘴上,那声音还是大得吓人。妈妈还从来没这么大声大气过呢?

我又看见爸爸眼睛通红,手里攥着帽子,怒气冲冲地走出门去,推上车就走,看也不看我一眼。

又过了许久,妈妈不哭了。我轻声问阿姨:"大人也会哭吗?"谁知阿姨眼圈也红起来。她翕动大蒜头一样的圆鼻子,一把把我搂在怀里:"大人也会哭,哭的。"

"好哭的小羊招老狼呢。"我说。

妈妈从里屋走出来,把我拉过去,脸贴着我的头发轻声说:"大人哭也不好。军军,从今以后,咱们都不哭,好吗?"

我莫名其妙地点点头,替她擦去泪水。其实,咱们后来谁也没实行这一条。

第二年,我上一年级了。有一天,我被老师从班上叫出来。老师领我走了好多路,最后把我带进一个大院子里。当时不知怎么搞的,一跨进那个圆门,我的腿就抖起来。至今一闭眼我还能感到那圆门里阴暗的气氛。秋风推着枯叶在院子里旋来旋去,青灰色的墙基上附着厚厚的青苔……就像孔雀公主走进那个山洞一样。

老师把我交给一个叔叔,点点头就回去了。叔叔又领我跨过一道圆门,把我交给一个伯伯。伯伯又带我走进一个圆门,最后送进一个房间,点点头又走了。屋里喷出呛人的烟气。

我看见爸爸妈妈并排坐在一张椅上。在他们对面的桌子后面坐着两个人,他正说着话。爸爸已经好久没回家了。他瘦得怕人,脸色铁青,胡子又多又长,本来高高的个子,缩在那里更像一张弓。他用两手捂住脸,不停地吸烟。他对我笑了一下,可那笑却让我打了一个寒战。妈妈照样穿着那件蓝色的制服,干干净净,显得挺安静。她对我招招手,把我搂在怀里。

"你叫徐军吗?"见我点头,桌后那个人又问,"你爸爸妈妈离婚了,你跟谁?"

我瞪大眼睛摇摇头,我不懂这个:"爸也要,妈也要。"

谁知那两个人竟快活地笑起来。我看不出有什么好笑。

妈妈梳理着我的头毛:"军军,爸爸妈妈要分开了,你愿意跟妈妈在一起吗?"

这时,爸爸突然站起来,对我伸出手:"军军,跟爸爸吧,我们天天玩骑马,啊?"他瞪大两只血红的眼睛,脸上的肉不住地跳,胡须上挂着唾沫,样子可怕极了。

我一下子抱紧妈妈的脖子哇一声哭起来:"我要妈妈呀……"

这件事是这样重大,可在我只哭一下就解决了。我不知别的小孩遇到这种情况会怎么样?

后来,妈妈一直抱着我走。我觉着妈妈从来没有抱我这么久。我伏在妈妈身上,看着爸爸踽踽地远去,由大变小,由高变矮,最后化作一条细线,慢慢地消失了。

再以后,我再也没有见过爸爸。妈妈总是呆呆地出神,眼睛底下总留着两块青黑色的晕。

阿姨也总是叹气。我问她为什么,她只是把鼻涕眼泪蹭得我一头一脸,还是叹气,叹气。不久,阿姨也走了。

呵,我再也听不到那些动人的故事了。有时妈妈让我逼得没法子,就讲一个,讲得一点也不好听。

呵,"城里",它给我留下的印象,就是那一道又一道的圆门,就像一个个摸不见底的井圈。

6

妈妈把菜一样一样端上来,一共有六碗。这在我们家也算是顶丰盛的了。要再早两年,哭都哭不出来。山里人待客都这样,只要家里有,都往外拿,心诚得很。何况,何况……还是对他呢?

"喝!"大大抓起酒瓶,给他倒了半碗。他急忙用手挡住碗口,窘得连话也说不出来,看了看妈妈。

"他喝不多。从前。"妈妈急忙溜进了灶墙里。

大大捧起了满满一碗酒,站起身。他也慌忙站起来,半碗酒也能洒出来。我趴在桌上发愣。这种仪式在心里我见多了。大大这么庄重也还是头一回。

"当"的一声,两只粗瓷碗碰在了一起。大大一口咕了半碗,然后一抹胡子。他正要夹菜,筷子却停在了半空。

爸爸咬着碗边,碗在格格地响。他合上眼皮,多皱的脸上,一霎时仿佛暴雨冲刷着满山沟壑,到处溢满了浊黄的浑水,然后一起聚在碗边,又无声地同山芋干子酒搅和在一起……

大大叹口气,撂下筷子:"大哥!我是个粗人,不晓得讲话。山里规矩,凭你好大心思,喝过头碗酒再讲。"

他一仰脖子,把酒倒了进去,随即瞪直了眼,看着满桌子菜发愣。

"吃。"大大给他夹了一块肉。他接过来,撂在我面前。

"吃。"大大说。在山里,女人小孩是不上桌面的。我们家是个例外。这一回,自然情况更特殊了。我吃着,大大和爸爸轮流给我夹菜。妈妈靠在灶前,目光在这两个人身上溜过来溜过去。她在想什么?

"我打扰你了!"吃着,爸爸突然抓起大大的手,"本来,我想……我对不起你。我明天就走,看看军军就行了……"他又吸溜鼻涕了。

大大把碗一推,酒泼出来:"你讲什么话?你骂人咧!你小看我不碍事,我不算个屌,你把她们母子往哪摆?"

"真的,我回去还有事……"

"你可要我给你磕头?老子!"大大喝了酒,话讲得也像机关枪一样,"讲假的不中,我还有事跟你商量。明天喊军子陪你上山转转，看看那棵老白果树。那也算山里头的稀罕东西……"

真的，我们后山有棵稀奇的白果树。有回县上来人说，这要在大城市，不晓得要卖好多钱一张票才能看一看呢。树干五个人也抱不过来。树腰上伸出几枝柔曼的枝丫，像伞骨那样撑起一顶巨大的嫩黄色的树冠，能遮半亩地的荫。每当夕阳西射，山溪里荡起淡淡的薄雾，站在凤凰顶上往下看，就宛如一朵飘浮在绿海上空的鹅黄色的云。月牙形的叶片上跳跃着碎金一般的光。尤其古怪的是，树腰中间突然扭过来，像女人的腰身一般弯向东北方。两枝特大的枝丫一直向前伸出去，伸出去——其实那边正是阴山，见不着阳光的去处……

"大大，"有回我问，"这树怎么这样怪长？"

"她想老公呢。"大大望着那片浮云，这样回答我。

原来白果树也分公母！

后来，我慢慢知道，这棵母的比谁的年龄都大。从前，每隔一年她都挂一次果，一次能长好几百斤。她的"老公"在六十里外的凤尾坳，后来成了炼钢铁的柴禾。再后来，她就再也不坐果了。可她朝着"老公"方向的两根枝丫却越长越泼。就像两枝长长的臂膀，向"老公"不停地伸过去要着什么。每年都要长出几尺，似乎这就离得更近一些。

……吃过饭，大大摸着我的头，眯缝着醉眼大声对我说："军子！今晚我俩困堂屋……让你妈跟你爸爸好生呱呱。"

"咣啷！"锅铲掉进锅里的声音。

陡然间，煤油灯捻子噼地一炸，坐在对面的爸爸本来已经平和的泛出红光的脸顿时变得惨白。他哆嗦着强摁着桌面站起来，踉跄着往外走，刚跨出一步，就扑倒了。

大大急忙去扶，却被跑过来的妈妈狠狠一巴掌将手打开。妈妈扶爸爸重新坐下，狠狠瞪了大大一眼，又重新去涮碗。碗在锅沿上清脆地碰撞着,仿佛油垢太多,总也洗不干净。大大的脸火烧的一般,嘴里低低地嘟囔着,像是对我又像是对爸爸解释什么,我相信他自己也听不清。他的眼神直了。

唉,多难受!我给爸爸倒了一碗茶,放在桌上。他头仰着,靠在墙上,眼皮也没抬。

又在沉闷中挨过一阵。妈妈碗已洗好了,但仍在灶前摸着什么。我已经开始打盹。大大坐在那儿直捎脖子,似乎有好多话堵在那里,挤不出来。真难捱呀。

外面亮过一道弧光,黛色的山峦像一条不规则的曲线,在灰暗的夜空中跳了一下,接着传来一阵凝重的滚动声。

"我得回去了。"他惊了一下,站起身。然后眼睛看着我倒退着往外走,"谢谢了,老陈兄弟。谢谢了,靳雯。"他脸上带着惨然的笑。

"你去大队里住?"妈妈一说话,眼圈又红了,嗓子也有些抖。

"有,有!"他慌乱地应着。

"不行!"大大跳起来吼道,"就住家里!军子,喊住你爸爸,喊!不喊我揍你!"他黑着脸,嘴角渗出了白沫,卡着我的颈子往前一搡。我明白,这是真的发火了。

"爸爸。"我上前低低叫了一声,就像空谷里一只雏雀的回声。我不知道我喊一下究竟有多大好处。我是怕挨揍?还是真的对爸爸有点依恋?不知道。随后,我委屈得哭起来。这些无能的大人,对付小孩他们有的是办法!

爸爸像根枯木那样对我点点头,这时已经没有一点激情了。妈妈急速转身,飞快地搬出凉床:"你带军军睡堂前吧。"她喘吁吁的,脸上泛起了红晕。大大却像怕他跑了似的,抓住他双肩,把他按在凉床上。

7

　　艾绳点着了，屋里弥漫着刺鼻的草香气。蚊虫、黑蠓躲远了，蛐蛐、土狗子却欢快地唱起来。远处又打闪了……

　　凉床紧挨着我的铺板。我侧身向里，直绷绷地挺着，生怕碰着了爸爸。爸爸大约也是这个心思，离我远远的。只是蒲扇不停地替我打着风。多么奇特的夜呀。他，真是我爸爸吗？他怎么会是这个样子呢？个子也不像记忆中的那么高。真是他吗？

　　……好像下了一场暴雨，一阵阵凉丝丝的风吹进来。伴随着屋檐下滴答滴答的水响，一颗水珠落在我脸上。我醒了。左臂好像不是我的了，麻得提不起来。我费力地翻过身来，手"砰"一声砸在竹床上。那边怎么是空的？抬起沉重的眼皮，昏黄的灯光下，爸爸的身影横在我面前摇曳。我知道他在看我，赶紧合上眼。一件什么衣服搭到我肚上来。

　　……煤油灯又在噼噼啪啪地放炮了。坑人的代销店爱在煤油里兑水。他对着灯花出神，他看见了什么？

　　……里屋隐隐约约传出嘤嘤的抽泣声。是妈妈。他们也没睡着？是了，他们在不停地翻身，多奇怪呀，一道篱笆墙隔着两个父亲！他真是我爸爸吗？恐怕是真的。

　　……他有一件黄色的军呢大衣，小时我牵着后腰上那根宽带子赶马，好玩极了。呵，又有了一点对爸爸的记忆。对，他弯过长胳膊把我从后面捉住，然后，然后把我举起来，胳肢痒痒，又短又硬的胡子在我脸上乱扎……我们笑够了，他把我放下来，可以清清楚楚地看见袖口上被磨秃了麻袋布一样的经纬线——那些横的，竖的，斜的粗线条。现在，这些交叉的线条又在眼前飘忽、棋盘格子一般被放大出来——

8

那年冬天,我们搬家了。

我们从前的房子是日本鬼子开矿时留下的。一排一排,分成天、地、玄、黄、宇、宙几个等级。我们家在黄字三号,前后有两个院子,屋里有地板。我不知我们的新家是什么样子,但搬家总是快活的事。

"搬家啰——搬家啰……我跳着欢呼着,把我的玩具和小画书装了满满一大纸盒。"

"军军,东西太多了不好拿。"妈妈拦着我。

"没事!让他们来小包车接我。"我说。

妈妈神色古怪地看着我,嘴角还挂着一丝淡淡的笑。她只得把她的厚书再退出一部分来。

唉,那时我就有这么疯。

来车站接我们的不是小包车,是独轮车。推车的汉子又高又黑,壮实得就像鼓楼的大铜钟。他对着旅客挨个憨笑着,手里拿着一封信。妈妈喊了他一声"义元兄弟",他愣了一下,旋即又"嗨嗨"地干笑了两声,提起我们的行李。

原来他是我们阿姨的堂弟。我怎么能想到,后来他竟成了我的"大大"。想起来,就跟玩一样。

独轮车是木头轮子的。走起来,"吱呦——吱呦——"有意思极了。我一会儿跑到车前,一会儿到车后,跟着打旋。有时还摘一根狗尾巴草,当鞭子抽着玩:"驾,驾驾!"

妈妈骂了我:"别尽着疯,路还远着呢。"

"没得事,走不动我推他。"他就这样同阴沉着脸、锁着眉头的妈妈谈起来。妈妈总是有一句没一句地嗯嗯地应付着,一路也不知回头看了多少次。

　　路越走越窄了。独轮车推上了一条盘山道。我也没劲跑了。刚才那股子新鲜劲早已无影无踪。"吱哑——吱哑——"声音多么别扭。这座山一点也不好玩，根本不像小画书上看到的那种山。光秃秃，滑溜溜，到处是赭红色的泥巴和岩壁，连一棵像样的大树都没有。衰草和小杂木在山风中可怜地瑟缩着，偶然飘落的一片树叶也只有鸡蛋那么大。没有欢歌的鸟鸣，没有叮咚的山泉，只有小车在"吱哑——吱哑——"

　　"这车子换个胶皮轮胎，带轴承的，就轻松得多。"妈在沉闷中搭讪道。

　　他却答："屌用没得！如今时行板车了，这种车难得用一下。哪个有许多票子买这种屌东西……"每一句话里都有一个脏字。

　　我看见妈妈咽下一口唾沫，低下头赶路，再也不想多讲话。

　　他大约也觉察到自己的粗俗，难为情地对天望望，把嘴巴张得老大，好像打喷嚏老打不出来的样子。后来他索性把我们甩开，一路小跑冲上山包。

　　"歇一番吧。"又走了好多时候，他对气喘吁吁赶上来的我们说。他把一块可以坐的石板让给我们，自己靠着岩壁倒下来。

　　"叔叔，快到了吧？"我忍不住问。

　　"快了快了，走了一半了哩，顶多太阳落山就到家。"

　　我的天！他讲得多轻巧。那颗若明若暗的日头才刚刚有点偏。我瞧瞧妈妈，她也蔫了头，软了腰，靠在山石上，上不来气。

　　其实这是一条一面靠山的盘山道，红山泥和碎石铺成的路面，虽然刚下过雨，却并不黏脚。走起来又松又软和。而当时，在我们脚下，却像永远没有尽头。

　　他一个人坐得远远的，舔着嘴唇，头一点一点，像是在数落叶。后来，他又转过身去解小便，哗哗的声响在寂静的山道上显得格外刺耳。

妈妈别过脸去,眉头越皱越紧……

"妈妈,我也要撒尿。"

"去去去,到那边去!"妈妈挥手把我攮开。

他见我跑过去,高兴地蹲在我面前看着我撒完尿,拉着我的手:"你叫什么名字?……军军?洋乎!"他翘出了大拇指。

"我带你听电线杆唱歌,好不好?"他眯起眼,自顾自地讲起来,仿佛进入一个梦境,"我小来,姆妈带我到山外讨饭,走累了,姆妈就讲,歇一下吧,秃子——小来我头高头一根毛也没得。"

我笑起来,看着他一头硬扎扎的头发和胡须,想象他一根头毛也没有是什么样子,腿也不那么酸胀了。

"姆妈讲,歇一下吧,趴在电线杆高头听唱歌。我就趴在那高头听。听着听着,肚子也不叫了,人也不累了,后来就困过去了。天晚了,姆妈把饭讨来,我还就着饭听唱歌咧……"

真有这么好听的歌?我神往了。顺着他的手指看去,山腰上砍秃的树上,绑着两根铁丝——其实是广播线。他把我屁股托起来,我伏在那里听了半天,只有嗡嗡的声音。我扫兴地爬下来,一本正经地说:"什么好听的歌,这叫共鸣!你这么大人连共鸣也不懂?你难道没有放过风筝?把橡皮筋拉长了绑在风筝上,也能嗡嗡地响。你不懂?"

这回他又要打喷嚏了。他张开的嘴就像僵住一样,好半天才一点一点合拢来。然后他从独轮车上解下一个紫红色的小口袋,掏出两支熟玉米,低下头啃起来,再也不理我。

妈妈也在喊我吃干粮。但同饼干相比,还是玉米更有吸引力。那黄黄的,一粒一粒透着红色,像小珍珠一样……我手里拿着饼干,舌头舔着嘴唇,眼睛却溜向他那里。

"军军！"妈妈狠狠瞪了我一眼。

也许这一声惊醒了他，他走过来塞给我一支玉米，又不声不响地走回去。

妈妈只好拿出饼干同他搭讪，他理也不理。

后来，我们又上路了。再后来，我也不知怎么，就坐上了他的小车，睡着了。

等我醒来，红泥碎石路已经走完。在一片细细的小松林的间隙中，我看见了袅袅的炊烟，看见了青砖小瓦的、黄泥草顶的分散在山谷中的房舍。还有盘绕着松林的清洌的小溪流。听见了空旷寂静的山间有阵阵回响的棒槌声。

9

这里名叫石门关。据说从前村口的峡谷中有两片巨大的粉红色山石，横拦在路口。山石中间只有一条小路，刚够挑担子推独轮车走。这两片山石就像两扇大门刚刚开启了一条缝。村头古木参天，小路盘绕在中间，两个人并肩都没法过呢。当年日本鬼子走到关门口，就再也没敢往里进。现在，石门炸掉十几年了，岩壁上还能看清残留的痕迹。山里通了板车路，就是我们走的那条红泥路。为了能把木炭多多地拉出去支援炼钢铁，石门不能总挡着道。

我们的新家就在这个只有七户人家的生产队里。妈妈到这里来是阿姨给联系的。大队里有一所民办小学，从山上过去才五里路。妈妈说，这里好，这里清静。于是我们就来了。

我们的家是一座靠山坡的旧茅草屋，没有院子，没有厨房和厕所。屋子里有一个缺烟囱的柴禾灶。这里人的灶都没有烟囱。土墙给熏得乌黑，屋梁像是要往下滴油，屋顶上挂着一串一串榆钱似的烟灰。

"这多不卫生呀，妈妈。"

看热闹的老乡们笑起来。妈妈瞪了我一眼："这儿挺好。我们会修好的。感谢贫下中农对我们的关怀。"

推车的叔叔帮我们把行李提进去，连招呼也没打就走了。后来我们才知道，这间茅屋就是叔叔自己的。他住进了看山的棚子里。村里七户人家既没有贫下中农，也没有地主富农，他们的成分是清一色的中农。只有叔叔是贫农，但他又没有家。

多奇怪呀，这个地方！

这一夜，我和妈妈睡一个被窝，可我还是觉着好冷好冷。我做了一个好梦，梦见爸爸回家来了。他带了好多小画书，还有好多好多玉米棒子。可就是不许我动，非要先拿胡子扎我一下不可，还说要亲个痛快的。我只好让他亲，亲得好痒，我拼命用手推……我听见吱的一声，醒来了。我吓得哭起来，我看见一只大老鼠从被头上大摇大摆地爬下去。

妈妈把我搂在怀里，哄了好半天，我还是睡不着。我们索性披着棉袄坐起来。小油灯嘶嘶地叫着，屋里飘着好闻的煤油味儿，我们的影子长长地映在墙上，晃过来晃过去……真像是进入了妈妈的童话世界。

"妈妈，讲个故事吧。我都好几个月没听故事了。"

妈妈却突然扳过我的脸，亲着我的眼睛说："军军，你听妈妈的话吗？"

我点点头。

她眼圈红起来："不管人家说什么，你都喜欢妈妈吗？"

我又点头。妈妈使劲把我搂着。我气都喘不上来了。"军军，咱们开始过一种新的生活了，跟过去完全不同的生活……咱们把过去都忘了吧。"

"咱们不回家了吗？丽丽借我的小画书还没还呢。"我想我当时一定是哭了，哭得很伤心。

妈妈找来竹篾子，把我们带来的白报纸全部贴到墙上，别到屋顶上。我们家立刻变样了。我们又把锅灶安了个大肚子烟囱，一直通到屋外。我在烟囱上刻了个人头，还安了大鼻子。这是妈妈第一次让我玩泥巴。茅屋虽然破烂，我们是把它当做真正的家来布置的。连老乡都夸妈妈能干呢。

每天早晨，太阳还没露脸，薄雾还在门口飘荡的时候，妈妈就做好一天的饭。然后我们拎着饭夹，翻过两道山梁，到学校去。

我们的学校是个旧祠堂，连妈妈一共才三个老师。那两个老师是一家。我和妈妈是一家。可有意思了。校长就是大队书记，姓郑，大家都叫他郑书记。学校里只有一间大教室，四通八达，连着天井。虽然房子很多，有几根大柱子撑着，可是光线却很暗。我们上课的方法也特别：几个学生围着一个老师。碰上下雨下雪，三堂课挤在一起上，热闹极了。

郑书记常到学校里来。他一进教室，老师学生们都要站起来。妈妈对他也特别尊敬，总说请他作指示。其实他从来也没作过什么指示，每回都是"哈哈……"了一阵以后就走，手背在身后，香烟卷总在嘴唇上滚来滚去，怎么都不掉。

这里同学的名字也特别奇怪，大多数姓郑，而且中间有个福字的也特别多。像福喜、福来、福庆、福元、福生等等。石门关的学生只有我和郑小梅两个。小梅的爸爸就是生产队长。

妈妈说，小梅很懂事，让我多跟小梅玩。其实她就比我大两岁。而且她也没时间和我玩。她大大一见她玩，就骂。

小梅没有妈妈，但妈妈却给她留下两个妹妹。小的才刚会走路。所以她也是她们的妈妈。每天早起,要做好一天的饭,把妹妹的衣裳穿好,才能去上学。放学回来,又忙着刷碗,洗衣,做饭,还得管菜园。晚上,带妹妹睡觉,做作业,纳鞋底……两只眼总是红红的。我上第一堂课,就看见她打瞌睡。头一点一点地,口水拖在下巴上。一个同学叫起来:"看,小老妈子又打瞌睡拜菩萨哩!"他就是郑福生。可当时我也快活地跟着大笑。

放学时,妈妈带我们一起回家。妈妈没说几句,她就哭了,哭得好伤心。她说晚上做活做得迟,累死了,可大大还是骂她。她说,要不是大队实行免费入学,她早念不成书了。"不念——又生怕吃了亏!"

她讲起大大来,总是咬牙切齿的。

我就上她家去过一次。她家屋子又高又大,到处空荡荡的。一家人都挤在一间狭窄的厢房里睡觉,床挨着床。她说这样暖和,不知是什么道理。宽大的堂屋只有一只高高的条案和一张方桌。条案上摆着宝书台。有趣的是,宝书台两侧还有两只胳膊粗二尺多长的大红蜡烛。这成了家里显眼的摆设。

"你们家点这么大蜡烛,真浪费。"

"嗯——"小梅一边烧锅一边说,"那是祭祖才点的。你过年来吧,过年点。"

"那要多少年才用完?"我又觉得太节省了。

"一辈子。"她走过去,踮起脚摸着蜡烛,认真地说,"这是我姆妈陪嫁带过来的,一点就能看见姆妈……"

"放屁!"她话没说完,小梅大大收工回家了,"你二回再瞎屌讲,老子撕你的逼嘴!……贱骨子,跟你个姆妈一样东西……"

我赶紧逃出来。回到家,心还怦怦跳。晚上,我把这事告诉妈妈,妈妈说:"那以后就别上她家去玩。"

"她妈妈是坏蛋吗?"

妈妈盯着跳动的灯花看了很久,最后摸摸我的头:"睡吧。她妈妈长得很漂亮。"

这我相信。你只要看见小梅就知道。她的脸虽然有些黄,可她的眼睛可神气呢。但她妈妈究竟怎么了?这真是个谜。

10

推独轮车的叔叔有时也到家里来。来了总要带点野洋桃、老玉米什么的给我吃。他话说得很少,特别当着妈妈面的时候,总是想一句说一句,显得很费劲。他来了就挑水,或者拔出斧子砍根木桩撑撑快要倒塌的茅草顶。妈妈对他也很客气,来了就搬凳子,有时还留他吃饭。

他腰间总挂着一把又尖又长的斧头。走起路来,斧头把子敲在屁股上,像个猴子尾巴。有回我拿手去摸了摸,那玩意少说有五斤重。

"别动!"他虎起眼瞪着我,"这是玩的吗?"但一见我撅嘴,便又堆下笑脸来。"嗨嗨,我代你掏雀子蛋,可中?"说着便要上树。

我嚷:"我要自己上!"

他便立刻蹲下身来,让我骑在脖子上,嘴里还嘟哝着:"别撒尿噢,撒尿我就不长个子了。"

我笑得气都喘不上来,哪儿还有劲爬树:"你这么大人,还想长啊?"

"咦?哪个不想长啊?不信你看,我小褂子一年补一回,不是长个子撑的呀？骗你？骗你是……"他伸出小指头，忽然扭头看见了妈妈，咽口唾沫，又不说了。

妈妈也笑了："义元兄弟，吃饭吧。"

他偶尔也在家里吃，但最多只吃一碗，就说饱了，抹抹嘴就走。妈妈也不留他。其实我倒挺愿意和他玩。

他带我去山上的窝棚里玩过几回。那里面堆了几口大棺材。他就睡在这些棺材上面。真吓人。石门关这七户人家都不很富裕，可这些棺材都上过好几层漆的。他对我解释说："活得不快活，就想死了以后快活。"然后哈哈大笑。我也跟着莫名其妙地笑。死了以后再快活又有什么用呢？

"你怕吗？晚上？"

"怕有屌用！"在这儿，他又放肆起来。他摸出板斧晃晃，"头年有个屈死鬼来了，我就跟他讲，你是屈死的，不作数，没得地方把你困！他就跑了，临走还大喊了一声，哇——"

哎呀，我听得毛骨悚然。他却眯上了眼，摇头晃脑，真有那么回事似的。

我一去，他就摸出一支老玉米，用手扒开火塘里的热灰，把玉米埋进去。等窝棚里飘起香、刚刚闻到一点煳味的时候，再拨弄出来，用手抓着在棺材上拍打，在衣襟上擦干净给我吃。滚烫的老玉米，在他手里就像没感觉似的。

有时高兴起来了，他还能吊起嗓子，又尖又抖地唱几句山歌。

那时到处都在唱京戏，这山歌虽然听不懂，也还怪得劲。他会唱的歌很多，全是这一类的山歌，哥呀妹的。唱得余音缭绕，经久不断。唱完了，他就躺在山坡上，望着凤凰顶上的白云发傻，半天都不说话。

他好像是有点傻乎乎的，看什么都能一看半天。而且山里人谁都拿他不吃劲。大家都叫他二秃子，连小孩都这么叫。他也答应得嘣脆，没见他为这事生过气。妇女挑担子挑累了，只要见了他就喊："二秃子，代我挑一肩哦！"喊罢，挑子一撂，就走了。他就忙不迭地给人家送去。到家有饭就吃一口，没饭就转回头。他不在乎力气，也不在乎人家看得起。但妈妈从不许我这么喊。她自己也称他"义元兄弟"。乍一喊，他还一愣神，日子久了，他便回回轻声应道："嗯哪！"其实我倒喜欢跟他上山去玩，只是妈妈不让我常去。

11

　　我很快就喜欢我的新环境了。这里虽然没有滑梯和秋千，可玩的东西一点也不少。我学会了砍柴，也敢牵牛，还敢逮山蚂蟥——把它用小木棍从屁眼里一穿，翻过来，就再也不会蜇人。我还会用竹叶子做口哨，吹起来就像纺织娘娘那么好听。同学们也都爱和我玩，因为我有那么多玩具和小画书。这些书都是经过妈妈挑选的。一有空，他们就来我家，把我的大盒子搬出来，一样一样地翻。我看见大家瞪大惊喜的眼睛，心里不知多快活。我想，要是那些书全都还在，该有多棒！

　　这种日子持续了将近一年。我成了孩子王。

　　记得有一回，我又喊同学们来家玩。福生却把大家拦住："那些破书翻都翻烂了！我有五分钱，要吃小糖的跟我走！"大家噢一声都轰到代销店去，我也只好蹭蹭地跟了去。我们每人分了一块糖的三分之一，福生一个人吃一块。吃完糖大家眼睛又盯上货架上的样板戏画书。大家你看我，我看你，最后一起看着我。我知道福生早就对我不服气，这时一个念头冒上来，也顾不得妈妈平时说些什么，大声喊："你们等等！"就跑回家来。

代销店离家有三里路呢，我一口气就跑到了。我在妈妈的大笔记本里找到一块钱，又飞回代销店。我上气不接下气地把钱往柜台上一摔，大声说："一样来一本！"看到他们一个个嘴巴都张开来，我的心就像装了一台小马达，浑身都震得打颤颤。

"咦？你个姆妈可怜伤心，你小老板倒大方！"不知什么时候，"他"冒出来，劈空伸手把那钱抓了去。

大家都傻了眼，眼巴巴地望着我。

我踮起脚想够住钱，可他把手举起来，怎么跳也够不着。我气极了，哭骂道："不要你管！你算老几？……你……二秃子！"

他想伸手提我的手，被我狠狠咬了一口。

这时，福生领着大家在门外喊起来："二秃子好，二秃子坏，二秃子养儿没屁眼……"

他哆嗦了一下，手软了，把钱慢慢放到柜台上，嘴张了张，什么也没说就走了。

我们买了三本画书，剩下的全部买了小糖，然后跑到那个经常玩的山凹凹里，一直混到天黑才回家。

可一进家门，我就知道不好了。妈妈黑着脸坐在床上，饭也没有烧。

我把手背在背后，慢慢蹭到桌子前。

"你过来！"妈妈厉声喝道。我站着没动，腿在簌簌地抖。她冲到我面前，举起了手。我吓得闭上眼，准备大哭。可她并没有打下来。

这一晚，我们早早就睡了，没有吃饭。我这才知道，这是家里剩的最后一块钱。

第二天早晨，我一睁眼，就看见妈妈站在我面前。她慢慢在我身边,看着我。我不知怎么搞的,眼泪一下子就喷出来。妈妈把我眼角擦了又擦:"军军,你恨妈妈吗?"

"妈妈,我下次不了。我今天就把书退回去,一点也不好看。"

妈妈摇摇头,脸紧紧贴在我脸上揉着:"你不懂,你不懂啊……我们的每一分钱……每一分钱……"

我终于忍不住哇哇大哭起来,和妈妈的泪水流在一起。

妈妈把我拉起来,咬着牙说:"咱们不哭。……你不知道,这才刚刚开始呐。"

"妈妈,我长大要挣好多好多钱。"

妈妈又摇头了:"妈不要钱,妈要你快些长大,啊?"

这以后,妈妈常常躲着我一个人落泪。我知道。我也不去说穿它。我要做一个真正的男子汉。这话独轮车叔叔常说的。树叶黄了,落了。小草枯了,焦了。路伏在山冈上。每天上学,鞋尖尖再也不会被露水打湿,小路上铺了一层薄薄的白霜,多快呀,转眼,又是一个冬天……

12

有次福生双手撑在课桌上玩"飞腿",鞋子突然飞出去,掉在祠堂板壁后面。他满不在乎地屁股一歪坐在桌上:"小梅,代我拣来。"

小梅回头看了下,没动。

"你拣不拣?赶早代老子拣,不拣老子骂……"

小梅咬紧嘴唇，黑着脸从板壁底下爬过去，蹭得胳膊膝盖底下全是灰。鞋扔出来。

"她敢不代老子拣。"在茅厕里，福生得意地对我吹嘘道，"她家老底我还不晓得？"

"什么老底？"

"她个姆妈跟人家搞鬼，给她大大打得半死！"

我惊得瞪大眼，心都不知往哪儿跳了："后来呢？"

"吊颈了。你们石门关的老规矩，摔到竹丝坑去了呗。"他神秘地对我比划说，"还有人看到来，她姆妈披头散发地跑，舌头拖得尺把长，一甩一甩地，六七个鬼跟在后头追……"

我傻了。原来小梅她妈妈是做了件最丑最丑的事情才死去的。怪不得福生叫她干什么她就干什么，那么听话！怪不得她大大那么骂她妈妈！怪不得……

也许她在我耳边讲她妈妈的好处讲得太多了，我太相信她了，这些丑事在我心里才格外磨得难受。就像有人骂我一样。一连好多天我都不睬小梅。放学时，我故意离她远远的。这天，她等在老皂角树边拦住了我。

"军军，快过年了，来我家玩吧。我把烛台都擦好了。"

"哼……"我嘟起嘴，转过身去。

可她又转到我面前来："我摆了四个碟子。有核桃、板栗、花生、柿饼……我大大保险不骂人，过年不作兴骂人。你来我抓把你吃。"

"哼！"

"真的！你来，蜡烛一点你就能看见我姆妈……真的，回回我偷点都看不见，过年她就来了。我姆妈就在烛火里头，还笑……"

"你妈妈是坏蛋！我懒得看。我不跟你好了。"不知为什么，我反而想哭。

她脸色变得煞白，眼睛眨巴了几下，泪珠子滚下来："我姆妈是好人！是好人……呜……"哭得好伤心。哭够了，她又上前拉住我，"你要不欺我，我就跟你讲。"

我不由自主地和她拉了"勾"。

"大前年子，我大大一下病倒了。天天躺在床高头。没得钱，全靠姆妈出来代人家打零工。你晓得的，我姆妈做针线山里数第一。后来就在祠堂里代大队做旗子，代人家缝衣服……开头她带我跟大妹一道来，就是教室后头那间黑屋，以后她就一个人来。白天来，晚上家去……再后来，大大病好了，死命打姆妈，头都裂开来。她生下小妹，就……她临走的时候，还把棉袄留下，就穿件单衣。我困着了，一点都不晓得……不晓得怎搞的，山里有人哄，讲山上不能埋，怕坏了风水，就……到竹丝坑里去，还讲是老规矩。"她说着，眼泪早就干了，望着西边天的一点红云出一会神，好像又快活起来，对我怪样地笑笑，"其实我晓得我姆妈早升天了，好人都能升天。你不信？你别看我大大当人面成天骂她，其实他把姆妈的梳子揣在怀里，一早偷偷摸出来向呆，我都晓得。信不信由你。"

这就怪了！那小梅大大还要逼她干什么？还有，别人干吗又要起哄呢？这关他们什么事？

晚上，我问妈妈，妈妈说："军军，世界上有很多事情妈妈也说不清。就看你们长大以后了。"

有一天，妈妈到天快黑了才到家。一进门，她就反手把门带上，靠在门板上直喘粗气。

我把作业本一推，走到跟前才看清，她苍白的脸上爬满了泪珠，一头蓬乱的头发颤栗着，棉袄肩头炸裂了缝，像是和谁打了一架。

"妈……"

"军军！"她大声喊，"去，喊叔叔，说我请他有事！"

我把叔叔领来，妈妈已经洗过脸，换了一件夹袄。我知趣地走到外面。门开着。我竖起耳朵偷听，但是……

"嫂子，有话你就直讲嘛！"好长时间才听叔叔吼道。

"其实也没什么事。军军这孩子毛毛躁躁、慌里慌张吓死人……今年咸菜好吃，你抓点去。"

……咚！拳头砸在桌上。

"你信不过我也不碍事！其实我早就看出来了。那些狗日的不是东西！郑酸子家里的靠山就是他，还有钱家山一个……"他又不说了。

"没事，真的没事！"

我糊涂了。"郑酸子"是小梅大大的外号，他念过一年私塾，会说几句"古话"，大家都这么喊。但"他"是谁呢？"钱家山"又是谁呢？"老狗日的"是谁呢？妈妈为什么又不说了呢？肯定有阶级敌人破坏！

最后妈妈一再留他吃饭，他还是黑虎着脸走了。走出门还大声嚷嚷："你们这些识文断字的都是肉头！我大哥就吃这种肉头亏，窝窝囊囊，一头撞死算了！早晚犯在我手上，把狗日的头扭下来……"

看着他手摁在雪亮的斧子上，渐渐消失在黑夜里，妈妈却又哭起来。真是！

这晚，我们草草吃了点剩饭，就关门了。妈妈还把长凳翻过来顶在门栓上。

我拿出了铅笔刀："妈妈，别怕。有坏蛋来你喊醒我，我捅死他！"

妈妈对我凄然地一笑。但我还是把铅笔刀放在枕头旁。我对自己说："醒着点儿，醒着点儿……"

我发现自己又站在西山口。叔叔就在不远的林子里。笃，笃，鹤嘴锄在树干上轻轻地敲。起雾了，层云把山尖尖浮起来。就像一座座孤岛在海上漂、漂……日头在云海上一跳一跳地沉下去，把那一片煮得通红通红，山尖尖也不停地跟着变换外衣，像一块块五彩宝石……忽然，一阵瘆人的狂风吹过，接着几声尖厉的长啸，太阳不见了，山尖全变成黑的。几个雾幢幢的黑点，箭一般往这边飞过来，越来越大。最前边的披头散发，看不清面孔。后边的几个全是青面獠牙，还吹着口哨："嚯——，嚯——。"是小梅妈妈！我惊呼一声，又赶紧捂上嘴。小梅妈妈跑着跑着就累了，眼看被他们捉住了，她好像对我喊着什么，我怕，我躲到树后……后来，她不跑了，返身跪下，对那几个丑鬼不住地磕头，磕头。绿颜色的血像瀑布跌落在山石上那样飞溅起来，溅了我一身。

"我不知道会这样的，我真的不知道呀！"她喊着，声音是那么凄惶，那么绝望，那么令人毛骨悚然！

我大叫一声，冲上去……

我喘着，出了一身汗，醒了。心，还在突突突地乱蹦，手肘又酸又麻。可我分明听见小梅妈还在哭叫——

"民森，这都怨我太真诚！你说得对，我太单纯了。可，组织上当时就是这样跟我谈的呀，我能不相信吗？我诚心诚意来接受再教育，谁知又是这样！现在，我清醒了，我请求你原谅……不论有多难，有多难，我一定把军军带大。你听见了吗？你听不见，听不见……"接着，是令人窒息的抽泣。

"妈妈！"我叫起来。我怕。

妈妈翻了个身，没有答应。

可刚才，难道不是妈妈在说话吗？徐民森——这明明是爸爸的名字呀。难道妈妈也做了一个噩梦吗？

天亮了，我问："妈妈，昨晚上你做梦了吧？我听见你哭来着。"

她怔了一下,背过身去:"不记得了。做梦是记不住的。不信,你把你的梦说给我听听。"

我想了一下,是说不上来。

可我还是有些疑惑。趁她打水的时候,我在她床头摸了摸,湿漉漉的枕巾旁,我拿到了一个子弹壳做的哨子。妈妈的脚步响起来,我又赶紧把它塞回原处,背靠在床上。

可妈妈已经觉察了。她几步就冲到我面前,脸颊通红地嚷着:"你又在乱翻什么?跟你说过多少回了,就是不听!不听!你再这样,我也不管了,随你要饭去!"

妈妈就是这样,发起火来,把我连推带搡的。然后歇下来,就默默地落泪。然后,我再去承认错误。然后,又是她来哄我……

不过这个铜哨子,我再也没看见过。

过了两天,学校放假了。等到开学时,不知为什么,妈妈就不到学校去上班了。口粮也不到大队里称。妈妈说,她要在生产队参加劳动锻炼。

妈妈一边擦洗着工具,一边嘱咐我,不要任性,不要贪玩,不要和同学吵架,更不准打架……我忽然发现,妈妈额头多了好几道皱纹,变得爱唠叨了。

13

这件事的直接后果,就是饭不够吃了。在所有不愉快的事情中,最让人受不了的,就是这个!每天,只能早晨吃一顿干的。中午，妈妈给我带几片薄薄的小锅巴。晚上，不是山芋干煮稀饭，就是玉米面糊糊。到后来，早晨也只能吃炒稀饭了。这东西最难吃，炒得黑不溜秋，像盆糨糊。我不知那时我的饭量怎么那样大，总不够吃似的。吃相也一定很难看，不然妈妈干吗一端饭碗就呆呆地望着我发愣呢？

这个石门关还有件事特别怪：家家的稻谷山芋干都搁在公屋的阁楼上，一家一堆，谁要谁拿，门也不上锁。而且好像从来也没听说过谁家错拿了别人的粮食。这使妈妈特别感动，她总对我说："咱们扣着点吃吧，不能把公屋的粮食先吃光，不能让人家看不起……"

我们常常看见别人家也吃炒稀饭，喝糊糊，知道家家都不宽裕。既然别人能过，咱们当然也能过！

转暖了，返青了，连小草也都吐出了鹅黄色的尖芽芽。雨丝细细的，轻轻的，织成一个灰蒙蒙的大网，从天上一直挂下来。每天中午，我们慢慢嚼着家里带来的那点吃食，趴在桌上听着屋檐下淅沥的滴水声："快了，快了……"真的，到夏天就好了，我们的快活日子在夏天！

有天放学，我刚进家，妈妈突然大叫："军军，快把门关上！"

我关上门，看见妈妈手里抓了把扫帚，在床底下乱捅。一会儿，一个灰黄的东西从床下钻出来，倏地直奔桌底。哈！是只野兔子！

我顺手抄起篮子扑上去，可那东西身子一扭，就从胯下钻了过去。我们在桌下床下到处乱钻乱爬，弄得一屋子都是灰，坛坛罐罐全移到屋子中间。最后，还是妈妈哈哈大笑着，把它从锅洞里拖出来。我们把它扣在篮子里。我们俩坐在篮子边看着它笑——

"哈哈……"我笑死了，"这回咱可开荤了！"

"哈哈……"妈妈笑得眼泪都淌出来,"可惜太瘦了点。"

"哈哈……"我们坐在地上,看着对方一头一脸的黑灰,笑得直不起腰,笑得真开心。

可是,可是……后来妈妈泪水止不住,竟又哭起来!她流着泪,大声地咳着,手指缝里流出的痰液里挂着细细的血丝……

我想起,她过去连鸡也不敢杀的呀。她过去跟我讲了多少谁谁如何解救小动物,后来又和小动物交上好朋友的故事呀。我看看妈妈,又看看兔子——那东西正睁着恐惧的红眼睛瞪着我们,身子在瑟缩发抖。我十分不情愿地小声说:"要不,我们放了它吧。"

"不,"妈妈撑着门站起来,"我们还得吃掉它。"

于是,我们美美地熬了一锅兔子汤。

过了不久,我们收到一张十三元钱的汇款单。至今我还能清楚地想见妈妈那天取回钱是怎么坐在桌前手撑在腮上,眼盯在墙上的。墙上映着她的影子,随着灯花的跳动在晃。

我轻轻把那张附言条从她手指缝里抽出来,那上面只写了五个字:"让军军吃饱。"

"妈妈,这是谁寄来的?"

"他的字你看不出来?"她脸上闪过一丝不易察觉的笑,是苦?是甜?我分不出来。

我翻来覆去将字条看了好几遍,还想从别的地方看出字来。"那他干吗不说让你也吃饱呢?"

妈妈站起来去铺床,铺了好半天,她才轻轻答:"他不敢。"

我,我那时是那么小,我隐隐约约嚼出了点什么,可又完完全全猜不透其中的滋味。妈妈再也不多说一句。

"妈妈。"到早晨,我就憋不住了。

"嗯?"

"你说爸爸为什么只寄十三块钱?"

妈妈看着我想了一会儿,慢慢地说:"他也很难。"

"他现在在哪儿呢?""在……不知道。小孩子不该知道的事不许乱问!"

"妈妈……咱们把爸爸也接来吧。人多力量大,大家在一起,不就好了吗?"

她在床边慢慢坐下,眼圈又红了。她摸着我的头:"军军,你听妈妈的话吗?——以后不管谁问到你爸爸,你都说不知道。要是,要是他们说你爸爸什么话,你就说,我们早和他划清界限了。啊?"

"为什么?爸爸是坏蛋吗?"

她脸上奇怪地抽了一下,没吱声。

我的心像是被捏了一把,一下就哭起来:"我不干!你不说我就不干!"

妈妈把我搂着,拍着,好半天,才说:"妈妈也不是什么都知道。有好些事情,妈妈也说不明白,说不明白啊。"

"不嘛,我偏要你说,爸爸是不是好人?"

"是……从前是。"

"现在呢?"

"现在……他犯了错误了!"

"那谁不犯错误?你不也说,有错误改了就好吗?"

"哎呀,你这孩子,真是!烦死了!"她把我一推,"起来!我要上工了!"

回想起来,每当我问到他们过去的事情,妈妈总是支支吾吾,不是哄我,就是发火:"你将来会知道的。""妈妈以后会告诉你的。"偶尔说点什么,可又完完全全猜不透其中的滋味。妈妈再也不多说一句。我在梦中还问:是谁?从哪儿?怎么是个"十三"而不是个整数呢?

14

福生是郑书记家的"老巴儿子",是个王。他有六个姐姐,哪个都吃过他的嘴巴子。有次我亲眼看见他拿竹丝子抽他二姐。

他二姐跪在溪边捶衣,竹丝子没头没脑落在肩上、胳膊上,起一条条血痕。她眼泪在眼眶里打着转。她已经是大人了,站起来,能比福生高一个头,可她连动也不敢动,一句嘴也不敢回。

"她打不过福生吗?"放学时我问小梅。小梅说:"她敢!她要动下手,家去不打死她。哪喊她投个女胎呢……女的生来就要给人家骑给人家打,跟牛一样……"我不知她这是什么理。难道这也是山里的老规矩?终于有一次,福生也欺到了我的头上。其实我真犯不着和他吵的。但一吵起来,就什么也不管了。

我忘了为了件什么事,好像是一块橡皮。最后他输了理,竟然又哭起来,指着我大骂。老师过来了,我说:"……明明是他自己丢在桌底下,他还赖我!不信,问郑小梅,是她拣起来的。他还骂人!"

我万万没有想到,小梅竟飞快地瞥了他一眼,奁下眼皮,嗫嚅着说:"我……不晓得。"我气疯了,还算朋友呢,呸!

这下福生更加得了理:"我就骂你,怎么样?你不要脸,你大大是劳改犯!你姆妈是坏蛋!你个姆妈偷人……"

我气哭了,也骂起来:"你大大是劳改犯!你妈妈是坏蛋!你妈妈偷人……"

老师也管不了,只好一边站着。这时,郑书记背着手进来了。我们立即停战,呼哧呼哧地喘着粗气。郑福生好像得胜一样,歪着头走回座位,把书摔得啪啪响。我立刻低了头,不敢吭声,心想这回倒霉了。

谁知郑书记看也没看我,就走过去。他一声不响地在祠堂里绕了个圈。香烟吊在嘴皮上，烟灰有寸把长，总也掉不下来。

同学们好像憋了好长的气，又同时吁出来。我也得胜似的哼了一声，书记是好人！

谁知，放学后，在家里看见了郑书记。原来他是来家告状来了！妈妈对我一招手："还不快叫郑书记好！"我轻轻喊了一声扭头就往外跑，妈妈却又叫住我："军军，顶针掉床底下了，你给我找找。"

我只得钻进床肚里，坛坛罐罐地乱翻，天黑了，还没找着。我怯生生地爬出来，听见妈妈对郑书记说："真对不住，家里没菜，要不然……米呢，就难为你还带回去，家里还有的吃。谢谢你老人家了，真是的！"

我这才注意到，桌上有一小口袋米。书记可真是个好人！干吗不要呢？

郑书记看了看妈妈和我，似笑非笑地点点头，稀疏的黄胡子滑稽地抖动着，然后小口袋甩上肩，一手夹着已经过了火的香烟头，背到身后，走了。

妈妈瞪着门外已经闭合的夜幕，长长叹了一口气。她飞快地拴上门，最后身子像散了那样，瘫倒在床上。我在等着挨剋，可妈妈连问也没问，我只得吞吞吐吐把事情说出来。

"哦，知道了。"妈妈说。

唉，真是万幸。

第二天，来送柴禾的叔叔拦住我："军子，昨日跟书记家老巴子干仗啦？"

我不知他怎么也听说了，便把情况又讲了一遍。

"二回他再骂人，你就揍他。怎么？你还打他不过？"

"我没打过，再说……"

"屌事没得！揍他。"

我觉得受了鼓舞，但又没把握："要是打他不过呢？你来帮我吗？"

他愣了一下："自家事要人家帮忙？没出息样子。打不过就二回再打，非把他打怕。"

我们正说着，妈妈从屋里冲出来，气得脸通红："你怎么教孩子打架？"

叔叔嚯一下站起身："怎么？我不教他？二回长大吃死了亏！跟你们一样。"说罢扛起扁担气汹汹地走了。

他走到山冈上，回头对我挥挥拳头。一抹夕阳正透过松林照在他黑鱼皮似的肩膀、胳膊上，一块块老鼠肉在皮下来回窜动。哦，他是多么有劲！我一下子觉得他比妈妈更能让我心服。我偷偷攥紧了我鸡爪子似的手。

妈妈也在凝神瞧着他。晚霞在她身后衬托着，使她干燥的脸上也现出了淡淡的红晕。

15

又过了些日子，城里阿姨来了。是叔叔把她接来的。他把阿姨送到家来，坐也没坐，就要走。妈妈也没留他吃饭，连头也没抬。阿姨对他笑笑，他便走了。

我追出去："叔叔，就在我们家吃吧，今天煮干饭。"

他对我眨眨眼，把我牵到山路上，蹲下身，轻轻问："你还喊我叔叔啊？"

"那我喊你什么？二秃子？"

"喊……"他憨憨地笑着，搔搔头皮，"喊……还是喊叔叔吧。"说罢往起一蹦就跑了。

真是莫名其妙!

阿姨成天整夜地和妈妈在一起嘀咕,把妈妈磨得眼泡子红红的。可妈妈偏偏爱和她没完没了地讲,把我晾在一边儿。什么"心强命不强"呀,什么"凤凰落毛不如鸡"呀,真讨厌。从前,她总是把肉赖赖的蒜头鼻子顶在我后脑勺上,眯起两只肥肥的眼泡,静静地听妈妈说话,从来不多一句嘴。我觉得那时她要可爱得多。可现在,叨叨叨,叨叨叨,像只老母鸡。

她走的那天,我们去送她。她又对我特别地亲热起来。蒜头鼻子在我脸上揉了又揉,蹭了一大些眼泪鼻涕。"这孩子真像他爸爸!"她说。

妈妈别过脸去。她好像故意避开我们,一个人往前走了。

"军军,"阿姨牵着我,"你不小了,要心疼你妈妈……你妈妈身子有病,再撑下去,好人也要拖死。一个妇道人,难呐……"

我点点头,鼻子一酸,眼泪就淌下来。这是真的。妈妈两条腿都肿起来,一摁一个坑。整夜整夜地咳嗽,使她两眼布满了血丝,颧骨高高地耸起来……可白天,又不得不去挣那六分工,为了我们俩的口粮。

"本来能教书,好歹也能过,哪晓得……"她吸吸鼻子,突然说,"军军,妈妈再找个爸爸,好不好呢?"

我站住了,瞪着她,脑子里突然开了天窗。

"唉,虽讲好马不配双鞍,可日子难啊,你还这么小……拉扯大不容易啊。"说罢扯起衣襟抹眼睛。

我不知只有九岁的我是受谁的影响,只觉得这是天底下最丑最丑的事。就像小梅妈妈那样。我的泪水顿时干了,不仅干了,而且喷出了火。原来她们嘀嘀咕咕说的是这个!这个坏女人!我还有什么脸到学校去?这下福生不就赢了吗?他更可以骂我了!

我掉头就往回跑,一边大声喊:"我不干!"跑着跑着,我哇哇大哭起来。起初,还听见她们在后面喊着什么,后来,就什么也听不见了。

不知过了多久,空气变湿了,飘飘洒洒,分不清是雨还是雾,山谷里一片迷蒙。我坐在一块石头上,动也懒得动一下。妈妈找来了。她挨着我坐下。我想跳起来,却被她紧紧搂在怀里。雨还在沙沙地下,雨滴大了,在头上脸上流。有些雨还是热的。妈妈又咳嗽了,咳得那么费力,那么嘶哑,就像一颗颗吐不出来的爆竹在胸口爆裂开来。

我又有些可怜她了,轻轻问:"阿姨说的是真的吗?"

"不是。"妈妈的头抵着我的脸轻轻晃动,"阿姨和你说着玩的。"

愿望中的事是多么容易轻信!我一下子就高兴起来:"那我去跟阿姨说清楚。"

"不,不……"妈妈忙说,"我讲过了,她走了。"

我对妈妈说,我会很快长大的,我很有劲,长得比爸爸还高,我会挣很多工分,再也不让妈妈去干活,我还会很多手艺,走南闯北……

妈妈一声不吭,紧紧搂着我,听我宣布着自己的远大抱负。我们在山上坐了很久,妈妈似乎也没有要回去的意思……后来,后来我发现妈妈的脸烫得怕人,喘气也像一只破漏的风箱,发出哧哧的尖叫。她在发高烧!我吓坏了,赶紧把妈妈架起来,往回走。

到了家门口,妈妈脸上一点血色都没有,浑身哆嗦起来,再也走不动了。

叔叔却从屋里迎出来。他穿了一件半旧不新的干净褂子,裤脚也放下来。最出奇的是,他的头毛从四分之三的地方分开,一条青灰色的分界线直插后脑勺,大约是抹了不少口水。整个头发硬扎扎地连成一块,像块黑瓦扣在头顶,难看死了。他见我们站在雨里发愣，喊起来："作死啊？快……黄梅雨顶伤人！"一边冲出来替我接过妈妈。我先跑回屋里，可等我拧干裤子，他们居然还没进来。我一伸头……叔叔在拉妈妈，妈妈死命地推他，好像在求他什么……我感到喉咙里有团滚热的东西冒上来，眼睛顿时迷糊了。原来如此！

"扯淡！他小家伙晓得什么？他晓得虾子从哪头放屁！我跟他讲……"

我知道这是在骂我了，我一点也不害怕。我擦干眼泪，挺起胸膛，冷眼盯着他们走过来。原来坏蛋就是他。阶级斗争真复杂呀，我还一直把他当成好人呢。

"军军！"妈妈抢先拉起我的手，一屁股坐在门槛上，眼泪簌簌地往下淌。他动也没动，这样他就被堵在雨地里。妈妈的手滚烫滚烫，可我的心冰凉。"军军，你听妈妈说，本来是该先和你商量的，妈妈不对。……我们已经办了手续，昨天。他会疼你的。再说大家都知道了……阿姨也为这花了很多很多钱……"

不管他们说什么，反正都是骗人，骗人！

"军子，你讲，我哪高头不好？"他的脸皮真有城墙拐弯厚。

"哼！"我甩开妈妈的手，一跺脚，朝后山跑去。很有一点"有他没我"的气概。

过去，妈妈说过多少后娘后爹虐待孩子的童话？可她还把我往火坑里引。我在山上跑啊跑啊，摔得一身是泥。我还要跑。我多么想碰见那七个小矮人，或者是一只美丽的白天鹅。也许，就在前边，奇迹出现了，我找见了一片纯净的大海，海上有座孤岛，岛上有九个美丽的仙女，仙女说："欢迎你啊，小苦人！"……雨什么时候停了。树林里滴答着水珠。西半边天云淡了，云彩也镶上了好看的荷叶边。而头顶上的黄云还在翻滚，一棱一棱的，就像有好多架犁在天边耕耘。远处，重重叠叠的群峰间隐约现出了七色彩虹。

彩虹那边就出了省界。我们这个山连着三个省，石门关就是三省的临界点。我往哪边去呢？我倒在一块片石上，随手捞一根蛐蛐草放在嘴里嚼。苦涩苦涩，但心里已不那么难受了。空气很湿，带着一股松脂香。山风起了，穿过松林，响起一阵尖厉的呼啸。我抖了一下——不用怕，这是共鸣。我忽然想到，进山那天我也说过共鸣来着。哼，连共鸣也不懂的人要当我爸爸了。不，我绝不承认他是我爸爸。

……天黑了。山风一阵比一阵尖。我冻得发抖，心都好像要裂开来。肚子里却在收缩，我都一天没吃饭了。没有矮人，没有天鹅，也没有仙女。我突然想到了怕。妈妈呀，我又哭起来……

"军军，军军！"妈妈倒在我身上，拼命地摇。"那个人"举着松明站在我头前。硬就硬到底！我别过脸去，不争气的眼泪却一个劲地流。

"军军，听话，回去吧。你可怜可怜妈妈吧……"妈妈大哭起来，"妈妈也是没办法呀……咱们总得活下去，活下去也是你爸爸的意思……"后来，她又咳起来，声音很怪，像只小公鸡在喉咙里挣扎。再后来，她又大口大口吐出带血的痰……

我心里想，回去吧——可嘴上却说："这块石头烂了，我就回去。"这话也不知从哪学的，怎么嘴一张就出来了。妈妈两眼一闭，头就搭在我胸口上。

"还在啰嗦！"他发怒了，咬着牙把妈妈拖起来，给她掐人中，捶背。"你这伢子太没得相！屁事不懂，门道还不少！"骂着，他捉住我的手，往上一拎——

我觉着手腕一阵钻心的痛，哎哟一声不由得站起来。本来我已经害怕了，后悔了，这时却又狠起来，趁他扶妈妈的当口，低头在他胳膊上狠狠咬了一口。他看了我一眼，只把胳膊抬一抬，我的脚后跟就跷起来。

"军军,听话。妈妈到家慢慢告诉你……"妈妈咳着,痰液挂在唇边。

他把松明扔在地上,用赤脚板踩灭,一手拧着我的手腕,一手挟着妈妈。就这样,我老老实实踮着脚跟他走。他把我俘虏了。

16

妈妈到家什么也没告诉我,她连一个字也说不出来了。她倒在床上,嘴半张着,呼呼喘着,眼睛一动不动地盯着我,流着好像已经不多的泪。

他到家就把我"释放"了,同时扒光了我的衣裳,往床上一扔。

我也失去了再逃跑的勇气,钻进被窝,默默地瞧着妈妈。后来,我好像喝了点姜汤。又看见他在屋里转了一阵,反锁上门出去了。再后来,我睡着了。

一阵刺鼻的草药,湿柴的烟气把我呛醒。油灯嘶嘶叫着,锅洞里亮着火光,小泥巴炉里也烧着炭火。一个人影晃来晃去,使我想起"坏蛋"还在家里。我悄悄把手伸到枕头底下,摸到了那把铅笔刀。我拿开刀片,用拇指试试,还锋利着呢。我瞥见,他打着赤膊,蹲在地上在一个瓦罐子里搅着什么。我翻了个身,假装睡得很迷糊,趁势把刀握好。保卫妈妈的时刻到了,我想——他要干坏事,我就捅死他。要不要先大喊一声不许动呢?不,还是悄悄地干。捅哪儿呢?他的后脊梁那么宽?可是,可是他迟迟不站起来,后来索性拉了个矮凳坐下了。火光中,我看见了一双布满血丝的眼。他也打哈欠了，还用拳头不停地捶膝盖，膀子上还有一道一道显眼的血痕……后来，我也打哈欠了，眼皮是那么沉……

一觉醒来，天已大亮。屋里的烟气还没退尽，可已经收拾得光光堂堂。我的湿衣已经烤干，扔在我床上，一股子松油气。我揉揉手腕子，还是好酸。他进来了，一屁股坐在我身边，亮了亮手掌，对我古怪地笑着。我看清了，是铅笔刀！我闭住气，干脆不吱声，看他怎么办。他猛地把刀子往手掌心一扎，我嘴还没张开，刀片已经弯了。他在鼻眼里哼哼，把刀扔在地下。我吓傻了，他的皮可真厚！

"孬子，起来！"说着一把扽掉被子，把我拽起来，"把衣裳穿好，头梳梳，今着作兴有人来。"他似乎挺高兴，根本忘了我们之间有什么不快活的事。我注意了他的头，他头顶上那块"黑瓦"早已不复存在了，大约自己也觉得不自在。

我看看妈妈，她还在昏昏沉沉地睡。床头放着那只熏黑的瓦吊子。

我只得老老实实地起床。中午，妈妈醒了，我给她喂了一次那瓦吊子里的黑水。妈妈把我的脸摸了又摸，笑了一下。那样子，真叫人心酸。我觉着有些难为情，把脸别过去，正碰上他对妈妈做鬼脸。我撅起嘴，走出去。当然，这回我不再逃跑了。

我们等了一天，连鬼也没上门。到傍晚时，他咆哮起来，手抄在头发里，在屋里来回窜，像头发情的公牛。模样可笑极了。

更可笑的是，天黑时，他跑到屋前空场上，对着村里大声吼起来："我操你们八代！拿什么屌架子哩……老子就是结婚了！屎都没得把你们吃……从今往后，哪个敢欺负我家里，我下它狗日的腿，扒它狗日的皮！老子今着结婚了……"这吼声在空旷的山谷里回荡了很久很久。我知道，村里每个人都能听清。可这又有什么光彩的。非要人家来不可？

他骂完了，回到家里，把两大包小糖拆开，全部倒在我怀里。"吃！"他说。

我回头瞧瞧妈妈。妈妈靠在墙上，轻声说："义元，我给你唱支歌听吧，高兴高兴……"说罢，她深深吸一口气就要唱。

他却扑上来按住被子："别，别！我心里快活得很哩……二回身子养好了你出劲唱！"

幽暗的灯光下，我也清楚地看见，妈妈苍黄的脸上浮起两片红晕，眼睛一动不动地盯着他，嘴角漾出来一丝丝笑意。我们进山快两年了，我还是头一回看见妈妈这样笑。笑得这么真，是隐藏在嘴唇和睫毛后面的……唉，这些人，怕都疯了。

第二天清早，屋外窗台上搁了七个包包。我把这些东西抱回来。有黄鼠狼皮子，有结了块的红糖，有鸡蛋，还有一包硬角子——我数数，正好一块钱……

他挑水回来，看到这些，摸着红扑扑的脖颈子骂道："操坏时辰！还算有良心。"

从此，我们家的生活又换了另外一种节奏，我也说不上是好，还是不好。每天清晨，如果他挑回一担柴或一担水见我仍在贪睡时，会毫不客气地把被子掀掉，拎着耳朵把我揪起来。从前，我都是等妈妈烧好饭再起床的。现在，我再也睡不成早觉了。对这，妈妈倒并不十分反对。

"去，劈柴！"

"去，摘把豆角来！"

……放学回家，他不是扔把斧子就是扔把柴刀或镰刀在我脚下，"磨磨！"似乎有了我，他便可以当老爷。

别以为磨斧子是件轻巧事。起初我也觉得怪好玩，磨就磨。从前想磨妈妈还不让呢。几天下来，我就发现，这是一种刑罚。胳膊磨得又酸又肿不说，主要是让你失掉玩心，变得对什么事都懒得去想。他对斧子的刃口特别讲究，稍微有点马虎都逃不过去。

"差不多了吧？"我怯生生地捧到他跟前。

"这小老板，吃饭你再不讲差不多。"然后他眯起眼看了又看，用指头弹弹，"不中，中腰那一块，还得带劲磨！"

于是，我只得拿回去返工。直到他随手拽根草叶或者头毛，对着刀口一吹，草叶顺着刀背飘下去，他才从扁平的鼻子里笑出声来："去吧，锅里有根六谷。"再不，就是："去啃吧，跟狗子一样……"

不过实在说，用这种工具干活，简直就是一种享受。要是砍茅草，一刀挥过去，茅草能站立半天，才成排地倒下去。

妈妈提议在屋子中间夹一道篱笆。他找来几根杂树棍子，要我把一头削尖，好往地里钉。我用了整整一个下午，像削铅笔那样，把树棍削得又圆又长。我心想，这活干得可够漂亮。我要让他一点毛病也挑不出来。可他回来一看就火了："你糊弄鬼呀，这种东西有屌用啊？"

我气极了："你钉！钉不进去我吃掉它！"

他倒笑起来："嘴倒不尿。记住，砍桩子要砍三面。像你那样，两下一摇就倒掉了，明年再夹二回呀？"说罢拔出斧子，咔咔咔，三下子，一根木桩就削得又尖又平，角度匀称。

我心想，你怎么不早讲呢？这么简单的事又何必浪费我一下午呢？他却把斧子丢在地下，非要我砍不可。我咬紧牙，一下又一下，不是砍过了，就是砍斜了。杂木棍子本来就硬，我的力气怎么和他比？鼻尖上很快渗出了汗滴。他却在一边叉着腰，轻蔑地微笑着。

"听着，你不是少爷！二回长大还得靠两只手吃饭。像你这样，西北风都没得喝。老老实实跟我学——记住，石门关的男子汉一样事从来不做二回！斧子拿过来……"

我心想，我又不是你石门关人，你神气什么家伙！我奇怪，这人自从进了我们家怎么变得又神气又威风，他从前那副孬哄哄傻乎乎懒洋洋的尿相样子到哪儿去了？这个二秃子，真够狡猾的。

有天，我们正在吃晚饭，小梅她大大堵在门外喊："靳同志！靳同志哎。"

妈妈要下床，被他拦住了："有话进来讲。我家是瘟神呐？不能沾呐？"

队长进来了，靠在门上赔着笑脸："不是那话，二兄弟！我还有旁的事……郑书记要我跟你家里讲下子，今晚到大队开会。"

"我家里的有病你哪不晓得啊？开么会啊，喊军军代她去。"

"不是的……"队长困难地眨着眼，吞吞吐吐地说，"讲是五类分子跟……下放干部……都去。"

妈妈的脸刷一下就白了，端碗的手抖起来，米汤淋淋洒洒滴到被子上。

"放你妈的屁！"他把碗一横，点着队长的鼻子，"你跟老狗日的讲，有我陈义元在，他不犯着动点子！她是我老婆，欺负她就是欺负我。从今往后，哪个再敢欺我家里，轻的我下他腿，重的我扒他一家子心肺！"他拔出腰间的那把斧子，在队长眼前晃了晃。

队长脚后跟在门槛上绊了一下，一屁股坐在地上，嘟哝道："那好那好，有你二兄弟这句话就中。反正他的话我也带到，你的话我也带到。我可怜老好的人，给你们跑腿就是了……"说罢一溜烟地跑了。

他撑着门框，响亮地大笑起来。笑声在苍黄的暮色中回荡，响了很久。

果然，他们再没来找妈妈的麻烦了。我不明白，干吗要把五类分子跟妈妈扯在一块呢？再讲郑书记给他那么吓唬一下就怕了吗？妈妈只是告诉我，他是山里有名的"炮筒子"，人家都怕他，所以队里让他看山护林。

"十麻九俏，十秃九爆。"他自我解嘲地说。

妈妈也变了，变得温柔了。她总把我搂着，下巴颏顶在我头顶上，身子轻轻地摇，摇……我不敢看她的脸，她还没有"告诉"我。

"军军，你连一次爸爸都没喊过。"有次她突然扳过我的脸，亲着我的眼睛。

我心里咯噔一下，我知道他们迟早会为这事找我岔子的。这两天，他一听我说话，脸色就特别难看。可我干吗要喊他爸爸？他不是我爸爸。我早已不习惯喊这两个字了。连和同学们说话我都尽量避开这个词。近来，特别是当我一个人缩在被窝里的时候，我常常想起爸爸，想起那个寄给我们十三块钱的人。哪怕他是个……劳改犯。我想爸爸一定很难，可他没有忘记我。妈妈呢，虽然她还疼我，可毕竟是分心了。我能感觉出来。尽管她从前还常常骂我。对，就是这样。比方说，一碗好菜，她夹给我，也一定要夹给他。有次他还发了火："你自己吃嘛！夹来夹去，自家不晓得伸筷子啊？"妈妈连一句嘴也不敢回。当然第二天她还这样夹。还有，妈妈对我亲热都是他不在家的时候。只要他一回来，妈妈都得赔着笑，问这问那。好像根本忘了我似的。天一黑，山里人就上床睡觉。这时，我亲手钉的篱笆墙就把我和妈妈隔开，就像隔了一座大山。我一个人伴着孤灯，还得做作业。甚至连我多用了油，他都不高兴——我看得出来。他早晨对煤油灯瞄什么呢？黑夜里，每当我从梦中醒来，听见他打雷一样的鼾声，我都吓得发抖。这个家伙，就是这样把我和妈妈分开的。有时我想喊妈妈，可我又不敢。我真妒忌他，他能和妈妈在一起，我却不能。

我感到鼻子发酸，把脸别过去。我觉出妈妈的泪水落在我头上脸上，我赶紧挣开她的胳膊，一个人跑开去。我决不哭。

但是我在学校的日子却越来越不好混,他们都在挖苦我,嘲笑我,模仿我的一声一调,一举一动。好像我真的有什么特殊的地方。我成了他们耍弄的猴子,他们要学我的腔调说话,常常某个人学得像了,就逗得大家哄堂大笑。

只有小梅有时还偷偷牵我的袖子,让我和她到别处玩。可我又不愿理她。我恨他们用唱歌一样的调子齐声喊:"徐军哎——你个姆妈改嫁啰——"还有:"军军哎——你个姆妈生小伢啰——看你怎么搞噢!"

要是我胆敢反抗,他们就一起上,把我打得鼻青脸肿。我知道只要把福生打倒了,其他的就不敢动。但福生比我胖得多,劲也大得多,我试了几回,都摔不倒他。常吃败仗,只得逃跑。

有一回我吃了大亏,脸摔破了,裤子也撕碎了,淌了好多鼻血,上嘴唇跟马蜂蜇得一样肿起来。我不敢回家,一个人待在溪边洗了又洗,等着天黑。我不愿意妈妈知道我在学校的事。而他是从来不问的。

但他找到河边来。"怎搞的?搞的跟美国兵一样嘛。"他笑起来,拍着我的头,"干吃了亏吧?屁事没得,二回再干!非把他打怕再歇手。我小来就这么过来的。没得这两下还中啊?"他伸出拳头舞舞。

没想到,妈妈听了我的交代,竟一点反应没有。吃过饭,她替我洗了脸,擦了伤口,让我躺在床上,坐在我床上补裤子。灯光映在她脸上,她的影子映在墙上,显得那么平静,好像什么事也没发生过。这又让我心酸起来:过去她对我在学校的一切细节,哪怕是回答老师的每一句话,都是那么不厌其烦地问啊。

而他,却在一边比划着,向我传授他那些不成路数的经验。"要打就打腰眼。吃准了就是一下子!要他吃个闷亏还没得讲……"他讲得唾沫横飞,可我就根本没当真。

末了，妈妈把衣服搭在床上，端起灯照照我的脸，摸着我的脸颊。我感到她手上的茧皮很硬。"军军，关键是速度，也要灵活。速度大质量就大……"

哎呀，我觉得我一下子就理解妈妈的意思了！我想起来，她从前还是个挺棒的运动员呢。可……妈妈怎么想起来教我打架的呢？

17

有天半夜，他把我推醒："军子，走。"

"去哪？"我爬起来，揉着惺忪的眼。

"喊你走你就跟我走！"他尽量压低嗓门。一面给我套上一双又大又硬的布袜子。

我只得跟他出了门。月光不很明，露水倒挺大，涧里涌起的雾一团一团的。山里的夜，静得瘆人。他勾着腰走得很快，一顶裂开了的破草帽直扇乎，背上背了一卷麻布袋，像只独峰骆驼在狂奔。树林里很黑。猫头鹰嘎咕着怪叫。树叶落下地都让人打激灵。我喘着粗气，感到脊背冰凉。他站住了，等我撵上来："怕个屌！男子汉，一点出息没得……听着，我们下去掰六谷。你拿小口袋，半袋就中，多了扛不动。还有，不管碰到哪个，你闷头照掰你的，不吱声就中，记住了？"

原来，他是带我来……偷。我腿直哆嗦，但还是跟他下去了。待在树林里更怕人。

这块六谷地已经横七竖八了，像是不止一次被洗劫过。他一进地里，就跟下山的豹子那样，一手夹着麻袋，一手在玉米秆上撸。

噼！啪！叱！咔！每一声都让人心惊肉跳。他却连掰带装，玉米穗子都带进麻袋里去。装一阵，还用脚踹结实，再装。掰着，掰着，我也不怕了，一种恶作剧的心理反倒使我很兴奋。

我突然发现地里另一头走出来一个穿花衣的女人，身上背了满满一大麻袋，压得直哼哼。我赶紧躲进阴影里，等她走近了——哈，原来是小梅她大大。队长也干这个。我哧地笑出声来，他马上把头一缩，跑上山去。

我们装满了，临走时，他站在山上对地里瞄瞄，又跑回去，把地头一片站着的六谷秆踹倒，这才不慌不忙地离去。我们把六谷背到他看山的棚子里，全部倒进棺材。我看了看，那里少说有三四麻袋这样九成熟的玉米。我明白了，怪不得他来我们家后，这玩意儿总吃不完。到了这里，再晒干拿回家，鬼都不敢说什么了。

天亮时，村里闹翻了天，队长敲着铜锣，说是要报告大队，山上不知是来了野猪还是帮狗子，又说要赶紧放树吊、埋地夹子，好像遭了多大难一样。我心里好笑，"野猪"这会儿正在家里呼呼大睡呢。后来我看得更清楚了，尽管队长把锣敲得山响，其实家家都不是真着急。

我把这秘密报告了妈妈，妈妈脸白了好一阵："怨不得他们藏在公屋的粮食吃得那么慢！军军，在外面千万不能说，记住了啊？"

晚上，妈妈为这事和他争起来。他不以为然地说："我讲你读书读迂掉了，你还犟！不这么搞，老的老小的小明年春上吃屁屙风啊？"

"反正是自己种的，集体的，又跑不了！"

"哼，等收下来，就讲不清是哪个的啰。超产超产，超得越多，分得越少！……我讲你们这些人怎么吃了那么多苦，活人给尿胀死了！"他又是摇头，又是哂笑，一副洋洋自得的样子。

"那明年怎么办？还闹帮狗子？"

"明年？老百姓过日子还管到那许多！明年再讲明年的话……"

唉，石门关里真是个谜！

18

这年的雨季来得特别早，也特别猛。雨，就像一匹匹白布，从天上直挂下来，冲在树林里、山石上，跟放鞭炮一样响，啪啪啪……有时，大雨夹着山风，水柱子横着扫来扫去，又像一大群脱了缰的野马席地而来。一连二三十天，我都没去上学。听人说，山外公路都冲垮了，电线杆都冲跑了。我们公社春上把所有的山头都栽了树，花了不晓好多钱。这下子，全像大水洗过的癞痢头，落出一片一片赭红的山石来。

幸亏我们的小茅草屋在雨季前新添了茅草，不然不知会漏成什么样子。茅屋靠山的一面，新挖了排水沟。浊黄的雨水绕过屋基又冲下小溪，日夜不停地哗哗唱着歌。有时沉静下来，妈妈会什么似的，突然大声说："军军，快去看看，是不是水把屋基冲化了？"当我告诉她根本没事时，她又会欣然地吁口气。茅屋修好了，她反而不放心了，人真怪。要在从前，她只会搂着我，瞪着门外想心思。就是茅屋塌了，屋顶飞了，我们也不会大惊小怪的。

当然，要是他在家，妈妈只会跟他说。他把大手一摇："你还真烦神呐，旧的不去，新的不来。二回有票子，我还要做瓦屋来！"

妈妈明知他在胡吹，也只是笑一笑。我想妈妈一定喜欢听他说这些话。不然她决不会像我听故事那样地瞪大眼睛,全神贯注。

"男人的事,不用你烦神!"有次他这么说过,妈妈竟咯咯地笑起来,泪花在眼眶里闪着光亮。真的,连我都感到,他那身黝黑的皮肤底下,藏着用不完的力气,好像世界上真的没有什么事能叫他犯愁。

雨季过去了。石门关忽然热闹起来,来了许多大干部。花白头毛的,长小胡子的,腆着肚皮的,还有递扇子端玻璃瓶的,都有。他们对着山上指指点点,又到后山去转了一天,下山后,还到家里来看了看。人太多,有些就站在屋外空场上。我给他们打洗脸水,拿凳子。后来,他们要走了,有几个人还把我的手抓去握了握。那手白白的,肥肥的,软软的,真好玩。村里的大人小孩都眼巴巴地站在场外愣着。

妈妈说,他们是来检查封山育林的。真的,这场大雨可让石门关出了风头。要是爬上凤凰顶,就能看清楚:整个凤栖公社的山头,全成了秃子。人造小平原早就不在了。只有石门关这一片还是郁郁葱葱,就像秃头上还留着耳朵根那一撮撮毛。

妈妈高兴极了,出门忙这忙那,像是随便顺口说似的:"你大大真能干,是吗?"

他送干部回来,可真跩起来,把褂子脱了一甩:"乖乖,今着把老子累狠了……军子,代老子打盆热滚水,泡泡脚!"其实他哪天不上山转几趟呢?

妈妈端来洗脚水,亲手把他的脚摁在木盆里,那样子真让我恶心。可她却大声喊:"军军,快把你给大大打的酒拿出来!"

我什么时候给他打酒了?

他们吃的真香啊,其实不就是多搁了两勺油。妈妈一次又一次地给他倒酒。一股山芋干子气,冲死人。他脸很快就变得猪肝一样,咧着大嘴,一副笑不出来的样子,眼睛盯着妈妈,眨也不眨。

我夹点菜，端着碗走开。

"军军，不许端着碗到处跑。"

我偏不。我怨恨地瞪了妈妈一眼。

妈妈还想说什么，他却笑了："随他去。"妈妈立刻闭了嘴。

我忽然觉得就要哭出来，赶紧大口扒着饭。妈妈呀，你怎么不来搂着我，哄着我，把我拉过去呢？

……月亮好圆好圆啊，亮得能望见凤凰顶。天也被雨水冲干净了，只有几片片鸭绒毛似的淡云彩。要不，还看不出月亮还在慢慢地走。在山里，我们头顶上永远只有这么大一块天，我都快能数出星星来了。山林像一条厚厚的绿被子拥着我们石门关。我忽然想到井底那只孤独的青蛙……村里没有一盏灯光，家家都把竹床摆出来，借着不花钱的光亮，闲呱，做针线。妈妈和他也坐在屋门口悄声谈着。我晾在一边。

小梅领着妹妹来找我玩了。她说，是她大大喊她来的。这可是开天辟地头一回。我没有拿翘，我原谅她了。谁让她是女的呢，没出息样子。她把鞋底带来纳，纳就纳吧。

我把我的拖鸭子拿给她妹妹玩。鸭早就不会叫了，翅膀还能动。我和小梅骑在青条石上吹大牛。小梅手里嘶啦嘶啦地拽麻线。

"你真的看过火车吗？"

"我还坐过咧，还有汽车、轮船……都坐过！"

"福生讲他逛过上海，你没逛过？"

我真的没去过上海。可我毫不犹豫地答："我还去过北京呢！上海……哼！"

"那……外国呢？"

"外国哪个没去过！"

"你真来事！……"小梅羡慕地瞪大眼，却忘了拽麻线。我就喜欢同学们这样地望着我，好多天来都没见过了。我把手撑在条石上,屁股一颠一颠的,我真快活!但……

"放屁!"屋门口传来恶狠狠的骂声,"冷屁饿尿穷扯谎,他妈的越穷越晓得吹!"

我一惊,愣住了。小梅的脸也像纸一样白。

"我就晓得那老狗日的当校长没得好事。哪,你看看,点点大伢子都学会吹了!"

妈妈和他叽咕几声,也附和道:"军军,说大话是不好的,啊?……好好玩吧。"

我都气死了,哪儿还有心思玩?小梅连大气也不敢出。两个小把戏也为争那只鸭子打起来……

小梅跳下地,把麻线绕鞋底上,一拉我的胳膊:"我们玩'月亮粑粑',可好?"说罢领着妹妹先跳起来。两个小把戏很快就笑了,拍着小手,跟在小梅后边。她肩臂一扭一扭的,跳得真好……后来,我也参加进去,把什么都忘了。

月亮月亮粑粑,
照你照你大大,
你大你大不在家,
——他在山上赶马……

我们跳着,唱着,他又在一边喊起来:"你大大没上山,你大大在家呢!嘿……嘎……"他怪笑着,声音不知有多古怪,活像猫头鹰被掏了蛋。真败兴!

小梅领妹妹家去了。

妈妈把我叫过去,亲亲我,悄声说:"他醉了,别生气,啊?"又把我推到他面前,拍拍我的脖子,"叫声爸爸吧,今天全家都高兴。"

五

晚饭后,他端来一盆冷水,闷头擦冷浴。现在只有这种强刺激才能使他稍微痛快一点儿。

正擦着,门响了一下,接着一位高个儿姑娘推门进来。林春嘶嘶猛吸着冷气,赶紧光脊梁套上空棉袄。

刘建国却满不在乎地将姑娘推到林春跟前,介绍说:"这位是我未来的老婆……这位是新来的老林同志,呵,你该叫林叔叔!"

林春赶紧起立,点头,微笑。

姑娘推了刘建国一把,对林春莞尔一笑,露出一排细嫩好看的牙。但她还是叫了声:"林叔!"

"林叔"受宠若惊,连连摆手:"不,不……"

姑娘个头似乎比林春还高出一点儿,一头卷发翻滚着披到肩下。黑呢外套里,橘红色的毛衣领高耸着,外面的白纱巾扎得细致而又不经心,让人想起乳燕被风撩乱的胸脯。

林春慌乱地抱起内衣逃出去,嘴里含混不清地招呼:"坐,你们坐……"

小刘一把没拉住,却大声喊:"嘿!给打个分儿啊。"接着,一阵像唢呐和银铃那样的混合笑声一直追到楼梯口。

月亮特圆,亮得看不见星。风轻轻拂动嫩绿的柳丝,撩拨着林春的领口和脸庞。他靠在树干上,袖着手。孤寂,孤寂像条虫子在他喉头蠕动。嫩叶像雏雀刚张开的尖喙,在他脸上啄着、啄着……他猛地咬紧嘴唇,闭上了眼。

一只大手落在他肩上。他回头,刘建国似笑非笑地瞧着他:"到公园走走吧?"

他往他身后看看,没人:"我把她打发走了。"他脸上带着神我一点也不高兴,我咬着嘴唇瞧着他。

他忽地撑床坐起来,月光下,我突然发现他红红的眼眶里蓄满了泪!我也不知怎么有了灵感,就这样叫开头了:"大大——"

"嗳!"他应得干嘣脆,伸出两手想搂我。我身子一扭,从妈妈胳肢窝下钻出来。他笑了:"这小老板。喊大大一样噢,还好听些。粑——粑,要多丑有多丑!"

妈妈咬着嘴唇,激动得头直点。

可我仔细想想,究竟为什么喊他"大大"呢?是为了让妈妈高兴呢?还是可怜他?也许,在心底里,我还为真正的爸爸保留一个位置?

19

入冬后不久,山里下了一场大风雪。雪花大得吓人,一片片足有碗口那么大。这景象在城里是一辈子见不着的。不过一夜工夫,山洼不见了,沟壑也不见了,连门口的青条石都不见了。像是有只大手从山顶上抹过来似的。细看,雪地里还留着一棱棱海浪似的波纹。我们晾衣服的竹竿埋在雪里,像是海面上长出的两根焦黄的苇草。只有小溪从后山淌来,叮咚响着,冒着腾腾热气,蜿蜒地把大地划成两块。

想起过去在城里,每逢下雪,爸爸总要拉我到外面"呼吸呼吸新鲜空气",我们打雪仗,堆雪人,在雪地里打滚儿,嘻嘻哈哈地笑啊跳啊,直到把手指冻得跟胡萝卜样……可惜城里的雪太少,玩不多一会儿就化了。爸爸要是在这儿又该想出多少新鲜花样来。我跪在床上,透过塑料纸蒙的小窗,看着,想着……

外边传来呼哧呼哧的喘息声,原来大大已经起来了。我赶紧穿衣跳下地,冷得唑溜唑溜的。门开了,大大只穿一件单褂子,但浑身热气腾腾地走进来,使劲跺着脚。他身后留下一条长长的齐腰深的沟,一直通到一百多步的溪边,像个战壕。"好雪!下得得劲!"他拍打着头发上的雪屑,快活地大声说。"军子,吃饱点,"吃饭时他突然没头没脑地说一句,"今着带你玩个新鲜的!"

"去吧。"妈妈好像跟他商量好似的,飞快地说,"今天好好玩一天。"

大大给我在棉鞋外面套上他的厚布袜子,妈妈用她的围巾把我的头捆个严严实实。看着我成了个棉柁子,他们又哈哈大笑起来,我真不知这葫芦里卖的是什么药。

我们踩着没膝的雪,往竹丝坑方向去。一步一滑,没走多远,我就累得拔不动脚了。山风很硬,从山崂里扑出来,带着嚯嚯的尖叫,雪被推着打着旋儿,一会儿聚成一个个小丘,一会儿又飚起来,飞得无影无踪。外面雪早停了,可这儿还是漫天飞舞,天都是黄的。干雪子刮在脸上,像针在一点一点地挑。幸亏有妈妈的围巾挡着大部分,不然回去可不成了大麻子!大大用绳索捆住我的腰,在前边拽着我,他自己却连滚带爬,一点准点都没有。

"到'鬼磕头'就好了!"他对我喊。

"鬼磕头"是下竹丝坑的第一个峡谷口。百丈高的崖壁上长满各种各样的怪石,有的就连了一点根,就像风一吹就能掉下来——鬼见了都要磕头。有人说,这里是阴曹地府的大门,崖壁上跪着各种各样的屈死鬼。最令人心悸的是竹丝坑。这地方就像大山肚子上的肚脐眼,乍一看没多深,可谁也没有下到过底。谁也说不准底下究竟有什么。能看见的就是枯草败叶,野藤杂树和一阵阵涌起的团团雾瘴气。传说就多了：龙王爷吐的气，阎罗殿的香火，反正怎么听了怎么害怕。尽管妈妈说，那可能是个沉睡多年的火山口。可她毕竟也没有下去过。多少年来，山里惩罚最坏的人，就是把他扔进竹丝坑，其中就有小梅她妈妈。

我的腿有些抖。我们到这里来干吗呢？难道……大大还一个劲地拉着我。"大大……"我眼巴巴地望着他，我要哭了。

他回来把围巾系系好，拍拍我的后背："鬼磕头有山挡着，没得风。到了就好了。"

"我怕……"

他眨巴着眼看着我，笑了："我们又不干亏心事，怕个屌啊？"

果然，到了"鬼磕头"，风就小得多，干雪也不飞了。大大把我抱到一块巨石底下，把雪踩实，又把我身上的雪花拍干净。"冷了就跳跳，千万别瞎跑！"

我哪里还敢跑？我恨不能吊在他脖子上呢。

他一个人走进"鬼磕头"。过一会，跑出来大喊："军子，今天要发财了！"然后又往乱树丛里钻去。"噢——嗬！噢——嗬！""噢——嗬，噢——嗬！"整个山谷在轰响。

还没等我反应过来，两只黄褐色的东西箭一般从林中蹿出，身后翻起一股白烟。在白雪的衬托下，那东西窜成一条黄线。哈，是麂子！我听他说过。原来我们是逮麂子！

大大蹒跚地跟在麂子后边撵，雪太深了，干雪溅起来，把他团团裹住。上了山冈，他干脆一躺，顺坡子就滑下来，滚成个大雪球。嘴里还在没命地喊："噢——嗬，噢——嗬！"

我乐了，赶紧摘下围巾边舞边喊："噢——嗬！"那畜牲一见，掉头又往回跑。

雪毕竟太深了，对麂子不利。它们的腿太细太长，在深雪里窜来窜去,不过几个来回,速度就明显慢下来,每跳一下,身子都弯成一张弓。大大索性脱下棉袄舞起来。他在后边撵,我在前边拦,渐渐地,有一只没劲了,老老实实趴在雪地里,簌簌地抖。另一只还在没命地挣扎,大大把绳子结成活扣,抡圆了摔过去,套个正着。逮麂子就是这么简单!

我跑过去,大大已经把那东西四只细腿捆在一起。我看看卧在雪地里那只,呀!它眼眶里有泪!它一动不动地看着我,身子也不那么抖了。肥大的肚子瘫在雪上,像只小牛。

"大大,它要做妈妈了呢。"

"做奶奶也不中!"大大把胳膊抡圆了,绳扣在空中打着旋。

我抱着他胳膊:"大大,这只放了吧……"他"咦……"了一声,像才认识我似的,看了我半天:"好吧,今着你讲怎么搞就怎么搞。"他嘟哝着,一步一步走过去,手插进雪里,抱起母麂子。我们把它放了。它贴在岩壁边上,抖落身上的雪水,回头看了我们一眼,然后蹒跚着,往竹丝坑跑下去。在这刹那间,我忽然想,将来有一天,它还能认出我吗?

这天,我们就逮到这一只。大大说,麂子这东西鬼得很,你过两天来,它都不一定敢出来了。这是下大雪,它跑不动,要在平时,你影子都摸不着。可我还是感到很满足。

回到家,大大对妈妈笑着说:"我儿子今着发善心,放生了!"

妈妈笑着搂着我:"一只也够吃几天的。"

"够个屁,七八家一分,还有什么?"我傻了。原来石门关还有这种风俗:谁家逮住野物,皮子归自己,肉却要大家平分。怨不得谁都不愿吃这个苦,出头上山逮呢。

小梅大大来了,看着八堆麂子肉,脸都涨红了,舔着嘴唇说:"瞎讲瞎讲,这都什么年头了还讲老规矩……"他笑得嘴都合不拢。

"随你们，反正我不坏规矩。"大大说。

小梅大大忙不迭跑去喊人了。我有点不服气，累了一天，连二斤都摊不上。我想去挑一块腿子肉，又被大大拦住了。妈妈把我的手插进怀里焐着，好奇地注视这一切。

家家都来了人。小梅大大把麂子肉排成一溜，然后掏出一截麻绳，飞快地绕成一个个扣子，一搓，又打乱了秩序。每家来一个人，伸出手指，把扣子勾住……这些都是在沉默中进行的，仿佛一个古老的仪式，让人感到神秘和虔诚。最后还剩下两个扣子，大大把我叫过去，让我也勾一个。队长自己勾一个。最后绳头拉开来，手指被绳子挨个拴着，每家的顺序也就出来了。

哄一声，各家按顺序取走自己的一份，一个个欢天喜地，连谢都没谢就回去了。

妈妈叹息道："真有意思！真了不起！"

"可咱们就剩一堆骨头了！"我嘴撅得老高。

"哪个喊你把母的放走了？"大大走进来，对我夹夹眼。他把锅盖一掀，哈！原来锅里藏着一条腰边肉，足有半斤重！

"哈……"我们笑死了。大大抓抓头，有点难为情地看着我们，"嘿……"

麂子肉炖咸菜，味道挺鲜，就是吃过以后喉咙痒，总想咳嗽。今天我才知道，那是因为没有油水。可吃了这顿麂子肉，我和大大再也不那么紧张了。我们还像从前一样地在一起。我把爸爸渐渐地淡忘了。我心里那个位置就渐渐地由他占据了……爸爸！

20

"爸……爸！"

"嗳，嗳！"

"你真是我爸爸吗？"

"那还有假？你看，你的前额、眼睛，还有鼻梁……像不像？"

"那你干吗不早点儿来？"

"这儿……来，我们还是飞吧。对，闭上眼，不用怕，拽着我。"

"我们真的在飞吗？呵，风好大呀。下雨了……"

"这不是雨。是一片小小的云，云就是水蒸气聚在一起。老师教过吗？怎么样？没事了吧？"

"哎呀，我飞不动了，我脚上有绳子拴着。是妈妈。她在放风筝呢。"

"军军，军军！天亮了，起床吧。"妈妈在拍我的脚背。

我一骨碌坐起来。屋里弥漫着蒸汽，是大大在烧锅。爸爸，手拿一把蒲扇，对我发愣。

昨夜雨还没下透，家里还燠燥得很。天，是铅灰色的，像口锅倒扣在群山顶上。一丝风也没有。连小溪也停止了喧闹，只是顺着小草、地衣、绿苔，悄悄地淌过去。

早晨又新煮了一锅干饭。山里人的规矩，有菜没菜，饭是现煮的，这都算恭敬。可饭桌上再也没有热气，只听着费力的咀嚼声。偶尔谁的筷子碰上碗边，"当"的一响，格外令人心跳。连让菜都是在碗边点点，算是招呼。真急人。

"军军，今天我给你请个假，送送爸爸吧。"妈妈终于开口说。

我奇怪地看看她，不是说好，还要玩两天的吗？但妈妈把头埋进了饭碗。

"军军，我这次来就是看你的，没别的意思。……我已经上班了，很忙……"

"瞎讲什么东西？军子，带你爸爸上山逛逛，看老白果树……"

我明白了，他们都拿我做话把子呢，一肚子话拿我开头罢了。我干脆不吱声，随你怎么搞！

果然，爸爸把碗一推，站起来，脸色很严肃，像公社书记做报告那样："老陈兄弟！这趟来我很感动。看到你们生活得很好，我也放心了。你对她母子的照顾，靳雯都跟我说了，我很感激……这是真心话！"

大大飞快地瞟了妈妈一眼，把头低下去，低下去，一直埋到膝盖里。

"靳雯的问题，很快就会解决的。到时候，她可以把关系转来，当教师也好嘛……"

妈妈突然插嘴道："我的事我自己会决定的。"

"军军……如果你们愿意，也可以到城里来念书……"

"我会决定的！"

妈妈的口气特别强硬。而大大，头再也没抬起来。这种尴尬，连我都难受。

"民森，我跟义元，也是不得已……"

我和妈妈送爸爸出山。走了很长一截，妈妈才开口，可一开口，她又哽住了。

"这我明白！那种情况下，要生存下去，当然……"爸爸也说不下去。他把头突然扬起来，看着天，眼皮飞快地眨动着，后来又深深吸了一口气,伸手撸了一把榆树叶,放在嘴里嚼。"我在农场里,什么没见过?起初我也暴躁不安,后来吃了苦头,加上别人劝解——那里头真有不少学问家,我才渐渐明白:生存下去,就是最大的胜利。那时我已经听说你也牵连上了。我就想劝你想开点,及早走这条路……可又怕你还是老脾气,听不进我的意见。"

"生活本身,是最好的教科书。"

爸爸回头,眉毛扬起来笑了一下。那样子,怪极了。

妈妈脸上也有了红晕:"你寄来那十三块钱,很顶用。"

"杯水车薪罢了。"他叹口气。

妈妈突然站住了,眼圈红红地盯着爸爸看:"民森,我不能跟你走。"

爸爸点点头,看着天边越堆越厚的云层:"我看义元还……挺能干。……要下雨了,你请回吧。让军军送我一段。"

"民森!"

"别说了,我都明白!"

"你回去,有合适的,就找一个,别太挑剔……"

"我?"爸爸突然笑起来,声音干得像锅洞里爆裂的毛竹根。他摇摇头,摸着自己突起的肋巴骨,不说了。

妈妈向前冲了一步,又站住了。她看我一眼,说:"军军,你到前边去等着,妈妈跟你爸爸有几句话要说!"

我瞟了他们一眼,不情愿地走下去。她总把我当小孩,什么也不告诉我。就是让我这,让我那!我是傻瓜吗?走了几级弯道,我猛一回头,看见妈妈扑在他身上,捶他,咬他。而他,只是泪流满面地木桩子那样地挺着……我一溜烟地跑下去。我……哭了。

我想到,有多少回,妈妈独自走上后山,然后又默默地回来。有多少回,妈妈是那样失望地,然而又无可奈何地顺从着大大。我想到从前做过的那场噩梦,想到妈妈在夜里低沉无告的呼唤,想到那个神秘的铜哨子……唉,妈妈!你什么也不愿告诉我,你不愿我幼小的心灵承受过重的负担,你希望我像别的孩子一样无忧无虑地成长,可你内心深处的哀怨却越积越多!终于,它漫过堤坝了,冲出了一道无法遏止的泄洪口……哭吧,哭吧!

21

"军军,你想过爸爸吗?"

翻过两道山梁,我们坐在麻石道上歇息,他突然提出了这个问题。我知道,一路上爸爸几次想启口,我都跑开了。我有意和他拉开一段距离。想吗?是的。在我委屈的时候,在我感到孤独的时候——但很快又忘了。我有家,有妈妈和大大。现在,无论我回答想或不想,都没有意思,是"无用功"。可是碰上他那双期待的眼睛,我还是说了:"想……不晓得。"

他叹了口气,眨巴着已经干涸的眼皮,点上烟:"你长高了不少,我都认不出来了。"

我吐口唾沫,拿脚在石板上写字。

"妈妈和大……大,"他也讲得别扭,"合得来吗?脾气?"

我怎么讲呢?开头,他们是那么好,好得我都妒忌。后来,又那么……"我不晓得。"

天边响起了隐约的雷声。我还是忍不住。

"爸爸,你们从前到底是怎么回事?"

"怎么?妈妈没告诉你吗?"他又挑起眉毛。

我摇头。

"你不知道也好。说出来,你也不一定理解。……简单讲,就是爸爸被坏人诬陷了。诬陷,懂不懂?那时的组织上就找妈妈谈话——其实他们也不是好人。妈妈虽然不相信爸爸做了那么大坏事,但她却更相信组织。你妈妈那时正在要求入党,她是个很不错的工程师。……后来,我们就吵架了,越吵越厉害。后来,我们就分开了。再后来,爸爸被判了刑,去劳动改造。……到了斗批改的时候,你妈妈到底没摆脱掉,你们就到这儿来了。懂吗?"

我不懂:"这么说,是谁错了呢?"

"谁都没错,就这样!"他摸着我的头,长长地唉了一声。

"不对!"我叫起来,"总有人是错的!"

爸爸看着我好半天,又叹口气:"是啊,总有人是错的。但不是我们。……总有人是错的。多熟悉啊!一听见这声音,还有你歪着脖子那个神气,我就想起你妈妈过去的样子……在大学里,她也总爱和我抬杠。"

"爸爸,有个铜哨子……你知道吗?"

"铜哨子?子弹壳做的?还在吗?"他抓住我的肩。后来又把我搂在怀里。

"是你送给妈妈的吗?"

"那时你妈妈多年轻啊!那么漂亮,那么纯洁,又那么脆弱……那时我刚转业,是个土不拉叽的调干生。在大学里……咳咳。"

他又叹口气:"你妈妈也太认真了些。现在还留着它干吗?"他站起来,摸出一个纸包递给我,"这是三百块钱,交给你大大……你回去吧,要下雨。我以后再来看你……"

我们分手了。我都没想起再叫他一声爸爸!随着一道闪电,他对我勉强笑了一下。我心里一震:他们合得来吗?我不住地问自己。直到爸爸花白的头顶在山道上消失了,我还呆呆地愣着。

他们合得来吗?

空气越来越混浊了,天也越来越暗。山风起了,沉雷响了……我不可能想得出,我们家再次遇上了严重危机时候,比从前还要严重得多的时候,会怎么样。

22

他们合得来吗?其实,叫我讲,也谈不上什么合得来合不来。因为……因为他们根本不是一样的人。

大大是强有力的,他相信自己的一双手。他根本不承认读书识字有什么用。他认为,小伢子从小做做规矩还可以,念几年书也还不碍事。但书是绝对不能多念的,稍许大一点就该学着做活,不然长大混不到饭吃。因为"那东西最坏事,屌本事没得,就练个嘴功"。他常鼓励我逃学。吃罢早饭,他把眼睛一夹,"军子!"于是我心领神会,到山崂里去等他。夹左眼是上山,夹右眼是下山。我自然是巴不得:冬天,我们撵麂子,掏野兔;夏秋,就张网捕鸟,拾洋桃,打毛栗子,快活得很。为这,妈妈不知骂了我多少回。

妈妈那年冬天身子就渐渐恢复过来,脸上有了血色,腿也不肿了。头发,特别是她那头好看的头发——每当她从溪边洗头回来,乌油油,湿漉漉地披了一肩,像一头黑亮的瀑布缓缓流到肩下——我觉得比耳朵毛漂亮多了。这时她那双眸子也格外地亮……可是,时间长了,她眉间就开始有了愁云。我常见她对着笔记本自言自语,把那些本子翻了又翻。有时洗衣,棒槌漂走了都不知道。她心情烦躁起来,在屋里转来转去,有时还拿考我的功课来撒气,而后又来赔不是。家里养了鸡,有时鸡少了,问她哪天少的她准说不上来。

妈妈不大参加队里劳动,除了农忙那一阵。这在队里自然巴不得。因为田少,各家妇女出工都是轮流摊的。不过干一天六分工,二毛四分钱,是没什么意思,还不如我打三斤毛栗子。

大大也以此为自豪。"养不起老婆就不要讨!"喝醉酒,他就跟人家这么海吹。"养老婆做么事啊?烧锅洗衣困觉三件事。还指望她出力啊?要出力不如买条牛……以往她那也叫过日子啊?一碗饭要混一两天。逮个瘦格郎筋的野兔子就算开洋荤了。屋山头漏雨,被头湿得挤下水来,也搞不清朗是雨水还是眼睛水……唉,可怜伤心!我看她们受罪,心里就跟咸盐腌的样,肚脐眼都冒咸水!怎搞呢?我不帮她鬼都不伸头嘛。人呐,要讲点义气吧?现在,旁的不敢吹,饭总吃得饱呐……"他说得也都是实情。有时说忘了词,妈妈还帮他圆两句。

"那是那是!义元兄弟真是……"听的人也都满口称赞。不知从什么时候起,再也没人讲他二秃子了。大人喊他二兄弟,小伢喊他二大大,连郑书记都要喊他义元同志。

一来二去,山里人都把他当成个体面人物了。家里婚丧大事免不了也要请他"帮忙"。他就免不了跟人家吹一通。一次两次,他这么说,妈妈总微笑着站在一边儿,像个证人似的。次数多了,就不那么认真。有时听他吹过了头,也把眉头皱皱。但过了站,也就算了,总的来说,大大对她算好的。山里哪家女人不挨揍呢?

他们也不是没吵过。比方说,大大要我改姓陈,我自然不愿意,怕同学们笑话。妈妈也坚持说,姓名不过是一个人的符号,无碍大局。结果吵来吵去,他也就笑起来。当然这些都算不上什么。

大大的理想是盖三间瓦屋。他对钱看得很重。每回卖点山货回来，就把那点可怜的毛票数了又数，然后用纸左一层右一层地裹起来，塞在屋檐底下。过些日子取出来再数。可妈妈是从来不问。我敢说，妈妈根本搞不清家里有多少钱。妈妈的心思我相信她自己也说不清。她有时是那么高兴，高兴得整天哼着一支什么歌。有时又那么忧伤，忧伤得几天不说一句话。而大大，对这些都是浑然不觉的。他只要每天有饭吃，半月十天能喝一次酒就行。要说他还有什么不满足的话，就是隔一段时间便嘿嘿笑着追问妈妈可有"喜"。他被妈妈一冲，立刻张大嘴，现出喷嚏打不出来的样子，两眼茫然瞪着门外，像丢了钱那样的懊丧。我悄悄问妈妈他到底要什么喜，妈妈把我头一打："去，不该你问的就别打听！"

有次大大从镇上带回来一包卤豆腐干。吃饭时妈妈把包豆干的纸翻来覆去地看了又看，一再追问大大是从哪家店买的，什么样的人等等，连我都烦了。第二天妈妈到镇上去转了一天，晚上回来连饭都忘了烧。大大发火了，骂她身在福中不知福，她也不回嘴，默默地生火做饭。我悄悄走过去，灶洞的火光映在她脸上，通红通红，眼睛像一汪清泉，闪着亮……啊呀，一下子就让我想起从前她的模样来。真神了！原来，她膝盖上摊着一本没头没尾，破破烂烂的书。大大骂道："我当是什么逼宝！这种纸揩屁股都不如树叶软和……你要早讲，我代你弄点老书看看！"妈妈眼睛一亮，立刻笑了。

大大讲，小梅大大祖上是读书人。妈妈打了两斤酒，请他吃了一顿。可她从小梅家回来，失望得嘴唇都乌了。小梅大大跟在后面来了，手上捧了一摞子又黄又霉的书，靠在门框上。大约他觉得白吃了一顿，心里不过意。

他走以后，大大说："什么书不一样？老书作兴学问还大些。"

"那不是书，是一堆垃圾！"

"好好好,只当搭了二斤酒。"大大倒还无所谓,妈妈反倒闷闷不乐。

要叫我讲,这件事就是妈妈不对。可妈妈总是埋怨说谁都不理解她。

过年了,山里人规矩,有钱没钱,家家都要备几个菜,轮流请客。一直要请到正月十五。我们家随便点,因为石门关只有七户人。大大是外来户,在本地没得亲戚。别人家就不同了,从大队干部一直请到族里有身份的亲戚。哪家请不到,三十晚都唉声叹气。

"义元,我们家也请大队干部吃一顿吧。"妈妈有次问大大。

醉眼矇眬的大大说:"拍他马屁?老子又不是他族里人。他敢咬老子屌啊?县里主任都晓得老子大名。"

"我想,"妈妈伏在大大肩头,"军军学校里听说要添初中班了,肯定缺老师。以前的事都过去了,能不能……"

"不中。"大大干脆说,"给他磕头啊?一点骨子都没得!"

"我想工作……"

"要你做什么工作?我又不是养不起你!老子讨得起老婆就……"

"我不要你养!"妈妈火了。

"你早先怎么不讲来?"大大也火了,骂了许多难听话。

这次客还是没有请。妈妈以后也再没提过。

但后来郑书记真的上门来请妈妈时,妈妈连招呼都没跟大大打,就答应下来。事后大大也不过张着大嘴发愣,咽一口唾沫完事。毕竟,经历了那场风暴,各人对自己都有了新的估价。

23

妈妈真的有"喜"了。

一起床她就倚在门上,弓着腰,大口大口地吐起来。后头吐的全是黄水。她说,苦胆都吐出来了,呻吟着让我拿水给她漱口。

大大挑水回来看见了:"吹风了吧?看看!"

妈妈摇摇头:"是有了,我反应最大。"

"有么东西?"

"有孕了呗,死人!"

"呵……呵!"大大张着嘴,弯腰看着妈妈的脸,两手在腿上使劲地搓,手指骨节咔咔作响。然后他噢地怪叫一声,蹿起半尺多高,一气跑到后山坡上,冲着村里大叫:"噢嗬——有喜啰,有喜啰!"

我这才明白,有"喜"就是有宝宝了。不知为什么我感到心里一蹦。

妈妈却没有什么特殊的表情,她只是揉着胸口躺着,两眼茫然地望着屋顶,好半天,才吁了一口气:"军军,军军?"

我慢慢走到她跟前,"干吗?"

"你把脚盆拿来,我还想吐。"她又盯着我的脸,"你怎么了?哪儿来那么多心思?……别这样,军军。人家说,宁跟讨饭的娘,不跟做官的亲爹,不管怎么说,你是妈的儿子,妈还能不疼你?"

她这一说,我更加明白我难受的是什么了。我嗯一声,把脚盆踢到床跟前。眼泪却立刻就要喷出来。我跑出去。

我一口气爬上了凤凰顶,出了汗,泪也干了。从那上面看我们的祠堂学校,就像看一只黑甲虫。同学已上课了,我不想去。

我好像已经听见福生他们在唱了——"军军哎——，你个姆妈生小伢子啰！军军哎——看你怎么搞噢！"

有一种难受，是无法说出来的。我当时的感觉，就是想大声痛哭一场。可我哭不出来。

我下山的时候，大大还在村里。恐怕没有一个人没听见他的絮叨了："哈！这下是真的，真有喜了！我老陈家有儿子了！"

"二兄弟，"有人逗他，"这话不能瞎讲，你哪没得儿子啊？看你家去老婆不罚你跪板凳头！"

"这话也是。"他摸着后脑脖，"不过到底，到底……是两样的噢。"

"义元呐，不能笑早了，你晓得是公是母？"

"对了！趁早请一桌接子酒，好生冲冲！"

"哈哈……"人们笑得开心，他笑得更开心。

"请！算小的养儿子都没屁眼！"

一连几天，就在这种狂喜中过去。妈妈告诉他。这种事根本用不着大惊小怪，他根本不听："我三十多岁的人了，又不是三十多斤，什么事我不晓得啊？喊！"

但妈妈并不反对请酒。她的心思我知道：妈妈不会处人，平时又不爱串门，不喜欢说三道四的，因此村里的女人们总要嘀嘀咕咕，也有讲妈妈架子大的。这使妈妈很苦恼。那么请酒正好是个机会。其实吃酒都是男人们的事，我不明白为什么各家女人都很高兴。奶奶们，婶婶们，拉着的抱着的，挨家挨户地来，跟过节一样。板栗子，山楂果，家家都送一点儿。倒也不错。

"肯定是个狗头狗脑的胖儿子，跟义元一样的东西！"吃得嘴上油光光的人都打着哈哈。

大大红光满面，嘴龇得荷花一样。

女人们一来则跟妈妈嘀嘀咕咕讲个不停：石门关阴气重，千万不能沾了阴气，不要老洗澡，更不能到溪边去洗头，不能吃这，不能吃那……妈妈只是笑着不住地点头。

确实，石门关的男伢子真是少得可怜。

24

有天上课时，小梅悄悄告诉我："你大大要代你姆妈请算命先生哩！大老人们都讲，你姆妈命苦，怕是福相不大……你大大急死了。"

我把这话告诉妈妈。妈妈并不惊讶。"好吧。"她说。仿佛我跟她商量什么，说着还把头发甩了一下。我发现，她这些天又瘦了。

这天夜里，他们又吵起来。这是有"喜"以来常有的功课。

"烦死了烦死了！你还有完没完？"妈妈嚷道，"我告诉你，是男是女早就定局了，说也白说！"

"瞎讲的话！那要看你心诚不诚。"

"心诚怎么样？"

"心诚就养儿子呗。"

"要生个女孩怎么办？"

"我……我卡死她。"

"你……那很好。"接着是摔被子的声音。

"别！别哭，军子妈，不能哭，哭不得呀！"他反而带了哭腔。

妈妈哭得更凶了，我觉得屋子都在发抖。

但最后，总是妈妈作出让步："好吧，算就算吧……"她又好像对什么都无所谓了。

算命瞎子是大大用独轮车从山外推来的，推了八十多里。妈妈看着直摇头，又不得不去敷衍几句。

他们来了就喝，吃饱喝足了就神吹。

"他也是个好人呐。"瞎子坐在屋场头，竹竿在地上"哒哒"地敲着，牙花别得啧啧作响。"这幌子心诚就灵。我也许多年洗手不干了，人心太坏呀。不看你跑这么远路，讲得可怜伤心，我也就隐姓埋名死掉算了。"

"旁的不敢吹。这一条，也还差不多。"大大醉眼迷蒙，又有几分得意起来。"你在山里打听打听，我陈义元待人怎样？讲假的不中……以往她母子过的什么日子？一碗饭要混一天！那也叫过日子啊？有回逮个瘦格郎筋的野兔子，快活得坐地高头哭，一锅兔子汤开几天洋荤。屋山头漏雨，被头湿得挤下水来，也搞不清是雨水还是眼睛水……可怜伤心呐。我看她们受罪，心里哪不跟咸盐腌的一样啊？肚脐眼都冒咸水吧！就这样，人家还要欺她孤儿寡母。怎搞呢？我不伸手鬼都不伸头嘛。现在，旁的不讲，饭能吃饱嘛，小伢子屁股不露嘛，有时候还能吃点子油荤嘛，是多是少腰里还能别两个票子嘛！过个三年五载，还想盖瓦屋来。小伢子大了，不能讲不代他讨媳妇吧？"……近来，他的故事越编越圆了，特别是降服我的那一段，十分精彩。而且，过去的，未来的，想象中的，统统算在功劳簿上，越吹越神。

现在，连妈妈也不愿多听了。他一开始，妈妈就躲到一边去。凭良心讲，他对我们是不坏，可话总由他自己说，听了就不自在。不知为什么，有时我竟产生这样的念头：难道没有他，我们当真就会饿死吗？

"嚯！男子汉大丈夫，一点义气不讲，活在世上还有屌劲！"他拍着大腿，又叫起来。

金钩似的弯月挂在苦楝树梢头，再也走不动似的。雾气从小溪边，从林子里漫过来，月色朦胧了，秋虫叫得也不起劲了。妈妈坐在小凳上，两手托着腮，一动不动地望着黝黑的凤凰顶。

"妈妈，你也相信算命吗？"我小声问。

妈妈看看我，让我坐在她身边。她搂着我，给我讲了个科学家的故事：

"……达尔文远航考察的时候，在一个荒岛上看见两群土人在打架。后来，打赢的那一群就把俘虏活活地撕开，他们围着火堆一边跳舞，一边吃自己的同类。达尔文心里非常难受。有一次他逮住了一个小男孩，就把他带回了英国。在英国，达尔文教他各种礼节和劳动本领，还教给他识字。那个小男孩特别聪明，很快就学会了文明人的语言和生活方式。后来达尔文再次远航路过那个岛，就让小男孩带上各种工具回到岛上，去改变土人们的生活习惯，他希望整个土人也都能过上文明生活。小男孩很勇敢很听话。就回去了。两年以后，达尔文再次到岛上去，他想看看他的小朋友。但他怎么也找不见那个小男孩了。原来小男孩早就给土人吃掉了。"

我的心像是给人劈空拿了去，我紧紧抱着妈妈的腿。

"军军，别怕。时代毕竟不同了。但是有很多东西，很多东西……咱们得适应它。只要心里有数就行。这道理过去我不懂，现在也明白了。这需要时间，时间……军军，你答应妈妈，一定要好好学习。你将来应该读很多很多书，很多很多。啊？"

一听到学习，我就头疼。但这会儿我还是狠狠地点了点头。

"咱们睡吧，妈妈。"

"对，咱们睡吧。"妈妈大声说着站起来，还往大大那边望了一眼。

但他们扯得正起劲呢。那个瞎子不知低声说了句什么，大大又嘎嘎地快活地大笑起来。

一早，大大就把屋里打扫得干干净净。吃过饭，他就把大门关上了。这是瞎子的意思。

乘着那个瞎子对他们胡说八道的时候，我灵机一动，把那家伙依在墙上的竹棍偷偷拿出来，然后用柴刀在上面割了个很深的口子。

做完这些，我快活得浑身乱颤。看看瞎子，正是算得眉飞色舞，满嘴白沫的时候。他也在浑身直抖，口中念念有词，好长时间，才吁一口气，慢慢平静下来。

"你老人家看，究竟是……"大大急猴猴地问。

瞎子拿起妈妈的手捏了半天。妈妈只是有点疲倦地冷眼看着。我却有些急了，在嗓眼里连连暗喊："女的！是女的！"

"恭喜恭喜！"

大大直起腰来，拿袖子擦擦汗，笑了。

"你家要转运了，日后必定发达！"那人最后肯定地说。

"不过呢，东南方灾星未灭，谨慎谨慎！小心小心！"

"怎么防呢？"

瞎子又沉吟一会："主要是心诚，不能冲了娘娘。心诚则灵……"

"嗯哪嗯哪！"大大又是点头又是哈腰。

瞎子心满意足地揣起了大大的红包。大大赶紧拉开大门。他拄着竹棍，嘴里还在念："多谢多谢，多……"啪！竹棍断了。一个踉跄，腿又在门槛上一绊，结结实实地扑在青石板上。他抬起头来，牙花上渗出了粉红色的血。

我的心都要裂开来，想笑又不敢。

大大急忙搀起他，脸色死灰一般："军子，还不搀住！"

"出鬼，出鬼呀！这棍子用了七八头十年，今日说断就断啊？不是趟了鬼么？出鬼……"他抓起竹棍，手在断处摸着。

大大看一眼那棍子，脸色顿时变白了。他拉过我，照头就是两巴掌。

我不哭也没叫，心里一点都不害怕，还斜着眼瞪他。

"莫打莫打。童言无忌，童行无意，算了算了。上路上路……"瞎子还是一板一眼地念叨。

"看老子家来扒你皮！"大大气汹汹地推上车。

他们走了，我忽然感到心里空荡荡的，并不是那么特别痛快，又好像这事来得快，去得也太快，因此不满足……我说不清。

"军军，你这孩子真不听话！人家不管怎么说，是个残疾人……我从前跟你说了多少？你却当耳旁风！"

不知为什么，我哇一声哭了，怎么也止不住。唉，那瞎子在骗人，我呢，在骗自己！

哭够了，妈妈突然问："军军，你说说，你希望是个男的呢还是女的？"

"女……女的。"

"那好，妈妈就给你生个妹妹！"说罢，她自己先笑起来。

第二天夜里，妈妈突然叫起来："快，给我揉揉！腿……哎哟我的小腿！"

大大和我都爬起来，手忙脚乱地给她揉。好一会儿，她才缓过来。

"好了。……不要紧，是抽筋。"

大大却狼似的嗥了一声，蹲在床上，抱住了脑袋。他回来后一直板着脸，没说一句话。

"没关系，是缺钙。"妈妈安慰他，"山里头缺磷、钙，也缺碘。你想法子买点海带或者鱼来吃吃，最好能弄点钙片……"

"扯淡！都是这小出溲的害的！冲犯了娘娘，吃人参都不中！"大大嚎着，眼睛水都淌出来。

这是我第一次看见大大的眼泪，我也有点惶怵了……

我又怎么能想到，为了这么点小小的恶作剧，竟会惹出那么多麻烦来？

25

不知不觉入冬了。这年的雪特别好，头场雪就把山给封起来。我把绳索和柴刀取出来几回，都被大大戽到一边去。

大大经常在外面喝酒，一回家就醉醺醺地骂人。当然，他的发火，主要是对我。总的来说，他对妈妈还是不错的。妈妈的身子明显地圆起来，饭量也越来越大。但是抽筋的情况还是时常发生。一到这时，他就一边搓揉着，一边骂。骂我是"忘恩负义的东西"，"好了伤疤忘了疼"，"非要弄点忆苦饭吃吃不可"。但妈妈说的海带、鱼和钙片，他却始终没有去买。

他不让妈妈做一点事情，连刷碗洗衣也全压在我头上。妈妈说，做些事活动活动反而好，说他不懂。他马上就不高兴，一脸胡须刺棱棱地岔开来："我几十岁的人，又不是几十斤……"所以后来妈妈也不愿讲了。"随他去。"妈妈对我说，"你学着做做也不坏。"

记得有回吃饭时，我告诉妈妈下半年考初中听说是全县统考。话没说完，大大马上接上来："考不上日屌！那么大人尽着念书做么事啊？我像你那么大早就自家能糊嘴了。"

这回妈妈没让他:"义元,这可是咱们事先讲好的条件,你不能反悔。"

他喉咙里响亮地"咕——"一声,愣愣地看着门外,不吱声了。

我并不喜欢念书。但看来这也就是妈妈能坚守的最后一道防线了,所以我也不敢太马虎。我真的开始恨他了,也恨妈妈肚子里那个越来越大的小东西。

小梅又向我透露了一个情况:原来大大这些天常和郑队长他们在一起。入冬了,没有什么生活做,只要有酒,就着一碟黄豆就能混一天。大人们在一起,除了谈分红,就是谈女人。

"你姆妈黑晚老抽风吧?跟我姆妈从前一样。"小梅有些得意地对我说。

"那又怎么样?"

"肯定是女伢呗!听我大大讲,这就是养女伢的兆头。女的……都是扯筋挂肚的累赘货。要是男的,在肚里头就拳打脚踢,活蹦乱跳……"

"哼。"我一面表示不相信,又一面暗暗高兴。

"后来,后来……"

"后来怎么样?"

小梅看着我:"那你要真跟我好嗳?"

"嗯。"我伸出了小手指。

"我大大讲,郑书记晓得一种什么药。他讲福生姆妈生了六七个,都是女的,后来搞的药一吃,就有了福生。……后来他们不晓得又讲什么,你大大一拳把我大大脸都打肿了,淌了一大些血……你千万不讲给你姆妈晓得噢,讲出去……我大大真把我腿敲断……"

小梅贴近我,抓起我的手……我发现,她突然比我长高一头。

一连几天,大大都阴沉着脸,不出门,也不讲话。妈妈问他，也不吭声。逼急了，他就擂桌子发火："男人的事，不要你烦神！"妈妈气得直抖，泪水簌簌地流下来。他发起怒来，眼珠子都像要掉下来似的，吓死人。喝了酒，他就一个人喃喃地骂："老狗日的，欺到老子头上来了！老狗日的……"

我知道他在骂谁，但又不敢告诉妈妈听。我已经隐隐约约猜出一点什么来。

妈妈的身子更圆更粗了，总说腰酸，让我给她捶。小腿肚子也肿得圆鼓鼓的，一摁一个坑。她天天扶着我的肩去后山散步。这些，倒使他的牛脾气收敛了不少，一回家就傻愣愣盯着妈妈的肚子看。妈妈让他拿个什么，他也忙不迭地跑。另外，我们不在家的时候，他还偷偷把妈妈缝的小衣服一件一件摊开来，有时还搁在他亮亮的胸脯上比试……这情形，我都看见过两回。

奇怪的是，妈妈也特别温柔了，开朗了，再也没跟他吵过。有一次，我刚出门，她就抓起他的手，轻轻拍着，嘴里轻轻哼着一支什么歌，就跟从前哄我那样。晚上，她能在他耳边絮絮叨叨说一夜，细声细语地："眼睛闭上，嘴张开……"干吗呢？

可他始终没开过笑脸。

有时我要发句什么牢骚，妈妈立刻制止："军军，妈妈不许你这样！""有些话，妈妈能说，你不能说！"

妈妈呀妈妈，你还算妈妈呢！有些事情上，竟还不如我。

26

我记得很清楚，就是期终考试那天。清早，队长就吆喝劳力跟大大一道上山砍树。郑书记也来了，跟大大笑眯眯地边走边讲，大大还不住地点头。郑书记身旁还有个干部模样的人，手上拎着黑提包。

当时我就有点奇怪：石门关的这些树大都还没成材，县里的封山牌牌写得很清楚的。有好几回，大家吵吵着要砍些树来年底分红，队长来跟大大商量，都被大大骂回去："放屁的话！当真穷成那个样子啊？杀鸡掏蛋吃啊？县里主任亲口关照我的，天王老子来都不准砍！"有一次，郑书记拿着公社批的条子，都被大大一把斧子挡回去。还有一次……不过我也没往心上去，我要去考试。再说——"大人的事，你不要乱插嘴。"这话是妈妈说的。

一到学校，福生就死皮涎脸地要和我"互相帮助"。我平时成绩也不怎么样，不过比他还是强得多。一想起他平日那神气活现的样子，我能理他？要是小梅，也还差不多。

可他竟攀到我肩头上来："哎，帮一把吧，哪个不求人呢？"他老滋老味地凑到我耳边，"你大大不也求我大大帮忙吗？"

"唏！我大大求你……"

"不信？哼哼，你大大来我家做么事哟？还不是……"他不说了，竖起一只手指在空中画了个大大的圆圈，又像是个问号，不知是什么意思。"怎样？可要我讲给你听？"

考试时，我犹豫再三，还是抬起胳膊，把卷子给他看了。舍不得孩子打不住狼，我豁出去了。

但一考完，"明天跟你讲"，他嘻嘻笑着，跑了，拉也拉不住。

回家路上，一过"二道梁"，就明显看出西山口的杉木林被剜掉一块，就像一床绿棉被被拦腰撕了一个口子。这些碗口粗的杉木梢子顺着西山口放下去，把山脊划出一道道暗红色的浅沟，远远地看，就像山腰给人割了一刀，血顺着刀口淌下去，淌下去……只半天工夫，西山口全完了。我一闭眼，就能想象出他当时的模样：棉袄扔了,光着脊梁,尖斧飞舞,木屑乱溅……要在从前,哪怕有人掰一根树桠,大大绝不会饶他。谁不含糊他的利斧?现在倒好,斧子还在他手里,却死命往树根上砍!我算看清了,现在就让他剁下一只膀子来,他都不晓得喊痛!可他们为什么要在西山口放树呢?难道是运到外省去的吗?

突然间,我想到"帮忙"不帮忙的话,好像明白了什么,心也猛地紧缩起来……

我飞一般往家跑!妈……妈!

一股子麻油香味迎面飘过来。妈妈坐在大门口。

"军军,你大大磨了芝麻粉,你也尝一点儿。"

我呆住了。

大大又出门了。我喘息着,环顾着四周,一肚子疑虑也不知该怎么说!

……妈妈发作是在夜里。起初是发烧,后来是抽搐,浑身一阵阵痉挛,再后来……嘴唇咬破了,浑身汗湿了,嗓子哑了,她疼,可又生怕压着肚里的孩子,不愿打滚,就满床满地地乱爬!……那种痛苦、那种挣扎,对生命的渴望,对死神的抗拒,对孩子无私忘我的爱,至今想起我都浑身颤栗!

什么叫手足无措?这就是。我们全傻了。除了发抖,就不知还有别的事!大大站在屋中央,只是每隔几分钟低低地嚎一声:"这怎么搞?……这怎么搞嘛?"

天快亮时,妈妈已经没有一丝力气了。她靠在床脚喘着,两只胳膊弯过来举着,一阵紧似一阵地抽,抽!头发一绺一绺地贴在脸上,没有光泽的眼睛呆呆地看着我。

我这才想起应该干件什么事。我抱起那只装芝麻粉的瓦罐子狠狠摔过去:"说!你放的什么毒?"

"不是不是,"大大也清醒过来,"保胎的……生男伢的……"

妈妈两眼一闭，昏过去。

"妈妈！……妈妈呀！"我扑过去，拼命摇。

妈妈醒过来，嘴唇颤着："快……医院。"大大这才噢地嚎了一声，冲出去喊人。

27

我们全进了县城。但婴孩已经死在妈妈肚子里。真的是个男孩。这时已经毫无意义了，谁都不愿再提起他。

大大在医院里狼狈得像条狗。医生护士都在骂他，走到哪儿都有人指指点点。他整天在院子里到处乱窜，晚上就龟缩在走廊上。谁都懒得睬他，也够可怜的。只有妈妈有时还问他两句。他不敢看妈妈的脸，也不敢看我。事情已经十分清楚了：郑书记为了同外省人的关系，队里为了分红，大大为了生个男伢，就"互相帮助"，害了妈妈。男伢是有了，但一出生就装进了盒子。

我们回到石门关时，春荒已经开始。幸亏公社送来了救济粮，不然还不知怎么过！妈妈的身子仍然很虚弱，手术使她流了好多血。

乡亲们都来看过了，男的叹几口气，女的抹几滴泪。都走了，大大还扶着门框呆呆地站着，眼睛在屋里扫视着，好像连家门都不敢跨了。装得怪可怜！

"咚"一声，他跪在妈妈跟前。

我斜了他一眼，走出去。

"从头过吧，"妈妈说，"日子还长着呢。"

他噢噢地哭开了，声音要多难听有多难听。

奇怪的是，郑书记并没有倒霉。公社开封山育林大会，他还在广播里讲了话。这连小梅都不服气。但谁又愿意多这个事呢？人们似乎连提都懒得再提它了。大队还是大队，石门关还是石门关。连妈妈都说，也不在乎换个把人。

郑书记倒是对妈妈格外客气了，开学的那些天，他三天两头地上门请，讲了几箩筐好话。妈妈自然痛快地答应下来。这年下半年，根据县里的规定，也不用考，我们全部升了初中班。

大大特意到山口镇给我买了只新书包。"好生念吧。"他说。以后他再也没喊我逃过学。

家里又恢复了从前的老样，有时还能为什么事笑上一阵。妈妈有了工作，日子好像也比从前好过多了。另外，大大也不再吹乎了，盖房子也不想了，有两个钱就买点好菜来吃一餐。酒还照喝，但在家里，脏话也比从前少得多。其实那件事我们再没提起过。我知道，人人都很忌讳，连福生也不敢拿这个来寻开心。

但……这就好吗？

28

爸爸来过之后，表面上看，家里没有什么大变化。早晨起床，各人忙各人的。吃过饭，我和妈妈去学校，大大上山。下午回来，妈妈生火做饭，我打羊草，拌鸡食。晚上，大大还是一个人早早睡觉，妈妈备课，我做作业。关于爸爸，又成了家里讳莫如深的话题。其实我知道，这种气氛下，心情并不轻松。

过了不久，城里果然来干部找妈妈。当时已经放学了，我看见妈妈在几份材料上签了字,然后对着墙壁发呆。那个干部还在和妈妈说着什么,兴高采烈地比划着。后来大约发觉妈妈的神色不对,郑书记才把他领回家去了。

我们的学校,在妈妈的建议下,厢板全部拆下改装过了,隔成四个教室,一个办公室,每间屋顶都装了亮瓦。现在,有一束光正斜射在妈妈脸上,可她自己竟一点感觉也没有。她托着腮,拧着眉,眼珠一动不动……

"妈妈,不早了……妈妈!"我趴在门上叫。

妈妈慢慢扭过脸来,拿手遮住亮:"你说什么,谁走了?"

"我说,咱们该走了。"

"……对,咱们,还是走吧。"

29

一碗菜,妈妈夹给大大,大大夹给我,我再分给妈妈一点……一连几天,我们都这样在沉闷中互相关心着,谁也不多说一句。我甚至暗暗想,我们家从前要能像这样该有多好!可要真的这样下去,又该多么可怕!

吃过晚饭,大大上山去了,说是去窝棚里取六谷。妈妈突然问我:"那天你爸爸跟你说什么来着?"

"没说什么。"

"就给你钱,什么也没说?"

"说……"我把我所知道的他们从前的事讲了。

"从前是妈妈不好,我太幼稚了。"

"他说，谁都没有错。"

她扬了扬眉毛，摇摇头："不对，不是这么简单的……大家都没责任？不对……"

"他还问，你们脾气是不是合得来。"

"你怎么说？"妈妈抬起头来盯着我，手却紧紧地捂着桌子边。

"我不知道。"

她吁了一口气，低下头去。过了好一会儿，又突然问："军军，你现在也不小了，应该自己决定自己的事了。说吧，你愿意去爸爸那儿吗？"

这一阵，我成新闻人物了，什么样的话都能听到。一进学校就是："徐军，你真有福气！我们福字辈的哪个都搞不过你。""徐军，到城里别忘了山里的弟兄噢。"连福生都向我大献殷勤，他已经宣布，要送我一支最高级的圆珠笔。小梅上课时偷偷捏我的小手指，后来干脆把我的手放在桌肚里捏个够。"军军，你真的要走？……我不把你走！我大大讲，你爸爸要不拿出两千块来，山里人都通不过！"过一阵，又说："唉，你还是走吧，走远远的，到北京去……两千块，这些人良心都给狗啃掉了！"她老是盯着我，眼圈红红的，给我出了好多好多主意。可我却只有越来越烦，满脑子都是走不走，走不走……说实话，这两天，我心里也活动了。城市，毕竟是令人向往的……我没好气地顶了妈妈一句："你不是说你会决定的吗？"

妈妈噎住了。"对，我说过。"她又轻轻叹一口气，"可妈妈也是普通人呀。"她把散下来的头发慢慢拢到耳朵后边去，目光久久地停在大桌的裂缝上。后来，她又用手指在桌缝上擦过来擦过去，像是要把它们弥合在一起，又像是要把缝里的脏东西剔干净，那么艰难，那么犹豫。

我知道我错了，我不该伤妈妈的心，在这种时候……

"军军,你跟我说老实话,他……好吗?"

我明白,"他"是指的大大:"嗯……好。"

妈妈眼泪流下来:"我们该怎么办呢?他是个好人,又是个可怜的人……你爸爸才来的时候,我觉着这问题很简单:我们再怎么变化,也不能离开石门关,不能做对不起他的事,我们要有良心。反正这些年也过来了,也习惯了。……可现在想想,你的教育问题,还有我的专业,我现在做梦都想重新工作,工作……"

月亮到了中天,很圆,也很亮。只有天边有几颗稀疏的星,暗得很,像人哭肿的眼泡。云层很薄,蝉翼似的,在山尖旁边贴着,动也不动。哦,石门关,今天你是这样幽静,这样淳朴,这样清明,这样好!

这一夜,大大很晚才家来。

30

放学以后,我一个人留在教室里等妈妈,一遍又一遍地用铅角子算命。这是小梅教给我的。把铅角子旋起来,然后用手猛地一捂——正写就代表走,反写就代表留。小梅说,她算过了,是走。可我每一盘都是留的多,走的少。

后来,我听见背后有喘息声,回头,是妈妈。也不知她站了多久。

"正写代表什么?"她问。

"是走。"

"正写多还是反写多?"

"是……"

"呵,别说了,迷信!生活……要有这么简单就好了。"

我看她那样,明明是知道我算的命,可又害怕说出来。

但实际上,生活并不复杂。"军子妈……离吧!"有天夜里,我终于听见大大说了。这后面两个字,讲得特费劲,就像嗓子突然哑了。接下去,是沉默。再接下去,是抽泣。

下半夜,一股呛人的气味在屋里飘起来。我支起身子,看见大大坐在锅灶底下。火星一闪一闪,他蒜头一样的鼻子翕动着,杏核一样的眼睛眨巴着,大口大口地吞吃着烟气。听人说,抽烟,可以帮助人思考。他要能早些抽烟该有多好。我忽然想哭。

31

我们真的要走了。

几天来,家里人来人往,热闹得很。连公社书记都来看过了。临走时还拍拍大大的肩膀头:"义元同志,要想得开噢,靳同志是国家的人才,窝在山里是个浪费,浪费就是犯罪嘛。"郑书记也帮腔说:"那是那是,以往照顾不周,大队有责任,大队有责任。"

大大只顾忙他的,一声不吭。他把玉米棒子、笋干菜一串一串扎起来,挑了又挑,晒了又晒,满满塞了一箩筐。第二天又翻出来重新整,好像除了忙这个,他就想不出还有什么事需要干。我说东西太多了不好带,他却说不碍事,送上车就到家了。其实我们的家在哪儿呢?他一遍又一遍地叮嘱我:"军子,二回想吃六谷子,就带封信来……"我只有一次又一次地点着头。鸡,每天杀一只,妈妈怎么讲也拦不住,只好由他去。妈妈也整天洗啊,缝啊,翻啊,

晒啊,他们很少说话,说也就那么几句:

"我代你结了件毛线衣,就在蹲柜里,二八月天都好穿。不要一脱棉袄就打赤膊。"

"嗯哪。"

"棉袄罩衫我会寄来。"

"嗯哪。"

"不要喝生水。"

"嗯哪。"

"饭要炒热吃。"

"嗯哪。"

"酒少喝点。"

"嗯哪。"

"钱存着。房子翻盖一下。以后再找个好的。"

"嗯哪……别讲了……"

32

一清早,大大就把独轮车摆好,敲敲打打,车轴抹上香油,推一推"吱呦——吱呦——"还行。行李绑好了,他又把饭焖熟。

天,这时才大亮。

妈妈眼睛红红地出来了,头发梳得溜光,身上穿件……暗红色的花褂子!

大大一见,就两眼发直,又现出要打喷嚏的样子来——我想起了,那年大大到镇上去,看见人家新媳妇穿的褂子好看,便也照样买回一块布来。一进门就喜滋滋地等着妈妈叫好,可妈妈差点把饭都喷了:"这么花的布,我能穿吗?土气。"大大脸黄了。妈妈把布收起来,再没拿出来过。现在,妈妈硬把它穿出来。她什么时候做的呢?

"义元,这不好看吗?"

"好……好看!"

"你讲好就行。"妈妈背过身去。

村里老老少少全来了。家家送的礼里都有一条糕。我知道,这都是特意到镇上去换来的,用鸡蛋、用黄鼠狼子皮。"军子妈,步步高升哟!"

妈妈对大家一遍又一遍地鞠躬。老奶奶们拉住她的手,抹鼻涕流眼泪的,有说不完的话。"好人呐,我昨晚代你烧高香了喂!""二回得闲常来走走噢!山里人不晓好歹,以往得罪你别放心上喂……"

小梅趁人不注意,把我拉到一边,悄悄往口袋里塞了几个鸡蛋。她眼泡肿得像个梅子,手抓着我的前襟,恨不能揪下一粒扣子来……我也哭了。

再见了,石门关。再见了,你们大家!

33

"吱呦——吱呦——"还是那条红泥路,还是大大推着车,还是妈妈和我跟在后面走。不过,我长大了,也知道动脑子了。

多蓝的天!蓝得水洗过一样。多静的山谷!静得让人心里发怵。秋风在林中唱着歌,低低的,缓缓的,沉沉的。溪水翻着白沫,匆匆地从石块上漫过去,漫过去……让人想起逝去的一个个梦……在山口转弯的地方,我和妈妈同时回过身来,向石门关投去最后一眼——那道巨大的红色疤痕,石门的残根已经被野藤、小杂木、茅草重重地包起来。不用心看,已经分不出来了。村子完全隐在浓荫中,只有树梢头还能依稀辨出一丝袅袅的炊烟。再往上去,后山头上,大大他们曾经砍伐过的地方,如今已引种了水竹。那一片鹅黄色的东西在绿色的波涛上漂浮,像一团轻柔的羽毛,那么嫩,那么轻,那么富有生机。

"还要赶车子呢。"大大催了。他解开衣扣,露出那件新打的毛衣。他才剃的头,下巴上有一层淡淡的青色,阔嘴,扁鼻子,圆圆的眼睛……我突然发现,他并不丑。

山腰上,有座废弃的水库。当年,也不知哪个的馊点子。雨季,能积一库水,旱季,一滴水也没得。只能便宜了洗澡玩水的小伢子们。如今,水坝上长满了蒿草。一汪秋水,像块圆圆的绿镜子。山风拂过,皱起一道道闪光的波纹。唉,这里曾留下多少陈年的笑声啊。

那年,妈妈身体好多了,也来看大大教我游泳——大大浑身脱得一丝不挂,叉腰站在坝顶上,自豪地扫了我一眼,踮起脚跑了两步,纵身一跳,咚!水纹在他周围漾开来,脚后跟溅起好高的水浪。噗通!噗通!他身子一纵一纵的,前进了。从前我去过游泳池,从来没见过这种游法。

噗通噗通,他在水面转了一圈回到坝边,脸上一副得意的神色:"军子,下来!"

我扭头看看妈妈,妈妈却对我微笑着努努嘴:"别怕。"

"怕个屌!"他爬上岸来,三把两把扒光我的裤裤,手抄到屁股下,把我抱起来就往水里扔。

我觉得心往上一蹿,"咚"的一声,然后晕乎乎地往下沉,一连喝了好几口水,后来我哭了。

"哭么东西！没出息样子……这伢子胆太小，二回长大吃死亏。"他一手托起我的肚子，一手拍打着我屁股对妈妈喊："你把他交把我，我负责教他，二回长成一个大大海海的男子汉。怕吃苦还中？"

"你吹什么呀，"妈妈笑了，"自己游得像狗爬。"

"么话？石门关就数我头一个会水呢。"

"你敢跟我比？"

大大在脸上抹了一把，瞪大眼："你真话还是假话？"

"一个来回，你要逮住我算你本事！"

"我要逮不住你，二回走路大头朝下！"

妈妈跳了跳，两臂展开，哧一声就钻进水里。大大赶紧把我放在坝上，噗通噗通地追上去，脚后蹬起丈把高的水花。而妈妈却像掠水燕子，雪白的手臂在水面上划出好看的圆弧，早把他甩远了。妈妈上岸了，大大还在水库中央。妈妈搂着我快活得大笑，他还在笨手笨脚地瞎扑腾。

他回到岸上，满脸的惊疑。突然他像发现什么似的，怪样地瞪大眼睛，盯着妈妈……

"哈哈哈……"妈妈浑身水淋淋的，内衣贴在身上，快活得喘不过气来。

猛地，他上前把妈妈抱了起来。妈妈叫了一声，还在大笑。"哈……军军，去取干衣裳来。"

我丑死了，赶紧跑开。跑出好远，在眼角里看见大大还把她紧紧抱着。妈妈也不挣扎了，手钩在他脖子上。大大黑鱼皮似的皮肤下，一块块肌肉滑动着，水珠聚成猫眼那么大，在后脊上流淌。在夕阳的逆照下，周身泛出一圈青色的光，勾勒出他魁伟的躯体来。

"哈……军军！快走！……快走！"

"哈……军军！快走……快走！"

"军军！快走……快走……"声音就像至今还在山谷里回荡。

声浪一阵阵推过去，使绿毯子似的水面又轻轻荡起了涟漪。

妈妈忽然脸色煞白，身子瘫软地扶着我坐下，嗓子眼里发出了怪异的呻吟。

大大放下车，走回来。他一看妈妈脸色就明白了，赶忙把头抬起来，对着太阳瞄半天，才沉闷地说："还是……走吧。"

"我走不动。"

"坐上车，我推你。"

我心里不知怎么那样难过，也不知怎么那么聪明起来。我三步两步爬上山坡，耳朵故意贴在一棵牵广播线的树干上，对大大喊："我能听见唱歌了呢！你听，唱得真好听……从前我太笨了……真的，不骗你！"

"嗯哪嗯哪。"他点着头，笑了，眼眶下挂着一滴晶莹的泪，有蚕豆那么大。

34

镇上不知什么时候起，新出现了一家照相馆。没有橱窗，只是在低矮的门前挂着四只大镜框。这些镜框吸引了一大群姑娘，她们互相推着搡着，嘻嘻哈哈地笑。

我和妈妈挤过去，大大推车跟在后头。但是……

大大盯着那些照片，愣了。他张开嘴，眼皮一跳一跳地，腰弓着，腿弯着，一步也走不动。

"军子妈！"他放下车，喊住我们，胸脯一鼓一鼓地，像是做一个重要决定，"你……送我一件礼吧。"

妈妈疑疑惑惑地瞧着他:"是照片吗?我会寄来的。"

大大忽然涨红了脸,结结巴巴地说:"我看人家结婚都画张像,我俩没得。……现在,画张……离婚像吧,可好?"

妈妈使劲地点着头,眼圈顿时又红起来。

"别,别!"大大连连摆着手,生怕别人注意我们,"也不光为这个,真话!……我一小就想代自家画张像,看看自己什么样子,又画不起……早先我连块镜子都没得。到水边挑水,看到自家鬼相样子都吓一跳……一小我就想,等二回有票子,非去画张大大的,搁床头上搁着,天天看。哪晓得一混三十多年就过去了……"

妈妈什么话也没说,挽着大大的胳膊就挤进照相馆,把那些哧哧窃笑的姑娘们关在门外。……灯光、炫目的灯光。照相闸子瞪着一只牛眼。我挤在他们中间。大大别扭地笑,躲闪着妈妈靠过来的头……

……汽车滑动了,大大挣开妈妈的手,追着车大声喊:"那些钱我搁你包里了!安个家,要舍得花哟!"

……汽车拐弯了,我们看见大大抱着头蹲下去,头再也没抬起来……

我没有哭。我已经是男子汉了。

35

半年后,爸爸妈妈终于又复婚了。生活又回到原来的轨道,一切都在从头开始。

那张"离婚照"起初一直挂在堂屋里,爸爸也没说什么。后来,几个客人都婉转地劝过妈妈。于是,它便挂到我的小房间里来了。我天天都能看见他,看见他那别扭的、满足的笑容。

有一天，我看见桌上放着一只竹篮，装着满满一篮玉米棒子，一支支都是黄灿灿、硬邦邦，从头到尾没有一粒瘪子。

"大大！"我喊着，冲进里屋。里屋坐着妈妈和多年不见的阿姨。

阿姨老多了，脸上爬满了皱纹，像一枚干核桃。她站起来，拉着我的手，左一看，右一看，大蒜头一样的圆鼻子抽动着，她始终没有敢亲我。"代你带六谷来了。"她也没说是谁。

我想说，我想大大想石门关。城里没有山里那么静，城里的家也没有山里的家那么"闹"。大家都客客气气，听不见打呼噜和骂人的声音，大家都那么忙，几天也难得见一面，也怪没意思的。但我终于什么都没有说。

妈妈要阿姨就留在我们家，阿姨不干，她说她没脸再见爸爸。连饭也没吃一口她就走了。后来，我再也没见到过她。妈说，她离开这个城市了。

又是几年过去。我又完全适应了城市的生活，喧闹、繁忙，看电影、听音乐、逛公园……就像所有平反回城的干部子女们一样。我都快把石门关给忘了。我们始终没有实现自己的诺言：再回去看看，我们太忙了。

高考没考上，妈妈押着我在家复习功课，准备再考。其实我早就腻烦了，我羡慕那些一出中学就能上班的人。我埋怨父母没本事。

有天买菜回来，发现桌上压着妈妈的一张留条，仿佛被水打湿过。

"军军：我接到电报，你乡下的父亲去世了。你见字后速赶来。告诉爸爸，我希望他也能来。"

去——世——了？我一颗心顿时被劈空抓了去。这怎么可能？他那样壮实的身体，那样有力量的人？……这一刹那，我才感到心里隐隐地痛起来，感到自己这样随波逐流地鬼混是有点对不住人。

36

我们赶到石门关，已是第二天傍晚。暮霭正笼罩着山谷，炊烟和雾气在林中飘荡。偶尔传来一两声"梆梆"的棒槌声，更衬出村里的宁静。几年不见，山里变化不小。最显眼的是村前屋后的一片片水竹林，给墨绿色的山沟又增添了鲜嫩的色彩。家家门口都堆着编好的和没编好的竹篮、竹篓、竹椅、竹匾、竹凉席……村里没有人。

我们径直往后山去。在山坡上，远远看见那华盖一样的老白果树下站着一群人。哭声隐隐约约传来，和着松涛的低啸，显得格外悲凉。

大大的坟就在树下不远的地方，舒展的枝叶像一把大伞挡在上空。这的确是最理想的地方了。白果树那两枝像手臂一般的枝丫又长了一些，还向那个固定的方向伸出去，不屈不挠地坚持着、期待着……

我们给大大恭恭敬敬地鞠了躬，爸爸还在坟上摆了一束临时采的白花。

小梅长成大姑娘了，变得漂亮极了，穿得也漂亮极了，跟城里的女孩子差不多。她飞快地睃了我一眼，又垂下眼帘，红了半边脸。她把妈妈搀起来。大家说，妈妈在坟上躺了一天。

我们这才弄清：原来春上刮起一股风，到处都在抢伐木材。大队也组织一批人进了石门关。大大不服，和他们打起来……当晚，他就死了。他留下遗言，要埋在白果树下。出了人命。这股风才压下去。郑书记这回真的给抓起来了。

回到"家",我一眼就看见吊在堂前那一大串玉米棒子。一支支玉米都有尺把长,黄灿灿,圆鼓鼓,硬邦邦,从头至尾没有一粒瘪子……妈妈捧起床头那张离婚照,泪水又流下来,她已经发不出声音来了。我没哭,我挑了一把大大常挂在身上的柴斧,我要把它带回去。

小梅牵牵我袖子,我们来到屋外。她看着自己脚尖轻轻问:"你还在念书吗?"

我点点头:"我想考大学。"

"我早就不念了!"

……末了,小梅突然飞快地说:"我有婆家了。前山的。他长得……像你。"

我红了脸。我不知她为什么要对我说这个。但我从她眨动的睫毛上看出,她很满足、很幸福。小梅呀,愿你过得好!愿你做新一代的人!也就在这一瞬间,我偷偷立下一个宏愿:假如我能考取,我一定报师范学院。将来,我还要到石门关来,到我们的祠堂学校里来教书,来教小梅的孩子。

37

现在,我真的是个大学生了。但每当我削铅笔,还会在沉思中不知不觉把铅笔削成三面尖的。每当我碰到难处,受了委屈,耳边还会响起大大打雷样的吼声:"自家事还要人家帮啊?没出息!你要像个男子汉样!"我常想,假如生活再让我们经受磨难,我们一定会比从前有经验得多。

元旦前夕,我们收到了县政府寄来的一只大信封。信中说:"……根据石门关小队全体社员的建议,我们把陈义元同志的奖状寄给你……"那奖状上印着八个烫金的大字:

育林模范护林英雄

原载于《安徽文学》1982年第2期

死　角

……她长得并不难看，甚至可以说漂亮。而且她有个好听的名字：史姣姣。让人想起朦胧如水的月光下，夏季风掠过水面，苇草丛中一支探头莲在微微摇曳。这美丽的想象当然只能从转来的档案中产生。事实上她一分到院里，就带起了一股不大不小的旋风。这几天，每个科室都有了中心话题。这比组织什么讨论都集中、热烈，激动人心。很明显，那件褪色的学生蓝罩衫下，肚子正悄悄隆起，任什么宽大的衣服也遮盖不住。她就要做母亲了。

"这就是新分来的大学生吗？啧啧。"摇头、叹息，讥讽的笑声，巧妙的探询，全向政治处压来。可我们有什么法子呢？

今天函调材料回来了。看来，医学院也无法说明任何问题。"鉴于该生过去表现尚好，且专业课成绩优异，经过再三研究，准予毕业。建议你院继续做好该生的思想工作，促其认识错误，并将有关情况函告我院为盼。"

这叫什么话？继续做好工作？肯定，旋风也曾在那儿刮过。

倒霉！一场令人啼笑皆非的谈话。可也是，不谈又怎么办呢？

就我个人的想法，我情愿什么也不知道。我干吗要去盘问人家这种事？——慢，我真是不想知道这个有浪漫色彩的秘密吗？如果是偶然听到的，也许我会有兴趣的，不过……

唉，组宣干事！又是团委书记，又代管着工会、妇女工作……从哪个角度看，你都躲不开。特别重要的是——"好好干吧，最近考察组就到了。"——这话真让人心跳。老主任最近一直在研究他能否靠上离休条件，院政治处实际上就套在我一个人头上了。

她悄无声息地走进来，脸色死灰一般，眼窝凹下去，溶在一圈深深的黑晕里，睫毛又密又长，低垂着，让你无法窥测到那扇窗口。她把手按在桌沿上，嘴抿得紧紧的，等待着。看得出，这姿势是锻炼出来的。仿佛在说，一切都准备好啦，来吧。

我把椅子端给她，又给她倒开水。我竭力想使气氛活跃一点，但水还是漫出来，又滴到她脚背上——她没有反应，也没坐下。"咱们随便聊聊。"我看了老主任一眼，把准备好的话一句一句背出来。从医院的一般情况到共青团员神圣的义务，从群众的议论到……

"对不起，"她打断我，睫毛飞快地跳了一下，从咬紧的嘴唇里轻轻滑出一句，"可我什么也不能告诉你，真的。"

"咱们随便谈……"

她嘴角抽了一下，像是苦笑。

"您爱人在哪儿工作？"我决定单刀直入。

"没有。"她干脆地说，"我没什么……爱人。"我卡壳了，感到脸上在发烧，赶紧向老主任投去求救的一瞥。可他的脸仍埋在文件夹里。

"可是……你知道……这是不可能的。"我红着脸向她指出这一点。尽管这话是多余的。

她没有反应。

"或许，你有委屈，受了骗……那你更应该依靠组织。你完全可以放心……如果你一定坚持不谈，你知道，根据院里的管理条例，你的宿舍，将来孩子的户口，甚至你自己的工作安排等等，都是个问题。"我不得已才使出杀手锏。

我注意到，她的脚伸进桌肚底下，使劲别在桌腿桁上。可上身依然纹丝不动，就跟鸭子浮在水面上那样。

"要不，咱们约个时间另外再谈？"

"不需要了……请分配个工作吧，随便干什么都行。"话音里有一丝哭腔。

"哈！"老主任突然怪声笑起来，"你也知道求组织？"不知为什么，主任总喜欢用这种突然袭击的方式和同志们谈话，搞得大家都很怕他。每每当他向我炫耀这套经验时，总是把脖子向后翘起，轻轻晃悠，两眼眯缝着，嘴角浮一丝白沫，手不停地在我肩头拍……好让我体会那种无坚不摧的自豪感。对此我当然只能唯唯诺诺。传帮带嘛，就这样。不过对她，这套也许还是必要的。尽管我也吓一跳。

她果然打了个激灵，头垂得更低了，半天，才回过劲儿来。"是的，我求您了。"她自言自语似的，"我必须工作。因为……我得养活自己，养活……孩子。"声音越说越低。

"那么，谈吧——使你堕落的是谁？什么时间？什么地点？整个详细过程。"老主任对我得意地把下颌一甩，示意我记录。

"不可能。"她不假思索地抬起头来。

"那好！"老主任厉声喝道，"我老实告诉你，组织上的等待是有限度的。国有国法，院有院规，不认识错误，就想工作？要组织向你让步？多少有工作的，也可以让他停下来！"

又沉默了好一会儿。

"那，我去了。"她突然对我鞠了一个九十度的躬，似乎我是她的班主任。

"改正错误嘛，又不是什么丑事。"老主任还在自言自语地，"认识错误就是改正错误的第一步。这个问题应当这样看。现在有的人就认为，只要咬着舌头不吭声，组织上就拿她没办法。这也是一个……新动向。"等他睁开眼，史姣姣早已从走廊尽头消失了。

一阵穿堂风刮进来，弹簧门嘎嘎直响……

在院长的干预下，史姣姣分到妇产科去了，工作暂不确定。这样也好。

　　人们私下开玩笑,说这对她倒挺合适。因为无论是做医生,还是当母亲,她都需要"见习"。

　　老主任对此并没有表示多大异议。他哼哼着摇摇头,"现在,讲不清的事太多了。"然后又埋头钻研文件去了。

　　以后,我也不必过问她的事。谨记:纠缠不清的事少管。省得吃力不讨好。你还嫩着呢!

　　产科主任早上碰见我,要求给史姣姣定岗位。据她说:史姣姣工作倒还不偷懒耍滑,叫干什么就干什么,谁支派她都行,而且动作准确熟练。还说:她沉默寡言,这在牢骚盛行的年代,倒很难得。——还是先了解了解再说吧。这后一点是不奇怪的,心中有鬼嘛,自然气短一些。

　　下午。"骨外妇"团支部。

　　看来,杨连彩对她的印象坏透了:政治不开展,怎么批评帮助她都不表态,逼急了她竟敢要求退团!这是从来没有过的事,团支部要求给史姣姣严重警告处分。不过,她既然要求退团,处分又能解决什么问题呢?

　　杨医生的意见不可轻视。她的话总有点什么来头。这个去年才调来的姑娘,如今已是院里的大红人了。老主任就很欣赏她,夸她政治上成熟,是个不可多得的好苗子。我知道,老主任是很会抓骨干的。正是靠了各科室的"苗子",他才能足不出户,却对全院情况了如指掌。上回周萍萍在厕所里发的牢骚,他第二天都知道了。要谨慎,切记切记。

　　今晚参加了"骨外妇"团支部大会。

史姣姣果然像杨医生反映的那样,来个徐庶进曹营。现在,似乎由于她的存在,团支部的一切弱点都不屑一提了。其实也不是那回事。她们对优秀团支部的评选有看法,主要是杨。至于谈到史姣姣,人人都嗤之以鼻。

最后周萍萍说:"那是个死角,雷达都扫不到的地方。"大家笑得前俯后仰。这个做梦都想当演员的丫头,还真有点天才。

一个会就取了一个外号。死角——史姣姣;史姣姣——死角。

我没表态。不论是处分还是定岗位,现在最聪明的办法,就是拖。

有人注意过,史姣姣每天下午去一趟传达室。然后眼里留着灰蒙蒙的阴影,拎着她唯一的竹壳保温瓶,踽踽地返回宿舍。

老主任今天突然问我"性解放"是怎么回事儿。我把听来的关于大学生中前阵子的一些情况给他胡吹一通,当然是夹叙夹议。他听得口水都笑出来,"不像话,不像话……"

"死角"被姑娘们从宿舍里撵了出来。老主任让我去了解了解。"施加一点群众舆论的压力是必要的,不过嘛,也要考虑界限……你处理吧。"

我找到周萍萍。她把手一挥:"碍我什么事儿?那床本来就是公用的,她来就得变个样儿啊?没门儿!再说,万一孩子生在宿舍里,谁负责任?"

"那你们就撵她啦?骂她了?"

"我算老几?那是连彩姐。团支书嘛,马力大……她往'死角'跟前一站,双手往兜里一插,眼睛盯着她的大肚子——半句话也没费。哈,'死角'脸就灰了,卷铺盖滚蛋……真盖帽儿!"

杨医生连口罩都没摘,两手插兜,冷冷地瞧着我。她身上真有股子特别的力量。"怎么？你们主任没和你说？"这意思分明是，还用向你汇报吗？

我惶怵了，只得歉疚地笑笑。"那……就行了。"我不相信，她对老主任也敢这么说话。

既然这样，我又何必多事呢？等着"死角"上门来找再说吧。

"死角"还真有点骨气。她没来找。她在后院门那个打扫厕所的老太婆的草房旁搞了间芦席小披厦。到底是农村里出来的姑娘，能干得很。院领导对此也是睁一眼闭一眼。院里宿舍紧，是事实。即使有宿舍，也绝对照顾不上她。既然她自愿的，也就那么回事儿了。舆论似乎对此也无特别反响，现在大家也乐于保持缄默。

那里紧挨着太平房。刚刚打了基础的传染科楼因为资金短缺又停建了。枯叶和衰草在墙基和乱石中间繁茂起来。没有电灯，没有自来水，甚至没有人声——除了死者的家属，送殡的汽车，平常是没有人到那里去的。医院的后门就像她心灵的那道帷幕，总是紧闭着的。

这是个名副其实的死角。

产科，历来是全院服务态度最差劲的地方。任何哀嚎、泪水，在这儿都得贬值。也许她们认为，这儿的痛苦不过是幸福的一部分，也许因为同是妇女，大家对这种痛苦不足为奇，所以在这里对病人的训斥、责骂，以致对不规矩女人的惩罚都好像是约定俗成的。"能在这个岗位上坚持工作，觉悟就算可以啦"，大家都这么说。今天可算又开了眼——

一到妇外大楼门口，就听见里面在叫唤："哭！你还好意思哭！不要脸的样子……你有本事不脱裤子啊？死角，你还跟她磨蹭什么？一样的货色……"一听我就知道是周萍萍。我摇摇头，转身上楼，这时，又一个奇异的情景出现在走廊上，我看傻了。

嚓——嚓，一只便盆从产房里滑出来，后面紧跟着萍萍。嚓——嚓，萍萍双手插在白大褂口袋里，弓着腰，跷着脚背，用高跟鞋的后跟小心翼翼地……踢。我的天，我进院也有七八年了，这种踢便盆的事我还没听说过。嚓——血水溅了出来，萍萍气恼地跺着脚，嘴里不干不净地骂。我呆了，从前我们当护理员是什么劲头啊？真不像话。可是，死角出来了，手里捧着两只便盆。她一见这德性也愣了一下。"我来吧。"她说。然后直着腿弯下腰，把便盆摞起来端走。就在她吃力地挺起腰的一瞬间，我清楚地看见汗水顺着她贴在脸上的鬓发往下滴。我赶紧跑开了，心里一阵阵狂跳。本来，这么做的应该是我，而不是她。

在盥洗室窗下，又听见她们的一段对话：

"嗳，死角，今晚再给我代个班，我去一趟就回来。俩钟头，怎么样？"

"今晚……对不起，我实在……"

"哟，你又没什么事儿，办公室里还挺暖和。你还有约会吗？你？"

"……好吧。"

我猜想，萍萍说这话时，肯定早把白大褂脱下来，亲昵地搭在死角肩头。而她，正靠在水池边上喘息，发愁地瞅着肚子。

天，她的肚子已经这样大了！

谁知就在昨天夜里（确切一点儿，是今天凌晨），她生了。那个扫厕所的老太婆急慌慌地敲开我的门，浑身哆嗦着把一张字条交给我。我又冷又怕，不知如何是好，不禁也发起抖来。

"夏干事：在我请事假期间，我申请借款，多少都行。以后在工资中扣。夏干事，看在我们母子免于挨饿的分上。史姣姣敬上。"

"夏同志哎，讲假的不中，那个披厦不能住哎，旁人都能住院，她不能住吗？孬好也是两条命哎，讲假的不中……"

看得出，这字条是事先预备下的。这深更半夜的，找谁去？我只好拽条毛毯跟老太婆上后院来。

北风推着枯叶和尘砂在墙角打着旋儿，电线在空中噜噜地叫唤。砂粒扑在脸上针刺一般。太平房张着灰白的大嘴俯卧在那里，阴森森的……若是平常，我绝不敢去，可当时不知为什么也不觉害怕。

她大约已经耗尽最后一点气力，睡着了。头发散落在蜡白的脸庞上，在煤油灯摇曳的光照下，像团揉碎的报纸。她怀里躺着她的孩子——一团粉红色的皱巴巴的肉。襁褓已经打好了。那曾经是件漂亮的连衣裙，一看就知道。这令人联想到大学里的她，一个爱美的活泼的她。剪刀、盆子、纱布、纸……扔得一地都是。屋里已经没有什么气味，这里存不住任何一点气味。棚顶的芦苇被北风撕开一道豁口，芦席的一角啪啪地摔打着，发出单调的令人心碎的声响。

老太婆把自己的被褥抱过来。我把毛毯给她盖上。她醒了，艰难地在孩子额上亲了一下。这情形，使我想到刚下乡那年看见的，队里的母牛一下一下地轻轻地舔干那只湿淋淋的犊儿……

"小史，我看还是先住院吧，别的以后再说，啊？"我真的有点动感情。

她注视我半天，"谢谢。请你回去吧。这儿……不干净。"说着将脸又固执地扭开。

我只好看看老太婆，不知该说什么。

"唉，作孽哟。人到这一步，还犟什么？心强命不强嘛，讲假的不中……什么事都得认命！"老太婆对我唠叨开了。"男人都不是好东西，讲假的不中。他拍拍屁股一推六二五，事情过了站，连账都不认。女人就是命苦，苦一辈子！"

"这么说，老人家，她的事你知道？"

"怎么不知道？这孩子多好。又漂亮又能干，偏偏红颜薄命。讲假的不中……"

"奶奶！""死角"叫起来，脸都涨红了，伸出胳膊指着门口，冲我嚷："请你走吧，请你！"

我只得走出来，心里别提有多委屈。我没有半点对不起她，却受到她这样的对待。在她眼里，那老太婆是可信的。而我，天晓得。

"不要，我什么都不需要！我能养活自己，我什么都不需要……"她还在屋里叫喊。

"真难为你哎，夏同志。"老太婆把我送回来，对我不停地叨叨，"她心里不痛快不高兴人家提这些事。她人真是好人。夏同志你也是好人。好人就怕上坏人当。讲假的不中……"

接下去，一夜失眠。

北风敲打着窗棂，被窝里冰冷冰冷。眼前总有只陀螺在快速地旋，旋……这一刻，我陡然感到——不是用脑子，是用整个身心体会到了——作为一个女人的命运，以及命运带给我们的那种任何人永远无法替代的重负……我想起了他。姑妈介绍我们认识才三个月，却见面了十几次。太热了。现在我必须重新审查我们接触的每一个细节，包括那些在耳边撩拨着鬓发的异样的呼吸……我要提高警惕！曙色苍茫。医院里忙乱的一天又开始了。我能为她做些什么呢？她什么都不需要。

经过周旋，好歹给她按产假处理了。工会又给她解决了一点补助。这回老主任倒是没说什么，只是无可无不可地咂了咂嘴。人们对于弱者总是同情的。

萍萍吓哭了。她买了奶粉、麦乳精和水果罐头，央求我送去。这丫头也乖巧得很。

下午给"死角"送东西去。真没想到，她会这样不通情理。

"不需要。能给产假，我就很感激了。"她把钱还给我，头也不拾,又接着忙她的事。她已经起床了,正用一个瓦吊子炖牛奶。幽蓝色的火苗舔着罐底,发出哧哧的声音。

孩子哭了。"哭!哭!"她恶狠狠地嚷着,令人吃惊。她把孩子放在吊在棚顶上的一床毛毯里。这是我的毯子,现在成了孩子的摇篮。她也真能想。她晃荡着那只"摇篮",轻轻哼起了一支催眠曲。孩子不哭了,她也合上眼皮。

哧——牛奶潽了。我替她端起来。

"谢谢。"她揉着眼。

"你给儿子取了个什么名儿?"我趁机搭讪。

"是女儿。我曾经以为是儿子。不过随便是儿子还是女儿,我都叫她伴伴。"

伴伴?这很耐人寻味。也许,这是陪伴的意思,好让她那颗孤寂的心有一丝丝依傍。不过也可能是半个的意思,也就是说,她还有另外半个。她还等待着那半个?

"这孩子肯定逗极了。"我又找到一句话。

"不,她心脏不太好。"

我立刻意识到她是医生,而且"专业课成绩优异"。我又没词儿了。跟她谈话,实在太累。

"你还有事吗?夏干事?"

我只得起身,告诉她院领导和同志们对她很关心,让她好好休息,不要惦记工作,诸如此类。最后,我试探着:"你看,要不要院里出面,通知你家里一声?一个人,怪可怜的。这钱……"我又递过去。

她的脸刷地黑下来。"用不着谁来可怜我!"又推开我的手,"你要是再拐弯抹角打探我,别说我对不起人。"

"小史,别这样,我是好意……"

"哼,好意!"她胸脯剧烈地起伏着,哭出声来。

"我知道，有多少人都等着史姣姣的新闻做下酒菜呢……我偏不！"

"别，别！听人说，月子里不能哭……"

走了好远，又传来她一句话："你的毯子我借用了，等买了再还你！"

跑回宿舍，把自己关在屋子里想了一下午。

扪心自问，我做她的工作，真的不是怀有某种神秘感吗？恐怕有点儿。我关心了她，便想得到报偿……再也不去管她的事了，既然她希望这样。

史姣姣今天上班了。我算了一下，连头带尾正好一个月。很明显，这是她想"表现"一下，作为一种"回报"。对这，谁也没说什么，当然更谈不上表扬她。

倒是她的伴伴比她更令人关注：严重的先天性法栾氏四联症（心脏病）。已经死过去几回了。人们说，也该她命苦，早知这样，当初把胎堕掉有多好，又不是不会。神不知鬼不觉的，不照样花枝招展地惹人爱？现在有多少姑娘不这么干？想不穿。——哎呀，这些嘴。

这几天，"死角"又成了新闻人物，沸沸扬扬地热闹了好一阵。

据说，后山上一个光棍油子盯她好久了，总想占她点便宜。手法可是老掉牙的了——假姿假态地去亲热她的伴伴，比方塞一把小糖什么的。有一次，不想"死角"早有准备，抄起锅铲就在他头上敲了一记。那老油子恼羞成怒，夺过伴伴就走。她狼嗥似的嚎了一声，猛扑上去一口差点没把他手指头咬掉……总之，活灵活现。

不过，对后一个细节我深信不疑。假如有谁伤害她的伴伴，她会以死相搏的。这正是她。

老主任免不了又大发一通议论："我早说过，要加强管理！对这种人不管得严一点,以后还不知要闹出什么笑话来。看看,怎么得了?"

大千世界,无奇不有。今天竟出了件杨医生的"丈夫"大闹医院的事。

那农民模样的青年牵着一个三四岁的小女孩,把连彩堵在宿舍里,骂了足足一个小时。大人骂小孩哭,围观的评头论足……连彩就是不开门。她真能沉住气。

原来杨医生是离婚后才调我们院的。亏她在各种表格"婚否"一栏里全写上了"否"。她太成熟了,因而也就冷了,冷得可怕。

我赶去时,人早已散了。连彩在梳头,脸虽洗过了,眼泡却还有点肿。

她瞥了我一眼:"我要接班了。有事?"

"没……没什么大事。"

她在鼻孔里哼了一下,走出去,门也不关。她真行!也许她会以为我在看她的笑话?难道我曾经妒忌过她?不,我只能为她感到难过。

老主任这两天总是叹气,问他,他也不说。似乎有小道消息,原来离休干部每年的二百块旅游费取消了,从今年起执行新规定。那么,他去年没办手续,连同一级工资可就损失了四百多块呢。

下午,老主任打电话把我从放射科叫回来。他指着桌上的一个邮件对我说,"传达室送来的,是我跟他们打的招呼。你,看着处理吧。"他合上眼,显得很疲倦。

邮件是寄给史姣姣的。落款是××医学院。从磨损的包里可以看出,里面是一捆没有拆封的信。很显然,这个负心汉还在医学院,而史姣姣却仍在痴痴地盼望他回心转意。要想撬开她的嘴,这是最理想的机会了。

可我的心在打颤，我透不过气来。

"小夏啊，我也不想多说了。唉，我真希望你能成熟起来，老练起来……"

下班后，我把邮件悄悄送回了传达室。显得很随便地通知了那老太婆，就像突然想起来那样。做完这些，我感到得意。如果这是个立功的机会，我放弃啦。

今晚在老虎灶碰见了史姣姣。她明明在我前面，冲好开水，却还慢慢磨蹭着，像在等我。

回去路上，她在我身后轻轻说了声"谢谢"。

"什么？"我装着听不懂。

"我仔细看了，没人动过……"

我回过头去，看见她脸上突然开朗多了。她说："现在，你还愿意听我的故事吗？"

我摇摇头。她又谢了一声，独自去了。

我很得意。

团市委布置：三月下旬全市掀起文明礼貌活动新高潮。我们医院是重点。下午各支部先传达动员。我参加了骨外妇支部。

"死角"缩在角落里，手上不停地转动着一把血管钳，一副心不在焉的样子。几天不见，她的脸又拉长了。头发又稀又黄，胡乱在脑后扎了个"扭把"。棉袄袖口露出了白花，夹在姑娘们的春装中间，够寒碜的。两只眼更深了，一动不动地盯住窗外。窗外，柳枝在微风中拂动，带着一串串鹅黄色的嫩芽。梧桐吐丝了，到处随意地轻浮地表示着情爱。院里的喷池已经修复，水雾飘散开去，让阳光吻遍晶莹的每一滴，然后再折射出那美丽的光谱来……我注意到，她睫毛下也挂着一滴。

"死角，该你表态了。"

她慌乱地站起来："我，没意见。"

哄笑。萍萍叫道。"又是宝贝女儿。"

"嗯……当时，我就发觉不正常，心律那么乱，哭声也不亮……我过去真不该发傻的，我应该笑，应该唱，应该增加营养……"

"行了行了，你都快成祥林嫂啦……你就说明天活动参加不参加吧。"

"明天？参加？哦，明天是星期天，不成。刘大夫要给伴伴做手术。好不容易才约好的，明天他休息。刘大夫还是有把握的，他有经验，我知道的，他不这么说就是了。我不能不在伴伴身边，她离不开我……"

冷场。这太叫人心酸了。

"她就免了吧！"有人提议。

"给我留一块吧，我能完成，我保证。"

最后商定，上街服务帮打扫院内卫生各抽一半，妇外楼后的那一片场地归史姣姣打扫。大家嘻嘻哈哈地说，反正那一片是个死角，检查团也查不到那儿去，归她正合适。

又是一个不眠的夜。高兴？难过？激动？我说不清。

昨晚回来，个个疲惫不堪，我嗓子都充血了。脚也没洗就上了床。十一点左右，萍萍来敲门，她是刚下夜班。

她靠在门上，没事似的看着我跳回被窝。"杨医生让我告诉你，死角失踪了。"

"什么？"我弹起来。

"你不知道？"她手背捂着打哈欠的嘴，含混不清地说，"宝贝女儿死啦。下午。也真够倒霉的。你说，她会不会……"

我冲她嚷了几句什么，也不知哪儿来那么大的火气。

在路口迎面碰上连彩。我还没问两句，她就来劲了："怎么？我有看守她的义务？我算老几呀？"她阴阳怪气地两手抄在兜里，面部一点表情都没有。其实谁还看不出来？这些天她瘦多了，她的心在憔悴，只是脸还绷着。仿佛我总欠着她点儿什么，奇怪。

我拉起萍萍就走。

好不容易才把老主任喊醒。他隔着玻璃窗说，"那就快去找找吧。唉，我早就说过……"

萍萍告诉我，傍晚"死角"从手术室出来时，大家都看见的。她两眼直了，一滴泪也没有。老太婆跟在后头直叫唤："哭吧，哭吧。"她没哭。后来刘大夫出来向她道歉，她说声"谢谢"，后来，她捂着脸就跑出去。再后来，就……

"你们谁也没想到应该有人陪着她吗？"

"想过的。不过杨医生说，这时候还是一个人呆着好，大家也就算了。其实咱们背后说说，她没有伴伴，反而倒更好。对吗？"

唉，这丫头！

在她那间小披厦里，老太婆一个人守着裹着白布的伴伴。地上有一只碎裂的奶瓶，奶浆溅了一地。床头，点着两支红蜡烛，烛泪一滴一滴地滚下来，是红的。老太婆抬起眼皮看看我们，什么话也没有。我知道，"讲假的不中"。

全找遍了，哪儿也没有。最后，我们又回到妇外楼，一屁股坐在台阶上，完全失望了。

萍萍蜷伏在我怀里："夏姐，天快亮了，也许……她在外面……"

"你听！"我瞪大了眼。

唰——唰——唰——，楼后传来异样的声响。我拉起萍萍。萍萍攥紧我的手,身子抖起来。

唰——唰——,顿一下,又是唰——唰——

我冲进楼内,推开一扇窗户,是她。

她正在扫地!扫楼后那一片"死角"。她身子僵硬地往前倾着,扫帚有节奏地舞动,在身后留下了洁净的一片。

月亮早已升到中天,虽不满,却很亮。没有星。天,水洗过一般,几片淡如烟丝的薄云衬着那轮明月缓缓地游动。没有风,没有噪音,大地在沉睡,病人在安憩。

真静啊,静得能听见自己的心跳。

萍萍想过去,我拦住她。"让她一个人扫吧。"这时候让她一个人待着更好。杨医生的话很对。

唰——唰——,她抬起头来,看见我们了。我们也清楚地看见,月光白练似的挂在她身上,映出她脸上两行汩汩的清泪。她不擦。

"史姐。"萍萍低低地喊了一声,好看的小嘴一撇一撇,泪也突然喷将出来。

"你们听说过安乐死吗?"她突然问。

"什么死啊死的,害我们一宿好找。"萍萍扳过她的肩头。

"是的,有一种死法叫安乐死。"她自顾自地说,"国外有人正在研究,想从法律上解决这个问题。比方说,有人得了一种绝症,他觉着死了比活着好,可他又没有自杀的能力,只能借助别人。那么这个帮助他死的人就不是犯罪……不是。伴伴就是安乐死。……我知道的,手术是不可能成功的。"

我吓了一跳。萍萍松开她,连连后退,好像她真是个罪犯。

可她仍然瞪着我们,提高声音说:"现在,我又是一个人了,是不是?我和你们一样了,是不是?我还要搬回去,和大家住在一起,是不是?我真高兴。真的,我真高兴。"接着是失声痛哭。

我怔住了。但我又很快地点点头。我觉得有好多话要说,又似乎什么话也没有。我也想哭一场。

"哇——"一声清脆嘹亮的啼哭,在春天在晴朗的凌晨,在静谧的后院里,在我们突然松弛下来的心灵中久久传递。我看看萍萍,萍萍也瞧瞧我,原来我们都没哭。

原来是从婴儿室里传出来的。

今天,老主任领着大家,亲自帮史姣姣搬回了大寝室。那老太婆拎着煤油炉,跟在后头不停地念叨:"你们都是好人。好人呐,讲假的不中!"

原载于《广州文艺》1985年第1期

李固之死

一

公元一四八年——东汉桓帝建和二年的秋季,似乎比往年来得要早一些。刚交秋分,就已经落叶纷纷,稍有寒意了。

那时的洛阳还是一座相当宏伟壮观的城市,只是平城门、玄武门一带,由于几年来迭遭帝崩①,朝廷无心修缮,门楼上的朱漆耐不住北风的侵蚀,剥落了许多。

这天清晨起,中都狱里就格外忙乱起来。狱吏和牢子们跑来跑去,好不容易才将那长年不关的大铜门拴上。

在一间单身监房里,李固正端坐在板凳上闭目省愆,根本不去理会外面的忙乱事。近来,听说大将军梁冀一家又接连封了五个列侯,气焰愈发嚣张。他已不作活着出去、辩明诏狱之想了。

死,对他来说,早已不是什么恐怖的玩意了。像他那样投身政治的人,对于死的时间早已没有选择的自由。倒是内心深处的历史责任感,还像秋虫似的,不时在耳边卿卿叫着:"壮志未酬,于心不甘!"然而身陷囹圄,叫也无用。时间一长,也就淡漠了。

中午时分,那个姓邵的狱官打开木栅,走到李固身后轻声喊:"太尉。"

"是送饭来了么?"

"不,今天是您的大喜呀。"

---

① 公元144—146年,相继死去顺帝刘保、冲帝刘炳、质帝刘缵。

"怎么？"他猛回头怒声叫道，"连冬至都等不及了么？朝廷常典，一废至此！"

"您别误会。"狱官笑着叉手而立。"勃海王调、河内赵承等数十人钦锁诣阙通诉，奏太尉冤枉。皇上隆恩宽宏，赦太尉出狱哩！"

"这是真的吗？"

"我是何等人，怎敢戏弄太尉？"狱官又在李固耳边轻声道，"这事今早就在京城传开了。我这里因大将军府来人，折腾到现在才告诉您，请您海涵。"

李固这才叹口气，站起身。他理理衣冠，朝宫廷方向磕了头，谢了恩。心想，到底是凶是吉，出去再说。关了将近一年，他觉得浑身无力。

"太尉，"姓邵的不自然地笑道，"这里还有您剩下的碎银子……"

"送你作酒资吧。还有那行李也存在这儿，也许，我还用得着。"

出了监房，狱官又将他拦住。

"还有什么话说？"

"大将军传话，您不能从玄武门出去。我看，您还是从后面走吧。"

"哼！"李固一拂袖，涨红了脸想抗辩几句，可想想跟狱官也没什么说头，只得从后门走了出来。

来到街上，看到酒肆饭庄，却才觉得肚中饥虫在蠕动，他摸摸怀中，分文无有，只得拖着虚弱的身子慢步回家。乍一出狱，两眼被阳光刺得酸痛，走路难免有些跌跌撞撞，恰好被人撞了一下，吓得他赶紧抱住一根廊柱喘息起来。定睛一看，原来是一群锦衣家丁拥着一乘轿子冲过街头。不一会儿，一个老妇人抢天呼地地追上来,口中不住地喊:"救命呐,青天白日抢人啦!"她没跑几步就跌倒在地,那伙锦衣家丁却已杳无踪影了,她便索性坐在尘埃里嚎啕大哭起来。

"请问,这是……"他向身边的店家打听。

那人瞪了他一眼:"听你说话也似洛阳口音,要不我还真以为你是从天上掉下来的呐!新近,这等事哪一日没有几起?公侯多,要的良人也就多呗。"

"如今越发不成话了!"一个商人模样的人愤愤地说,"李太尉在日,哪有这等事!"

"快不要说李太尉了。"店家道,"书生做事,只怕越弄越坏呢,如今连他自己的脑袋都不保了!"

"听说太尉要出狱呢。"

"出狱?出狱又能……哼!"店家将头摇得拨浪鼓一般,走进店去。

李固顿时感到一股热血冲到脸上。好在他现已变了形,没人认识他,便赶紧低了头,急急地赶路。

二

李固刚踏上府门,许夫人和长女文姬便掀开二门竹帘冲了上来。她们已在那里企望多时了。许夫人看到李固两眼深凹,颧骨高耸,面色铁青,胡须乱张的那副落魄相,不禁抽泣起来。

李固一脸怒气,瞧着妻女半晌也说不出话来。

许氏诧异地问:"孩儿们带轿子去了多时,没接着你吗?"

他待要说明，见文姬眼圈红了，转而强笑道："那狱官说我今日大喜，我还以为他诓骗我咧。原来文姬也回来了，难得全家团聚，确是大喜！"

许氏也破颜笑道："是呀，多少年了，像今儿这么齐全，还不常有呢。想想还真不如小康人家，无忧无虑，安享天伦之乐。从今后，再也不要做官了吧。"说着，眼圈又红了起来。

李固哼了一声，步入后庭。心想：真真妇人之见！丈夫处世，岂可因噎废食？

文姬微微蹙起眉尖，白了妈妈一眼，口中喃喃地说："做官不做官，早就身不由己啦！"

"嗯？"李固侧头看着文姬。这个女儿，是他最喜欢最贴心的人。早年每放外任，他总爱带着男儿打扮的文姬。记得永和三年他出任荆州刺史，那时荆州南阳一带民变蜂起。他初到任就要发兵征剿，文姬劝道："向来荆州是个富足地方，虽遇小灾荒，也不至于酿成民变，其中或有缘故。轻易发兵，恐怕不能治得根本。"于是，父女一同微服查访，果然查得南阳太守高赐等人苛政暴敛，贪得无厌，激起民变。他便一面派官员抚慰境内百姓，一面向高赐追赃，平息了民怨，感动得民变首领夏密自缚来降，不到半年，州内清平安定。谁知那高赐等人暗地里用重金贿赂大将军梁冀，梁冀派快马送信为高赐说情。文姬又献计道："不如立即将高赐斩首，籍没家产充公，推说大将军信已来迟了。大将军若要借机报复，就此不做官也就罢了。"从此李固对于女儿竟是敬重多于喜爱，直到身陷牢狱，还常常为她不是男儿而捻须叹息。

这时文姬又说出一番道理来："孩儿想，梁冀断然不会就此罢休，爹爹也绝对不肯迁就。偏偏京师百姓对爹爹希望极大——这就把您推上风口啦。不过，孩儿以为妈妈说得也有道理，还是在家静观为好。"

李固只是默默地不住点头。趁沐浴更衣的机会，他又将这利害关系仔细回味一番，一个等待时机的计划形成了。为了造成梁冀们的麻痹，他打算忍受一些人的误解和指责，来换取时间，以便日后施展他的政治抱负。舍此，他李固一生还图什么呢？

三

　　这时，三个儿子和门生王成都已到家，全家欢天喜地，互相问候欢叙。一会儿，酒席也摆好了。王成说："夫人命请细乐班子，现已到了，是否就奏起来？"李固正要答话，家人又报道："有几位官人拜候。"

　　他沉思了一会儿，忙说："快回话，李固虽蒙恩赦，还需在家修愈，区区苦衷，祈请见谅。今后不论故交好友，一概不见！"转身又对王成嘱咐道："今后切记不可招摇，乐班子也退了吧。"

　　原来那时，多有上门求学的风气，早几年慕名前来李固门下求学的多达七十余人。这王成本是随姐姐来京师投亲的，谁知姐姐竟被梁冀门客掳去做了"自卖人"，因此流落街头，被李固收留做了门生。到了李固入狱，门生也顷刻散尽，唯剩这王成誓死不去，情愿留下来跑腿做家人。患难中，李固对他也格外青眼相看，在狱时还经常指点他的学业。

　　一时家人又来报道：大鸿胪杜乔在前门破口大骂，另一批客人被挡在门外。许夫人劝道："杜叔荣这一年来不避嫌疑，时常照应家里。你如今将他挡在门外，我们脸面往哪搁？"

　　李固迟疑了一会儿，平静地说："杜叔荣一班义士日后自然明白我的苦心。至于那帮阿谀奉承的随风客,我正要借他们的嘴去发牢骚呢。"于是再也不理睬,只顾闷了头吃饭。

饭桌上只剩下咀嚼的声音,谁也不愿再多话。文姬几次想逗个笑话,却也打不起精神来。

吃茶时,到底他的大儿忍不住,说:"爹爹未免太过虑了,其实京师百姓今日都在弹冠相庆。方才一岔,忘记禀告了:玄武大街集聚了上万人,尽是京城官吏百姓,都等着看父亲出狱呢。有人还摆了香案,真是盛况空前。"

三子李燮才十三岁,很是聪明伶俐,拍着手说:"真是的,人多得就像过元宵节一样,乌压压的望不见头。要不是大哥和王大叔在前面吆喝开路,咱们的轿子都过不去呢。"

李固瞪大两眼,端着的茶杯也停在空中,问:"这话当真么?"

王成站起来说:"是的。百姓听说太尉出狱,都额首庆贺,口称万岁。这几年来,宦官外戚当道,动不动就封侯食邑,还不是苦了百姓,连中等人家都免不了兼并破产之苦呢。人们知道太尉坚守'权去外戚、政归国家'①的宗旨,虽则太尉仕途艰险,百姓们还是寄……"

言犹未尽,李固手中的茶杯"当"的一声落在地上,人也跌倒在椅中。

顿时,文姬大声哭叫,许氏责骂不绝,王成等人不知所措,上下乱成了一团。

过了一会儿,李固才喘着气,摇摇手说:"莫怪他们,你们……歇去吧!"

---

①公元133年,全国山崩、地震不绝,李固首次对策时提出这个主张。

四

入夜，白练似的月光倾泻下来，给偌大的公府越发增添了凄清、肃穆的气氛。

吃饭时的失态，使他感到了惭愧。他在年轻时就很能克制自己，经常挑着行李步行千里求师，为了学得真实学问，还一直隐姓埋名，甚至进了大学院里后，一般同业的学生都不知他就是司徒李郃的儿子。为什么到了老年反倒容易冲动了？其实，这也难怪。若是早知道玄武门的情形，为什么还要将杜乔挡在门外呢？又有谁能想到，他精心设下的韬晦之计在一瞬间完全被打破了呢？世上有许多事是后悔不来的。人群涌上街头明明是对他寄予巨大希望，却偏偏使他预感到自己的死期已经来临。这难道不是一个天大的笑话么？

他睡不着，便披着棉袍慢慢踱入后园。园内众花早已凋敝，唯有一丛丛秋菊正枝叶挺拔，在轻霜中傲然怒放。他微微叹口气，找来木瓢依次给菊花浇点水。暗想，花草尚且能独立寒秋，而人却每每经不起一点风霜，实在可悲可叹！仰头看看天上，弯月在白纱般的云雾里穿行、一天星斗烟灿晶亮。只见斗牛已浸入紫微之分，他不禁失声叹道："汉家三百年国运，衰微之兆已经显露啦。"

月光下，他那清瘦的面孔越发显得苍老，两行清泪突然悄悄地爬出来，在月光映照下闪着惨淡的光。他愤然拂袖一抹，随后匆匆入房抱出一张古琴来。

此时，拨着琴弦，他的头微微侧在一旁，胸脯却在急速地歙张。激越、愤怒的声浪从他手指上向园内散开去、散开去……

他自己也说不清，为什么他的仕途一生总是同宦党外戚在纠缠？他与这些家伙们并无私人成见，也许正是因为如此，他才得以走上太尉的位置罢。

他深恨自己，身居太尉的职位，在一些根本大计上竟然如此软弱无能。他更恨自己这双被人们誉为"博览古今，穷神知变"的眼睛，竟然看不出胡广、赵诫之流如此偷生怕死！但是责怪他们又有什么用呢？人之不同，各如其面，宁死不屈的人本来就是难得的啊。即便是自己，除了拼死一搏的决心之外，又能有什么好的办法呢？最可恨梁氏一党把持朝政，胁迫群臣，荼毒百姓，欺君罔上。"皇上……皇上啊！"他不禁对天呼唤，仿佛被毒死不久的质帝就在面前。

质帝刘缵登基时只有八岁。那时，一连崩了两个皇帝，政局混乱。李固为国家计，心里根本不赞成立他；无奈梁太后和她弟弟梁冀一手把持着，群臣不敢违抗，才立了这个幼主。后来发现，质帝虽然年幼，却很聪明，有一次竟当着群臣的面，眼睛瞪着骄横无忌的梁冀说："这人叫做'跋扈将军'好啦！"说得众官大惊失色。

李固曾多次规劝质帝多加小心，无奈质帝毕竟还是个孩子，哪里知道宫廷倾轧的危险，更不会用心提防梁太后和梁冀们的阴谋毒计。果然，这年六月，梁冀买通了质帝的侍从，用鸩水煮饼给质帝吃，等李固赶到，质帝已经奄奄一息了。他告诉李固："吃了煮饼，心里难受，喝点水也许还能活。"

这时，梁冀在旁制止说："喝水要吐，不能喝。"话音刚落，质帝就死了。李固急呼御医前来检查，梁冀知道李固已经生疑，便恨恨然拂袖离去。

此时，李固虽然心中明白，除了扑在御榻前号啕痛哭，又能有什么办法呢？

五

三年死了三个皇帝，也算是国家最大的不幸了。国库内藏挖空不算，又要增派多少赋税。偏偏每死一个皇帝，梁氏家族的权势又加添三分。立嗣大事已成了梁氏的专利权，每立一个皇帝，梁冀都有一份功劳，财势也像滚雪球一般越发壮大起来。他们把废立皇帝当做一本万利的生意来做，这奥妙已是国人尽知的了。

这种情况怎能不叫李固忧心如焚？他能袖手作壁上观么？他知道，要除掉这一霸，必须立一个年长有德、头脑清醒的皇帝。他坚信只有皇上才能搬开这块巨石……然而，要立清河王刘蒜的主张早在策立质帝的时候，就被梁冀挡了回来，如之奈何呢？

那天晚间，李固拖着疲惫不堪的身子回到家里，大鸿胪杜乔已经等候多时了。看着他又黑又瘦的面孔，杜乔焦急地说："李公！如今国事艰难，您更应保重。国人都巴望，有李公在就有希望在，您切不可将性命浪掷！这些天您没日没夜地跟那班腐朽们论，能谈出什么来？真不如……"

李固摇摇手："你我势孤力单，难图大事。众多公卿久食汉禄，必有忠信，岂能把他们撇在一边？再说，近日我和众人接谈，可知大家的心情还是一样的。"

"哼哼，要说一样，那是保住高官厚禄的心情一样。他们除了空发议论，唉声叹气，还能放出什么高论来？"

李固将手背在身后，在庭堂里走了几个来回。最后目光又停在一幅《细柳营书》的条幅上。那字迹虽经过三百多年，看上去却有新墨欲滴的感觉，确实是件珍品。

"李公！您知道蠡吾侯①已经进京了么？"见李固点头，杜乔忙说："梁冀嫁妹如此急不可待，心怀鬼胎。我看您也应学绛侯故事，把清河王请进京来。这是天经地义的事，事不宜迟，为何迟疑不决？"

"叔荣，你一腔热血，我心里清楚。可今日之事，与周亚夫故事可不一样哪。我虽官居太尉之职，手中却无周亚夫的实权。梁冀这个人是什么事都做得出的，一旦激起兵变，岂不是害了清河王？"他的目光忽然严峻起来："你我在此国难当头之际，都应克己待人，尽力与朝臣们系手合力。我决心已定，此次决不妥协！"说罢用力将一支象牙挠头掰断。

正说着，家人来报："司徒胡广、司空赵诫来拜。"李固急忙出去迎接，一面叮嘱杜乔："他们二位正气尚存，你切不可造次。"

赵诫是个稍有富态的中年人，虽出身中等家庭，仕途倒一帆风顺，新近由刺史擢升司空，正是雄心勃勃，有所作为的时候。近来见李固四处奔走，朝野都在议论清河公如何如何，内心也有所动。他进门便说："胡老说，太尉几天来很是辛苦，因此唤学生同来劳慰。"说毕又起身拱手道："关于策立么，学生管见……"

李固忙道："愿闻高见，杜叔荣是肝胆之人，直说无妨。"

"是呵是呵！"胡广拖着沙哑的嗓子应道。他虽已七十高龄，又是四朝元老，但仍逊言恭色，从不自以为是。他家有继母在堂，朝夕省视，从不怠慢，并且熟谙典章，办事周全老到，在士大夫中很有一些清名。

"不敢。太尉忧虑的，是国祚三绝，朝政不稳。而今百官心中自有贤明君主在，为何不召公卿聚会，广求群议，共扶明主，整饬朝纲？一旦圣人出，纲纪立，那就谁也不好抗命了。"

---

①即桓帝刘志。

"是呵是呵！上应天心，下合众望嘛。"胡广也道。

李固没有反应，只是望着烛花呆呆地出神。赵诚的办法，他何尝没有想过？只是梁冀新近又害了几个言官，弄得朝上更没几个敢说话的人了。何况现在大家都知道蠡吾侯已进京，万一，会上没人说真话，岂不画虎不成反类犬了吗？

"太尉，"赵诚又急急地道，"学生这次由青州来，看到豪绅巨富兼并之风更盛了。这些人大都有宦官重臣做后台，鱼肉乡里简直到了肆无忌惮的地步。百姓苦不堪言，强者铤而走险，横行州郡；弱者卖儿鬻女，饿死道旁，真真惨不忍睹！倘若国家再不得明主，亡国之日已经不远了！"说罢，竟失声唏嘘起来。

杜乔哼了一声，忍不住站起身："这些道理太尉还不知道吗？你只说说，若是公卿聚会，有多少人敢说话吧！"

"是呵是呵！如今宦官外戚当道，朝纲不振，国运民心一蹶不起啰。"胡广应道。话音刚落，忽然觉得他的亲家、中常侍丁肃那副鹰隼般的嘴脸在他眼前一跳，不禁脸红起来，好在谁也没有在意。他想起这门亲事虽则不美，然而毕竟是必要的——就像他也竭力举荐天下名士一样。值此动荡之秋，多一条路就少一分险呵。

"你是说赵某不敢直言么？"赵诚涨红了脸愤愤回道，"当年八使案察天下，所举犯官尽是重臣外戚。有人请顺帝不必追究，李太尉挺身据理力争，赵某也是响应之人。就是那一次，大将军的叔父才倒了台。"他平日见李固十分推崇杜乔，心中就有几分不快，正好趁机发泄出来。不过他到底有涵养，只是挑衅地看看杜乔，那意思分明是："你杜乔那时候在哪里？"

"罢哟，罢哟！"胡广慌忙劝解。

李固也起身摆手道："各位都是国家股肱，国难当头，不必为芥蒂小事所缠扰。赵公高见，各位以为可行吗？"

赵诚正在火头上，脱口又道："如今虽说朝纲不振，然而士大夫都以太尉高风为楷模。太尉耿直一生,两次遭'飞章'①陷害,一次被贬,但仍志不改初,一如当年出山策对时的风格,真是德高望重,海内钦佩。今日有太尉率某等据理策立,倘若百官还是不肯说话,真真白食汉家俸禄、猪狗不如!"说毕,又转过脸去看看胡广。

"是呵,是呵!"胡广应声道。

李固心想,时至今日,也没有别的什么好招数。朝中公卿经过几天奔走,虽说害怕梁冀,大都心里还明白。再说,梁氏已将蠡吾侯刘志迎入京师,一旦造成事实,那就一切都落空了。况且,即便众官都不开口,自己就可以沉默么?便道:"各位既然以为可行,依照三公通论的旧典,不妨以我三人名义致函梁大将军,建议公卿聚会,共议所立。"

李固这话不过是要将二人拴紧,那赵诫却求之不得。他巴望赶紧建立拥戴天子的功勋,现在正是千载难逢的良机。

"也好,也好。"胡广左右权衡了好半天,终于说道,"大将军每每自比周勃、霍光,不妨多多褒美几句。"

一直忙到了鸡叫,三人才将信写好。看着胡广战战兢兢、赵诫豪爽洒脱地签了名,李固这才略感有些轻松。在他看来,只要众议一成,梁氏也就只得附从,总不至于失信于天下——故此也有些悠哉悠哉起来。

那杜乔本是心直口快,见赵诫如此大义凛然,果敢爽直,顿时疑团尽释,慌忙赔礼。赵诫全不介意,一笑置之,引起众人哈哈一笑。

李固这才想起,从早晨忙到现在还粒米未进,早就饥肠辘辘了。一时兴起,命人摆上酒菜。

---

① 飞章:即今日的"诬告信"。

这时胡广从袖中抽出一个字轴来，双手捧到李固面前道："太尉高风，学生五内感佩，恭录了太尉赠黄世英的名句①，尚祈笑纳。"众人展开一看，上面写着：

"峣峣者易缺，皎皎者易污。阳春之曲，和者必寡，盛名之下，其实难副。"

那字写得典雅雍容、遒劲俊逸。那轴子装潢也极精巧，众人交口称赞。没容李固细品其中滋味，胡广一招手，一个家人又从阶下捧一个食盒上来。胡广解释道："这是小女今晨送给内子的寿礼，名'百鸟朝凤'，出自宫中御厨之手。学生每思太尉连日操劳，寝食不安，一点趣物，不成敬意。"大家慌忙将那盒"百鸟朝凤"放至桌中央。

李固暗想，怪道朝野交口争颂胡伯始，确实有人所不及的好处，真个八面玲珑。"天下中庸有胡公"②啊。一时高兴，也顾不上多想，满斟一杯，举过头顶，大声说："质帝在天之灵庇佑！"想起质帝惨遭毒手，心中一酸，泪水已滚了下来，哽咽着道："列位明鉴李固耿直一生，虽屡遭挫折，并没有结党。今天一聚，共谋大计，国之兴衰，在此一举！"说罢一饮而尽。

六

崇德殿前四只铜鼎香烟袅袅，殿内议案一色排开。众官僚们身着朝服，鱼贯入殿。梁冀自居首位，以下顺次是三公、列侯、九卿

---

①即李固予黄琼书的一段话。
②当时士人中有"万事难理问伯始，天下中庸有胡公"的说法。

和享受二千石以上的各色大臣。

若说"议",这班朝臣们谁人不知清河王刘蒜与皇族血缘最近,而且正当盛年,且有德行操守的美誉,是最合适不过的。可是各自心中都有一盘小九九——朝野纷传,蠡吾侯刘志与梁冀妹妹的婚事提前了,蠡吾侯本人已经等在京城,梁冀分明是要立蠡吾侯无疑了。

两个时辰过去了,众人还在推三却四,哼哼唧唧,谁也没有真正提出个人来。有的故作深思熟虑之态,有的干脆装聋作哑。那崇德殿虽大,空气却像石块一般冰冷,使人感到呼吸艰难;那时间虽还在流逝,却一分一秒都像一年一季似的难挨!

李固心中如同油煎一般。他本来想,自己身居三公之位,不便多说;并且几天奔走,听到了许多忠愤激烈的言谈,这些慷慨之士一定会见义勇为,及时提出自己的主张。可是眼前的情况出乎意料,竟没有一个人说话,再拖下来,若有人将蠡吾侯顶出来,岂不糟糕?况且那梁冀虽不说话,一双狼似的凶眼却在睃来睃去,睃得许多人不敢正视了。为了打破僵局,他便将议策立的重大意义说了一番,为国家推举贤明君主,不可以小人之心附趋权贵等等;同时以目示意杜乔。

那杜乔早已按捺不住,立时将清河王的种种好处摆将出来。随后李固、赵诫等人也说明了自己的主见。那胡广照例"是呵"一番,而且特别说明,此次公卿聚会是同梁大将军共同议定的,大家尽可以畅述己见,以臣工唱和之心倡立明主。

梁冀虽说有心立蠡吾侯,却也自知没有什么道理。接到李固等人书信,他本不愿召开朝会。只因一方面信中着实替他戴了几顶高帽子,另一方面偏偏有几个门客献计说"蠡吾侯与大将军有亲,不如让那些朝臣们望风献媚,也好堵天下人之口"。梁冀生性鲁莽,并无多少心机,此时见众口一词,无言可答,也只好忍气吞声了。

众官僚见梁冀并不开口，脸上也无异常反应，一时似乎大局已定。他们疑疑惑惑了一阵之后，就纷纷发言，争先恐后地表白自己衷心拥戴清河王的愚忠。更有几个生怕日后清河王登极会遭猜疑，拼命歌功颂德一番，有两个竟手舞足蹈，即席作赋，很是热闹。

"邀天之福！"李固心中暗暗祈祷。这晚，他回家倒头便睡。多少天来，他第一次睡得这么踏实。

这晚梁冀回府后心情烦躁，像一根鱼刺在喉，吐不出，咽不下，着实不舒服。

这时他才发觉中了李固他们的圈套，正想杀个把门客来出气，中常侍曹腾求见来了。

这曹腾生得浓眉大眼，脸圆体胖，只是下颌溜光，嗓音尖细。出于阉人的本性，他的谄媚和狡猾总是像钻在死人肚子里的白鳝一样。在他看来，梁太后摄政，不如说是梁冀擅权。连崩三个皇帝，一半是梁冀弄鬼，一半也是天意，这江山日后说不定会姓梁呢。更何况李固从早年对策起就屡次怂恿皇上斥遣黄门宦官，他们早就跟李固结下了不解之仇。进得门来，他对梁冀阴笑着说："大将军有今日，恐怕就不会有明日了。"

"嗯？"

"你累世有椒房之宠，才有今日的显荣；若是立了清河，就失去了这一条。再说，你的门客多，招怨也多。谁都知道清河王严明，掌了权政，只怕您祸事不远了！……为大将军长保富贵之计，只有立蠡吾侯，现在还来得及。"

梁冀心里骂道："混账滑头！"嘴里却说："正要请教，立蠡吾侯，可……可有道理？"这梁冀生来便有口吃的毛病。为这，也不知杀了多少医生。后来不知哪位酸儒考出周勃、霍光也是结巴，才算罢休。

曹腾诡秘地一笑:"有大将军的威风,便有道理在。"

这晚,他们谈到三更。

……第二天,梁冀下令重会公卿。

崇德殿周围,兵列戟张,气象森严。梁冀气势汹汹,带剑入殿,高声大叫:"太后有旨!令我立蠡吾侯,众卿有何话……话说?"

众公卿一听"重令",心中早已有数。此刻只有两腿筛糠的分儿,谁还能说出半句来?那些昨日表态快的只顾懊悔不迭,那些口齿不清的却在暗中庆幸。杜乔刚说一句"昨日已定……",台阶下曹腾领着一帮人立时喧嚣鼓噪起来。

曹腾大叫:"太后懿旨,言之不恭者斩。"

那赵诫闻言,一颗心像劈空里一只手将它抓去了似的,一派慷慨之词早已化作一身冷汗,流到爪哇国莫名沟里去了。几次张口想说什么,可自己也不知该说什么是好。

胡广哪里见过这阵仗?心中只是暗暗叫苦,面如死灰,哆嗦着说:"是呵,是呵……"

梁冀又将眼睛瞪在李固身上,一些稍有良心的大臣也将期望的眼光集中到李固身上。李固见此情状,心中明白,国之兴衰在此一举,舍生取义正在此时。看着这帮临阵退缩、见危求脱的丑类,他真要脱口骂一声"衣冠败类!"然而他忍住了,思忖着用什么办法挽回这个局面。

空气在凝固中燃烧……

他将目光从那行尸走肉的世界里劈过,如同漆黑夜空里闪过一道电光:人人低下脸,不敢与他的目光相碰。胡广几次向他递去眼色,分明暗示他不必认真,不可固执,"跷跷者易缺,皎皎者易污"呵。无奈李固不理,只得将头低下,再也不敢抬起。

李固竭力想使自己冷静下来，可扭歪的脸却不听话，肌肉还一个劲地突突跳着。他的感官告诉他，此时再争也无用了，然而他的理智却在喊：不能不说！

他从心底深叹一声，沉痛地说："我等食汉禄、受国恩，宗祀大事怎能当作儿戏？"

杜乔大叫："这是裹胁群臣！"

曹腾对梁冀尖声喊："大鸿胪杜乔出言不逊，臣请剑斩之！"

梁冀喝道："乱棍夹、夹出去！"

李固不理，自顾自说："适才……"

曹腾对梁冀一眨眼，梁冀拍案厉声宣布：

"罢会！"

李固冷笑几声，慨然拂袖退席。众官连头也不敢抬。李固见众人如此怯懦，不禁对天长叹："国乎！国乎！"

当晚，李固便接到太后懿旨，被罢免了。他还不死心，又上表太后，重申己见，梁氏更加恨之入骨。一年之后，梁冀再次诬告李固，于是下狱……

七

一生坎坷蹉跎倒也罢了，李固没有料到，一天的变化也能如此之剧！刚出狱时，他还打算暂时销声匿迹，等待皇帝一旦清醒，便可再行计议，澄清政事，实现他的抱负。可他怎能料到，京都百姓竟对他抱有这么大的热望？对此，他感到了安慰，更感到了悔痛。

那么，下一步呢，就从容地去死么？他已是五十四岁的人了，死不足惜。问题是，不是太便宜梁冀了么？

此时此刻，梁冀那副凶残暴戾的嘴脸，胡广和赵诫那种猥琐乞怜的面目，出狱时那老妇人呼天抢地的神态，都在他眼前跳动……他热血翻涌，手指在琴弦上越拨越急，被早霜染白了的须眉，在秋菊和残月间激烈地晃动。

一个大合手，铮的一声，子弦断了。

"哎呀！"

李固回头，见文姬立在廊下。她一手扶廊柱，一手轻轻拭去眼泪，在月色朦胧中，婀娜的身影显得格外修长。

"夜深了，你还不睡么？"他说。

"孩儿站这儿已有一个时辰了。"

他看看文姬清秀的面容，明亮的眸子，心里翻腾起一股难以抑制的痛苦念头，随即又把含着的一口唾沫咽了下去，淡淡地说："睡去吧。"

文姬慢慢地跪下，哽咽着说："孩儿虽系女流，也想为父亲分忧呢！"

"孩儿明白，今日玄武门一事，梁冀正好有了把柄，咱家大祸临头了！"说着，她泪流满面地抱住李固的双膝。

李固将她扶起，望着她微微摆动的裙裾，木然地叹口气，又抬头看看已经偏西的残月，只得承认："也许看不见月圆了。"

文姬愤然叫道："李氏不能绝！"

李固沉吟不语。他何尝没想过？在狱中就曾多次考虑。梁氏毒死质帝、裹胁群臣的罪行，只有他最清楚，他不能愧对历史，一死之后，若能留下一个儿子，不仅李氏胤嗣得继，一旦皇上察知他的冤情，此子便可继承遗志……但是，梁冀的党羽密布，覆巢之下能容得一个完雏吗？

"孩儿之见：三弟尚未成年，较易于避人耳目，应设法保护他。"

李固仍然沉默无言。保住小儿子，可是将他托给谁呢？亲近的必受注意，不能托；不亲的不可信，也不能托。他微微摇头了。

"孩儿这次进京，乡下都知道要接三弟去儿家小住。孩儿今晨就出城回去，将三弟藏入暖轿，日后托付王成，埋名隐姓投奔异乡，也许还可存李氏一脉。父亲一生理想，孩儿尽知，令三弟牢牢记住，将来必然继承父亲未竟之志。"文姬一口气把主意说完，肩上似卸下一座大山，靠在柱上喘息着，等着父亲的裁决。见父亲只不吱声，她又急道："爹爹！孩儿听说，看檐下之冰便可知天下寒，看今日民心也可知梁氏末日不远。大家绑在一处，死也是白死！爹爹可以不为子嗣计，难道也不为国家着想么？"

"这，"他叹口气道，"也未尝不是一个办法。只怕梁冀一党心狠手毒，门客奸细极多。当年汝南袁着因为表奏梁冀不法，梁冀便四处搜捕；袁着诈称病故，藏在棺材里想逃走，还是被他查到了。你能回乡，别人就不会起疑心吗？"

"这个孩儿已想过。此去乡里，盗匪极多，官军素来束手无策。父亲听到孩儿消息，便是计成之时。"略顿一顿，又坚定地补充道："孩儿决心以无用之躯，换取三弟日后成功，也不辜负父亲教养一生。此次能再见爹爹一面，死亦无憾！"

他明白，依照汉律：犯官被诛，凡出阁女子罪不旁及，文姬本来可以不死的。看到她这样从容定计，决心赴难，心中更觉酸痛难忍，不禁眼泪泉涌般迸将出来。

文姬将父亲扶到椅上，整整衣裙，然后磕了四个头，轻声说："妈妈面前，烦爹爹代言一声，还有大弟二弟。"说罢，毅然转身出去了。

李固一个字也说不出，只呆呆地坐在那里。

后来王成果然感李固父女大义，带李燮乘船东下，到了徐州地区，将李燮改名送到酒店做佣人，自己到街上卖卦算命，历尽艰辛。梁冀被诛后，李燮才得以出头——这是后话。

八

就在同一个夜里。

大将军府内炬火通明。这座府邸几年来扩充数倍，如今更见壮观了。

二堂内，门客们个个屏住了呼吸，偶然走动的侍女如同一团团彩云在廊柱间飘来飘去，偌大的庭堂竟死一般沉寂，只听见梁冀粗重的喘息。

本来建和皇帝赦李固出狱，梁冀就愤愤不乐，回家听得玄武门闹事就更加暴跳如雷。若不是那门客赶紧报道李固在家杜门谢客的话，梁冀早已一剑将他穿透了。

恰好这天有下番献贡皇上的珍宝"金蛇玉龙"一对，送来请他过目，他竟手执金蛇将龙头敲得粉碎。

席间，佐肴的歌舞中有一曲新编的《桃李春睡》舞。因触到"李"字，他立时大怒，命将跳舞的"自卖绝响人"各割掉一只耳朵。后来见她们跪了一地动也不动，连大气也不敢出一声，这才略为满意，用鼻子嗯了一声："每人赏、赏绢一匹，放她们回……回家去。"

曹腾已在一边看了多时，见梁冀大气稍平，便趋上前去。近来他颇得梁冀欢心，门客们有难事也都乐意请曹腾来解说。

"又给我带……带什么废话来？"

"岂敢。"曹腾谄笑着，故意慢腾腾地说，"今日玄武门一带集聚市民歹徒不下万人，欢呼皇上赦李固出狱，声称李固无罪，还要求陛下，要求陛下……"

"要干——什么？"

"大将军赦臣死罪！——他们说，请陛下斩大将军之头，以为祸国殃民者戒。"

"啊——"梁冀从榻上跳下，用手托住曹腾那溜光的下巴："皇、皇上怎么——说？"

"大将军息怒。皇上还不知道呢，曹腾将它留住了。"说着，从袖中摸出廷尉的奏折来。他本来还想卖点关子，看着梁冀瞪圆的环眼，恨不得他一口将那鬼胎吐出来。于是凑前一步说道，"曹腾以为这正是李固结党惑众、阴谋滋事的铁证。此风若不迅速剪服，恐怕对大将军也有些不利。"

"宰掉他！"

"这容易。不过，此风来头不小，不可轻视。近来青徐一带盗贼蜂起，人心惶惶，稍有不慎，亦可酿成大乱。臣为大将军计，不若借用李固之人望安抚民心，待风潮平息，再杀不迟。"

"依你……你怎么办？"

"软硬兼施。软，臣见李固杜门谢客，似有回心之意。大将军可诈称两家联姻，许保奏李固官复原职。硬，先令杜乔自尽，陈尸街头，再令胡广、赵诚出面维持……"

"嗯。不过这玄武门一事，倒确、确与李固无干，是我传、传话令他从后街走、走的。"

"这个……欲加之罪，何患无辞？"

"那就去……去吧。"说罢，梁冀打了一个哈欠。立时过来两个侍女扶他躺下，捶揉起来。

曹腾又嘀咕一阵也退下去了,怀里揣着大将军送他的一条金蛇。在他身后,响起了一派细细的笙乐。

九

清晨,李固还是脸色灰白地坐在堂上。但此刻,他内心已渐平和,古来多少忠良刚正者为国尽节的故事使他振奋起来。

一家人都已明白死期不会远了。死这东西也奇怪,一旦准备好它的临近,就像催眠的药剂一样,反倒能使人心安理得。连许夫人也止住了啼哭,正忙着将所有家人、丫环给资遣散。也有誓死不愿离去的,便留了下来。

"你怕么?"他问他的大儿。

"开始有一点,现在不啦。"

他点点头,"你们,是早了点。生,是人人想要的;义,却是不可背弃的。如果二者不能同时得到,古人怎么说?"

"那就舍生取义。爹爹,您平日的教诲,孩儿都记在心上啦。"

李固点头,不再说话。此刻一家人等待的,好像不是死,是一种崇高的义务,一个巨大的光荣。

中午时分,满街里响起了杂沓的马蹄声。李固递个眼色,许氏会意,立刻回房准备去了。他捻着胡须自语道:"来了。"

好一会儿,家人报道:"中常侍曹腾求见。"

李固尚未答话,前面熙熙攘攘吵了起来。那曹腾径自走了进来,一进房,便拱起双手:"子坚兄,曹腾特来贺喜!"

"固身为犯官,何喜之有?"他只得让座。心想:且看他卖什么药吧?

"子坚兄过谦了,嘿嘿!昨日洛阳街头万民攒动,足见老兄身系众望,非等闲可比。将来书之青史,万古传扬,宁不喜乎?"

"哼,天下事出固之意料十常八九。况且昨日大将军令我从后街出狱,洛阳街头出了何事确实与固无涉,还望常侍明鉴!"

"嘿嘿嘿,一句玩笑,不必介意。不过学生此来,确是为阁下贺喜。大将军常对学生言说,往日与阁下因许多误会,累年论战,大家都觉无味。今大将军深知阁下确是海内人望,德高学深,愿以千金许配令郎,永结秦晋之好。另外——"曹腾凑到李固耳边尖声说:"大将军还将保奏阁下官复原职,日后不失封侯。未知尊意如何?"

李固懒得同他说,沉默了一会儿。

"自然,阁下为了表明诚意,不妨表奏……"

"表奏什么?"

"曹腾听说,弘农人宰宣想上言大将军有周公之功,今既封其诸子,则其妻也应封为邑君。如阁下果有美意,不妨先声夺人,其实……"

是怎样一笔令人恶心的交易!李固实在想不出,今生今世居然受到这种奸佞的这般污辱!此时,他才真正感到自己一生是个悲剧。他脸色泛白,浑身颤抖,竟一句话也骂不出来。

这时一个家人气喘吁吁地冲进来禀报:"刚才进城的商人们传说,西门外岔口林有一辆李府的轿车,车中一位年轻妇人被刺死,零星衣物散了一地,怕是大小姐遭了歹徒!"

李固明白,这就是文姬让他等的消息。不过,为何这样快,是文姬担心迟了他父亲就听不见,死亦不能瞑目吗?

泪水无声地爬过他苍白的脸,顺着胡须,沾湿了前胸。他想起文姬幼时曾声言自己将来要做一番轰轰烈烈的事业，不料竟应在这上面！他将眼睛闭上。再也不去理睬曹腾。

这曹腾坐得尴尬，只得起身告辞。临出门，他想了想，又折回来补一句："杜乔听说不好，望阁下留意。"

十

原来这天上午，曹腾是先害了杜乔才去李府的。这曹腾做常侍以来，经他手处死的大臣早已不下数十，可他没料到在杜乔面前讨了没趣。

这天上午，他闯进杜乔的宅子，传梁太后的旨意令杜乔自尽，扔下一条白绢威胁道："早从宜，全家妻小还得苟全。"

"杜乔生来磊落，自阉尚且不会，何况自杀？就是自杀，别人也不会相信！"

"你敢蔑视太后懿旨！"他尖起嗓子喊道。

"我死于奸贼之手，来生尚可报仇；死于自尽，祖宗也都含羞。哈哈哈！"

曹腾又羞又恼，便下令用白绢套在杜乔颈上，拴在马后。待拖到中都狱，早已气绝了。曹腾将尸体停在玄武门路口，令人四处高叫："有敢临近者，罪诛全家！"一面又派人传大将军令，请胡广、赵诚前来"监护"……

再说李固听得一声"杜乔不好"，两眼早已直了。果然一会儿有人报道杜乔已停尸示众了，更由无声的悲泣变成嚎啕痛哭。

"叔荣兄！我对不起你！我对不起你呀！"他捶胸顿足，一面嚎啕着，一面踉踉跄跄冲出门去。

一家人都跟在他后头。

满城百姓昨日还沉浸在太尉出狱的庆慰里，今天听说太尉哭尸去了，立时全城轰动起来，更有一些人加入那痛哭的行列，队伍浩浩荡荡，越来越大，直奔玄武门而去。

胡广、赵诫二人明明知道这"监护"的侮辱太大，却又不敢不来。胡广虽说新近补了李固的缺，又因立新帝封了安乐乡侯，可他自知谁也没有把他当作太尉看。大将军可以命令太尉，太尉还值钱么？反正事已至此，他俩就如卖淫的娼妓一样，既已失身一次，也就顾不得许多了。

他们刚下轿子，便远远看见李固的队伍，想回避又不敢走开，只得硬着头皮迎上去。

"李公！……"他们拱着手，满面羞惭地一边招呼，一边偷看他的脸色。

"二位还有面目立于人世吗？"李固一面推开他们，一面径自走去。

"是呵，是呵！"胡广莫名其妙地道。

"李公！还是……莫要临近的好。"赵诫用手指指梁冀的告示，将他拦住。

"原来……哈哈哈！滚开！"李固头也不回地走过去，人流立即将他俩冲到一边去了。

杜乔直挺挺地躺在那里，两拳紧握，双眼瞪圆。看得出来死前曾有过一番挣扎和怒骂。

李固跪在尸体旁边，两手轻轻地把他被拖碎的丝衣理平，将尸身上的泥土拍净，又用长袖将他嘴角鼻孔流出的血迹擦掉。

"杜公临死时有什么话吗？"他问看守校尉。

一个校尉将杜乔临死时的情形说了一遍。

"说得好，骂得好！"李固突然拍手放声大笑起来，整个广场都被这撕人肺腑的笑声撼动了。

他理齐了衣服，扶正了帽子，向尸体拜了几拜，口中历数杜乔生平往事。当说到众官慑于梁冀淫威，竟然不以社稷生民为重，屈从奸贼，以求苟全，唯有杜乔挺身而出、坚守大义时，他流着泪站直身，大声说："足下用自己的行为证实了自己的誓言，不愧是顶天立地的真汉子！生以理全，死与义合，古代圣贤所追求的，你都做到了！你的一死，可为百世楷模，令苟且从逆之徒愧死！可笑那梁冀凶残，竟然连叫你自尽的本领都没有，哈哈……"说罢又仰天大笑。

围观的市民百姓们无不应声落泪。胡广和赵诫龟缩在一边，面面相觑，不知所措，听到李固赞颂杜乔，痛骂梁冀和苟且偷生之徒，突然也相对掩面大哭起来。一个看守校尉当场脱下盔甲，跑回家里去了。

人，越聚越多，把玄武门到平城门一带围得水泄不通。号哭、怒骂之声，随着愈刮愈猛的秋风在洛阳上空回旋，震撼宫门。

恰好这天下午，梁冀由北郊围猎回来，被挡在街上。他听说李固竟敢聚众哭尸，当场令家丁斩杀数十百姓，驱车冲进人围。"李固，你竟敢、敢如……如此猖獗嘛！"梁冀喊。

李固正是火上加油，分外激愤。他冲到车前，指戳梁冀破口大骂："……你这祸国殃民的奸贼！你以为天下敢言之士能杀得绝吗！"

血与泪的交流早已使百姓们愤怒起来，"揍死他！"有人喊。"剥他的皮！"有的人已卷起袖子。

梁冀本来凭着一时火气冲了进来。此时陷入人群重围之中，见李固如此模样，已有几分慌乱了。他以手指着李固："你，你、你……"只是说不出来。

李固骂得性起，猛转过身，奋力扶起杜乔尸体，让他直挺挺地靠在自己胸前，指着梁冀喊："我要再替杜叔荣骂几句：你这死有余辜的下流坯！我等着你！日后你死，鞭尸剐肉也不能解我心头之恨！你明为拥戴天子，实则篡权夺位，质帝在天之灵也要生吃你这万世不赦的恶鬼！"

　　梁冀吓得筋骨瘫软，目瞪口呆。听见"质帝"二字，更是一口痰涌在喉头，撞倒在车上，家丁们死命将他抢回。

　　洛阳街头，这日行人久久不散。不知谁低低哼起了一首流传在京城的歌谣，众人高声合唱，最后形成了冲天大潮一般的歌声：

　　　　直如弦耶直如弦，
　　　　死道边耶死道边；
　　　　曲如钩耶曲如钩，
　　　　反封侯耶反封侯！

十一

　　这一夜，天黑得墨漆一般。掌灯时节，又是一阵沉雷滚过，愈下愈急的雨滴敲在瓦顶上，竟同催人上阵的战鼓一般响亮。

　　李府的庭堂里，到处烛火通明，如同白昼。

　　李固靠在正中的榻上，"哈哈！哈哈哈！"笑个不停。

　　"爹爹这几年怕也没这么高兴过。"儿子有些骇然地说。

　　"几年？我一生也没做过如此畅快的事！哈哈哈！"从玄武门回来，他一直就这样笑着，实在累得不行了，就倚在榻上喘息一会儿。他是多么的痛快呀！这前所未有的冲动使他进入一个新的境界，只有现在他才感到自己并不孤立。昨天他还希望皇上有朝一日醒悟过来，清除奸贼，重振纲纪；现在他觉得他有信心，有力量。和杜乔这样的人在一起，和那么愤激的百姓们在一起，天道人心足以使乱臣贼子丧胆落魄，无疾而死。而他是胜利者。

"您还是用一点饭吧，今夜雨大，他们一时怕还来不了呢。"许夫人说。

"用大杯斟酒来！"李固叫道。此刻，他俨然是位凯旋的将军。死，无疑是将军身上无比光荣的勋章。

"将大门打开，不必再关了！"他又说道。他不知道，家人们也没有告诉他：大门早就关不上了，门内外站满了京都的百姓，就在那雨丝织成的水帘下窃窃私语："太尉怕是疯了吧？"他高兴哩。

喝过几杯之后，他面色微红，更加兴致勃发，又令人将古琴搬出。他将琴放在腿上，抚琴凝想一会儿，唱道：

> 椹桑为用兮取其直，
> 丈夫立世兮不惧死，
> 固身虽殁兮义已得，
> 后之良史兮岂有私！

屋内，喝着，唱着，笑着；屋外，看着，听着，哭着。

二鼓时分，门外喧嚷起来。

只见曹腾带校尉们杀气腾腾地走进来，李固将琴一推，问："来取头吗？"

曹腾冷笑道："时至今日，曹腾无能为力了。"

李固哈哈大笑："你不日死于万民之手李固确也无能为力！"

曹腾尖起嗓子对校尉喊道："太后懿旨：李固籍没全家，一应财物，汝军自取。"

"慢！"李固喝道，"取绶带来！"一个家人将他事先准备好的紫色绶带替他佩好。他正色对校尉们说："我本位列三公之首，今虽已除官，却是死于职守，汝军公干，不得无礼。来吧！"

……玄武门示众的尸体又多了李固一具。他的头虽砍去了，尸身却挺然不倒，一直在玄武门前坐了十二天。那绶带也陪着他在秋风中飞舞，像一只紫色的蝴蝶。

原载于《清明》1979年第1期

难得爱一回

帆,一进舱,我就坐在铺位上给你写这封信。这是我在昨晚就已决定了的。

我清楚,你不是不想了解,你是怕我勾起泪水,你是想用这重逢的甜蜜来冲淡往日的辛酸。但,你多么不理解女人啊。泪,是堵不住的,就如这江水只能疏导一样。每每我想起个头,好引出我的苦水的时候,就被你的手背轻轻堵在唇上,用一种"何必呢"的眼神望着我。可你知道我么?你越这样,我内心的苦痛就越深重。

也许你真的以为这次相会是像你说的是意外重逢吧?若然,你便又错了。要知道,为了让你得到这个印象,我偷偷跟踪过你,我精心计算了你路过码头的时间。

帆,这次出来是领导安排我疗养的。我在山上住了一个多月。你可以想象我是怎样半天半天地眺望你居住的这个城市的。可我又没勇气来看你。时间在我们面前横下了一道道屏障,就如这山上涌起的浓雾,你只是在记忆的海洋里,在幻觉的波涛上不时凸现出来。待我要睁大眼睛寻你,呵,烟消了,云散了……在我面前的只是现实,只是现实!

上个星期关在餐厅里,我听见你们设计院一位幸福的女同胞忽然提到你的名字,当时她正高声大嗓地谈笑。我尽量装作不在意,把饭端到他们旁边的桌上,就这样在无意中得到你的最新消息。

呵,她是怎样恶毒地嘲笑你的一片真情哟。她甚至把你在最困难的年代帮助我们这一事实说成是徒劳无益的感化运动，把你栽种含羞草，你至今未婚，统统说成是守株待兔似的愚蠢。这长舌妇！

我当时浑身散了架一般，一盆汤全泼在身上，我被扶到急救室去了。当我再次从床上爬起，一种从未体验过的冲动涨满了我的心胸。我要下山，我要扑到你怀里去！当天办了出院。

帆，毕竟我是个女人，我承认自己的软弱，一下山，立刻又对自己的行为怀疑起来。你的单身独处，你的痴情相思，我都不怀疑，因为你脑中还有个过去的我。我担心的是现在的我会叫你失望，我已是人老珠黄一身病痛，是另一个男人的遗孀呀。

我在你周围整整徘徊了一周，最后我决定听从命运的宣判，我选择了一个任何情况下你都能接受的方案：你我在偶然中相逢。

帆，本来我是完全可以在你身边多留几天的，但我又怕自己孱弱的身体承受不了这巨大的幸福，会垮下去。我们要永远幸福，这是你等待了二十年的事。我们要慢慢享受它，否则它是会夭折的。

现在，全舱的旅客都已睡熟，夜风缓缓吹进来，我的心田里生遍了嫩黄的春草，在风中摩挲，痒酥酥的。血管也像注入勃勃跃动的新液，青春又回到了我身上。岸左有个小镇，还有依稀可辨的灯火，那灯下的恋人此刻也有我们一样的心情么？啊，远处那两颗小灯，真像你昨天的瞳仁，周围那么暗，它却那么明；周围那样浅，它却那样深；周围那样少，它却那样多。你盯着奔涌不息的江水，仿佛叹息着逝去的年华，你盯着上下浮动的濡沫，好似怜悯着我们怯懦的爱情。后来你转向了我，让我心慌意乱地别过头去。

"我们结婚吧？"你声音极低，可我听出你是用了力的。你呀你，你真不知道，我就等着这句话么？看着你为这句话熬白了的双鬓，唇上留着咬白了的齿痕，我连嗯都嗯不出来，只能不住地点头。

天黑了，我们已顾不得即将分离的痛苦，巴望着这一时刻的到来。奇怪么？就像一对初恋的年轻人怕被熟人撞见那样，我们不约而同地顺着墙根走，哪儿黑往哪儿钻。江边，我们坐着，挨着，谁也不想说话。潮湿的空气涌进肺腑，怦怦心跳彼此都能听见。

汽笛尖叫了，分离的时刻就要到了，你想起该吻我了，于是……啊，那心慌意乱，笨手笨脚的样儿，我瘫软了，泪珠儿井喷一般。你呢，你紧紧地拥抱着我，厚厚的唇在我眼窝里吸吮……这会儿我闭上眼，仍觉出了陶醉。帆，你知道刹那间我都想到了什么？

呵，帆，啰里啰嗦，竟写了这么多。现在天已微明，有人起床了，我必须立刻结束这信。下回，再告诉你吧，别急，时间有的是。吻你！家秀。

"大姐？"

"你好啊？"

"我说办公室怎么面貌一新了呢，你提前回来的？"

"我觉着好多了。在那儿也……没什么意思。"

"让我瞧瞧……嚯，整个儿年轻了十岁！瞧这两眼，动人极了。遇上什么高兴事了？"

"这丫头，拿老太婆开心。"

"老太婆？说真的，你这发式也太陈旧了点。去烫烫吧，你要是觉着难为情，我替你烫。四十来岁，弄得萎靡不振，这可是精神面貌问题。"

"也没那么严重吧？……你行吗？烫？"

"一级水平。其实你只要稍加收拾就可以了，谁不知章家秀是咱们市出了名儿的大美人啊。"

"胡说八道。"

"你怎么了？哦，对不起。"

"还是谈谈工作吧。这段有什么重要的事吗？"

"就那样。信访信访，有信就访，来人接待，谈谈无妨。上传下达，通通情况……"

"小谢……上回那个虐待妇女案结了吗？"

"结什么？检察院都起诉了，咱们这位女同胞却又哭又闹要求撤回诉状，还承认作了伪证。咱们白忙乎了三个月，还白搭了眼泪！"

"为什么？"

"不为什么。那男人是她的丈夫，是她孩子的父亲，是她的命。就这样。"

"怎么会这样呢？后来她来过吗？"

"来过。嗐，还送了一篮子鸡蛋。看咱们大大地白辛苦了一趟，慰劳慰劳。"

"是……吗？"

"是——的。"

帆，今天我去上班，领导们都开会去了，没碰上。改天吧。本来我们的事也无须向领导汇报。可他们对我都很好的，不先说一声好像怪对不起他们。上回说到你吻我的那一刻我都想到了什么,告诉你吧——我想到,假如你当初便有这样的勇气,我们早就幸福了呀。

还记得吗?那天你傻里傻气冲进我们系大教室,正撞往我身上,你拉住我的袖子急急地问:"《论××矿小中段崩落法的得失》是哪位同学的大作?"我不高兴地告诉你,作者就是本人。你发着光的孩子似的眸子瞪圆了,稚气的脸上顿时爬满了红晕,说,"你?你叫章家秀?"然后掉头就逃去了。那时正是一九六五年,我们毕业的前夕。此后,你先是来和我辩论,继而那借口就有点莫须有了。我呢,也时时觉出一种朦朦胧胧的滋味在心头滑过。那是怎样一种既甜蜜又害怕的感觉呀。

记得吗?那一阵我们总在同一个时间上图书馆。虽不是一张桌子,可总保持着一定的距离,正好可以看清对方的脸。每隔十分钟,或许更短一些,目光就要从书上溜出来,偷偷地瞥一眼……那天你好像随便说起后花园里昙花开了,我也好像无意地表示了遗憾。"真的?啊呀,今天白天一点儿空也抽不出来。"

晚上,我们一先一后溜出图书馆后门,一闪身就钻进花园里。我们虽不敢并着肩走,两颗乱蹦的心却早已挨到了一起。"昙花呢?""已经谢了。昙花花虽美,终归只有一现。"你趁机吟了一句,"但愿人长久,千里共婵娟"。我脸发烫了,心颤着,触了电一般颤到了四肢,可嘴上还硬:"你这是——无聊!"说着转身要走,声称非找你们系主任。你蹦到前头拦住我,好说歹说赔尽不是。最后,我们达成妥协——你喊三声姐姐,了事。

怎样的花园月夜呀,卧蚕似的弯月蹀行着,淡淡地为我们投下了一层顶光,白云薄纱一般托着它,更衬出了天空的清澈与和谐。我们漫步花间，各自想着心事，使静谧的夜色也骚动不安了。你有几次想试着搂我，终归不敢。现在实话告诉你，当时我也早已不能自持了，倘若你那么做了，我们的生活完全可能是另一个样子。

　　往事怎堪回首啊，帆！总归是我负了你，即便在校园内也是这样。记得有次你送我回宿舍，突然握住我的手，拉在唇上吻了一下，我竟真的发起火来，狠狠地数落了你。我痛骂了这些小资产阶级的玩意儿，并正告你必须改造思想，争取入党等等。我至今也不能解释当时是受了什么念头的支配，这些话竟像是从一架留声机里发出来似的。我刺痛了你，后来你就一直躲着我。

　　帆，千错万错，都在这一次。人生经不起这种错呀，哪怕是一次小小的龃龉。这以后，谁知就再没一次缓和的机会了呢？我参加了四清工作队，很快就出发了。那天，我四处找过你来着，可又不愿向别人打听一下。在欢送的人群中我张望过，可哪有你的影子呢？

　　这就要怨你呀。帆，一个姑娘尽管她有点怕听那句话，怕做那件事，可她毕竟有了这句话心里才踏实呀，否则，她就无法抗拒外来的诱惑。

　　今天就写到这儿吧。我困极了，似乎有好几年，都没这种瞌睡了。

　　我是幸福的。命运让我再次有了你。吻你。你的"姐姐"。

"祝贺你，章大姐。"
"你说什么？"
"还瞒着我？机关里都传开了。真不够朋友。"

"机关里……都?"

"墨水,墨水!哈哈……慌什么呀。还不好意思呢。我呀,要能爱上一个人,立刻在走廊上放鞭炮!他是谁?"

"他是……我大学里的同学。"

"结过婚吗?没有?真绝。他爱你吗?"

"等我……二十年了。"

"哦,真了不起……大姐,你真幸福,你真是个幸运儿!我……真妒忌你!"

"你真这么认为吗?"

"这还用怀疑吗?难道你不这样认为?"

"我……不知道。小谢,我求求你,别在外头瞎说。因为,我,还没决定呢。我还没考虑成熟。"

"为什么?"

"不知道。不知道……"

帆!真不知该怎么表达此刻的心情……也许这几天,你已等急了吧?

现在我告诉你,回来整整十天,而我倒在床上已是第四天了。我又垮掉了。

无论我们的爱情是何等坚贞纯洁,可在某些人眼中竟是那样卑鄙污浊!似乎我不仅愧对了死去两年的丈夫,而且背叛了党的事业,忘掉了革命传统,亵渎了全市六十万人民……

我写上封信的第二天,就找到了秘书长。我一直在市委信访办公室工作,秘书长是我的上司。他是徐又民的同学,新上来的。我们关系一直很好。

秘书长告诉我,省委已经正式下文要开展学习徐又民的活动，认为徐又民是一个蒋筑英式的优秀知识分子的代表。市委也要召开大规模的会议。当时我激动得流了泪，代表全家向组织上表示感谢。

后来，我说我也要向他报告一个好消息。我把你的情况和我们的决定报告给了他，而且把你当年如何冒着危险关怀我们夫妻的过程原原本本地向他描绘了一番。我一气说了一个多钟头，声泪俱下。

可他，他那张毫无表情的脸！

"是这样。"他终于开了口，然后手背在身后，让折扇熟练地旋转着，走了。

晚饭后，我正给孩子们辅导功课，他又来了。他把我拉进里屋，说："那件事千万不要在外面声张，我们研究一下。"帆，那时我已有了隐隐约约的疑惑：研究？这有什么研究的必要？

帆，你再也想不到，他们竟安排了四个常委集体找我谈话！后来又来了几个顾问和人大、政协的老领导。这些人中，既有老红军老干部，又有新进班子的知识分子，还有妇联的老大姐。既体现了尊重，又体现了慎重，既有感情色彩，又有组织关怀。

一见这阵势，我心就全凉了。可当时除了流泪，竟一句话也说不出来。谈话内容是再亲切不过的。先是回顾了徐又民生前的种种优点，历数了他的全部贡献，从矿山建设一直到病房日记。叹息着党在对待知识分子问题上的曲折和教训，一片悲悼气氛。接着老红军带头，大家一致指出，我现在正当年富力强，有些想法不难理解，都是过来人。对市委有什么意见和要求尽管可以提出来……

"你爱人，"他们一再强调这个字眼，"你爱人徐又民虽然离开我们了，但你们的家庭还在，孩子还在。如果你一那个……小孩会怎么想呢？最困难的时期已经过去了，徐又民同志现在是全省人民的骄傲，很不容易啊，就不要节外生枝了吧。"

最后是这位秘书长用诗一样的语言作了结论。就这样吧，章家秀同志是完全能处理好这个关系的。顾全大局，牺牲个人，努力工作，保持晚节。家秀同志主动向组织汇报思想就说明她具备这样的品格。古诗说得好：冬雷阵阵夏雨雪，天地合，乃敢与君绝。又说："仅存抱柱信，岂上望夫台？这是何等高尚的情操！中华民族确实了不起呀。就是将来物质大大地丰富了，我看这种美好专一的爱情追求也绝不会泯灭。至于那个在困难时期帮助过徐又民夫妇的杨帆同志，我个人认为，我们市的党组织有责任感谢他。无论是政治上，经济上，生活上……怎么感谢都不过分，这是个好同志啊。就这样吧，这件事包在我身上了……"

我腾云驾雾一般回了家，扑在床上。

帆，我不知他们会怎样感谢你。或写一封感谢信？或许通过党组织表彰你的事迹？或者发一笔奖金？不论什么形式，你都不要接受，因为那就是牺牲我们爱情的代价呀。

这几天，我和孩子们谈了很多，关于你，关于他们的爸爸，关于婚姻和道德。从道理上说，孩子们还是懂的，小雨今年就要高考了嘛。可人的感情是复杂的呀。小雪这两天明显地瘦了，总在发愣。

生命啊，快回到我的躯壳中来吧。

我不能躺着，我要上班去，我不能倒下。

"小谢，求求你，别吵了。把门关上。"

"无聊！这些人真是无聊透了。"

"算了……人家也没指名道姓。"

"还要怎么样？连你报销的发票都被拿去传阅了！……你怎么了？怎么了？"

"没关系。谢谢你，小谢。"

"大姐，你还等什么？还不快让他来，你们去登记，看谁敢拦着！"

……

"你怎么不说话？我真不明白，你究竟怕谁？"

"不怕谁，也没有谁。你太年轻了，小谢。"

"这和年轻有什么关系？凡事总有个是非。"

"这谈不上是非。"

"我送你两句诗吧，是写神女峰的。你听着：你与其在岩壁上炫耀千年，不如在情人的怀里痛哭一夜！对吗？"

"又是诗……"

"这诗写得多好，这才是新时代女性的呼声。"

"诗嘛，总是好的。都好。"

"大姐，我打算结婚了。"

"是吗？祝贺你。你也不小了。什么时候？"

"还没定呢。你要是有时间，我把他带来，你给打打分儿。"

"打分儿？我又不是不认识。"

"不是那个，是另一个……"

"你？你跟他不是已经……"

"其实也没什么。不就接过几次吻吗？"

"你怎么可以这样讲？"

"瞧你，大惊小怪的。我是个大活人，我当然有心理上和生理上的需要。可结婚就是另一码事儿了。"

"唉，这么满足……需要。总是……"

"怪不得你这么前怕狼后怕虎的，太陈旧了！"

帆，这几天是市里的一些老大姐来轮番说项。

她们大都是些有资历、有身份的老同志。这些老大姐，我一直很尊重她们。她们中间，有的现在还是小脚，有的则是偷跑出来参加革命的童养媳，甚至还有一位被遗弃的旧军官的三房。这些经历，她们统统忘了，只会指责我。"不要忘了本呀"，"现在社会上思潮厉害得很，千万别给吹移了性子呀"，"守了两年也不容易，再有个两年就熬出头啦"。就差没说生是徐家人死是徐家鬼了。就连一位有成就的老知识分子也认为"没必要"，接着又从生理学的角度大谈了一番更年期的知识。

总而言之，我的决定辱没了徐又民，带累大家脸上都不好看。这不，正要宣传徐又民呢，他老婆跟人了！

帆，这些可笑的理论固然不必介意，但有一点十分令人气恼。几乎每来一位都变着法儿绕着圈儿打听我在外头的住宿情况，和你一起待了几天等等。好像我们已经非法姘居，必须捉拿归案了。看着她们那种疑虑万分的神态，真能把你活活气死。

不知从什么时候起，我忽然成为这座城市的重要人物了。这才几天功夫？机关大院里已经沸沸扬扬。我到哪里，都感到身旁背后跟着特异的目光。人们在皱眉，在挠头，在背后戳我的脊梁！连上街买菜都听到"尸骨未寒"什么的话。

今天中午，市委书记上家里来看望我了。奇怪的是，他并没提这件事，只是一般地问了问生活情况，嘱咐我注意休息，并告诉我"徐又民事迹报告团"就要成立了，让我好好准备准备。书记走了以后，秘书长又转了回来。我们这位老朋友有点怨怼地搂着小雪不看我，好半天才吐出声："你呀！"

我愣住了，后来才觉出了这事情的严重性。

他说："你真看不出来？有些人要利用你这事儿做文章呢。"

"做就做吧，我很荣幸。"我在故作镇静。

"到此为止吧，家秀！咱们是老朋友，不然我也不管了。"他很激动，"可我不能对不起徐又民！不错，咱们市落实知识分子政策是存在不少问题，可什么事都得有个过程。徐又民的事迹能批转全省你知道有多么不易？有些人硬要利用市委工作上的缺陷来达到自己的政治目的，而你，正好当了人家的炮弹！你这样做，对得起谁？"

我的天，我有这么重要吗？

我想起来，我们办公室的小谢是说过，这些日子，本市的政治空气又有些动荡。前些天还有人向小谢了解过知识分子上访情况的材料呢。因为，快开"两会"了。

现在，连自己也迷惘起来。我问我自己，我对得起徐又民吗？对得起吗？

徐又民，他的遗像瞅着我，并不回答……杨帆，你说呢？

黑纱拂动着，飘下几星灰尘，而徐又民，似乎也活起来了……

"你叫什么？"他问。

"章家秀。"我摘下矿帽。

"学采矿？很好。"他笑着，把筐索往自己那边挪了挪，"刚分来的？"

其实那时我已从学习班"毕业"了，但只能干着清理巷道的活儿。很快我们就熟悉了，他挺照顾我。其实他和我的"性质"不同，我是因为参加过四清工作队，他却是矿上的老运动员。后来他知道我是谁了，便对我有点刮目相看。

"知道吗？大作中批判的小中段崩落的设计者正是本人。"他目光矍铄。我见到了一种光。

杨帆，命运就是这样。我们在学校里辩论了很久的课题，在他这儿三言两语就被粉碎了。他嘲弄我经院式的研究，却令我在枯燥的劳作中得到了安慰。他是渊博的，他是快乐的，他是个强者。

但我要对你说，令我走出这重要一步的，却并非出于我和他的考虑，起码我没有考虑过。

那是一次塌方。我俩被堵在里头了。三天三夜。当时那种情况下，我几乎绝望了。那段旧巷很长，即使外面组织抢救，也很难说有希望。后来，我哭了，哭了很久。

"你结婚了吗？"他突然问。我愣了。

"我也没结过婚。人生啊，有许多缺憾呐。"他叹息着。

我和他靠得很近，我听见了他粗重的喘息，我当然也明白了他的心思。那时，一切都是死的，只有我和他。真静啊，静得只能听见心跳。一丝苦涩的慌乱困扰着我，恐怖已不复存在了。我只想着，如果这就是坟墓，如果短暂的人生就要终结……我扶着巷壁站起来，他也站起来。我们面对面，谁也看不见谁。我们这样过了大约有十分钟。

我说："如果真的出不去了……"

"至少我们爱过。"他说。"这是生命的任务。"他说。"人生有很多任务，爱是其中的一件。无论这杯酒是苦的，是甜的，我们总要饮。"

我同意了。

哦，帆，我说起这一段，并不想让你难堪，我只是想让你明白，在茫茫的宇宙中，在浩浩的历史中，我们都不过是一粒尘埃，谁也无法掌握自己。我们没有那么重要，没有！我对得起吗？我不知道。不知道！

当我从病床上醒来，当明白自己仍然活着，当我回想起那撕心裂肺的一刻，我真有点儿恨你了。他是那么刚强，敢作敢为，而你却太怯懦，太迂腐！你连一封信也不给我，你的地址我还是从专案组那儿搞到的。而那已是我们有了小雨以后的事了。

我们正式结婚的那天，我对他说了你。当时他愕然失色，什么也没说就上夜班去了。可我感到了一种如释重负般的轻快。我站在我们那间库房的门口向山下眺望，呵，月色是那样好，云层是那样薄，雾气从树丛中腾起来，腾起来，……矿山已经睡熟了，只有灯火一盏暗似一盏地伸向远方，直溶进无际的星空里。帆，你听见过吗？那时我轻轻呼唤过你……

是我们对不起你呀（他也说过这话的）。

他是个好人，这你是知道的，我们不能委屈了他，让他的灵魂不得安宁。而你，同样是个好人，是个活着的好人。难道这世界不是永远属于活着的和将要诞生的人吗？难道因为他如今成为"人物"了，就可以随便委屈你吗？

现在我终于明白，他们的考虑的确要深得多，远得多，大得多……徐又民是发炮弹，我也是发炮弹，两军对垒着，就看谁的炮弹硬。我该怎么办？——徐又民不回答，他只默默地瞅着我。也许正因为他不能说话，这世上才又多了一个神话。

霎时间我像踱进了巨大的庙堂，到处金碧辉煌，香烟缭绕……徐又民坐在神龛里，像个钟馗。我的床升起来了，升起来了，变成一个高高的祭台。好多人，我认识的和不认识的，在我身上挂满了彩带，高高地托起，放到那祭台上，然后我就再也动弹不了了。我成了一件体面的"牺牲"。我查了《辞海》才明白牺牲这个词原本不是动词，它是名词。鼓钹响了，叮叮咚咚的，有人在讲经布道。我听着，那声音竟有些熟悉。后来法师转过脸来，我并不认识，他却笑着说："咱们是老朋友了，是老朋友啦。"

我大喊一声，从"祭台"上跳下来，心还乱撞着，汗还一个劲儿地流，眼前却是书桌，信纸。原来竟是一个梦幻。

近来总是做梦，总是睡不着。睡不着，我就给你写。我只有对你不停地说，心才踏实。

天闷得很，没有一丝风。远处似乎有沉雷隐约滚过，却看不见半点电闪。是闪电的力量太小，撕不开这又重又厚的云幔吗？

帆，你应该具体地说说，我们究竟应该怎么办？我们总不能学着中世纪的情侣，要么去殉情，要么枯木死灰一般捱到老，那该有多么可悲，多么可耻。无论如何，这是二十世纪八十年代了，任何病态的伦理都是我们不需要的。

杨帆，是不是可以这样：我先申请调动，也许你们设计院可以要我？先试试吧。因为在这儿的确阻力太大，真的得不到一张登记结婚的介绍信呀。为这事把关系弄得很僵也不好，你说是吗？何况我是徐又民的妻子，不能因为我毁了他的形象。

就这样吧，你也努力一下。

"大姐，你不是需要一张介绍信吗？给。"
"怎么？"
"空白的。机关党委有的是。"
"真的？"
"不过你可要不着，人家不敢给你。我呢，他们巴不得我多拿几张。老姑娘啦，人家生怕我嫁不出去。可我偏不结婚，气死他们。"
"你不是已经说定了吗？"
"又黄啦。"
"我不明白……"
"一个伪君子。没别的。"
"你也太快了点儿，了解不够，匆匆忙忙的。"
"快慢都不是问题的实质。是不是真爱，敢不敢真爱，才是一切。"
"……"
"大姐，听说了吗？省纪委来人了……这回倒好，我们的徐又民同志生前默默无闻，死后却名震一方了。一边儿说，徐又民是我市人民的骄傲，一边儿说，徐又民是个假典型，根本不能代表我市的知识分子，热闹着呢。这不，通天了。"

"啊?"

"傻眼了吧?其实哪边对徐又民也不会真有兴趣的。"

"怎么会这样?"

"真正关心徐又民的是谁?是你!这世上只有你真正关心过他,爱过他,不对吗?现在,有些人装作比你更爱徐又民的样子,来取消你爱的权利,这公平吗?你要站出来,要反击,要冲刺!"

"怎么会这样?天呐,怎会这样?"

  杨帆,两封信都已收悉。半个月来,时时想给你回信,总是提不起勇气。

  让我们继续保持纯洁的同志式的友谊吧,无论我们自认为自己的行为是何等清白,无可指责,我们的努力是何等庄重,一丝不苟,然而不得不承认,在强大的客观现实面前,我们是战败了。

  你再三询问事情的发展,现在我如实把它写出来,因为你不愿听谎话。你不要激动,更不要到这儿来,求求你。

  从哪儿说起呢?先说家里吧。

  就是前封信寄出的第二天,我昏昏沉沉下班回来,发现小雨根本没有上学。我在他书桌上看到一篇文章的草稿,标题是《怀念英雄爸爸徐又民》。我问他是给哪儿写的,谁让他写的,他全不说,却大叫着:"你管不着!"

  看他哭得伤心,我难过极了。我告诉他,我是爱他的爸爸的,这没有疑问。但社会是复杂的,各种各样的人都有,咱们没有必要被人利用,更不能卷进什么斗争里去。徐又民是个好人,好干部,好知识分子,这就足够了,没必要把他说成什么英雄。

"你有什么资格谈徐又民？你不配！"小雨冲我嚷道。

当时我气极了，也不知怎么就打他一耳光。可就是这天，他不回来了，连小雪也不回来了！

找到夜里十一点，我跌跌撞撞摸回家，推开门，差点没晕过去，门上竟贴着一幅漫画：一个巨大的牌坊下，一男一女坐在棺材上调情。过了一会，我清醒过来，赶紧将它撕下烧了。

我掩着门，坐在灯下，听着外头的每一阵脚步，心都被踩碎了。又是一夜无眠……

拂晓，孩子们回来了，是秘书长送回来的。他告诉我，是在公园的桥洞里找到的。他也神情疲惫，只是摇头叹气。

小雨还是坚持要走。后来还是秘书长提出，让小雨在他那儿住几天也好，让我把他的课本换洗衣服收拾一下。小雨居然又提出了钱的问题。其实他们明明知道，徐又民的稿费全部捐给矿上的幼儿园了呀，那意思分明是用这来要挟我。这都是谁教给他的？

我火了，告诉他，矿里是有一笔抚恤金，我存着，是准备给他上大学用的，他要，可以拿去。此外，再也没了。他不信，非说还有，虽不敢大吵，话语中还是流露出我把钱给了你的意思。我的天，他根本忘了在最困难的年月，他们是靠了你的每月二十元才免于营养不良的呀。他分明是想气死我，我的儿子！

后来，他抹着泪，还是头也不回地走了。直到前几天，他还捎回话来，我要不承认错误他就永远不回家。他就这么倔。

杨帆，使我精神彻底崩溃的还不是这些。不管怎么说，他毕竟是我的儿子，儿子总是会谅解母亲的，不管他受了什么人的蛊惑。这些是压不垮我的。前天早晨，我还又递去一份请调报告。这就是我给你的证据。而你不知道，前天下午，下午……我的信念，我的毅力被一举击溃了。

这一阶段以来，省纪委来调查的同志多次找我谈过话。他们再三追问：你对徐又民究竟怎么看？关于徐又民的事迹究竟有没有失实？你是不是发现了徐又民的品质上的错误不敢说？是不是避免良心的谴责才决定再次结婚的？是不是对宣传徐又民有看法？是不是觉着愧对全市的知识分子？是不是有人在背后胁迫你？……

我说，没有！没有！我要结婚完全是出于感情，这和任何一个第三者都没有关系。

但他们，似乎觉着有些不可思议似的，坚持着耐心地盘问，高深莫测地微笑。因为，我年龄已经不小了。因为，我是个知识分子。退一万步说，徐又民"上去了"对我，对后代，无论如何也是求之不得的好事。

哦，我跟他们无法说清楚。

估计，他们也会上你那儿了解情况的。

总之我们的时机太不凑巧了。这是命运。

闹到后来，文化大革命中矿上的几起事故也翻出来了。徐又民早年同外国专家的往来也翻出来了。……甚至还牵扯上一家外商的女经理！

现在我终于明白，徐又民不是鬼，就是神。徐又民一案（现在已是"案"了）早已不是它的本身，而是关系到我市党的工作的某些重大是非，关系到一部分领导干部的升降去留。

前天下午,秘书长神情颓唐地把我叫去谈了话。他告诉我,现在要结婚也可以,要调走也可以,怎么着都没关系了,只是不要宣扬。他说,他原先也是为了老同学这勤勤恳恳的一生不被埋没,才把徐又民推荐上去的,没想好心办了坏事。现在,市委这边已初步决定放弃徐又民这个典型了,另外再找一个。他说,他这就去通知,对徐又民的事,不广播不登报,原定的大会也不开了,报告团也取消了。他说,估计还会有人要做些文章,希望我有个思想准备,免得到时受不了……

我战栗了,"估计会……怎么样呢?"

"市委承认选典型的失误,自然意味着徐是有问题的啰。当然也不至于怎样,不过……"

杨帆,这在我,是无法接受的呀。徐又民,从二十三岁来到这里,没日没夜、累死累活,受了一辈子屈辱,贡献了他的全部精力,直到死后,才逐渐引起重视,得到人们的尊重,他创造的财富,他留下的精神,理所当然得到社会的承认。难道因为我,他的灵魂就要被泼上污水吗?我不能这样,否则我就不配在这个世界上活着。

"难道,就不能挽回了吗?"

他摇头。"很难。除非,你自己找书记去谈谈。你要明白,现在不是你清高的时候,更不是恋爱的时候。必须旗帜鲜明,必须亲自去辟谣,必须用你的眼泪来洗清徐又民的形象。必须告诉人民,徐又民值得你爱一辈子。你必须依靠市委,帮助市委树起这个典型!"

你明白吗?杨帆,我必须加入这一战线,参加这一斗争。我和徐又民是夫妻关系,这是历史。你不在意,可人家却非常在意这一点。我不做神,就做鬼,没有做人的可能,没有中间道路可走。

后来我又讨价还价,和你结婚可以过些时候,过几年都行。要不,等这场风波过去,我就调离此地……都不行。

"这没有实质上的差别。"他们说。

于是,我只有投降了。

我们都是四十多岁的人了,却被人当作四十斤的孩子在耍弄。也许你说得不错:正是我们自己的软弱,才造成了别人的粗暴。但我们没有法子,我们不过是一粒尘埃,一滴露珠,在广袤的时空里,我们微不足道。我们没有法子。

杨帆!这一刻我竟产生这样的念头。在将来的某一个时候,如果有某一个机缘,我一定要偿还这笔青春的宿债——既然我已经背了那么大的名声!

呵,这完全是胡思乱想,不要在意。如果这样,对你,是不公平的。你也不会感到幸福的。你说得对,只要我们在心里永远真诚地相爱,这就够了。——当然,我也只有这么酸溜溜地说,我没有法子。好在你,远在千里之外的你是能理解的。只有你,离我最远也最近的你呀,是懂得我的。

现在,终于下雨了。大粒的雨点泼豆似的敲在屋顶上,敲在我的心上,当当地响。沉闷了多少天,总算有了结果。

我现在已经没有泪了,一点儿都不想哭。我累了,真的很累很累。再见吧,紧紧握你的手。

"恭喜呀，章大——主任！你还来干吗？"

"我来……收拾一下我那些破烂。"

"是吗？那都是文物，妇联主任同志。那都是妇女运动史上珍贵的文物。"

"小谢，请你别这样说……毕竟咱们还在一块儿共过事，你还不了解我吗？"

"嚄，官腔都有了，真是该祝贺你。"

"小谢！"

"我听过你激动人心的报告，也见过你那足以让石头落泪的美丽的眼泪水儿。不过我很奇怪，为什么你不辟谣呢？为什么你不说说有个别人对你的人身攻击呢？"

"小谢，我求你了！"

"当然，那些小事全不值一提。我真该恭喜你呀，恭喜这个世界又少了一个真正的女人，而多了一个真实的官僚。要开党代会了，这回给你弄个市委委员，或者候补委员之类的干干，大概没问题吧？伟大的徐又民同志的夫人嘛。"

"请你尊重些。小谢，你对我有意见，尽管可以提，不过话也不能太出格儿了。"

"嚄，真摆主任架子啦？少跟我来这一套。"

"听，有人来了。"

"有人来怎么样？有人我就不敢说？……谁呀？是你？你来干什么？"

"同志哎！大姐哎！我……"

"明白了。这回，是他揪你头发了，还是踢你下身了，还是让你饿饭了？"

"不，不是的。他不打我，他是逼我自杀哎，哎哟，我没法子活啰。我求政府代我做主……"

"别跪……有话好好说,政府会给你做主的,你要相信政府,来,这儿坐。"

"别坐,这儿不管你的事。你有话跟她上妇联说去。她是妇联主任,是全市妇女的楷模!"

"小谢,人家是来上访的,就这么接待她吗?亏你还是个女同志,一点儿同情心都没有。"

"对,我就是没有同情心,我就不同情她!"

"小谢,我到今天才明白,为什么你谈了那么多朋友总也谈不成,你……太刻薄,太不像个女人了,太过分了。"

"……哼,哼哼,告诉你,我就是不像你说的那种女人。可你们呢?你们像女人?告诉你,我就是跟一百个男人谈过,跟五十个男人睡过,也比你们更像一个真正的女人。谈不成,我宁可不谈,也决不要伪君子!你,你,你们,你们全是伪君子!你们给我滚,滚出去。——这是你的一篮子鸡蛋,一个不少,拿着,滚,滚,伪君子!"

"小谢,你疯啦?小谢……哦,鸡蛋!"

原载于《广州文艺》1986年第10期

躁动年华

一

  万凯是我在北方一家刊物的笔会上结识的朋友，一个追求现代趣味的青年作家。高个儿，宽肩，面皮光而白，生着一双过于专注因而令人不安的眼睛。身上穿着那时尚未流行的航空服、牛仔裤和旅游鞋。当然，还蓄着长发。说话过于尖刻也给人一种不踏实感。他赶到时，笔会已开了一半。

  那时的笔会还很糟糕，不玩儿，不跳舞，伙食也极差，把大家关在招待所里，硬是干写。目的就是为着这家丛刊的诞生挤稿子。有点像人工授精，而且紧急孵化。那天下午，大伙儿正躲在我屋里闲聊时，门被他一脚踹开了，一只皮箱扔进来。然后他四脚八叉地倒在铺上，摆成一个"大"字。

  有认识他的立即叫起来："嘿，万凯！你游到哪儿去了？你还来干吗？"

  他掏出一包三五牌扔给大家，然后翻着白眼，有气无力地哼哼："路过北京，偿还了一笔青春宿债。"轻描淡写，但意思却不浅。

  "怎么样？……瞧他累的！"有人哧哧笑了。

  "没说的，死去活来。"他说。

  全乐了。甭介绍，也甭寒暄。

  "你们谈什么呢？"他问，打着哈欠。

  "还能谈什么？全是写匠。"我也凑个趣。

"没别的？"他已抖开被子，钻进去。

"别的，还是写，写的痛苦，不写的悲哀。无毛两足爬格子动物嘛。"

"没劲。你们全是假文人、伪君子，只谈文章不谈风月，算什么文人？亘古未有！其实你们哪个没有风流韵事？敢打赌吗？中国啊，男女关系不开放，造就了多少伪君子！"

大家互相瞅着，哑然失笑。

而他早已合上眼皮，须臾间已有了低微的抽风一样的鼾声。

我们这个温吞水的笔会，由于他的来到开始出现高潮。本来，笔会就含着以文会友的意思。否则光为写稿子干吗大老远地奔这儿来？何况愚钝者如我之类，是离开自己的破窝就无法下蛋的土克螂鸡，出来，就为着想见见世面的。不对吗？他正是大家期待着的那种"够意思"的角色，于是我们分掉了他的"喜烟"，急切地等他醒来，想从他那儿再分点儿什么。

但开晚饭时才发觉，他出去了。第二天也没回来。第三天还是没见人影。

第三天的晚上，编辑部的老李把大家集中起来，诉了一通苦，抱怨这地方的封闭和保守，希望大家出去时千万"注意一点"。原来是万凯到附近的一个劳改农场去采访，让那儿的管理干部给扣下了，要编辑部派人去领他回来。

这一着，让大家失了面子，哭笑不得。而万凯跟没事儿一样，回来后又是插科打诨一番，吆东喝西，嬉笑自如。真是个人物。

每天晚饭后，大家都沿着招待所后头的小河散步到郊外，正是春播时节，杨柳依依河水清，偶然有布谷的鸣啭和老农唤牲口的吆喝声。春风拂面，农家乐事，很是令人心醉。

"真是奇怪，此情此景居然还有雅兴！"头一回出来，他就表示不满，"这完全是个悲剧场景！你们看，这么大片的土地只有几条耕牛？这耧，还是西汉时的发明，这耙、犁恐怕还是战国时代的吧？太可悲了！"

大家被他打蒙了，顿时失了兴致。却又碍于情面，谁也不便反驳。往回走时，很沉闷。而他，却明显地趾高气扬起来。

一个年轻妇女走过去，低着头，急匆匆的。谁也没在意，只有万凯站住了，别着脑袋侧着身，落下了好远。

"这小子真他妈的……"有人忿忿地议论。

万凯赶上来，说："这女人失恋了。"

"你跟她搭上了？"

"不信？我跟你打赌。"他倒并不在乎人家的讥讽，也许在这方面他还略显迟钝。

当然没人同他打赌。可因此他就有了雅号——赌棍。私下里，我们都觉着挺合适，不是说好赌钱，而是指他那股子邪性劲儿。后来他知道了，还挺得意："不错。赌棍，赌棍老K。你们只管传出去好了，赌棍老K就、是、好！"

不过这小子的确才华过人，不佩服不行。到了笔会后期，大家基本放松，闲聊的时间多了。而他那时才刚刚来到，他又不愿放弃聊天吹牛，便采取车轮战法，常常是突然冲进来胡乱吹一气，又悄然退出去写上几页，两不耽误。他的写作提纲也特别（如果那还叫提纲的话）——把稿纸撕成八份，像扑克牌那样排着，每张上写着几个字，然后写一段扔掉一张，扔完了也写完了。就这样，他还常常出去，鬼也不知他钻到哪儿去。"我发现，一天写八千字还是很轻松的。上午要保证五千，下午或晚上再写三千。下午写晚上就玩，晚上写下午就不写。这办法好，不紧张。"他对我介绍说。于是他很快就交出了一部中篇。有人以为他这样写，绝对是胡说八道。只有我相信他有真货，因为他跟我谈过他的人物。可以说，他对人物心理的把握已到了剔骨见髓的程度。虽然调子低沉一些但他有他的道理。

笔会最后的晚宴上,编辑部老李透露出,在所有的稿件中就数他的最棒,大家对他才略为表示了宽恕。在这个圈子里,人们对才华还是看重的。他被灌得酩酊大醉,仍狂呼滥饮,一面大哭大叫:"可悲呀,可悲呀,六尺高的汉子写小说!"

我搀他回去,心里不免多一分感慨:似他这般放浪形骸,纵有才学,在单位里也绝不会处境好的,所以借酒浇愁,难免孤独之叹了。

"可悲呀,可悲呀,六尺高的汉子写小说!"

"不写小说写什么呢?写报告文学。"我说。

"报告文学?嘿嘿……报告文学!可悲呀……"

他挣扎着站起来。昏黄的灯光下,他的影子在墙上可笑地扭着,一会儿拉长,一会儿缩短。后来终于站稳,指着我:"报告文学又怎样?还不是废纸一叠。可悲呀,文人们!可悲呀,中国的事儿!可悲呀……"

后来终于明白,他的可悲是指什么了。我惊讶他也有责任感,像他这样的年纪,像他这样的放浪,像他这样的时代宠儿,倒也难得得很。

诡异的是,面对众多的大道和小道出口转内销的新闻旧闻,我们除了扼腕作叹息感慨状,又做得了什么?我们除了在资本主义社会主义民族主义和其他的什么主义的主义之间作出选择,又提得出什么?我们不过是一介书生,我们手无缚鸡之力呀。我们能在今日群雄逐鹿的文坛上升降沉浮,偶尔探出头来抢口饭吃已属不易,又何必不自珍自爱作非分之想呢?你还嫩点儿,小伙子,你苦头吃得太少,你终非廊庙之器!

"可悲呀可悲,六尺高的汉子写小说!"他仍呢喃着。牢骚着,不过气势已渐微小,只剩下自嘲自讽的分儿了。

窗外，春雨淅沥，沙沙作响，在冬青树上拂弄。空气潮湿，新鲜，温和。远处，灯火阑珊，近处恬静优美。一切都很正常。

而他，还在无病呻吟："可悲呀……"

"喂，"我说，"你好像应该结婚了。"从前我不安分的时候，父亲就是这么教导我的。

"结婚？跟谁？"他惨笑，像呛了水一样。

"找一个嘛。凭你这号的，不难。"

"要是以后，我又不爱了，怎么办？"

"那就再离。"我心想，你本来就是现代派的先锋范儿嘛。

"要是有孩子呢？"

他还挺负责的！天真得可以。我不理他了，出去串门儿。第二天出发时，也没跟他道声再见。

不过，万凯——老K——赌棍老K，以及他那桀骜不驯和思维反常的影子却并未从我脑际消失。有时把他当作笑话跟别人吹吹，有时也觉着自己缺少他身上的某种东西。总之，挺复杂。这几年，像我这号的，还在文坛上挣扎，而他，却已销声匿迹很久了。直到前年秋天，才从与他同省的一位作家口中听到了一些情况。"万凯？他早不写了。"这位作家说着，竟笑出声来。又做了个数票子的动作："干这个了。懂吗？……老K。投笔从……商啦！"

"做生意？"

"大买卖。听说去年一次就捞了二百多万。"

"是吗？"

"怎么不是？我这儿还有他一张名片呢。"他便在提兜里乱翻，果然给他找出一张名片。赫然印着：华兴信托行总经理万凯。

信托行？我想笑，可嘴上又不得不奉承着："是啊，这年头，经济大战嘛。'文革'结束，经革开始，他果然找到出路了。"

"改革嘛，各行各业都……"

"是啊，改革嘛。"我说。

我们默默地抽着烟，抽完了再续上，互相谦让着，很客气。

毕竟他小我几岁。耐不住这乏味，便寻了我们共同熟悉的话题来搭腔："万凯这小子——"

"是啊，这小子。"我说。

"完全是条赌棍。"

"是条赌棍，的确是。"

"赌棍——还是我给他起的外号，一下就叫开了，你也觉得像？"

我愕然，默然，又悻悻然。

"不过凭良心说，中国有十分之一的人能像他那样玩命就好啦。"

十分之一的赌棍？真是奇谈！

据他说，万凯为留职停薪还很费了一番周折，单位不肯放。后来省科委还比较开明，把他的关系转到科委再办的手续，不过条件也特别苛刻——一年要交三十万利润。那时他口袋里一个镚子儿也没有，他居然也敢签字。他因此获得了半官半民的身份。他那个信托行其实就他一个人，工作人员全是临时雇的。

"这么说，特区还真是个冒险家的乐园了？"

"话也不能这么说，他有些尴尬，不过内地确实有不少能人想到那儿一显身手的，这你还能不承认吗？当然有些人是为多捞两个钱，这也是事实，但特区是中华人民共和国的领土。改革是中国不可逆转的历史趋势，你不承认？"

"不敢不敢，我是非常拥护改革的。"到底是小伙子，一激动便以帽子相见。而我最怕这玩意儿了。我累了，不想再谈了。"见着他替我问好。"

"他跟游魂似的，我哪儿见得着？他起初还经常回来，后来听说他已发展到新的特区去了，就更没影儿了。"

"是吗？"我觉着轻松了。管他上哪儿呢。

后来跟这小伙子混熟了，才知道了万凯的一些事，关于他对象的事：

原来万凯是有对象的；而且关系不浅。不浅到同居两年的程度：两人在一起插队了四年，大山里，就他们俩，可想而知。那女的先上了大学，第二年还是第三年，万凯也考上了，两人就更好了。后来那女的又考上了美国一个什么地方的研究生，而万凯还没毕业。他们相约着，万凯一毕业，也考那儿的研究生。真可谓亦步亦趋，妇唱夫随。分手时候也免不了魂萦梦牵，海誓山盟。再后来，那女的又毕业了，而万凯也正准备考呢，那女的来信了，说是决定曲线救夫——先跟她那加拿大籍犹太种老师结婚，取得第三国国籍，半年后再离婚，取得美国的居住权，然后再申请美国籍，再后等万凯一出去他们就可以成为美国夫妻了。总之美国有这么一种法律，说不太清楚——这样万凯就觉得受不了。究竟是认为有辱国格还是有辱人格也不得而知，反正他不考了，也不理那女的了。偏偏那女的还是个情种，每隔半个月准有一封信。许是吊他胃口呢。绝了。而万凯，也是个不识抬举的货。省里有关部门听说了这事儿，认为很有价值，就想宣传宣传，报社电台全来了。电视台还准备跟踪拍摄——有成就的青年作家与有理想的新一代大学生，保险叫座儿。既是找上门来的，何乐不为呢？退一步说，不干躲过去就得了，他却发了一通高论。说什么出国不等于不爱国，爱国不一定非在国内。又旁征博引，从马克思扯到居里夫人，从杨振宁扯到包玉刚，最后还保证那女的是个爱国者，说他绝对了解……结果，自然弄得人家很恼火，单位头头还挨了批评，关系也紧张起来。据说他申请留职停薪迟迟不批准，这也是原因之一。大约，总是对他不放心，怕他叛逃了吧。

唉，万凯！没法说，说不清的万凯！

去年，我有幸到了他那个省。坐在那家高级宾馆的高级房间的高级沙发上，忽然有种受宠若惊的感觉。痒酥酥的，急于想找个熟人显摆显摆——作家的交易，出外才神气得像人豆子，在家里谁不像个瘪三？于是我敷衍着陪同的主人，巴不得他们快些离开。好把那只带按钮的小电话机搂在怀里极有风度地么拨弄一下，可惜，几个电话都扑了空。只有万凯，却像个精灵一般冒了出来。

"……是你？你好吗？"

"瞧，坐在这儿，像个国王。你呢？"

"就那样。累死了。"他声音嘶哑，像没睡醒。

"不对吧？我听说你发了大财。"

"不完全是传说的那样。做生意总是有赚有赔，而且……现在生意经也不好念了。"

"那就及早回头，改革家同志。"他笑了："你也相信这一套？"

"怎么不相信？这次来贵省改稿，写的就是改革家。为你们改革家摇旗呐喊嘛。"

"千万别干这个。"他嚷着，"你要缺钱花，就哼一声。编这些骗人的故事干吗？中国不需要改革家！咱们的老百姓就是太迷信这个家那个家了，中国才……"

赌棍劲头又上来了！在电话里嚷嚷这些干吗？

"我说老K。你是国务委员还是人大常委？张口闭口就是中国如何，管得着吗你？"

"可我是国家的纳税人，老兄。我当然要对国家事务发表意见。再说有最高指示为证——你们要关心国家大事……"

越说越离谱了！我捂上耳机，那老鸭发情似的沙哑的笑声还是肆无忌惮地钻出来，满屋飘荡。

"说正经的，"他又嚷，"你要是真对改革有兴趣，就索性下海，跟我搭手干一两年，够你写一辈子。这儿什么人没有？也有各色改革家。"

下海？海是迷人的。但对我来说，宁愿在海边走走，而且别湿鞋。

"喂，这是传呼电话！"他等不及了。

"我说老K，跟你谈话太吃力了。你不能来看看我？我也正想听听你的高论呢。"

"来不及了。"他似乎在看表，"这回是真的碰巧，我昨天才回来，明天一早就得走……这么着，还是你上我家来，我请你吃鲍鱼。我要个车……"

嘀嘀，完全是资本家派头。时间就是金钱，钱就是命，命就是狗屎。老实说，就这一下。我情绪全完了，胃口也坏透了。石崇能斗富，作家亦可以清高。不俯就！看他还在催促，我说："不了，待会儿……我还有事儿。"

"什么事儿？"太缺修养。又是暴发户的口吻。

我哈哈一笑："一点小事儿。"

他终于感觉到了，停了好一会儿才说："那，算了。"电话里车响人喧，很热闹。

我又和缓一些："你还没头绪吗？我指的是结婚。……有个家就不一样啦。"

没有回话，电话里嗡嗡地响。像隔着千山万水。这突然拉开的距离又令我不安。

"有时候，真想结婚。"他终于疲惫地说话了。

"很有孤独感。是吗？"

"有一个姑娘，我们……可我并不了解她，我也不敢问。"

不敢问？老K不敢问？李白不敢题诗？我相信如果他认为需

要，省长的办公室他也会一脚踢开走进去的。"那么，你是真的爱上了。"

"可能。"

"那不很好吗？"

"是很好。"

"那还迟疑什么？"

"不知道。"电话仍嗡嗡叫着，叫了许久。

唉，万凯！没法同情没法捉摸的万凯。

我们又说了些废话，完了又忘了道声再见。离开这座城市，心里不免又多了一分惆怅。我仍编着我的小说，马不停蹄，东南西北，奔波着，抛撒着。只知道他仍经营着他的什么"行"，没有通信，也没有什么可说的。只是偶尔碰上老朋友，说笑谈天，才提起过他。万凯，已完全从作家队伍中淘汰出去，消失了。他的名字，已再也引不起别人的兴趣。也许，他真的能为国家每年提供几十万上百万的税金，可又有谁还会记得一个万凯呢？古来圣贤不寂寞，富商大贾谁留名。李白是个醉鬼，说胡话。

烟花三月，我居然随着一个访问团一下子跑了几个特区。走马观花，风光风光。吃了玩了，还买了带了，兜了一个多月。在广州登车北上，人家给买的卧铺，还一劲儿地道歉，说是软卧特别紧张，请多包涵。其实他们明知我不够文艺六级。如今的人，都不笨。

那节车厢，连着软卧。憋闷了，可以钻乘务员的空子，到软卧这边的过道上松松筋骨。我精通这里的窍门儿。老油条啦。

正是黄昏，田野空旷。大片的菜花黄缎锦似的，而稻田却绿得不够。河流、小洋楼的村落，公路，什么厂子的烟囱，一起奔过来，退过去，旋转着，缓慢地消失在暮霭里。

有脚步声。我本能地抬起头，却不是乘务员。

"我要出去嘛。"随着这娇滴滴的一声,一间包厢里踱出个披狐皮大衣的女郎来。这女郎瞥了我一眼,便靠车窗站下了,盯着窗外。

我看见一双浑圆的裸着的小腿和一只涂着蔻丹的手,葱管似的手指捏着大衣的下摆。我不明白这大衣和裙子怎么配合着穿,也许这种联系着冬夏两极的服饰是一种时髦?我很自然地或许很不自然地把头抬起,目光顺着她的腰,胸,颈项,一点点地瞟上去。

哦,我从没见过这种美!侧面看过去,她身材颀长,脸型稍圆,颧骨似乎还有些高。但那嘴角,那鼻尖,那睫毛,那一头瀑布似的黑发,那白玉一般的颈项和面庞,全部和谐地天衣无缝地组合在一起,就使这美的总和大大地超出了她本身,而成为一种气韵,一种光彩,一种旋律……特别是那双眼睛。哦,那双忧郁的近乎呆滞的眼。还有眼角上那一星星亮斑!

我承认,我在文艺界混了二十多年,接触过不少美妙的女演员,见过不少精彩的表演,但在日常生活中,还从未见识过如此剧烈的惊艳。时间凝固了。空间消失了。我傻愣着,直到包厢门口又出现一男一女两个穿制服的人。

"还是请……进来休息吧。"那男的说。

女郎颤抖了一下,又恢复原状,不理。

那女的又说:"外头,不安全。"还瞟了我一眼,好像我是个歹徒。

"你们怕我跳车?"女孩嚷了,"我还不想死!"

那男的对女的瞧一眼,进去了。只剩下女的仍抱着膀子靠在包厢门口。

"进来就进来吧。"一个嗓音沉厚的男人在里头说话了。好像叫了她的名字。

"我不嘛。"那女孩跺着脚,撒娇。

里面又叫了一次。那女孩这才迅速地用手指在眼角抹了一下，撅着嘴亭亭款款地走进去。

包厢门紧跟着无声地拉上了，只留下一条线状的光柱，倒在过道上，车厢被划成两半。

列车颠簸着，车厢扭动着，挂钩处发出咣当咣当的声响，乘务员出现了，旅客的说笑声也传了过来。一切又恢复了原样。再低头看看过道，那条线状的光柱也消失了。

我回到铺位，恍恍惚惚，十分惆怅。拿出一本马尔克斯，翻了几页，实在品不出他究竟爆炸了些什么，倒是觉着了百倍孤独和百万倍的失落。

不，这是真的。那可爱的姑娘又在眼前晃动，那两个可疑的男女仍在监视着她！

她是什么人？他们又是什么人？

她不是华侨，更不是外国人，她一口地道的北京腔就说明问题。那么，他们为什么要监视她(绝不是保卫)？而且口气是那样克制和有礼貌？这姑娘是小流氓？走私犯？外国特务？不，不可能。她身上有一种明显的气质，不同于民间的属于上层圈子的气质，绝对！这就是那两个男女对她客气的唯一原因。那么，他们想对她干什么？那屋里的男人又是谁？

那一刻，我的脑子飞快地运转着，综合，判断，推理，概括。一个个假设被推翻，一个个结论被否定，否定之否定！终于清晰起来。

那姑娘说她不想死。这说明她存在死的威胁。她说这话，分明是想发出警报。向谁？向我。她又顺从地回到房间，说明里面的男人受到同样的威胁，她不能不回去。里面可能是她的父亲。那么，这两个男女分明是挟制了她父亲。但在公共场所又不得不装出彬彬有礼的样子来——这是一个劫持案？

只有这样解释!

我的神经膨胀了,热血在奔涌,哦,克里斯蒂娜帮助了我。我跳下铺来,兴奋得找不着鞋子,气也喘不过来。

软卧车厢的门关着。我发疯一样捶打踢蹬,我必须冲进去,找到乘务员,叫来乘警,然后……门开了。

"你是哪个车厢的?"乘务员堵在门口。

"我是那个……是到这个……"我跟她说不清。

"咦?这不是老曹吗?"乘务员身后一个穿西装的汉子瞧着我。

"老K?"我喜出望外,"我发现一起劫持案!"

老K听我讲完自己的推理,苦笑着摇头。"那里边的男人是我。"他说。

我愣着。这确实是那个声音:沉厚而疲惫。

我们燃着了烟,都不说话,打量着对方。列车拐弯了,摇晃得很厉害。我尴尬着苦笑,他倒似乎并不感到好笑。"不过,你的分析还有点道理。这是个案子。"他安慰我说,"那两个人的确在监视我们。"

"你干什么了?"我又联想到经济犯罪。

"不是我,是她。"他叹口气,眼圈也红了。

"她?"那么美,那么娇小,那么高贵。

"她是我爱人。"这话有点别扭,却很肯定。

"她……犯什么事儿了?"

"说不清啊"。他掏出烟,又是一盒三五牌,"这叫什么案子呢?"他在问自己,却似乎并不在意答案。

"她,是你跟我说过的那位姑娘吗?"我想起那次通过的电话,"十分遗憾上次没能细谈,可是你这人,心也太野了。早知道,就该管着点儿。早知道,根本就不该……不就是为几个钱吗？"

"没那么简单，"他站起来，手指抠进车窗缝里，十分痛苦。目光也散了，流出灰白色的光晕。车晃动一下，停了。这好像是个小站。他仰起头，吐口长气。"想听听吗？"我瞧着他，没敢应声。这不是件愉快的事。可他还是说了出来。为了众所周知的原因，"她"的名字用T代替。请别乱猜。

二

一个人要想过得快活，就永远也别想着认识自己，因为这永远办不到。我是谁？从哪儿来？到哪儿去？我想干什么？我能干什么？……千万别想，想多了，你的灵魂就会被这条没有尽头的锁链牵着，据说最可怕的谜语是司芬克斯之谜，而司芬克斯说的正是人。司芬克斯化作了石头，并非被猜中了谜底，它只是把这谜底化作永恒的问号，留在世上，引导着一代又一代的糊涂蛋去上当，去送给它吃掉。我终于有了这点觉悟，我很高兴。真的是很高兴。世上本无事，庸人自扰之，本来和谐统一的世界全是被这些假聪明小聪明搅乱的呀。咱们中国古代哲学确实了不起，清静无为，天人合一，殊相共相，主观客观，它道出了自然和人生最具永恒意义的真谛。而最为不朽的内核也就是两个字：别动！嘿嘿嘿……两个字！我悟出来了！别动！

没哭，我是激动，是高兴，真的是高兴。这两天，我就想找个人聊聊，没想着在这儿遇上你，我真高兴。在那边，上路子的不多。

从前，在农村，在学校，在工厂，在机关，我的灵魂从来没安分过，每一刻都在骚动在躁乱。那会儿以为别人也是这样的。后来才知道不是。我不知道我是谁，也不知道我能干什么，于是我就写我就做，我拼命去认识自己去试验自己。只要我觉着那事儿必要，玩着命都想试试。好像从小就这样，记得小学校里那些课外兴趣小组没一个我没参加过，可最终也没培养起一个兴趣来，我妈就说我没有长性，将来找媳妇都难。可我从没觉着后悔，也不需要别人的理解。我的想象就足以安慰我自己。我认为应该做的我全部尽力去做了，而且干得不坏，我不欠谁的，干吗要后悔？可是这两天……突然感到了空虚，感到非常非常需要人们的理解，感到欠了很多。当然是欠她的。过去没这种感觉，那所有的日日夜夜都没有。我一直认为自己是个强者，我不需要依附谁。她也这么认为的。可这两天，这两天！

　　我这是怎么啦？明知自己的对立面正是自己，干吗还要犯傻？我们不是生活在最解放最理性的时代吗？我们不是在迎接挑战吗？我们不是在新旧之间，在腐朽和新生的夹缝中拼搏吗？

　　如果是一条腿一只胳膊被夹住了，为了获得新生，我宁肯一刀把它砍了！如果是眼睛是心脏呢？也值得吗？

　　照理说，我早就应该见过她的，也许是过去没留心。她说她见过我，要是把那一次当成头一回，她挺不乐意，好像吃了亏。

　　那时，我已把信托行交给别人去管了。做生意，没什么太大的学问。看准了就干一下，全仗着耳目多信息灵，白痴都不会亏待自己，干长了就腻烦。我到特区去，说实话刺激我的并不是钱，也不是技术。我感兴趣的是管理方法，日本人让美国佬头痛的也是这个，是打开现代社会的一把钥匙，不管别人怎么看，反正我是冲这个去的。当然，也要赚钱，否则我就混不下去。所以当我听说半岛集团在广州招聘管理人才并负责培训的消息，便立即交代了手上的工作，前去报考了。不用说，我考上了。经过几个月的培训，我分配到五星级的帝豪大酒店去做执行经理，试用期三个月。

所谓执行经理，即是负责监督日常工作正常运转，代表着企业的形象，是最高管理层的眼睛。这是我梦寐以求的职务。因为帝豪大酒店的管理水平和服务质量都号称世界第一流，属最高等级五星级。像"希尔顿""假日"等跨国集团虽然庞大，但它的多数店号仍是四星级的，同时帝豪还是中方与半岛集团合营的，这样我多少还代表着国家，有点时代特征。

帝豪濒临海湾，背山面海，它附设的游乐场和酒吧就像两只蓝色蝴蝶的翅膀伸向海滩，最宜度假旅游。那是我报到的第三天，正在前台熟悉情况，她来了，就像一只黑天鹅飘然降临。

在那个五彩缤纷的世界里。开头我不明白她为什么穿着一身黑裤褂，像个闽南海边的渔家女。褂子似乎还有点腰身，而那条肥大的撒脚裤简直一点名堂都没有。没有饰物，只在后脑勺上用一方白纱巾绾住湿发，款款走进大厅。起初我以为她不是我们的客人，便没留意，只顾着和柜上老丁谈话。骤然间，人们的目光有了异样，老丁也调整了笑容站起身，连墙上的大挂钟也咔嚓咔嚓走得急促起来，我这才偏过头去——

就如漆黑的夜空里，一轮圆月慢慢进入你的视线，使你的瞳仁也有了光亮，使你周围的一切在不知不觉中消失，……你见过？对，天生丽质，没办法。她很知道自己的长处，她那种不经意的装束其实就是最好的装束。黑色使她的脸显出无与伦比的白皙和生动。脑后跳动着的纱巾恰似一缕淡淡的薄云。衬着圆月缓缓而行。当时光线正从玻璃大门那儿投进来，投在她脸左侧，使她周身有了月晕一般的光圈，而她丰满柔美的肉体也在光圈里在这层薄薄的黑丝下若隐若现，越发显出动人神秘。

老丁叫住她："T姑娘，你的信我放在你办公桌上了。"

"谢谢你，丁师傅。"她瞥了我一眼没吱声。

"这是我们新来的万经理。"老丁给她介绍。

她又瞥了我一眼，冲我点点头。"给你们添麻烦了。"然后伸出手来，"我叫T。"她说京片子。

我按照半岛集团教给我的礼貌与微笑，感谢了她的光顾。当然，并不敢多看她。

她嘴角里似乎有一种宽容的笑，但很快又消失了。那一刻我就觉着她身上有一股子超乎她年龄之上的与她天真的外表一致的冷傲。

直到她走进电梯间，大厅里才重新有了嘤嘤嗡嗡的谈话声。"好靓哦！""好神气哦。"两个广东姑娘嘀咕了一气，又哧哧地笑起来。

老丁见我还愣着，也摇头笑出声。

"好像不是外宾吧？"我在掩饰。

"一个神秘人物，北京来的，老主顾哦。"老丁对我眨眨眼，"万经理好像还没结婚吧？"

我立刻意识到自己的失态，马上用开玩笑的口气说："你大概不会觉得我对她有野心吧？"

老丁笑着点点头，他告诉我，这位T在帝豪包着一套总统套房，说是来度假的。其实并不长住这儿，而且房间里还配了保安员。他说的神秘正是此意。在那边，大家都守着一句格言，对女人最好别打听她的年龄，对男人最好别打听他的财产，对不熟悉的人最好别打听他的职业。都是出来"捞世界"的，心照不宣而已。

很快我就注意到她的生活规律：她上午总要到市里去，下午一般到海边转转，有时也游泳。上午穿得整齐庄重，下午则较随便。绝不化妆，也绝少浅俗。她一般不太与人交谈，但晚上却常有人找，有时还是市里的头面人物或外商，当然也还夹着一些行为张扬的公子哥儿式人物。用餐也和多数客人一样在餐厅，并不要求送进房间。总之在这个豪华富贵之地她尽量做出不显眼的样子，但在我眼里她始终是不普通不寻常的。她太漂亮了，这是她没法普通的地方。5天后，她就离开了帝豪，连招呼也没打。

那天下午，我突然发觉她已有一天没露面了，顿时心里就有种莫名其妙的焦躁。那时我们还没谈过一次话，可每天能看见她，点点头问个好，居然也成为一种享受。当我意识到这种点头问好对我十分必要时，她已经消失了，又不便打听，我只能楼上楼下地到处乱窜。

那晚，我要了杯酒，端进我那间小屋里，一个人对着月亮慢慢啜饮，也不开灯，喝着。月光就迷蒙了，水一样的凄清，斜斜披在我身上。孤寂，虫子一般噬咬着我的心：34岁，我苦笑着提醒自己。你可能不知道，我从前有过一位……你知道？那就不必啰嗦了，在那边，投怀送抱的姑娘不是没有，高雅有情趣的也并不难找，可对我来说，也不知什么道理，结婚始终是件可怕的事情。也许我已有过半个家庭的经验，也许经过那次失败，家庭的神秘已经萎缩了，一脑门子虚无缥缈的幻想和计划。要做这要学那，也不知自己究竟要怎么样。好在那边也有东西刺激着，能满足我的这种饥渴。我就是冲着这个去的。当时我的最低纲领就是经过这个执行经理的台阶挤进他们的高级管理层。可那一晚，我真的有了紧迫感，一种身强力壮的男子汉的寂寥，一种老大无着的流浪汉的苦涩。

你34岁了，34岁了！

我跳起来冲自己嚷，把枕头抛起来，又把它一拳狠狠地砸在墙上。

7月底，我们帝豪发生了民工"暴乱"。

那时店里内部装修还没完成，10楼以上仍在施工。这样，民工和客人为乘电梯经常有矛盾。虽然为民工准备了专用电梯，还加派了保安维持秩序，但人心都一样，看着人家西装革履花枝招展，自个儿灰不溜秋苦力地干活，谁能痛快？于是保安人员首当其冲，先是被骂成"洋奴""走狗"。后来免不了推推搡搡，闹急眼了，两个民工就把保安员给揍了。

那两民工以为电梯一动就逮不着他俩了。岂不知帝豪的保安人员都配着步话机呢，结果在十九楼当场抓获。逮住了，自然没好果子吃。

谁知这帮民工厉害着呢，转眼间就聚集了百多个，喊杀喊打的，楼上追到楼下，势不可挡。保安员慌忙钻进电梯下降逃跑。那边的民工谁也不土，立即有人找来钢钎插进电梯门的中缝，只一撬，电梯就吊在半空了。这种自动电梯有个窍门：不管几楼的门没关死，它就立即停驶。结果在六楼，民工们把几个保安堵在里头，瓮中捉鳖。

我们赶到六楼，电梯门已经被撬开两寸多，民工们拿钢钎往里捣，大木棒子扫，还有更损的，往里泼开水。当时就伤了好几个。

老丁喊："你们这是犯法的啦，同志们！"谁听这一套？都在气头上呢。两个民工只瞪他一眼，他就贴墙根上动弹不了了。电梯门被一点一点地撬开了，金属框嘎嘎地呻吟着。

民工们喊着："就是这两个，踩死他！踩死我去偿命啦！洋杀坯！"

当时给公安局的电话已经挂通，只是水远火近罢了。我一看这架式就明白，硬压是绝对不行的，都杀红眼了。所以我让保安员全部退出六楼，自己站在凳子上喊："我是经理！我现在开始调查保安员打人的情况。你们不要有顾虑，查实了我一定处分他们，请讲吧，不要怕！"我又掏出笔和本子，做记录状。

民工们立刻把我围住了，气势汹汹，吵着嚷着宣泄着愤懑，暂时忘了手中武器，而门口动手的那几个也突出了，大约觉着不合算，赶紧把东西扔掉，混到人群里来。这么坚持了一个多钟头，骚乱才平息下去。民警也来了。我累得够呛。可心里也多少有点小得意。

"你还挺能干的。"身后突然发出清脆的一声。

我心里一动。是她！她面带微笑，倚在门上，目光也比往常柔和。真是个奇迹。

我觉着两眼陡地一亮。

民工和民警，以及那些所有的嘈杂都消退了，我看到了一片绿洲，一束阳光，一汪碧泉。欢乐像野兽一样闯进心房，挤得它不能喘息，神经触电一般抽搐，手指头也奇怪地颤起来。我说："您也看见了？……太危险！"

"我一直站在门口，就在你身后。"她说。

她就住在六楼，我竟把这茬儿给忘了，"您是……什么时候回来的？"

"下午刚到，打得最热闹的时候。"

"这回，就不走了吧？"我竟问出这样的话。

她笑了，咯咯地。"我是旅客，还能不走吗？"我瞧见她睫毛飞快地一闪，好像说，这家伙还不太令人讨厌。果然，她说了："进屋擦把汗吧。"

我当然不能错过机会。便在众目睽睽下走进去。坐在沙发上，耳边立即响起那个瑞士籍总经理的戒条——服务人员绝对不可以坐着同客人说话，尤其不能在客人房间里高谈阔论！去他妈的吧，我想。人生能有几次机会？

"你想喝点什么？"她问。

"啤酒吧。"我嚷。

但她却把房门关上了。看着她极有弹性地走来走去，藕荷色的褶裙轻盈地浮动，一丝似有似无的微笑在脸上荡漾，我的心已醉了。

"你刚才说……太危险？我？"她的裙子一旋，左手从后腰上滑下来抚平裙子，坐在我的对面。

"民工们杀红眼了。"

"那是对你们，我们是旅客，怕什么？"

"从根本上说他们的愤懑是因为这些房客。"

"是吗？"她又笑了，"你这人，可真逗！"

"十指不沾泥，鳞鳞居大厦——你想想就明白了。他们这些陶者跟古人一样悲哀。这也是没法子的事，古今中外，概莫能免。"

她不笑了："怨不得上回在电梯里，一个工人还故意蹭我一身白灰……真可怜。"

"也谈不上可怜。人嘛，总得活着。可活着又不安分，不安分就找不自在。蹭你白灰还算客气的，你可得小心着点儿！"我开始放肆。

"为什么呢？"她的脸绯红了，不安地挪挪身子，似乎很紧张的样子。

出效果了。我极为满意地瞥她一眼，砰的一声拔掉罐头封皮。乳白色的泡沫涌出来，凉丝丝地钻进嗓子眼儿。

"因为，你太漂亮了。"我哈哈大笑。

"哦，谢谢。"

但她的情绪明显低落。脸上蒙了一层灰，两只手也绞在一块儿。她这种年龄真正是天真烂漫的时刻。我自认造次，恭维得不是时候。

"别害怕，我们的保安人员棒着呢。"

"我没怕。干吗说这些呢？"

是啊，干吗说这个？干吗就不能更真诚一点儿？我既要接近她，干吗又远远地端着架子？我一脸晦气，起身告辞。

她送我到走廊。犹豫着："你很像我大哥。说话像，模样像，动作也像。"

"是吗？那我太高兴了！他也在北京？"

"他……死了。"

是吗。我瞧着她的眼帘一点点地垂下，心里想说，那就让我来代替他吧，我能当好这角色！

"你游泳游得挺不错。"她终于说。

心蹿进嗓子眼儿里，哽住了。没错儿，她注意过我！在浴场上在众多健美的男性中。

"那我就可以给你露两手。咱们来这个还行。"看着她眼皮垂着点点头，身子已经酥了。

她笑了笑，然后猛地把头一扬，让一头秀发飘散开来。散在肩上，一瞬间她又变了一个人，变做十分老练的样子："那是啊，这帮南方的小男人们个个都没劲，连讨女人喜欢都不会，酸不拉叽的，恶心着呢。有空就来坐吧。"

我一步四蹬地蹿下楼去，连电梯也不用，下班后，就去了健身房。我摸着自己鼓胀的胸大肌和二肱肌，胸中翻涌着滚烫的波涛，我对自己喊：我才三十四，我才三十四！

一种沉睡已久的冲动热辣辣地在周身奔腾。

是的，去年我三十四周岁。我比T整整大了十岁。但我们真正的差距不在这儿。起初我也认为年龄是个障碍，后来渐渐发现她根本不在乎这个。

三

"万，你是个人才！"我们瑞士籍总经理对我表示嘉许了。在他看来，一个经理最重要的素质就是应变能力和沉着果决的外表。

"您是指处理民工的事吗？小意思。"

"不小，不小。"他伸出一根肥硕的食指在我面前晃动。"很多能干的经理，都是栽在工人闹事的泥潭里被解雇的。在西方，工人罢工，厉害！"

我想笑。那咱们可以输出一大批经理人才了。文化大革命，大辩论，可锻炼出不少巧舌如簧的角色。

"我会注意你的。去吧。"他拍着我的肩。

这是我在帝豪的第一次亮相，我想。

可我们的中方女董事长却不这么看。她对外是董事长身份，对内是中方负责人。她把我找去："小万啦，道理我不用多讲的啦，这件事不好草草收兵的！"

我挺纳闷儿："那还要怎么样呢？"

"哦哟，你到底年纪轻！你想，这些民工懂什么啦？这明摆着是有背景的啦。"

"依你看，是什么背景呢？"

"这就不好讲啦。总之我们是国家第一个五星级饭店，各种各样的敌对势力都不会袖手旁观的。再讲啦，这也是国际影响的问题。"

这就是她的水平！我问："有那么严重吗？"

"宁可想得严重一些好啦。"

"那应该公安部门管。"我不无讥笑。

"喔哟哟，你真是内地客。"她摇头晃脑，脖子上的肉能打苍蝇。"现在报案那么便当啦？承包单位活动得很起劲啦。总归要拿出一点真凭实据来才好讲话的。"

我终于明白了，她想露一手。

我说："民工嘛，就这么点儿水平，他们认为这就是爱国。再说，咱们的人也确实打了他们……"

"喔哟，你怎么好这样看问题的啦？爱国嘛就要争气啦，动一动就打架成什么样子啦？人家外国人看见，什么感想啦？要是打了外国客人，谁来负责啦？一定要查！"

"既然对方单位已经承担了责任……"

"这恰恰证明问题不简单啦！"

"好吧。"我答应着，退出来。本来我不愿敷衍她，可她逼我。"不过我实在记不清了，当时你要在场就好了。你警惕性高。"

她怔了一下，讪讪地笑了："我们正在考虑给你转正，把你的关系调过来，你不好马马虎虎的啦。"她突然伸出小拳头在我胸上捅了两下。很豪放很亲切。然后是朗声大笑。

女强人风度，当今很时髦。

我又有了对手。我想。

"有什么情况，可以随时同我联系啦。职工什么思想反映，也可以常来谈谈哟。"

她要我干什么，我明白着呢。

那以后，我们常见面，每天都有一两次。有时是T下班前到柜上来约我，有时是在浴场等着。她挺爱游泳，但游得不好，这样我就有了靠近她的理由。看着她雪白的肌肤在海面上一闪一闪，同阳光的碎片在一起跳跃，我心里总是一阵阵颤抖。后来我发现，她看着我游比她自个儿瞎扑腾更有兴趣，也就不再勉强她了。我在她面前游来游去，变换着各种姿势，一气能游三四十分钟，就像雄孔雀炫耀自己的翎毛。有时我们也去冲浪。那是个新玩意儿，整个儿帝豪的人，也就是我还能玩得像个样子。站在浪头上，全凭着脚下的灵活，一次次地冲上去，摔倒，真够刺激。但那时，我的心全在她身上，没工夫给别人表演。我就建议她也来试试，而且胡吹了一通中国人应当有勇气驾驭新浪潮之类的蠢话。她被我鼓动着，战战兢兢地答应试一回。可一上去就被浪冲翻了，冲浪板正撞在我腿上，当时就肿起来。而她，也正倒在我怀里……嗨，哪儿还顾上痛啊。但也就是那次，我发现了她的戒心。当时，她尖叫了一声，挣开我的胳膊，头也不回地跑开了。

"唉，三十四岁，老啦！"我倒在沙滩上，精疲力竭。一面又捂着眼睛，等着她的反应。

她嘻嘻笑着没接茬儿，可我觉着那声音是从喉咙里憋出来的，不自然极了。后来她又惊叫一声："哟，你碰伤了！"又跪在沙滩上，拿手去摸那片血紫。

我瞧着她，没吱声，也没抬手，只是瞧她。她不是小孩子。应该能懂得这目光。

而她很快地偏过头去，根本不看我。"真对不起！"她说，"要我扶你吗？"

"没关系。"我沮丧地说。我挣扎着站起来，我觉着整个身子都要蔫了，化了。那条路也崎岖漫长。一晃就是半个月过去，连店里的姑娘们都以为我肯定已把她追上了。本来一个对我很有些热乎的姑娘也公开表示了对我的轻蔑，只有我心中有数，一切还是零。她始终不冷不热地谨慎地和我保持着距离，使我无法靠近一步。

我们在一起打过网球，滚过地球，也玩过弹子。我发觉一切高雅的玩意儿她都能来两下子。可她从来不和我单独散步。尽管她乐意接受任何一个游客的邀请。在帝豪后山曲曲折折的小路上，我看见她不止一次挽着人家的胳膊。她是开朗的，也是封闭的，这要看对谁。

有一次，我像偶然想起来，随便开玩笑似的问她："你好像兼做点生意？人来车往的，真红火啊。"

"跟你说过一百遍了，干吗不相信人？"

是的，我凭什么不相信她呢？此地做生意的，是大是小，都得挂个公司招牌，都得印个名片。而她，一个小姑娘，还太单纯，太天真。她只是太贪玩儿，乐不思蜀了。

"我爷爷生前倒是做买卖的，在这儿有些老关系。至于那个保险柜，是放首饰的，存你们柜上太麻烦了……看球！"

于是我便深信不疑。其实我又何尝不愿她多住几天呢？打球吧，"说真的，你走的时候，一定给我留个地址。说不准什么时候我也上北京。"

"那就不必啦。让我爱人瞧见了，还不得床头跪。"她哈哈大笑，笑弯了腰。

"那您就嫁给我得了！我决不让你床头跪。"我脸上挂着笑，眼皮却跳得凶。

"你？你可不够格儿！你老啦。三十四啦！"

我们就这么着，调情不像调情，恋爱不像恋爱，打完一盘网球。她大声笑着，我也大声笑着，都怪累，笑完了，便是沉默。

当时也不认为，这就是进展。

她也侧面问过我的情况，那时不知怎么想，也没跟她说实话。只是告诉她，父亲是个小干部，离休了，自己在单位里混得没劲。便想来这边闯闯。她听着，笑笑而已。"是啊，"她叹息着，"一想着就要回去上班，心里就烦。真是没劲啊。"

"那就别回去了，在这儿还能找不着事由？"

"那怎么成？"她正经八百地，"我可不是冒险家，改革家！"

那期间，那些趾高气扬的公子哥儿模样的人仍经常来找她。有时还当着我的面把她叫走，她总是忸怩地红了脸，甚至还没忘对我道声对不起。然后被他们拥着走进电梯间。恨急了，我真想一拳把那些油光水滑的后脑勺统统砸烂。

每次他们都把房间门关上谈很长时间，也不知玩些什么。有时进去三个又出来两个!

　　说实话,有时我真想敲门进去看一看。可走到门口了,又忍住了。我在六楼的走廊上也不知走了多少个来回。那模样比发情的老虎还凶狠。8619号,对我紧闭着。那种房间的隔音性能极好,里面闹翻天外头也听不见。

　　那帮广东姑娘也都是不饶人的货——"最近,醋味道好重哦!""呒问题的啦,一定是酒店里醋罐子打破啦。"

　　连老丁都劝我:"好看的姑娘有的是啦,万经理,何必吊牢一棵树呢?"

　　我,万凯,活这么大,头一回尝到被女人冷落是个什么滋味。我当然不会在这棵树上吊死,我还有工作,还有所谓的事业。可我微笑和沉着的形象确实被破坏了。

四

　　我们游乐场内有个碰碰运游乐间,对外开放的。所谓"碰碰运"说穿了就是赌博,目的一半是刺激消遣招揽游客,一半是想挤净那些阔佬们的钱袋。赌具有转盘、套圈、电子游戏等。最高档的是掷骰子——两个拳头大的骰子往一个大圆缸里扔,一人扔三次,凑成六位数,对上号的得奖。奖品有彩电、录音机,最多的是棒棒糖。这玩意儿最引人。

　　当然赚钱。那天,也该上我们倒霉,一个工人模样的小个子只买了三块牌子就掷中了号码,一等奖,二十英寸彩电一台。我们的女服务员急红眼儿了,稍一迟疑,游客就爆炸一样起了哄。我赶了上去，把彩电捧给游客，还道了歉。这还不够，当天下午报社就来采访。他们也不知在哪儿打听到我的情况，就非要我自己亲自写篇文章。当时我觉着这是扩大营业的机会，就给他们弄了一篇，用的仍是笔名：凯旋。第二天就发出来了，还配了个不伦不类的标题——《中奖游客春风得意，服务小姐面色如土》。没想到，就这事儿，惹出麻烦来了。店里热闹了几天就甭说它了，重要的是她，是T。

……那天晚上，我正在屋里换衣服，她突然推门进来，看着我的慌乱，也没回避的意思。

"你？坐吧。"她第一次来，我一阵激动。

她不坐，只是把那双清澈如水的眼直直地放在我脸上，好一会儿才冷笑了："哼哼，好一个凯旋，好一个作家，好一个企业家！"

"我怎么你了？"我笑着拉过一张椅子。

她一脚踩在椅凳上，眼眶里顿时浑浊了。"你干吗骗人？装得挺像——混得没劲，闯闯！蒙谁呢？"

我这才明白她是指我过去那段经历，反倒感到了一阵轻快。她能这么关心我无论如何是个进步。我说："你还调查我呀？"

"你也调查我了，当我不知道呢？"

我想起来，我是向人打听过那几个公子哥儿。可我完全是出于爱，并没别的意思。

"直说吧，你要把我怎么样？"

"哪能呢？我不过是问问……再说，你也没问过我从前的事儿啊？怎么能说我骗人呢。"

"就骗了！就骗了！"她嚷着，两行美丽的泪水直挂下来，落在衬衣的荷叶边上，并不化开。就好像雨后的池塘，荷花悄悄地探出身子，水珠儿厚厚地堆在叶心上，夕阳和彩虹沉在水底，静得死人，醉得死人。一阵微风过去，花朵轻轻摇曳。水珠儿噗噗地滚落下来，水纹晃动着，晚霞惊飞了……

那一刻，在那些晶莹的泪珠里，我看见了自己的影子，我看见了她的内心，我感到一种沁入肺腑的宁静轻松，和如释重负般的满足。我以为这定是小姑娘自以为是的猜疑了。以为她总有什么难以言说的苦衷，并以此来猜度对方。或者是认为我曾经有过一点成就和财产便肯定会看轻她戏弄她。或者诸如此类的一些不必要的中国女孩子式的顾虑。于是我很坦率地向她谈了我的过去，以及章娴——我过去的那位的事情，还包括我不能忍受她的"曲线救夫"的理由。我自以为这足以感化一块石头。所以末了便向她伸出手去，想把她揽在怀里——她后退了一步，脸上冷得像块冰，目光完全像个受惊的小动物。"反正，你们这些有两下子的，全不是好货！全都不是……好货。"她退到门口，又盯了我一会儿，又很快地从包里摸出一本书来，看一眼，扔在地上，掉头跑了。

那是我的一本小说集《走出深渊》。她居然连这个也查出来了。我苦笑着，看着她狂奔着，跑进酒店大楼里去。我想，这也许是女人心理上的一个台阶，一个门槛，一个过程，一个不可缺少的决断过程。我想，那不是很好？

交班时，老丁很诡谲地看着我。

"出什么事啦？"我还很轻松。

"运转正常。"他笑笑，"你们……怎么啦？"

"运转正常。"

"哦，这就咉问题啦。"他嘿嘿一声，"还以为你们……"

"什么？"

"昨夜她来退房间啦，我还以为……"

"退房间？走了？"

"你真不晓得啦？她回北京了呀。喔哟哟我讲是不对头的啦，面皮嘛黑得像……"

地裂开了。深渊就在脚下,不是走出,是进。是跌入,是坠落……我的杰作!

我出差错了。一位房客半夜要求调换房间,我对他发了脾气。

"万,我非常遗憾。"瑞士佬把我叫去训一顿。看在我曾经有过出色的表现的分上,他暂时不炒我的鱿鱼了。不过,"我会注意你的。"

他通知财务扣掉了我当月奖金。没说的。

"我听说,你对一位小姐很有兴趣?"

"是。"

"这是不可以的。"

我跳起来,可他又把我按回去。他在屋里踱两个来回,然后把蠢笨的身子支在落地窗上。"告诉我,万,你真的很爱她?"

"是。"

"这是不可以的。"他挥手制止我插话。"从前,我在米兰,就为了这么一件小事,敲掉饭碗。……当然,这是在中国。当然,为了伟大的爱情,上帝也会原谅。去吧!"

于是我就出去,他没能拯救我。那个女董事长也来做思想工作。"小万,你还是有才干的啦。大家知道的啦。一定把精神打起来,要替中国人争气的啦。上边正在考虑你的问题喔,不好马马虎虎的啦。爱情嘛,就是那么一回事哦。我是过来人,是晓得的。慢慢你就明白啦,过眼烟云啦,人总归会老的啦。"

你他妈的也有过爱情?你晓得?你晓得跟丈夫睡觉!我真怀疑她跟她男人是在马厩里受的熏陶。连那个瑞士大白熊也知道尊重这种情感。她还说她是过来人。老子不是过来人?

"想穿了,就呒意思啦。你是作家,是写文章的人啦,应当有事业心啦。"

"董事长，请问您的事业心是什么？"

"我？"她嬉笑着捋了捋头发，使出一点身段来，"我老都老啦，还有啥事业心！还不是想把帝豪建设好啦，给你们打点基础啦。"

"不对吧？我看您对旅游局长的位置挺有兴趣。弃官经商总不是出路。"

"喔哟哟，小万你真是，哈哈……"她摇着头，开始充血。再给她一刀就该喷了。

"要不然您么急着抓出成绩来？现在合资企业多了，能挣钱的也不少，抓出特色可不大容易。是不是？"

"这种事情不好胡说啦！"

"所以您就在民工身上动脑筋，能揪出个反革命集团来就更棒了。对不对？"

"小万！"井喷开始了。我看见她皮肤底下在冒泡。我还得在刀口上抹点盐，否则印象不深。

"其实您错过一个机会，当时您应该冲上去，挂点彩，那英雄形象就完美啦。"

"你明明晓得我不在的啦！胡说八道。"

"您在。而且您还去了现场，只不过当时您没看见反革命。跟流氓作斗争又挺不合算的。"

她知道痛了，浑身哆嗦了，眼睛瞪着我。但那里已没有凶光，也没有居高临下的关怀。

我没法不刻薄。这号人，不给她添点腻，就永远缠着你没完。她想玩我，我只有奉陪。

我在拿自己的前程当炮仗点，我明白。可我没法控制自己。也只有这样，才充分实现了自己。每炸响一次，都有一份满足。

我觉得自己越来越陌生了。我究竟要干什么？不知道。我满足了吗？也不知道。

我没法摆脱。就像没法摆脱自己的影子。如果她对我根本没有兴趣，我也不会有这种肝肠俱碎的痛苦。这样持久，刻骨铭心。我相信人类的情感分配绝对是对称的。

反过来说，如果她确实喜欢我，又干吗这么搪塞自己？一个不成为理由的理由，只能说明相反的意思。绝对如此！

我是个谜。她也是个谜。

一看见浴场、球场、海滩，还有后山的小径。我就犯傻——

"你还挺能干。"她似笑非笑地立着。

"你游得不错。"她垂下眼帘，点着头，羞涩。

"我大哥比你强多啦！"她瞧我。目光是红的。

"你老啦，三十四啦！"笑声直接从胸腔里蹦出来，干干的，砸得死人。

我一遍又一遍地回味着、模仿着、品尝着，每一句都生动无比，非常逼真，有很深的意思。

有一次，心里怦然一动，觉得她已经回来似的，立即飞身上楼。蹿上六楼，走到8619门口。敲开门，方才怅然而退。

"物是人非"四个字，真是简约得很，深刻得很，传神得很，道尽愁滋味。

五

我们帝豪的干部实际上由三部分人组成：从前旅游局招待所的老人，如老丁一类的中下层管理干部；半岛集团的雇员，他们是酒店各部门的主要负责人；外来户。像我和女董事长都属于第三类。所以说，女董事长想拉住我也并非没有道理，三部分人就是三个派别。只是这个人太差劲。说起来，她的处境也够尴尬的，身为中方董事长，既不是政府官员，也不是什么大企业的代表，还得靠着帝豪开工资，还真挺难为她的。她想谋个旅游局长的位置，照我看，也不过分。如果她心诚一些，没准儿我还真帮她。虽然刺了她一下，可早就原谅她了。

三派之间的矛盾愈来愈趋向明朗化，焦点竟是为了吃饭。政治斗争越复杂表现形式就越简单。高度抽象的结果，是高度的具体。

"为什么港方人员吃桌饭，我们吃份饭？"

"为什么搞'种族歧视'？"酒店的"老派"首先发难。

"是你们自己定的政策啦。"港方人员讥笑说。"洋奴专门欺负自己人。"闹事的从来都是青年，政治是隐藏在背后的。

接连两天，餐厅里的桌饭被一帮青年们吃掉了。餐厅的服务员自然也作了巧妙的配合。

港方的雇员们震怒了，提出集体抗议。"我们又不是洋人，为什么要这样啦？"

真正的洋人只有一个，而他也是雇员。"不可以这样的，这样下去我要辞职的！"这位瑞士大白熊冲着董事长又叫又跳。其实他是个真正的胆小鬼，居然连餐厅也不敢去了。

于是董事长被夹击了。她处在各派力量的有效射程之内动弹不得。两天工夫，人就缩小一圈，这正是"老派"所希望的。他们想挤走她。

"外来户"们都蔫了。只有我，懵懵懂懂的，还在天上飞。

"万经理，你是什么观点啦？"两个服务员问。

"观点？我没有观点。"

"难道你没有公正之心吗？你良心好坏啦。"

"什么?"我愣了。我,万凯,没有公正之心?

老丁来给我解围了:"算啦,人家这两天有心事啦。"他对姑娘们做了个手势。也许他认为我和那些"外来户"不同,也许他认为我还不坏,总的来说,他对我不赖。

姑娘们笑死了:"万经理,天上的大雁吃不得啦,会飞的啦!"

老丁也劝我收收心。在他看来。这是一桩本来就靠不住的感情游戏。他告诉我,现在店里闹得很僵,小青年们火气越闹越大,董事长又不愿表态,总该有人出来转转弯子才好。

我被他鼓动起来。或者说,是我自己需要另外一种刺激,来填补我的精神空白。

"是啦,你是作家。"姑娘们恭维我说,"应该主持公道啦!"

于是我得意起来,胸中鼓胀着,已有了舍我其谁的感觉。尽管我明白这是拿饭碗去砸门。

总有人先做哥伦布。冒险才能获得刺激。

"你们的要求究竟是什么呢?"

"吃桌饭。"大家众口一词,简单明了。

"纯经济斗争?"

"谈不上斗争。"他们也害怕,"就是要吃桌饭。"

"桌饭好吃吗?"

"一样是企业职工,为什么两样待遇啦?"

我笑了,我发现谁都不愿先跨出半步。有趣的是:这两天店里秩序井然,没有半点差错,但危机也正潜伏在这微妙的宁静中。

其实待遇上的差别何止这一顿饭?造成这差别的原因谁都清楚,但谁也不去深究。他们只是要吃桌饭。

"万,"总经理一见我,便毫不掩饰他的恐慌,"你认为,工人们会不会罢工？"

这个自诩很懂中国很爱中国的人，原来竟是这样无知。他还要写一本介绍中国的书呢。看来我是没有胃口读他的大作了。我故作玄乎地说："这就要看您处理得如何了？我很高兴看到您的智慧。"大白熊立刻把我揽入怀中，那只长满长毛的手在我肩上摩挲着："万，我一直把你当作最好的朋友看的，希望你能帮助我。"我跟他磨蹭了半天，才说："如果您想不担风险，那么有两个办法。"

"你说你说。"

"第一，可以向董事长告假……"

"在这时候？不可以的。"他断然拒绝了，"这等于辞职，我还不想走，我是说暂时。"

这就是"中国通"的水平。其实他恰恰弄错了，只要他敢拖上半个月，保险屁事没有。他要能懂中国，秦皇汉武也白干了。

"第二，满足大家的要求。这花不了几个钱。"

"对呀对呀，我正是这个意思。其实你知道的，店里按月把这笔开支支出去的。只是你们的上级有规定，你们的董事长……"他摇摇头。

"董事长那儿，我可以跟她谈谈。"

他眼亮了一下，又立刻暗下去。

就凭他这目光，我非得办成不可。他敢小瞧我！我也不知把握有几分，总之我要办成。

幸运的是，我的估计完全正确，董事长根本没把这事汇报上去，她想硬顶。她是深知这里窍门的。她不愿让旅游局看到她的无能。

"放心吧，领导上会处理好的。"她说。"依我看，这事儿拖下去不好。"我冷笑，"我是说，对您本人不好。您也清楚要求吃桌饭只是表面现象……董事长？"

"喔哟小万，你看问题怎么……这样庸俗啦？"

我笑了："好吧。就算我庸俗。可是事情闹大了，对工作也没有什么好处。这是国际影响哦。"

"也没有这么严重啦。"

"那可难说哦。"

她沉吟了，说，"其实吃不吃桌饭又不是我规定的啦。我又不贪污一分钱。"

"那您何必不做件好事呢？"

"我又冇权的啦……气性。"

"但您可以反映群众的要求嘛。"

"喔哟哟，小万你真是逼得我……"

有门儿了，我说："您应该化消极因素为积极因素嘛。其实我也是为您着想，那天冒犯了您，心里一直懊悔着呢。"

"唉！"她叹气了，"其实我也是为工作呀。吃桌饭是个小事，可万一又提出工资问题、旅行假问题、产假问题，一系列的问题啦，都要得罪人的啦。怎么办？"

所有的待遇差别都是国家政策，这谁也不能改变。其实对企业来说，反正都是支出，比如记在我名下的工资就是我实际收入的三倍。这也就够可以了，谁都心中有数。问题是上级不可能规定那么细，细到不能吃桌饭。

"董事长，如果您觉得不便提，可以让工会去反映嘛，您乐得做件好事。群众就拥护了嘛。"

"工会？"她眼珠子活动了。

在那边，合资企业，工会表面上还是有的。更重要的是，她在旅游局就毫无风险地把人情领了。

从她那儿出来，又添了几分信心。看着她蹒跚的脚步，忽然觉着她也怪可怜。

　　我又占领了一个制高点，得到了一丝满足。我的心灵永远饥渴，贪得无厌，只有不停加油。

　　我对老丁他们说，"不好办呐，董事长也挺为难。除非工会出面到旅游局反映一下。"

　　工会的头儿正是老丁。他脸都吓黄了："那就算了吧。其实我早就知道，不会有结果的啦。"商业发达的结果，就是让人们工于计算。而工于计算的结果，就是让人失去勇气。我稍微一放风小青年们就不依了，他们觉着受了愚弄。"就这样算完啦？不行！这样的工会要它什么用？"老丁求之不得。工会立即开会，几个人一捣鼓，还真把我给选上了。

　　老丁安慰我说："你是外来户，第三世界啦。我是土生土长，斗不过他们啦。你不知道，可复杂啦，可厉害啦！"

　　于是我就出马了。董事长哼哼哈哈地一配合，旅游局当即拍板，当晚就增开了饭桌。

　　就这么简单。

　　小伙子大姑娘们把我捧起来了。瑞士大白熊对我直晃大拇哥。港方雇员对我刮目相待。老丁们取得了精神胜利，尽管有点酸溜溜。董事长也没失去什么，她的开明也受到赞扬。每个人都得到实惠，新的平衡又形成了。

　　所有这一切，就因为旧的平衡被打破时，谁都不愿把脑袋伸出来，更不愿往外跨出一步。我所有的勇敢和才能也就是跨出了这一步。所以我比他们当中任何一个人都更加愚蠢。他们从祖宗那儿继承了智慧，我继承了虚荣。

　　事实证明，董事长再也不拿调关系和转正来引诱我了。我的聘期是一年。

　　而我心甘情愿。我需要刺激。但我满足了吗？我的焦渴与日俱增。

六

　　九月末尾，天一直阴着，雨下下停停，没个完。日子平淡得近乎绝望。那天我下了夜班，又一个人到海滩上去。

　　海在狂舞。海浪在暗淡的散光下，再也不圆滑匀称了，而是在遥远处，闪烁不定的平面被撕裂，鞭笞，踩躏。波峰在跳跃、舔食，不时掷起不可名状的怪影。它们伸开巨臂，疯狂地发泄着过剩的能量，把自己揉碎，又抛向四面八方。它的不安感染了我，让我热泪盈眶。

　　良久，海浪竖起来了，黑幔似的遮天盖地，大开大合，把真正的活剧隐藏在幕后。近处，它们排着队，一排排地冲上来撞得粉碎，又一排排地冲上来冲上来。

　　再细瞧，微弱的月光下，那浪花和泡沫竟带上了血色，我震惊了！我看不见自己的影子，却眼瞧着自己的脚印被它一下一下舔平了，消失了。这一刻，突然开了窍似的，我感到了天地的永恒和人生的短暂。天长地久无尽时，此恨绵绵有绝期！人类唯一可以延长自己的方法是什么？生命最本质的要求是什么？是延续自己的DNA。

　　"我要结婚，生儿子！"——我冲着大海恶厉厉地嚷了一气，又伸手在粗糙的脸上抹了一把，把这些咸腥的水渍统统抹净。想到海涅这个小子居然酸溜溜地拿芦管在海滩上写那些字，简直他妈的丢文人的脸，太可耻，太不值了。

　　这么一想，顿时轻松下来。

　　回到宿舍，刚推开门，一个人影倏地扑上来，搂住了我的脖子又贴上了脸。多熟悉的气息。我的天……是她！

　　哦，我晕掉了。

不开灯，也不说话，也说不成话。我吮着，快要窒息过去。只觉着她的泪在我脸上热烘烘地流淌，她的身子软绵绵地抽搐……

"我……老也忘不掉你。"她说。

"我也是。"可我刚刚还决定随便凑合一个的。

"我喜欢你。"

"我也是。"可我差点就背叛自己。

"我又……恨你。"

"我也是……"这可是违心的。

她在我肩头咬了一口，又咻咻地笑出声来。

"你全跟我一样啊？真的一样就好了……"

"当然一样啰。"我又开始油了，"什么叫爱？爱就是自我感情的对象化，就是能激发对方爱的能力的心理力量，就是……""去去。"她伏在我肩上，"我不跟你耍贫嘴。你们这些有两下子的，全都……"她又笑起来。

我这才开了灯。她似乎想阻止，但又没说。

她瘦了，眼窝下渗出一片黑晕，使她那双眸子更深更亮也更凄楚动人了。她一动不动地瞧着我，摸我的脸，嘴里久久地呢喃着什么。好长时间，我们就这么干站着。

"T，有句话我得说清楚。"我下了几回决心，觉着应该跟她说清楚，"在你之前，我也不是总……总是一个人过。有时……你知道，我是个男人。有时候……"

"这有什么？"她打断我，坐在床上。"我也不是总一个人。"她说。完了还挑战似的瞧着我。

我笑了，能得到这种谅解，还顾虑什么呢？

"这就行。不过你也该玩够了，要是今后我发觉……"

"怎么样？"

"我要揍你！"

她哈地大笑一声，又赶紧伸伸舌头，压低声音说："你们男人全都是自私的东西。"她打哈欠了，又伸个懒腰。

　　我就势把她揽着，放在腿上……可她还没坐稳，就跳起来，挣开我："我也有话要说在先。"她扯着自己的衣角，忽然很严肃，"你有你的事业，我也有我的事儿，不许你管着我，也不许你打听！成吗？"

　　我愣住了，这是什么意思呢？她的事应当也是我的事。我和她，难道还能分开吗？不管不打听，也许还有公子哥儿掺和在里头吧？若是头几年，兴许我还能做到，可现在我不行了，我不能容忍。"反正，我不会干对不起你的事。你明白吗？因为，我也有我的……工作。成吗？"

　　工作？我干吗要过问她的工作？我还不至于小肚鸡肠到这种程度。不早说！

　　于是我们再次拥抱，长久地热吻。她的泪再次喷在我脸上。"是高兴。我太高兴了。"她解释说。

　　"我知道你是说到做到的人。"

　　后来，我拉她胳膊。天都快亮了。

　　"你干什么？现在不行……会出事儿的。"她目光羞涩，两颊微红着，又猛地一闪身，把我推在床上，然后哈哈大笑。她就有这么大劲儿！

　　"送我回去吧。"

　　"走？"我又傻了。

　　我这才知道，她已来了两天了，住在市里的宾馆。她说她不想住这儿了，太显眼，也不方便。她让我每天下午去找她，然后一起吃饭，玩儿。"可不许胡思乱想。"她说。

　　起初我以为她是嫌这儿太贵，便想给她找个便宜的房间，或者干脆住宿舍。可我真拗不过她，拗不过她心里还挺乐意。

这样，我们又在一起了。回想起来，这两个月才是我最快活、最幸福的日子。尽管那时还没有同居，也没有很多的时间，总是匆匆忙忙的，可我们感到了满足，感到了和谐，无忧无虑。有多少回，我都想问她究竟瞎忙乎什么，可她立即把我嘴封住了。"你妒忌那些男的？别妒忌。"是的。我承认我是妒忌，可她有办法叫我不妒忌。于是我也就不问。她真行。

　　后来她又回了一趟北京。我也趁那个空当料理了我的信托行，回了一趟家。我们省科委对我给他们挣钱特别满意，根本不同意我把关系转过去。我父亲对我也有了好感，还催我快点结婚。嘿嘿，多么天真的老头。

　　她对结婚不感兴趣，她还小。而我，却已迫不及待。年龄的差距变得严峻而又令人焦虑。

　　"喂，我老头想抱孙子了。"

　　"美得你！"她枕着我的胸脯咯咯地笑。

　　"可我都……"

　　"知道。三十四啦，老啦！"

　　我瞧着海天相接的远处，落日的余晖辉煌着，刺得我眯起了眼。心里忽然一酸。

　　"我还没玩儿够呢。我可不愿早早失去自由。"

　　"谁不让你玩儿了？谁不给你自由了？"

　　"你！"她撒着娇，"你说过的，忘了？"

　　"我说过什么了？"

　　"你还要揍我。"

　　"那是逗你玩呢。"

　　"我可是全记着呢。你这个人呀，顶自私了，完全要别人服从你，封建透顶！"

　　"没的话！"我跟她解释不清。女人在胡搅蛮缠方面都是天才。她还不放过我。

"就是就是。还不承认呢。你说——你从前那位,那个女的,对你不是真心吗?你干吗不去?就因为她那个了?"

"那是两码事儿!"一提章娴我就没劲了。

她瞅着我,不吭声了。

树荫下,两个年轻人久久地凝视着对方,一动不动。她瞧着他们,突然笑起来:"如果是我现在去了美国,你能来吗?"说完飞快地瞥我一眼,又把头偏过去,好像这只不过是突发奇想随便说说。可我觉得这目光是闪烁的,顶真的。

"干吗这么极端地提问题?"

"如果是呢?"

"难道你会去美国?笑话,真是笑话!"

"瞧,不敢回答了不是?"

"谁说我不敢回答?我当然可以去。"我窘困万状。她把我逼到了墙角里。

"得啦,别难为自个儿啦!……我知道,我就是去了天涯海角,你也会找来的?没错儿。"

我听出,话音已经有了异样。我不敢看她。

"这倒是真话。下个月,我休假,咱们上天涯海角去玩儿。在海南岛的最南头,苏东坡写了两个大字——天涯。怎么样?"我跟她插科打诨。

"行啊。"懒洋洋地。

"等我忙完了这个月。"

"忙你的吧。"

"你好像不高兴?别这样。我是求婚来了。"

她干干地笑一下,"我高兴。谁说我不高兴了?……这事儿再说吧,啊?"

她把嘴唇凑上来，作了总结。

最后，总是她轻轻地把我安慰过去。每回都是这样。她太机敏，她早就把我给看透了。

就是这样，她的温存也足够暖和我一阵子。

我发疯了。自己把自己捧到了天上——

七

吃桌饭的胜利使我威名大振，俨然以工人领袖自居。小青年们有事都来找我商量，谁谁吵嘴了，谁谁对扣发奖金不服气了，也来找我。

"老万，"他们已经改称呼了："过春节总该放几天假吧？替大家讲讲话啦。"

"这可不是我的事，你们跟董事长说吧。"

董事长就在柜前，我瞧见她抽搐了一下。

"她没有实权啦！"他们故意大呼小叫的。

"那我就更没权了。"我绷着脸，心里却在笑。

董事长转过身子，往餐厅走去了，在拐弯的地方，似乎停顿了一下。她脚步有些蹒跚零乱，身子好像也在萎缩，怪可怜。这段时间，"外来户"们也对她不满了。她太不能为大家出力。

我压低声音："你们胡说八道些什么？董事长听见了。"

"就是要说给她听啦，这样的董事长有什么用？还是中方代表，狗屁啦！"

完了。我知道我已走到她的对立面去。可这不是我的错，她也应该明白这是在特区,竞争存在于一切方面。我想。

瑞士大白熊似乎对我特别赏识,或者是害怕。"放假是不可以的,你应该比我更明白,春节是旺季。中国人是很看重这个节日的。不过,如果是你本人提出要求,我可以批准。"

我当然明白春节是旺季。因为香港人很恪守习俗,每年过年都要到这边来放鞭炮,而香港是禁止这类活动的。到时候,度假村会住不下,宾馆也会住不下。于是我便不再坚持,我关心的也不是这个。我也不需要这方面的照顾。

"听说。你那位美丽的小姐又回来了?"

"是的,我很幸福。"

大白熊把叉开的双手捅在肚皮上滑动,笑了,似乎我的幸福也有他的赐予。"你是个真正的经理人才,万!"

心跳加速了。这小子该引诱我了!

果然,"你聘期一满,我就会提名,让你担任我的副手。我会帮助你的。"

"那就谢谢您了。"我不动声色。

"不要谢我,你们应当有最高级的管理人才。"

"是的,我就是冲这个才来的。"我也亮了底。

他哈哈大笑:"放心吧,我一定把全部本领都传授给你。我不是保守派。"接着,他又拉开抽屉,拿出"希尔顿"和"假日"集团的高薪聘书给我显摆。他以为凭他的本领可以吃遍天下,只是因为他热爱中国,支援中国才在这儿屈就的。其实他一月拿80000美元。

这个大白熊!你那点水平我也领教过了。不过尔尔。不过我还是挺高兴。

在走廊上,我跳起来把胳膊抡得咯咯响。

于是我处处锋芒毕露,急于露一手。甚至我已对酒店从房间布置到接待方式作了一系列改革的设想,使之更加具有民族特色。将来我要让每个游客都留下深刻印象！我要在半岛集团写上自己的一笔。

老丁警告过我："你出头露面太多啦！小万。"

"我多干点工作，怕什么？"

"可是有些工作不该你去干的啦。"

"他们要来找我，我有什么办法？"

老丁连连摇头苦笑："你不晓得利害啦。"

"我光明正大呀，怕谁？"

"那就看刮什么风啦。"他诡谲地笑着。

"你们这些旧矛盾，我可不想参与！"

"她这个人，好厉害的啦。从前做政工科长，后来做董事长，好会变的啦。"

"可我觉得她还不坏。"我不愿跟他们讨论这些。我要站在两派之上，凭本事吃饭！

"你以为自己比魔鬼还聪明啦？"

"那当然！你干脆说我是个天才，这种天才地球上大约一万年才出一个！"

我两眼充了电似的，贼亮。

我在她屋子里看到一张撕破的合同意向书。看她慌慌张张企图遮掩，我笑起来。

"哈，还瞒呢。我说你是做生意，还不承认！"

"就算是吧。怎么样？"

"这有什么可难为情的？"我安慰她："你这个年纪的女经理女老板，有的是！"

她吁了一口气："反正，我也不在乎了。"

"是别在乎。"我就这么相信自己的判断：姑娘家——做生意——发了财——有点别扭。因为她们从来都是用泥扑满来积蓄的。

"没关系。小姑娘！做生意总是有进有出。我一瞧你撅尾巴就知道你干得不顺手。没事儿！我一开头也这样，担惊受怕的。干长了，就油啦。"

她并不觉得好笑。

她把一绺头发咬在嘴里。侧着身，一根一根地捋着，像个梳理羽毛的小百灵子。

"我好像是……太顺手了。"她忧郁地说。

"太顺了，反而觉着不踏实，对不对？总以为是假的，想啊想啊，累得慌。我也有过！"

"是……吗？"她终于笑出声来。她吊在我的脖子上，期期艾艾的，"你敢跟外国人做生意吗？"

"外星人我都敢！"我吻她。"你今天怎么了？"

"这些外国人可阴险了，都不是玩意儿！"她忿忿然。身子也簌簌地抖。可她又不愿说了。

那天，她古怪极了。仔细想来，那几天她都不太正常。可我没法叫她开口。

"你答应过不问的，你答应过的！"

我扳过她的身子。她的目光依然清澈如水。"是做生意吗？我就问这一句。"

她点点头。"放心吧，我会留神的。"

于是我就放心了。我不可能再往别处想。只要她不受欺负，我就没什么可担心的。如果我当时重视了。如果我能把"生意"再往大处想点儿，事情也许就要简单得多！可谁知道呢？帮她把魔鬼从瓶子里放出来的，是我。

八

当时我正琢磨香港那件事。

我们帝豪的一个股东,一个王八蛋,因为赌博,把一千万股票全部押出去,输得精光。而且,是输给了一个右翼集团。消息一传过来,董事会就全乱了。因为他那一千万不但影响了帝豪的二期工程,而且会动摇其他的港商。同时,一旦那个右翼集团提出抽回股金,极有可能还跟上一两个股东,那就明显带上了政治意味。咱们怎么能受制于人呢?谁也担不起政治责任,谁也不愿担政治责任。

董事会里的港商们各有盘算。有的是真着急,迫切希望银行能提供一笔贷款,以备不测。这是跟咱们关系较深或国内有亲属的,抹不下面子。有的是观望,属于可东可西,政治上没有靠山经济上实力不大的那一类。还有的是无所谓,他们反正是补偿贸易,该交货的交过了,急也没有用,没交货的,索性看一看,做生意,赚谁的钱都一样。

瑞士大白熊就知道干吼:"我是雇员!我是总经理!我不管董事会的事。我不跟资本家打官司。你们如果不满意,我可以辞职!"然后又以希尔顿和假日相威胁。似乎他是个无产阶级,他是来支援中国四化建设的,别的他不管。

董事长的大企业家派头也荡然无存了,跟着旅游局的头头东奔西颠跑银行,跑政府,最后还是把我们这些"骨干"召在一起群策群力。

策了半天,大家的意思只有贷款一条路,也只有贷款最牢靠。因为靠资本家总是靠不住,求资本家更是丧失国格人格的。大家都是国家的主人,低三下四的事是做不来的。

"好贷款就冇问题啦。"董事长只好摊牌了。"现在不比前几年啦。企业多，事业多，大家都来争投资，挤贷款，国家也吃不消的啦。再讲，我们能弄到这许多款，把帝豪弄成现在的样子，好过从前招待所几倍，不容易的啦……"

她在那儿诉苦，沉重得很。可大家却在暗暗嘻笑，极不和谐。后来她自己也没劲了。

老丁咬着我的耳朵："她替她老公在诉苦啦。"

"她老公？"我愣愣地瞧着他，回不过神来。

"她老公是银行的头头啦。她凭乜本事当董事长？一个小科级干部。就是有本领筹到这笔贷款啦。"

哦，明白了。怨不得大伙儿都拿她不吃劲呢。他们都是当地人，清楚这里的奥秘。咱们国家的事儿，真是没法儿说。大伙儿全散了，就我一个人还怔着。我他妈又犯傻了。我这颗不安分的心！

我刚刚得到感情的满足，又生出了别的野心，我永远不知足，悲剧就在这儿。

我总觉着这事儿是可以挽回的，可又说不出个所以然。总之是第六感在鼓动我，是建功立业的野心在诱惑我，我总盼着出奇迹。

"小万？"董事长过来了，亲切无比，还伸手替我掸掸衣灰，够意思。她对我挺不自然地笑着，眼角还有泪斑。"你是很有办法的啦。"

"我去一趟香港，会会那个王先生，行吗？"

她犹豫一下，同意了。其实她也清楚：那是死马当活马医，碰运气。对她来说，大不了下台滚蛋。最后总有人来收拾残局。

谁都不认为我应当在这时候伸头。

"你管她做乜呀？你又不是没有饭吃，她这个人好坏的啦。管她做什么？"

我当然不是为她去卖命，她算老几？但在这时候挤对她，也不够地道，他们忘了，帝豪毕竟是咱们国家第一个五星级宾馆。我得试试。

等护照等了四天,据说已经是最快了。所谓特区速度,也就是盖房子速度。

我们逛了许久,海滩,公园,假山,石径,全都有了离愁。热恋使时间失去意义。她偎着我,一声不吭。我搂着她,也沉浸在月下朦胧的静谧中。诗一样的和谐与优美,诗一样渴望战斗的激情,浸泡着我,溶化着我,我顾不上别的。

"我有点怕。"她突然低声说,接着身子就瑟瑟地抖着,头顶在我胸脯上,再也走不动。

我把她拖起来,像哄小孩那样拍着,又找了张石椅子坐下,好一会儿才暖和过来。"傻瓜,"我说,"我会被暗杀?意大利黑手党?"

她眼窝里蓄着泪,摇摇头。

"我会不回来?远走高飞?我会逛窑子?找个非洲黑姑娘?法国女郎?印度娘们?"

她哧地笑一声,把泪也晃出来。

"傻瓜,你真是小傻瓜!"我吻着她的眼,爱得心也化在她身上。

"我怕……再也见不着你了。"

"傻话。香港不是中国的地盘?中英谈判一结束,那边就稳定多了,你要不放心,我天天给你打电话。早请示,晚汇报!"

"别闹,我不是这意思。"

"那是什么?见鬼,你倒是说呀!"

"反正是害怕。……万凯,这事儿对你真的这么重要吗?"

"什么时候了?还说这种话。"我有点不高兴了。"我是个男子汉,你懂吗?唉,男人有时跟女人的想法不一样。"跟她解释这些特别费力。

"要不。我们就先结婚吧。"她突然打断我。

震了。她那种急切的惶惶不安的爱，让我觉着了某种危机，某种不祥的预兆，可当时竟来不及细想了。再有三小时我就得过去。我只得故作轻松地说："你又不早说，现在找地方也来不及了。总不能在这公园里……"

她白了我一眼，并不觉着好笑，也没有发嗲。只是轻轻叹了口气。"那就……去吧。我等着你。"她终于表态了，好像下了多大决心。"保证不超过二十天！"我安慰她。然后是拥抱，是吻，是送她回宾馆。

"别太认真了，"她又一次劝我，"办得成就办，办不成就快些回来，啊？"

我不想和她抬杠。我很乐意向她投降。真的，我图个什么？在我干涸的内心世界里，大西洋也填不满。手段和目的永远交错着，颠倒着。我注定是不能超越自己了，因为我从来就没有一个准绳儿。

九

香港，伊丽莎白路，这个以英国女王的名字命名的给中国人带来耻辱的地方。这个从前只出产沉香的海湾，这个如今繁花似锦，傲踞东南亚的弹丸之地。你走在那儿，心里就他妈的不是滋味儿！

这个王先生的家是一幢白色的拜占庭风格的小楼，楼前是草坪，喷泉雕塑，还有两棵樟树，一看就知已经有年头了。王先生的父亲曾经也是香港实业界叱咤风云的人物，挣下这份家业也不容易。这幢房子就是他给情妇买下的。可到了王先生这一代家产分的分，散的散，败的败，踢腾得也差不离了，加之这位王先生生性懦弱，兼好酒色，不思进取。结果在六七十年代的"电子革命"浪潮中被挤兑下来，从此一蹶不振。索性卖了产业做寓公。这几年香港人心动荡，有钱的阔佬们纷纷寻找出路，这位王先生倒还惦记着自己是炎黄子孙，加上我们这边政策影响，就跟人家后头把钱投到帝豪来了。有了股份就睛等着食利得了，他还要赌。输急红了眼，就押股票。

据他们说，这位赢家姓洪，是他的世交，这些年一直在做船舶生意，"好有钱的啦，良心好坏的啦。"两人开始不过是赌气，小打小闹。见"血"之后，眼就红了，偏偏这位王先生极要面子。也许是急于扳本，索性包下一间赌房，轮盘大赌，一礼拜不到两千多万"血"给抽得精光。

从王先生那儿，我看不出这事儿有什么背景。接下来，我用三天时间干了两件事。第一，我通过《镜报》的一个朋友阿利调查了那个姓洪的，主要看他有什么弱点没有——别笑！结果不错。他发现这小子偷税，数额相当可观。第二，我逛了赌场，去体会一下气氛。

香港的赌场有好多种，高级的并不像我们想象中那么乌烟瘴气。它已在相当程度上和体育比赛娱乐享受结合在一起。比如赌马，不赌的也就是看一场赛马表演。一般的赌具也和我们游乐间差不离，有转盘、掷骰子、打弹子、推牌九、搓麻将等等。只是数额惊人。另外计数也现代化了，计算机控制，用不着像鲁迅小说中"天门啦，地角啦，阿Q的铜钿拿过来"那么叫喊，赌客可以坐在沙发上，吃冷饮，听音乐，谈笑间数百万元进出。当然这得有周郎风度，谢安胸怀，是跳楼是服毒等回家再说。

二十七号晚上，我跟家里通了电话。可我们这位董事长听了这些情况居然毫无反应，啊了半天，没声了。她太缺乏想象力。

我说:"那个姓洪的很快就要到荷兰去了,在走之前,他表示随时可以奉陪。我们可以支持王先生跟他赌,直到他赢回来。"

"赌?"她叫起来,"他有本钱赌,还用得着你来教啦?开什么玩笑?"

"我是说,我们可以通过银行来支持他。那个转盘赌没什么窍门,我仔细看了,只要有本钱,可以赢回来……"

"跑了两天,怎么神经兮兮的啦?"

可我已经兴奋起来:"他们是一赔五,我们可以一赔十。一赔二十,只要赢一次就行了!"

"你回来好啦,气性!"

我愣了一下,又说:"那么现在还有第二个办法:可以找一些港商,通过谈判把股票转让出来。可以利用姓洪的偷税对他施加压力,当然这要冒点险。"我知道她和很多港商有来往。

"港商嘛,倒可以做做工作的啦。"她说,"但同他谈判会倒霉的啦,会有政治影响的啦。"

"看不出什么政治背景,起码目前还没有。"

"不好说这个话的!万一出问题,大家脱不了关系,你还年轻哦,小万。"

"他偷税,是个机会……不能让他溜走!"

她哑了好一会儿:"算了,你回来好啦。我们堂堂正正做生意,搞黑社会这一套,什么样子啦?他的钱,白送我们都不好要的。"

"可我们的股票让他揣走了,说不定什么时候就能惹出麻烦来!"

"好了,小万。"她说,她也很累了,大不了还回工厂去。"至于你,我会照顾你的啦。"

原来,她早想好退路了。

"你明天一早就回来!"

我没有回去。我不甘心。

挨了打而不还手,我长这么大还没有过!眼睁睁地瞅着那小子揣着我们的股票飞到荷兰而不截击。岂不太露怯?

放下电话的那一刻起,我的手在颤抖,浑身一阵阵地痉挛,我没有宋襄公的仁义,我要拿回股票!

就是这时,T突然从天而降。头天我还跟她通了电话,她压根儿也没提过。她说是上姨妈家来,其实就是找我。她哪来的姨妈?而我,当时居然想也没想,问也不问!

"你怎么了?"我的脸一定很可怕。

"我真想跟那小子赌一盘。"我说。

是的,我为什么不可以赌?我为什么不站出来赌?我要上去,准赢!

"对,跟他赌!"她很笑了一阵子,乐得连连拍手。她也毫不怀疑我是个大赢家。"这号资本家,就得打倒!还是个反共的吧?没错儿!"

我从没见过她这么兴奋,喝醉了酒似的喋喋不休,脸颊始终通红,细眉弯曲,像张拉满的弓,眉心嵌进了一朵小梅花,不时地开放和收缩。眼珠也被压得凸出来了,而笑声更带着神经质的尖厉和破碎。"赌吧,我也赌赌这运气!"

"可是,我没钱。"

"我有!"她还真的打开皮包,手指夹着一张支票,像被烫了一样,很快地扔在我身上。

那是一家瑞士银行的现金支票,十万法郎!五个零跟在一杆大旗后头,像五面盾牌依次摆开。这简直就是十万援兵。

"这钱,是你的?是真的还是假的?"

"当然是真的。"她说,"反正,我不在乎了。"

我哈哈大笑:"知道吗?现在我比成吉思汗野心还大呢!我肯定能把姓洪的打倒。"

"那是!我运气一向都好!"她也尖声大笑。

"风萧萧兮易水寒,壮士一去兮赢全盘!知道荆轲去献地图的故事吗?"

笑够了。笑累了。后来,又都哑了。

我把支票扔给她:"不行啊,小姑娘。"

她变脸了:"你在耍我?"

"荆轲是个傻瓜,就知道拼命,得想别的法子啊。我再想想。"

"万凯!"她揪着我的衣领,哭了,好伤心。

我的麻木和我的灵感始终成正比例,到这时,我还在鼓里蒙着!阿利劝我说,既然来了,不妨会会那个姓洪的,谈得成最好,谈不成也不失去什么。

于是我决定单干了。机会永远是为有准备的头脑预备下的。我决不放弃。

我们讨论了一切细节和一切可能。怎么邀请,会谈的地点、时间,谁先出面,先谈什么后谈什么,谈话的脚本,应变的措施,几点钟甩出王牌,是打字稿好还是印刷清样好,如此等等。甚至讨论了是否有必要雇请保镖或先造点钳制性舆论。总之我认为是万无一失了,即便达不到全部目的,那姓洪的也绝对不可能干干净净地溜走。他起码得恶心三年,损失几百万。

"阿凯,你是个天才的阴谋家!"阿利对我跷起大拇指,"五体投地啦,姓洪的肠胃也要吐出来啦。否则我头朝下走路给你看!"

我瞪着天花板,紧张得气也透不出。

"阿利,我不知道会是个什么结局。"

"什么结局？你是个真正的栋梁！你难道在为自己拼命吗？怎么糊涂起来啦？"

"你不明白我的意思。"

"我明白得很！"

我们握了手，约好早晨八点碰头，然后他就去准备那则消息稿，我们的原子弹。

可怜的阿利。他永远也不会懂得我们的事！

当天下午，董事长驾到，还带来了两名局里的保卫干部。

没有任何商量的余地，回去！

没有她的支持，一切计划失去了意义。我买不下那些股票。我对股票本身没有兴趣。

于是我被俘虏，在他们的保护下返回。

本来我已通知了T，但她没有来。

除了热情，我什么也没失去。除了失望，我什么也没有得到。我的心，整天被鞭子抽打着，像只疯了的陀螺。

"又没有批评你，怎么疯疯癫癫的啦？我这也是为你好啦。"董事长说。

是的，我疯癫了，在我脑子里真的开赌了！

……哦。洪先生来了！我看不清他的模样，只知道他是个靶子，是个挤不干的肉口袋。我也看不清王先生的面容，只知道那双手在奇妙地痉挛、抽动，十个手指绞在一起，每一个骨节都凸突出来，发出可怕的咯咯声。赌棍的手是个变幻莫测的魔杖，是能发出强热的电极板。你这时，才不得不佩服茨威格的精细，或许他自己就是个赌徒，而我——我能看见我的脸——两只眼球已不是黑褐色，而像两粒烧红的炭，一碰就能掉下来。起初还是王先生在押筹码。后来我索性把他划拉一边去，自己干上了。而洪先生居然根本没发觉！T偎在我怀里，她当时完全给吓傻了。

"二十二！"看台的报了数。

押在十和三十的筹码被扒过去。而五倍的蓝色筹码又滚过来。我赢了！我抽出本来，把赢的又分成三份。

"十七！"

"二十五！"

我又赢了！这时我突发奇想地认为，同时押在三处太不合算。速度太慢，不如再冒一次险，把所有的筹码全推在"绿"线上。我看见姓洪的送过来一丝冷笑，立即想到库图佐夫嘲笑拿破仑在冬季用兵时的那种得意。也许王先生就是这样惨败的吧？我的心顿时被拎起来，一道寒流穿过手脚。但轮盘已经开始转动了……

"绿！"

计算机的荧光闪烁，点变成线，线变成字，终于发出一阵阵清脆的铃响：一千零三十万！我瞥见姓洪的晃了一下。当时我还算清醒，立即把筹码撤下一部分，又分成三垛。

果然，接连吃了几个空档。

下午两点四十分，我发现手上已经有了八百多万——我居然还清醒得可以计算钱数和时间——那堆红红绿绿的筹码又全部出场，押在"红"上。我决定背水一战。

什么叫忘我？这就是。什么叫刺激？这就是。我发觉，那时我比谁都更清醒。一种从未体验过的恐怖感贯穿了全身，每一个神经末梢都在跳动。因为我已恐怖地认识到非赢不可，我的整个灵魂已经出窍，像个精灵似的附在那轮盘上，尽管那个轮盘是用有机玻璃罩住的。我相信，如果再让我赌一千次的话，那种刺激也绝不会令我满足。因为只有这一次，这一个赌注，才真正有了灵感。是我让它停在那儿的。

"妈呀！真的是红。"看台的悲哀地叫着。

我看见，那姓洪的一张脸，就如黄梅天挂在窗户外头的咸猪肉。白碴碴的皮上缀满混浊的水珠，一动不动地凝着。

他老老实实让律师去办股票过户。我们帝豪的。一阵颤抖穿过了我的四肢……

接下去，各有输赢。我们已经有了一千多万，我也不在乎了。姓洪的不敢押大数目，他认为那天手气太背，架子不倒已经不错了。

五点整，《镜报》记者阿利按照我的要求准时出场，他们嘀咕了一阵。姓洪的立刻要拉他出去吃饭。我自然也不便挽留。

"洪世伯真是给面子啦，改天再奉陪吧。"

"不敢不敢。我这个……明天就要……"他慌慌张张地敷衍着，遁去了。我相信他起码有一年不敢露面。而我，也垮了。回到旅馆就发烧，嘴上烧起了一圈泡。我赢了，我想。

我赢了？赢了吗？赢了吗……

"唉！"老丁对我叹着气，"叫你不要管你不相信，在特区也不好胡来的啦！""我胡来了吗？"我对他大叫大嚷，"我是帝豪派出去的！我要夺回那一千万股，一千万！"

"是啊是啊，你夺回来好啦。"他可怜我。

阿利来电了：姓洪的已如期飞走，现在是否有必要发表那则消息？他在嘲弄我。人们有滋有味地活着，只有我死了。

十

T过了十多天才回来，萎靡不振。我瞧着她，挺纳闷似的。她瞧着我，也挺纳闷似的。

"你这人，八字太硬。"一开口就是这个。那一双眼艾艾怨怨，复杂极了，颓唐极了。只有死刑犯人才有这种目光。

激情已经降温。我想做出点笑来。后来又想问她点什么。后来终于什么也不问。

我们吻着。冰凉。

"你病了？"

她的脑袋像是从我肩头上滚下来，对我勉强一笑："也许……太累了。"

"那就睡上三天。"我安慰道。度数很低。"好吧。"她站起来。想说点什么。也许她本来想哭一场的。但哭也要花力气，她没劲了。

"就住帝豪吧，这儿多好。我替你付账，这样可以打对折，我们有规定的。"

"你在兜生意？"她眉毛挑起来。

"就算是吧。"

"男人，全这样吗？"她打了个激灵。很快，她又叹气了，眉梢也放下来。"你们男人，总以为自个儿有多大力量。总想留下点儿名气，总觉着，少了自己地球就玩不转了！而女人呢，又都这么傻，冒傻气儿。那，就这么着吧。"

似乎她懂得很多男人，才特别宽容了我。

空气、血液，一切都被稀释，变得面目不清。我终于发现，其实我们之间有着太多的差异。她并不懂得我，我也并不懂得她。但她比我小，我得让着她。

"真看不出来，你变得深沉多了！"我笑着。

"是吗，那是跟着你，我才长见识了。"她也笑着。"有时候，我真傻，干了许多傻事儿，过后莫名其妙地难受、害怕。其实什么都会过去的，什么也不什么。时间是个大筛子，净把好的给留下了。怨不得人们总说生死爱才是永恒不变的真理。对吗？"

"那究竟是些什么傻事呢？"

"我不告诉你！其实你也明白！"她又快活起来。她的快乐对我竟是这样重要，我发现。

而那时，所有这些带着苦涩的哲理，并没有惊醒我。我甚至根本没在意，甚至认为她是刚刚起步，开始成熟。

她还是住到市里宾馆去了，我不想勉强她。

我发现，她越来越离不开我了，有时我稍稍去迟一点儿，她就打电话。如果那时我提出结婚应该是没问题的。但我没有勇气，也没有热情。我自己把自己苦恼着，不能自拔。我永远也不能把握自己，就如同我根本不知自己是谁。

春节过后，章娴突然来了。事先也没有打招呼，大约是担心我会躲开。

她这趟回国是来参加一个什么建筑年会的。顶着个博士桂冠，沾点儿洋味儿，走哪儿全是政府出面接待宴请，参观游览，指手画脚，把他妈的风头出尽了。她如今是在联合国一个什么建筑业研究机构里工作，也不知怎么混那儿去了。走哪儿看看也就得了，她还爱和新闻界打交道，动不动就发表宣言："我爱祖国一如爱我的父母——"我操她妈！也不知那些记者是不是当年采访过我的。狗屁，全是狗屁。

下榻自然是在帝豪，市政府安排的。当天下午，市长陪同他们一行三人去市内参观，定于晚上宴请。如今是个建设的年代，她这一行也真赶上了。她总能赶上，我总赶不上。

我对T说："今晚上你无论如何得陪着我。""可是，"T犹豫着，她一听这消息就在发抖，"这样不好，怪尴尬的。"

"你尴尬什么？应该让她尴尬。"

"凯，"她伏在我胸前，"你和她在一起，我一点儿都不妒忌。

真的不妒忌。她也……怪可怜。"

"混蛋！"我揉开她，"你懂什么？我要让她妒忌！你怎么一点儿都不明白？只要你陪我这一晚上，你什么时候离开我我都心甘情愿！"

她吓傻了。"瞧你瞧你！我去还不成吗？"

"打扮得漂亮一些，把首饰全戴上，啊？"

她笑了："你一点儿都不自信。"

我的心再次鼓胀起来。我希望这次精神搏杀是血淋淋的。在姓洪的那里没得到的，必须在她身上补偿回来。

章娴，我恨你！

章娴，我必须让你难受。你难受了，我才好受。你在我跟前没有优势！可我犯了个策略上的错误，尽管她留了条子，说是一定要见到我，但他们的活动安排得紧，晚饭前根本就没有见着。宴请规格很高，开在小餐厅，市长做东，我们董事长叨陪末座，其他人连边儿也挨不上。这又一次刺激了我，于是我决定强攻。

可是当我搂着珠光宝气的T闯入小餐厅，第一眼看到的章娴竟是记忆中最美好的形象！扎着两只小刷子，一件草绿色灯芯绒裤子还是我给她买的，整个儿就是插队时的打扮！这个狡猾的女人，她知道我的弱点。

我的勇气顿时丧失一半，想退回去也来不及了。而T在这样的情势下，就别提有多别扭了。

章娴打了个激灵，缓缓站起："万凯。"她咬着唇，脸上开始失血，眸子里透出幽怨和惊喜。可目光从我身上移开搁在T身上时就立刻变得复杂起来，脸也转红转黑。她明白了我的用心。

这正是我追求的戏剧效果。我开始镇定，按照既定方针嘴角浮起不阴不阳的微笑："哈啰！"对那两个大胡子挥了挥左手。

"哈啰！"大胡子撅起屁股欠身作答。

"小万,你有事啦?"董事长不知所措地站起来,又弓身对市长解释说,"这是我们值班经理。"

市长却是认识T的:"是你呀?怎么?"他莫名其妙地笑着,根本不理我。

章娴对大家解释说,"万凯是我的老同学。"

"噢——"一桌人恍然大悟了,欢呼起来。

"那快入席吧。"市长说。

大胡子磕磕巴巴地学着中国话:"老同学,老朋友,很好!"

董事长惊讶无比,殷勤无比,一边搬椅子一边说:"小万你真是,怎么不早说啦?"

我准备入席,T却在底下揪着我的衣襟。她有点支持不住了。

倒是章娴显得平静,她瞥我们一眼:"我们去喝点咖啡,好吗?"

"可以,我请客。"我声音洪亮。

董事长还想拦着:"先用一点好啦,有什么话等下再谈嘛。"

章娴已经离开座位了。我在她肩上拍了一下,满不在乎地对大家说:"顺便说一下,章小姐是我从前的……妻子。"本来打算说"老婆"的,话到口边又心软了。

我不知那两个小胡子能不能听懂,却听见他们的嘤嘤嗡嗡,感到了背后十分有趣的目光。

我超额完成任务。

T一出厅就跑起来,一边跑还一边把耳环项链往下揪。我只得送她出去。

"为什么要这样?你为什么要这样?"她捶着我,哭了。"她爱你,有什么错?你凭什么折磨她?我被你当成什么了?我真……看不起你!"

我不知道。我什么也不为。

"你满意了吗?"章娴就在我身后。

"很满意。"我不看她。

"这就是你现在的……妻子?"

"正是。你感觉怎么样?"

"非常可爱!"

"是吗?谢谢。"

"只是你用不着装扮她,她天生丽质。"

"可你不也进行了精心的化妆吗?"

"万凯!"她也吃不住劲儿了。

我觉着她在啜泣,心里也突然酸不叽叽的。"找个地方坐坐吧,让人看见了误会。"我说完就走,却被她一把拽住了。

渐渐的,她身子也凑上来,瘫在我怀里。

这灯芯绒已经有年头了,质感极差,色泽褪了,泛着白纹。这是我给她买的唯一一件东西,也难为她记着。那年冬天,大雪封山,回不了家,也没有钱。她的钱全让我拿去抽了、喝了。快过年了,她偷偷抹泪了,我就上山套麂子。后来又拿麂子去换了件褂子。在供销社,也没有什么可挑的。她居然很高兴,穿着它过的年。那年,我们才十九……

"你也有白头发了。"我说。

"你也不年轻了。"她抬起脸。"脾气还不改。"

"算了,去吃点儿吧。"我不愿再吵了。

吃了、喝了,平静了许多。她还那么瘦,眼角鱼尾纹很深。我感到她在外头并不轻松。

她低头搅着咖啡:"我见到爸爸了。"

我愣了一下,立即明白她说的是我父亲。看来她仍不放弃在我家的位置。我不吱声。

"他身体差多了,挺孤单。"

"是吗。"

"他让我带了一封信。"她掏出那封信来。

我父亲是天下第一号老实人，当年章娴出国，他赌咒发誓，说再不愿见她。章娴决定留在那儿，他恨不能登报声明断绝关系。可这回又在信上说，看来娴儿还不错，希望我能重新考虑。人呐，太容易为舆论所左右，没法说。

"我没法重新考虑，章娴，你应该明白。"

还好，她避开了这个话题。"你现在怎么样？特区好一点吗？"

"当然！特区嘛。"

"我指的是你。"

"我？混得不错，他们还要提拔我呢。"

她眼里流出疑虑。"好像又在搞运动了？"

"打击经济犯罪？那不是运动。"

"那你们单位为什么调查你？"

咖啡泼出来了："有这事儿？"

"你还不知道？……听说，就是这边检举的。"

怪不得老头子让我"重新考虑"！怪不得董事长这几天见我就不自在！明白了。

"我没干过什么，我不怕他们查！"我嚷着，自己也怀疑起来。我发抖了，我垮掉了。"我用不着干那种事……我不是那种人，我……"

章娴抓住我的手："我当然了解你，也正因为了解你，我才为你担心！……在那边，我一闲下来，就想着你，就害怕！"她哭了。

大厅角落里。我们的钢琴师在发狂，一连串的半音从他手中泻下来，像瀑布，像急雨，使它的哭泣变得躁乱了。

"你有才华，但缺乏和生活同步的能力。万凯，你太不善于妥协，太不能平衡环境，所以你永远不能在这儿实现自己的价值，其实你是很幼稚的,你还不承认吗?"

这话分量太重。但知我者,章娴也!我,万凯,几经挫折,换了一个环境又一个环境,在哪儿都一样。没开始就有了结果!"你都三十五了,还要试到什么时候?"

"我得试试。"这是我的口头禅。真的,我还要试到什么时候呢?她临出国的那天,就对我说过"我一定要把你接出去"。她考上博士生的那天,又写过信来:"我一定要实现我的诺言。"她能吃苦,能忍受各种环境,她是个强者。可我没法儿忍受,我受不了这份屈辱,更不能接受她的恩惠。我对自己说,我不相信,我得试试!我得试试!

"我求你了,万凯!听我一句吧。"

"干什么?"

"跟我走,出去。你会成功的。"

"我能干什么呢?"我忽然感到气馁。

"当作家,你是个天才的作家。"她很认真。

"当然,你也可以办实业。"

又回到老话题了。我连连冷笑。

"你太重理想而不重实际。你应该写点生活写点命运,这样就……好了。"

"我不想写生活,我要过生活。我不想写命运,我要改变命运。说废话我早就说腻了。"

"在那边,你更可以干你愿意干的。"

"你指什么?"

"指一切。也可以为国内干。"

"对,对!吃美国牛排,法国蜗牛,然后回国观光。然后高喊我爱祖国一如我爱父母!"

她脸涨红了:"你认为我在说谎吗?……其实,你也说过我是个爱国者的。"

我愣了，感到疲倦得很。

"我一直在打听你。你能那么说，我全家都感激你。在那边，我几天都没合眼。万凯，我一直在等你，我跟沃森博士没事，你相信吗？"

"相信不相信全都没有意义。我们不是一样的人，章娴！尽管你最知心，尽管你十分能干，尽管你仍爱着我，为我准备了一切，可你无法重新塑造我。"

她终于合上眼，抽泣了。该谈的全谈了，句号已经画圆。总之她还算有幽默感。

"这几天我情绪太坏，所以我……对不起。"她叹口气，"我们俩都太要强，悲剧就在这儿。刚见面就吵，撑的！"她终于笑出声来。

苦笑着分手，总比不笑的好。

十一

这次恶作剧充其量是回光返照，我的末日很快就来临了。只是没想到这么快。

大白熊把我找去："万，我非常遗憾不能帮助你，我简直完全不明白！"

我当时还能把持住："是要辞退我吗？"

"不是辞退，是……是什么呢？"他摊开手，他真是完全不明白。

"所以我说,您那本关于中国的书,还是迟一点动笔的好。"

董事长就比他明白得多:"你还有这么个妻子啦,不简单啦。"

"所以您就觉得庙小了,是吗?"

"小万,你千万不要误会喔,这实在不是我的意思啦。"她翻着一本书,并不看我。

"那是谁?是市长?那天晚上让他难堪了?"

"我不好告诉你啦。不过你也太……到底是有国际影响的啦。大家多少难为情啦。"她干干地笑着。笑长了,脸就变僵,变硬,像块绷紧的鼓皮。"你,要怎么样啦?"

我并不打算敲这面鼓,只是拉了张椅子在她对面坐下。

"小万,你单位来的函,我又留不住你的啦。"

"我只想知道,你究竟揭发了些什么?"

"你怎么乱怀疑啦?"

"究竟是什么?是赌博?是勾结黑社会?是搞女人?……别抵赖!不说可不行。说实话。说吧。有什么说什么。您干这活儿是老手啦。"

她完全在我的杀伤范围之内,她知道我是能拉响炸药包的,如果她不老实的话。

"说吧,你不说我就叫你爬不上去。好像这样比较公平,是吗?"

她发抖了,冒汗了,淌眼泪了。"小万,我不是……不是有意的啦。我实在……他们要我写,我就写了。你们单位来的人啦。"

"好像是你先写的信,要不他们想玩一趟也没理由啊?"

她默认了,接着又嚎起来。"你恨我好啦,反正我也快要退休了!不支持,上上下下都不支持。……我一个女同志撑这个局面有多少不容易啦?不伦不类!哪个想来哪个来好了……"后来就撒泼,拉开抽屉,一样一样往外摔东西。

我觉着恶心，恶心透了！哪儿哪儿都这么无聊，无聊得数头发丝玩儿。

"喏，这是底稿，你看好了，拿去看好啦！"

"算了！"我挥挥手，退出来。

"小万！"她又追出来，"我给你单位再写一封信好啦？你不要恨我……回去讲讲清楚再回来啦？比方出一趟差，噢？"

我吹着口哨，走出大楼，鬼也不知那是一支什么曲子。

好歹我还有个T。我安慰自己。酸溜溜。

她那几天一直郁郁不乐。我对章娴的态度刺伤了她的自尊心。我也没有解释，越解释越麻烦。

她门拴着。可里头明明有男人的说话声。本来不在乎的，可那天也不知怎么就格外不能忍受，我居然下作到……把耳朵贴在钥匙孔上！

她说："你先回去吧，他一会儿就来了。"热血一下子全堵在喉咙口了。什么话！

"你还舍不得那老白薯？"男的提高了嗓门，"说了半天，白搭。你不能再犹豫了，小姐！"

她说："我知道。"接下去又没声了。

把我给气得，两眼乱翻——这宾馆也不知怎么管理的，连消防斧也没备！这时，门开了。那男的怔了一下，走出来，接着又是一个。一高一矮，两个公子哥儿。我瞪着眼想找茬儿。可他们却无心恋战，匆匆去了。

"你来了？"她问。

我不理她，径自冲进卧室，想找点儿什么。等我一无所获地出来，她正很优雅地对着镜子往头发上别发卡，精心设计她那个高高的发髻。完了是描眉。完了又抹口红。我懊丧地倒在沙发上，心想，做给谁看吧！

烟缸里堆着小山似的烟屁股，到处是烟灰。一屋子烟臭，看着，挺伤心。两个月前，是她说过，受不了我的烟臭。我居然有决心戒了！而现在，她的屋里尽是这些味儿，她不也受了？

在餐厅里，她问："想吃点什么？"

"老白薯。"我恶声恶气。

她睫毛飞快地跳了一下，没吱声。好一会儿，似乎又高兴起来，两手托在腮下笑着："今晚喝点酒吧？葡萄酒？"

"我要茅台。"

"好，就茅台。"不过她要的是二两。我还想要，却被她灵巧地抓住了手。"别这样，啊？"

我顶不住她那声"啊"，软了。可心中的妒火却比任何时候烧得都旺。她两眼直着，可我知道，那并不是在看我。

"来，喝吧。为了什么呢？"她问。

"为了今天，为了明天，为所有的愉快和不愉快。"我自以为很慷慨。

"好吧。就为这些。"

她要了很多菜，但几乎什么也没吃，却把一大杯酒全喝下去。她脸上渐渐有了红晕。

酒能壮胆呢，我心想，一会儿就该编瞎话了。她会哄人着呢。

跟平常一样，吃了饭照例是散步，上海边，或者上公园。可她哆嗦得很厉害。尽管穿着大衣，还是浑身直颤，路也走不动了。

"想回去？想回去就回去吧。"我忽然觉得腻了，天天这么样走下去，永远没个头。没个头不说，心里还窝囊。

她瞧着我，摇摇头。"就是有点儿……冷。"

"是打酒摆子，回去歇着吧。"我也很冷了。

她哼了一声，眼里突然有种奇异的光。直直地逼着我，人也站稳了。"你很妒忌，是吗？"

我不自在了,她是在审问我的良心。她是在责备我的人格。她小看了我。哦,这种光!

"你很爱我,是吗?"

"……是。"

"你想得到我,是吗?"

"我是想和你结婚。你听我说……"

"结婚也一样。想结婚,是吗?"

"是。"

"那好吧,你什么时候有空呢?去请假吧。"

陡然间,我觉着受了戏弄,她竟敢戏弄我!我恶狠狠地嚷:"我现在就有空!"

"那好呀,就现在。"她居然好平静。

"现在?"

"对,你冲着大海,发个毒誓,一辈子跟我好……就成了!"她声音变了,泪也涌出来。

"怎么啦?你今天是怎么啦?"

"没什么。"她哭够了,又对我一笑。"走吧。"她没让我发什么毒誓,也没让我去请假,她就把我领进了"洞房"。"我在度假村租了一套房。布置好了。"她解释说。终于有了点甜蜜感。

我的天,原来她早已做了安排。

房子当然是好的,只是布置得稍微简单了一点。有些房间根本没打开过。卫生间里自来水放出来还有黄锈。我明白,这是因为匆忙。女人有布置家庭的天赋,而她却没有时间。

她点亮了一只烛台,就跑去把电灯关了。一张宽大的桌子,她坐在那头,两个人吃着蛋糕,瞧着烛泪一点一点地滴下来。

只有激动,没有冲动。

"你觉着冷清了点儿,是吗?"

"没关系。我不在乎形式。"我安慰她。

"是啊,要有父母,还有亲戚朋友,大家热热闹闹的,就圆满了。"

"只要有我们俩,就不缺谁了。"我笑着。

"这倒是真的。"她也笑着,"好,结婚仪式完毕。下面该干什么呢?"

我向她走过去:"似乎太严肃了点儿。"烛光摇晃着,把我拉长了,扭曲了。

"那就来个曲子吧,想听什么?《命运》?"

"《命运》太沉重。《卡门》吧。"

"好,就《卡门》。"

我们拥抱。影子在墙上叠在一起,凝住了。美妙的乐章在我身后流淌,月光似的空灵。

"搂紧点儿……"她终于说,接着又用头顶开卧室的门。"……来吧。"

于是我抱起她,走进去。

"别开灯。"她在我耳旁咻咻笑着。

她还挺害羞。我想。本来我以为她是不会害羞的。认为她在导演这一切,我不过是个受人支配的男人……我就这么残忍。

可我不知道……干脆这么说吧,你听过天鹅被击伤的那一声惨叫吗?那种嘶哑的痛苦的呻吟?我听过的。我插队的那个村子,有人用土枪在水库上打到过天鹅。那天鹅叫了一声就死了。后来另一只在村子上头飞了四五天,叫了四五天。吃了肉的人一冬天都没过好。

……最初她也是那么叫一声:我愣了,好半天才明白是怎么回事。等明白了,心也紧缩起来,难受极了。我是真不知道。没想到。

后来，我问她："你难道真是……第一次？"

她揉着我的头发，点点头。

"可你干吗要那么说？"

"我也……不知道。那样好像老练一些。"她偎在我怀里，微弱的烛光在墙上忽闪，又映在她脸上。我看不见她的眼，却觉出那里的清澈和纯净，烛光跳了一下，熄了。

"其实你一点都不老练。"我笑了。又高兴起来，真正感到了冲动。

"也许……是我自己觉着，已经跟好多男的有过。我有这种错觉。"

"扯淡。"我叫起来，"这怎么可能？你怎么会有这种念头？真是奇怪！"

她也低低地笑了。"是真的……"很害臊。我心都酥掉了。还有什么可妒忌的？有什么不满足的？她完全是属于我的！瞧我这德性。

那一夜海风很大，后来又下起了雨。雨刷在玻璃上，当当地响。海浪尖啸，像是要从屋顶上盖过去，一阵阵的，很凶。

我仿佛置身在一个温暖的摇篮里，很舒服地被荡悠着，迷糊过去。朦胧中，似乎听见她说了声："这个地方好吓人。"

早晨，我第一个感觉是，昨晚不是梦，她滚烫的肉体还在我身边。第二个感觉是，她早就醒了，或许根本没睡，两眼瞪着，茫然无光，一动不动。"想什么呢？"我搂她。

她颤了一下，回过神来，立刻有了笑容。"你躺着吧，别动！我给你做早饭去。"

"得啦，待会儿上外头吃去。还没到住家过日子的时候。"

她还是跳下床，穿着内衣跑进厨房间。一会儿，又把头伸进来说："谁说不是住家过日子？从现在起，我就当主妇啦。"

我笑起来:"女人嘛,没说的。"也许每个女人都想亲手操持一个家,过过瘾?这么一想,心里真是顺畅极了。

我穿起来,又替她把衣服送过去。她懊丧着脸瞧着我,一副要哭的样子。

我一看,乐了——她根本就不会煎鸡蛋。大约是鸡蛋快煎煳了,可是翻不过来,一着急,她就把蛋给掀到锅外头去了。

我们哈哈大笑。"你还早着呐,小姑娘!"

"可我瞧着,挺简单的嘛。"她不服气。

"瞧着?瞧电影上的?"于是我表演给她看,怎么翻,怎么铲。"说大话的主妇,荷包蛋是这样煎出来的,还说在家是主要劳动力呢,穷吹。"

她瞧着,伏在我肩头上,突然说:"对了,我得告诉你,我爸不是工程师,是……"

"知道知道!你爸爸是大知识分子,大干部。"我兴奋得发狂,手不停,嘴也不肯闲着,也不知哪儿来的那么多的话:"没准儿你爸爸还是科学院院长,政治局局长呢。就那我也不在乎,你写信跟他说,他宝贝女儿,让一个叫万凯的流浪汉娶来做老婆啦。"

她眼中蓄着泪,叭地亲了我一口!

我就势一手抱起她,一手端盘子,走出来。

一顿美极了的早餐。

上午,我说去店里告假,我不能冲淡气氛。我想好了,先过几天清静日子再说。闹累啦,玩够啦,想尝尝小家庭滋味儿。船归码头车到站,老婆孩子热炕头,这才叫日子。然后,又按她的吩咐上市场去买了点儿菜,芹菜、菠菜,还有大虾和活鲫鱼。这才叫人的日子。

我进"家"的时候,她正在搞卫生。头上包着粉红色的纱手帕,腰上系着雪白的大纱巾。腰细细的,胸挺挺的,腿长长的,像只大彩蝶，满屋子乱飞。

"摘菜！"我大声吩咐，"泡茶！"

"来啦，来啦。"她也喊。然后，咯咯地笑。

我喝着她泡的茶，酽酽的，烫烫的，表示满意。"听说破了一个大案！"我在故弄玄虚，其实我也是在店里刚刚听来的，"想听听吗？"

"是杀人的吗？"她害怕了。

"不是，听说是帮外商钻咱们的空子。损失几千万！为首的是省委头头的小孩，逮住了。"

"是……吗？"她蹲下来，翻提兜里的菜。

"这帮八旗子弟，坏透了！简直就是买办。我早说过，这种官僚体制不改，非出买办不行，他们凭什么？还不就是娘老子有权？瞧瞧！"

我目光炯炯，气吞山河。

她低着头，还在看菜。

"咱们玩了命，一年也不过百来万税金，可他们手一抬，没了！真他妈的不是玩意儿。窃国大盗！"我口似悬河，滔滔不绝，越说越气。"抓得好！应该统统枪毙！"

提兜翻过来了，鲫鱼在地上又蹦又蹿，尾巴在地板上摔得叭叭响。T站起来，脸涨得通红，眼皮也不敢抬。"吓我一跳！"她说。

"这有什么？"我笑了，"找个盆子装上就得了。"

"你敢……杀鱼吗？"

"这有什么不敢，它又不咬人。"

"就那么活蹦乱跳地杀死？"

"不叫杀鱼，叫剐鱼。主妇同志。"

"是啊，不叫杀，叫剐……"她说。

这天她没吃鱼，也没喝汤。

接下来就有点不太对头了。吃着饭，会突然停下来，像听着什么。睡着了，也会突然抽筋，然后浑身发颤，搂着她，才能睡一小会儿。问她，也不愿说。

"跟你在一块儿，总是害怕。"她这样解释。

"怕什么呢？我会把你甩了？突然死亡？遇上强盗了？被捅了刀子了？像剐鱼？没事儿！"

"我也不知道……从前，我胆儿可大了，谁都不怕。可在你身边，我胆儿就没了，很软弱似的。让你给软化啦。"

"这倒是件好事儿。"我说，"我就喜欢胆小鬼。"

"从前，我可野了。"她脸贴在我胸脯上，眼眯缝着，嘴角漾出迷人的笑靥。"男孩子们敢玩的，我全都敢玩。成天一身汗一身灰，可脏了。"

"你还打三角儿，弹玻璃球，你还拿袖子蹭鼻涕，还逃学，老师说你敢于承认错误，就是坚决不改……"

"你怎么知道？"

"我瞧着你长大的，还能不清楚？"

"别闹……我们隔壁院子里有个弹子房，有把门儿的守着不让进。后来我们决定翻墙头，推我头一个上。可我上了墙往下跳的时候，衣服给挂在树杈上了，我踢啊蹬啊，就是下不去。后来还是大哥来了，把我给提溜下去。他拧我耳朵，问我敢不敢了，我说不敢了。可第二天，我照样翻了过去！"她笑了，眼角挂着亮斑。

她从不谈她的爸爸，也决不谈她的妈妈。

我们就这样快活地平静过了三天，从早说到晚，从醒来说到睡着。时间还是不够。她尽了最大努力，爱、温存、幸福，全给了我。她不欠我什么了！

十二

噢,还没谈到真正的"案子"呢。很简单,她原在机关里当打字员。一年前上南方来旅游。接待很热情,照顾很周到,她总有许多不认识的朋友、叔叔和伯伯。旅行很愉快,没说的。回去时,有人托她带了信有人请她帮忙说好话,建设四化嘛,目标很伟大。她照办了,很得意很光荣。后来她收到一包东西,里面装着些纸,那种印着数目字的哗哗响的硬纸,大约五位数左右。起初她有点儿怕,后来就不怕了。她长大了,干什么都短不了这些纸。再后来她就觉着挺不合算——有人对她说,干什么都得有个规矩,没规矩不成方圆。比如百分之零点一或者百分之零点五怎么样?不多不多——她就发了牢骚,对她的客人。她也开始有了客人。有朋自南方来,不亦乐乎?南来的大雁给她捎纸包来了,这样她有了将近七位数。

她变得可爱起来,家里人没个不喜欢她的。从前可不是这样的。从前的事就甭提啦,丑小鸭变成白天鹅了。于是她对那些纸有了更深刻的理解。

春天到啦,北京的风沙特讨厌。她对打字机的气味也有过敏性反应。有人对她说她的皮肤似乎对南方的气候更适应。于是她留下请假条,南下了。

人人都欢迎她,她是个美丽的招人喜爱的姑娘。她也很会"来事",见到老头喊伯伯,见到老太喊阿姨,甜甜的,嫩嫩的,恰到好处。她开始有了帮手,帮手之下还有帮手。

想上项目吗?需要国家投资吗?贷款批不下来吗?是省级的还是国家级的?审批有困难?很好很好。她就是为解决困难而来的。懂规矩吗?——懂规矩就好。麻烦?不麻烦。特事特办嘛。

是啊是啊。她真是个好姑娘。她为发展地方工业立了大功。她的业务很快有了发展，发展到了外地。当然不用她联系，应该分级管理。她只在必要时回一趟北京，去见见她可爱的爸爸。可爱的爸爸想她着呢，疼她着呢。她可不干小打小闹的事。她干的次数非常有限，她不小家子气。因为审批，这可是非常非常严肃的事，这可得慎之又慎。她非常清楚哪些项目能批，哪些项目还没法批。她有这个天赋。

用不着为她操心，她可从来不跟下面打交道。万一有什么事儿，这是说万一，兄弟们自然会去承担。南方的弟兄也有讲哥们义气的。她是谁？她不过是来南方度假的呀，她是个那么漂亮那么柔弱的姑娘家呀。当然她也不能亏待人家，她也帮过人家的忙。比方说，谁谁给一网拉进去了，她就把那网剪破，她能。

令她发愁的还是那些纸，太多了。有人向她介绍了此地的一等户做法：一等户就是一等户，人家存在外头，他们说，瑞士银行不错，牌子硬，底子厚，为用户保密够意思，头年美国国家保密局想调查一个人的数目字，费了多少周折，就是没给他们撬开档案柜。那就瑞士银行吧，她说。她不在乎。她还不到九位数呢。

事情就这么邪门儿，外商也找上门来了。这外商是天生的特务坏子，缠上了。她知道这是犯法的事。法律就是法律，她也怕。而这时，她早就不想干了，她爱上啦！这爱搅得她死去活来，十分地痛苦。可她还得干，她没法儿不干。外商就是外商，心狠手辣。后来……她想到了走，她没别的路。她知道会出事儿的，她感觉功能特好。可她还是拖着，拖着……

她在等谁呢？春天又到了，原来她在等春姑娘——你好啊？你好你好。春姑娘应该给她带礼物来了：一副金镯子，外加一张传票！

这夜我做了个美梦，得到一块冲浪运动的金牌。我被鲜花和笑脸簇拥着，躲开那些讨厌的闪光灯和话筒，我要找她。她呢？

猛然间，我发现身边是空的。被子全裹在我身上。我喊她，没人答应。也许在厕所里，我想着，又迷糊过去。又过了一会儿，心脏才一点一点地紧缩了，像被一只手握住了，压死了。我跳下床来，满屋乱窜，没有！

桌上，搁着我一个人的早餐，明天的，面包，鸡蛋，速溶咖啡已经放进杯子，还有方糖。

我气也透不出来了，一阵阵地发冷。

"你在哪儿？"我喊着她，冲出去。外面漆黑，只有路灯一盏盏地连下去，伸向远处，溶进黑幕里。公路上积着很多水，镜面似的发着蓝光。没有车，也没有人。"你在哪儿？"我觉着自己是在哭了，但听不见回声，只有海浪拍打堤岸的轰响。于是我冲向海滩，没有，什么也没有！

我忽然抱着侥幸。也许她还在家里？这不过是我的幻觉。也许她成心开个玩笑？她准是这样想的，试试我的诚心。她有这个小姐派头。

我失算了。她的小皮箱不在了，风衣也不在了。我蹲在地上，站不起来了。

一摊积水，在我身边漫开来。原来外头下着雨呢。这时淅淅沥沥的雨声才有了音响……

又过了多少时间，我终于站起来，心跳得紧，脸色也一定不好。可我转过身来，奇了，她就在我身后。

风衣湿了肩头，头发上缀着一串串水珠，她瞧我，一动不动。

我们拥抱着。很久。

"我全都跟你说，好吗？"

"先把湿衣服脱下来。"我脱了，就上床。

于是她全告诉我。

我没有发怒，我无火可发。我的心冰凉，一直凉到四肢。冻僵了。

她偎着我："你在听吗？"

"听着呢。"我竭力像她遇见的每一个人的模样。各种各样的面孔都对她笑着，挺和善。

"我不走了。"最后她突然笑了一声，为自己能改变主意，似乎很高兴。

"这是要吃官司的。"我终于想到了一句话。

"我知道。也许会判刑，是吗？"

"当然要判刑的！"我又有了一点阳刚之气，坐起来。我不知所措地揪着头发。然后在枕头底下，在衣服口袋里乱翻一气，也不知究竟要找什么。我完全没有目的，完全不明白。不明白她，也不明白自己！

她跳下去，又跳回来，手上拿着烟，还有打火机："抽吧，我知道你要抽的。"

我说："你知道这是什么行为吗？这是……老实说，我也说不准这叫什么行为。"

"能判几年呢？三年？五年？"她倒很沉着。

"说不好。难说啊——也许根本就不判！"我突然来气了，"天下者，你们的天下。国家者，你们的国家。你们想怎么着就怎么着！"

"别这样，凯。"我瞧着她怪可怜的。一夜功夫，眼窝塌了，颧骨高了，瘦成这样！

我们重新躺下，肩并肩地挨着，好长时间没话可说。说什么呢？

"万凯？"

"嗯？"

她侧过身子，对我笑着："只要你答应等我，我明天就去自首。咱们让大伙儿高兴高兴，怎么样？咱们也震它一下。"

"我当然会等你，我还有别人吗？"我突然感到一阵恐慌，"可是……你不能去。"

"我回来，就是要去的。"她还带着笑。

"也许，根本没什么事。过两年……就好了？"

"那还不如把这两年蹲完呢。搁着也是心病。"

我没词儿了。我知道她这样做，不容易。我这样说，也不容易。我们没法儿骗自己。

我说："要不，咱们先结婚，把手续办了，你再去。这样，你也就……"

"得了吧。我要是判个三年五年的，还不干绑着你吗？你不能总没女人，对吗？你呀，得有人陪着才行。我知道。"她揉着我的头发，仍是那样瞧着我。

我明白了，此刻她要求我的，不过是对她温存一些，体贴一些。如此而已。"来吧。"我说。

"是得抓紧时间。"她笑了，钻进我怀里。

天亮了。我眼瞧着晨曦一点一点从窗帘缝中泻进来，一点办法也没有。我情绪坏到了极点，伤心透了。想着从前我们每一次接触，每一句含意无穷的对话，每一个微妙的眼神，真想哭。她也一点没睡，只是静静地躺着。两个亲近的人并排躺着的时候，心事可以互窜的，这很奇怪，就好像无线电波的频率相同——当我想到在香港她的异常表现时，她竟然笑起来。

"知道吗？那会儿我就希望你赌，我心里就盼着你输呢。可你偏不输。你这人，八字太硬。"

"为什么呢？"

"你输了，也许就不愿回来了。"

"那倒……可能。不过也难说。"

"后来才明白,你不是那样的人。你这人,心野着呢,琢磨着干大事业。"

"是吗。"我蔫了。话都说到这分上了,还怎么能安慰她呢。她并不了解我,她把我看得太深。

又哑了。躺着,任时光一分一分地流逝。我愣愣地想,她这一去,少不了一场骚乱。没准儿真得判个三年五年的,或许更长。当然,还得波及她的家庭,动摇她爸爸的地位……

这天早晨,和往常一样的轻松。雨下了一夜,天倒晴了,阳光斜斜地投进来,空气潮湿而又新鲜。吃过早点,收拾了餐具,我们又坐一会儿,她便起身去打电话。

"要不,咱们再……商量商量?"

"瞧你,"她温柔地安慰我,"别怕。啊?"

我沮丧地跟着她进了电话亭。

"是纪律检查委员会吗?请找陈书记听电话。"她又对我眨眨眼,意思是一切没问题。"是陈书记吗?陈伯伯你好,我是T呀。"

"是你呀?"那边笑声响,"怎么不上我家里来玩了?"

"是这么回事。李小东那个案子,其实后台是我。……是我干的,他不过是牵头的。"

"你开什么玩笑?这是闹着玩儿的事吗?"

"我一会儿就来投案自首。"

那边声音压低了:"你这么干,知道后果吗?你爸爸知道吗?要不,还是先上家里来谈吧。"

"我立刻就到纪委来。"她把电话挂了。

回到家里,她又铺了一次床,把被子重新叠过。把垫单重新抚平,然后扫视一遍,看看没什么可干的了,再穿外套。而我,只能在一边干看着,竟一句可说的话也想不起来。她忽然笑了笑说:"要是我在半道上给抓起来,你就替我证明一下,我是去自首的。""是想万无一失吗?"我也笑着,必须笑着。"我过马路还得小心,给车撞死就惨了。"

"那当然了。"

马路干净极了,行人和车辆也不多不少,一切都正合适。我们的车停在纪委大院对面的马路口。她下了车,我留在车上。我们是这样决定好的。

她穿马路的时候,安静地等车过完了,又向两边望了望,确认安全才走过去,走进大院里去。

十三

不知什么时候起,那个和他们一起的穿制服的男的,也靠在车厢过道上听。他脚下是一地的烟头。我碰碰万凯,提醒他注意着一点儿。"哦,天都快亮了。"我伸了个懒腰。但万凯似乎并不以为然,仍沉浸在这肝肠寸断的记忆里。

"这次,是回北京吗?"我问。

他点点头,咳嗽了。他抽得太多。

"你以为,真的会判吗?"

"谁知道!"他气势汹汹,"判,不是我希望的。可是不判,就更不是我希望的。"

我能理解这心情,可我无法安慰他。因为首先是无法说服自己。老K,真够难为他的。

这时乘务员出现了,她把那个穿制服的熊了一顿,为他扔在地毯上的那些烟头。穿制服的赶紧去拿扫帚了，这位大约也是头一回乘软卧。

趁这个机会，我对万凯说："你应该在北京活动一下，设法找个折中处理的办法。"

"扯淡！"他冷笑着，"你以为没人想办法？听天由命吧。再说，我也得回单位去了，接受审查。"

我怔了一会儿，安慰他："不会把你怎么样的。"

"我有什么？"他冷冷地瞪着我，"我现在真希望审查，巴不得全中国的人都来审查我。看看我究竟有没有心肝！……我没心肝了，我的心早已被我掏出来了。我把我的心捧在手上送出去了——可惜我这颗心不能像丹柯的心那样可以燃烧，可以照亮别人！我的心血淋淋的，在寒风中变冷了，变僵了……从前，我认为高尔基在英国出的那本小册子，那个《伊则吉尔老婆子》，完全是开玩笑。现在我懂了高尔基，高尔基……我是谁？我就是丹柯，我就是把心扒出来捧在手心上的丹柯！可惜我的心不能燃烧，不能照亮……"他呢喃着，垂下头。

我不忍心再问下去了。他太亢奋，神经绷得太紧。不过多少我也明白了一点点。审查，又没说要把他怎么样。咱们国家有很多非常微妙的词汇，很多非常微妙的做法，滑稽得很。我相信，即便没有那封揭发信，没有那次赌博，没有那个女董事长，就凭他的性格和他的几十万存款，审查他一下多数人也绝不会有意见的。

倒在铺上，我还是不能休息。不停地想，关于心的问题，关于人的问题，关于他那些痛苦的哲学思考。后来我想通了，老K这家伙，他的宣言和他的行动并不总是一致的，就像他的艺术主张和他的创作实践并不一致一样。后来我就放心了，哈，老K！

于是我就睡着了。

车到北京站，已是另一个早晨了。我提上行李，钻到软卧这边来。

那两个穿制服的早就准备好行李站在过道上。软卧车厢已经没什么旅客了。

我想喊老K,那男的向我努努嘴,女的却哼了一声抱着膀子走开。我一伸头,是两个人正在吻着呢。

车站上嘈嘈杂杂。月台上有几个旅客也注意到这个镜头,一起围窗底下嘻嘻哈哈地笑。

而他们俩什么也看不见,什么也不管。他们在他们那个世界里。好样儿的!

后来他俩也出来了。两个人显得挺高兴。T姑娘还冲我点了点头。笑着。

出站时我对老K说:"你还是回来吧,写小说,比什么不强?"

他愣了一下,慢慢地转过头来:"你认为我会趴下吗?"他念了句偈语:"如入火聚,得清凉门。"

我打了个寒噤,不只清凉,已经很冷。

他挽着她的胳膊,不紧不慢地走。倒是那两个穿制服的男女帮他们提着行李,一前一后地夹着他们。后来,他们停在一辆黑色卧车前。

T姑娘钻进车去。万凯对我挥挥手。两个穿制服的也对我点点头。我手上提着一大堆,嘴上叼着车票,只能冲他们点头笑笑。

他们的车走了,一下子就没入长安大街的洪流中。我这才想起,这次居然又忘了道声再见。唉,万凯——老K——赌棍老K,什么时候还能再见到你呢?

原载于《江南》1987年第1期

多味拉力合成画

一

我？我来谈人才问题？不行不行。

对，合成画是我们市的。辛国如同志也是我们市出来的。可说起来，惭愧得很，真是很惭愧。

大小我也算个作家，也做过几篇呼吁人才的蹩脚小说，可到头来自己却险些堕落为扼杀当代画坛巨星的刽子手，想想，真是后怕啊。

辛国如同志是本市文化名人辛魁一老先生的独养儿子，今年才二十六岁，小帅哥啊。身材适中，眉清目秀。可以想象，辛老先生五十六岁才得子，知天命之年，入化境之人，小国如实在是从身体到精神，从修养到气质都得了辛老先生的真传的。可惜当时竟没人从遗传学的高度来考虑分配他的工作，而先生仙逝时也未留下只言片语，甚至一丁点儿暗示都没有。总之，根据顶替的原则，国如当上了小车司机。这孩子（现在这样称谓已属不恭）当时也爱捣鼓那玩意儿，谁知他是藏而不露，一副大家派头呢。

文联是个众所周知的穷事业摊子。一台老爷车还是领导照顾我们从废品公司削价拨过来的，跑不上两年便产生了买得起养不起的尖锐问题，党组会议十次有八次扯到了它。而这八次里，有十六回卖车的提议，又有三十二回的否决。问题的焦点是：停车容易，可小辛怎么办呢？小辛——唉，不知为什么，那时大家都没能看到小辛的长处，对他有点头痛。这也没什么，一个伟人起初往往总是不被理解的。

　　终于有一天，辛国如同志自己提出来了。

　　那是前年，一个极其美妙的下着小雪的早晨，北风无比温柔地抚摸着窗棂，在玻璃上留下一棱一棱的霜花，同志们都在办公室里，煨着火炉看报喝茶。而我，正艰难地爬着格子，拼命追赶文学的新潮头。要知道，这种季节人人都体会到大家庭的温暖哪。国如同志那天也在，而且亲自担任了司炉。实际上他是很乐意为大家服务的。

　　你这样写怎么成？不知什么时候，他的炉钩竟搭到我刚刚誊抄好的稿纸上。说不心痛那是假话，我赶紧伸手去拨那铁钩。不用说，我的手立刻又弹了回来。

　　你……哎呀。我跳起来，一脸恼火。小老子哎，你玩别的不成吗？

　　玩？他笑了，我跟你说正经的呐，赵头。你这样写怎么行？你这也叫创作？糟踏墨水嘛。

　　我吮着手指头，顿时不恼了。真的，我也正为自己赶不上时代苦恼着，他的当头棒喝立刻使我清醒了不少，这样写怎么行？可是不这样写又怎么行？这是个哈姆雷特的难题。

　　艺术灵感都是在一瞬间形成的。有哪个艺术大师是靠勤劳成功的？你以为苦吟派真的辛苦？那也是一种潇洒！没能耐，干脆上街卖瓜子去，眼下卖瓜子儿的吃得开。他抖着腿，嘴角挂着一丝嘲讽，而那炉钩子仍在稿纸上抓挠，就像一个建筑师在拨拉小孩堆的积木。你应当到编辑部去，到电影厂去，到能卖现货的地方去，让他们给你开房间，要干就像大作家那么干。你这么苦熬，他宣判道：永无出头之日！

　　他的宏论在办公室引起了哄笑。而我，心里多少有些苦涩，谁又不想当大作家呢？当得了吗？

笑什么笑？他把炉钩抡圆了，重重地敲在烟筒上，笑你们自己吧，难怪咱们市出不了人物！

谁说出不了？我们的美术干部老黄揶揄道，有个大艺术家就叫辛国如嘛，哈哈……

大家又笑了，我也莫名其妙地跟着笑。笑了一阵，都突然刹住了。我看见，国如同志脸色铁青着，眼皮翻白了，死死地盯着天花板。

小辛，小辛？开个玩笑嘛。我说，别当真。

行。他站起来指着老黄，冲你这句话，我决定当画家了。说着便把汽车钥匙解下来，扔到我桌上，走了。

当时大家都以为这是小孩子赌气，谁也没在意。可第二天，党组成员都来了，没说的，又要开会。一开会，还真成了，大家说，就汤下面吧，正好把这该死的"小汽车问题"解决了。至于小辛，能画就画，不能画也不损失什么。因为……反正他也是闲着。不过总得兼点组织工作，我们没有专职画家编制，我把这意思婉转地告诉了他，希望得到他的理解和支持。其实他比我想得更高尚，更大度。

不就是办办展览，给业余作者讲讲课吗？放心吧，赵头，一句话。他拍着我的肩这样说。

国如真是个天才，一经他的手，空气也都擦出了火星。他简直就是个魔术师，是个发明家，是创造万物的上帝。毕加索不过是他脚下的尘埃，可惜这一点当时并未得到大家承认。

时隔一周，他夹来一堆他的草图，让大家欣赏，摊在办公桌上，或者干脆摊在地上。他是那么谦逊，平易，一如任何一个伟人。于是大家都围过去看，不用说，全呆了。

随便提提，别客气。没有缺点的画是不存在的，他拿着烟斗走来走去。他已换上了烟斗。

简直是绝了，国如。老黄谄媚道，你看，你几笔一抹，就是一群狂奔的四不像哪。哈哈，简直是耳目一新，耳目一新！

是吗？他漫不经心地点着烟斗，像斯大林那样叼在唇上，然后将烟雾喷在老黄十分得意的脸上：你真的看出四不像来了吗？他瞪着他。

是……真的。老黄惶怵地答。

不过……当然了，你总还是学过几天绘画的，到底给你看出一些门道来了。你再往上看，从空中看，对，看那后边的层次，看那调子，看那意境，那味道……看出来了吗？

这……阳春白雪，阳春白雪，嘿嘿。

我量你也看不出来！他鄙夷地说。然后他坐下了，烟斗在桌沿上磕磕，安慰着瞠目结舌的老黄。你不缺乏技巧，你缺少的是感受力，缺少想象，所以你的画才那么刻板，那么没有灵气。别泄气，伙计，慢慢来。我这幅画送给你了，这是我赠给你的第一幅画。记着，从生活到艺术，本来没有，经过你的手，有了，这才叫艺术，这才叫创造。比方这幅，就是我根据桂林民间传说《九骏图》点染而来，现在我告诉你，这后面是岩壁！你说的四不像正是从岩石中冲出来的扑面的九匹骏马……这大概对你总有点启发吧？说完他站起身，给画添上《九骏出山》四个字，盖上他月牙形的印鉴，跟着又题签：黄允豪先生雅谑。

老黄捧着那幅图，连话也说不出来了。我想一定是太激动了，太震动了，太感动了。于是大家哄笑一阵，走开。

有时，国如也当众为大家表演作画。每个同志都乐意为他服务。看他作画是一种享受。看他怎样凝神，怎样运气，怎样挥洒，比发工资还令人快活。如果哪天办公室里有什么不愉快，一定会有人提议请国如同志作画的。甚至两口子吵架，挤公共汽车被人掏了钱包，那么最好的安慰就是看他作画。总之，他作画就好比小泽征尔的指挥,就如同登月火箭的点火仪式,就像你骤然吸入大量的负离子……一句话,漫将一砚梨花水,泼作黄山几段云。绝了!

二

我说过,我们文联是个穷摊子,池浅养不得大鱼。

办公室早就告急,库存的全部颜料、画笔,以及几令宣纸、三百张水彩纸和两匹画布全部被小辛领光了。他仍不够用。最伤心的是老黄,再不能让他糟踏下去了!他冲我吼着,你要有一点点艺术家的良心,老赵!他简单是个败家子,简直……我画了一辈子了,也没他一个月用得多。宣纸一张六毛多,水彩纸一张八毛多,你知道吗?我画了一辈子了,现在还在用着几支秃笔,可他买一支斗方就花九十多块,你明白吗?可他还在领、领!他唏嘘了,仿佛小辛每领一次,就从他身上割下一片肉。我真不该呀,真不该跟他开那个玩笑呀,哪怕他要当作家也好嘛,反正稿纸不值几个钱……

要命的还是他那些发票。每隔半个月,他会极准时地递过来一叠发票,领不着,他就买。而他买起来也确实吓人。

我们党组的同志们都是极谦虚的,把批条子的大权都让给了我。这份信任从前还令我荣耀,这时就让我头痛了,检讨起来,我对他的压制从那时就开始了吧?而我实在也有苦衷啊。

文联的事业费不能让他一个人吃了!同志们向我抗议:再这么下去,我们也买,他会买我们不会吗?

而国如同志也说,看你小说里的改革家个个都气魄宏大,可你批条子还这副酸样,真是令人扼腕。

我是腹背受压，觉得身子也挤扁了，拉长了，变宽了，悠悠然成了一张纸，从批条子机器里弹出来，飘出去。

　　来，这么批，用毛笔，嗳……这才够风度。他指点着我，又不无抱怨。人哪，是不能当官，一当官骨头就软，连脑子都是正方体的，吐口痰都得用卡尺量量口径。

　　他笑了。而我，却想哭。

　　他大约也觉出了我的不高兴，这以后再不单独报销材料费和书本费，而是在出差报销差旅费时才把那些发票贴上去。这使我十分感激，起码，别的同志不会再有疑虑。至于办公室主任的牢骚，那就随它去吧。一个行政干部永远也不会理解艺术的。我们是艺术家，艺术是相通的。

　　有一回，我们的老主席突然上班了，国如同志亲自搀扶他上的楼。老主席喘吁吁地对我说，××晚报上有篇介绍国如的文章你看了吗？没看？哎呀你呀你呀！我早说过，对有才华的人一定要支持，全力支持！这次他的画得到美术教授的好评哟，不简单啊。

　　我激动了，我们这个小城市有谁有过报纸专栏介绍的荣誉吗？没有。可惜文联竟找不到这份报纸，这样重要的消息都看不到。明年一定要增订这份报纸，我想。老赵，这次国如在××市花了点钱，请人来看画嘛，总不能不留顿便饭吧？这是礼貌问题。我看应该支持，全力支持！国如，拿来！一沓子发票我以为老主席要亲自批的，谁知这发票又推到了我跟前。国如谦逊地笑着。真是不好意思，本来我想自己报销算了，可老主席他……我一定努力！

　　这就对了！要努力啊，可不许骄傲自满。

　　老主席亲口说的，国如同志当面站着，我能不照办吗？不过说心里话，我是有点不痛快。我相信老主席是个好人，可谁又不想当好人呢？不过反过来想，如果国如同志一开始就找我，我也会全力支持吗？肯定不会。现在讲出来，真是罪过哟。

我是个混蛋。为了推出一个画家，付出几只彩色胶卷，两桌筵席又算得了什么？这已经太合算了。难道国如同志什么都不干我们反而要高兴吗？难道文联不是为繁荣创作而存在的吗？可我当时竟昏了头，下午就把他找来谈了一次话，还拿注意影响争取进步之类无聊的话来引诱他。我真是个疯子！

幸亏国如同志没让我滑得很远。他凝神想了一气，突然抓起我的左手在手心上划拉几下，又盯准了我的脸，围着我转起圈来。赵头，你今年一定有喜事！他伸手指着我眼角的鱼尾纹大叫一声：啊哈，你要出头了！

何以见得呢？我装作并不吃惊的样子。

这儿写着呢。

你会相面？其实我已经在笑了，就在这天上午，一家编辑部来函通知我，考虑到我为他们改了七稿，大大的辛苦，决定近期发表我的一部推理小说了。我的心顿时像只开花馒头，热腾腾地，膨胀起来。

跟你说说没关系，你可千万别透露。我研究过麻衣相书，也研究过《推背图》，最近还搞到一本日文版的《生相学》。其实中外理论都有精华和糟粕，关键是你自己要有独到的理解。没什么了不起的，你有病，你有心事，你的亲人如何，全都在你的手纹和脸相上表现出来。用句哲学语言：没有不反映本质的现象，也没有不表现现象的本质，没什么了不起的。

那么未来呢？也写着？

当然。没有无因的果，也没有无果的因。

可突然事件呢？也写着？比如交通事故？

别笑。你真能钻牛角尖，不过我仍可以告诉你，偶然体现着必然，必然决定了偶然。服不服？无懈可击呀？他已把麻衣相术马克思主义化了，使这门古老的学科现代化理论化了。

你再看看我的将来。我笑着把手伸出去。你也相信？算了吧。他伸了个懒腰。我跟你闹着玩呢。你们共产党人，是唯物主义者。玩就玩嘛。我缠着他，心里有无数只蚂蚁在爬，好像下午专为找他玩儿似的。他缠不过我，只好把我手掌翻开来。你这人做官是做不上去的，恕我直言。

我早就不想当这劳什子官了。我只想写。

呀，呀呀呀！他扔开我的手，盯着我的眼，想不到哇！

什么？一阵窃喜的热浪激荡着我的心胸。想不到你还真能成为大作家呢，这儿，这儿……对，你不是天才型的，可你能吃苦有毅力，你是苦吟派的。

是的，我能吃苦，白天在办公室写，晚上在家写，我从没十二点以前睡过觉。

当然，你不是一流的，但确实是大作家。我晕掉了！不是一流，二流三流又何尝不好？我不是天才，这只能怨我爹妈。

不知不觉，屋里暗了。他和我却在出神，我看见一束铅灰色的光透过天窗投在他左颊上，使他的脸拉长了，却更深沉了，更生动了，早已熄灭的烟斗就像他口中吐出的一枝莲花。他眼直着，却有种粼粼跃动的光，眼角还有湿斑。

赵头，你好像说我用的纸笔太多了？

我尴尬着。那只是有人反映，你知道就行。对，这意见好极了！他跳起来抓着我的肩，从今以后我不用笔了，我要创造一种崭新的画法！我要彻底改革绘画，我要开创一种崭新的形式。对，一个巨匠的出现，绝不是几幅作品，而是他开创的一种风气，一种前所未有的形式，一种闻所未闻的观念。就是这样！他气汹汹地嚷着，然后挥手在我肩上一劈，走了。不是吹的，不是这次谈话，他的新画法也许还要延迟几年出现，那人类的损失可就大了。而我，有幸做了他思想的燧石。几天以后，一个新的画种诞生了。

三

无笔合成画。画派创始人：辛国如。《你看到了什么？》——我看到了色块，色块与色块拥挤着，化合着，形成了新的色块，在色块之上是一条弧线，弧线被拉毛了，连着一片混沌的水渍。是那里隐藏着什么奇迹。《你想到了什么？》——我想到了一片蔚蓝色的海湾。海浪撞击着，托起了一座冰山，冰山上开着红花。当然，我也想到了奶油蛋糕。头天我买给儿子的蛋糕奶油太少了，还没有这画上的颜色厚实。

以下还有《人生的荒漠》、《海魂》、《精变》等等。最绝的是一幅《我》，好像是一座陡崖，又像是一座高楼，从那儿跨出去一条腿，跨向另一座陡崖或高楼。两座陡崖之间是海洋上的涡流。涡流像一张大口，吞食着什么。

这幅画还有点意思。老黄是被我硬拉来看画的，不得不咬文嚼字地作出评价。他是很会用两分法的。形式嘛是自由的，这很好。色彩嘛是斑斓的，这也很好。就是……他看着我。

随便提提，没有缺点的作品是不存在的。

我也怂恿着。是啊老黄，你是专家嘛。就是……没什么意思。老黄终于跳出来了，按捺不住了。美术嘛，总要表达一种美的思考或者的情感，比如这幅《我》，究竟在说什么呢？他这人一说话就激动：这是一种什么情感呢？超脱？傲世？还是自杀？还有这，还有这，简直不明白，简直是形式主义，简直是……浪费！

怎么可以这样提意见？怎么可以这样对待同行呢，这是态度问题。我立即压住了老黄。不是我今天自吹自擂，当时我就感觉到了无笔画是个有前途的新画法。要知道新事物开始总是幼稚的，然而它代表着方向。不错嘛，我认为不错。我说，国如同志是个有开拓精神的画家。毕加索的伟大就在于他总不满意自己的过去，探索，值得鼓励。当然了，争鸣也是很好的。不争鸣就不会有进步。我还得安慰一下老黄。听说西方美院的画室制就很有意思，一个画室几乎就是为了反对另一个画室而存在的。将来有条件，你们也可以建立画室，争鸣嘛。我得意地哈哈大笑，我已被自己的高见征服了。可他们并没有被感染。回答我的是一大团辛辣的烟雾。须臾，国如同志才慢慢地说，赵头，你这想法很好，有点改革精神了。不过我还是决定把画室捐献出来。作为回报，你给我办个展览吧。展览么，我结巴着，将，来……总是……不是将来，是现在。

现在么，你的作品……

不要紧，数量不够还可以加加班。

我说老赵，你摸摸良心还在不在？老黄又开嚷了。这样乱七八糟的东西能办展览，我的调色板可以得大奖了！还谈什么数量，笑话。这种货色我一夜弄不出三百张来，你割我脑壳当尿壶踩！笑话，简直是笑话。老黄一跺脚气跑了。

我安慰国如：你不要在意，老黄这人是偏激一些。

我在意他？我？国如同志哈哈大笑。燕雀安知鸿鹄之志哉。他怎么能理解我？我怎么会计较他？他把眼泪都笑出来了。后来他又告诉我：思想贫乏的人只能看见形式。但形式只是内容的外衣，哪有不表现内容的形式呢？没有。只是我的思想隐藏得比较深，他看不出来罢了。而思想隐藏越深，作品的价值就越高。这话谁说的？好像是恩格斯，对吗？

太对了，太深刻了。经他这一点化，我眼前的这些画好像马上注入了血液，活了，我看见的再不是颜料和画纸，再不是色块和弧线，而是一汪汪感情的泉水，一座座思想的高峰，亮闪闪沉甸甸地流淌着奔涌着，这是整整一个经过高度概括的世界。他的超越感，他的历史感，他的民族感和时代感，就像江面上到处闪烁着的粼光。看久了，眼都发酸，正如我们不能仰视太阳那样。不过，他的画展还是因为种种原因没能办成。这种种原因就不细说了吧，总之，他出发到西双版纳写生去了。无论如何我得支持他去创作。

但就是这年年底，市委工作会议上，有个书记指名批评了文联，说我们一面叫着经费不够，一面又用公款支持一个小车司机在外头游山玩水，到处捅纰漏。

批评就批评吧，我不怕，为了一个艺术家的成长，批评一下也是合算的。其实国如同志就是画家，而不是什么小车司机。至于谈恋爱嘛，总是不能太规矩了。女人也不喜欢太规矩的人。同时事情很快就起了变化。国如同志被接回来不久，就得到了一位副市长的关怀。我说过，他是个开拓型的人才，善于打开局面。副市长建议我们送他出去深造一下。受点正规训练总是有好处的嘛。巧得很，国如同志告诉我某师范学院的艺术系为他留了个培训的名额，只是培训的费用不算少，等于我们全年的事业费，也等于那辆破车的三倍。党组这回也犯嘀咕了。

就在这时，传来一个消息：国如同志准备拍卖辛老先生的珍藏，那可都是些稀世的文物啊，三文不值两文地卖了，究竟算什么事？

辛老夫人也来哭诉了，哭得人凄惶惶的。国如是决心吊死在绘画艺术这棵大树上了，不成功一定要成仁的。

这可是落实知识分子政策的大事，是关系到党的统战政策，关系到人命的大事啊，那还有什么话说呢？去吧，去美丽的西双版纳画去吧。

四

去年秋天，我去北京出差，顺便看望了一位美术界的老前辈。我们是五七干校的校友，已经有十多年没见面了。没想到这次又意外地见到了国如，这也算是名人轶事吧。

那天，老前辈约我同去看一个法国古典画的巡回展。在美术馆门口，就看见工作人员同一个摆地摊的青年在争执，当时我没在意。出来时，又见那青年向一对外国夫妇兜生意。三百。少一文不卖，这是国格问题。他的吵嚷引起围观。

老前辈问看门的姑娘怎么回事儿。一个骗子。姑娘一撇嘴说，想进馆没让进，就来这一套，懵谁呢？我好奇心上来了，挤过去一看，我的天，这不是国如吗？他蓄了长发，留了小胡子，衣裳挺帅，就是皮鞋裂开了口，露出了褐色的袜子和半只脚丫。不然怎么没认出来呢。

那对外国夫妇终于耸耸肩离开了。国如似乎有点遗憾，想追上去，但他看见了我。

等人散尽了，他收拾了地摊，来到我跟前。赵叔叔。

哎呀，真是不敢当，这是在叫我吗？因为陪着老前辈，我没敢久留，只是约他晚上来旅馆吃饭。

晚上，他背着画夹来了，还是那身装束，只是精神状态好多了。赵叔叔。他还这么客气。我现在才想起来，从前他叫我赵头，那是因为在办公室。现在叫我赵叔叔，是因为我们关系铁呀。我们喝着酒，话也多起来。他告诉我这几个月的经历，原来他并没听过一天课，多数时都是在处流浪，因为流浪也是学习。

那种课也能听吗？他们懂什么艺术？他说。如果灵感可以传授的话，那么工厂也可以生产艺术了。他说是这么说，可神情中也夹着忧郁。

我不好说什么，创作的苦恼我多少知道一些，只能拿一些老生常谈的东西来安慰他。

你能借点钱给我吗？吃完了，他突然说。

我愕然，我这才明白，他已经好几天没像样地吃一顿了，而晚上连住宿也没有着落。

这一夜，他就睡在我屋里。至于钱的问题谈不上借，也谈不上帮助，尽我所能吧。

我要为你画一幅画。他又兴奋起来，眼角含着泪斑。天啦，我从未见过他的目光有这样明亮，这样柔和，这样动人。

《危难》就是这样创作出来的。画你们都看过了的。苍茫的沙漠，天被压成了一条曲线，在沙窝里，迷途的战士昏死过去。而他的战友，一只骆驼正跪在他身边拿舌条舔着他的脸。这种超自然的爱真是令人神往。而你们不知道的是，这伟大的情愫却是在魔幻一般的表演中完成的——他先是用一块石蜡在纸上勾了几笔，然后把水彩泼上去，双手倒换着拎着纸角，让油彩淋下来，淋够了却将纸贴在一块大玻璃上，他又从一只小瓶子里倒出一点什么药粉，拌进颜料；最后把纸一拉，颜料抹上去，搁在灯下烤烤，再拿小刀修修，拿指甲刮刮，过了一会儿，沙漠形成了，骆驼和人也形成了。最后，他掏一只避孕套吹气，然后用这只气球在画纸上又推又碾，这幅巨作就诞生啦。当然，形象不是很准确，但这是他的特点啊。那味道真是，没说的。可他看看，仍觉得背景不够味儿，又喷上一口水，用块塑料薄膜蒙上，一拉，哎呀呀，沙漠上的热浪，一缕缕地腾起来，逼人！你看着，觉得这是画吗？不，这比立体电影还让你能够进入，你整个儿就感到骄阳似火，口干舌燥，你就要热昏过去。约摸过了半小时，我才清醒过来。

这是我最好的一幅。他喃喃地说，他也呆了。等着吧，我还有更好的呢，我会给你们应有的名分的。我感谢你们的白眼，他说。

秋风扑打着窗棂，沙沙地响。月到中天了，一地的光。我忽然打了个激灵。这晚，我们睡在一张床上，第二天早晨，他不见了，那幅送给我的画也不见了，他给我留了话：老赵，谢谢你的帮助，我会报答你的，画我先带走了，有急用。我相信，这就是文人的无行了。当然，我承认我有点小小的不愉快。我在北京的事办完了，便去老前辈家道别。却不料开门的竟是国如。

请进。他新修了边幅，衣冠楚楚，一副主人派头。真是说曹操，曹操就到啊。他笑着。

老前辈也哈哈大笑，老赵你不简单嘛，手下出了这么个人才。应该得伯乐奖，伯乐奖！

我简直要晕过去了。我真是，太激动了。

他给我泡了茶，然后退回去坐在老前辈身边的沙发扶手上。赵叔叔最崇拜您的画了。随意点染，自由洒脱，深得国画写意的精髓。

那里那里，我现在是落伍啰。

国如叫起来：那完全是门户之见！现在美术界的风气就是有点不对头。是不是，赵叔叔？

是啊是啊。我慌忙说。

哈哈。老前辈不在意摇摇头，你们也听说了？不要管他，不要管他。

我们当然管不了，可就是不服气。对不对赵叔叔？

家父生前跟赵叔叔也是忘年交。

是啊是啊。辛魁一老先生是说过要跟我们交朋友的话，可惜他逝去得太早。老前辈也沉思了，魁一先生的词早年我读过，有魏晋遗风，很有风骨。他抚着国如的腿，说：其实长江后浪推前浪，谁又不希望年轻人后来居上呢？我不过说了几句不要机械模仿，不要胡吹乱捧的话，就被人拿去断章取义，大加挞伐，何苦来呢？唉！

该说的就是要说！国如愤激地跳起来，再没人出来说话，美术界就不知邪到哪儿去了！我很惭愧：美术界居然发生这样一场严重的斗争我还不知道。幸亏国如在这儿，不然我只会麻烦老前辈而不能安慰他，罪莫大矣。嗯——老前辈摇头了，显然他已不愿谈这个，他招呼我，老赵，小国如送给我一幅画，你来看看。他把我领进书房。《危难》端端正正地靠在他橱柜上方的墙上。但此时我已没有半点不愉快，而是十分感激国如的虑事周到了，显然老前辈比我更需要它。

很不错的。老前辈指给我看，构思巧，意境也好，动物尚且有情，人何以堪呢？

是啊是啊。

从技巧上说，也有独到的地方。你看，它既有国画写意的优点，也有西画注重质感的长处，结合得不错。尤其令我惊讶的，是这沙漠上的热浪，这简直是一团被稀释的空气，使我们好像透过棱镜片观看一样，沙砾的变形恰到好处，让人觉着不是逼真，而是身临其境了。真不知这效果是怎么弄出来的。

我笑了，他哪知道这得力于避孕套和塑料薄膜呢？

国如用谦逊戏谑的口吻说，洛克·特鲁瓦特说过，绘画很简单，先用大笤帚抹上颜料，然后用绣花针收拾就行了。

老前辈一愣，然后哑然失笑，笑得连连咳嗽。我们都笑了。这一天，过得太愉快。

席间，老前辈沉吟着告诉我：后生可畏呀，像国如这样既有理论基础，又有扎实功底，而且勇于探索的青年才真正是我们的希望。他说打算为国如写篇文章，一定要廓清当今画坛一些华而不实的庸俗作风，国如也热泪盈眶了。谁说您不爱惜青年，谁说您抱残守缺？真他妈瞎了狗眼！对不起我暴粗口，这回我是眼见为实，像我这号无名小辈,您不但指点我,还亲自为我安排生活,我,我……他热泪喷涌,泣不成声。老前辈激动地站起来。为艺术的繁荣干杯!

干杯!

五

我刚到家,老前辈的文章就发出来了。题目是《为后来者欢呼——青年画家辛国如近作"危难"观后》。文章大家一定都读过,那真是句句锦绣,字字珠玑。随后《危难》作为美术杂志的封面发表了。几十家报纸的评论文章雪片一般飞向全国。

不久,我收到国如同志的来信和一帧照片。照片的背景是展览馆,大字横幅《当代青年画家辛国如近作展》。前面是七八个拄拐棍的老头,国如居中,老前辈亲热地搂着他。信中说,他最近思如泉涌,创作已跟不上构思,颇觉劳累。但有几十家刊物约稿,各地的巡回展也催得特急,只好拼命了,他再次谢我,我读着,泪也不觉直流如注。

信和照片在文联里传阅了,大家都为他高兴。艺术殿堂的大门终于向他敞开,这是我市人民的骄傲,我们文联的骄傲!当然,也有个别同志表示不以为然,那完全是东方式的妒忌,现在谁也不会相信他的胡说八道了。

再后来,国如同志的言论和访问记也多起来。我为他高兴也为他担心,俗话说言多必失。但国如的谈话艺术一如他的作品,总是高屋建瓴,妙趣横生,天衣无缝。

春节期间，他在一家电视台表演了作画。节目主持人用甜美柔润的声音把他的多味拉力合成画介绍出来，真是人倾倒。他解释说：我们处在一个科技革命的时代，一切观念都在更新，艺术当然也要走向立体时代。应当努力调动人的一切感觉器官，使人类感情交流现代化！多么新颖，多么精辟，多么有穿透力。

我建议文联都体味体味，消化消化。

他放个屁也要称称斤两吗？老黄这人现在越来越不像话了。竟然说，看着吧，他尾巴就要露出来了。他抱来一堆杂志，所谓的拉力合成画，现在人人会拉！大家翻着那些杂志，果然到处都在模仿他的画法：色彩在任意流淌，毫无节制，这简直是亵渎。

我愤愤地说，版权法为什么还不颁布？

这和版权有什么关系？老黄说，方法谁不会学？照你这么讲，油画、水彩画、中国画早就该绝种了。

我怔住了。不是被他驳倒，是暂时没有找到合适的论据。我决不允许这种论调泛滥。

现在你相信了吧？老黄在得寸进尺，我早说过，他连素描的基础都没有，他画任何一种静物都不会准确，所以只能靠变形，靠稀奇古怪的形式来掩饰他笔力的苍白。一旦大家识破了，他半分钱都不值。

放屁！我骂了出来，我实在控制不住自己。对不起，我是说，你不能这样说他。他……是我们大家的骄傲，是得到美术界公认的。大家都批评老黄，指出他是出于妒忌。美术界的权威都承认他了，你比他们还懂吗？

我们的会计小李也说，就算别人都会画拉力画了，可跟他的一比，明显差得很远。对了，这就是论据！于是大家都去找他的原作来比较。一比，结论完全一致。可见爱情的力量是多么伟大，小李近来迷他迷得发疯。

可老黄还在狡辩，我看不出什么差别，我毕竟搞了几十年绘画了，这点鉴别力还是有的。你是说我们不懂？大家说，我们不会画，难道连欣赏也不会了？你连这样的意境都看不出来，还说搞了几十年绘画。审美能力退化了，完全退化了，老黄！

这一击，把老黄完全打趴下了，闷掉了。他哆嗦着，连眼镜也戴不到鼻梁上去。可见人是不能太固执的，动了公愤就不好办。

我也说，老黄啊，你我之所以不能在创作上有所突破，全在于因循守旧，拘泥于刻板地再现生活，跟照相似的。而创作的勇气就在于对生活进行大胆的改造与变形，大胆地抽象与概括。我们大家都应该向国如同志学习，勇于吸收民族的和国外的先进技术……

行了行了！老黄气急败坏地嚷着，你跟他一块去学吧。你，你还可以用电脑输入关键词，自动生成报告文学，再多骗几文稿费。

老黄气呼呼地跑了，讨论也让他搅和了。可他的话却让我想起一件心事。真的，我已好久没有一篇东西问世了，为什么不来写一篇报告文学呢？这么多的好文章都让人家写去了，实在诛心得很。难道他们比我更有资格赚这份稿费吗？我要写，写报告文学连续集，我有专利啊。正在我准备出发的时候，他回来了。

六

这次回来，我就不走了。我该为家乡人民作点贡献了，我要带领大家一块儿干！在茶话会上他宣布了自己的打算。怎么，不欢迎？

哗——鼓掌。我看见会计小李通红的眼里蓄满了泪，正像朝霞映红的一湖春水，轻轻盈漾。

是的，再过一年我就可以拿到毕业证书了了。但我们处在一个日新月异的伟大时代，我一天也不能等了！新的技术革命正在向我们挑战，一切发达的落后的国家都站在同一条起跑线上。我们要紧紧抓住这个千载难逢的时机，我提议，立即召开美协会员大会，我给大家吹吹风。

太棒了。我们每一根神经都在膨胀，我们就要起飞了。第二年，他当选了市美协理事长。而老黄终于被时代抛弃，在他的努力下才当上了理事。这一年，他向党组织递交了申请报告。当晚支部就开会讨论。大家认为，像他这样有影响的青年画家要求入党，本身就意义重大。因为知识分子入党难的问题，怎么说呢，已是个全国性的大问题，应当重点解决。至于黄允豪同志，只好作为第二批了，支部指定我作为他的谈话人，那么他有没有缺点呢？大家想了很久，竟然想不出他有什么缺点！那么，就谈希望吧，希望他好上加好，更上层楼。

正在这时，发生了一点小情况。因为机构改革，市政协要提前换代了，指名要国如同志作为无党派人士参加常委。因为非党同志要占有一定比例的，这是执行不执行党的统战政策的大问题。而机关党委也同样因为机构改革，已决定暂时不讨论发展工作了。要换班子了，下一届是谁还不知道呢。

这可是一道难题。

谁知国如豁达得多，那么，我就暂时当一回无党派人士吧。这是逼我走曲线入党的道路啊，他戏谑地说。我最终还想要参加自己的党的，这是勉为其难啊。

看看，知名度太高也是个麻烦事。

不管怎么说，我得抓紧时间完成我的报告文学，我打算先搞八集，以后有条件再改成电视系列片。现在的问题是抓紧时间采访。

要知道名人的时间是很难自己安排的，市里省里甚至国家的各种活动随时都会冲击，同时出国访问和组织参观游览等等因素也必须考虑在内。而他也确实忙，市里的领导甚至省里的领导都通过各种渠道来索画，而且一要就是原作，因为，人人都明白只有原作是有价值的，而且最好是独幅的。谁知道呢？也许若干年以后，一幅画就将价值连城。

我现在已成为印刷机器了。他对我苦笑，但谁要他都给，他是个极宽厚的人。

他的画也确实越来越妙，那么空灵，那么玲珑剔透富有天籁感。比如《远眺》，粗看画面上是一抹肉红肉红的曲线，仿佛远处的群山。细看才知是个侧卧着的少女。那颈项，乳峰，那腰胯，甚至那腹下神秘的部位，哎呀呀，没法说呀。我画完了，自己就想扑上去，所以只能《远眺》。

这是一个绝妙的细节。我连忙在本上记下了。我激动得浑身战栗，我知道这是灵感来了，我确信不疑。尽管他每天只给我半小时谈话时间，我已觉得十分满足，他对我太照顾了。

我进展得异常顺利。但关于他的起点问题却有一点小小的麻烦。因为第一稿上，我是说当小车司机时才开始进入艺术思考的。

要实事求是嘛，他开导我说，你再想想？

第三稿上，我写道：事实上，少年时代的辛国如就受到了家庭良好的艺术熏陶……

要实事求是嘛，一定要实事求是！他又说。

我有些疑惑了，我忽然想到他小时候经常上五七干校来找他爸爸要零钱花，魁一先生那时是我们的猪倌。但这样一写似乎又缺乏艺术情调。

要不干脆就别写了，还是多宣传群众吧。

那怎么行？我急了，好容易才挤出几万字，怎么能为这点小问题报废呢？于是我决心变形，抽象和概括，国如就是神童，国如从小就是天才，这难道还有什么疑问吗？看他的现在就可以想象他的过去，看他的过去和现在，就可以确认他的未来。

就是，看看，我说还是实事求是好嘛，他对第五稿点头了。

报告文学终于在本市晚报上连载了，我和国如同志都很满意，我得到了稿费。他得到更多的声誉。我的名字尾随着他走进千家万户。人们谈论他，当然也捎带了我。我们相约着，明年一同，去大西南，后年一同去大西北，再后年……也许他就要出国了，我可不敢夸这份海口。

但就在这时，市委书记把我找去谈话，纪委书记和宣传部长也都在。

是这样，市委书记说，辛国如同志给省委书记写了人民来信，反映你们那里落实知识分子政策的一些情况。市委决定成立一个调查小组，先给你通通气。他好像对你有点意见？

国如同志？对我有意见？不可能！

那不承认他是知识分子是怎么回事？

我不承认他是知识分子？我简直要昏过去了。想了好半天，终于想起来：春节前，市政府为了体现对知识分子的重视，决定对够杠杠的知识分子每人赠送牛肉十斤，小磨麻油一桶。要知道，现今是尊重知识的年代，对待知识分子的态度问题关系到四化的前途，是衡量一个干部够不够格的高压电线。我们敢不照办吗？接到通知赶紧派人上人事局领票证。但人家不给，他们翻了文件，说是知识分子的杠杠是指有大专以上的毕业文凭或相应的职称。显然国如同志是领不到票的。当时我也没在意，开玩笑一样告诉了他，他当然也不会介意，不就十斤牛肉一桶麻油吗？这是不成问题的问题嘛。

书记部长们又问，那不能入党是怎么回事儿？

不能入党就更不是问题啦。政协……我一说他们也笑了。他们对视一眼又问我：是不是有这样一种可能，这次机构调整没有安排他参加领导班子，因此他有些感觉？

这也不像啊？他不止一次说过，他毕生的事业就是绘画，他毕生的追求就是艺术，他向来无意于仕途，他甚至嘲笑每一个官……僚主义者。当然这些话我没敢大声说出来。

不会吧？从行为科学的角度说，宣传部长摇着头，最近他参加过一次行为科学的讨论会，喜欢谈谈行为科学。人到中年就渴望相应的地位，希望得到社会的尊重。

可他根本没到中年，他还只有二十几岁！

那也不见得。如果一个人对自己事业的自信心不足，也会有同样想法的。

自信心不足？国如会自信心不足？这简直滑稽。他如旭日东升，他前程无量。

那为什么又急于得到承认呢？

那……我怎么知道！我都快哭了。

书记部长们进屋去商量了一下，出来宣布：

这样吧，调查组我们不派了。不过你们要好好自查一下，人才问题——重要性不说你也清楚，为什么我们市就留不住人才呢？为什么人一出名就想走呢？至于辛国如同志，他想走就放他走吧，省委书记都说话了嘛。

国如同志想走？我都闹糊涂了。

从市委出来，说出来真不好意思，我裤裆都湿漉漉的。我在家睡了几天，等我上班，国如同志已经到省里报到了。

就这样，省里挖走我们一个人才。听说由他设计的刊物封面，发行量一下就猛增了几十万呢。而我们市，因为失去了他，就像太阳离开了北回归线，陷入了冰冷的长夜。

昨天，我还碰见他，我责备他：你真想走就说一声，干吗写那么一封倒霉的信呢？

他把烟斗塞进嘴里，对我慢慢地喷着，就像欣赏一幅印象派的油画。哎呀！你就要出头了，老赵，你看，你的鱼尾纹，写得清清楚楚，我看看你的手……

这回，我已经不再兴奋了。真的，为什么？

我怎么会对你有意见？他说，记得那幅《危难》吗？其实我就是为你画的呀。

我好像是收到过的，可后来……

对呀，这正是你的伟大之处。你心甘情愿地为他人作人梯，你真正的作品不是文章，而是人才，不对吗？

哦，我明白了。我有幸再次成为他成功之路上的台阶，我是多么幸运！他原谅我了。

谈不上原谅，他谦逊着，我正要请你帮忙，你能为我出一张证明吗？证明我是正科级干部。

正科级干部？

要不证明我是美协理事长也行，总之，你知道的，就要实行职务工资了。

我笑死了，你真会开玩笑。正科级的工资有多少？顶不上一张拉力合成画呢。

工资对我，起码暂时是需要的。我现在已经不画合成画了，那是个浅薄的玩意儿。

什么？我愣住了，大脑半天转不过弯来。

我正在设想一种新的技法，我要用最原始最古朴的技法来表现当代人的生活，那才是我们民族的文化。只有体现民族文化的艺术才能走向世界，他用烟斗敲敲我的手背，懂了吗？

懂了。当代的毕加索就要告别迷人的玫瑰色时代，走向永恒的蓝色了。但那时，也许我再也帮不了他了，但愿他有一架更有力的人梯。

　　我会感谢你的全力支持的。

　　哦，我是多么幸福。

　　听说今晚加餐？来吧，让我瞧瞧省城的厨师能搞出什么花样来，让我们举杯，为多味拉力合成画的创始人，为他艺术的健康长寿，干了吧。

原载于《希望》1986年第6期

军列

贵昆——湘黔线上，一辆挂着彩绸的军列

　　黑黝黝的山影海浪似的掠着车窗翻滚旋转，隧道、桥梁、山包上的树林和小站微弱的灯光也恰似那浪谷峰尖上的水泡与粼粼光斑，呼啸着向后退去。咯嗒嗒，咯嗒嗒，随着这欢快的有节奏的轰响，头顶着一只大红彩球的列车劈开苍茫的夜色，下高原，入丘陵，一路向东，疾驰而来。

　　没有比打胜仗更能让部队情绪昂扬的了，也没有比回营换防更让人情思绵绵的了。哈，好个春风得意马蹄疾啊，故乡的山水，十五的月亮，这些个诗人也真能胡诌。

　　这是一九八五年七月末尾的一个晴朗的夜晚，某部二团奉命调防的途中。

　　谁能料到呢？人笑久了，腮帮子也要痛的。下晚，不，事实上早晨一股子鬼也不知道从哪儿来的歪风就已经悄悄吹进车厢，瘟疫一般漫开来，使七月的热风迅速沾上了火药味儿。

　　刚吹过熄灯号，九连指导员气喘吁吁地走进了团部车厢。他脸色苍白，激动得几回张口都没发出声来。

　　团长李隆生盯着他那张还颇有几分稚嫩的学生脸，慢慢站起身："说吧，怎么回事儿？"

　　"报告，"这位指导员在团长冷峻的目光下，逐渐恢复了正常，以他在军事学院训练有素的简短而准确的语言报告，"一部分战士从铁路工人那儿听说，不同等级的立功受奖者在复员回到地方

以后，安排工作和生活待遇等各方面有不同的照顾，因而产生了思想波动。特别是一部分表现很好又没立功的同志。开晚饭前，有七名战士没吃饭。到了晚上，一部分战士索性哭起来，尤其是……一班。"说着，他垂下头，自己也差点哭出来。

一班，现在只剩下三名战士了。代理班长是参战前全团有名的刺儿头，十九岁的学生兵闵杰。李隆生眯起眼，立刻想起那个鼻子上长着几粒雀斑的毛头小子，和他那双调皮的甚至是刁蛮的小眼睛。他似乎有些痛惜地咬紧嘴唇。……当时，面积不到半平方公里的485——甲高地，一刻钟之内足足吃了两千发炮弹，整个山头被削去了两米，一个本来挺不错的掩蔽地转眼成了不毛之地。敌人是很看重这片环形山地的左翼突出部的，它像一根鱼刺死死卡在他们的喉咙上。不然他们肯那么下本钱？望远镜里，硝烟尘柱还在升腾，下面的连级进攻已组成扇形猛扑上来。李隆生以为一班肯定完了，他狠狠咬住心里的刺痛，抓起单机，准备让炮连照样回敬对方一番再说。就在这时，机枪响了，闵杰领着两个战士，也不知从哪个缝里钻了出来。敌兵就如被腰斩的荒草，成片地翻倒了，滚下去。"好！"李隆生大叫着扔掉单机，老子要给你请功！当晚，李隆生在看了九连的战斗减员统计表之后又说过同样的话。

但偏偏他们班连一个功臣也没评上！本来，他是有心让一班评个英雄集体的。可因为名额限制，九连发扬风格，又把名额主动让给了七连的尖子班……全团哪个不是英雄？哪个不够记功？可是指标……指标！

李隆生焦躁地挥了挥手，像是要驱赶车厢里沉闷空气似的，"看看，看看，这不来了？"他向在座的团干部们摊开手，瞪起牛眼，毫不掩饰地发起牢骚，"我早说过，不能那么评。按标准嘛，实事求是嘛，为什么要按指标？咱们奖惩条令不算数了？真见鬼。要评也不能拉下来就评嘛，那会儿头脑还发热着呢。看看，来了不是？等冷静下来再评也不至于……"他又卡壳了。显然，他也意识到，以他一团之长的身份说这些话是不适宜的。

团干部们默默地抽烟，谁也没应声。

又有几个营连干部陆续出现在团部，李隆生哼了一声："你们那儿也刮风了？"

大家交换了个眼色，点头代替了回答。

李隆生对在场的各位扫一眼，又对九连指导员命令："说下去。"

"晚点名时，我和连长商量，这事要好好整一下，因为这不仅关系连队建设，而且发展下去还会影响到咱们这支英雄部队的荣誉……"

"具体一点！"

"是。"他挺直了胸脯，"是一班代理班长闵杰带头起的哄。他说连干部不关心战士疾苦，一心想着回去升官发财，好让家属随军。可战士退伍回家说不定连工作都没有。后来……连长就发了火。"他瞥了团长一眼，又不说了。

"连长怎么发火？"

"连长他，掏了……枪。"

李隆生此刻倒反而冷静了。他冷笑着："后来呢？"

"闵杰迎上去，要去揪连长，后来，就乱了。再后来，教导员和营长也赶到了。"

"就这些？"李隆生摸出一瓶风油精，把药水满满地涂在香烟上，点着狠狠抽着。"好哇，打胜仗了，了不起了，动不动就掏枪了。真可以呀你们！……再后来呢？"

"有些同志就把军功章交了上来。"九连指导员将手伸进衣袋，手并没掏出来，只是在那里面丁当作响。

"好哇好哇。"李隆生语无伦次地重复着，一脸肌肉横七竖八地扭动，胡茬也似乎要从皮肤里一根根地射出来。"九连，全体集合！"说着大步蹿向车门口。但手握在门把上，很快又垂了下来，声音也降低了八度："不，是连以上干部，全体集合。"

火车发出一阵尖厉的长鸣，拖着长长的尾音，进入隧道。

十一点二十分，团部作出决定：要求全体干部紧急动员，逐级向上保证每一个战士都能安全愉快地回到营房，不出任何问题。同时李隆生还宣布命令：第一，下掉九连连长邬国保的手枪，命其到一班蹲点；第二，团营一级干部全部下去蹲点。今后若再发生干部与战士争吵，一律追究干部的责任……

十五的月亮，照进闷罐子车厢

月光，像一架幻灯机，透过带栅栏的气窗，忽隐忽现，忽明忽暗。现出时，便拖着一缕长纱，斜投在一张刚刚长出黄茸茸髭须的圆脸上。那黝黑的脸由于愤怒仍在扭曲，而一只挺周正的鼻子却可笑地拧成了麻花，使那上头的雀斑越发集中醒目了。

高原山林的凉风早已驱散了车厢里的闷热，带着一股新鲜潮湿的气息，有力地钻进气窗，打着旋儿。风撩起了他身边战士的军衣，他支起身子替他们掖紧。这个在家里也许还蹬被子的小伙子，在这儿却要照顾跟他同龄甚至比他还要大一点的"新兵拉子"，这就叫班长。他就着月光看了看手腕上铮亮的手表，索性坐起来，靠在车壁上。

"班长，睡吧。"那个兵轻轻咕哝一声，又扯他的胳膊。

"嗯。"他答应着，却又摸出香烟，咔嗒咔嗒揿着打火机。

"谁？熄灯以后不许抽烟。"车厢另一头，代班的二排长压低嗓门吆喝着走过来。但他走了几步又站住了，带着几分畏惧的眼神看看这个兵，轻轻叹口气，又退了回去。

"班长……"

"别叫我班长，我叫闵杰，听清没有？"他狠狠吞下一口烟雾，冷冷地答。

那个兵毫不在意他的冷淡，干脆也坐起来，靠在他身边。看上去他比闵杰要大一点，对闵杰却圣明似的尊敬着。战争，就这样神奇地改造了人的年龄和性格，使有些人一夜之间成熟起来，长成大人。

"班长……闵杰，这回你要挨处分，我们都跟着。"那战士咕哝着，叹息着。

"扯淡。"闵杰白了他一眼，"跟你们没关系。"

"怎个没关系？谁不知道你为咱们农村兵说话来？你当人都是傻子？"

"没那事。我是为我自己。"说完，他无声地嘘了一声口哨，连自己也不相信。

为自己？他闵杰真的为自己去顶撞领导吗？难道自己还存在一个安排工作的问题吗？笑话，当兵前，家里对他的唯一要求就是"磨磨你那毛躁性子，争取把组织问题解决了。"一般的看法，在部队"解决组织问题"比较容易。现在部队的干部都是院校培养了，那么"解决组织问题"便成为最高的也是最低的纲领。

其实对他来说，解决组织问题又谈何容易！凭他的性格，若不是参战，下辈子也甭想。可他居然解决了，是在根本不考虑解决什么问题的情况下解决的。那会儿一脑子要解决的就是地雷、炸弹和敌兵。在火线上参加支部大会是很激动的，激动得思想更加简单了，因为十小时之后他就要参加突击队了，而那时这世界上还有没有闵杰这个人，都很难说。现在，他活下来了，这"组织问题"却突然显得宝贵。再有六个月，不，五个月多一点，只要他安分守己，不出娄子，天塌下来也别吭声，他就是笃笃定定的共产党人了。

可他又捅娄子了，他毕竟是他。是为自己吗？难道真的一点点都没有为自己吗？说不清啊。

早晨，那消息就开始传了。其实那也算不上消息，功臣当然跟一般人有区别的，这是很自然的事。只不过，这消息突然唤醒了大家心底里早已睡熟过去的某种欲望。没错，就是这样的。评功授奖那会儿，谁也没往这上头想，谁也没当它是回事，谁也没把它跟退伍联系起来，而现在，突然清醒过来了。……其实，每个人心里，都有点小小的愿望。有的为家庭生活发愁，有的为父母兄弟煎熬，有的是为女人问题伤脑筋。这有什么奇怪？比如他自己，就曾无数次偷偷梦想考入军事院校，他多么想做一个职业军人啊。然而这些微不足道的欲望，跟祖国的尊严相比，实在太渺小了。这一切，在严酷的战争面前都暂时地后退了，消失了，睡熟了。而现在，当这一切重新苏醒时，大家都懊丧地发现，那足以使每个人的愿望插上翅膀的"末班车"早已开过去了。要知道，那"末班车"开来时，原本谁都可以上的。仅仅是因为座位有限，仅仅因为互相谦让，"上吧，上吧，你们上吧，我下次有机会呢。""我？我非得凑一个排，够上整数！""我下回保险不让。这有什么？反正总有人先上。"一个时刻准备去献身的人，怎么会为一块证章、一个称号去伤神呢？去他娘的名额。有种的上去再掳它一串子，才是英雄。有名额要往那上头使。谁又能料到，一声令下，调防！

末班车错过了，末班车！

于是，气闷、委屈、懊丧……到了晚上，他班上的两个老杆突然哭出声来。他哄劝，他斥责，后来他自己也发毛了："你们怨谁？你们自个儿不要，活该！"

"咱怨谁呢？咱谁个也不怨，班长。就怨咱自个儿脑瓜子笨。""班长，你救我干啥嘛？我牺牲了，家里兴许还能光彩些个。呜呜……"

晚点名。本来并不准备发言的。有什么可说的？屈得慌，堵得慌，说了又能解决啥问题？英雄部队，光荣传统，令行禁止，一举一动都要注意影响，等等，等等。管什么用？连长让大家"议一议"，实际就要大家自我批判呢，你还听不出来？五十几个人，坐在背包上，一个个垂头耷脑的，活像一群瘟了的公鸡。

后来，他看见连长对宣水嘴努努下巴，宣水嘴果然立即跳起来，还装模作样地咳了一声。

他看着那副酸样就来火。

宣水嘴本名宣恒水，在新兵连的时候就因为能说会道，得了个"水嘴"的绰号。讲起来，他还真为有这么个老乡而羞耻——有回驻地附近的农民家里失火，当时正是星期天。很多同志都赶去了，火很快就扑灭了。宣恒水那天正在伙房值日，去得迟了点儿，这也没什么，可这小子居然爬到树上，纵身往人家房顶上一跳，本来已经烧脆了的草屋，顿时就让他给压塌了。后来连里总结起这件事的时候，大约觉得缺少点更有光彩的动作，就突出了他一下，把这说成是明知山有火，偏向火山行。而他却来了个就汤下面，居然编出了一整套的心得体会，别提有多恶心人……可在前线，怎么没听见他的声音呢？这会儿来劲了！

"同志们，我心里很沉痛。"上来先造气氛。"成千上万的革命先烈为了今天的幸福生活毫无怨言地献出了……同志们，就看咱们连，如今就剩下57个同志了。一想到这些英勇牺牲和光荣负伤的同志，我心里就像刀子在割！"跟真的一样，"可个别同志还为一丁点儿可怜的荣誉地位闹情绪，这符合一个革命战士的形象吗？我同意连长、指导员说的，这是私心杂念！这些私心杂念和革命先烈的高尚情操相差何止千万里！"然后是大批判。真不愧是水嘴，只要一拧开关，就哗哗往外淌。他胸前的二等军功章在暗黄的车灯下微微晃动，不时跳出一星星光亮，正好给那些豪言壮语下了注脚。

二等功？宣水嘴立了二等功？八班如今只剩下水嘴一个老兵了，牺牲的同志再也不会开口。这小子真有那么英勇？他简直不愿相信。而那军功章却实实在在挂在他胸前的，随着他抑扬顿挫的腔调晃动着晃动着，闪着光闪着光……怀疑，还是妒忌？他不知道，他只觉得一股滚烫的东西充斥了心胸，又带着血腥味儿冲出喉头："少吹那些漂亮话，要说就说说自己！"

水嘴打了个愣，一下脸红了，右手也下意识地抬起来，护住了军功章。

连长站起来。"一班长，什么叫漂亮话？你吹吹看？什么作风！"

"什么作风？反正不会吹大话。"他嘀咕一声。

"同志们，"水嘴突然委屈无比，"我并不是说我自己就没有私心杂念，我也不是要贬低谁，我只是说跟牺牲的英雄相比，自己差距还很大。"说到这儿，水嘴看了看连长指导员，"我知道，有的同志对上回评比有意见。我自己也有看法。我是不够二等功的。现在我，我把军功章让出来，让给更好的同志。我保证自己绝没有怨言。"说罢还真的把军功章摘下来，递给了指导员。

谁也说不出话，当时还真给他镇住了。

军功真可以转让的吗？立功喜报早就寄回家去了，档案材料早就记载了，还能收回来？胡扯淡嘛。现在想想，这小子完全是在做戏，做得还真像。

果然，又有两三个把军功章摘下来，扔给了指导员。他们一言不发，黑虎着脸，可那比说什么都管用。

都傻眼了。谁也没料到会这样。大家原先不过是有点遗憾，有点后悔，有点牢骚，但绝不是针对哪个人的呀，怎么变成这样？

指导员气得脸都拉长了，他颠三倒四地说了一通，也不知在批评谁。

"很好嘛，很好嘛。"连长到底多吃了几年军粮，很快就镇静下来。"我看这些同志才像个功臣的样儿，这才叫高境界，这才叫共产主义风格！当然啰，党和人民是看得清楚的。风格越高就越应该表扬，越争越抢越是不给！有个别同志，在大是大非面前态度很不好。我们承认你作战是勇敢的嘛，你的功劳抹杀不掉嘛，没评上功臣也不是你一个嘛，领导上已经有考虑了嘛，你跳什么跳？这是骄傲自满！咱们钢刀连可不吃这一套！"

蹭！他真跳了起来。他憋不住了，他怎能受这个窝囊气？他终于明白了，为什么一下战场就心里一直不痛快，像他这样的兵，只有打仗的时候才能被人看得起。他天生不是当和平兵的料。这不，还没进营房呢，就冲着他来了。"连长，我有个问题。"他嘴唇哆嗦着。

连长一愣："说吧。"

忍了吧，不就六个月吗？就当六个月孙子吧……可老杆在底下拉他的裤脚，可宣水嘴公然把讥笑挂上了脸，可五十几双眼睛已经盯上了他。他可不能在这时候尿熊！"连长，为什么人家跟你一谈起媳妇随军的事，你就百听不厌？把嘴龇得跟荷花样？"

"你严肃点，谁跟你嬉皮笑脸的？"

有人咪咪地笑，后来又发展成哄堂大笑，连长自己也有点憋不住了。"没正经话就坐下！"连长瞪着眼绷着脸。

"谁说我不是正经话？我是说，战士也跟你一样，也有点私人问题。你关心过吗？说一说就影响钢刀连啦？你一口一声钢刀连，恐怕也是为自己吧？你以为我们真的看不出来？"从心里头说，他还是喜欢连长的。连长作战勇敢，为人直率，都让他佩服。连长入伍十八年了,和他同时参军的,团级干部也有了。就是因为文化低点,总也提不上去,有病的家属也随不了军。这回立了战功,照说也该提拔提拔了。可是,可是……那一刻也不知为什么如此尖酸刻薄,专拣他心尖上捅刀子!

"你……混蛋!"

"你混蛋!"他天生就是个服软不服硬的货。

"妈的反了你!"连长咬着牙,脸上涨成酱紫色,一扭身便把枪掏了出来。

好啊,这才够劲。这才是你连长!他冷笑着,斜睨着,挺着胸迎过去。他掀起衣襟,现出左肋上那条两寸长的伤疤:"连长,那玩意儿咱见过。老子这儿也不是狗咬的!"

一拥而上,他们被扭开了……

月亮,像一汪清冽的水一动不动地挂着,亮得让人心里发潮。到底,还是天大呀,月亮高呀,这么快的列车,竟对它毫无影响。

"老杆。"

"嗯?"

"你们家的月亮有这么好吗?"

"那自然。咱那是黄土高原,天高云淡,有云彩也是一大团一大团地浮着。一到下晚,那月光贼亮,别提多美气。"

"这儿不也是高原?"

"那不一样。南方云多,还跟烂棉花絮一样,一整天都盖住了,月光还能好?"

他笑了。"你想家不?"

"嗯。"

"你家里肯定也想你,也许他们不知道你能这么活蹦乱跳地回来,这比什么都强。"

"班长。"老杆往上凑了凑,"这话我就给你说,头几天我就瞄空给家里挂电报哩。我说,我好好的,一切都好。别的我也不敢讲。"说着,便有些哽咽了。

又有几个兵坐了起来,原来他们都没睡着。"你俩在拉什么?"

"瞎胡扯。"

闵杰说:"你们干吗不睡?今儿真凉快。"

"睡不着啊。"他们打着哈欠。

"听你俩拉呱,我也真想家了。"一个兵说。

"真的。"另一个说,"在战场上还不觉得什么,死了也不咋样。现在要回去了,低头看看自己,活的。捏捏,也不缺胳膊少腿,这心里还真有点那个……反正啥滋味都有。"大家都沉默,闷闷地瞧着气窗上那片方形的月光。这样过了许久。

"今天阴历十几?"

"不知道。"

一个说:"看看吧。"

"看看。"大家都同意。

于是几个人光脚丫子摸到对面铺上去,搭上人梯去瞄天窗。"真圆。"上头的报告说。

"那就是十四五六了,没错。"

大家都没有异议。二排长悄声走过来,无可奈何地瞧着这几个兵。没有人搭理他。

于是,大家回到自己的铺位,满意地躺下。心里,却响起那支勾人情思的歌。

闵杰很想给这支歌续上几句,比如十五的月亮照进闷罐子车厢,车厢里的兵又怎样怎样,但他很快就睡死过去。

一群骄兵，顶得上一车炸药

清晨，列车在一个小编组站停了下来。

"停车五小时，在这儿开两顿饭。"指导员蔫了叽叽地宣布，还拿眼角瞟瞟站在队列中的团长。"大家就在车厢附近活动，不要走远了。最好……最好以班为单位。"完了犹豫不决地抬起眼皮，"团长还有什么指示？"

李隆生不满地瞪他一眼，大声说，"报告指导员，李隆生是来当兵的。"

队伍中有人冷笑。

刚宣布解散，战士们就轰地跑了个精光，撇下孤零零的李隆生和指导员。指导员咬着嘴唇，李隆生却嘿嘿地笑了。"看来咱有点不得人心，是不是？"

指导员看着天，故作老成地说："看这情绪，真不知今天会出什么事儿啊。"

通讯员端着一盆水，从他们背后走过去，然后一猫腰，上了车。"连长，洗脸吧，这帮小子，穷他妈抢。"他踢了踢仰面躺在地铺上的连长。

邬国保一翻身，像个麻虾似的蜷曲着，拿背包压在头上。通讯员在身边坐下了。"这年头谁都跟吃了炸药似的，贼横。洗脸吧，连长。""去去去，我不是你们连长。你把我的东西搁到一班那边去。"

"不是连长你命令我？"他嘟嘟哝哝地帮连长把草席拎过去。

邬国保又翻身坐起，拿大拇指顶在太阳穴上，使劲拧。他头疼。

真想不到啊，团长居然把他枪给下了，而且当着全团那么多干部的面！下班蹲点，而且就是一班。他承认昨晚他是有点过火，可他是为什么？他的心别人不知道你团长还能不知道？很好！再这么下去，兵也甭带了。现在这些个兵！他摇摇头，一丝近乎悲哀的冷笑慢慢地爬上嘴角，久久不退……蹲点？蹲吧，蹲到营房就打报告回家。回吧，回去也罢了，这胡子连长还能当到哪天？本来，心里还有一星星希望的火苗，这回也完全熄灭了。心强不比命强，谁让没赶上年头呢？他仿佛已看到了留下月子病的娇妻，和她那双刚强却又软弱的泪眼……

"大保子，我说句倚老卖老的话：你当干部有些年了吧？咋不能把你媳妇儿跟老爹接到部队上去呢？东头庄上大喜子参军比你走得还迟，媳妇都接走两年了，不是我成心撵他们走，实在是看他们日子过得怪恓惶，心里不过意呀！你老爹性子倔，乡亲们想帮不叫帮，你叫我这当村长的，唉！老的老，病的病，谁个见了心里不恓惶。"这两年他回家休假，村长一见他就唠叨这话。那时，他只有苦笑。

如今农村也越来越阔气了，他们西柳庄多数都翻盖了新房，有能耐的还起了洋楼。相比之下，他那三间泥屋就显得更矮更破，简直就要陷进地下去了。

可他有什么法子？村长说得不错，东头庄上的大喜子家属早就随军了，人家是副团级干部！村长不是不知道，家属随军是有条件的。而他，混到今天，还是个连长。他领来的新兵都提教导员了。

有一次，瑞月也提到东头庄上的大喜子，就像不经意地那么随便说出来似的。而他，却真的发了一通火，他骂了瑞月，也骂了自己。他是个笨蛋，是个窝囊废，他没本事，总行了吧？谁让他到今天还是个连长呢？

瑞月呆住了。暗黄的灯光下，她身子瑟缩着，变小了。一对挺好看的眼睛慢慢地被泪水撑大了，模糊了。泪一串串地滚下来，落到儿子仰起来的圆脸上。她始终没哭出声来,她真能忍。

"哭啊,你大声哭,哭给人家听听!"他恶狠狠地嚷。那会儿,他倒真希望瑞月能大声地嚎出来,好盖住庄子里到处响着的浪声浪气的叫人心烦意躁的流行歌曲。

以后,瑞月就再没有提过这档子事。乡亲们也不打听了。人人都夸他能吃苦、不忘本、有出息,夸他一家子和和美美恩恩爱爱⋯⋯可他明白,人家都忌讳这事哩。他一个身强力壮的男子汉,不偷不抢不痴不孬的,也有了让人忌讳的事,这不比骂他还难受吗?

归队那天,他告诉爹和瑞月,他们部队也有参战的可能,当然也有不去的可能,总之有准备比没准备好。说这些话他是想了很久的,想来想去还是说出来好,可说来说去还是这几句话,他嘴巴笨。

他爹长长地嗯了一声,啥话也没有,好像早已知道似的。瑞月也笑着:"打就打呗,当兵还有不打仗的?"

他吁了一口气,放心了。坐上车,才发觉他带给爹的一条好烟又带回半条来。到了部队,给战士们分煮鸡蛋时,又发现了儿子脖子上的一把长命锁——他想象着瑞月把长命锁放进旅行包里的样子,想象她不敢出声地哭泣,那一夜,他痛痛快快地流了泪。

而现在,回吧,不回还等什么呢?还有什么可指望的呢?

这小站只有一个简陋的月台,自来水龙头也少得可怜。战士们嘻嘻哈哈地撩着水,争抢着,倒也不失为沉闷中的一种乐趣。

九连的车厢紧靠车站的办公室,自然是近水楼台。指导员见战士们圈着水龙头总也不散,急了,不停地吆喝:"行了行了,动作快点!兄弟连队还等着呢。"但没人理他。

闵杰斜靠着电线杆,毛巾搭在肩头,悠闲地抖着腿,两眼半睁半闭,似醒非醒,双手还抱着脖子,手指上挂着漱口缸。他嘴里吹着口哨，下嘴唇上却叼着一支根本就没点的香烟，漫不经心等着大家洗漱完了，才一踮一踮地走过去，而那支烟也沾在唇上一蹿一蹿地跳着。

"班长……闵杰，"老杆假装搓毛巾，走到他身后，低声警告，"团长注意着你呢。"

"知道。"

"那还不小点心？见好就收吧，这叫辩证法。这盘你赢了，下盘就难说。给面子就行了呗。"

"谁赢了？谁给面子了？你真他妈老杆。蹲点？人家这是想锦上添花呢——把我改造过来，不又是一条经验吗？政治军事双丰收！就像你上回撤下来，顺道又逮个俘虏一样。"

"真的？"老杆惊叹着，五体投地。

老杆今年廿一了，活这么大头一个令他敬服的人就是闵杰。闵杰慷慨大方，重义气，肯帮人，他当班长就从没让自己吃过亏。在485，要不是闵杰把他拖到敌人一方的山腰上隐蔽着，他能躲过那些炮弹吗？就是尘土也能把他活埋了。他觉着闵杰那脑子根本就不是肉长的，整个儿就是一台电子仪器。闵杰那身子也邪乎，那炮弹密集得就跟犁耙一样把山头犁了几遍，他闵杰钻上钻下，硬是伤不着，这不比那土行孙还神？他对闵杰是完完全全百分之百地崇拜！

"别老跟着我。"闵杰说，"招人眼！"

"你不在乎，我也不在乎。"老杆肝胆相照地剖白说。一扭头，团长过来了，便赶紧大声通报："团长，你洗脸吧？"

李隆生摆摆手，猛地往前一蹿，双手按住闵杰的后脖，想把他摁到水龙头底下去。谁知闵杰索性身子往下一蹲，两手从裆底下逮住团长的脚，屁股轻轻一磕，李隆生"啪"地坐倒在地。

李隆生哈哈大笑："这小子，真滑！"

闵杰看也没看他一眼，把毛巾往肩头一撩，又吹着口哨，走了。老杆赶紧开溜，脸都吓黄了。

李隆生尴尬地爬起来，拧着裤子上的脏水，半天开不得口。

而那边，闵杰不知跟几个兵说着什么笑话，小伙子放肆的笑声一阵高过一阵，就像加农炮弹穿过低矮的丛林落在身后，虽不伤人，可刺耳的尖啸却令人浑身惊起鸡皮疙瘩。

有一种病，叫战争后遗症

邬国保仍躺在车厢里。李隆生一边换衣服一边没好气地问："怎么？趴窝啦？"

邬国保茫然地瞪着车厢顶棚："趴窝不趴窝，反正思想不通。"

"不通就拿刺刀捅。"李隆生在他身边坐下，疼得他"嗞"地猛吸一口气。他捶着腰："闵杰这小子真是个刺儿头，刚才我也领教了。"

邬国保愣了一下，瞧瞧团长的腰，又瞧瞧搭在子弹箱上的湿裤子，突然明白过来似的嘿嘿爆笑，李隆生摇着头忍不住也笑了。两人笑成一团。

"说真的，"李隆生捅他一下，"你昨天火气怎么那么大？喝酒了？"

他摇头："我也说不上，反正一上火，顺手枪就出来了。"

两人点上烟，闷闷地抽了一会儿。

李隆生突然问："你说有没有这样一种病，战争后遗症？""扯淡。团长同志，现在的兵跟我们从前似的？"他冷笑。

"嘴你说不过他，脑子你转不过他。以前还能说他们打仗不行，可现在人家打仗也学会了，瞧着吧！"邬国保哼哼着重新躺下去。

"你想老婆了？"

"有点。"

"我也有点。"李隆生也躺下去，"特别是快打响的那阵子。有时睡着睡着就惊醒了，想想，说不定这次就报销了，真后悔出发前不该跟她干一仗啊。还不知她心里怎么想呢。"

"不会。我看嫂子比我老婆心宽得多，我那位有点事儿能憋上几个月、一两年。"

"你骂过她吗？"团长突然打断他。

"骂过。"

"掏过枪没有？"

"那倒没有。"邬国保沉吟着，突然发觉上当了，气汹汹地坐起来嚷，"少跟我来这一套！"

李隆生快活得哈哈大笑。谁都希望自尊心得到满足，这叫堤内损失堤外补。

八班长宣恒水迟迟疑疑地站在车厢门口。"连长。团长也在这儿？你们有事儿啊？那就算了……"

"没事，进来吧。"李隆生笑着拍拍地铺示意他坐下。"那是什么？"

宣恒水拿着一沓稿纸。"讲演稿，"他显得有些腼腆，"我拿不准，想请连长指点指点。"

"我这点文化水还能指点你？"不过他还是接了过去了。

李隆生感兴趣地说："念念，我也听听。"

宣恒水站起来，扯平衣襟，理顺腰带，挺胸收腹。右手缓缓地伸出去。现在，二等军功章又回到他的胸前，显得特别精神。"首长和同志们，祖国的亲人们，青年朋友们，每当你们……"

李隆生挥挥手，"开场白不要。来点干货，过瘾的。"

宜恒水舔舔嘴唇，拿过稿纸翻了几页。右手再次平伸出去——"在485和512高地，敌人投下了上百吨的炸弹。山头削平数米，树木连根飞去，岩石变为粉末。山，在抖动；大地，在咆哮；河水，在呜咽。撼山易撼我钢铁长城难！敌人冲上来了。我们做好了最后的准备，有的同志递上入党申请书，有的同志写好了最后一封家信。我们心里装着一个共同的信念：宁可前进一步死，决不后退半步生。尽管前面是武装到牙齿的凶恶敌人，但我们身后却连着祖国的千山万水！这一刻，共产主义的崇高理想，党组织的培养教育，祖国人民的叮咛嘱咐，像火一样在胸中燃烧，我们呼喊着……"

"等等，"李隆生问，"这时候，你们在哪？"

"在……不是在掩体里吗？"

"山头都削没了，掩体还在吗？"

"这……"宜恒水窘困地看着邬国保。

"还有，这时候怎么想了这么多好听词儿？"

宜恒水舔舔嘴唇，又用袖子擦汗。"团长，不是可以适当拔高一点吗？咱们是英雄部队，出去讲，总得讲出点水平来。何况……"

这时哨声响了，李隆生说，"开饭了。"说着自己先跳下车去。

新兵怕号，老兵怕哨，刚打胜仗的兵怕什么？怕尿。二排长吆喝了三五分钟，队伍才稀稀拉拉地站齐。邬国保意味深长地瞥了团长一眼。看见李隆生眉梢也拧起来，心里便隐隐约约生出一种幸灾乐祸的滋味。

解散前，司务长要求每班出一个公差，包饺子，各班长就地跟战士们商量，有新兵去的，有老兵去的，也有班长自己去的。

闵杰扭头看看班里两个兵，却大声说。"邬国保，你去出公差。"

邬国保还没反应过来，旁边的战士已发出哧哧的笑声了。

"笑什么？"闵杰绷着脸，声音又提高八度，"邬国保同志不是下到一班了吗？"

把个邬国保气得，一张脸就跟炸子儿打翻了一样，什么色儿都有。他哆嗦着，可又不得不老老实实答应一声"是"，心里却恨不得一拳把闵杰毫无表情的脸砸个稀烂。

闵杰若无其事地搂着他的两个兵："今儿早上吃什么？稀饭？"把身后那些惊骇不已又佩服万分的目光丢得远远的。

"班长，你也太过分了。"两个老杆忧心忡忡地说，"适可而止吧，超过了度，性质就变了。"连里的哲学课经常上，看来指导员也没白教。

闵杰这时脸色有点发白，嘴上却说，"管它呢。"

这情形，李隆生在旁边看得清清楚楚。何苦呢？你小子何苦来着？他真不懂，这些小伙子为什么一撤下来，整个性情就变了一个样子……

吃罢早饭，政委通知他回去碰头。一碰情况，大家都有点紧张起来，九连的情况在其他连队都有不同程度的表现。二营有几个兵今天早上不知为什么大事就把一个立功的同志给揍了一顿；机炮连有三个兵要求留在前线，下步兵连；更多的想家、哭鼻子，说是对不起父母……

建议是各种各样的，有的提出，撤销九连推荐闵杰上军校的报告，通报全团，以示惩戒。有的认为，应该立即在全团开展一次关于共产主义思想境界的大讨论，这样才能把思想收拢回来，同时也发展了战时政治工作的经验。有的干脆提议，有必要考虑将全团的弹药集中起来，否则万一发生点什么事情，那影响可就大了。这是关系到全团的声誉问题。

"千万别这么干。"李隆生狠狠抽着烟，表示反对。"战士们无非是有点私人想法。有什么了不起的？这就降低咱的共产主义水平了？学生兵，敏感得很，千万别伤了人家自尊心。"

"可万一出了什么事儿……"

"我负责。有什么事可出的？我就不信。"

他这么一挡，别人自然也无话可说，可办法呢？他也没有。

"还是都下去，摸摸情况再说。"

人走散了，政委说他："你现在怎么也婆婆妈妈的了？这可不是李隆生的作风。"

李隆生苦笑："我也说不上为什么。也许，心里头总觉得对不起这些兵。"

政委笑了："注意，在底下可不能发牢骚。"

"那当然。"他明白，这是政委在敲他。

李隆生心事重重地回到九连车厢这边，手里捏着一副新买的扑克，逢人便问瞧见闵杰没有。看到战士们会心会意的好笑的眼神，自个儿也觉得这方法笨拙极了。他叹口气，独自坐在车厢门口发呆。

"团长，你在这？"宣恒水腼腆地站在跟前，"可以跟你谈谈吗？"

"当然可以。"李隆生很高兴，这么傻坐着实在太孤单，太显得自个儿无能了。他让宣恒水坐在自己身边，右手很自然地搭在他肩上。

"团长，你早晨的批评对我触动太大了！"宣恒水诚恳地说，"是真的，你要不给指出来，我还挺得意呐。"

"也没那么严重。"李隆生满意地笑了，"其实我只是提个醒嘛，耍笔杆子我可不行。"

"不，这问题提得太重要了。这不光是个文风问题，还是一个、一个思想方法问题，对吗？"李隆生想了一下："也可以这么说吧。"

"你们参加汇报团,当然应该把那些结结实实的干货拿出来。别让人家觉得尽是些汤汤水水、花花草草的东西。这样才……有力。"他手臂挥了一下。

"对。本来我也这么想的,宁少毋滥。可连长他……"他止住了。

"连长怎么说?"

宣恒水为难地笑笑,没吱声。

李隆生警惕起来,突然觉得这问题非常重要。"说吧。"

连长说,"既然代表九连出去,就得讲出水平来,适当拔高一点也没关系。再说这也关系到连队的荣誉。"

"荣誉?什么荣誉?"

"不是说……已经报了'钢刀连'了吗?也许,连长他对自己也有考虑吧?当然,我是瞎猜。"

邬国保……明白了!难怪,难怪呀!李隆生点着头,仿佛已经抓到了九连的筋节,眼睛顿时也亮起来。

"小宣,这件事你们指导员怎么个看法?"

"指导员刚下连不久,恐怕连里情况还吃不透吧?"

"好,你先去吧。"

是!宣恒水一个立正,敬礼,向后转,军功章碰得丁当脆响。

李隆生看着宣恒水矫健的背影,很是满意,不居功,不随大流,又谦虚,又诚恳,军容风纪在众多的战士中简直算得上突出。看看,这才像个功臣的样子嘛。

可指导员一番话又把他给说糊涂了。

"……连长是说过这个话,当时我也在场。可我怎么听不出是这个意思呢?"指导员稚气的脸上充满了疑虑,"也许我领会错了?"

李隆生皱着眉："那小宣还能瞎胡编？打了胜仗，就容易骄傲。一骄傲，就准出幺蛾子，你敢说他没有骄傲情绪？我看他就有。"

　　指导员没词了。骄傲情绪，谁没有？

　　"你对小宣怎么看？"

　　"挺不错。宣恒水为人热情，挺谦虚，各方面对自己要求都挺高，这次立了二等功。可不知为什么，他在战士中间威信不太高，大家都叫他宣水嘴。"

　　"那对他的意见是什么呢？"

　　"最近，一些同志对他参加英模汇报团有看法，说他没有参加485和512高地那一仗。就没资格代表咱们连。"

　　"什么？"李隆生骤然变色，"他没参加？"

　　"我了解了一下，当时三排是预备队，他确实在底下。本来这次推选，赞成闵杰的很多，可因为闵杰不是功臣，加上宣恒水的口才不错，所以连里还是确定了宣恒水。"

　　李隆生把嘴张得老大，就跟打哈欠总也打不出来的样子，好半天才在喉咙眼里骂一句。"你们到底在搞什么鬼？乱七八糟的？"

没引爆的炸弹，并不只是沉默

　　闵杰在酝酿着逃跑。

　　开早饭时，他靠车站办公室的窗口，听到调度员在打电话。那个电话明白无误地告诉他，这是一个军用列车编组站。这样，一个惊人的念头闪电一般在脑际划过。起初并不鲜明，而这弧光固执地一次又一次跳出来，次数多了，也就变得强悍而有力，诱人得很，迷人得很。

跑？回去？回前线？去打仗去？

他是个有两年半军龄的老兵了。两年半的经验告诉他：自己不适合当和平兵。当和平兵需要一种"性格"，而这性格爹妈并没给他。

"闵杰，该你了。"

"闵杰，为什么又不发言？"

"我，这礼拜真的没犯什么错误。"这是真话。

"你行动上没有，思想上也没有吗？"

这是每周一次班务会上的保留节目。每回他都得在八卦炉里炼一次。他不怕训练，也不怕学习，就怕班务会。他不明白为什么非得开这样的会，有事没事谁都得检讨一番，把乱七八糟的帽子胡乱给自己扣上，完了该干什么还照样干，下个周末再来说一遍。他受不了这个。也不是有谁存心跟他过不去，恰恰是因为大家都这么说，都习惯了，他才受不了。

"闵杰，你这个毛病一定得改过来！班务会嘛，是咱们军队的光荣传统，别人能检讨，你为什么不能？"以至于形成每回开班务会都有干部到一班来，来看他表演。

好，他就表演。他让妈妈给邮来一个袖珍录音机，精心写成一篇批判稿，灌成磁带。班务会时，他装模作样地把嘴巴一开一合……结果当然又是一场风波。"唉，闵杰啊闵杰，你这脾气属驴的！"老班长对他真是苦口婆心，"你何必呢？你又不是说不来，你把舌头伸出来我看看，一点不比别人短。何必为这点事挡着自己的道儿呢？"老班长还教给他，"别人怎么讲，你跟上就行了，有什么了不起的？"

是呀，他承认自己脾气太坏，属驴的。

"你得承认，你身上是有股子跟别人不一样的味道，为什么非要跟别人不一样呢？傻子都懂你不懂。"

那次开过"火线入党"的支部大会，老班长领着他躺在掩体外的树丛里，和他认认真真地谈了一次心。"你自己觉不出来？你那种味道？"

他觉不出来。老实说，他心里还在嘀咕：为什么一定要和别人一样呢？

当然，这都是稍纵即逝的事。他们都参加了突击队，他无需再说一个字，一切功过是非一切决心措施都将在几小时之内交代清楚。"光荣"了也好，或者暂时不"光荣"也罢，一切都将见分晓的。他揪了一把沾满尘土的草叶，塞进嘴里嚼着，眼睛瞪着湛蓝的没有半丝云彩的碧空，看着暮色慢慢地合上来，合上来，心也跟洗过似的，纯净极了，轻松极了。

那就是前线呀，前线的一切就是那么简单！

真是奇怪，他居然没有"光荣"。也许正因为他没"光荣"，在某些人眼里他才格外不光荣吧？

回去！回前线去，去建立功业，去当个真正的英雄！"闵杰！闵杰！闵杰！"海啸似的呼喊把那间调度室撑大了，屋顶掀翻了……他整个儿身心也都浮起来，膨胀了，充满着一种从未体验过的无比神圣的庄严。那时候，什么评比总结，什么立功受奖，全都变得那么可笑，那么渺小。他闵杰难道是为了一块军功章才打仗的吗？他闵杰是个好样儿的，人人都承认，这就足够！不是号召大家发扬风格吗？那他干吗要这块军功章？岂不给自个儿跌了价码儿？不要！有本事咱们打完仗再见，这才够功臣水平呢。

"闵杰呀，你可得想好。"指导员说，"万一……"指导员没说明，万一下回他"光荣"了呢？

"光荣"就"光荣"吧，班长不也"光荣"之后才评上吗？为了老班长，他也得拒绝；否则，他会难堪的，他心里永远会有个疙瘩。这样也好,功过相抵,一般齐了。他可以从头开始。

他就是他,他不需要任何人理解。他的幻想就足以安慰自己。在所有的值得崇敬的英雄当中,那些为世俗所不容而不作任何解释的英雄才更加值得崇敬。比方杜丘、靳开来,还有佐罗……

可毕竟心里也有过一丝丝悸动,当团长念着功臣的名字,一个个出列走上前去的那一刻,特别是像宣恒水这号人从身边走过去的那一刻。当时他干吗去了?溜了?不,这不是妒忌,绝不是!只是心里头有点空,有一点不那么太顺……

回去,坚决回去!是英雄是狗熊,咱们走着瞧。闵杰不是为着军功奖闹别扭,闵杰是堂堂正正的英雄好汉!

不会被人当成逃兵吧?

笑话。他会是逃兵?闵杰?

一个完整的计划在吃完饭时就已形成。他决定实施。首先,他支开了影子似的跟着他的两个老杆。这很容易就做到了,因为站上有两个挺不错的姑娘呢,她们早已发出咻咻的笑声了。然后他跳下月台,跨过几道铁轨,乘人不注意,翻上了一列盖着篷布的货车。在这里,他找到一节装着大木箱的车皮,木箱的间隙足够他侧身躺下。只要到了天黑,他就可以扒上任何一趟西去的列车,回到前线。然后便可实施下一步的计划了。问题是,车上太热,他会中暑的。死在车上可不是他的目的。

于是他返回来,毫不费力地拿到自己的水壶,装着灌水后随意溜达的样子,来到货车下,把水壶扔上车顶。然后他拍拍手,若无其事地走回来。他打算最后在连里露一次面,然后销声匿迹。如能偷到两只面包当然更好。

就在他跨过铁道登上月台时,两个下哨的兵迎面走来。他心里咯噔了一下。枪!他怎么能没有一支枪呢?赤手空拳上战场可能就麻烦得多。枪,连里有的是,问题是怎么才能带下来,跨过这片开阔地。到处都是兵，到处都是眼睛，背枪是很容易引起注意的。何况是白天。

一个拿着榔头敲打车轮的火车司机启发了他。如果有一个人把枪用绳子吊下车窗，背对着月台下车，这时另一个人扒在车下接应，一般还是保险的。如果冲锋枪用雨衣包起来，就更加不为人注意。

他决定再发展一个人。

"老杆，还记得刀金兰吗？"闵杰扔给他一支烟，闲聊似的问，故意不看他。

老杆不吭声，脖梗却也微红了。

"我说，刀金兰对你还有点意思，别他妈三心二意的。"能把老杆说动了，就是个最好的搭档，连落脚点也有了，他想。

我都算计过啦。老杆美滋滋地抽一口烟，闭上了眼。"咱家那旮旯虽说穷点，可地方真是个好地方。有山，有林子，也能栽水稻。"

"好个屁。"闵杰打断地，"你先听我的！"……

老杆懵了，半天才吐出气来，"班长，你梦梦哩？"他摆摆头，笑起来。

"我跟你说正经的。你想不想见刀金兰？"

"那是两回事。"

"也是一回事。你干不干吧？"

但老杆实在令他失望。"千万不敢这么干！班长！"他抱着闵杰的胳膊，脸都吓白了，"咱三十六拜拜过了，就差最后一哆嗦。你气也出了，话也说完了，适可而止呀。咱不求有功，但求无过呀，回吧。"

"少啰嗦。你要怕死，我一个人去还方便些。只要你帮我把枪弄下来就行。干不干吧？"

老杆毕竟是老杆，老杆是他的影子呀。老杆躲闪着他的目光，答应了。他们决定利用开午饭前的混乱进行。那时铁道上也不会有很多人。

"我不会忘了你的。"他拍着老杆的肩。

安排完这些，闵杰决定轻松一下。他吹着口哨，跳上月台。但不知为什么，一颗心反而狂跳不已，就像有根钟摆悬在胸口，在不停地撞、撞。老杆跟在他身后，更是魂不守舍的样儿，连眼皮都不敢抬。

"别老跟着我，自然点儿。"他装作点烟，低声命令。"十点半准时碰头。""再见吧妈妈，你的儿子就要出发……"他大声地唱了一句，赶紧又把嘴闭上。远远看见团长和指导员走过来，他一侧身，钻进了车厢。

车厢里没有人，这使他感到了如释重负般的安全。真是奇怪，在战场上，在数倍的敌人向他猛扑过来的时候，他冷静得像一块冰，根本没紧张过。他，一个九死一生的人，一个准备再次去死的人，有什么可怕的？于是他想到了，不怕死也许并不是最高的境界。世上还有东西比死可怕，那便是孤独。他就要去忍受孤独了，从前，在家里在部队里在战场上，他都有过孤身的经历，但那并不是孤独，而现在……正是这样。

倒在地铺上，这么想想，心里还真有点发酸。这个车厢，他统共呆不到二十四小时，现在竟感到这般熟悉，就跟住过多少年似的。这是连长的背包，洗得发白了，还有补丁。对不起，连长，我不是故意的，要骂你就骂几句吧。这边是老杆的，再过来是自己的，再过来是二班的。对面是指导员，司务长，二排，三排……他一一扫过每个背包，暗暗叫着每个人的名字，甚至叫到宣水嘴也不像从前那么腻歪。不多不少，整整五十七名，这是过去全连的一半啊。从今以后，就是五十六了，再见吧，战友们！再见吧，弟兄们、老杆们!

他在挎包里摸到一只钥匙坠子,这是老班长的遗物。老班长说过,要是有谁能活着回去,就一定替他带回去还给她。她,是老班长的未婚妻。那时,大家都说过类似的话,以示决心。当时他就觉得这调子不对劲。

"闵杰,你没话说吗?"

"我不说,丧气得很。有本事,把那玩意儿亲自带回去,别在她胸脯上。"他总这么不合拍。

老班长想想,笑了。"这话也对……"

"就是,干吗一接火就想'光荣'呢?咱可不想这份'光荣'。"老杆们也同意了。

"这才像句人话。"他嚷嚷着,"我呀,境界就是低,这会儿还想着回去考大学呢。咱混不上党票,好赖也混张学票吧。要不然,这下半辈子也太窝囊了。"话说完,才明白又犯了忌。

大伙儿全乐了,可老班长责备的目光立刻扫将过来。他刚刚答应过不发牢骚的。可他这顾头不顾腚的毛病什么时候才能改掉呢?

这是一朵红色尼龙丝编成的月季花,花心里缀着一粒半透明的雨花石,象征什么他明白,这话姑娘也只有和老班长本人才能说清楚的。

永远没人能听见了。送还坠子的任务真的留了下来!那么,现在只有托付给老杆。

他的手有点发颤,他想到大老杆鲁莽,还是二老杆比较稳妥,于是便搁进二老杆的挎包里。既然你和刀金兰计划好了,那么你是不必去露险了,你那黄土高坡是个好地方。这是真话。

他感到眼皮在突突地跳,就像被阳光刺久了那样,居然连泪也有了。

"等着你归来。"隔着朦胧的水光,一个甜甜的小心翼翼的女声在耳边回荡。没错,就是她。确切地说,他早已记不清她的嗓音了。但在想象中,应该是这样一种音响,很甜,还有点沙哑。

半年前,他接到过这样一封信。信上没有特别的话,诸如学习致敬之类。只是在最后拴着一句"等着你归来"。什么意思?等着?自然是对方的一个暗示。他像猜谜似的把这句话琢磨了又琢磨,心里热乎了好些天。

那信他早就撕了,更没必要去写回信。他犯不着让一个这么好看的女人"等着",能否"归来"并不取决于自己,可这句话却再无法消逝,就像一支熟悉的歌、一个口头禅、一个习惯动作,总也离不开他。出现得次数多了,那语调,那轻重抑扬,那沙哑和甜蜜的程度,也变得清晰而准确,是任何一个别的女人也无法模仿的。

薛小娟,他记得初中有过这么个同学,一个漂亮得惊人的丫头,一个不敢跳鞍马的胆小鬼,一个从来不拿正眼瞧他的骄傲公主。考上高中他们就不在一个学校了,就是在马路上迎面走过,也从不打招呼。不过说老实话,他也不敢瞧她。那黑得发亮的眸子,那又长又密的睫毛,全让他心悸。那时他才十四岁。记得有回团日活动,在公园里,她和几个女同学靠在椅背上说话,当时他正坐在那椅上,一低头,正瞧见她裙裾下浑圆的小腿,不知为什么,他就想把手伸过去摸一下……当然,最后还是没么么干,他害怕了。后来,他更不敢看她了。再后来,她的模样都已模糊了。只依稀记得,她皮肤黝黑,眼很深,身材小俏俏的,说话悄声悄语的,不爱咋呼……现在,那模样就更没法说了。女大十八变,谁知变成什么了?她也没寄张相片来。连她的通讯地址,他也忘了,只记住了一句话:"等着你归来。"甜甜的,还有点沙哑。兴许这韵味儿是哪个电影片子上的,也没一定。

"归来"?不,他不会归来了。他这就要归去。他决定的事,就要做到。他不是个怕狼怕虎的人。十点整,他抹抹脸,拉拉衣襟，又最后将车厢环视一遍，跳下车去。他甚至想过应当对车厢敬个军礼，以示告别的，但又觉着太俗气，便免了。

"闵杰，一班长，上这儿来！"那几个围着姑娘的兵在吆喝。

他笑笑走开了。为了表现得跟平常一样，他摘下大檐帽，让青皮锃亮的光头在阳光下一闪。果然，那些个兵哈哈大笑，两个姑娘也忍俊不禁。

"他这人就这样。可打仗真是没得讲。"一个兵向姑娘解释。

不错，他想，他就这样。能这样评价他，可以啦。

"就是怕见女同志……嘻嘻。"另一个兵说，带有挑逗性。

十点半，他冲着迎面走来的老杆点点头，然后瞅准了机会，钻到车下，再过半小时，也许不用半小时，他就可以得到心爱的冲锋枪了，枪号是4460785，这是和他生命连在一起的号码啊。4460785，亲爱的！

拴得住身子，拴不了心

李隆生本是九连出去的干部，对九连自然免不了有点偏心儿。关于这方面，团里的确有些议论。可凭良心说，李隆生的偏心儿也不过就是给他们吃点偏食，压压重担而已。对九连的毛病他从来也没客气过。但这次就不同了，他的护短是明显的，甚至是不计后果的，在团部，他已感受到别人揶揄的目光了。可那又怎么样？他也是人。他眼睁睁地看着一百多号人一天天地往下减，减到了不足一半，他能不心疼吗？在战场上，他不好说什么，那时就是零剐了他，也得楞挨着。九连撤下来那天，他从山头上冲下来，一头豹子似的扑上去，同每一个衣衫褴褛神情疲惫的兵紧紧拥抱……握手啊问候啊统统不行了，拥抱！也只有那时，才体会到人家外国佬这种礼节的确过瘾，真能解决问题。拥抱！也就是那时，他下决心要好好体贴他的"娘家人"，好好慰劳他的英雄们。为这，他再也不顾忌团里的闲言碎语了。不就是有可能少几张选票吗？值。他李隆生不是为当官才参军的，他李隆生祖上八辈都是"71009部队"（71009意为锄头、扁担、粪桶、粪瓢，即农民）的！

李隆生非常清楚，他和政委都超过四十五了，这次回去，要么提拔，要么转业，留在团里的日子不会很多了。而提拔上去的又能有几个？本来，他和政委之间一直像左右手那么配合着，可这一两年却明显地客气起来，谨慎起来。每当大家谈起谁谁上去了，谁谁回地方了之类的事情，政委脸上就有种说不出来的不自在，就好像鼻子里有条虫，总想吸溜的样子。政委文化水平比他高，脑瓜比他活，上下关系都处得挺好……所有这些都是明摆着的。他不傻。只是这些事想多了，背气得很。

如今提拔干部都讲究个民意测验。他好批评人，好发牢骚，这都会使他在天平上少几粒砝码。打完这一仗，他的形象似乎高大了一些，可在碰头会上他对大家的态度很显然又有了护短的嫌疑。而政委就民主得多，对什么建议都说好……

但他又不明白，这些兵为什么在突然间同他疏远了，陌生了，对他存有戒心了。谁也不愿跟他多说话，就连玩扑克也不跟他玩！九连，九连，让他爱不够又摸不透的九连！

伙房的案板支在月台上，司务长亲自操刀剁肉馅，热闹得很。李隆生看着邬国保气咻咻地捶打着一块特大的面团，心里苦笑着走过去。

"嗳，找个地方聊聊？"

"对不起，我正在出公差。"

"我替你请个假吧。"

"别忘了,你也是来蹲点的!"

战士们都笑了。司务长笑着推推他:"去吧去吧。"他们找了块荫凉地蹲下,李隆生递过一支烟去:"你说这次评功授奖是不是有点不公平?"

"又公平又不公平,没有绝对的公平——这是谁作的报告?"邬国保斜睨他一眼,脖子犟过一边去。

李隆生捅他一拳。"干吗?成心跟我过不去怎的?"

邬国保仰着头,慢慢把烟雾吐上去,形成一个烟蘑菇。老实说,像闵杰这样的兵,别说二等功,记个一等功也不亏。可他自己愣是不要,现在怨谁也没有用。名额本来有限,加上当时那种情绪,谁都认为立功的机会有的是,都愿意把名额让给负伤牺牲的同志。谁知……现在后悔有什么用?"叫他闹去,越闹越没他好果子吃!"

李隆生没应声。他总觉得事情没这么简单,可又说不上个理由。

"这帮小知识分子就是味道馊,给他,他扭扭捏捏假谦虚;不给,又在心里恨你一个大窟窿。"

"是啊,我现在也觉着是摸不透这些兵了。"李隆生苦笑。"是该靠边休息啦。"

邬国保瞪大眼,愣着,突然冒一句:"那也不见得。"

"怎么?"

"有些学生兵也还不错。"

"你是指宣恒水?你对他印象怎么样?"

"很好。"邬国保不假思索地把头一摆。"人家给就要,不给也不争,大大方方的,那才叫水平!他又肯动脑子,关心连队建设,出了不少好主意。比方加强集体荣誉感教育,就是他提的,多有针对性儿？我看团里也还没这么提呢。"

李隆生眼直了，感到宣恒水这个兵的确是很有水平，一下子就点到了穴位上。针对性是有的，问题是针对谁？针对刚从战火中走出来的英雄战友？这样做对头吗？再说集体荣誉感又指什么？钢刀连？钢刀连对邬国保又意味着什么？提拔？不简单，这个兵是不简单。李隆生立刻又对宣恒水那些吞吞吐吐的暗示有了新的理解。他为什么要对自己说这些？因为他看出自己也是个好大喜功的家伙！

他冷笑了。

"你都听到些什么了？宣水嘴？那叫讽刺挖苦，我的团长同志。"邬国保自顾自地说，"不错，宣恒水从前是有点浮泡气。可人家经过战斗锻炼了，现在是二等功臣。不错，他是没参加485，那就不能代表咱们连了？咱们连也不只打那一仗。代表咱们连就非得闵杰不行？我就不信这个邪！还要看谁更能把钢刀连精神说圆满喽……"邬国保发觉说漏了嘴，立刻又止住了。

李隆生诧异地瞧着他，心里想的完全是两码事。此刻邬国保越是振振有词，反倒越显出他的头脑简单来。十八年前，李隆生去带新兵时，一眼就看中了这个憨厚朴实的小伙子。那时，他的憨厚是可爱的，可眼下这憨厚却让他觉着可气，也不知是什么道理。于是他越听见邬国保大谈他的钢刀连和集体荣誉感，便越觉得他有点可怜。凭良心讲，他也觉得自己对不起邬国保。头几年，三营曾有个建议，提拔邬国保担任副营长的，可当时他总觉得九连还挑不出一个像样的连长来。"再锻炼锻炼，等成熟一点再说嘛！"谁知一拖就是好几年，邬国保就再也没法成熟了。

李隆生摇摇头："你跟我说老实话，你真的没想过回去提拔，让家属随军吗？"

邬国保垂下眼皮，脸也红了："你是我老首长了，我心里想什么你还不知道吗？"

"这就对了。"他捶了他一下,然后又把他的肩按了按,就像十八年前他第一次捶他时一样的感觉。这就对了,他想,其实何必非来个钢刀连不可呢?欠账总是要还的嘛。

真正的军人,绝不喜欢战争

"连长!连长……"从月台上突然跳下一个兵来。大热的天,那个兵脸色煞白,跟死灰一样,结巴了半天也没张开口。

闵杰在车下足足熬过了半小时。明晃晃的太阳从一侧逼过来,刺眼得很,烤人得很。水泥枕木早已发烫了,一块块石头子儿硌在身下也很不好受。其实这也算不了什么,就是时间慢得惊人,空气紧张得压迫人,在前沿摸敌人哨兵也没这么憋闷!

"下饺子喽,每班准备一个洗脸盆!"

脚步乱了,碗瓢也碰响了……好了好了,现在正是时候,老杆,看你的了!

闵杰支起身子,准备接应。就在这时,他瞥见了枕木上的两只解放鞋。其中一只,鞋尖上打着橡皮补钉,他早晨抓住的正是这双脚。是团长!"嗡"地一下,热血上了头,耳朵里也发出尖厉的鸣叫……

"还是车底下凉快。"团长的半边脸现出来,"你在这儿啊,闵杰?"

老杆叛变了!他想,这小子出卖了我!

团长蹲下身子,想钻进来。

闵杰一个骨碌,从枕木上滚出去。

外面，连长冷冷地瞪着他，大滴的汗水从下巴那儿滚下来，又砸到枕木上，嗒嗒地响。

刚才，要不是团长拦着，邬国保真准备去找根绳子。这还得了？逃兵？九连再不景气，也没出过这号事！他怎么也想不明白，为什么他越是想把全连往高一个台阶上领，有些人就越是在底下给他抹稀屎？

团长过来了，一手拉住一个："这事就咱们三个知道，保密。"

邬国保心里清楚得很，这密是保不久的，团长不是那号人。而闵杰，索性摆出破罐子破碎的架式，两手插进兜里，嘴里吹起口哨，一条腿也挺优哉地抖起来。好像被俘虏的不是他，而正是眼前这两位。

"团长，别费心啦，我不会当你的下酒小菜。"

"我干吗非拿你下酒呢？"

月台的斜坡上，两人吃着水饺，斗着嘴。闵杰狼吞虎咽，食欲丝毫不受影响。倒是李隆生胸口堵得慌，吃得很艰难。本来他以为闵杰会一言不发，等着挨剋的，谁知闵杰反而锋芒毕露、四处出击，弄得他这脑子还真有点跟不上。

"团长。'一帮一，一对红'那会儿，你肯定帮过不少人，要不你能升这么快？"

扯淡。那时的李隆生要不是有参加过中印边境反击战的牌牌，也许早就卷铺盖卷儿了。他心里骂着这浑小子，嘴上还得说："那时……是啊。年轻嘛。"

"团长，这次回去，弄个师长旅长干干大概没问题吧？"

"也许……难说啊。"一口饺子吐出来，掉在地上。他看清了，是白菜猪肉馅的。

"没问题，团长。找两个吹鼓手，再多扑上点儿金粉，那还不跟托塔天王一个样？"

深呼吸，深呼吸，他命令着自己。一阵大汗淋漓之后，他才缓过劲儿来。而闵杰似乎也有点异样，不再吭声了。李隆生掏了半天口袋，摸出两只空烟盒来，扔了。

"啪"，一包烟扔在他脚下，闵杰起身就要走。

"等等，我还没说话呢。"李隆生一把扯住他。

"说吧，我听着。"

李隆生抽了烟，情绪安定了不少。他愣愣地瞧着闵杰撩起军衣扇风，看清了他肋间的伤疤和那两块鼓胀的胸大肌。"你想过没有？你们这批活下来的兵，个个都是全军的宝贝疙瘩，不容易。你们有实战经验，将来有可能成为各方面的骨干。1960年，我就是这么来到九连的。"他说着，眼睛竟有些发潮。"虽说现在有规定，提干要经过院校培养，可规定是人定的，你比我有文化，你琢磨琢磨这个理？"

"那又怎么样？"

"我说你小子混蛋。你对不住连里牺牲的那些同志，也对不住你自己流过的血。"

闵杰愣了好一会儿，又重新坐下来："团长，你要真关心我，你就放我走。"

"为什么？"

"我喜欢打仗。"

"混蛋！真正的军人没一个喜欢战争的，你这话骗谁？"

闵杰被他镇住了，人也整个儿软下来。他嘟哝着说："一想到回营房，我浑身哪儿都别扭。"

"营房里有虱子？"

"有一种……空气。我也说不上。反正当兵也得跟演电影分性格一样，有的人适合当和平兵，有的只配打仗。"

"我不懂。"

"哼，你当然不会懂了！"那丝嘲笑又浮上脸。"谁都爱听奉承话。换上我到了那个位置，也一样。"

"那也不见得，什么时候都得实事求是。"

"狗屁。懵谁呢？打仗时候还差不多。可一打完仗，还是吹牛皮拍马屁好！"

"你这是指谁呢？"

"谁都指，全一样。打仗当然是真功夫好，平时呢还是嘴巴功夫好。"

"能不能说具体一点？不敢？"

闵杰哼一声，不屑地把头拧过一边去："我不敢？我怕谁？我是怕脏了我的嘴。这么说吧，有一种人，在前线不怎么样，可一回来就能把干部玩得团团转。其实他这一套谁还看不出来？可干部们偏偏也乐意让他玩儿。这就怨不着谁啦，水涨船高，大家都有好处。你懂不懂？"

李隆生觉得脸上有点红起来，也不知为什么。"玩干部？"玩儿？难道自己也被玩过？他知道闵杰是说宣恒水，而宣恒水确实使他高兴过的。

"愿打愿挨呗，也许各自心里都有数。一个编神话，一个需要神话。哼哼，眼下咱们都不食人间烟火，玻璃板上搁水晶球，半点杂质不带。张口英雄部队荣誉，闭口钢刀连素质，那些想把咱们连吹成纯而又纯的家伙，首先他妈的自个儿就动机不纯。唱高调谁不会？脸皮厚就成。不信来个唱高调比赛试试？……"闵杰连叫带嚷，把一连串脏话毫不留情地砸在李隆生脸上，这才像出了一口气似的，把脸往肩头蹭蹭，闭上了嘴。

李隆生没应声，他也说不出。在前线，谁的心事都可以公开，谁也不觉得有什么难为情。不论是干部，还是战士，只要坐在一起，很容易就能谈得火热，往外掏心窝子话，互相给对方出主意或是把对方臭骂一顿，谁也没有顾忌。记得他亲自带突击队被批准的那天夜里，都十二点多了，政委突然爬起来坐在他身边："老李？"那声音颤巍巍的。

他也没睡着，弹簧一般射起来："抽支烟吧。"

政委接了烟，却说："别点灯。"

他听出了政委的异样，便把火柴扔了。两个人就这么闷闷地坐着，好半天也不吭声。

风有气无力地哼着，早没劲了。雨也时断时续，连着五十多天的阴雨，给居高临下的敌人造成很大的优越感。一切都在等待，时间也变得黏稠滞重起来。

"他们连冷枪也懒得放了。"他没话找话说。

"是啊，有好几小时没动静了。"政委也说。

然后又是沉闷，抽烟。

"这回，本来应该我去的。"政委终于说。

"我是团长，当然应该我去。"

"我比你年轻些。"

"扯淡。你属什么的？"

"属大龙的。"

"那就别争了，我也属龙。"他奇怪，政委怎么连自己的年龄都给忘了。

政委重重地叹了口气。"我对不起你呀，老李。有一些话，我憋了好多天。"

"扯淡，谁对不起谁呀？"

"我对不起你。"

"你捅我刀子了？"——他笑着，可心里也酸不拉叽的，挺不好受。有多少天？两个人中间总隔着一层。

"你听我说……再给支烟吧。"就是这晚,政委破戒了。"你让我说完,不说出来,万一这回你报销了,我这辈子也甭想快活。记得炮团的刘政委吗?大个子,去年我碰见他了,在一块喝了点儿。你知他现在干什么?县水产公司副经理。正儿八经的正团级只给个副科级待遇,就这么安排的。听说越往后还越困难。我回来后,这脑瓜子里就不对劲了……其实我跟你比赛个啥呢?谁去谁留自个儿也做不得主的。扛枪几十年了,想想,还为这个上邪劲儿,真混蛋透了。再给颗烟吧。"

借着火光,他瞥见了政委眼角的湿斑。

真痛快呀!好多年,他都没这么痛快地谈过自己了。还有什么顾忌?还有什么牵挂?就是"光荣"了,政委也绝对对得起他。

两个人拉了一夜,脚抵着脚,盖着一床被,雨住了也不知道,天亮了也不知道。

很可惜,自打撤下来,自从报纸宣传了二团,那种客套,那种谨慎,那种甚至是做作的东西又不知不觉地回来了。

在机关里,干部们连闲聊天都要挑字眼儿了,连甩老K都很文明了,好像生怕会降低二团的水平,好像二团是个高压电,人人都谦虚谨慎得很可以了。其实人人都觉着别扭,可人人又都这么办着。

"有本事,你能让大伙儿都说真话,就像前线那样,谁跟谁都是真心。"

话是不错,可部队也不能总在打仗啊。

"其实咱们团怎么拉上去的?还不是对大家说了真话。"

这话也对,可你能提点建设性意见吗?

闵杰又吹口哨了。他可是真不烦神,爱怎么着就怎么着,爱说什么说什么,高大得很,自由得很。

一直到集合上车,李隆生没再说过一句话,也不离开闵杰半步。闵杰毫无办法。上车时他盯了一眼那列带篷布的货车，想着那上面还扔着他的水壶。但李隆生就跟在他身后。

有私心不算丑，说假话才丑

二团刚调边防时，还很不像样，头一回在军区会操就拉了稀。

军队俗语：是骡子是马，牵出来遛遛——人家一看，乐了。这是来打仗的还是来演戏的？偌大个操场，几十个团级单位，就数他二团瘪熊。学生兵，细皮嫩肉，不上半小时，人都晒蔫了。靠边稍息吧，同志哥，操心树叶掉下来把头砸个窟窿。瞧瞧人家，个头并不高，可人人皮黑肤亮，肌肉饱满，一看就知道那是日晒雨淋打磨出来的真功夫，几个小时过去，人家眼皮不眨一下，连汗都比他们流得少。把个李隆生臊得差点没把头掖到裤裆里去。

因为刚刚编入军区，首长还是说了不少勉励的话。可任务呢？任务呢？连敲边鼓也挨不上他二团。他们大老远跑来干吗？观战？

李隆生回到团里，流着泪把作战会议内容一传达，关上门就睡觉。真有那么点灰心丧气啊。传达，如实传达。平时奖状红旗也拿了不少，现在也该认识认识自己了！

没承想学生兵也有学生兵的好处，自尊心强。就因为大家都明白了二团的真实处境，忽拉一下，胃口全吊起来。练兵，练兵！上前线，上前线！学生兵们嗷嗷叫。一夜之间士气大振，一月之后军容大整。

李隆生也不闲着，多次请战，嘴唇磨出了茧子，又亮出了军长写的信函，终于请来了军区领导。首长一看，二话没说，拉上去！

一年来，他们终于杀出了威风。容易吗？不容易。

为什么呢？

因为那会儿谁跟谁都是真的，谁也不敢说瞎话。他跟战士们不说瞎话，战士跟他也不说瞎话，因为干部没有玩战士，战士也不会玩干部，因为那是前线。

呜——火车又进隧道了，刺耳的轰鸣震得他发颤。咯嗒嗒，咯嗒嗒，车轮也一阵紧似一阵地碾压着他的心。一切都是沉甸甸的，连时间也仿佛有了分量。

他睡不着，便坐起来。车厢的另一头，他看见邬国保也瞪着眼，便招了招手。指导员也过来了，三个人低声开起了小会。

午睡过后，政委接到九连传过来的一只空烟盒，上有李隆生写的五个字：说真话比赛。政委翻来覆去看不明白，便随手用红笔在那上面画了个大大的问号。

"十五的月——亮，预备，唱！"

刚起床，有的兵还在打哈欠，加上邬国保一副叫驴似的大嗓子，一唱就跑调，所以歌子唱得七零八落，最后索性哄堂大笑。

"挺不错的歌曲，怎么唱成了这个味儿？……请稍息，请坐下，大家各就各位吧。"看着这些面带疑虑的兵，李隆生自己也抓了个背包垫在屁股底下。"同志们，我早晨说是来蹲点的，现在宣布撤销。因为蹲点这个词容易让人误解，好像咱们九连有什么问题似的，弄得大家对我提高了警惕。九连有什么问题？九连个个都是好样的！"

有人噼噼啪啪地鼓起掌来，看看没人响应，又吐了吐舌头。

"为什么要来个说真话比赛呢？党不是天天号召咱们说真话吗？可实际情况是，咱们有时说真话，有时说假话，半句是真话，半句是假话。说到最后，连自己也不认识自己了。整天英雄部队长，英雄部队短的，谁封的？不就是报纸在宣传吗？可有些人还嫌不够，还要给自己再编点神话。想想咱们从前拉稀的日子吧，谁也不是天生的英雄！"

"有点私心杂念有什么了不起的？就不得了了？就降低咱们共产主义水平了？就给干部脸上抹黑了？当然，如果一点私心都没有，个个都是共产主义战士那当然好了。可这实在吗？明知做不到，还非要这么做，明明心里不这么想，还非要这么说，那不是骗人吗？你自己骗人不要紧，还弄得别人不敢说真话。这是什么风气？就为这个，有必要开展一次说真话运动，比赛说真话！"

"从前，就是咱们部队，出过一个经验，叫亮私不怕丑，斗私不怕痛。那是什么狗屁经验？叫我说，有点私心不算丑，说假话才丑，十全十美不光荣，说真话才光荣。好，现在从我开始，我说完了连长和指导员说，然后各排长和司务长说。战士们要说也可以，不说不勉强。但是干部一定要说，不说不行。就说这次调防以后心里那些小九九，一句批评词不要，就要干货。看谁亮得有水平，看谁当着五十几名战士的面编瞎话——谁编谁倒霉，这是团长李隆生的命令，有顾虑的现在可以举手。"

没人举手，谁能承认自己是说假话呢？

邬国保双手抱着头，脑瓜子都要炸开了。中午，团长并没撂他，只是用一种严厉的责备的目光在观察他。这就够他受的了。这目光他比谁都熟悉，简直可以说，他邬国保整个儿就是在这种目光下入党，提干，当上连长的。只是近两年，团长看他的时候才比较温和一些。唉，他邬国保毕竟也是全团最老的连长啦。谁又能料到，就在他踌躇满志暗自得意的时候，这目光又冲着他来了呢？三言两语，团长就把下午的会敲定了，名字古怪，内容更古怪。团长说了，他能反对吗？他邬国保还没这个习惯。倒是指导员指出来。这好像有点引导大家发牢骚的味道吧？"不是发牢骚，是说真话，是叫大家认识认识你们。也叫你们认识认识，自己究竟比战士高明多少。"那就认识吧，他邬国保不就那么点后顾之忧吗？你团长敢亮，他邬国保不敢亮？

于是，团长说完，他就接着。说完了，也不觉得怎样。

其实一个出征在外的军人有什么大不了的私心杂念？无非是一点名誉地位上的小小想头，一点家长里短的小小牵挂。而且官越小那想头就越小，年纪越大那牵挂也就越多。几个人一比，倒是团长李隆生的私心杂念最有水平。这一下，全都放开了。

在九连的政治工作历史上，并不缺少那种情绪激昂、热泪盈眶的场面。但这种发牢骚又不像发牢骚、检讨会又不像检讨会的活动还确实没有过。没人喊口号，也没人鼓掌，更没人表决心，它只是让人想起了点什么，让人怀念点什么。确切一点说，就像躺在掩体里，点着了香烟，等待敌人下一次冲锋的那一时刻，突然记起还有句话没有留下，于是就说出来，也不知说了是否就能留下，反正说说而已。在那一时刻，没有客套，没有遮掩，无需考虑效果，不担心留下话把子……

一个平平淡淡的会议就这么随随便便地开下去了。干部们说完了，战士也跟着七嘴八舌地说。有人说曾经给家里写过信，表示一定能立个功才回来，谁知这回放了空炮；有人说到家里生活困难，这回弄个光头回去也不知能安排个工作不能；有的是因为对象的家里势利眼儿，生怕吹了台。

说着说着天也就晚了，司务长才想起没开饭，便将面包一个一个地传过去，最后把剩饺子也端过来搁在中间。邬国保兴头也上来了，他看着手表宣布，可以把长军裤脱掉，今晚说个痛快。

李隆生注意到，在灯光昏暗的角落里，一个兵始终面对车壁，一言不发。那只揪在裤筒上的手痉挛着，像是斗争很激烈。

一个十九岁的兵无论怎样掩饰感情，也是要暴露的。他能说吗？能在心里说也行啊。

那是他们断水的第四天，阵地上还剩下六个人。

傍晚的时候，班长对他说，"今天无论如何得搞点水上来。"他舔着干裂的唇，表示同意。于是他和班长分拣几只壶，悄悄摸下去。

回去的通道早被敌人封锁了，唯一可以取水的地点就是敌方山脚下的一条小溪。在那儿他们已经失败过两次了。显然敌人是很注意这个水源的，尤其是晚间。

"班长，"他建议，"再往前摸一点，到上游去，那儿可能看得不太紧。"

班长想了一下，同意了，又蹲下替他系紧了鞋带（他老是不爱系紧，鞋带松松打个扣变成一脚蹬）。"咱俩分开走，我在前。如果遭遇上了，我把他们引开，你就绕过去。记着，一定把水带回来，别的甭管。"

他胡乱答应着（他总这么吊儿郎当，把任何一件严重的事都看得无所谓）和班长分手了。如果有今天的经验他无论怎样也要自己走在前面的。

果然，在离山涧不远的地方，遭遇上了。班长打着枪迅速向右翼跑去。他愣了一下，飞快地奔向溪边，把壶盖拧开，用胸脯将它们全部压入水中，自己也喝了起来。

就在这时，他头部重重地挨了一下。紧跟着，一个人饿狼似的压在他身上，掐住他的脖子，把他往水里按，按——后来，也许是喝足了水他反而清醒了，两脚用力蹬，一个前滚翻，那人便被他掀了过去。他抹了抹脸，便要扑过去揍他，但是，但是……那个慌张的用双手撑着鹅卵石向后退去的竟是个女人！而且，而且……是那样一个女人。

她漂亮吗？不敢说。可当时他两眼确实陡地撑大了……

皮肤，也有那么黑，或许更黑一些，眼也有那么深，眸子发亮，睫毛也很浓，还有两条倒换着的浑圆的小腿，藕节似的错开了。特别是身材，也那么小巧，一件宽大的军衣套在身上，更衬出她的小来。她嘴巴嗫嚅着，发出咝咝的声响。

"等待你归来。"那声音甜甜的，带着点沙哑，在耳边轻轻唤着。他脑袋也涨大了。

他犹豫着，可她却迅速向一个矮洞口退去，惊恐的脸上也逐渐有了笑意，后来索性对他咧开了嘴。对着他逼上去的匕首，这女人竟然呼啦一下撕开上衣，露出了白纱布的胸搭。

他傻眼了。她胸前不黑。

那女人仍对他笑，笑着将胸搭扯掉，笑着对他打个手势，接着又脱……

朦胧的月色下，那堆白肉在眼前晃动了，游移了，他手软了，垂下来。他退了回去，慌乱地收拾起水壶，又看了一眼那个钻进矮洞里去的怪物，撤退了。也许她有个当兵的同学就在这山上，也许她是来探亲的吧？他想，应该放过女人。

可他绝对没有想到啊，没有想到！

就在他撤出不到二十步的时候，班长又转回了溪边！

是一串狞笑着的冲锋枪声惊醒了他。他奔回来，蹲在一棵小树后面，清楚地看见，班长慢慢地扑倒在溪水里。而对面，那个矮洞前站着一个仍在笑着的提着冲锋枪的女人，枪口上还连着一缕淡淡的轻烟。那矮洞里藏着武器，那武器依旧光着身子！

"班长——"他吼叫着，让子弹和着热泪一起喷将出去，喷进那堆曾经迷惑过他的让他终生作呕的晃动着的肉体……

他终于把水带回来了，而班长却永远地留在了那里，连一句话也没有。他相信那是班长在谴责他。他是个混蛋。他相信如果不是因为他，班长绝对不会死。他是个有罪的人啊。他不敢回想，他害怕这血的真实！

是的,你曾经坚决拒绝了军功章,以此掩饰内心的伤痛。但一枚军功奖章与班长的生命相比,算得了什么?是的,你曾经英勇杀敌,死在你手下的敌兵不下两个排。但与你的罪孽相比又算得了什么?是的,你曾经受到过很多夸奖和通报表扬,可这些统统洗刷不了那说不出口的耻辱啊。

"我说!"

"我说!"

"我说!"

是的,大家都可以说说心里话,唯独你不能。是的,你曾经嘲笑过别人编瞎话,你自己呢?

你貌似真诚地为人打抱不平,你想用重返战场来求得内心安宁,其实你时时不得安宁,你时时需要刺激,你时时提防着神经爆炸,你时时变着法儿来欺骗自己!其实,真正的骗子在这儿,真正的胆小鬼在这儿。说真话比赛?你连比赛资格也没有啊。

"是不是就到这儿吧?"指导员说,"凌晨就到家了,抓紧时间休息一下,想说咱们以后再接着说。"

"不!"他猛地拔掉塞在嘴里的手指头,手指划破了,热泪喷出来。"我说,我一定要说!"

在英雄之上,还有更高级的东西

呆了!

全都呆了。那一刹那,列车的呼啸,车轮的碾撞,全都逝去。只有赤裸裸的田野上,跪着一个泪湿衣襟的忏悔者。法庭,就是头顶上广袤的天空，严严地俯盖着。凄清的月光骚动着，游移着，恰似法官和听众那一双双惊讶、疑虑、愤怒而终于一致的眼睛。粗重的喘息，浪涛似的轰响着，正如听众席上阵阵涌起的切齿的潮音——揍他！杀了他！杀，杀……

然而什么声音也没有。

"你们，"闵杰环视着大家，"为什么还不宣判？"

没有人宣判。

闵杰终于支撑不住，颓然顺着车壁瘫软地滑下来，跌在自己选择的角落里。

须臾，有人低低地抽泣，那是老杆。

邬国保向人要了一支烟，把烟抓在手里，在车厢的另一头蹦来蹦去，像头好斗的公牛。一个全连最老练、最能干的班长牺牲了，曾使他无数次地惋惜过、伤心过。以前只知道这个一等功臣牺牲于一次为战士取水的战斗中，总以为那是很壮烈的，却不知他竟死在这样一支无耻的枪口底下，而且连还手的机会都没有得到。怨谁？怨闵杰？那显然也欠公平。他才只有十九岁啊。就是一班长，也不过二十三岁。"宣判谁？宣判他妈的逼！"邬国保终于骂开了。

"要我说，这也不能怪闵杰，只能怪敌人太无耻！"战士们也哄喊起来。

"想不到啊，谁能想到呢？"

"宣判战争贩子吧，"李隆生大声说，"是战争培养了这号不要脸的对手。"他又仰起头瞅着车厢的顶棚，瞅了很长时间。"有个同志告诉我，他不愿当和平兵，只想去打仗。他的心情我理解。可他其实还是没有想明白：打仗并不好玩。除非不得已的时候，咱们才打。战争是个怪物，它能培养英雄，可也能培养出不知多少人间丑恶。你们有文化水儿的，琢磨琢磨这个理儿？"

大家叹息着，一时间惆怅得很。有人提议，唱支歌吧，再唱十五的月亮,瞧今晚月色多好?于是有人悄声哼起来。十五的月亮,照在边关照在家乡……你也思念,我也思念。

思念谁?思念指导员,思念一班长,思念所有战死的弟兄。思念他们平日所有的一点一滴的好处。唱着,又有人轻轻啜泣。

十五的月亮也没法驱散大家心里那点悲伤和愁绪。谁也没有睡意,都那么愣坐着,仿佛在等待着什么。

列车已经进入平原,远处的阑珊灯火,忽闪着,旋转着,好像是一个巨大的转盘。

该发生的事迟早都要发生,不管你愿不愿意。它需要的不过是一个小小的撞击,就像雷管所需要的引信那样。

"报告!"八班战士李小冬怯生生地站起来,小圆脸涨成了红柿子,"我说,我说一件事……"

蹭!几乎同时,宣恒水也弹起来,然而他没站稳又坐了下去。

李小冬把头拧向连长,使劲绞着衣角,带着哭腔喊出来:"我们班长他是……是自伤——"

呼啦一下,站起来一大片。宣恒水那白净的脸庞在众多的目光下变形了,失血了。

"说!"

"别怕!"

"我知道班长对我好,班长还要培养我入党,可我心里,心里……"他哭了,"那回增援485,我脚上扎了竹签,掉队了。在小树林里,我看见班长把枪挂在树上,枪口对着大腿……当时我还不懂是什么意思,就喊,老宣,你怎么不上啊?他说他脚扭了,让我帮他揉揉。后来上面打响了,我说,上吧。他站起来又跌倒了,说,你先上吧。我就先上了。可在全面反击时,我看他跑得挺快,又像没有扭伤的样子。就是那次,我们班牺牲了五个,老班长也……后来我知道什么叫自伤了,还想问他,可又不敢。班长常说,要有集体荣誉感,不要因为一点小事影响了集体。连长也常说,钢刀连没有一个孬种,让大家别给连队脸上抹黑。我想这事反正过去了,就……"李小冬声音越讲越低,最后连自己也听不见了。

沉默了。谁也没料到会引出这么件背气的事情来。

邬国保指着宣恒水:"你!你!"吐不出第二个字。

宣恒水挣扎着站起身,对连长,对大家伸出颤栗的手:"我是动摇过,可我后来改正了呀,我毙敌八名,缴获一挺机枪,这都是真的呀。……是真的呀。"汗水和泪水在他死灰样的可怜巴巴的脸上流淌着,在灯光下像一条条蠕动着的蚯蚓。他噢——地吼叫一声,痛哭起来。

"八名了不起啦?八名就评二等功?怎搞的嘛?"

"这种人干这号事一点不奇怪,我早就看他不地道!"

"他嘴巴挺勇敢嘛,怎的一上阵就草鸡了?"

议论、诟骂、嘲笑,乱成一团。

李隆生犯了一个错误,如果这时他能说句话,扭转一下气氛,事情可能要简单得多。可他自己也惊骇不已——并不是因为自伤,也不是因为自伤者是个二等功臣,这样的绣花枕头他见多了。倒是这样的事为什么在二团、在九连、在今天才揭露出来,而且是个极偶然极意外的场合!他也傻了。

"把军功章交出来!"邬国保黑虎着脸大声吼道,也顾不上指导员的眼色。

"对,交出来!"立即有人响应。

宣恒水打了个激灵,跌坐在地。他瑟缩着,双手紧紧护住胸口,抬起一双哀求的眼,死也不吭声。这样僵持了十来分钟,车厢里沉重的缄默被他突然响起的声嘶力竭的叫喊打破了。这个刚刚还表情凄惨可怜的人,突然又变得凶悍无比:"军功章是你发的吗?"由于暴怒,他的脸涨得血紫,脖颈上暴起了青筋,两颊的肌肉也抖动着。"你有什么权力让我交出来？我问你！军功章是我拿命换来的！你除非叫我死——"

倒霉的李隆生，这时又犯了一个绝对的错误，他竟然也说："我看你是应该退出来，军功是大家评的嘛，大家当然有权收回来。"

宣恒水抱住了头，在地铺上辗转翻滚，狼嗥似的惨笑，然后他又爬起来，扔背包，扔挎包，扔水壶，扔榴弹袋……一颗榴弹啪地弹出来，骨碌着滚到了膝下。就这一刻，他两眼陡然现出了从未有过的凶光，他抓住榴弹跳起身："你们以为我怕死？我死给你们看……我死给你们看！"

他身边的战士下意识地挪开一点。空气顿时凝固。

"宣恒水同志！"李隆生站起来，向他走过去。

几乎是同时，邬国保也跳起来，把团长挤到身后。

"别过来！"宣恒水的双眼已经红得要喷血了，他嚷着，右手已经旋开了榴弹盖。弦环拖着白丝带垂挂在榴弹把上。

李隆生拉住邬国保，他们站住了："把榴弹放下，宣恒水同志！"

"放下！"几个战士喊。

"不，没那么便宜——"宣恒水大口喘着气。

这时，一直蹲在角落里的闵杰，谁也没看清怎么回事就猛扑上去，抱住了宣恒水的两只胳膊。宣恒水翻倒了，两人扭打起来，而榴弹却在这混乱的滚动中被拉出了弦。

"叽——"那根连着引信的细钢丝竟是这样叫的，从前谁也没留神过，这一刻却是如此惊人的响亮！

两人同时住了手。拉着火的榴弹从宣恒水手中滚出来，宣恒水也傻了。

榴弹在草席上滚动。闵杰从宣恒水身上探身过去抓了两回都没抓住。这时又有几个战士扑过来，反而使这个铁疙瘩变得跟老鼠一样腻滑，在人们的大腿小腿间钻来钻去。

闵杰终于抓住了，脱手便向窗外扔出去。就在脱手的瞬间，他看见车外疾驰而过的灯光，手抖一下。榴弹在铁栅栏之间碰了两下，又掉下来！

十秒钟有多长？呼吸之间。呼吸之间能做多少事？说不清。据说电子计算机可以运算上万次，而大多数人肯定连应该干什么还没反应过来。

就在闵杰再一次鱼跃扑向窗下的时候，李隆生一把抓住了他的后领。这个早晨还被闵杰轻而易举地摔了个屁股蹲儿的半老头子，此刻竟把闵杰拎小鸡似的扔在一边儿。他一个箭步冲上去，接住了榴弹，一边大叫着："全体卧倒——"

大家就地卧倒了。

李隆生跟着就是一个后滚翻，滚到了车门口的空地上。在滚动的同时，榴弹已从右手换到了左手，而右手又夹起一只背包——几个动作冷静、准确、干净、利落，就像经过专门训练似的。就在他将背包压在胸前、左手将榴弹塞进背包底下的同时，榴弹响了。

这是一种类似于地震那样的轰响。声音沉闷而凝重，冲击有力而短暂，只是车门口跳出来一线暗红色的弧光，车厢也轻微格登一下，就过去了。接着是弥漫开来的硝烟。

"团长？！"李隆生一动不动地扑在背包上。血顺着地板缝流散开来……

五十七个兵，突然醒了似的，带着哭腔扑过去。

只有宣恒水，像条刚从水里捞上来的死鱼，翻瞪着白眼，四脚八叉地倒在草席上。

一九八五年八月一日是建军五十八周年纪念日。这天凌晨一时四十五分，根据总参谋部的命令，载着某部二团的军列按时到达H

城。

列车停稳以后,九连车厢里首先跳出的是战士闵杰。他用双手托住缓缓伸出来的担架。紧跟着,又有几个战士跳下来,他们抓住担架上团长李隆生的身体,使担架稳稳地搁在月台上。

政委领着卫生队的军医们也下来了。临时措施早已采取,现在只等救护车了。谁也没有话说。九连的干部战士们在一边默默候着。

李隆生脸色煞白,阵阵刺痛使眉梢不时地抽搐。这次意外事故使他失去了一只左手,腹部也被弹片击中。所幸的是胸以上还没有损失。更庆幸的是全连安好无恙。世上事都是有缺憾的,他曾宣布要保证全团每一个干部战士都安全愉快地回到营房。可他却没法保证自己;他曾要求不准出任何问题,可他自己却出了事故。他呻吟了一声,醒来了,从周围的气氛看,他也明白自己现在的状况了。于是伤口又更加痛起来……

"老李!团长!"

他点点头:"到站了吗?"

"到了。"政委叹了一口气,欲言又止。

到了,意味着什么呢?意味着他不能回营房,必须住进医院,手术,养伤。然后,然后……他将永远离开这支部队。二团如果有人提拔到师级岗位上,也绝不会是他李隆生了!遗憾吗?有点儿。他是个军人,当然不愿离开军人的岗位。他是个战士,当然渴望去担负更重要的责任,可正因为他是军人,他是战士,他才比谁都更清楚自己的将来。值得吗?值得。不论在战场上,在车厢里,他李隆生就该这么干。这才是他李隆生的作风。好样的,李隆生。而且,很好,他还有一只右手。右手还在吗?还在。他满意地笑了。

九连的战士扑过来,"团长!……"

闵杰哽咽着,抓着他的右手:"团长,你才是真英雄!"

李隆生痛得吸了一口气。"浑小子，在英雄上边，还有更高级的东西呢。你还不明白？"

整队的哨声响了。李隆生推开闵杰："入列吧。"

闵杰张大嘴，想用力喊一声"是"，可那声音竟是这样嘶哑，这样不够劲。

队整好了，邬国保领着全连向缓缓抬上救护车的团长行注目礼。李隆生挣扎着抬起头，艰难地举起了他在危急中机智保存下来的右手，那只军人的右手。

二团的队伍开出了车站，比拉走的时候更精神，比离开H城时更威武。

久违了，壮美的华灯久违了，雄伟的高楼久违了，H城的老乡们久违了。

不知为什么，马路上围满了群众。这些分明是刚下夜班的、刚从床上爬起来的、闻讯赶来的连衣服也没换的人们，那样惊喜、那样羡慕地看着他们，看着他们每一个人。

"喝点水吧，喝点水吧！"一个老太太掂着茶壶跟着队伍喊。

人们涌上来，把战士们团团围住。

闵杰被一个高个儿的年轻女人拉住了，"亲亲我们的宝宝，好吗？亲亲吧。"闵杰看着这位穿着玻璃丝连衣裙的母亲，怔了一下，不好意思了，便接过了这个仍在酣睡中的娃娃。

这是个多么可爱的孩子，这孩子有个多么美丽的母亲！就在他把自己刚刚长出髭须的风尘仆仆的脸贴在这团粉嘟嘟的嫩肉上的时候，一股积蓄已久的和着悔恨与感激的热泪喷了出来，喷了孩子一脸！

他猛然想到，自己曾经是多么愚蠢，多么渺小。他又想到，那句足够他回味一辈子的话：在英雄上边，还有更高级的东西。那更高级的究竟是什么呢？那绝不是军功章，也不是什么光荣称号。

这一天，正是阴历六月十五。其实十五的月亮并不很圆。其实不圆的月亮也很好看。

原载于《萌芽》1986年第5期

老人乐园

子云：
> 少年之时血色未成戒之在色；
> 中年之时血色已盛戒之在斗；
> 老年之时血色渐衰戒之在财。

一

其实我对人生尚未作出夫子式的理解，只是临时想起觉着有方法论的意义。这么说吧，一个人渴望表达的时候，往往不知怎么开头。

老人乐园并非一座公园，当然也不是私园。早年，这是为苏联专家盖下的招待所。两边平房，红砖黑砖，并不显山见水。倒是围墙放得很开砌得很高，上头插满碎玻璃。前院有五个大花坛，绕着一条青砖小道。后院是草坪，栽满朝鲜草。室内装修是洋派头，有暖气（这在江南算是奢侈品），硬木地板，卧室里另有卫生间。当然用时下的眼光看，豪华是谈不上的。苏联专家撤走以后，这儿一划为三，改住家了，成为市委大院里的书记小院。

那小院，是记忆中森严笔直的两道门岗，是数十株巨杨古槐，还有别的什么树的浓荫，是清晨麻雀的喧闹，是黄昏蝉虫的欢乐，是树梢漫溴的薄雾，是满院子阳光的碎片。除此没有更多。

二

现在我正远离家乡的小院,在研究生寝室里伴着孤独,那张令我速回的加急电报被我搓成了棍儿,展开,然后再搓成棍儿。

寝室的黄昏是一天中最安静的时刻,也是恋爱的最佳时机。未来的博士和硕士们全部"出击"去了,一世界就剩下我自己,还有死死抓牢窗扇的最后一点光亮。

使我不解的是,干吗要来电报呢?

两个月里,老爷子已来过三趟北京,如果不为他钱包里那几张票子,我都嫌烦。我正在考试,老头子早已失去往日的威仪,变得越来越啰嗦了。

"清清,你很忙吗?"冲着电话,我无法让他见到扭曲的嘴脸。不过我还得去看他,他说得也怪可怜:就耽误你一个小时吧。

我始终不能理解他堂·吉诃德似的想法,靠边稍息好几年了,还一趟趟地跑北京,头两回是纺织部,第三回是化工部,要项目争投资。其实他根本不是跟人谈判来的,干脆就是骂大街——哪儿哪儿往部里送几车什么什么就把项目抢到手了,这还得了?咳?瞧着他眼珠凸突脖梗抽搐义愤填膺怒不可遏的可怜样儿,我无法同情。老实说他这种方式奏效的可能性极其有限,十回有八回让人糊弄回去正在情理之中。这从他的旅店越住越小就可以看出。我甚至怀疑他早已不好意思报销车票,是自费出来骂人的。这件事放在一个省顾委副主任、前市委第一书记的头上尽管有些滑稽,可我还是看到一种精神,一个形象,一个画面:一位手持长矛骑着瘦马对准风车冲锋陷阵的干瘪老头儿。

干脆说吧,我必须回去一趟,或许家里发生了什么事,或者也没什么大事,总之我得回去看看,再看一眼老人乐园。

顺便提一句，老人乐园这个名字也是老爷子的杰作。当时大家都要退下来了，情绪不够高涨，老爷子就安慰大家说，有什么想不开的？将来把这园子好好建设建设，打麻将刚好一桌，打拳刚好两对，比什么不快活？就叫个老人乐园，再好不过的。当即挥毫来了一个条幅。

老爷子临过柳公权。字是够份儿的，只是有些抖，现了点老态。他解嘲说，抖有抖的妙处，过去有个人叫王子贞，就因为抖，才自成了一家。他字练半辈子了，倒是老了，患癫痫病了，才写出了头。人的奋斗，其结果是无法预料的，只是那幅字再没见他挂出来。

三

全国第一次英模大会上，老爷子高英培是个风流人物，风头出足了。头一件是集体拍照，罗瑞卿大将蓦然回首，咦了一声，嘴也笑得有些歪斜。他扒拉开人群，走到比常人高出半个脑袋的高英培跟前，从上到下着实打量了他一番，"咦？你也是个长子嘛！"他把高英培胸前军功章捶得丁当乱跳。

高英培挺胸收腹，满脸透出豪气。罗大将自己有两条漂亮的男子汉的长腿，故而英雄惜英雄，长腿爱长腿了。从此高英培也有了足以令人妒忌的外号：高长子。

那时的高长子是二级战斗英雄，当当响的政治委员，英俊，还有文化水儿，刚三十一岁，女同志的目光密似天罗地网，被动得很。

二一件是怀仁堂联欢，也是鬼使神差——老总坐在他身边不走了。估计他看相欠佳，脖子拉得长，眼睛眯得小，嘴巴咧得大，口水淌没淌不清楚,总之老总捅捅他:"嗳,讨堂客没得?"

他脸臊红了,埋下脸不吭声。

"喜欢哪一个?我来给你介绍……说嘛,有啥子难为情咧?我们的战斗英雄讨不到堂客,不像话嘛!"

他不抬头,心却跳得紧。到底还是没忍住,便伸手一指。老总哈哈大笑。

会议结束,人家把姑娘给他领来了。是不是那一个,他也搞不清。好像那时的姑娘也都差不多,穿的背带裤,胸束得高高的,腰勒得细细的,脸白白的,怪好看,他也不敢相信,就那么一指,还真指了个老婆来。三天认识,五天成夫妻,简单得很了。那时这算中等速度。

从此,这人世间就有了我,还有妹妹平平。清清、平平——他们的大作。至于我们是不是爱情的结晶,很难说是也很难说不是。这问题当时好像并不重要,都是革命同志更重要。生活还严峻着,剿匪,镇反,以及各种斗争。但无论如何,这是一段佳话,一份光荣。连吵嘴也没敢亵渎这光荣。

可惜,这份光荣早已成了历史。

如今的高英培是个瘸腿偻背的干老头,除了一头银发,好像没什么可夸耀的。特别是他那脖子,坐"飞机"斗狠了,神经不知受了什么挫伤,脑袋永远挺不直,还不停地抽搐,一分钟也不休息,就像那年头常来友好的宾努亲王。所以后来有人叫他高歪子也不算冤枉他,事实就是事实,没办法的。一个瘸腿一个歪脖,他自夸说是两枚文化大革命纪念章,而且终生佩戴必须享用,到见马克思为止。

我们家重新搬回老人乐园是近两年的事。母亲眼看到了退休年龄,僵持没有出路,句号已经快画圆了。而老头子对她的不合作已经达到怨恨,不但不同意迁回省城,而且离任前把老婆文化局副局长的任命一笔划掉——据说把那张纸都划破了。老头子当晚喝了半斤白干，跟人说他把自己的坟地都看好了。大约他自己很钦佩这种与阵地共存亡的气概，可据我看人家未必欢迎他留下来，起码同院的老头们是这样。

消息传到省城，母亲经过严肃地痛苦，决定妥协。她找了老头子的接班人，表示愿意参加市文化局的改革。在此之前她是前梆子剧团的副团长，相当一个科级干部。而在退休前能不能享受处级待遇对她至关重要。从前她一直希望老头子能到省里去屈就副省长，而且那时差不多已成事实，连房子她都去号过了。如果那样她就可以进军文化厅，她对那边的改革兴趣更大一些。所以她一直不愿"下去"，宁愿坚守在省剧团仓库的小屋里苦熬。从二十年前我们被搬出小院，她就活动进了省团。不过话又说回来，也亏得那间小屋，才使零散各方的游子在过年时有碗热乎饭吃。从这个角度看，母亲对老头子的怨愤实在有点恨铁不成钢的意思。

这样说你大致就可以明白老爷子在家的地位——并不神气。这与他有相当长一个历史时期是在梆子剧团的陋舍里侍候蜂窝煤提篮子打酱油有关。所以直到1979年临走马上任了也神气不起来。

母亲当然是坚决不愿与他同往的，结果便是一顿好闹。

那时的我正处于百无聊赖中，唐媞还没出现，背书背得枯燥，日子过得那么平淡难挨，心情是那样寂寥干渴，听听他们干仗竟也觉得怪有趣。后来母亲连哭腔也有了，一如梆子戏，有板有眼，凄怆而又幽远。"你现在了不起了，又是人物了。也不想想这几年怎么过来的，你良心叫狗叼了，你走吧，享你的福去罢了，我这辈子算是倒了血霉了。"

老头叹气说："你暂时不去也好，叫清清跟我去吧。""清清刚回来复习，你也要毁他一辈子？""那，叫平平跟我去？""平平一个女孩儿跟你去受罪？""那，就让我孤老头子一个人去？""你自找的！不信你问问他们可愿意？"

老爷子没问，他心里很有数。我没能看见他独自踽行的情形。几年以后我们举家迁徙并且多了一个唐媞的时候，我看见每个房间的门上都有一张白了发黄的纸条，写着"清清"，"平平"，"如玉"，而他自己房间里已到了只有空酒瓶子还值几文钱的地步。那一刻我素来不肯浪费的感情几乎泛滥起来。清贫，清贫有什么用处？

四

我到家已是清晨八点多。小院依旧，阳光依旧，连小鸟的啁啾鸣啭也看不出变化。幽静得瘆人。

"回来了？你妈昨天还去接站呢。"

我走进去，看见一个浑圆的枪口正对着我的前胸。老爷子双手托着枪，但托不稳。他无比遗憾地掂掂扔进抽屉里，锁上。这是一支银壳的八音子。行伍出身的爱枪是惯例。而他的枪由驳壳而大肚子而五四、五九、勃朗宁直到八音子，其退化过程可略见一斑。这枪是军分区梁司令送的。退下来时他曾经不情愿地上交过，后来老梁头看他可怜，又让人给送回来，说是"特例"。

我说什么事火急火燎的，我正等分配不知道吗？老头并不正眼看我，脖子歪得更凶，说也没什么大事她们都上班去了，你先睡睡吧，就出去了。于是我确信又是唐媞作怪。想想没意思便独个转到院子里去。小惠家葱郁的庭院霍然眼前，它一如廿多年前。那时后院里响应号召，栽满了蓖麻和向日葵，结果自然是一院子朝鲜草被挖得满目疮痍。侍弄它的是老夏头。老夏头那时是高长子的老搭档，两家关系一直亲密。老夏头的宝贝独生女小惠，小小年纪就很会"把家",大约没有妈妈的孩子都这样。于是小惠就成为我第一个欺侮的对象。我逼迫小惠剪掉向日葵的脑袋,她不剪就不带她玩。她只得噙着泪花去破坏了自己家的"财产"。令人大惑不解的是,几天以后小惠得意洋洋地告诉我,向日葵又生出了两个脑袋。一看,果然被斩首的脖颈上又开出两朵小花。一气之下,我亲自动手把所有的两脑袋怪物统统揪掉了。然而两脑袋怪物又生出了四个脑袋。后来我只能宣告对这种事根本不感兴趣。其实我心里很在乎它能生出八个抑或十六个脑袋的。我心里清楚,只是不愿说破罢了。一个神秘情结,它只属于我。这以后我再没敢碰过向日葵。在农村我套过狗摸过老乡的鸡鸭,而爱贪便宜的队长家的几棵向日葵天天在我们窗子底下张扬,我动也不敢动。

　　离这座城市两百公里有个叫天堂山的地方,小惠的父亲夏连升就出生在那里并很小就失去了父母。那年连降了大雪,地下白了,天倒下黑了,于是天堂和地狱掉换了位置。北风揽得天地混混沌沌。十四岁的孤儿就在这时被哥哥的一顿拳脚逐出了天堂。他跌跌撞撞冲出树子,半截袄袖插在肩头,擦完眼泪擦鼻涕,深一脚浅一脚,被狂风推着,挣扎着倒换脚步,茫茫然不知逃向何方。大约走出十来里才听见后面有人喊连升子,他回头一看,哇地哭倒在那人怀里。嫂子嫂子我上哪去啊,他喊。嫂子流着泪把他的小手插在怀里暖和,又把一只麻袋给他披上,将一只破篮挂在他的脖上,篮里是碗筷和几块锅巴。嫂子说,闯码头去吧,在家也是叫他打死,家也没有了,屋都叫他输给人了,说话时两人抱头痛哭。他大哥是个赌棍,常年在外鬼混,赌输了就拿他来出气,现在全家都被他撵上了绝路。连升子此刻终于明白。他必须开始讨饭生涯,他不是舍不得家而是舍不得亲娘一样的嫂子,是嫂子让她少挨多少棍棒,是嫂子每晚让他小狗一样偎在怀里入睡。于是夏连升陡然成人了,他趴在地下磕了三个头便掩脸离去。嫂子跟在身后喊:见到人嘴甜一点，要碗热乎的吃！晚黑睡下多盖两把草！

从此夏连升流落江北，后来参加新四军二师。老夏头说起他哥，总有食肉寝皮般的愤慨。新中国成立后他回家重修了哥嫂的墓穴，完全是因为分不清哪些是嫂子的尸骨。这对夫妻破败前没有半点温情，倒是在沿街乞讨后反而难舍难分相依为命。他哥病倒了，是嫂子讨得饭来养他；天冷，是嫂子把残羹搁嘴里悟热了嘴对嘴喂给他；他哥终于死去，嫂子也一根麻绳紧紧相随。嫂子的事迹大大激发了他的爱憎之心，决定了他一辈子要同道德败坏作斗争。"了不起啊，劳动人民的美德真了不起！"他告诉我，"他要早听嫂子一句，哪能落这个下场？"可若是果真如此，他家活得和和美美，老夏头又何至于参加革命呢？这问题他一概不予回答。

老夏头五五年当市委副书记，到八三年退下来仍是副书记，这跟我老头霸着茅坑不能说没关系。不过他始终没有大的波折，即便文化大革命时，小院里其他人都被撵走了，他家也没搬。这得力于他妻子的亡灵，他这一生注定有女神保佑。

他妻子死于三反五反。当时也不知怎么就认出她是一只披着人皮的大老虎，这一发现使老夏头英雄气短，怒不可遏，掏枪就要毙了她。那时也没有回避这一说，相反正是考验党性的关键时刻，身为公安局长的老夏头当然毫不含糊。他纳闷这女人怎么装得那么像呢？说得那么苦，哭得那么惨，爱得那么疯。又一想自己也太不警惕，每晚交颈缠臂热被暖枕死去活来，竟不知搂着一只母老虎。于是更加体味到阶级敌人之狡猾，斗争之严酷。

她原是南京一女学生，新中国成立前夕被国民党一少校霸占不久就被甩掉，那少校自己逃命去了。老夏头见到她时，她正在江边踯躅准备了此一生，结果被老夏头抱上岸来。这一抱印象深刻无法忘怀，她单旗袍下长股毕现，玉乳圆挺，体软泪热，十分凄楚动人。于是经过批准，他们便结了秦晋之好，然后她就在机关做会计。

那时的做法似不够文雅，下雪天让她跪瓦砾戴高帽。她自然交不出黄金美钞，更受不住惊吓，产后不久的身子也支撑不住，终于血流不止。死时嘴里直喊着老夏老夏，渴望第二次出现奇迹。老夏抱着孩子过来看了看说：没想到你是个美女蛇……说着自己晃悠了几下便昏了过去，这一下睡了三天。三天后办案的慌里慌张泪流满面地告诉他，搞错啦，搞错啦，老虎不是她。于是他大叫一声再次睡死过去，一片殷红漫满了他意识的黑洞。

这在当时已算不上大冤枉，谁都明白历史的进步必须由一部分人付出代价，不过鉴于她的身份和这一教训的惨痛，还是追认了她为烈士。

建市时，老夏被破格提拔为副书记。这一悲惨事件更使老夏头感到她爱情的可贵与难得，感到过去那日日夜夜的温馨谁也无法与之媲美，感到那一颦一笑一触一摸一点一滴的好处简直妙不可言，总之打击之大和对他后半生的影响之深已经同时注定。

他们只有一个女儿，从此他更加小心地宝贝着小惠。小惠也懂事，磕了碰了，受了委屈从来不喊妈，就知道喊爸爸。那时不论怎么忙他都亲自给小惠换衣洗澡，拍她滚圆的肚皮听她咯咯地笑，一天的阴云都能散了去。那时打他主意的不少，洋的土的高的矮的有文化没文化的都有，我母亲就经手过好几个。他也承认家里没个女人是不大好过，可一见小惠便打消了念头。于是这场女人们的竞争宣告结束。于是老夏头的形象陡然高大起来，并且一直耸立到文化大革命以后。老夏头一辈子只爱过两个女人，一个是嫂子一个是小惠妈，但他却得到很多女人的爱戴。

此种道德完善的过程是痛苦的，自打小惠妈去世，他便开始学织毛线衣。织毛活，是磨性子，一闲下就开始。他不像人家把篾针搁在虎口上挑线，像写字。他不，他像是抓着一柄小攮子，一气猛戳，像跟谁拼刺刀。突刺——刺！短促而有力，嘴也跟着一咴一咴，极专注的。他每年为小惠织件新的，从来不拆旧的，小惠的织完了就给人家织。机关有谁结婚添孩子了一准收到小帽子小背心。也不为巴结谁，就是不能闲着。二十多年了，一针一线一刀一枪，漫长的冬夜冰冷的被窝……直到我长大了，才知道这对男人说来是个什么滋味。

"文革"初期那么折腾，谁也没敢对他的人品说个不字。"夏连升本质是好的。"连军代表和造反派也承认。不是不想挑刺儿，是挑过了没刺儿，谁也打不倒他。他是三结合的头一个。我这样说绝没有暗指他有同流合污的嫌疑，恰恰相反，他是非常讲原则性的干部。他一生参加过无数次运动，对坏人坏事从没有姑息过，特别是对那些道德方面的更不手软。

五

"是清清啊？啥时到的？"

我听见背后有了声响，赶紧立定向后转。"是夏伯伯啊，身体好吗？忙不忙？小惠好吗？你还打毛衣吗？"于是他嗡嗡哝哝一一作答。我们一边走一边聊些废话。来到前院看见老郭头系个大围腰蹲地下，拿木槌敲打一块马口铁，老夏头一撇嘴："咦唏，又抓工业哩。"

我没敢笑。老郭头顶爱面子，从前是矿务局的书记兼局长，一生坎坷，所以特别敏感。我说郭伯伯好，身体好家里好一切都好吧？

"蛮好蛮好。"他哈哈一笑站起来揩净手才把手伸出来。我发现他顶已秃完，胡须全无，俨然一个胖大和尚。"啥事体都要想得开啊。"他说。

"你知道了？"老夏头问我。

"知道什么？"我说我刚到家，本来正等分配，什么了不起的大事非叫我回来？

老郭头又蹲下去敲马口铁，说就是啊，何必呢，世上本无事，庸人自扰之，年纪大了想不开。

我说，"他们又吵架了吗？"

老夏头说没什么大事，改革嘛灵魂深处闹革命了嘛，说完就笑就拍我肩膀。"清清你知道吧？我还得了个三等奖哩！"他一颠一颠跑回屋取来一张获奖证书。原来是中央电视台举办的绒线编织比赛，老夏头居然闹了个三等奖。我于是抓紧恭维几句，不能错过机会。

老夏头年轻时同老郭头斗争了半辈子，如今都老了，夏郭两家又成了儿女亲家，以前的那些过节儿也就前嫌尽释。老夏头问敲这洋铁皮做什么。老郭头答要给厨房装一只排气扇。……一上午扯着闲篇儿就这么过去了。

中午母亲和平平到家做好饭却不见老爷子回来，于是就把我拖出去说话。

平平说的事起码有十部以上的电影、二十部以上的小说表现过的故事——改革加爱情。

一个改革家，男性，风流倜傥精通十八般武艺且懂音乐美术。上任之初雷厉风行摧枯拉朽，于是得到有识之士、忧国忧民之辈众声喝彩，同时也得到既得利益之小人和某些保守派的十倍敌视和百倍反抗。正在难解难分、危机四伏之时，早已埋伏一旁的美丽多情女子挺身而出，或揭穿阴谋或上告青天或自我牺牲，终于化险为夷，水落石出，皆大欢喜。

改革真伟大爱情价更高。本来我一千个不相信，现在我一万个不怀疑。这故事既不壮丽也不浪漫，可贵之处就在真实：这女子不是别人正是唐媞，改革家不是别人正是老头子的理想接班人干儿子一般的徐介民。

换句话说，徐介民把恩公的儿媳妇给干了。遗憾的是唐媞已婚徐介民也并非待婚，他家中还有一个老婆和四个儿女，而且年龄也已经五十四了。也就是说发电报是让我赶回来领取绿帽子的。而且颁发绿帽子的不是旁人，正是老爷子自己。这故事幽默得够黑了吧？至于唐媞是主动还是被动，我认为并不重要。

我想笑于是我就笑了。并不是我已经不爱唐媞早等着这一天，或出于其他阴暗心理我才笑，我只是觉得这事从里到外浸透着滑稽，滑稽到了不可思议。于是我的笑愈发不可收拾。

我想我的笑声一定恐怖，以至于平平抱着我的肘弯不住喊哥。后来她就伏在我胸前哭了。

平平说，你不知道为了这个徐介民，爸把人都得罪完了。我说我知道。她说你知道个屁，现在市里的老干部没一个不骂他的。我说这也很正常，他们是迁怒于他，没他他们也会骂别人。她说就算是吧，可咱们家倒霉了，你反正远走高飞我们还得在这儿混。有那么严重吗，我说。她说当然，现在上层差不多全知道了可鬼也不来伸一头，全等着看笑话呢。那又怎么样？那就看你的了。我能怎么样？你能告他。平平说你可以先让唐媞承认是强奸，起码是被迫，等把徐介民搞下来再蹬掉她不迟。

我想吐。我又看见那个浑圆的枪口，正冲着我。枪口一变两，两变四，越变越多，枪口吐出蛇芯子样的红舌，打成一个扇面，把我盖了。

我惊讶平平才离过一次婚就已经像个老手。

"哥，哥你说话呀，哥！"她喊。

我说，该怎么办我知道。她说，不过你可不能心慈手软，现在人都坏得很，你要一戾包，我们脸都没处搁。我说你们商量好的？她说没有，他们就知道干仗，爸也气毁了，也说叫你回来。我说她人呢？她说那个臭婊子啊？她早就不来家了，她也捞足了，香港都逛三趟了。

六

小惠来了，严肃紧张且热情优雅。她盯着我，又看看依在我肩上的平平，劈头就是："反正你又不爱她。"

我说这是两回事，这跟爱不爱没关系。

"太有关系了。"她说你要爱她，哪会出这种事？她也是极度苦闷。"所以我认为你也有责任的。"

"扯她妈的淡，是她这么跟你说的吗？"

小惠摇头："我都几个月没见她了。"

"是你家老爷子的看法？"

"他？"她冷笑，"他巴不得你们大闹天宫，正寂寞着没好戏看呢。"

"你不想看？"这倒让人觉着新鲜。小惠从来就是我们这代人中的标准件，听话懂事，孝顺安分什么都好就是不可爱。

她埋下头去，抬起来时脸上竟带着一抹绯红。"我不希望你干出什么不高尚的事来。"说着还瞥了平平一眼。"你是小院里唯一的研究生啊。"

我笑了。我说我这人本来就不高尚，为什么考研究生你也清楚。

她说人都会变的，她也在变。从前那样真傻。"你从前很有点愤世嫉俗的气概，干嘛事到临头又不能免俗呢？你这个人啊真是的。"

我说我对这事只感到恶心，并不感兴趣，这么大岁数啦，还来烦这个神，真没意思。她说那么最佳选择就是及早退出去。我说，可怎么说我也是条七尺汉子吧。她说没什么想不开的，生活就是这样，除了地球不会爆炸，什么事都可能发生。

我想象……衣服扔得满床都是，拖鞋飞到门边上，然后她并不上床，等着人来抱她，她喜欢这样，而且不爱关灯。接吻的脸往左边偏，然后眼皮慢慢搭上，然后两臂倏地绕过来，有时还掐人，她的习惯动作。然后，然后她该扭动了，胸腔里发出唔唔呻吟……可那上边喘着一大黑胖子……

小惠刚走，妈妈就冲进来，"你别听她那一套！"

我说："妈妈，你难道就没想过离婚吗？"

妈妈脸色一惨。平平尖叫："你疯啦？"

七

现在正是小院的午睡时间，日头毒辣，花草羞答，一切都蔫巴着，只有知了在起劲聒噪。猛地，对面老郭头家响起了炸雷。老郭头的江浙普通话洪亮得炸耳："吵！再吵我马上就走，看你们哪能办法！""你走我们就不过啦？""走就走！""走吧，走就是了，怎么不走？住旅馆去，那多省事啊？"这是他大儿子郭和平的阴阳怪气腔。

哗啦一声有个硬物扔出来,大约穿过了玻璃落在院里怪沉闷的。老郭头的孙子冬冬拍着手欢呼:"噢,爹爹破坏爹爹破坏!"然后是啪啪打屁股声和哭嚎的二重唱。"十三点!十三点!一家子十三点!"冬冬妈也就是小惠打着哭着,嚎公公骂丈夫,一笔一笔陈账算过去,很是悲切。没有一个人伸头,连小惠也不当好媳妇了。我刚走到门口,平平就喊:哥你别去!这是周期性发作,又到月底了,比来例假还准时呢,你掺和什么?于是我就给铆在那儿。我看见老郭头出来了,蹲地下拣茶壶的碎片。茶壶是上等紫砂的,他把碎片一块一块往一起凑,手一松,又散了,然后再凑。完全没有用意,麻木到了茫然。大日头底下,豆大的汗粒爬满秃顶,居然显出辉煌,让人觉得伤心绝望也达到一种境界。

还是为钱吗?我问。平平说不为钱还能为什么呢?他讨这么个老婆活该。

小惠出来搀公公了,眉皱着。老郭头怔怔地,把破壶也捧回去,又恶狠狠地摔出来。"小惠呀,你看我这种日脚还能过得下去勿啦?我辛苦一辈子,遭受嘎许多磨难,极'左'路线害得我在屋里也没威信,好苦啊!""算了,过去就算了。"小惠恹恹地。

"一天到晚都在逼!反正你也是自家人我也不怕难为情。你想想我就在外地安个家,也是为孩子们着想呀?我是不愿拖累小孩子的。我是有法律保障的名正言顺的,噢我是轧姘头啦?"

小惠附和道,是啊是啊。

"我十四岁出来学做生意,十六岁参加革命,有啥?还不是自家一双手?现在么现成饭吃吃,还要一天到晏逼钞票,我有嘎许多钞票啊?大囡嘛没办法哎,极'左'路线个恶果,还在农村里厢吃苦,出嫁了嘛啥办法呢?"说着竟哭出了声,呜呜的。

和平却冲将过来揭发道:"谁让你不给大姐的?你全给她我也

赞成。你给多少？上月就寄五块钱，还让她寄绿豆来，亏你说出口了！你存吧，全存给那老婊子去！"

老郭头跳起来指着儿子说不出喊不出，脖上肥肉一颤颤地荡悠，激愤到了极点。

这场面看起来是一幕剧，但它绝对真实，而且并不偶然。你若知道了郭茂田的故事，也许就能理解什么叫社会主义初级阶段什么叫中国。

我们这个地方，春秋时代就是铜开采和冶炼的中心，水陆码头齐备交通也极便利。从现存的遗迹看，无论规模或技术都居当时世界领先地位，其中井下开采分段提升，及巷道支撑的榫形框架技术，到现在还沿用着。到了唐代正式设官建制，成为当时国家货币的重要加工地。当时隆盛兴旺的场面，连李白也有描述。本世纪初英国人在这儿搞过大英纶华公司，三、四十年代日本人在这儿干过华中冶铁所。可奇怪的是这么个有历史有地理的去处，却始终没有半点繁荣迹象。解放初最高的建筑物是日本人留下的两个炮楼子。那时的郭茂田是冶金工业部的一个局长。

五十年代中期冶金行业有句口号："要干就像郭茂田那么干，不干回家抱孩子。"郭茂田也有句话："要死屁朝上，不死翻过来"，意思是玩命干。他也真能干，一手拉起三个矿山一个冶炼厂，拥有人马三万多，也算轰轰烈烈踌躇满志。

与此同时地方工业也发展起来，由县而特区，由特区而变成了市。打有了这个市，便有个"市矿关系"问题。市体现党的领导，矿是中央直属企业，官都一般大，谁也不买谁的账。市说："没有党就没有一切，连新中国都没有，还有你这矿务局吗？"矿说："没有矿就没有这些企业，就不会有十几万人口，也就没有这个市。没有市还有你市委吗？"

这是个先有鸡还是先有蛋的问题，十分困惑人，为此多次爆发斗争。

　　郭茂田那时风华正茂身体强健，且有权有钱敢吃牛排敢下舞池，风度一如今天的企业家改革家，得到女士们青睐是极自然的事。而郭茂田又偏好这一口，据说有回在汽车里就干上了。坑坑洼洼的公路颠颠簸簸的汽车正好给这风流又添上了十分的情趣。

　　他妻子是个烈士的女儿，那时已被气成病秧子，时常来我们家哭诉。我母亲说他是个情种，当然也说过他除了生活作风不好其他都不错的话，以此来诋毁父亲的古板。而那时老头们对郭茂田的反感早已登峰造极，收拾他不过是个时间问题。夏连升咬牙切齿地预言——屎壳郎戴礼帽，别看他今天像个人。

　　五七年他侥幸漏网了，原因是他正在底下筹建一座新矿，白天黑夜都在大干。当然免不了仍有女人。这也使矿务局的右派铲除得不够彻底。

　　五九年是个反常的气候，老人们都记得那年风雪特大，雨水特多，植物花期缩短，一切都变得匆匆忙忙。市党代会上，占代表绝大多数的矿务局干部和工人们一鼓噪，把高英培夏连升给选下去了，连个候补委员也不给，这下把郭茂田给突出出来。那时市里唯一的经济大户就是矿务局，自然也就决定了上层建筑。这使郭茂田在喜出望外中又有些惴惴不安，那些日子天天登门解释安慰，高英培夏连升只把脸黑着不予理睬。不久省委批复就到了，郭茂田两眼一黑，一口红花绚丽无比吐在那文件上，他屁股下的椅子还没焐热呢。总之太不巧了，他赶上了离此地两百公里外的庐山上的最后一架班机。

　　于是和他睡过的女士纷纷血泪控诉反戈一击，这已是惯例了。罢官是上面的事，搞臭是下面的事。当时的做法是让这些受害妇女交流心得，然后印成材料逐级传达，涉及隐私即用"灵魂肮脏"和"丑态百出"代替。

于是郭茂田又恨又怨又悲凉，天天站在高大的尾砂坝顶望着荒凉的山包望着他一手组建的矿山和工厂。发现天轮照转，烟囱照冒烟工人照上班，他抱头痛哭真想一头栽下去了事。后来他又破口大骂，骂那些混账干部把他推上火炉口，骂高英培夏连升心狠手辣，骂此地女人无情无义。骂累了，倒头便睡，才发觉过去睡眠太少应该捞回。睡静了便傻愣愣木呆呆地想起现实问题还是回家吃饭。那时他还住在小院里。

于是郭茂田果然被打倒了。若干年后关于他搞独立王国和修正主义那一套，人们早已忘记，可一个老流氓的形象仍然深刻着。那地方有"张茂田""李茂田"的说法，就是专指有此类劣迹而屡教难改的人，这一形象当然也影响到郭家的后代，姐弟们为此受了其他孩子不少的窝囊气。这也大约是老郭头不被孩子尊重的重要原因之一。

"文革"中我在大字报上看到，那次被打成各类"分子"的共一百零八人，是否有意凑成梁山好汉的数字不得而知。郭茂田的主要罪状是"鼓吹企业自主"、"向党要民主"和"四定两包一奖励的资本主义倾向"。所以如在今天他绝对是个大改革家。这一庞大的反党集团案震动了当时的冶金部、公安部，几经调查又不了了之。这其中又有多少家破人亡的故事和株连了多少干部工人已无法统计。"文革"中那地方的两派形成和武斗升级，少不了是基于这个渊薮。

他们家是六〇年搬来的。追述当时的凄凉已没必要。值得一提的是，他把自己给骗了。就在自己家，夜里，不知是他悔痛自己体格强壮，性欲旺盛，还是根本不承认政治上的失败，反正是骗了。但完成得不够彻底，另一只尚没动手就大吼一声昏了过去。而且大难不死，又给救了过来。

之后是他妻子的不壮烈的病死，是他上山下乡的"大囝"私自把自己嫁给一个农民，是他三年的锡匠篾匠兼漆匠的流浪生涯。这些事已经不新鲜不刺激所以也没什么说头。

二十年后我家老爷子上任的第一件大事就是给他平反。尽管遭到抵制终究没有抵住。平反之风让人觉得那地方的工业非他来抓不行，这也是惯例。而当初受害之妇女纷纷翻供，证明郭茂田并无作风问题，这更是惯例。以至于夏连升为了给结论安个尾巴不得不派人到乡下去搜集罪证。高歪子本意是一风吹掉因此很不满意，说："你也不想想，他不就剩一个卵子吗？"夏连升说："我知道，但他还剩一个卵子哩。"两人搞得很不快活由此产生裂隙，结果证明一个卵子的确行不得事，郭茂田白璧无瑕，这才作罢。

重新回来的郭茂田似乎比从前矮了一截。见人就笑就弯腰就递烟卷儿，还给每家送了几只篾编篓，说是自己的小生产小意思。然后让胜利上街去买东西，掀起裯襟手指插进腰间一特大黑皮夹内，摸索半天夹出几张旧钞票来，整个感觉就是一小商贩。然后叹息路途之艰难，说是竹木检查站扣去他两根杉木料，"这么粗这么长"——他比划着，其伤心程度绝对不亚于骗去的卵子。当时矿务局的干部告诉他这好办，派辆车去把它拉回来就完了，他这才两眼重新放出光亮。"真的？真的可以吗？这个检查站厉害得一塌糊涂啊！"于是一院子干部大惊失声嗟叹不已。

新夫人是矿务局驻上海办事处奉命为他物色的，不知出于什么考虑一定要在上海找，且一定要知识分子。可能是觉得上海的文明程度更适合于他，也可能是对此地的女性已失去信心。总之新郎官去了两次上海以后再也不去，那女的不让他进家而让他住旅馆，说是家里房挤另外还怕难为情，究竟什么原因鬼也不知道。后来他让女的到这边来，女的答应来却又总不见来。如夫人对他的全部感情就是每月一封信，在收到五十元汇款的当天写，如果汇迟了就拍电报，效率极高。所以他家月头月尾总免不了吵架。

别以为这能证明什么。什么也证明不了。如果说上帝安排他前半辈子在女人跟前得意，后半辈子又派女人来制裁他，我倒情愿相信。上帝的事，谁知道？他厌的时候，也考虑过离婚，可办事处的人回来告诉他，女方提出财产问题，于是被吓退正在情理之中。

郭茂田那时就已经完了，彻底没戏了。

八

整个下午平平都陪着我。小院平静得有些奇怪，后来我发现平平在生闷气。她说哥你变了你真没用，你根本不像个男子汉，你完了。我说我没完。她说你连具体情况问都不问。我说问那个没意思。她说可见你是完了。我说老头子呢？我想先跟他谈。她说爸都感到没脸见你，你自己反倒无所谓。我说那又何必呢？她说你完了你完了，然后就跑出去。

后来母亲过来了，一脸怨愤，她说清清你怎么能这样呢？你就是跟她过不到一起，也不能撒开不管，怎么说她也是你合法的妻子。你从前结婚也是这样，不声不响弄回一个人来，弄得全家被动，你现在又这样，你怎么能这样，你怎么可以这样呢？我说从前结婚是我的事，我又没把她弄回来是你们硬要把她弄回来的。她说那还不是为你好吗？好什么。我说，要不是你们插一手，绝对到不了这步田地！她再怎么厉害，再怎么虚荣，再怎么有能耐也飞不到香港去。说不定我们苦日子熬得恩恩爱爱有滋有味呢。

这是发重磅炸弹，母亲于是又瞠目结舌。

母亲红了眼睛，叹口气又说，现在事情已经到了这一步了，你想不管也不可能，你也是个男子汉，回避矛盾算什么本事？我说我也没想回避，回来就是来了结的，没这事也要了结。她说我也看出来了你两年不回家，我就明白了。可你们究竟为什么事？我说也没什么大事就是说不到一起去。她想了一下说，你现在可不能马马虎虎了结。那依你怎么办？我问。这不就等你商量吗，都等了三天了，她说："你也得把情况问问清楚啊？"原来是为这个着急。

我苦笑。这有什么好问的？我说，无非是让人逮住了。平平显然在门口偷听，到底没忍住，冲进来说，不是逮住的是撞上的，当时秘书长去取文件，他以为屋里没人就让服务员开门。我说："够了！"

平平愤怒地大吼，你怎么能这样？窝囊废！妈妈扯住她，说平平。然后我就平静下来，说，"秘书长难道不知书记和谁有来往？见他妈的鬼去！"平平大悟，你是说他是故意的？我说这家伙准能得到好处，起码他有了这一机会。何况他这一手，不知有多少人拍手叫绝呢。这就叫集体无意识行为，然后我就高谈阔论，贩卖帕金森科恩和弗洛姆，说得平平一愣一愣，说得母亲脸色越来越阴沉。

一缕残阳透过窗帘缝，烙在母亲灰色的鬓角上，使那里的鱼尾纹刀刻似的一条条嵌进去，泪囊突出而肥大，曾经挺拔秀丽的鼻梁萎缩了，溶进嘴角那一片多皱的阴影里。于是我赶紧闭嘴。岁月这样无情，人生这样无情，我没有理由对母亲那样。她这辈子事业谈不上事业，爱情谈不上爱情，她努力过，挣扎过，可唯一能体现她价值的也就是我这个研究生儿子了。她是个要强的人。她是爱我的，这我明白，我的心并不像嘴那么刻毒。她不过是想出口气，为家族争回面子，这有什么错？

停了一会儿，母亲又叹道："说心里话，唐媞这孩子我原来印象不坏，起码比你懂事，知疼知暖的也给我不少安慰，所以她要去外贸局，我也为她办了。可谁知人要学坏就这么快呢？再说徐介民是你爸一手拉起来的，也是咱们家老朋友了，也没往这上头想啊？现在到了这一步，你爸是一筹莫展，就会生闷气，所以还得看你的。你怎么解决我不管，起码不能让全家跟着丢脸。"

"让她承认是强奸？我看不可能。"

"起码是被迫的。"平平说。

"怎么不可能？"母亲说，"她今后还做不做人了？"

我说其实那也一个样，当成事就是事，不当事就什么事也没有。

母亲跳起来："那对我们可就不一样！我们是受害者你懂不懂？你爸不比从前了，人家都戳脊梁骨，笑话咱们，你懂不懂？我还在这工作，大小也是个领导干部，你懂不懂？"

这么说我还得上法院打官司？法庭调查时，还得忍受谁动手脱裤子，进入不进入等等问题？我这个受害者比害人者岂不更加可笑十倍？

"你再考虑考虑吧。"母亲说。

我于是做思考状。我看着窗台上一只花翎大公鸡昂首挺胸踱来踱去如同绅士，脑子其实是空的。我说他们都可笑，唯独我清醒，其实也是自欺欺人，我什么也不明白，这事太突然了，太不可思议，太无可奈何了，我怎么知道我该怎么办？我发现我也是个奥勃洛摩夫式的人物或者干脆就是个莫尔索。

九

如果高英培头几年不那么拼了老命把徐介民往上提溜，徐绝不会有今天的胆气，高也绝不会有今天的尴尬。错就错在高英培太相信自己的高尚，太相信自己的眼力了。他觉得自己百分之百地出于公心，变得古怪而执拗，一点不同意见都听不得，一听就激动，脸色铁青浑身哆嗦，脖子抖胳膊腿也抖。徐介民千好万好绝对好没有一点不好。徐介民不当一把手，政策还怎么连续，事业还怎么继续，改革还有什么前途，国家还有什么希望？他坚定不移寸步不让。

那时夏连升也扯破脸了，反正也要退了，于是坚持针锋相对寸土必争的原则，非把另一个人（当时的组织部长）推上去，把那人说成了一枝花，样样合格，条条达标，是久经考验的接班人。这样好的同志不进班子，党心不平民心不平，全市的老干部心不平，这四项原则还怎么坚持？党的传统还要不要？夏连升是多数派，郭茂田已奇迹般地站在了他一边（这也是小院里所有神秘事件中最神秘的一件：不知怎的他俩结成了亲家）。大家联合起来共同抵制野心家的阴谋。

天天开会天天开不成会。见面就吵，见面连招呼也不打了。同住一个院，同在一个大楼办公，上班却要三辆车子接，名符其实的三驾马车。

高英培资格老，牌子硬，是一把手，有着重要的否决权，他说不行就通不过，一言堂就一言堂，家长制就家长制，最后连人家组织部长也被排斥在外。而且说出根据来：为着改革的顺利进行，为着一颗老共产党员的良心，必须这么干，只能这么干，背黑锅也要这么干，而且退下来也不走，守他一辈子，以示与反对派势不两立。

夏连升资格也不嫩，牌子也不软，更有广大老干部的支持，是多数派。如今是个讲民主的年月，不是要倾听广大干部的呼声吗？听听吧，多数是不答应的。为党的事业，为国家的命运，为着同样是老共产党员的良心，必须斗争只能斗争。

　　几个老头各自激动着，亢奋着，无私无畏着。那些日子老人们饭也吃得多了，端碗就刨，刨光了还添。觉却睡得少了，各自胸中充满豪情，躺床上还辩论着撕撸着。高英培不吃药了，夏连升不织毛线衣了，郭茂田也不抓工业了，却个个都忙得不得了，一口气也松不得。各自都把对方逐字逐条地剖析了，驳得哑口无言体无完肤，然后叼着胜利的微笑，入梦。

　　结果省委考察组也一筹莫展。结果徐介民本人都不好意思了。"这样下去不是个事啊，"他劝高英培："算了，谁干不一样？"

　　"你怕死了？"高英培很得意地抽着脑袋，"与人斗，其乐无穷啊。"他大笑得极有风度。

　　"可是，我并不想当官儿。"

　　"什么当官不当官的？我不是选谁来当官，我是在选路线！干部是决定因素，只要干部选对了，路线就能贯彻，人不好什么也谈不上。"

　　徐介民那时正瘦着，两只眼塌陷进去，像两个黑洞，这正是他能抓人的地方。高英培看着也怪心疼，他明白他有压力，又觉着这正是对年轻干部的考验，就像从前曾给予他的一次次考验一样，而这考验对一个真正的接班人来说，又是绝对必要的。他以为他还脆弱。故而高英培更加兴奋，好像这是个八卦炼丹炉，一个专门为接班人设置的考察所，谁能炼出去，谁就成熟了，于是开导他说，"你记住吧，要想去西天取经。就不要怕九九八十一难，免不得要过关的，谁都免不得。"

　　这些话是唐媞告诉我的，她那时觉得挺好玩（由此刺激她的政治热情亦未可知），便当成笑话来说。不过我觉得老爷子总是把自己看得过于纯粹，过于革命。其实这不过是一种右派的幼稚病，另一种盲目的最时髦的紧跟。其实老爷子的可爱之处恰恰也在这里。

五七年他对右派无比痛恨，五八年他对钢铁无比热爱，五九年他对郭茂田无比狠毒，而到了八〇年又对郭茂田无比同情无比重视，概源于此。这是没办法的事，他那代人都习惯于把任何事情抽象出来认识——好或者不好，正确或是错误，非此即彼。

结果，徐介民以三级跳的姿势当上了市委书记，在此之前他只当过两年副市长。而促成老爷子得胜的原因也完全偶然——那个组织部长没经受住考验，神经出了毛病，得了一种狂想型的精神病，总觉有人打他，害他，瑟瑟缩缩不敢见人，要不就背履历表。总喊：整人了，整人了，又要运动了。

这一悲惨事件很自然地使父亲又失掉一部分老同志，大家觉着，他是太过分了，太做绝了。何必呢？想干就叫他再干两年就是了，不能干正的，干副的也不行吗？此时的父亲如果稍微聪明或者实际一点，来点仁者风范，优抚政策什么的，或者干脆从此引退，或许也还好一些。可惜正义的冲动使他走上了癫狂。

弄得很长一段时间里，家里根本不来客人，我看他无非是这样一种正义孤独症，自己把自己陶醉了。

十

小院的一日之计在黄昏，尤其是夏天的黄昏。上班的回来了，上学的到家了，在家寂寞的反倒精神了。地上早早泼水，小桌小椅也早已排好，于是炊烟裹树，油香绕梁，欢歌笑语加咳嗽一派天伦之乐。几个老人站院当间儿看天，说水缸都冒汗了，蚂蚁都过桥了，一身汗都憋住了，怎么还不下雨？一边把蒲扇在光脊上拍得啪啦响。老郭头穿着条像两只面口袋样的大裤衩站在林荫下，与人哈哈说笑。经过中午一场大战还能那样泰然，修炼到这种功夫，确乎已属刀枪不入了。

老爷子那天是天傍黑了才到家的。我注意到他是从后门踅进来的。

合家团聚的头一顿晚餐，就这样在沉默中挨过。老爷子三盅酒下肚陡然叫道："今天是我参加革命五十周年纪念日啊。"叫完了甩着头，眼角凄凄然有了泪斑，筷子抖抖地敲着碗沿："吃菜啊，吃菜啊，你们怎么不吃了？"

于是全家愕然。本来应当发作的愤怒化作了更加难堪的沉默。生活对每个人大相径庭，太不一样太不可思议了。

那天是七月十九号。谁没想到五天以后，他竟撒手人寰。

我瞥见母亲将筷子慢慢架在了碗上。平平呜了一声就伏在桌沿上抽泣起来。然后我就掏出一支烟递给他，我这只打火机本来百打百中，可那天连续七八下不来火，后来打着了，他的烟头又老对不准火苗。一阵穿堂风过来，把他的影子挤贴在白墙里歪歪斜斜地扭动着，好像在笑，又好像在哭。于是他摸墙，摸那个影子，拿指甲去描画那颗不安分的头颅。后来发觉了我的诧异，才不好意思地放弃了这个行为艺术。

母亲回屋发呆去了。平平回屋抽泣去了。灯影幢幢的，就剩下我们俩。他有些纳闷似的把眼睛翻白了望着我："不吃啦？"

我说你喝酒，我陪你喝，然后他又喝。但神色凄楚，颇像"文革"初期，他被打倒时，连自己也相信自己就是个镇压群众的走资派时的那副模样。

我说干嘛不早说呢？五十周年是该庆贺一下的。

"那也不必要，我谁也没说，就一个人上山转了转。时代不要我们这些人了……多余喽。"说着酒也沥沥啦啦泼下来，滴在桌上的就用颤抖的手指刮了吮净。

后来他就一直喝酒，我陪在一边抽烟，搞得屋子雾气狼烟很沉闷。他没有更多的表情，我好像也没有。本来我想安慰安慰他，可也无从谈起，也就无话。五十年，半个世纪，感慨自然良多。我能想见一个孤独的老人站在没有多少特色的山顶上眺望远方的样子。山下多了些厂子烟囱，也多了些高楼，道路阔了，车辆多了，人和人拥挤了，可心与心却更远了。

我知道他那时胸中有诗意涌动，便讨好般地问："有诗没有？"他脸歪斜着眼皮努力翻白说："你反正看不起的。"我说那也不一定。他就摸出一只烟盒。"还没写完呢。"

半纪风云血一腔，
老来蹉跎叹昏黄，
佳什南台无李白，
低能高官有王祥。

我问王祥是谁？他说王祥就是二十四孝图里卧冰捕鱼孝母的那个人，他和李白都在我们这一带活动过。清朝有个县令作诗说过这件事。王祥有什么本事呢，屁本事没有，可他一直做到太尉、太保、位列三公。李白才智过人一腔抱负，最后只能在五松山讨点野荬瓜稀饭喝，惨得很。

我说这又稀奇，死了这不很正常吗？他把筷子扔了，头也伸过来，弄得我往后一仰差点摔下去。他想想又不说了，懒得啰嗦。我悻悻然，奉承说，诗还不错，应该写完，他也不吭。

这样大概又过了十几分钟。小院里陡然喧哗起来，好像是又来了几个老头子，一人朗声叫着："特大消息，特大消息！"外面的场面我无法见到，从拖椅子拿板凳的声音推断人数不少而且激动人心。"××地委老干部局给砸了,省老干部局去个局长也给围了!""为什么事呢?……不清楚,反正是砸了!""砸得好!"有人叫。老夏头说:"闹事总不是办法,有意见提意见就是了。""你说的,不闹就能重视了?""闹闹好,不然太不像话了。"

当时老头子也受到感染。我看见他面部肌肉急剧扭曲,抽动得一根根胡桩直立起来,子弹一般即将发射。可见老干部闹事的确够新鲜够刺激。以至于母亲和平平出来了,我也把脑袋探出去的时候,他才大喝一声"都不许动——",那气势的确盖过董存瑞炸碉堡,杨子荣吓唬小炉匠,我们果然都没敢动。

后来他就笑,笑得怪难看。他说,我给你们说个笑话:我刚当兵的时候人家看我嗓门大,就让参加合唱队。我那时也怪卖力,一上阵就可嗓子喊,他们就让我站中间。可他们不知道我是个左嗓子,正式演那天,一开头就唱跑了,我边上那人就捅我,越捅我就越上劲,越上劲就越跑调……嗨嗨……愣唱砸了……嗨嗨……一队男男女女……哭了……骂我是叫驴儿……嗨嗨……结果……

结果这笑话当然把我们说得毛骨悚然。结果当然明白他是醉了。那天他还嚷了很多,说他知道母亲一直不满意他,知道我一直记恨他,可他不在乎,他已经快七十了,早应该从心所欲了,等等。

十一

夜深人静,当大家都各自安歇,沉入梦乡,不知怎的我想起了小惠的爱情故事。

这是一个典型的雪后晴朗的夜晚，干燥的北风一遍遍抚摸着冷冻了一天的土地，于是积雪在月光下变得结实而严肃。冰溜子迅速膨胀，一直拖在窗沿上，树木瑟缩着身子，屋顶凝神憋气，一律的沉默。这是个考验爱情坚贞与否的场景。两个年轻人从小院先后钻出，慢慢贴近，干雪在脚下格格地呻吟。月光从雪地里亮出反光，迷迷蒙蒙，只听见粗重的喘息。

　　女的说："你真的……喜欢我吗？"

　　那男的没吱声只是嗫嚅。女的说，"你说那些话都是真的吗？"男的点点头还是不吭声。这时女的胸脯一起一伏，仰头闭眼，两片唇微微张开哈出温湿的信息。小伙子于是靠上一步两手战栗着抬起，触着了她的脸。但只一瞬，胳膊便垂了下来，折断了一般，两只手吃力地绞在一起，口中喃喃有词……这是一个酸甜苦辣混合之夜。

　　这一夜，老夏头听见小惠在屋里抽泣，也不过去劝。他认为哭哭有好处。这一夜，清冷，屋里也结冰了。

　　老夏头发觉这事稍迟了几天。小惠本来是朴实的，性格也不活泼，下班就小猫似的偎在家里，偎得人心里暖和和的。可这几天话也多了，笑也多了，有时还哼歌子，哼半句留半句地，发着呆。小惠本来最爱看电影，哪个哪个名演员，怎么怎么回事，说得一清二楚，可这回机关里搞了新片子，她居然懒得看了，说没什么意思，连名演员也不崇拜了。还有两回，老夏头听见电话铃响，可拿起来又没声了，一转眼小惠就不见了，一来二去他看出些个意思来，接下来连眉目也看清了，他不能容忍。

　　结果电话铃再响时正是吃晚饭时，小惠果然浑身不自在，三口两口就扒完了。"又去找老郭那儿子？""不……是。""不是？""是。"老夏头索性严肃指出："不是因为大人过去有那些老矛盾就不许小孩子谈对象。我是看胜利那孩子缩头缩脑，是个不成气候的货，别看他念个大学，屁用不管。"小惠捂着脸喊："谁谈啦谁谈啦？"结果自然是不愉快的。老夏头找了医院的龚书记，把小惠调政治处工作去了，他认为小惠政治上还不成熟。其实小惠是够政治够成熟的了，但她只有服从。

这场温吞的爱情战是持久而艰苦的，一直拖了四年。直拖到小惠成了大女，拖到1983年小院的主要矛盾已经转化，有必要联合老郭头的时候，老夏头才松了口。于是自然有人从中撮合，于是结婚就像开闸放水那么自然。只是这水已蓄得发酵，既不新鲜也不甜蜜了。小惠已经拖累了，结婚成了灾难。

前年小惠来北京出差，我向她贺喜时，她咬着唇把脸扭向窗外，眼皮一眨一眨像被阳光刺痛了似的，然后就不好意思地埋下头去说："他对我只有两件事，一是让我爸给他弄个副处长，可又不敢明说，只能躲钥匙孔里偷看。二是——"我说二是什么？然后她就流泪不吱声。然后我就不问。

结尾是她和胜利终于分手。当然这之前她和老夏头有过一番交锋，老夏头当然认为这太轻率，太自由，太不负责任，太不考虑影响，而小惠也当然不再拿自己的感情开政治玩笑。结果老夏头把一只招待客人的西瓜砸到墙上，瓜瓤摔得稀烂挂在墙上沥沥啦啦的淋着汁水，鲜红的，像只淌着脓血的大眼睛泡子，瞪到天亮。

我认为小惠选择这时候这么干，是想策应我一下，可她不承认。她边流泪边笑着说，我考虑很久也折磨很久了，唐媞知道，你不知道，你们不干我也要干，我不管别人，我是为我自己。

我把她堵在屋门口也笑着说，这事儿你可得慎重，不是开玩笑，不比小时候掐葵花玩儿，我说其实胜利挺老实的，你们和我们情况不一样。

她说这话是你听来的还是自己想的？一个女人做出这种决定是随随便便的吗？亏你还是个研究生，我不能跟老实过一辈子，不能跟影响过一辈子,不能……她哽住了再没说下去。

　　说这话就在我屋门口,唐媞正跪在床上暗自落泪。小惠明明是知道的。唐媞说,进来说吧。小惠就侧身挤进去。然后我猛吞烟雾,猛咳嗽,鼻子也有点发酸发胀。然后我就抱着脑袋坐下。

　　后来我抬起头看她,唐媞也正泪眼婆娑百感交集地望着我。我点点头。唐媞也点点头。然后我把烟掐了走出来。唐媞起来穿衣。然后我听见小惠问,你们商量细节了吗?她说没有。

　　其实何须细节?那一晚我们根本没谈离婚的事。是我打电话给她,说我回来了,她说知道了,在哪儿见面?我说你不敢回来了?她说那你等着。我说,得了吧我不想在家吵架。

　　在外贸局办的一家餐厅里。那地方装修得不错,壁灯昏暗,双人雅座,很适合谈判。音箱躲在天花板里不住地嚷,一年又一年,一年又一年。我说这是什么歌?让世界充满爱。我说真够和谐。当然。她点的菜。我说谁掏钱?你定的规矩,一人一半。我说我没带钱。她就哼了一声,那就少啰嗦。哦,一年又一年。

　　你都听到些什么?那要问你自己都干了些什么。她笑了。来,先干一杯为你洗尘。什么时候调外贸局的?真关心老婆啊,一年多了,去过三次香港,参加过无数次谈判。当翻译?是的。有意思吗?有意思。满足了吗?没有。还要继续进攻吗?当然。

　　她把杯子搁手上旋转,又对着灯光瞄。高清我对你说,那是假的,我没干那个事,我要干也不会那么笨。你不爱听这个我知道,可我应该告诉你,那是政治。你没必要解释。可你应该知道。我只想知道,你现在有什么打算。很简单,抓紧把贷款合同敲定,是我舅舅给牵的线。徐介民派你去的?他想争取长江公路桥在这儿上可又没钱,我要帮他一把。你挺高尚?我挺佩服他。还有呢?到这时候,是人都得争口气。就这些?如果他愿意要我,我可以考虑。

　　我们同奋斗,我们共患难,我们一起走向明天,哦一年又一年。

你到底是说出来了。本来就没瞒着。是谁说没事？本来是没事。弄假成真了？这是单方面的，你是第一个听众。挺动人的改革文学。我不想吵架，高清。可惜徐介民算完了。没完，事实就是事实，谁也不能诬陷！你懂个屁！

唐媞怔着。我看见红血球排着队从她周正的脸上悄悄撤退，一对美丽的大眼终于黯淡。

怪我不好，我不该在他和对立面争执的时候去找他，可我只想着应该告诉他，市里正攻击他到处借债，可谁知道谁知道……然后她就哇哇大哭。硬撑的高傲终归不行。冰雕崩塌了。

然后她就跟我回家，我说算了谈点高兴的吧。她说我倒没什么一个小职员的女儿。是啊不容易大家都不容易，我说。她说没想到会弄成这样，真窝囊。我说你还真喜欢上了？她说那是气话，一个大老头儿……然后就笑了。

我们是从大门进去的，我故意这样，唐媞也不含糊，腰板绷得直，乳峰挺得高，连衣裙鲜亮而紧身，高跟鞋"嘚嘚"地敲打着地面。于是我看见喧闹的小院变成了一座坟墓，热烈研讨的老头儿化为僵尸，这气氛令人满意。然后是母亲和平平躲进去等待引爆。然后是整个小院都屏住呼吸准备拉架，然而不巧得很，下雨了。雨很急，爆豆似的砸在屋顶上，电弧愤怒地撕撸着，炸雷一个响似一个，一切都失去了常规……

我不明白为什么会这样，完完全全不明白！是报复？是发泄？是爱还是恨？是最后的晚餐还是永恒的纪念？其实我们心里都明白，就要分手了，也许一辈子也不会再见面……后来我坐起来吸烟，我发现她也在注意我。

你太能干了，太好胜了。是的我知道我不够温柔。其实我也有很多毛病。每个人都有毛病。其实你没有错。其实你也没有错。每个人都想往高处走，这不是罪过。每个人都想得到温情这要求并不高。那干吗还吵呢？是啊干吗还吵呢？以后想吵也不能了。是啊不能了。我也许还会想你。我肯定不会忘的。记得从前的事吗？当然。那支歌真是不错。人和人究竟怎么回事儿啊？那支歌……一年又一年。

我们拿眼睛说着，说着。后来说也不能了，眼窝里溢满了，再也憋不住了，枕头上滚满了泪珠，吻干了还有，吻干了还有。然后我把她搂紧，她蛇一样地扭着，再次陷入我熟悉的疯狂。疯狂到了抽搐，不知不觉天就亮了。然后小惠过来敲门。

也许我永远说不清。我不知这算不算爱情。我只能说这是真的。后来我们四个人，我和唐媞，夏小惠和郭胜利，我们从办事处出来时都感觉轻松愉快。唐媞笑着问我什么时候动身，小惠也笑着对胜利说两清了。我问什么两清？小惠说，我爸爸欠他爸爸的我还清了，他欠我的他现在也还清了。我说他欠你什么？唐媞推我一把，说你没必要知道。然后我们都笑了，胜利把脸红着也笑。我发现胜利真是个老实的主儿。

十二

第二天早上，吃完早饭小院又进入一天最宁静的时刻，我被老爷子叫进房间。是他说要和我单独谈谈。酒显然已经醒了，别人都已避开。不过那天似乎是有点异样，天暗，气压低，闷热，都仿佛预示着要出点事。

老爷子沉默良久才开口。

"我知道你一直是记恨我的，我知道。"

"没那话。"

"从那回我给你领导说你不够入党,你就恨我了。"

"没那话,我还没考虑好入不入呢。"

"其实我说的是实话,你搞点技术工作也很好。"

"是实话。这算什么屁事,我早忘了。"

"可要不为这,你也不会考研究生了,小唐一直和你在一起也就不会出这种事。"

"你那不过是个假设,没有意义。而且我因祸得福,所以还要感谢你。放心吧。"

"可你妈妈一直在跟我翻老账。"

"不明白才是大明白,大明白才无所谓明白。"

"无所谓明白才能达到大明白真明白。"

他参禅我敲木鱼他吹箫我按眼儿,这倒真是个境界。我发现这时他脖也不抖手也不抽,双目笔直口吐莲花,真个入定寻着慧根一般,便也凄惶到了悚然。当时十分瘆人,我想这就是征兆了,可惜竟没引起重视。母亲听说后还说:你以为他还怎么着?他早就犯糊涂了!

我赶紧打岔,不愿他扯进我妈,于是问:"你和徐介民谈了?"

"谈了。"

"他怎么说?"

"那他还能承认?"他大嚷:"我吃了几十年政法饭了,还能白吃?"

"那他打算怎么办?"

"还能怎么办?卷铺盖滚蛋吧!这个东西,我真想一枪毙了他!早就不对劲了,早就邪掉了,早该……"然后他骂不下去,脖颈肿胀着和脑袋一般粗,半天才咳出一口痰来,随之两行老泪不声不响顺着一脸纹沟流散开去。喉管发出一种嘶嘶的声响来。

关于不对劲和邪掉，我想没什么太大的意思。他眉毛胡子的数落不少，归纳一下也就两条：其一，徐介民到处送礼，整卡车整车皮地送。争项目，摆桌面上就是了，何必腐蚀上级领导机关？其二，徐介民到处借钱，上千万上亿地借，胃口太大。由此老头子陷入腹背受敌的境地，一方面得堵住老干部们的嘴，一方面得遏制徐介民的野心，在台上得笑在台下得骂。可这没良心的，越来越不听招呼了，一次次地胡搞，瞒着他胡搞，甚至让人在报纸写文章指桑骂槐，终于发展到了腐化堕落自掘坟墓。

"他要听我一句哪至于这样啊！"他唏嘘着，痛心疾首，很是愧对江东父老。"他背那些债，十年都还不清啊……我不明白，他为什么不愿像我那样干。"

老爷子执政时是凭他的老资格，老面子以及他半残废的身子，硬是把石头说掉泪，芝麻开了门。于是他便洋洋得意，以为这就是改革，而且是唯一的改革方向。改革就是搞钱，上项目，谁能搞到钱引来资本主义谁就是改革家。依我看徐介民并没偏离他的既定方针，区别仅仅在于一个在摆老资格，一个在耍手腕，一个风险小，一个风险大，如此而已。

老爷子是徐介民的恩公，这点大家都清楚。是高长子在炮火硝烟中救出了气息奄奄的半大孩子徐介民。在以后严酷的战争年代里，他硬是带着这个孤儿走南闯北。他对他可谓倾注了一腔父亲般的情感。后来，连徐介民的老婆也是他给包办的。如今，徐介民如此背叛他，怎不叫他痛心疾首、感慨万端呢？

一个忘恩负义加叶公好龙的故事。

我说："你跟我单独谈就是谈这个？"

"不是……当然不是，不是……"

我说："是想说说眼下怎么办，对不对？"

他不吭，浑身都在打颤，像台松了螺丝的摇头扇。

我说："妈妈出的主意你知道了？"

"那不行，"他说，"那可不行，不像话。"

"我也不想那么干，"我说，"这是男人之间的事。"

"你要干什么？"他瞥我一眼又飞快闪开，喘着，把手中把玩着的手枪立即掩在身后。

我说："我用不着那个。"

"那你要怎么样？这不行……清清，要冷静。"

"我很冷静，"我说，"你打电话，约他出来谈谈，我跟他谈，我让他知道应该在哪儿撒尿。"于是这位二级战斗英雄脸色陡然苍白，现出一种水泡样的透明，"这不行，这怎么行？"他大口吸着热气问自己，"这怎么行呢？"

"怎么不行？"

"这不行，"他颠颠倒倒重复说，"这不行。"

于是我自己拨电话。那边回答说开会去了。

"他现在不会见你的，"老头子白个眼，闷闷地分析说："他不会叫你揍他的，他那么傻？那不等于承认了？打架你也不是他对手。"

"他没老婆？没女儿？"我大叫大嚷。

老头子没理我，吭吭哧哧憋了半天，说："你跟小唐好像本来就不对劲？"

"那是两回事？"

"清清，从法律上说，这事……"老头不敢看我，可这瞬间我也就明白他的意思了。

我说："我太明白了，你不就是不想闹大吗？"

"反正他也干不下去了，出这事还能混下去了么？"

我脱口而出说："你是怕否定你自己吧？你革命五十年就剩下

这点辉煌了！"我知道这一刀捅得太深。

他叫了两声什么立即瘫软，水泡色的脸又渗入黑液，然后就用鼻息似的尖细的嗓音呢喃："怎么这么说呢？你们怎么能这样看问题呢？动不动就往个人头上拉，你们怎么……"

这天他居然挺住了没倒下，头摇得很顽强。

老爷子不怕死，这点我相信。困难在于他无论用怎样方法都不能解决问题，他企图重整旗鼓，可他无力再扶持一个徐介民。他蒙不了我，他设想过一切，不然他不会天天操练那支八音子。1966年他就这么干过。

那时妈妈天天给我们吃好的，好像预感到吃了这顿就不一定有下顿似的。老爷子的头发差不多就那几天白的。没更多的话说，要说就是"错啦，全错啦"！有一个晚上正吃着饭，徐介民闯进来，拍着雪花说："我们丛中笑造反总部正式成立，我当司令！"老头愣着不吭，徐介民又递过一张宣言来，说："我倒要看看谁是毛主席路线。"老头看完了抬手就给他一巴掌，喊声"滚"，徐介民就滚了，一边哭一边走了。那晚，风雪古怪的大，电线瞿瞿叫了一夜。老头擦了一夜枪，是一支新式五九。枪第二天就被母亲送走了。后来丛中笑就成丛中哭了。那是那年的头场雪。

又过了两天父亲和夏连升一起去上班，结果就再没回来。

再后来听说造反派还怪佩服他，说，高英培跟那些当权派不一样，还有点骨气，应该争取他回到毛主席路线上来。后来这个人死于一次著名的武斗，果然极英勇，身上中了九弹还喊毛主席万岁，如今这把硬骨头不知埋在何方。

重回小院时，他就是现在这副样子，抽动歪脖甩动跛脚，把个小院踩得高低不平。看人是斜视，眼皮翻白了才能看清，那时他跟老夏头同志加兄弟，革命友谊达到顶峰。只可惜这伟大友谊持续了还不到一年。

事实上他和谁也没处长久过。我怀疑他整天把头摇着，就是跟这个世界过不去。

母亲告诉我，去年差不多就被挤走了，要是真走了也就好了，哪有这些事啊，她说。

在省里开会，省委顾书记冷丁走过来说："老高你还是回省里来吧，研究个什么都方便，行管局把房子也打扫过了，咱点头不算摇头算，啊？"他开头没反应，猛一回头发觉徐介民坐得远远的埋个脸吸烟，一下就全明白了。一屋干部都看着他。顾书记就站跟前等着，又说一句："点头不算摇头算，就这么定了吧。"他火来了，死命把个脑袋夹住。那就能夹住了吗？脸憋得青紫像个烂柿子，头还是甩将起来，甩得一屋哄堂大笑。然后他就嚷："我偏不来！"

回来家就训徐介民："你想撵我走啊？我跟你说过了，我把坟地都看好了，我就不走我就……"徐介民只好一脸尴尬两手一摊，笑也不能哭也不能，好听话编了一堆，屋前屋后看看说，漆该刷了，墙该粉了，然后悻悻然走开。

老头子也不送，一个人坐屋里认真地悲愤。母亲只好跟出来解释，年纪大了就这样，别往心里去。徐介民哑哑地："他从前不是这样的。"说完就走了，左肩塌右肩耸，脖子微微朝前冲，步幅很大胳膊悠得很开。走出好远才见他站下了，仰起脸抹了一把泪。

母亲说，徐介民走路那势态都跟你爸从前一模一样，滑稽透了。潜移默化呗。母亲说，你怎么不潜移默化？

母亲说，现在这些年轻的上台也是不得了，一开会就是宾馆，一买车就是豪华。你爸什么排场也不讲，整天想的就是公家那些事。就这他们开常委会还躲着他，怕他啰嗦。其实他再啰嗦，也没为家里操过一点心，还不是想帮他们吗？

回想一下，那几天实际上都在等待。等待死亡的降临。

都不上班了，有一句没一句地陪我闲聊。当然她们是为了那件事。可实际是一种死亡的预感。我们家从来没有过这么多的集体对话。

老头子就坐在旁边，想着他的心思，不时把腮鼓起，冲着空气猛吹："呋！"他不留胡子，前方也没有障碍物，可还那么煞有介事地"呋"，对我们的议论毫不理会。

吃晚饭时，我解开了这个谜。

我发现他总是去摸墙。他的座位是固定的，而歪着的脸又老对着那方墙，不费劲就看见了墙上的黑影，所以他实际上是在抚摸那个映在墙上的自己。

屋里开着灯，那个自己陡然明显起来，并且正好嵌在指甲刻出的轮廓里，就好像倒入一个模具，或者进入一个圈套。他摇头，"他"也摇头，他吃饭，"他"也端碗，他企图用指甲刻划得更精确一些，可一抬手那影像就多出一块，变得模糊起来。如是几次，都是这样，他只好改用抚摸了。结果那一片墙光滑油腻，非常明显地留下了"他"。他听到的嘲笑太多，已使他不那么十分自信了，而与"他"去交流。我猜想多半是这样。

这一切他都不好意思对别人说，他是个唯物主义者，居然会有这种感觉。这是过去的自己绝对不能容忍的。于是他明白了影子的可怕和可恨，但推开已经不能，于是只好撮起嘴，鼓足气，大口吹着"呋"！

夜深人静，关着屋门，还能听见他一遍遍地"呋"，能听见他跛着腿在里头倒腾。这时的"他"已倒在地下，大幅度地晃动身体，跛得十分生动，以至于整个墙壁房子都摇摇起来。他气极了可能会提起脚去踩，而"他"也提脚与他相连并警惕不动……这悲哀一定很深刻。

不害怕死，却害怕自己的影子，既怕影子过于沉重会压垮自己，又怕影子消失会抛弃自己。这是个辩证法而且极朴素的。如果他知道生命已到最后关头，他肯定要立下遗嘱，把遗体献给医院解剖，把骨灰撒进长江，不开追悼会，不要浪费等等。"他"会让他采取一系列标准化措施的，会的。

于是他企图反抗："呋！"也只能用这种软弱而可笑的方式。

那个大雷雨之夜以后的早晨，我和唐媞出来吃饭，宣布我们和平解决并停止使用核武器的时候，老爷子眼睛一亮，当即表示饭后要和小唐谈一谈。以至于母亲脸色一沉，平平阴阳怪气。

唐媞出来一脸倦意打着哈欠说："你爸活得太完整，太仔细，太太太辛苦啦。"

"他说什么了？"

"问了事情的全过程。龙怎么来脉怎么去。"她打着哈欠。

"他相信吗？"

"相信。他特有精神，问了贷款的每个细节，又摇头又点头的。你该劝劝他了，管这么多干吗？"

"是啊，他早就累了。"

"我看着也不对劲，眼睛发蓝，手指甲上有横条纹……"

我没再理她。我看见老爷子收拾了几样东西，提个包就出去了。瘸得很自信很优雅。一刹那我便明白，他是见徐介民去的，跟他摊牌。借到这么多钱，徐介民瞒着他，令他伤心，又令他兴奋……

他一定希望看见这样一个结局：徐介民跪在地上痛哭流涕，嘴里喊老首长老前辈我错了，我对不起你，我不是人，我是个猪。苍山如海残阳如血，大江东去波澜伟壮，老头子面对这些心潮起伏感慨万千，说，你这没良心的……火来了我真一枪毙了你！然后掏出八音子浑身簌簌发抖，老泪横流。徐介民抱牢他的双膝摇撼着说我改，我一定改，在这关键时刻你不支持我，谁还支持我啊。你不拉我一把干脆给我一枪算了。于是八音子嗵啷一下掉下地，拉起他说，你呀你要早听我一句……这时他闭上双眼却瞧见身后一片辉煌。

把他亲手击倒，再亲手搀起。这正是我爸的愿望。

可问题偏偏出在二十四号，第二天，一切都好像已经过去的时候。没什么不正常的迹象，事情发生了。

上午老爷子又去跟徐介民谈了一次，谈什么不清楚，脸色却亮多了。据说是徐介民赌咒发誓，保证没那回事。至于工作上的错误他可以考虑检讨。老爷子差不多也就相信，并且乐意相信，狠狠教训他几句就回家来。他不愿杀死自己的希望已成为主导方面，这样阶级斗争就由疾风暴雨变为和风细雨，多云转晴了。

中午时分，老郭头的孙子在院心里玩黄沙，撅屁股撅嘴的怪好玩，不知怎么，老爷子看着看着便动了凡心，也过去蹲在一堆。

"冬冬玩什么呐？"

冬冬诉说是盖大楼房。那咱们一起盖吧。于是冬冬批给他一席地。可他手指头太粗又太抖只轻轻一捅，大楼房就变作土山包了。于是冬冬嚷你坏你坏你破坏，我不理你了，叫大家都不跟你玩。老头子于是羞愧万状，说："现在真是谁都不跟我玩啰。冬冬好，冬冬让高爷爷白胡子扎一下，啊？"

冬冬在他怀里挣扎反抗，直到给他一记响亮的耳光："我把你头打歪。"

老郭头出来呵斥孙子不懂礼貌，而他却见不得人一样逃回家来，"咣"一声摔上门。

妈妈冷笑："没见过这么不识相的。"

而我，居然会感到遗憾，不能为他延续生命，在他的晚年为他创造出生命的安慰，如果我有一个儿子或者女儿，一切完全有可能是另一副样子。

很快我又发现这缺憾的多余。他泥胎似的坐着，目光炯炯，还不时地哂笑。

我问，"你笑什么？"

"不明白啊，世上事多少人都不能明白啊！"他说，"只有明白你实际不能明白的才是真明白。"

中午又喝了酒，但不多。

下午小院开始热闹，十来个老头，梁山好汉似的聚在一起，并且十分的亢奋与激昂。外地已有消息来说，老干部们都行动起来了，对比之下，此地老干部太老实了太窝囊了。市委已决定召开老干部工作会议以征求意见，此时不捅，更待何时？

这场讨论的公开性和示威性是明显的，不可避免在我们这边产生了反响，实际上我们都在听。结果自然是老头子被挑逗起来，打个赤膊就冲出去，白裤衩下两条麻秆样的瘦腿一跛一跛的，小院晃动起来如同巨浪中的舢板，两排肋巴骨琴键一般此起彼伏。头歪着，脸阴着，眼白着，一个一个看过去。"想干什么？想搞文化大革命？"他喊，"不像话！"

如果退回去几年或许还有人买这个账，可那些老头子们冷一句热一句又让他装了一肚子窝囊气，连老郭头都说他搬石头砸自己脚。

这样，回来家，脸黑着，气喘着，浑身哆嗦着，又吃母亲劈头盖脸一通牢骚。

"你不做人我们还要做人。没见过这号的，想怎么干就怎么干，想怎么说就怎么说，你当孤家寡人，我们跟着受气，就这么自私！你真能啊，你能你怎么连媳妇都保不住？看把你烧的，给个乌龟壳还当包车坐呢。你还有脸教训人吗？"

起初他还能回嘴抵抗，后来就招架不住。母亲说到媳妇问题，又有点歇斯底里，把我的怨气也转移过去——"你不用替他狡辩！

徐介民是什么东西？什么法律啊品质啊大节啊，你们根本就是一路货！你当我是聋子瞎子？清清，你问问他，这辈子干净不干净？"然后她跳脚捶胸眼白直翻出去。

我和平平自然呆了不知如何劝解。我看见老爷子脸上一阵死灰翻腾，嘴唇歙张几许，抬抬胳膊想说什么，或者想拿什么，或者想给她一耳光，抬到半空，却一如许仙的水袖飘落下来，随即身子一软从椅上滑下。就这么简单。

十三

有一刻，你曾奇迹般地醒来。你的手紧紧抓牢了床单，你在用力。已经变形的乌黑的嘴唇使劲抽搐着，你在含糊不清地呐喊冲杀。看得出，你尽了全力。

你没有向命运妥协，如同你的一生，你企图扼住它的咽喉。你已经尽了力了，只是你的嘴角奇怪地咧着像是在暗自窃笑。笑这些为你提供了舞台的人们么？你似乎已经知道自己就要走完最后一程，就要歇息下来，所以你笑么？

那一刻，我突然感到心里被抽空，一瞬间周身血液奔突到那个狭窄的隘口，太阳穴一跳一跳地弹痛。也就是那一刻，我意识到自己其实一直是爱着你的。真的。

不，不可笑，你一点儿也不可笑。左嗓子不可笑，跟人吵架不可笑，自费去北京骂人不可笑，不识时务不可笑，孤独愚蠢不可笑，一辈子跟这个世界过不去也不可笑。你干吗还要笑？

我要爆炸了，我有泪却喷不出。你不回答，你永远不能回答了。

你笑着,你一直笑了一夜。

老夏头扑过来喊:"老伙计,是我啊是我啊,都怪我不好啊,老伙计!"他嗷嗷地哭。你摇头,手却拉得紧。

"相信我,老高!我没有坏心,真的没有坏心,你一定要相信我。"他把脸埋在你手心里哭,是真哭,劝也劝不住,拉也拉不住。

老郭头直把手摇晃着,说不出喊不出,嘴已撑成一个黑洞,口水直挂下来,一如花果山的水帘。这绝不是假装的。

都来了,市里的老头们,还有党政军的头儿们,都来道了别,一个个都洒了泪。人们猛然都记起了你的许多好处,你给这世界留下了不少念想。

不要计较妈妈那些糊涂话,她当时就已幡然悔悟并且晕厥过去,她就是这么个人,这你知道。她一辈子都以牺牲受难者自居,不发牢骚就无法保持心理平衡。

也不要计较那些糊涂老头们,他们当时就一个个瞠目结舌满院乱窜,满腔激愤早不知化去了哪里,只会哆哆嗦嗦互相打听——怎么会呢?怎么会?刚才还刚才还……像问人家又像问自己。上了救护车,才听老郭头说句囫囵话:

"人啊,都想不开啊。有啥意思啊?一歇歇轰轰烈烈,一歇歇凄凄惨惨。人啊。"然后嘿嘿笑着踽踽地摇头走开。那笑声悲壮得很,凄凉得很,一点一点在树梢头萦绕飘散。

来向你告别的人是这么多,这么真诚,这么高级,这么有代表性,以至于我们全家大为震惊,大为感动,大感荣耀。特别是那些挤不进干部病房的,不知姓名的,看不清面孔的人们,他们只是在窗外默默肃立,有的还鞠了躬。我在心里替你谢了他们。过去我们不知道你有这么多的朋友和仰慕者。一个人能做到这样是不会孤独的，不会遗憾的。尽管你有过这些念头，如果不是亲眼看见，我绝不会相信。这让人惭愧，也让人觉得我曾经看到的听到的那些，完全是一笔糊涂账。

可惜你无法知道这一切。你始终在笑他们。或者也许你已经料到，你满意了。你笑了一夜。

这真是个奇妙的心灵净化之夜。

死亡变得具体而真实，哭泣显得软弱和遥远。于是人们陡地高尚正直慈善亲密起来。

大家都不回去，大家都在等待。

老夏头老郭头抢着开导我们："革命嘛，就是这样。"于是我懂了革命总是有牺牲，死人的事是经常发生的。

有一刻静极了，就像草叶上久久悬着一滴露珠。树叶懒懒地拍打着空气，发出海浪一般沉重而迂缓的喘息，蛐蛐草虫在散懒地吟唱，知了在树根下如裂帛的蜕壳，还有远处沉闷滞重的脚步，全都能听见。于是生命变得透明，人生变得透明，生活像水一样柔韧多情，让人依恋。

就在别的老头陪我们说话的时候，老夏头一个人悲悲切切地踉跄着跑了出去。后来没话说了，才发现他离去了许久，而且不知去向。

我说天这么晚了他可能是累了，先回去休息了。小惠抗议说绝不可能。然后立即拨电话果然不在家。母亲说，快找找去，不会……出什么事吧？小惠有了哭腔，大家又都安慰她说不会。

老郭头晃着脑袋，再次发出长叹：人啊，都想不开啊，打了一辈子仗，老了老了还要打，啥意思呢？一歇歇轰轰烈烈，一歇歇凄凄惨惨！

大楼里，院子里，马路上，哪儿有个人影啊。起了点薄雾，烟白色的一片片悄悄飘移，把夜也染得神神秘秘。"夏书记——""爸爸——"

　　大家可着嗓子喊，一直往后山找去，声音荡开了，又一层一层叠回来，就是有回答也未必听得清。大家乱喊一气，早没了方向。

　　"那不是吗？"平平指着下面。

　　山脚是个拔地而起的水塔，老夏头孤零零地坐在上头，垂着头盘个腿，面对大楼会议室，几片蝉翼似的薄雾盘绕在身后。那么高的水塔，也不知他怎么上去的。

　　小惠喊了声爸，没反应。于是都屏住气，一点声息都没有。冷不丁听他骂人似的一声愤怒："都为个什么？"然后便哀哀地哭了。

　　大家七手八脚弄他下来，他仍是哀哀地叫。"什么事也不为，什么事也没有啊……"

　　我相信这是真话。他们不为个人，也不是私敌，跟马克思、恩格斯一样光明磊落。

　　一直拖到第二天上午九点，老爷子才不笑了，浑身痉挛起来，像要缩成一团，省委头头也到了，一切都准备好了。于是开始往病房送花，花盆叩在地上沉重刺耳，动作越轻声音越响。

　　他一直坚持把头摇到最后，笑到最后，正如鲁迅的绝不宽恕。当时小冬冬伸手一指："高爷爷的病好了。"

　　果然好了，他脖子软软地歪在肩头，再也不抽。一滴豆大的浊黄的泪挂在眼角，凝住。

　　骨灰安放在烈士陵园，也就是渡江烈士纪念塔下，很隆重。本来市政府已作出规定，那里不再安置任何人的，但鉴于他生前说过已看好的坟地，不知在哪，只好破例了。老夏头们坚持要安在这，就只好照办。到了这时候，一切由老夏头们说了算，谁也不敢顶着，他获得了指挥葬礼的最高权力。

　　会开完了，都还不散。老夏头问："谁还说几句吧？"谁也没说，都哭哑了。心里寂寥寥的，就像他那首作不下去的诗。

母亲颤颤地，从腰里摸出一张纸来，那纸黄了，脆了，写着"如玉"二字。字是好字，柳体，只是有些抖了，现出老态，母亲看着，要了火柴，烧了。那纸见火就着，立马就飞，一蹿多高。她叫声"老高啊"！跟着就一屁股坐下地了。

风起了，一山松柏嗡嗡炸响，和着脚下江涛的惊天动地，宏大着悠远着，环起一个哀恸的世界。在这个世界里，一切都肃穆着，轻烟一般散去，什么都没剩下。

平心而论，如果我心胸稍微开阔一些，境界稍微高远一些，或者干脆更麻木不仁一些，我都不会这样小题大做，使这个毫不动人的故事眼看到了结尾还找不着高潮，但我没办法我总不能捏造生活。

我的看法是生活没有高潮只有浪花。

好几年以后，当我又读了一些书，又走了一些国家，又亲眼见到了中国的现实，我才慢慢明白过来，那个发生在八十年代夏天的故事绝非偶然。那些老人们的恩怨和争斗，那些在今天看来十分可笑的执着和惶惑，那些生活在老人的阴影底下的青年人的爱情和盲目，都不是无缘无故。我只能说，那是一个伟大时代的结束，和一个庸常年代的开始。作为职业革命家的他们，比普通人更加敏感地作出了反应罢了。

大家一定注意到我始终避免正面去说徐介民。是这样的，我一直在躲他，事实上我和他接触过，我不能瞒下去，在那之前，在那之后，我们都有过接触，只是这样接触完全出于老熟人老朋友的礼节需要。那时没有话说只有尴尬，他不想对我解释什么，我也不想跟他解释什么。世界上有很多事情越解释越无聊，越庸俗，越解不开。

现在反正我已经分配，这个单位不算好也不算差可以搞点研究，但又不能独立去搞，我暂时没有女朋友干扰，可以有充分的时间来思考。另外很重要的一点就是徐介民已经死了，我不能不作出交代。是的，他死了。

死得很蹊跷，这之前没有任何一点迹象。前一天还与香港某一集团签订了一笔数字很大的贷款合同，报纸上留下了他握手庆贺的笑容。那天他还说了句很豪迈的话："我们这儿就要有长江大桥了。"结果他给这座城市留下一屁股债。

没有受到任何胁迫，他的难关是我老爷子丧事的那段日子，那时压力大，流言多，所以他基本上没有露面，除非正式场合。而这已经过去差不多三个月，只是稍微变动了一下工作，调到另一个城市不升不降，而这他早就清楚，谈话时没有一点异议。他老婆对人说："一点也看不出啊，一点也没在意啊，一点……"结果他让她当了寡妇。

九月末了，秋高气爽，月明星稀，是那地方最好的日子。那晚他喝了点酒，跟往常一样没跟人打招呼就出门了，所以谁也没料到最黑暗的一刻是这样悄悄来临的，他走得很从容。

先是上了沿江大堤，然后顺江堤往烈士陵园去。这季节风还不大，却也足以让他背上的衣服馒头似的鼓起。江风温湿湿的，且带点咸夹点腥，迎面拂得很畅快。他可能流泪了，可没有停下脚步，还很坚定，只是一把一把地抹泪。他是热爱生活的，能干也会玩，甚至还会开汽车，比他的老前辈们强多了，不知这时，他是否想起点了什么。

江面是黑的，渔火倏忽不定，显得比往日稀少，波涛轻轻摔打着尾巴，秋虫交尾发出欢快的鸣唱。他喜欢忙里偷闲，一人独坐江边垂钓，所以这一切全是他曾经喜欢过的，他不会感觉不到。

对面的江心洲从前长满了苇草，我小时候他常领我去捉鱼。那时这里还保持着远古时代的那种令人胆战心寒的处女般的纯洁。脚边随时可以蹿出银白的快嘴鲹和大腹便便的草混子，野鸭和鹭鸶在那里悠闲地度蜜月，荷花消瘦地在那里顾影自怜，绝妙的苍凉和无与伦比的肥美简直让人透不过气来。即使是六十年代初,我们还能在那里找到大批的野荠白,然后搁铁罐里煮,然后加点盐,然后吃得满嘴乌黑回家去挨妈妈打屁股。然而那时我就知道大诗人李白也这么干过。而且"跪进雕糊饭……三谢不忍餐",我因此而颇感自豪。

他走进烈士陵园,一直上了山,他心跳气短,发觉自己已经老了。他可能会有很多感慨,不过也不一定。闹市的一切离他已经很远,眼下最重要的就是在老头子灵前哭上一顿。哀哀的哭声,在午夜凉爽的秋风中传得很远,以至陵园的管理人员毛骨悚然。然后他从裤子的口袋里掏出银壳八音子,这支枪怎么到了他的手里我不知道,不过确实是这一支。他兼着军分区政委,这是惯例,大约弄到它也不困难。

据此我推断他的死是有计划有步骤的,他一直在寻找最佳时机,可能认为那个月黑风高的夜晚最合适。同时也证明了他算不上改革家,连意志坚强的革命者也算不上,他经不起考验。

他为什么选择老爷子的墓座?我想他是想表示一种心迹,或者发泄一点怨愤。也可能是他在寻找一种归宿。如果不是老爷子,他根本不可能出人头地,甚至不可能活这么大岁数。还有一种可能,他确实心中有愧,他忍受不了内心的折磨。总之他平躺在墓座上,枪顶在太阳穴,用的连击,子弹进去四颗,还有几粒飞了出去。

最后那一刻,他可能站起,又看了一会儿这座城市,这条江还有茫茫夜雾中的江心洲。早年这洲还是两半个,中间有条窄河与江水相通。三十年代末日本人一艘巡逻艇开进那里,一夜之间泥沙淤满了河道,那巡逻艇便永久停止了巡逻,至今还埋在洲底。他可能想到未来的长江大桥通过那里时可能会掘出这一战利品。他没有故乡,这神秘的地方就是他的故乡和归宿,为此他可能满足了。

枪声开始不是很响,只是后来才响,硝烟把他半边脸熏得更黑，是枪口靠得太近的缘故。血溅得很远，一部分越过墓碑落在草坪上，使那一片在第二天的阳光下缀满了鲜红，在九月末尾这个最美妙的季节里又添上了许多绚丽。

十四

  那小院如今已经搬空，改成了老干部活动室。老头们全部迁入新居。由于即将竣工的青少年宫有人提议叫青少年乐园，于是一班子老头们又想起高歪子曾经写过的条幅。那字是好字，遒劲，老态。新年伊始，老头们抢先给小院挂出一块匾，匾上四个金光闪闪的大字：老人乐园。

  我想那老人乐园仍该方方正正，坐北朝南，早晨太阳自东头端端正正地升起，一样辉煌热烈。下晚太阳自西头一丝不苟地沉没，照旧庄严肃穆。如此而已。

原载于《清明》1990年第1期

只要你还在走

一

  吴妈在街头上漫无目的地踯躅。

  她胳膊上挎着蓝花老土布的包袱，手上拎着一个时髦的挎包。这使她在这座中等城市里显得多少有点滑稽。包袱是她的职业标记，时尚再变，花样再翻新，这玩意不能变。否则主家怎么能从嘈杂的人群中一眼就认出她呢？挎包本来是可以背上肩的，像那些时髦的大姑娘一样。但她不敢，背了"不像"。这是她在北京帮工的侄女小兰硬送把她的，不要不好，丢了又可惜。这包做得倒是极别致的，叠起来是个女用挎包，散开又能变成一个大提兜。现在的人，真是越来越精。

  邮电大楼上的钟刚刚敲过八点，正是上下班高峰时刻。商店都开门了，人流潮水一般出出进进。她从这个门被挤进去，又从那个门被冲出来。她跌跌撞撞，抱紧了自己的两个包，随便人家怎么挤，随便挤到哪块去。无所谓，到哪都无所谓，反正本来就没想到哪去。就像落进溪流里的一片树叶，随波逐流，漂到哪儿是哪儿。"先逛逛再讲。"她对自己说，接着又叹了一口气。

  她漂到了集贤街上。这里清静了许多，路面也还干净。这时她才感到两条腿有些酸胀，额上也有细密的汗冒出来。她在一只果皮箱上坐下来，歇口气。

  这里如今叫集贤街了，取了个这么好听的名字。她记得很清楚，从前这里是个菜市场。螺丝山还在对面，街再变，山变不掉。

那时，这里有条铁道，铁道底下，就是菜市。那时，她在这里卖过香椿头，挎一只小篮子，还有这只蓝花小包袱——这就是她的全部家当。那时，她还只有二十岁，腰还细得很，脸还嫩得很，怯生生的，希望能找个好人家。

"……大姐哎，阿姨哎，可晓得哪家要帮工的么？"她碰上一个面善的，就拉住人家问。那时的人，不像现在这样，都热心得很。人们拉着她的手，问长问短。她一急，眼泪淌下来，人们也跟着掉眼泪水。很快她就被介绍到陈部长家里，卖剩下的香椿头正好炒了一盘鸡蛋。那时，裘主任正怀着援朝……三十年一晃就过去了，如今援朝的儿子也都过了周岁了。

三十年！

吴妈有点奇怪，怎么三十年后自己依然坐在这里，就跟当年一样，急猴猴地等着好运气。是天意？还是自己有意？不晓得。等谁？不晓得。反正这条街上有许多大机关。有机关，就有干部，有干部，就得有帮工的。

三十年，就像困了一觉，做了许多值得回味的梦，醒来，还是原还原。

难过吗？有点。讲假的不中。不过，既是自己辞的工，讲难过也没用。吐出去的话，收不回来，她也不是这种摊孬的人。本来，她是可以不吱声的，也许还能拖下去，拖到老、拖到死。从前，陈部长两口子是讲过这话的，讲过将来要代她养老送终……其实，他们讲过的又何止这些？那又有什么用呢？讲到底，她还是个外人。一个外人，眼看着一家子不安生，还死皮赖脸不离开，是丧德的。

……所以，她趁晚饭都在家的时候，就讲了——心上像卸下了一座山。当时，一家子也似乎都从她身上看到了一条路，足足愣了五分钟，并没有人反对。

援朝和建国互相看看，又闷头吃饭，嚼得声音很响。他们的媳妇却赶紧抱起孩子回自己屋里去。雯雯把筷子一扔,哼起了一支什么歌。山山只是狠狠地哼了一声,不知是什么意思。

"那……也好。"裘主任对她尴尬地一笑,表了态,脸有些红。

只有陈部长,把酒杯顿在桌上,长长地叹了一口气。这声长叹很多话都在里头了,她懂。三十年了,什么事没经过?可以讲,陈部长的每一个眼色,她都能分出多少道道来。

……清晨,她早早地煮上稀饭,然后轻手轻脚地收拾屋子,打扫卫生。凡是够得着的地方,她都抹了一遍。稀饭好了,端进饭焐子里焐起来,又坐上水壶,然后摆出碗碟和小菜。做这些事时,心里很空,但似乎又有着一种惯性,干得一件一件,有条不紊。仔细想来,这都是昨晚想了多少遍的结果。最后她拎起自己的包袱,把没纳完的鞋底和买菜剩下的一毛八分钱搁在铺上,走了出来。陈部长的屋门开着,她犹豫一下,嘴张了张,还是没喊出声——讲什么呢?反倒代人家为难。他真要讲出什么话来,自己会哭的。陈部长昨夜回来得很迟,很是叹了一夜气。她听得清清楚楚。她头一低,走了。那一刻,天刚大亮。院子里,陈部长的手杖笔直地插在泥土中。她拔起来,拂去泥沙,那上面落了一层露水。一霎间,她仿佛看见陈部长立在跟前一动不动,两眼盯着空荡荡的夜空,看,想……她感到一股热烘烘的东西顺着喉头、鼻梁往上涌!她又返回来,把手杖靠在躺椅旁边——陈部长锻炼回来喜欢在躺椅上靠一阵,这样他随手就能摸到。她有些发颤,手杖哐啷一声滑倒了。

她逃出来……

早春的风还不很软和,吴妈坐了没一下,就感到脸上有些刺痛。阳光懒懒地、灰蒙蒙地,从头顶上直洒下来,一点也不得劲。这条街上的梧桐树倒是蛮齐整,面缸粗的树干上,涂了有一人高的白灰,显得怪精神。但柳树早就发芽了,这种树不知怎搞的还光着枝子，鸡爪子一样朝上伸着，在微风中簌簌地抖……莫非树也同人一样，越金贵越不经老？

吴妈打了个寒战，眼窝子又有点发潮。行人从她面前背后走过去，她忽然想到人人都在打量她，把她当成要饭的老妈子了。她气恼地跳起来，吐了一口唾沫。一回头，出鬼，怎么坐到垃圾箱上来了？再一看，手上还拎着蓝花土布包。也难怪人家不拿正经眼瞧你。想一想，便发下狠心：下馆子，大不了花个两块钱！再找个旅馆困觉，先"洋乎"一天再讲。吴妈也不是天生吃苦的胚，孬好还有几个票子在腰里别着！她摸摸腰部那块硬鼓鼓的地方，便弯下腰重新整理起行装来。

她把日用品从那个时髦挎包里一样一样掏出来，然后把拉链一层层地拉开，挎包于是像个充了气的皮球，顿时变得像个小水桶，连包袱塞进去也不嫌满。

正低头收拾着，眼前出现一双沾满红泥的皮鞋，少讲有四十五码。吴妈一抬头，脸上又被那人的衣襟拂了一下。她吃一惊，连退几步，才站直身子。

那人却蹲下来，簇新的米黄色风衣就那么拖在地上，一头长发盖住了脖颈，一直拖到领口。他伸手就拨弄起挎包的拉链来，连招呼也不打。

小瘪子！吴妈在嗓子眼里喊。她紧张地朝两边张望，行人照旧，有人匆忙，有人悠闲。一辆载重汽车开过，又浓又黑的柴油气正喷了那人一身。

"你，要做么事？"她心定一点，便大声质问。

"老人家，你这包真不错，在哪儿买的？"那人笑着，露出一口齐整的白牙，长得还不丑，只是一双眼跟钩子样，直往人肉里嵌。

吴妈抢上去，夺过包就走。小伙子却大步跟上，紧追不舍。

"干什么？活抢啊？"

"老人家,跟你商量一下,把这个包,卖给我吧……要多少钱都行!"

吴妈更加紧张,两条腿就跟踩在水车上一般跑起来,怎么也撵不到那人头里去。早知,真不该坐这么长时间!早知,根本就不到这里来!她又不敢喊——听讲小痞子都有一种弹簧刀,把他逼狠了,真能弹你一下。二回就是把他枪毙了,自己亏还是吃过了,划不来。她不能跟公家人比,有病往医院一躺,一个钱不花乐得多住两天。她两眼直眍,希望能看见一个警察。但要紧关头人毛也看不见一根!

那小伙子对她又说又比划,她一概听不见。

早知这样,真该先空身出来的。不然就先到老姐妹那里去也好。偏偏还要顾面子!人家不顾,你个老脸穷皮地顾什么?讲到底,你还是个帮工的。讲到底,你还是替古人担忧瞎操心!哪个领你的情?再跑,她就要晕倒了!

她站住了,原来这是条死巷子。她喘着气转身看住他,绝望得脸色煞白。

在离她七八步远的地方,小青年站住了,对她别扭地笑。

"我没坏意,我不是坏人……"

她忽然对他龇嘴一笑:"你不就想要这个包么?……拿去!"她拎起包底,哗啦一下把东西倒在地下,把包用劲摔过去。摔得这样远,自己都骇一跳。

小青年愣一下,并没去拣包,对她大声说:"你等等。"接着掉头跑掉了。

吴妈觉得自己要瘫了,靠在墙上喘息。只一刻,她又弹起来,赶紧把东西拣拣,匆匆走开。走到挎包前,她还拿脚踢一下。都是这"洋乎"东西害人。当初她讲不要,小兰偏要留把她,还讲这是最新的外国样式——害得她差点没把老胆吓碎!

"老人家。"走了一阵,她又听见有人喊。

她以为喊旁人，没搭腔。谁知那小青年又满头大汗地追上来。她夹紧了包袱，不知他还要干什么。

"老人家，你挑一个吧。"小伙子手上提了各种花色的旅行包，有五六个。

她看他那模样，是不像有多少歹意，便放心了。她相中一个最大的，少讲要值七八块，但她不敢拿。

"拿吧。"

"那，你就吃亏了喂。"她看他脸色，生怕他翻悔。

"没事！拿吧。"

她把包袱塞进旅行包里，狐疑地看了他一下，掉头就走。走出好远，才回头看看。那小青年正擦着汗，对她扬扬手，还说"谢谢"。怪事！

看到一家饭馆，她一头钻了进去。回头一瞟，小青年早就不见了，她这才放心地掏出手巾方子，点出几张零票，端了一碗阳春面，然后把旅行包夹在两腿中间，就那么站着吃起来。越吃越觉得今天赚了，越想越觉得那小青年孬。她早就想买个大旅行包了，就是嫌太贵，想不到还真有这样的好事！这个念头一起，加上热乎乎的面条装在肚子里，身上顿时来了劲，连太阳也都暖和多了。百货店、文具店、鞋帽店、五金店，她一家一家地逛过去，一个柜台一个柜台过细地看，这一会，哪个也不敢小觑她了。

二

"咦？老人家，你还在这儿逛呐？"

不知不觉，商店里亮起了五颜六色的灯，马路上又涨潮一般忙乱起来。天渐渐黑了，吴妈心里完全慌了。她把包袱重新挎在胳膊上，但人人都急着回家，没有哪个来光顾她。她又不能像当年那样——"大姐哎，阿姨哎……"她喊不出口。再讲当年她随便哪家都能去的，如今万万办不到了。她是有身份的保姆了，不是随便什么五毛三鬼的人家都能请动的。本来，她可以不慌出来的。本来，她也不当回事，以为找个人家不费多大事，哪晓得……借着橱窗的反光，她看清了，问话的正是那个小青年，一双眼死死地盯在她的包袱上。她把包袱赶紧挪到另一边。

"老人家，你……是想找人家当保姆吧？"

"嗯哪！"她大声应着，走开去。

小青年却又缠上她。"有家人家，不知你能不能做得了？"

她站住了，冷笑一声："家里有煤气没有？"

他笑了："煤气、自来水、洗衣机全有。"

"几口人？有几间房？"

"人倒不多，而且保姆可以有个单间。条件嘛，可以说，上等的吧。就是他们要求很高。"

吴妈眼睛亮一下，嘴一张，却说："先看看再讲。"说着便要走。

小青年站着没动："你有五十多岁了吧？"

"没有！"

"你身体怎么样？以前干过吗？识字吗？"

这叫什么话？"不怕你气大的话：我这样的保姆上哪找去？喊！"她突然怒气冲冲地嚷起来，脸涨得通红。

看热闹的围上来了。现在人都闲得无聊，你要蹲地上吐一口痰，都能围一堆人。

她这才感到吃惊，不相信自己会有这么凶。嗓子用劲过了头，紧跟着就哑了，像有一片枯叶堵在喉咙口，呼哧呼哧地响。从前，她可不是这样的。……

一开门，不知哪儿叫了一声："您好！"她吓一跳，迟疑着不肯进去。

"文清，我请了个阿姨。坐，坐啊。"

她在沙发拐上坐下，偷偷打量这间十分讲究的客堂。一会儿，那个叫文清的出来了，是个一白二胖的少妇人，手上抱着奶孩子。

"呵，阿姨来了。"声音很脆，就跟刚才听见的一样。她奇怪，难道她晓得她要来？

"啊唷，这伢子长得虎头虎脑，可爱死人的！"她立刻站起身，热乎乎地寒暄着，伸手把孩子接过来，"叭——"在白腴腴的屁股上亲了一口。

小孩恐惧地哭起来。

"呵——呵，不怕不怕，我儿不怕，我儿乖！都是这老鬼把宝宝吓倒了……"说着，抓起小手在自己脸上打起来。那孩大约出了气，顿时又破涕为笑。大人也跟着笑了。

吴妈这才看清，文清脸很富态，眉眼鼻梁好看极了，就嘴阔了一些。一头卷发松松地盘上去，显得漫不经心，懒散散的。身上罩一件紫红色坎肩，乳白色的灯光下，越发显得白嫩、文绉。个头很高，少讲要比自己高半个头。腰也细，简直就跟没生养过一样。如今年轻人是晓得保养，讲假的不中。

"是这么回事，"愣了一会，她就急急地说起来。"这位叔叔讲你家想找个能干的人，我呢，也不敢讲能干，孬好也干了三十年了。市里陈部长家，不信你打听一下，都晓得……你先试试看，干不下来，一分钱不要，请这位叔叔担个保。"她现在已经断定，这家肯定是有些根基的，恐怕还是个不小的干部，因此是"对光"

的。

但他们俩都笑起来，互相看一眼，笑得更凶了。她又有点慌了。

"陈部长……你们还不晓得？"

"我们是一家子。"文清解释道。

"要死！这叔叔真是的。"

"我叫肖望程，叫我小肖就行。"

"叫叔叔，叫叔叔。"

"叫名字，叫名字。"

"那我们怎么称呼您？跟孩子吧？叫吴奶奶。"文清提议。

"啊唷，消受不起，叫吴妈就中，喊惯的。"

"叫奶奶，叫奶奶。"

"叫吴妈，叫吴妈算了！"

"还是先看看吧。"望程显然已经厌烦浪费口舌了，于是领她在屋里转起来。

吴妈越看心里越暗暗高兴，这家果然不简单！地是暗红色的地板漆，光得像橱柜一般发亮，墙是贴的糊墙布，淡蓝色的花纹一直漫到乳黄色的天花板上；每个房间都有一只圆圆的大草垫子，都有沙发，橱柜齐全，客堂还有一只好看的大铁柜子和玻璃橱；堂屋后头是厨房，连着一个挺不小的院子，还养了花草；厨房面积不小，煤气灶头下铺的是瓷砖……

"这地方地势高了一些，买菜不太方便。不过当时考虑到疗养院就在隔壁，煤气管自来水管都好接，就盖在这里了。你会用洗衣机吗？"他揿下开关，那玩意轰地一响，她吓得一抖。

"我……喜欢手洗。这东西洗不干净。"

"习惯了就一样。我们换衣很勤的。"

她就怕换得勤，她几乎每天都要洗一大盆。夏天，每晚要到九点才能洗上澡。但他们就跟比赛一样，一堆一堆往盆里扔。"都叫他们自己洗！"陈部长有次发过火，但不管用。她老了，也只有站在水池前她才不得不承认确实老了，手脚不够用了，动作是那样僵硬，衣服是那样沉。也许就因为这个，他们才……

"怎么样？"回到客堂坐下，望程问。

"还可以，还可以。"

"不过丑话说在头里，我们要求是很严格的。你也许开始会感到受不了。"

"你怎么讲我怎么做就是了，我这人好讲话。"她觉出他还信不过，有点气恼。"陈部长算个大干部吧？我……"

他笑了一下，摇摇头，"你还没明白……喏，你看。"他指着墙上挂的一幅字。

但她认不到几个字。从前扫盲运动的时候，她去听过几晚。后来建国又下地了，裘主任就代她填个"高小"交了差。她乐得不去受洋罪，那些字也就还把那个老师了。她看了半天，只从那上面认出有个"钱"字。

"时间就是金钱，效率就是生命。"望程大声念出来。"我们很忙，所以特别珍惜时间，讲究效率，在家里也一样。效率，你懂吗？玩，就痛痛快快地玩。干，就豁出命来干。就这个意思。反对稀稀拉拉，拖泥带水，磨洋工……"

"望程，还是先开饭吧，这话一下也说不清楚。"文清在屋里说。

她去整理自己的小屋，还听见他们在讲：

"年纪大了点，又没有文化……"

"算了，我看她还清爽，能讲卫生就行。"

"她开始肯定不适应的。"

"一见面就说得那么吓人。就你规矩多。"

"没个章法,今后凭什么检查她?我要管不了一个家,当然也管不好一个企业。"

"行了,你又要来了!"

吴妈摇摇头,不去管他们。"听壁根"是不规矩的。日久见人心,她相信自己会让他们满意。

富贵得吓人!她回味着自己的第一印象,感到很高兴。她八字硬,人家都这么讲。

他们的饭菜倒很简单,两碟蔬菜,还有一盘香肠。香肠切得像萝卜头。小夫妻俩已经吃开了,望程面前还放了一只酒杯。望程解释说,他们不会做菜,今后就指望她啦。她笑一下,夹两筷子蔬菜就坐到门口小椅子上去。

"你们家老爷子出门啦?"

"老爷子,什么老爷子?"望程含糊不清地问。

"说你老爸呢。"文清笑起来,"我们家没老人。吴奶奶,在桌上一起吃吧。"

"一起吃一起吃,这样不好……"望程蹦起来,一口饭含在嘴里,急急慌慌地说,又来拉她。

吴妈只好坐下,但是横着坐,眼睛始终盯着自己的碗。这让望程瞟了好几眼。

"你怎么不吃菜?"望程端起盘子,把"萝卜头"拨了一半在她碗里。"我这是下不为例。今后你要客气,我就福气了。"他开了个玩笑。

谁也没有笑。

这第一顿饭,吃得很沉闷。吴妈奇怪,保姆的规矩,他们居然不懂。

吃过饭,吴妈要去收碗,文清却抢着拿去了。她只好去拿抹布。

"搁着吧。"望程说。

她一惊，只得慢慢坐下。

"吴奶奶，咱们谈谈工钱。"

他们太不懂规矩了。工钱急什么？怎么好锣对锣、鼓对鼓地谈呢？没吃过猪肉也见过猪跑，这些话请个中人来讲嘛。这家老爷子也是个糊涂人，你就给他们单过，也不能由年轻人胡来！有了规矩，才成方圆。陈部长家是讲规矩的，吃饭是吃饭的样子，讲工钱是讲工钱的样子。十五就十五，十块就十块，大家都不伤和气。亏得碰上老实人，不然……

"你说吧，要多少？"

"你非要我讲……我不好讲！"她忽然感到脑子不够用了。"照讲呢，你家事情不多，也不能算少……在你家吃，十七八块就中了。"她脸一红，讲了出来。她心不大。

望程突然大笑，声音震得她心里别别乱跳。

她心里虚，赶紧低低地补一句，也不知他听到没有："随你，我无所谓。"

"我了解了一下，"他不笑了，钩子样的眼盯在她由红而白的脸上，"市面上一般请保姆是，吃用除外，工资十五块。你知道的，现在物价涨了，一个人的花费主要是在吃上，这样每个月实际工资是三十五到四十的样子，相当于一般工厂的二级工。"

她闭上眼，脸由白而青，而黄，只求他快点讲完。算了，现在的年轻人！

"我呢，付你二十块，相当于轻纺业的三级工。"

她抬起头来，不明白这人究竟是发疯还是拿她开心。

"这是你二十五天半的工资。每个星期天你可以休息。如果不休息，另外加钱。"

她看着他的脸，看出他是认真的，但她更糊涂了，听不清他后边又在讲什么。

"……所以对你的要求是很严的。如果你干得不好,我要扣你的工资,当然如果你干得好,还可以得到奖金……具体要求我明天告诉你。"

"叔叔你真是,这真是……"

这真是,这真是!……她躺进被窝,心还在发抖,讲不清到底是高兴还是害怕。我的天爷!他家票子要发霉了吗?他比陈部长还有钱吗?他家老爷子到底是好大干部?

……陈部长是存了一笔钱,家里个个都晓得。因此也个个都在想点子逼。她原先是十块一个月(文化大革命不算,那不算正经过日子)。后来好了,裘主任那时刚回来,讲外头都十五了,也给她十五。她本讲不要的,还是要了。那时一家子个个欢天喜地,过得还好。后来援朝、建国一个个成亲了,养伢子了……家里就时时不太平。

"吴妈吴妈,跟你讲句话,"居委会的梁阿姨有回拉住她,"现在东西都贵了,有工作的每人补贴五块钱吃饭,陈部长他们怕你不好意思……要我讲,你干脆拿十块钱吧,省得小孩子摆不平,家里叮叮当当,怪难为情的。"

于是,每月改成十块,这样也心安理得。

后来有一天,家里又吵起来,不知为什么。

"要懂得过日子的艰难,节约是劳动人民的美德嘛!"陈部长咳嗽着教训说。

"那钱你都带进棺材里去?想不开!"建国恶狠狠地歪着头。

"那是什么钱?是你爸爸……"裘主任说。

"那好哇,爸爸拿去交党费,我们支持!"援朝在一边阴阳怪气地敲边鼓。

三子冷笑道:"明天我去开铺子,挣钱随你们花!一个个乌眼鸡似的……"

陈部长举起手杖要打，裘主任拉着就哭起来。"真不懂事，真不懂事啊……"

"没有吃，没有穿，自有娘老子送上钱，没工作，没老婆，我活得照快活……"雯雯在厕所里大声唱。

做下人的又不作兴乱插话，她帮不上嘴，心里真难过。这月发饷时，她想来想去，又退两块钱给裘主任。裘主任不收，推来搡去，她急了，讲："只当他们小来代他们买糖嘛！"裘主任眼红了，她也跟着落泪。

以后，月月成了八块。只要街坊邻居有句公道话，只要他们日子和顺、心里有数，就中！人情大似债，头顶锅儿卖，钱不钱倒也不在乎。

但是但是……这一晚就跌了相了！现在年轻人心里真鬼，你心里有数讲就是了，硬要人出洋相，他才快活。

她浑身发烫，困不安稳。起来小解时，发觉里屋灯还亮着，开着的窗户往外散着一团团的烟气。她想到明天就要告诉她的"要求"，不晓又是些什么鬼点子，不禁打了个寒战。

三

巧得很，头一回上菜市就碰上了徐阿姨。她故意拿菜篮子在徐阿姨肩头上蹭了一下。

"哎呀，这不是吴妈么？要死！"

"我又换了一家了喂。"

"难怪上这来买菜。还好吧？"

她便不无炫耀地但又漫不经心地把新主家渲染一番。"看样子干部大得骇人。"她说。

"你没问问吗？"

"那怎么好问！"

"我的乖乖！"徐阿姨眉梢高高地挑起来，舌头吐了几回。她虽然也有四十多岁了，却生了一张娃娃般的脸，好奇心也跟娃娃似的重。如今结婚了，巴巴头不梳了，改梳了"耳朵毛"，又年轻了几岁。在她们姐妹堆子里，就数徐阿姨没得心计——头一个上门的工人就让她动了心。大家开会"斗争"她好几回，问她有没有"先斩后奏"，她只会憨憨地笑。但吴妈却始终以为这正是老实人善有善报。因此能得到徐阿姨的赞赏，吴妈很得意。

"过得还好吧？看看，这么一篮子！"

"好个幌子！块把钱一天只能吃蔬菜……有空来家呱吧，我老头子等油条过饭呢。"

"急猴猴地样！你就一下都离不开呀？"

徐阿姨笑一下，脸红红的，似乎很甜蜜。

"那你有空过来玩，就在疗养院旁边，独独的几大间，好找得很！"这等于是向老姐妹们正式宣布了。不出两天，大家都会晓得。

手里捏着十块钱买菜，指东吃西，气粗得很。没得一下，就旋风一般将菜篮装满。肉，三斤，鱼，三条——为什么是三？她也讲不清。连藕也买了三节。反正家里有冰箱！——这话是望程说的。手上有钱，就不愁花。想想从前，真是可怜。一到菜场先得从头到尾走上一遍，摸清每种小菜的最低价格，然后再盘算怎么买，买多少。为一分钱能讲三箩筐好话，过了秤还要多拽一把。有回她差点跟一个大老汉子打起来。家里小孩们都刁得很，天天还得变花样，不重复。稍微不对味,"吴妈,我们不是每天有四块钱菜金吗",于是脸就难看了,一餐饭就吃得跟办丧事一样。就四块钱!他们不晓得行情,以为四块钱能办好大事。

天渐渐大亮了。刮了一夜西南风终于又阴下来。天,是铅灰色的,没有螺丝山撑着,好像就会掉下来。吴妈踏上台阶的时候,开始落雨,细细的,轻烟一样在眼前飘。没一下,她头发上就聚了一串串细密的小珠珠。衣服上也附了一层蒙蒙的水汽。烟花三月……她想,到节气了。

上疗养院有一截长长的台阶,很陡。她走了一半,就开始发喘。也不知昨晚怎么跑得那么快?奇怪。到了门口,朝下一望,她简直发呆:脚底下大片石护坡足足有几丈高,笔陡笔陡。就在疗养院的院墙外紧靠护坡盖了这么几间房,好不怕人。也不晓得是怎么盖起来的。奇怪。难怪自己那间小屋她总觉得不方正,原来这地方是三角形的。他们家那么有钱,偏偏跑到这来干吗?只要他老爷子讲一声,何必自己花钱盖房子?也很奇怪。

她掏钥匙开门,"您好"!门刚开开,那声音又响起来。这回,她笑了。她听出来,这是文清的声音,藏在什么地方的。

他们已经在吃早饭了。吴妈心里咯噔一下,虽然他们没说什么。她赶快去洗脸。洗完脸梳头的时候发现——刚刚六点半。她吁了一口气,在床上坐下来,慢慢揩干身上的水珠。

"吴奶奶,我上班去了。"望程站在门口说,"今天文清在家帮你熟悉一天,明天她也要去上班。"他眼皮眨了一下。

"嗯哪。"吴妈明白,明天不能再耽搁做早饭。

"另外,我们对你的具体要求,一共是三十八条。等会儿文清会告诉你的。你如果不同意,还可以提出来,先这么定。"

她怔了一下。三十八条!顿时身上有些不自在。早上是吃泡饭,她打开扣在碟子上的碗,里边有一只荷包蛋。文清说是留给她的。"这真是……"她不知说什么好，心里又有点酸溜溜的。

"吃吧，我们也一样，有什么吃什么。"

炸得酥脆的蛋皮很香。她慢慢嚼着，像是坐喜时品尝一枚酸杏，那么细细地往下咽。从前，她吃饭总是很快的，稀里呼噜往下灌。吃饭嘛，就是为了不饿肚子。有什么剩菜，过两口，没有也就罢了。过日子，也就跟吃饭一样，顶好不要细细品尝，想得太细了，会淌眼睛水。

"吴奶奶，来。"文清在叫她。

她答应着，还在磨蹭，心气还没回过来。

"吴奶奶，快点！"

"晓得了！"

文清不高兴地走出来，闷闷地瞧着她，不明白一只荷包蛋何以反而让她吃得不痛快。

"刚才，我算账呢。"吴妈解释说。"噢。"顺势文清把长发甩到肩后去，"这就对了。看来，你要完成这三十八条，不光要动手，还得动脑子。"

吴妈瞪大眼，看她手上那三张纸，心里有点怵。天爷，密密麻麻那么多，她眼都花了。

"你也不用紧张，其实也没什么……他这人就这样，干什么都喜欢一板一眼的。"文清倦倦地靠在沙发上，合上眼，突然说，"吴奶奶，我怎么越看越觉得你像我奶奶？昨天我第一眼就有了这个印象。"

"啊？"

"从前，我奶奶可喜欢我了。小时候……算了！"她摇摇头，坐直身子。

"她老人家呢？"

"死了。"

吴妈痴痴地瞧着她,怎么也看不出这姑娘有什么地方像自己。雯雯倒是很有点像的,可她对自己一点也不亲。这孩子不像山山,起小跟她妈妈过,头十岁才回到家里。

"你又想什么了?"

"我想,阿姨你跟叔叔倒蛮般配,真是郎才女貌……叔叔在哪块上班?"

"街上。"文清有点不自然地挪动身子。

"一月拿好多钱?……他老爷子要贴你们吧?"

"你怕我们付不起工钱?"

"瞎讲。我是看叔叔又抽烟又喝酒,手头又大方,心里就……想问。"

"以后别问。"

"陈部长是大干部吧?家里还不到你们呢。"

"算了,咱们还是把这个说一说。待会儿望程回来,看见你什么也没干,你准得挨剋。"

"嗯哪。"吴妈有些泄气。

"哇——"明明醒了。文清神色紧张地跳起来。

吴妈也跟进去。"咳——不哭不哭,我宝真乖!白生生的,真可爱……"吴妈哄着、逗着。

文清把换下的裤子和湿尿布扔进盆里,叹口气:"这每天升降旗的日子什么时候能过到头?"

"快了,能走路就晓得自己坐痰盂了。"

"我总是摸不准她什么时候撒尿。你给她把,没有。可过一会儿,又尿我一身。你看看,这叫我怎么出门儿?"

"女伢是要难些。要是男的,你只要托住屁股就中了。一尿,'小鸡'翘起来,你手一抬——连尿片都不用的。要是屙屎呢,她眼皮就发红,眼珠子伸直了,像憋气的样子,你把就是了,保险不得空。"

文清听得神了，两手一拍："嘿，这回好了，我解放了！"

摘菜、淘米、做饭，吴妈忙得没停过，一样接着一样，茬口安排得正好，绝对不会发生等菜下锅的情况。但洗衣却不行，这是硬的，非得一件件搓不可，而他们又换了那么一大堆。

"吴奶奶，不得了啦，她又拉了我一身！"

来不及擦净皂沫，就跑进去。文清平伸着胳膊，端着明明，哭丧着脸，僵了一样。粪汁顺着她裤腿滴下来……这一折腾，又抱出几件。

明明终于睡着了，文清跑出来，像是受了大赦。"这怎么成？"她抱着肩靠在门上，"你得用洗衣机。不然，搓到什么时候？"

吴妈瞥她一眼，心里有点痒痒的，但昨天把话讲死了，只好说："你家连块搓衣板都没有！"

文清倒也不在乎："来，我教你。"她把衣服扔进洗衣机，"这是定时器，这是中速开关，你摁吧……对，就是这个，摁呀！"

她手抖着，老也摁不动。文清抓住她的手，轰——响了。她往后弹了几步，觉得手臂电打一般麻起来。"哎唷妈呔……我还是手搓算了！"

文清笑得勾起腰，"神经过敏！"

望程什么时候已经下班回来了，冷冷地看着她们，这时突然插嘴道："随便你，我是只看效果的。你怎么干，我不在乎，只要你干得了。"

这倒把吴妈说懵了。

望程板着脸，在屋里转起来，东看看，西摸摸，一副监工的样子。他在门框上摸到一手灰，瞥了吴妈一眼，然后去洗手。

这又使她打了个寒战。

"吃饭吧。"文清来解围。

饭菜端上来。这回吴妈老实不客气地坐了。

"嘿,今儿菜真漂亮啊!不喝一杯,对不起人。"望程突然又高兴起来,给自己斟了酒。

菜的确是漂亮的。肉丝用藕粉浸过,炒出来鲜嫩滑亮,配上冬笋辣椒豆干丝;鳊鱼是清蒸的,鱼皮划了滚刀花,洒上葱花和姜丝儿;糖醋藕雪白粉嫩,就跟生的一样,另外还有一碗菠菜豆腐汤。虽是家常小菜,却也红黄绿白,色香味俱全。吴妈知道他们吃菜细,把三斤猪肉全部细细地切成了肉丝,用油翻过存在冰箱里,随时可以拨出来——炒肉丝、木樨肉、榨菜肉丝汤……她准备一天换一个花样,让他们大吃一惊。

现在,小菜贵,品种少,吃得又便宜又实惠不容易!现在,胃口高,手头紧,要想个个满意是很伤脑筋的!

今天,她是指望听声好的,望程叫了好,她却高兴不起来。

"吃菜呀,吴奶奶,这么好的菜,自己不吃,那就亏心啰。"

"吴奶奶,我买了一本菜谱,可怎么也烧不好,你教我吧。"文清对她讨好。

"那还行,把你教会了,人家饭碗就砸了。"

蜡烛货。她在心里说,却又笑起来。

谁知气氛刚刚有一点缓解,饭刚吃过,望程又教训起她来了:"这不行!吴奶奶,在我们家,可没有午睡的规矩!我们都不睡,你也不能睡。晚上七点以后,是你自己的时间,你爱干什么就干什么。现在,必须适应我们的节奏!"

过去,陈部长家有很好的午睡习惯,因此她也学会了。一吃过饭,眼皮就抬不起来。三十年都这么过,如今五十多岁的人了,反倒过不去!没法子,打掉牙齿往肚里咽,端人家碗就得服人家管。

洗衣。拖地。擦窗子。她把棉袄都脱了,就穿一件单褂子,一直忙到天黑。犟劲上来了,她偏要争这口气。

"吴奶奶,你真能干!"文清说的是真心话,靠护坡一面的玻璃气窗,她一直不敢擦,怕掉下去摔死。

她是能干。她把拖把倒过来举着擦,又省事又安全。她气哼哼地干,非叫他们挑不出刺来不可。她不相信,有三十年工龄的保姆尖子,能在你小阴沟里翻了船。她不相信,能进得了山门还撞不响钟!

"吴奶奶,快来看电视上怎样做拉丝苹果。"吃罢晚饭,文清便在里屋喊。

吴妈闷闷地倒在床上,动也懒得动。从前她顶喜欢看电视,尤其是看戏。几个小人活蹦乱跳又唱又舞,全装在小匣子里。从前没工夫看,只能趁灶上烧水的时候,或者清洗衣物放自来水的一刻刻,站在门口伸一头。现在倒是有时间了,她却不想了,一点兴致都没得。她只觉着累,觉着懒。

"今晚有什么?"她听见望程问。

"没什么,又是戏,京戏。"啪!电视关掉了。

她心想,亏得没去,不然该有多扫兴。现在的年轻人也不晓得想些什么东西。戏有多好看?他们看不懂,就讲不好看。陈部长也顶喜欢看戏的,不但会看,还会哼。但一到放戏,小孩子们就嫌吵,把房门摔得啪啪响。唉,有个电视也淘气,反倒生出许多口角来。

四

"嘀嘀……"迷蒙中,吴妈听到仿佛小汽车顶在屁股后头那样的催促声。她一惊,坐起来,发觉天还正黑,便披上棉袄,靠在床上。

　　"嘀——"那声音又来了。原来是门框上的小方匣子发出来的。那东西有电线通到门外。她记起来，文清说过，每隔一天，有农村人来倒粪。他家虽有个小厕所，但粪便冲不掉，得一点一点聚在粪桶里。这使她当时就撇撇嘴，十二分满意中有一分的不痛快。她用抽水马桶毕竟也有三十年了。

　　农村人倒过粪，从架车上取出两捆小菜递给她。"难为你，老人家！"她怔住了，眼睁睁看着他们拉着车慢慢消失在早晨最后那点黑暗里。究竟谁该谢谁呢？如果他们不来，粪桶还得由她拎到护坡下的厕所去。

　　豌豆苗是时鲜菜，她估一下，少讲也值四五毛钱——如今人不是发疯便是更会做人了！

　　望程已经起床，光着上身站在后院里"哗溜哗溜"地擦冷水澡。灯光的映照下，他肩头和胸脯隆起一块块的疙瘩肉，又黑又亮，在微红的皮肤下来回窜动。"早哇，吴奶奶。"

　　吴妈倒打了个寒战，说："不冷吗？"

　　"冷。冷了才过瘾。锻炼嘛！"

　　"锻炼？跑跑就是了，要不打打太极拳。"吴妈并不懂什么是太极拳，她是看他冻得可怜。

　　谁知他却喊道："那多浪费时间！"看到吴妈脸色不对。才自我解嘲地补一句："我这人皮厚，需要强刺激……不这么着，不能解决问题。又怕生病，一生病，更浪费时间……"

　　"嗯哪，你会过啊。"她哼一声，懒洋洋地把豌豆苗拿给他看。"你家大粪都能卖钱，真会过。"脑子这么想，不觉就滑了出来。

　　"那当然。"这回他轻轻地笑了，并不在意。他套上衣服，"我调查过，郊区现在一担干粪能值五毛钱。一年下来，十担有吧？送点上市菜也是小意思！不过，如果你愿意把粪倒到厕所去，我也很高兴。在家毕竟不卫生。"

"我不坏你家规矩哟。"吴妈闷闷地答。

他又笑了。这回声音很洪亮。"吴奶奶，我看出来，你很能干。问题是要适应我们的生活节奏。现在人都变懒啦，再这么下去，全得完蛋！……"

她冷笑。

文清也起床了，穿着一身过于肥大的工作服，一头好看的卷发全被压在帽子里。她像是很不情愿似的，慢慢地洗漱、吃饭。端着饭碗，她见吴妈瞧着她发愣，便说："望程，你说我还能干得下来吗，要不……干脆等明明满周岁？"

"不行。"望程稀里呼噜地扒着泡饭，"又来了！"

文清不吱声了，数珍珠一样往嘴里送饭粒。这姿势倒真有点像雯雯。

吴妈瞧着又好笑又好气，心里直纳闷。这么娇嫩富贵气的文清难道也是他花钱雇来的？他讲不你就不敢讲是？她奇怪，自己从前对援朝、建国媳妇们那股颐指气使的架式很不满意，甚至有时还看不惯裘主任……但现在却又十二分地同情起文清来。看来人还是要狠。你三回一狠就把他降住了。

他们要上班去了，文清临出门还把家里环视一遍，那样子真跟出去就回不来一样。"吴奶奶，别忘了八点取牛奶，九点喂明明。还有，牛奶里要兑果子露……"

望程不耐烦地把她袖子一牵，像牵着一头绵羊，走了。

唉，女人！

……当年，那个死鬼不也这么像牵头绵羊似的，把她从姆妈身边牵走了？她头上插个草标，站在镇口，在北风中瑟瑟地抖，为了代摔死的爹爹换口棺材。不过那时她好像心里并不很难受。反正迟早有这么一天，草草结束了女儿身，去建一个自己的小窝。她巴望领着她的是好人。她回头喊了一声姆妈，姆妈跪在爹爹身边，头都不敢抬。在他家，饭是能糊上嘴了，可人还跟绵羊样，任他做什么事，都不敢回嘴。吃喝嫖赌，都由着他。不过两年，家败掉了，他又想卖她！那时已怀上根伢了，照讲也能还嘴了，但她还只晓得给他磕头、磕头……

那是旧社会吧！男女不平等。陈部长讲，新社会，共产党领导，人跟人，不论干什么都是一样的。当保姆的跟当干部的都一样，何况夫妻两口子，他望程家里干部再大，你是你嘛。想不开。——此一刻，她倒莫名其妙地，巴不得他两口子吵一架才快活。作孽！

她把闹铃拨到八点上。本来，做惯的人，闭眼就晓得时间的。先做哪项、后做哪项，也都无所谓，用不着费那大神。

在陈部长家，她是时间的主人。起床、吃饭，都是她一个个地喊。连陈部长什么时候换衣，都是她安排得妥妥帖帖。在那边，一天忙得不得歇，也不会出什么差错，也没有哪个来检查她。在这里，事情少了，她也不明白，为什么反倒格外不顺手，格外紧张。

哇——明明醒了。她丢下摘了一半的菜，跑进去。

铃——闹钟响了。她赶紧抱着明明去取奶。

哧——牛奶潽了。她懊丧地扔下搓了一半的尿布……

明明长得很好，很结实，像一块白乎乎的肉砣子。小家伙已经到能站立的年月，两条小腿又窜又蹬，有劲得很。两只小手也不闲着，抓着什么都往嘴里送。让她空着，又把自己头发揪住不放。这样，做什么都只有一只手，每时每刻都得提防她从怀里窜出来。喂食就更伤脑筋了。小家伙才断奶不久，吃什么都含在嘴里不往下咽。

我宝乖，我宝真能干，哎哟大嘴！嘴是不小，就怨喉咙口小。

她把好话讲尽了，小家伙依然无动于衷。看看就到十点了。

她真想不通，现在年轻人都作兴早早地把奶断掉，心怎么那么狠。"体形好"——乡里人有的喂奶喂到头十岁，也没听讲有什么不好。那么想漂亮啊？二回长大跟你不亲你又后悔不及了喂。她立刻又想到自己那不忠不孝的根伢——不能想，想多了眼泪水洗脸都够……

好容易喂进去，她长长吁了一口气。但明明突然停止活动了，两眼瞪起来，嗓子里发出嗯嗯的叫声。她晓得不好，却已来不及了——屙了她一袖子。气起来，真想在这铁青色的小屁股上拧一把！

望程夫妇下班了，她把孩子往文清手上一塞，赶紧切菜烧饭。还好，这次他们没说什么。文清把小孩亲个没够，望程只是闷闷地抽烟。

"怎么样？还好吧？"文清跟到厨房里。

"还好。"

文清还是看见潜在瓷砖上的奶渍子了，拿抹布擦了去。这使吴妈脸红一下，感激地对她望一眼。文清却又逗起明明来。

望程的态度也似乎特别好。"又带孩子又做事的确来不及。"

"买个坐车吧，手就腾开了。"她趁机说。

"行，下午就买。"

"还有……"她本想解释一下，但又不想说了。

望程没有再说话，而是把剩下的衣服倒进了洗衣机。洗衣机声音很响，她把砧板剁得更响，可总也盖不过去。

不过，炒菜的间隙，眼角始终注意着望程的动作，看他怎么调理这个嗡嗡响的能代替人的怪物。望程也似乎老在考虑什么问题，一举一动都显得迟钝，身子也站得很开，摁一个揿键，拧一下开关，手都好半天才挪开。

下午，趁他们上班去了，吴妈抱着明明花了一个多钟头，终于征服了这个怪物。明明特别高兴，一次又一次扑上去，手在撳键上乱抓一气，无论是开开，还是关上，两人都很快活。

这晚，望程没回来吃晚饭。就文清跟她两个，家里冷清了不少。文清在毛衣外罩了件雪青色碎花坎肩，显得更加妩媚动人。可她总是悗悗的，话都懒得讲，站在窗前，听到外头有什么声响，立刻一惊。

吴妈想跟她呱呱，看她那样，只好罢了。她找了几块碎布，为明明缝一双小鞋。明明的鞋，都是买的，又硬又不跟脚。文清过来，讲了几句感谢的话，又回屋去了。她也一直没睡。

直到下十一点，望程才到家，一头一身的黑灰，进门就瘫在沙发上。吴妈赶紧出来替他弄吃的。

"你休息你休息，不早了！"望程摊开手把她拦在门口，他不要她做，而且那么客气，倒像她是他家什么客。"七点以后是你的时间。"

文清捧出了饼干筒，他接过就走进里屋去。

吴妈怔一下，悗悗回屋睡下。

"……完了？"

"没有。"

"我看算了。要钱不要命！"

"为什么？一车就是六十块！咱们办企业，就得像拧毛巾那样，把钱一滴一滴地挤出来！"

听见他们在小声抬杠，吴妈心里直打小鼓——"你的时间"，分得那么清呀？这反倒使她忐忑不安，不晓得他们安的是什么心。是真的不晓得享福还是不准备雇人了？要是不要她，干脆趁早讲话，这样见外，反倒憋得难过！

他们什么也没讲。第二天又是这样。一连几天都是这样。吴妈暗暗纳闷，甚至暗暗好笑了。

礼拜六下午，望程回家来很早。他脸上挂着得意的微笑。新剃的头，显得怪精神，眼光也不像才来时那么冰冷了。

晚饭后，望程喊了她一声。她心里咯噔一下，晓得他要来了。

"跟你商量一下，吴奶奶，利用休息时间做点零活，怎么样？"

"……嗯哪。你讲我做就是了。"

"事很简单，把人造革边角料分拣开。你拣一麻包我付你三角钱。"

"……"

"还有，你给明明缝的小鞋很好。请你再给缝一双。我付你一块两毛钱。"

她看他一本正经的样子，真不知如何答话是好。

钱！钱！他怎么一张嘴就是钱？讲起来就跟吃豆子样，一点也不晓得那个。也不晓他家上代人是怎么教的，还是大干部！

……"唉，你们这一代年轻人，张口就是钱，闭口就是进口货，什么样子？看见小商小贩发财，就眼红啦？告诉你，这中央调整政策，长不了！"有回陈部长就是这样教训三子的。那时，山山竟然异想天开，要去开饭铺，捞大钱。其实他连饭也煮不好。她不懂什么是"调整政策"，但陈部长讲的话，总不错。"不像话，真不像话！"陈部长有时发起火来，还骂过娘。

"真的怕钱烫手吗？也不是。出来帮工就是要挣钱的，但话总不能这么讲。这么讲，是小看人；这么讲，是……奖金挂帅，是庸俗化！"——又是陈部长的声音。

"拿着呀！怕什么？这是你劳动挣来的，理所当然，咱们谁也别亏待谁。没什么不好意思的！……你要不收，我还得上街给你买点什么，又不实惠又浪费时间……"

她转身要走开。

"等等，"望程又喊住她，"明天是星期天，你休息不休息？要是不……"

"歇！"她想也没想就干干脆脆说。

望程笑一下，走开了。

钱，搁在桌上，很新，似乎还没用过。她一咬牙，抓了过来……

五

清晨，她把饭烧好，便出门去。

"你不吃饭么？这么早？"望程问。

她不吱声。既然你对我清清楚楚，我也对你明明白白。歇礼拜么，就不能吃你家饭。

"这老太太脾气怪着呢。"文清的声音。望程倒是没回话。

以往，她出门没有空手过，不是挎篮子买菜，就是抱孩子串门。就连保姆们聚会，也少不了带只鞋底纳纳。手生来就是做事的，不用也浪费了。像这么甩手逛马路，是头一次，极不自在。难怪城里人喜欢把手插在口袋里走路，肩不挑手不提的，难过嘛。这一发现，使她觉得怪有趣。细一看，男的女的，大的小的，果然都是这样。但她穿的是大襟褂子，无袋可插，想想，也是应该的劳碌命——又有点感慨。

天气很好，蓝天上只有几丝丝鸭绒样的白云，在微风中悠悠地飘。马路上人多起来，穿得各色各样，有的还牵着小伢子，在早晨阳光柔和的空气中，活动着身腰，慢慢地荡。梧桐果吐絮了。白杨牵丝了。大地返青了。一切都在悄悄地发生着变化，不慌不忙地朝前奔。

只有她，不知应当如何消受这个礼拜天。前几天，她还想赶快把箱子搬过来，赶快把新地址通知老姐妹们，现在却又不想了。也讲不上是为什么。讲起来，这家待你还不薄；讲起来，人家看得起你才让你歇礼拜。但实际上她的休息却是在赌气。想想，她都替望程委屈。

上陈部长家吧？现在时间显然还早。

……从前，星期天比平常更忙，但她忙得有劲。她喜欢家里来人，来的都是干部。一来，个个都问候她："吴妈，忙呐？"她听了不当回事，但心里快活。来人不是找她的，她知道，但她很高兴。在陈部长家，就这一点，都比旁人强。大院里人来人往，热闹得很，哪个不对她客客气气？陈部长忙，常不在家，来人就由她招待。要办什么事，有时也对她讲。还有的干部，跟陈部长不熟悉，就托她传话。她一讲，有的还就办成了。"这些人，真会找门路！"陈部长有时也骂。但她听出来，这不是真发火。她听了，心里就更快活。丞相家看门的都是七品官，这话一点不假，她也尝到了甜头。时间长了，有些事她都能代陈部长做主，哪项能办，哪项不能办，她也晓得讲政策。有回有个干部来跟她认老乡，绕来绕去原来是想把侄子调过来。听他讲的，也确实可怜，她就抽空跟陈部长讲了。过了两个月，老乡欢天喜地送来一块布料子。送不送礼，她不在乎，只要活得"长气"。

由此看来，过不过礼拜天，她也不在乎，只要受人尊敬。她是受过很多人尊敬的。

乡里有多少出来的找过她？记不清了。反正乡里妇女们过不下去了,都来找她。"他婶子,他姨哎,代我介绍哪家帮工吧!"反正大院里,不光是大院,应该说整个机关,哪家要请保姆,也都来找她。"吴妈,给乡下写封信吧。看有没有合适的?要能干点的,讲卫生的……像你这样的最好!"她的圈子越来越大,由机关发展到了厂矿。大家叫她"保姆头子"。她不想当头子,人家偏要这么开玩笑。

保姆堆里有个什么矛盾、疙瘩的,免不了总是她出面居中调停,四处讲和。甚至有时连主家跟保姆搞僵了,也来找她。一来二去,她竟成了名副其实的"头子"。陈部长离休以后,有回喝醉了酒,开玩笑说:"吴妈比我还忙哩!"……那时的日子,该有多红火!虽然也有烦恼,也有委屈,也有眼泪……

从前,一天忙得不得闲,累死了,老给自己许愿:哪天一定歇一天,好生玩一下,好生困一觉。现在真歇礼拜了,却并不感到快活。

不知不觉,跟在人后面,竟来到公园门口。逛逛?没意思!——她犹豫着。

"咦?这不是吴妈么?你也有闲工夫逛公园啊?"徐阿姨笑眯眯地迎过来,她老头子在不远的地方站着。徐阿姨换了一身考究的毛呢外衣,一边讲话还一边捋头发,露出手腕上黄灿灿的表来。一副二不溜子城里人的酸样。

"咦?就准你小两口子逛,就不作兴我逛啊?看不起乡下人呐?"她也努力做出笑脸。

"那,我陪你逛。"徐阿姨并不恼她,回头对老头子挥挥手,"你自己去吧,回头天热了,记得脱衣服!"然后嘻嘻笑着来牵她的胳膊。

老头子听话地走开了,回头喊:"那边有卖小吃的,你也买点东西招待这位老姐姐,别小气叭叽的!"

吴妈看着他俩，不知怎么就不自在起来。她缩回手，"我，没得工夫歇礼拜哟，还有事。"

"哎哎，"徐阿姨拽住她，"听讲，你从前那家子，吵得更凶了。你走得好！"

"吵什么？"她在明知故问。

"你又不是不晓得！人都出来了，还瞒。"

"唉。"

"那老头子也真是，一大堆儿女都焐在家里做什么？还是干部呢，想不开……"

吴妈点点头，勉强笑了一下。

徐阿姨又把胳膊搭上来。这个当年那么畏畏缩缩的女人，如今也变得老练了，派头了。"有件事，我老想跟你呱呱……人一生一世，到底图个什么呢？从乡下出来，一做就是几十年。你带大的奶伢子，如今也养伢子了，你就没想过应当有个自己的窝吗？你看我，从前在姐妹堆子里是顶不中用的一个，如今也过得怪好……你对我不外，这些话我才跟你讲。想开点，老姐姐，你总得有自己的窝……"

这一刻，她心里突突地跳起来，脸上青一块，紫一块，说不上有多么难过！是的，徐阿姨过去是大家玩都懒得带她玩的，如今过得也比她好。是的，她何尝没想过应当有个自己的窝！

她推开她，掉头就走，心里很凄凉，凄凉……

看不得人家过好日子？不是。她希望每个出外闯码头的，都能得到和和美美的结局，何况徐阿姨是个顶老实、顶厚道的人。但她刚才的确妒忌过的，妒忌得要死！

难过，说不上的难过。

她，也是有过丈夫的妻，也是有过儿子的娘，也是有血有肉的大活人！

……解放了,她男人安稳了两年,把烟戒掉了,气色也好多了。家虽然败了,却落了个好成分。穷,她不在乎,只要人好,比什么都强。她成百上千次幻想过,要把日子过好,把丈夫和婆婆服侍好,把根伢带好,建设一个真正的自己的家。可是,可是,也只有两年,老毛病又犯了!……新社会了,平等了,她再也不能忍受下去了。……那时,根伢还不懂事,她把他搂着,亲了又亲,眼泪鼻涕抹了他一脸。她把他扔给了婆婆。她要出去找活路,找自己能够立脚的天地,去走一条乡下女人自古以来自己救自己的路。临出门时,她拣了一块鹅卵石丢在家门口,在心里喊:

我要找不到自己再回头,这块石头烂!

找到了吗?找到了。找到了吗?……又好像还没有。

她确曾一白二胖地家来过。妇女们把她围起来,又佩服又眼热。她成了妇女们心中的英雄,她成了妇女们跟丈夫吵嘴的话把子。但又怎样呢?一次比一次难过,一次比一次心酸。

丈夫还是那个样,公开把姘头往家带。婆婆还是那么宠着他,骂她不晓得侍候男人,骂她拴不住男人的心。他们所以让她回来,也就是看上她腰里几个钱!她情愿出几个钱,出几个钱,买个安稳。出几个钱,能带儿子过几天。她不敢让男人挨自己身子,万一"有了",连这点权利也会失去的。于是他死皮涎脸地从她身上摸走最后几个钱,又去找那不要脸的暗门子……为了活得像个人样,她情愿出这几个钱!

她终于打了离婚,但她带不走儿子。

男人终于做了死鬼。儿子也终于长大。但儿子对她并不亲。

"姆妈,我讲了个对象,她家要几件衣料……"

于是衣料寄去了。

"姆妈,现在都讲究个手表……"

手表也寄去了。

"姆妈,她还想个缝纫机……"

只好再去谋划缝纫机。但缝纫机还要票。

儿子终于成亲了,她回家去。儿子整天闷声闷气,难得跟她讲一句话,什么都听媳妇的。媳妇两眼就跟锥子样,一天到晚盯在她的腰眼上,恨不能把她剥下一层皮来才快活。……那天下晚,儿子竟轻手轻脚走过来,摸她裀子荷包!月光透过窗洞照在儿子死灰样的脸上,儿子的身影投压在她干瘪的胸脯上,像座山。心,压碎了;眼泪,挤干了……根伢哎,如今你也是养儿育女的人了,该晓得娘心苦了喂!

那年,她才四十,她还有本钱。

有人代她介绍过一个,也算半个老乡。那人又老好又可怜,一句话都讲不全。她相中了。但,但是……

"吴妈,你最近好像有什么心事?"裘主任那时疗养刚回来,肚子里有了雯雯。

"没,没得。"

"你对我们有什么意见就提,交换一下嘛。"

"没得。真的没有。"

"那你怎么总是心神不定?你晚上常出门儿吧?你搽雪花膏了?这么香!"

"没……我自己买的。"

"你用家里的也不要紧嘛,这无关紧要。问题是,我们觉得你有些变了……"

"要注意影响啊。"陈部长在里屋说。"一个人,一辈子保持劳动人民本色是不容易的。难就难在一辈子!"

"你想过没有?我们家一举一动对社会上都会有影响的。"

"嗯哪!"她发抖了。是的,她不是一般的保姆,更不是一般人家的保姆。想想自己都四十岁的人了,又不是四十斤,还这么稳不住性子。是的,难就难在一辈子。想起自己恍恍惚惚做的那些梦,丑得不能过。

雪花膏,不擦了。新买的小翻领上装,收进了箱子里。那个老实人托她"保管"的存折,又托人带了回去。

那个人又来找过她两回。"等以后吧。"她对人家说。脸都变了色:"要注意影响……"

以后……

两个小青年风一样从身边刮过去,把她闪到了墙角边。她正要张嘴骂——却见人行道上新盖了几间铁房子,围了一大堆人。挤出来的每人举着一只包——就是小兰送给她的那种包,大小颜色,一模一样。

"……一次性处理。要买就趁早哇!"铁房子里有人大声嚷着。

两个姑娘挤出来,在路边就把包抖开,仔细检查着,品评着。她见她们不很内行,便不由自主地走过去指点一下。姑娘们对她表示很惊讶,连连道谢。这种很惊讶的道谢又让她不快活。

人渐渐散开了。她还在发愣。

"吴奶奶,你在这儿?"望程在铁房子里对她喊。

她走过去,看见铁房子里摆了许多提包,想到头次望程跟她调包的情形,好像突然明白了什么,心也隐隐地痛了。

"你……就在这上班呀?"

一个油头粉面的小伙子依在柜上,老气横秋地伸手拍她一下,"这是我们大老板——姓肖名望程。"

"我们本钱小,发展成现在这样也够难的了。从前,是名符其实的三个臭皮匠!哈哈……"

望程得意地大声笑着,还把隔壁卖皮鞋的柜台指给她看。可吴妈就像给扇了一个耳光,脸上火辣辣地烧起来:"那,文清也在这里?"她的心在发抖,觉得自己就要哭出来。

望程却好像并没有注意到她的变化。"是啊,那是她的位置。"他指着唯一的一张办公桌。"她兼管着财务,也得踩缝纫机。两人在一个单位是不好。不过……也一样!在家里,她是主妇。在店里,她是工人,照样得老老实实干活、挣钱……"

吴妈不吱声了,她简直目瞪口呆。

"在这店里,你看不见偷懒的!"

是的,没有人偷懒。这一溜狭长的铁房子里,除了柜台、货架、办公桌,竟摆了十几台缝纫机、拷边机、压花机和鞋匠用的什么机。一片嘎嘎声,嘭嘭声。小伙子和姑娘都在干活,连头也不抬。只有那个油头粉面的小青年对望程的后背做鬼脸。

"走吧,吴奶奶。星期天,加个餐。想想从前,挑副皮匠挑子,跟要饭似的,真不是滋味……"他还喋喋不休地说着。

吴妈不由自主地跟他走,什么也听不见。

委屈,不晓得有多委屈,替文清,不,是替自己。

怎么想起来?好好的大院不蹲,跑来服侍这个小皮匠!本当以为他老爷子是个什么大干部,衣服穿得像个人样,讲话口气不小,连个正式工都不是!亏他住那么套大房子!陈部长那么大干部,家里都挤得不能过。怎么想起来?他还请保姆?还"要求很高"?他还不如自己嘛。吴妈,你落到这一步了吗?——

"有水也是溪,无水也是奚,去水添鸟是只鸡,马归南山任人骑,凤凰落毛不如鸡!"

"有水也是淇,无水也是其,去水添欠是个欺,龙游浅滩遭虾戏,虎落平阳被犬欺!"

此一刻,她忽然想起有次几个老头子喝酒喝酣了,大家吹起市面上的事情来,个个都是一肚子火,有人就讲了这副对子。这是老掉牙的故事了，虽然她不识字，在乡里也常听人讲这个识字歌。

"妈的，老子革命四十多年，堂堂国家十四级干部，混得还不如个卖瓜子的！"陈部长把酒杯掼在桌上，发作起来，眼睛子通红。那时他刚刚退休，心里不痛快。家里也老是吵，讲起来，都是些鸡毛蒜皮的小事。

她晓得，但又不好劝。讲起来，还是钱少。

钱，真是个坏东西。不因为钱，她也许现在还在陈部长家里。

望程不就仗着有几个钱，就能雇保姆？什么样的保姆他都敢雇！还"要求很高"，你算个屁呀！

小商小贩……长不了！此刻，她突然对陈部长的话有了体会：共产党打的天下，让你们这些东西享福？——长不了！

"今儿吃什么？吴奶奶？"

"我不晓得。我歇礼拜！"她又想起来，歇礼拜是不该在他家吃的。但转念一想，不吃他的，吃哪个？跟这种人，还讲什么仁义？

门开了，"您好"，那个声音又在叫。

原来如此！

六

吴妈发了狠心，要把半天的损失捞回来。干半天，也是半天的工钱。他不是有钱吗？就要他出钱。对小商小贩哪个也不会讲客气。对他客气，他当福气。箱子也不讨了，还是放在陈部长家放心些。

中午，她吃了两大碗。饭碗一丢，她就催望程快把"零活"找来。望程诧异地扬起眉毛看她一眼，但还是去了。

一共拖来十几麻包，吴妈亲自下去帮他们扛上来，扛进西头的小屋里。活是再简单不过了，她一中午就拣出一麻袋。三毛钱，一个月就净赚九块。不赚白不赚！

但文清提出了抗议："吴奶奶，你带孩子时可不能干这个！"

"放心吧。"她对文清还是颇有好感的。抱起孩子就出去玩了。

吴妈在这一带又认识了几个新朋友。明明一醒来，她就抱她各家串。她见多识广，妇女们也喜欢跟她呱。

"你那一家真能干，发大财了喂。"

"噢。"她心里好笑。她心里自有看法。

"有钱什么了不起？一天把脸板着，就跟哪个欠他二百吊一样。"

这话她深有同感。一个人再有钱，被人看不起，活得有什么意思？

"人家也是干出来的，从前一个破窝棚搭在山头上，不晓多可怜。"

"这年头，不投机倒把能发财？喊！"

"这话不能瞎讲。知识分子就这东西，你可怜他不稀罕，你巴结他也不买账。"

"他算什么知识分子？还不跟我儿子一个样，回城的老知青。"

"你儿子跟他比呀？人家嘴捏起半边来，你儿子也讲他不过！不怕你气大的话。"

"你当然帮他讲啰，你哪月不朝人家伸手？讲借又不还。"

"你呢？你没借过？"

"我不像你!"

……

胖的瘦的妇女们七嘴八舌议论起他家来,吴妈总是微微笑着,听着,不吱声。在这方面,她只能保持缄默。这是多少代做保姆的经验了。不管筋的话,多讲一句都对自己不利。不然,她能在大院里混三十年?"影响团结的话,不说;影响团结的事,不做。"陈部长就老这么讲。

她不管这些。现在她只想多赚钱,快赚钱,走路。至于他是不是投机倒把,她不想问,也问不了。这些年的事,她见多了。

"这孩子像她妈,一脸富贵相。"

"真的,真是虎头虎脑!"

是的,明明是像她妈,不像望程。望程有一股奸臣气。她可怜文清。文清近来好像心思变多了,有次还看见她偷偷擦眼泪。但她不好问。

除了每天拣一麻袋人造草以外,她还想得那五块钱的奖金。主动给明明做小鞋有功,望程给她"正"了两分。提供新式挎包有功,又补了两分。她认为得满十分也不难,于是便拼命动点子。有次倒过粪桶,忽然想到,如果有一根管子直通护坡下的公共厕所,岂不又方便又卫生?而且她取牛奶时发现疗养院门口就有一堆破旧的水泥涵管。她考察了地形,觉得切实可行,于是正式提出了建议。这一功非同小可,连同帮忙砌水泥管,望程共给她"正"了四分!这样,离五块钱的奖金就只有一步之遥了。这样,她一个月就能净赚三十多!

可惜胜利冲昏头脑,一走神,打碎一只景德镇瓷碗——负一分。

明明不知怎么搞的,一头撞在床架上,肿起老大一个红包——负一分。

她怄得伤心，买菜时又错了账——赔了三毛多，又负一分！

就像有块糖，吊在眼皮底下，晃来晃去，望得到，舔不着。

老姐妹们又陆续走动起来。大家对这家人的评价很不一致。有的认为就这样过瘾，好事坏事都上账，有一件算一件，清清朗朗，省得一年累到头，做好了他看不见，做错一点就叽叽咕咕一下不歇。但更多的认为，这样搞长了受不了，天天想得脑子疼，不如图碗省心饭吃。人嘛，就得讲点情义。反对的又说：话是这么讲，钱毕竟是好的。不为钱，背井离乡跑出来发疯啊？……比较一致的意见是：不对光你不做就是了，非在一棵树上吊死啊！想不开！

越是这么讲，吴妈疑心越大，越觉得望程处处古怪，也就越想刨根问底，好像负有多大责任似的。偏偏文清口紧得很，店里的事从来不对吴妈透一句。有时谈着谈着，眼看能掏点什么了，她又岔开去。这使吴妈更加急不可耐，总以为这里头有事见不得人。望程出了几天差，吴妈便盯得更紧了，还时不时到店里去瞟瞟，又看不出什么名堂。文清整天坐卧不安，她还老是没话找话。

"吴奶奶，你让我安静一会儿不行吗？"文清烦得要哭了。

望程回来了，一脸喜气。进门就把提包扔在沙发上，高声大气地嚷："文清，这回我钓上了大鱼！"

文清扑过去，看见吴妈也从厨房里冲出来，便揪住他衣领拖进里屋去。接着门关死了。

"一大笔呐！这回，咱们可以……"

"嘘——，小声点儿！"

吴妈一惊，心想果然是了。她蹑手蹑脚走过去，耳朵贴在门上——但心跳太厉害，什么也听不清。她急出一头汗，又绕到窗子底下。

"你心太野了，我真怕。"文清的声音。

"怕什么？我又不犯法。"

"怕你把我忘了……"

"哪能呢?连孔夫子都又想要鱼又想要熊掌,哈……"

"嘘!你坏……"

吴妈悄悄地啐了一口,一脸晦气回厨房去。

连着几天,望程兴高采烈,又请店里几个伙计来家吃了一顿,文清的烦恼也烟消云散了。她告诉吴妈,望程这趟出去,订了一笔大合同,就是用吴妈提供的新式挎包。这样,店里就可以有大发展。

吴妈吁了一口气,扫兴之余顿时又有点小得意,想不到这东西还有这么大赚头,不管怎么讲,也还有自己一份功劳。因此望程他们谈起来,她也夹进去:"是么,听我小兰讲,这东西外国佬不晓好稀罕呢。其实我也不当回事……"

大家怔了一下,然后哈哈大笑,笑得她脸讪讪地红了起来,没意思地走回厨房去。

"没错!吴奶奶,这回生意做成了,一定不忘重重地谢你!"望程大声喊一句,又笑起来。

星期六半夜里,吴妈困得正迷糊,被一阵急促的敲门声吵醒了。她穿上衣服出来,望程已经开了门。原来是疗养院旁边的胖阿姨。吴妈还没招呼她,胖阿姨就一把眼泪一把鼻涕地哭出来:"……这怎么搞?家里一个人都没有,天黑得鬼影子都望不见……他大哥,你做点好事,救救命吧。"

"有话慢慢说,胖奶奶!"

"是啊,有话好生讲。"吴妈扶住她,心里别别乱跳。

好半天,才听清楚:胖奶奶的老头子前两天就觉得不对劲。下午去医院,医生讲要住院,开口就要先交二百块,老头子一气回家了。哪晓得现在发作起来,眼看就不中了,黑灯瞎火的,儿子女儿都不在家……

"行，我送他去。"望程说着便去开门。

但胖奶奶还站着不动，直抹眼泪。

望程明白了："你手头有多少钱？"

"就四十五块多一点……"

"知道了，你等等。"望程进去开柜子，拉抽屉。好一阵子，他才走出来，抓着头对吴妈苦笑，"不够……你借给我二十块吧。"吴妈还没迟疑一下，他就不耐烦了："放心！我明天就还你。"

吴妈脸涨得通红，掏了二十块，倒还让人以为她很小气似的，想想真是的。她算什么？一个帮工的，能跟你大老板比么？她这是舍命陪君子，还便宜啊？

他们很快消失在黑暗中。她还怔怔地倚在门框上，心里不住嘀咕。夜深了，一点声响都清楚得很。胖奶奶带哭腔的高嗓音又飘过来——

"他大哥，我这人嘴臭，以往讲你许多怪话，你别往心上去，啊？"

"嗐，我嘴比你还臭！那算什么？您走好！"

她想想，这胖阿姨也是，人家不招你不惹你，你发人许多牢骚做么事？到头来还要求人帮忙，何苦？人生在世，什么话都不能讲绝了，讲不准哪个都有求人的时候。是这话。

到天快亮了，望程才回来。

"好了？"文清的声音。

望程沉重地倒下："暂时没危险了……"

"怎么这么长时间？"

望程含糊不清地哼哼着。

"到家你就累死了。你就不能再喊个人？咱们出钱，他们出力，这也不为过。"

"这叫什么话？二百块钱算什么？人家需要的是帮助，是友爱。"

"我说不帮助啦？我说不友爱啦？"文清突然气汹汹地嚷起来。夜里，声音大得骇人。"天天回来说累、累！我这不是为你好？你倒给我说起漂亮话来了……一天到晚心事重重的，也不知你在想些什么。问你，就那么干巴巴的几句。一上床就睡得死猪似的，连一句热气话也没有……"接着是一阵抽泣。

吴妈心里一格楞，脑子里也现出文清眼皮红红的样子来。她现在好像有点明白文清的心思了。是的，她明白了。这种突然来又突然去的烦躁、恼火她也有过，有过……这种身边睡个只会打呼噜的男人所产生的孤独、委屈她也有过，有过……

"怎么啦？怎么啦？"望程慌张的声音，"……对不起我没有想到，真的没有想到！……"

还是哭。唉，女人！

这一晚，她也没睡好。早晨起来头痛得很。

"喂，喂——"望程站在山头上，双手叉着腰，莫名其妙地喊。

"喂……"群山嗡嗡地回响着。

明明在他背上又踢又抓，呀呀乱叫。望程把她解下来，举过头顶，"我们来啦"！于是，又有无数个"来啦——来啦"。明明快活得咯咯地。

吴妈拎着菜篮，累得直喘。汗从后背心淌下来，小褂子贴在身上，冷风一吹，冰凉冰凉。不过她比文清还强一点，文清现在还在底下，哈着腰，揉着肚子，爬得那么费力，却又那么有兴致，真看不出究竟有多大意思。这也只有城里人想得出来，快活很了，就想点子玩。

早上，文清打扮了又打扮，装出一副十分高兴的样子，对她说："吴奶奶，今儿都去玩，好好休息一天，您也去吧。"她看出来，昨晚是文清吵赢了。不过她不提，她也装作不晓得。现在年轻人的心思，格外讲不清。她本当以为去逛公园的，她也想去，作兴还能碰见徐阿姨。哪晓得望程一起来就把她们的计划推翻了。"公园有什么意思？大自然的美全被公园破坏了！上山，带上吃的。我今天亲自掌勺，吴奶奶靠边休息，我来个拿手的，鱼皮花生米！"经他一嘘，她想打退堂鼓也来不及了。她看见，文清眼珠子都亮了一下。其实这山上有什么？除了石头，就是草皮，树长得也不茂盛，哪能跟她老家那些山比。

文清也上来了，喘着，笑着，脸红得像苹果，一绺黑发贴在脸边，显得格外年轻好看。"呵，真美！"她喊。也不晓得是真的还是假的。

啪！望程端着照相匣子给她扣了一张。

"人家还没准备好呢。"

"那就再来。"

明明连滚带爬地在草地上扑腾着，沾了一头一身的草屑。啪！啪！望程在她面前不停地扣。小家伙竟蹒跚地站直了，走起来！惊得望程也呆了，他也一下扑倒在地……

"生命万岁！"望程手舞足蹈地躺着大喊大叫，照相机也被高高地抛了起来。明明被他一骇，坐着不动了。然后，望程跳起来，不由分说地一手拉文清，一手捉住吴妈。她也拉着吴妈的手。三个人把明明围在当中转起圈子来——

"生、命、万、岁！生、命、万、岁！……"

起初，吴妈莫名其妙，被他们拖得跌跌撞撞。转着转着，她也兴奋起来，跟上他们的脚步点，嘴里也发神经样地大喊"生命万岁"。头晕了，喊累了，手一松，全部摔倒在地。然后，就笑，没命地笑……吴妈笑得眼泪水淌出来,笑得直"哎哟",嘴里还在骂:"疯子!拿我老太婆开心!"

啪!不知怎么照相匣子又对上了她。她不禁一怔。

"吴奶奶,过来,我给你好好照一张。"

"我老头老脸的,一副寒酸相,照么事哟,又浪费钱。"

但文清硬把她拽起来,拉到一棵小松树旁边,又替她把头发衣服理整齐。开始,她眼皮子直跳,手脚怎么摆都不对劲。

"你记好,身边是棵松树,表示万古长青,脑后有一朵白云,说明将来可以成仙得道,这姿势,上电影也够格了。"

她哧地一笑……啪!

然后,他们又重新找了个背风向阳的草地并排躺下,不说话,也不眨眼,一动不动地盯着天上看,任凭明明像只小猫似的在他们身上爬来爬去……

难怪望程要到山上来!公园里,哪块哪块都是人,他敢这么搞?不过话讲回来,这么疯一下,就连她,也感到心里有股子热烘烘的劲头向外发散,舒坦得很。这叫什么呢?

在一边坐着,觉得怪没趣,她说声去拣枯柴,起身走开了,一直走到小溪边,才坐下。

溪流从手背上无声地漫过去,很清,很凉。草叶和泡沫立刻分成两路,画出微微的褶皱,然后又跳跃着淌下去淌下去。……小时候,她也时常上山,去放牛。牛是代人家看的,有两三条。牛伢子们天天聚在一堆,吆喝着,蹚过天堂河,进山去,有时候还唱牛歌。牛歌是怎么唱的?不记得了。那时她年龄顶小,老受人欺负。只有一个牛伢子,老护着她。对了,他叫狗起。这名字不好听,但她能记一辈子。有回她又坐在河边哭,狗起走过来,拿水犀她。她也犀他,犀着犀着,两人都笑了……

她打了个寒战,摇摇头,站起来,慢慢往回走。唉,狗起要活着，如今也该有五十七八了。人呐，真是，老不长大，有多好！

"累了？"望程的声音。

"嗯——！"

"你想什么呢？"

"没什么。"文清尖尖地笑了一声。"我忽然想到那次麻子队长带我们去偷湖草的事。那麻子也挺可怜的，搞不到肥料老领大伙儿去偷。我哪儿挑得动啊？后边有人追，前边他们又跑远了，肩上一担草又舍不得扔。我急得直掉泪，越急越跑不动。"

"其实你早该把草扔了的。"

"那时有这么聪明？有现在的经验，我根本就不下去。一担草才值十个工分。"

"所以你幸亏碰上我。"

"哼，谁知你是不是有意等在那儿的？男的都会钻姑娘的空子。"

"这可是冤枉好人。当时我又不认识你。"

"就是就是！男的都不是好东西。"

望程哈哈大笑。"好了，我要烧菜了。"

吴妈趁机问："你们两个下放还不在一堆么？"

"开始不在。"望程点着柴禾，"后来开始上调了，人越走越少，我们就合并在一个大队，后来又合并在一个小队，最后干脆合并铺盖卷儿。"

"不要脸。"文清红了脸。

"那时招工的多喂，你们怎么不上来？"

望程不吱声。

"他是假积极。我呢，是没人敢要。"文清把明明一举一举地，"你别看他现在这副熊样，当年可红过一阵子呢。又是上山下乡积极分子，又是什么代表，招工的时候，尽装高姿态。后来要不是因为我，说不定还真混上一官半职的了……"她又突然刹住，不说了。

"你听她胡扯蛋，我可没那么好。结了婚，谁还要？"望程慌忙打岔。

可文清的眼皮却已经红起来。她对吴妈勉强笑了一下，搞得吴妈也怪难为情的。她又重新躺下，手臂枕在头底下，望着蓝天，像是自言自语地："想想，人生就是没什么意思。你当时觉得挺宝贵的东西，回头一看，也就那样，就像那一担湖草，当时扔了也就扔了，不过十个工分，值什么？"

望程想了一下，说："那也不是所有的东西都能用工分来衡量。有些东西，你扔了，一辈子也拣不回来。"

"你指什么？"

"比方说，时间。"

"人生都没什么意思，时间算什么！"

"我可是认为人生挺有意思的。世界上有好多东西，本来你不懂，一学，弄明白了，那多有意思！还有好多东西，本来没有，经过你的劳动，有了！这还不够意思？"

"我跟你说真的，望程！"

望程哽住了，好半天，才说："我明白你的心思，总认为咱们是在苦熬，总觉得没奔头，总觉得精神生活单调……这就看你跟谁比了。要我说，有意思得很！销售是门大学问，干这行可学的多着呐。政治经济学，经营哲学，行销学，市场学，社会心理学，行为学，哪一门不够你啃的？目前中国连一个销售工程师也没有，就冲这一条，不值得大干一番？"

"痴人说梦！你有完没完？"

"人总得为希望活着！"

"希望也是一个梦！"

"糊了！"吴妈喊。锅里泛起了青烟，花生米变黑了，浮在油面上越缩越小。

抬杠停止了。望程端着锅子，懊丧得直咂嘴。文清倒是突然放声大笑，眼角渗出了泪花花。"扔了吧，早扔了早干净！"

"扔了吧……干净……"山谷也跟着喊。

一直到下山，两人再没有说笑过。吃饭、照相、逗明明玩，都是硬邦邦的。吴妈不明白，高高兴兴地来了，为两句不相干的话，竟会弄成这样！倒是望程觉得过意不去，老想跟文清搭腔，但文清怏怏地，再也没得兴致。

望程在溪边挖到两块假山石，一块足有二三十斤。他又是瞄，又是洗，敲敲打打，快活得像个小伢子。

文清抱着两腿，冷冷地望着，不说话。

"还有许多路，怎么带家去？"吴妈没话找话，也是为讨好文清。"街上多的是，不过块把钱。"

"那可不一样。你为它流过汗的东西，才是最宝贵的。"

"哼！"

吴妈赶紧把话岔开去。再吵起来，便是她的罪过了。

下山时，望程把两件褂子脱下来，包着那玩意儿，身上就穿一件汗背心。吴妈只好背明明先走。跳下一道陡坎，她回头望了一眼，望程身上一前一后地凸起来，夕阳顺着山势斜斜地投在他后背上，把他包在一道金黄的光圈里，连黑皮上的汗珠都闪闪地跳动着，威风得很。文清站在旁边，又想扶他一把，又怕反而带累了他，犹豫不决地咬紧了嘴唇，又偷看他脸色。吴妈笑一声，走下去。这一刻，她忽然感到这一对怪有意思。生意人跟生意人也不一样，到底是吃过苦的，心肠毕竟不那么黑。年轻人嘛，盘的心思有些上不着天下不着地罢了。

第二天，望程就把那二十块钱还给了她。她本想客气一下的，但一瞟到望程那铁青的脸色，心里顿时不快活了。直到吃饭时，她发现两个人气色都不对，才晓得不是冲她来的，又放下心来。

"告他！"文清端着碗突突地冒了一句。

望程皱着眉狼吞虎咽，不吱声。

"我早说过，这不是人干的活儿！你落魄的时候，没人理你，这才好一点，又得受这帮臭虫的气。什么东西！"

"你安静点儿行不行？"

"偏不。他不是你老同学吗？你尽这号同学！"

陆陆续续又来了几个伙计。大家都不作声，像是要等望程拿出什么主意来。吴妈不敢打听，慌忙把碗筷收拾下去。耳朵却竖起来——

"算了吧，肖望程。咱们也不在乎这二十块。就算是常例钱，月月孝敬他一回，给他妈买服药吃。只要他抬抬手，就什么都在里头了。你就是把他告下了，这点小意思，又能把他怎么样？再说人家就相信咱们？"

"只要不把这点小意思搞得没意思了就行——这是什么戏里的？茶馆？"

有人嘻嘻地笑。

"放你妈的屁！"望程恶声恶气地骂。"我明天就找他局里去谈。今后，你们都做好穿小鞋的准备。愿意跟我干的，留下，不愿的，请便！"

那个"油头粉面"溜到厨房里来，若无其事地在洗衣机上弹起了鼓点子。

吴妈轻声问他："什么事啊？冒烟放大炮的？"

"少见多怪。"他抖着腿对吴妈吹嘘。"工商局的一个小子跑来敲竹杠。上个月说是买菜没带钱，借了二十。账还没销呢，今天又来了。不过这有什么了不起的？这种事，哼。结果望程把人家大骂一通，一点风度都没有。等着吧，有他的好果子吃。端这个破碗，还他妈人五人六的呢。"

是这样！吴妈不吭声了。

果然，没过多久，望程的"大生意"就吹掉了。也不晓是不是上回的报应——来了张电报。他们讲被一家大厂挖了"墙脚"。

"无耻！"望程把酒杯摔得粉碎，嗓子也像突然走了气的皮球，哑了。

"不是……订过合同了吗？"吴妈小心问。

"还不是欺负我们店小，没后台。"

"不会吧？公家做事……"

望程再也没说话。文清只是默默地给他夹菜，她好像并不十分难过。饭碗一丢，两人就钻进里屋讲什么，又好像是在吵。这次吴妈没偷听。不知为什么，她也跟霜打的样，提不起精神来。

第二天，望程待在家里，倒是文清高高兴兴去上班。临走时，她还当着吴妈的面搂着望程耷拉下来的脑袋，轻轻说："我去了，啊？"

望程抱着明明，垂头丧气地嗯了一声。剩下他自己，便不住地揪头发、叹气，还搔脑门子。那股神气活现的劲头也不知跑到哪里去了。

吴妈看着，又可怜起他来。想想，这碗饭也确实不易吃。哪比得上公家，干事不干事，到月拿工资。援朝、建国就从来不操心，也没听他们讲过厂里的什么事。他们的烦恼，也就是为了添点新家什，再不，就想点子逼老爷子几个钱，有时单个偷偷逼，有时联合起来逼。单干也好，联合也好，反正不会伤筋动骨，也用不着担惊受怕。

望程突然跳起来，在碗橱里抓了一瓶酒，伸长了脖子咕咕地往里倒。明明在他怀里呀呀叫着，又踢又蹬。

吴妈看不下去，过去夺下瓶子。"叔叔哎，我讲一句，听不听在你：人只要安分守己，还怕没活路吗？陈部长那么大干部，也还有个三灾八难的嘛，凡事要往开处想想。"

望程痴痴地瞪着她。

"人心不能大狠了。心太大，有多少不栽跟头的？你听我一句，不得错！"

"我心太大了吗？可我有二十多个人要吃饭啊。"他喊着，头伏在明明身上呜呜地嚎起来。

"有碗饭吃就行了呗，你又没到那一步！"

"可什么时候才能打出去？我要发展，要得到社会承认！"

"知青嘛，不都这样？不认命不中噢。还有，凡事也要活泛一点，人靠人帮，船靠水抬。上回那件事，你也太做绝了。二百块都没眨下眼，二十算什么事？想不开。"

但他眼珠瞪起来，骇死人："我偏不！告诉你，我肖望程要是那种人，早就不是今天的样子了！我靠自己劳动吃饭，得罪谁了？我为什么要安分守己？我偏要争这口气！我……"他看看吴妈，突然叹口气。"对不起，"他说。他手指头蜷曲着交叉在一起，格格作响。

明明吓得哭起来。

吴妈伸手把明明抱过来，半天，才喁喁地讲一句，"我随你哟，不中听你就当一阵耳旁风。"

他拍拍明明的脑袋，又摇摇晃晃出门去。

傍晚，望程领来几个人把电冰箱搬走了。撬的撬，拖的拖，谁也不讲话。文清靠在门上一动不动地看着，那样子，冷得像块石头。

本来这间客堂，有它也不觉得什么，真少了一样，就突然空起来。那东西平常嗡嗡地叫着，给家里添了不少生气，现在，又显得格外冷清。想想，做生意也确实没意思，说发就发起来，说败就败掉了。"破财容易聚财难，"她自言自语，"置个家不容易哟！"

文清懒懒地说："店里有规定，出差路费可以报销。可人家偏要自个儿掏钱。他这一趟，光飞机票就是几百块。"

吴妈一惊，半天，才安慰道："算了，旧的不去，新的不来嘛。"

文清哼了一声，冷笑着："你以为我舍不得冰箱？我还没那么浅！我是劝他到此为止，吃碗安稳饭。可他……"

"吃一回亏，二回就学乖了……以后就好了。"

"你以为他这种人会认输？哼！其实，家里有存钱，凑凑借借还路费也够了。他这么干是做给大伙看的——让大伙儿铁了心跟他干到底。我真恨他……这么玩命！"说着，泪就掉下来。

"这，这是何苦来？"

"人家想当……全中国第一流的企业家！"

这以后望程就跟什么事都没有一样，照样起早睡晚，照样指东吆西，吃饭时还不忘逗两句小笑话。只是谁也笑不起来。有时，他也对着天空闷闷发呆，一个人自言自语；但一有人来，立刻装出悠闲自得的样子。这情形，吴妈撞见了好几回。何苦来呢？她想。

文清到底脸上摆不住事，一连几天，都不跟望程讲话，眼圈也明显地添了一层黑晕。

正是各种蔬菜上市的季节，家里每天都有时鲜菜。他们看不见，吃不香。只听见叽咕叽咕的嚼食声，就跟牛栏里一样。吴妈也坐不安了。

终于有一天，两人毫不顾忌地大闹起来。啪！文清把花瓶摔掉了。望程拉开门，冲到堂屋里，像是要找点什么东西来摔。但他转了一圈，却摸出香烟，手颤颤地点着了，又走进去。明明吓得哇哇大哭，也没人管。

　　吴妈候在门口沙发上，紧张地等——真要打起来，还是要拉的。但吵嘴，做保姆的顶好不要掺进去。这也是老经验了。陈部长在这点上，顶夸她会做人。她很清楚，人家再怎么吵，还是夫妻，一夜过来，什么都没有了。

　　"你再这么整……我走！"文清带着哭腔吼道。

　　"好，走吧，滚吧！做大小姐去吧！"

　　"滚就滚！"文清跳起来，砰砰地摔着东西，又拉开抽屉，一边嚎叫着："没人稀罕你！遗传性的贱胚！你妈没给你留下好德性！……"她突然刹住，不骂了。

　　沉默了，连明明也停止了啼哭。

　　吴妈站起来，以为就要开打了，但什么也没发生……

　　好一会儿，望程走出来，木然地看了吴妈一眼，拉开大门。"您好！"那声音又在叫。望程突然想起什么似的，回头低低说一句："你自由了。对不起！……存折在老地方。"

　　门轻轻地碰响了。里屋文清却哇地号啕起来，一下子压倒了明明清脆的哭闹。

　　吴妈跑进去。

　　文清真的在地上打滚。鞋子、袜子飞起来，两脚还在地上蹬。这姿势倒有点像雯雯撒泼的情形。不过若是陈部长不在家，她也不会这么干的。

　　她抱起明明。"大人吵嘴，小伢子受罪哟。"

　　文清停住了，痴痴地瞪着吴妈发愣。

　　明明懂事地扑过去，拿小手在文清脸上拍着："妈妈……"她会喊妈妈了。

　　"小夫小妻的，讲两句，还不算了。叔叔是有点那个……不过呢，照讲呢，也还好。"

文清亲亲孩子。"你不知道,他这人……"她又不说了。

风暴过去了,明明又咿咿呀呀地笑起来。文清洗了脸,又换一套衣服,然后慢慢整理着手提箱,把衣服叠齐,放平。

"你真要走?"

"我干吗这么苦熬?"她又像是对自己,"是该享受生活了,不然就晚了!"

吴妈立即想到自己,不无遗憾地叹口气。

"吴奶奶,你觉得我还……年轻吗?"她对着镜子,突然大声问。

"嗯哪。"心里有说不出来的味道。

"是啊,只要我回去,什么都还来得及。"

吴妈吓了一跳,半天,才带点挖苦地说:"哪不讲呢?多少大干部家小孩还不及你,陈部长那么大干部,家里……"

"你别老陈部长、陈部长的!告诉你,我爸爸以前的警卫员比你那陈部长级别都高!"她砰一声合上箱盖,一屁股坐下去,箱子立刻瘪下去。"可那有什么用呢?人家不稀罕……"说着,眼圈又红起来。

吴妈傻了。难怪,难怪她老觉得文清身上有那么一股跟一般人不一样的、讲不出来的……富贵气。"望程家里呢?"她问。

"他?老头子是退休工人,他妈死得早……刚才,我刺痛他了。"

"我看也差不多!"她想一下说,"你下嫁他,也真不容易!……男人就这东西,蜡烛货。你要真想治他,我倒有个主意。你尽管走好了,小伢你放心……不怕他老爷子不上你家赔情!"吴妈滔滔不绝地给她出点子,此一刻也不知怎么就忘记了自己的戒律,讲了那么多。

文清扬起眉毛,半天好像才回过味来,面颊顿时微微红了。

"你放心，这种事我见多了。不得错的！援朝夫妻俩吵嘴，哪回不是陈部长两口子去把她接家来？建国就不中，回回都是老丈人把女儿送上门。讲起来，都是干部。人跟人，就是不一样嘛……"

"你别说了！这样说不好。真的，不好……我并不认为自己是下嫁他。现在吵起来，我也不后悔。你不知道，像我们这样的人，离开家庭，生活有多困难！你不了解我们的过去……"

吴妈噎住了，吃惊地看着她泪珠子一滴一滴滚下来。

"你倒是提醒了我，吴奶奶。"文清哭够了，又说起来。

"我要是真那么干了，他真能把我给……甩了。他这人，什么都干得出来！我生明明的时候，他去看我，病房不让进，他就顺着楼上的下水管爬上去，翻到病房里。后来护士发现了，要罚他款，他摘下表就扔过去。那时，他还是个臭皮匠。你说……"

吴妈懊悔不迭，还能说什么？

"你不理解，我心里是多么……"

"嗯哪嗯哪。"

"你不知道，从前我是多么软弱……离开父母，我原以为什么都好了，插了队，我才明白，我是一点生存能力都没有的。全亏了他……我们是最后一批回城的。人家全走完了。本来他也办好了手续，他回来取行李的时候，看见我一个人坐在水库的坝顶上……当时我已经不觉得难受了，我只想跳下去，完事。他走过来，对我说：'他妈的，就剩下咱们俩了。'当时我并没有跟他谈恋爱，对他也没多少好感……可那一刻，就像有谁推了我一把，我紧紧拉着他，像拉住了一根救命索，生怕他把我给扔下。他手插在兜里，把那张招工通知揉碎了。这是我以后才知道的。后来，我就跟他到这儿来了，那时我爸爸还没平反。他家还有两个待业的，连我一共四个。你想……我只会哭。想工作，挂不上号，想上大学又考不取。我们把什么都尝够了，就摆起了皮匠摊儿。我们家能给我什么？从前我们就住这儿！"她跳起来，翻出一本大相片簿子。

头一面，大照片占了满满一页。一个芦席棚子，顶上盖着油毛毡，上面压着几片残破的灰瓦。望程和文清穿着老棉袄在冬阳下傻乎乎地笑。两个人都很胖，气色也比现在好。

"直到有了这屋子，我们才决定生孩子。那时，爸爸也平反了，想把我调回去，但又不能调他，你说我能走吗？"

"嗯哪……"她心里不是味，尽管刚才也掉泪。

"我回北京的时候，我哥、嫂子，还有我大姐，偷偷跑来好几趟，来跟他老头子谈判，要把我'赎'回去，你说他们有多傻。这房子，这家，这一切，全有我的血汗，他们竟然不理解……当然这也伤了望程的自尊心。"

"那还吵什么事呢？"吴妈站起来，感到受了捉弄。"有话好生讲嘛。"

"你不知道，他的心有多大，多么野！他越干越入魔，在店里一点儿也不顾情面。我真……害怕！你想，能过日子不就成了呗。"

"就是，小家小口的，和和美美过日子，比什么不强？"

"他偏不。你才来那几天，他天天半夜才回来，你知他干什么去了？卸火车！半宿半宿地干，就为了省几十块钱。其实我们已经不缺钱花了，他还要那么干，还压着我干！现在又逼我跟他考函授大学。"说着，气又上来了。

快活狠了，就作反。吴妈愤愤地想。"我要烧饭啰。"她把明明塞给文清。

"哎，吴奶奶，待会儿麻烦你去店里跑一趟，就说我……请他回来。"她背过身去，在明明的脸上拼命亲。"你爸爸真坏，真坏，真坏……打。"

"你怕他不认得家呀？"吴妈好笑。

"谢谢您,吴奶奶。"

"谢什么?"

"你提醒了我呀!"

望程长得还不到建国好看,哪有这么大魔力?——她想了一路,没想通。

七

五一节头两天,小兰从北京回来了。这丫头是她妹子的闺女,年纪轻轻就走了这条路。好在她老家被称为"保姆乡",乡里也不忌讳。每回小兰回家探亲,都在这歇两天。这里头,嫡亲姐妹的情分,乡里乡亲的问候,还有晚辈对她的怜惜,全有了。

"这一家还马马虎虎!"小兰把里外一看,下了评语。这丫头如今更洋乎了,穿得比文清还时髦。走路做派都大气得很,操着一口洋不洋广不广的蹩腔,一副见多识广,对什么都不在乎的样子。刚才一开门,听到那声"您好",她只是在鼻孔里笑了一声。

吴妈抱着明明,跟在她后头,急着把离开陈部长家的原由告诉她。

"很好。"小兰根本不耐烦听,打断她,"我早说过,那家人特抠门儿——就是特别……算了。反正不能干,早走早好。这是什么年代了?还跟我们保姆来这一套!想卖力气在哪儿不成啊?在北京,有洗衣机还得挑双缸的。"说着揿响了洗衣机,轰——

"奶。"明明大叫一声扑上去,快活得乱抓乱揿。吴妈心里也一震。

吃饭时，小兰让也没让，就大大方方上桌吃饭，还不停地挥动着拿筷子的右手，跟望程、文清比划着，讲些北京的什么新鲜事。笑起来，嘴巴张得很开，声音格外响。

吴妈闷闷地看着，不明白小兰怎么变成了这个样子。不过三年以前，小兰还是个穿夹袄、提着蓝包裹的畏畏缩缩的小丫头。"大姨妈，你做点好事，代我找个好人家帮两天。我大大讲，只要我贴家里二百块，就同意我跟栓子好……"栓子，是她自己讲的对象。穷，出不起聘礼，乡里人还死要脸，活受罪。那时，她整天缩在锅洞口，连堂屋都不敢进。连裘主任都说，到底是乡下姑娘，念过初中还这么胆小。那时，也亏她老实胆小，刘书记家大闺女回北京才把她带走了，介绍了一家老教授。这以后，就一年变一个样，这才三年……

哈！他们又大笑起来，文清直喊哎唷。

"听我大姨妈一说，我就明白你们够意思。我大姨妈脑子旧，人可是最忠厚老实的。就是有时不开窍，二位可得担待着点儿！"

"没错儿。"

吴妈眼一瞪，端碗到厨房吃去了。他们却又笑起来。这叫什么话？倒像小兰是她姨妈。

望程、文清却跟她谈得十分投机，连电视也不看了，九点多还一人冲了一杯浓咖啡。

半夜了，小兰才回屋来，也不开灯，摸索着就从被子上翻过去。

"大姨妈，你困着了？"

"嗯哪。"她觉得这句土话还有点热乎。

"这家子还不错，你就放心做吧。"

是还不错。条件好，工钱又大。但她总觉得服侍他们心里不痛快。她本想好生跟小兰谈谈，小兰又是这个样！

"兰子,你做到今天,有二百块了吧。"

"早有了。"

"栓子等你成亲哩。"

小兰短促地笑了一声,把膀子搭到她身上来。"……大姨妈,要是我,又不想跟他好了呢?"

"瞎讲!女人不作兴这样想!"她想起小兰当年那么大的决心,孤身出外闯码头,心都发冷。

"那男人就能这样吗?"

是啊,男人就能这样吗?但那是命,命是不能改,改不掉的……

很快,轻轻的鼾声响起来。吴妈却怎么也睡不着了。小兰的呼吸撩拨着她的鬓发,痒痒的。她闻到了一股子浓烈的兰草香,香得令人心慌。她叹口气,翻身替她掖被头,触着了她的身子。成了大姑娘了,身子丰满多了。这些事,不讲她也晓得了,用不着替她操心了。她不打算再问,也问不了许多。

小兰歇了一天,便要回乡下去,却被望程拦住了:"再住一天,过了五一节。"

"她家去还有事。"吴妈赶紧制止。

"你不知道,吴奶奶,"望程笑着解释,"在我们家,最重视的就是五一节。我请了些朋友,明天咱们痛痛快快乐一天,松松筋骨!"

"跳舞吗?"小兰问。

"当然!"望程揿响了录音机。

踢踢咚咚的古怪歌子响起来,搅得人五脏六腑满处窜,手脚都没地方摆……

果然,傍晚时,望程指挥着两个小青年往家搬东西。水果、糕点、卤菜……光啤酒就有两箱,还有果子汁。

"明天不用烧饭了,吴奶奶,玩一天。"望程兴奋地嚷着,一脸油汗。

"嘿,够份儿!"小兰说。

店里那个油头粉面的东西对小兰打了个很响亮的榧子。小兰肩一耸,还把大腿抖几下。

吴妈一口唾沫咽下肚,把头扭过去。

从清早开始,那些红男绿女们来了一拨儿又一拨儿。屋里屋外,坐的躺的,站的跳的,吃的喝的,家里搞得跟菜市一样。小小的后院被跳舞的挤满了。录音机开得山响,也不嫌吵得慌。小兰也起劲地夹在里头,随便哪个男的,都让人家搂着,眼睛半闭半睁,身子悠悠地旋、旋。

吴妈只管烧开水。烧过了,就把自己关在小屋里。她是喜欢热闹的人,却不喜欢胡闹,尤其是年轻男女的胡闹。开头,她还有点新鲜,时间长了,只感到头痛。她想起五几年的时候,苏联专家在这里也作兴跳舞,裘主任就跳过好几回。但那是发票的喂,哪是随便什么人都能跳的呀?就那样,有回还差点出事情。

啤酒,跟喝水一样,转眼空了一箱子。糕点,咬过一口的、掰了半边的,桌子上窗台上搁得到处都是。有钱也不能这么糟蹋呀……要在陈部长家不骂才怪!你望程半夜去卸火车,累得跟鬼打的样,不也就挣头十块钱么?像这么浪费,你那几天不是白干了么?——也亏得厕所改建过了,不然给这些东西倒粪桶还来不及!

又是一阵姑娘们的尖叫传过来。那声音,浪透了。

吴妈趴窗口上一看,原来那"油头粉面"正在出洋相。姑娘们搂在一起笑得勾弯了腰。小兰停下来,有点气恼地叉着腰。"土鳖!"她骂了一句,接着弯下腰松皮鞋带子,随口冒一句:"这双鞋式样还算够份儿,就是有点夹脚么头子。"

"夹脚么头——子。"站窗底下的两个姑娘互相看一眼,跟着怪腔怪调地学起来，然后哈哈大笑。

"夹脚么头——子""夹脚么头——子"。很快，姑娘小伙子一个传一个，全在偷偷地学，又对着小兰后背指指戳戳。只有小兰，还在鼓里蒙着，还在起劲地跳、跳……

吴妈气得脸发灰，心里一阵阵刺痛。

"大姨妈，一个人在屋里不闷得慌?出来玩玩嘛。"小兰许是跳热了，脸上红扑扑地回屋来脱衣服。桃红色的紧身尼龙衫，腰更细了，胸更挺了，高跟鞋一垫，显得更惹眼了。

"小兰子……"她又不想讲了，讲什么都是空的。她几回想把小兰喊回来，话到嘴边了，又咽下去。何苦来？姑娘大了不由人，好歹由她娘老子管。人家现在闯过大码头了，洋保姆了。

"没事！在北京，我们常这么玩。"

"是啊，吴奶奶，出来玩玩嘛。"望程也站在门口喊，"劳动节嘛，劳动者不分尊卑老幼，一律平等！要是有人跟你开玩笑，你可不能驳人面子啊。"他把手对小兰古怪地一伸。小兰嘻嘻笑着，又去跳了。

望程索性进屋来拉她。

"嗯哪，来了。"她答应着。不管怎么讲，人家是主人。就这，也得"适应"！她想起有回过年，大家要她喝酒，她死活不喝，后来陈部长都发火了……这就是当下人的苦，什么事也不能由自己。"我先炒碗饭吃下子，就来。"她说。

"不是有点心吗？"

"我吃不惯。"

这回望程笑了，由她去了。

她端着饭碗，立即有人把沙发让给她。客气一下，便坐了。望程还是靠门站着。

这屋几个年长一些的到底稳重些，只是坐着胡吹。里屋是文清领着他们的女人在看电视，大人小孩还有邻居，挤了满满一屋。吴妈发现，原来结过婚的都不大跳舞，那些跳舞的大概都还没有对象。这一发现，又让她暗暗好笑，难怪这些伙计这么听望程的话，这一手，毒得很。

"诸位，"一个戴眼镜的大声说，"我提议创建一座劳动神，怎么样？"

"劳动神？"闷了一阵，立马又欢呼起来。

"好，同意！"

"不过，"一个正在啃鸭翅膀的细高个子含糊不清地说，"劳动神早就有了。"

"谁？"

"牛郎织女呀，我记得过去谁说过这话的。"

这帮人顿时安静下来，扫兴得很。吴妈差点把饭喷出来，连牛郎织女都不晓得！

"去他妈的牛郎织女！牛郎织女算老几？老子不崇拜他们。"有人骂起来。

戴眼镜的也赶紧说："真的，牛郎织女怎么能代表我们？可笑。"

"最主要的是，"望程讲话了，又摆出那副架式，"牛郎织女代表了一种落后的生产方式和生活习惯。男耕女织，自给自足，不讲商品流通，完全是小农意识，带有极大的封闭性、保守性，不符合现代化要求……"

"一句话，反动透顶。"不知谁说了句。

哄笑。连吴妈都忍不住。

"谁说说，劳动神究竟是什么样儿？"

"我想，"戴眼镜的捏着下巴颏，"他的身体应当是强健的，有力量的，像大卫……"

大卫是哪个？吴妈不晓得。

"他的头脑，应当是思想型的，目光很深邃……"

"像望程！"

又笑起来，都回过头去看他。望程也不好意思地笑起来。

"不好不好，他面孔应当是两副：一方面是严峻的思考，不可战胜的样子；一方面是温柔，充满着人情味儿的爱。"望程说。

"那不成了双头怪？"

"哎——，神嘛，就要神一点儿！"

"是裸体吗？"

吴妈有点紧张地站起来，忽然想到山山有回捧回来一个女人石膏像，身上就一块布，连肚脐眼都露在外头。亏得陈部长把它摔掉了。

望程看着她笑了。"不是裸体。应当体现这层意思……他创造世界的同时，也创造了自己。这话是恩格斯说的。"

"嘘——"有人吹了口哨。

"你别嘘，这话是有道理的！你，还有你，不都从劳改农场回来的？但现在，你们劳动，你们挣钱，你们还成了家，你们靠自己改变了自己的形象。不对吗？"

不吱声了。吴妈看看这两个，觉得也还好。在她脑子里，坐劳改的应该像外头跳舞的那个油头粉面的货色。她又坐下来。

"算了。还是谈劳动神吧！"

"所以，我说，应当这么想，比方……他右手高举铁锤，在火炉上锻打着自己的左臂……"

"干脆，他下身就是一团熊熊烈火！"

"下面是莲花宝座！"

"这都什么年代了？还莲花宝座？要有也是气垫船！"

又笑起来，气氛这才回过来。

"好，具体的，眼镜，再去设计一下。我说，咱们店名也改成'劳动神'，商标也改！……来，为劳动神的诞生，干杯！"望程举起杯子。

"通过了！"

"劳动神万岁！"

"干杯。"

一片叮叮当当的声响。吴妈也莫名其妙地举起了碗。

"太兴奋了。"望程转动着玻璃杯，忽然说，"你们猜，刚才我想到了什么？"

"想你老婆，文清！"细高个儿哈哈大笑。

"也可以这么说吧。也包括你们大家。我们这些人，本来谁都瞧不起，现在忽然抖起来了，为什么？从前，我们倒运的时候，我常想，人活着，究竟有什么意思？现在，不，就是刚才，我明白了——人生最大的幸福也不过就是自己认识自己，自己塑造自己，自己掌握自己的命运了。这，连皇帝也做不到，咱们做到了！"他还把手用力一挥，那派头还真像那么回事。"咱们靠什么？靠一双手一副脑！对不对，吴奶奶？你当保姆，我当知青，我们都靠自己的劳动去挣自己应得的那一份，理所当然！这才叫劳动者真正的平等。"

"嗯哪！"她似懂非懂地点着头，不明白这些年轻人怎么这么张狂，前一阵那副丧魂落魄的样子好像倒是她似的。

平等，是的，平等。大家都这么讲。劳动者最伟大，是的，最伟大。她劳动了一辈子，这话她听多了，耳朵都起茧子了。她只晓得人跟人不一样，劳动跟劳动不一样。她还参加过"劳动大姐司令部"的游行呢，结果怎么样？"全市劳动大姐联合起来！""革命不分先后，劳动者人人平等！"喊起来，大家也觉得怪有味，好像真的能给她们带来好处。"听讲凡是参加的都能转成正式工呢！"

大家都这么传，于是大家都参加。吃官粮，哪个不想？

　　在游行队伍里，在马路两边众多的好奇的目光中，那一刻，她真是感到了那么层意思。那一刻，哪个也不敢小看她。但也就在那一刻，她分明听见一个老头子沙哑的声音——"这年头也真出了奇，连保姆也都成立了司令部！看着吧，不死总看得见——风头一过，骑马的还是骑马，地跑的还得地跑……"当时她心里一抖，想到了什么？第二天，她就去找居委会梁阿姨告假，她走不开。她也确实走不开，陈部长和裘主任那时已经分开过了，山山还小，老喊着"吴妈妈，不要走……"是的，是命就变不掉。旁人不信，她信。……

　　"你不舒服？吴奶奶。"望程的声音。

　　"想儿子了吧？"有人说。又有人嘻嘻地笑。

　　……一直闹到天黑，人才散去。吴妈早早睡了，话也懒得说。小兰洗了澡，一把一把地抹香水。

　　"大姨妈，我明早就走。"

　　"嗯哪。"

　　"你……没得话要讲吗？"小兰坐在床头，突然亲昵地贴着她的脸。

　　香，刺鼻的香味在身体里发散开来。

　　"大姨妈，我晓得你生我气了。"

　　她鼻子突然发酸了。再怎么讲，小兰是她嫡亲侄女。再怎么讲，小兰是她带出来的呀。"小兰呐，做人要讲个本分。你学那副洋不洋、广不广的样子，你晓得有多恶心吗？你晓得人家怎么笑话你吗？"她忍住泪，把看来的"脚拇头子"那一节学把她听。恨起来，她真想扇她的脸巴子。

　　小兰憷掉了！怔了半天，一声不吭地上了床，拿被子捂住了脸。

"小兰呐，外头再好，那不是你的家！你总不能像你大姨妈这样，在外混一辈子。现在新社会了，闯闯也好，可你总得有个自己的家，自己的窝。再穷，再土，也是自己的好……"

被子颤起来，床也颤起来。

"你哭了？……哭吧，哭哭好！"

唏嘘了好长时间，小兰突然翻身坐起来。"大姨妈！你以为我心里真想这么疯吗？你以为我真这么快活吗？我先前是这副样子吗？……到了北京，我才知道世界还有这么大，世上还有人过这样的生活。那时，我有多惊奇！多羡慕！心想，一辈子过这样的日子，才算活了一辈子……"

是的，当年她也惊奇过，也这么想过。

"时间长了，我才看出来，原来他们也跟我们是一样的人！有的人，屁本事没有，字写得蟹子爬样，还不如我，还在研究所上班，还活得快活得很！整天骑个小铃木，骚得跟皮蛋样。就这些东西，他们还瞧不起人！想想，人家不就欺负你是个乡下土妞吗？所以我跳，我唱，我跟他们混，我不比他们差！……可我也知道，再改，也改不掉乡下土音尾子。再改，也是个帮工的，改不掉那个土根……"她瞪着两眼，咚一声倒在床板上，不响了。

"小兰。"

"嗯。"

"北京真那么好吗？"

"……"

"回来吧！"

"大姨妈，前天我没说，其实栓子老写信催我。我怎么能不想？我天天都在想啊。我也晓得农村现在好点儿了，我也不是不能做，也不是没有钱，但我一想到那面朝黄土背朝天的日子，我就……烦。要是栓子有个工作多好。哪怕就像这家子这样……我真怕我自己守不住……"

怕，她也怕。小兰怎么敢……这样想？

八

又是两个月时间流水一般淌过去，没有留下多少痕迹。习惯成了自然，见多不怪，现在她也"适应"了，性情反倒平和得多。而且在他家已经赚到了一百多块。钱，毕竟还是可观的。这期间，她又"正"了四分，"负"了二分，始终没得到那五块钱奖金，于是兴趣也不大了。

望程越来越醉心他的"事业"，天天晚上看书看到深夜。对吴妈的工作似乎也实行了免检政策，放心多了。他还把店里的伙计喊到家来开会，他们好像在商量"吃掉"另一家知青店的事。吴妈也懒得去想，反正生意人都是这样，要么升天，要么入地。反正他们不想过平常人的生活。

文清倒是心情越来越开朗，也是一堆一堆地看书、写字。各人都在忙各人的。

她去陈部长家取过一回衣服。上午，陈部长夫妇都在家，他们待她很客气。

"在哪啦？还好吧？"陈部长问。

"还好。"她想了想，便把望程家的事情说了一遍，希望能听到陈部长的看法。

可陈部长只是长长地"噢——"了一声。

倒是裘主任说："现在的年轻人……真可怕！"

"家里……都好吧?"

"唉,都好!"陈部长说,"我现在练鹤翔庄气功,是自发功。气发动起来,手舞足蹈,快活得很。倒是老裘,身体也不行了……"说着,又咳起来。

她想上去替他捶背,但裘主任已经捶开了。

"……孩子们呢,也好吧?"

"唉,就那样。我现在也想开了,他们要是能出去,就出去吧。年轻人锻炼锻炼也好。"

"吴妈,我们买了洗衣机,白兰牌的。现在各人洗各人的,倒也省心。"裘主任说。

于是,她便很老练地打开洗衣机。见旁边有一堆衣服,就挽袖子要替他们洗出来。

"搁着吧!"裘主任说,"洗一个不洗一个反而不好。唉。"

吴妈明白,这就是当婆婆的难。再大的干部也免不了这些难处。

又说了一阵话,看看无事可做,吴妈便想早点回去。

"吃了饭再去吧,长久不来,都惦着。"

"……不了。"

"那常回来玩。年岁大了,注意身体啊。"

"嗯哪。"她走出来,并不很难过。

在大院门口,她看见当年托她讲好话调工作的干部迎面走来,便老远就对他笑着,谁知那人看看她就走过去,也许他早就把她忘了。她怔了半天,才长长叹了一口气。真是人情薄如纸,一场雨就淋得透。大概他对陈部长不敢这么着吧?也难说。

这天,望程跟文清才走,店里那个"油头粉面"突然来了,垂头丧气的样,那股油气也不知流到哪去了。

"吴奶奶,求求你,帮我讲句话。望程……把我开除了。"

"你也太好狠了。"吴妈觉得好笑,就他们那破铁房,还开除人。

"对对,你骂我、打我,都没说的!"

"我算老几?还不跟你一个样,也是雇来的。"

"不能那么说,文清对你特有好感。这得走走夫人路线!"

夫人路线,她懂,陈部长家常有人这么讲。但那时也常有人来求她,那叫什么?保姆路线?反正她能代人帮忙,总使她十分得意。现在,居然还有人来求她。

那小子说着说着,竟哭起来,他讲他是不好,以后保证发狠干;他讲他家里有三个待业的;他讲他是晚妈妈,刻薄得要命……怪可怜。

她只好答应了,尽管她并不喜欢他。

但文清并不好讲话。"吴奶奶,以后这些事您少掺和,店里的事我都插不上嘴。"

"你们那又不是国营单位,还有什么指标。多个把少个把有什么关系?"

"可我们有比国有企业更严格的管理!"望程不知怎么听见了,跑到后院来,冷冰冰地插道。"我决不可怜懒汉,他饿死活该!笑话,上班溜出去看小人书!"

"坐在厕所门口,也不嫌臭得慌。"文清说。

"更重要的是,他丢了我们店的脸。"

"人家还小,不能改吗?怪可怜的。"她立刻想到援朝、建国也喜欢看小画书。

"我已经警告他多次了。再说,这也是计划中的事——今后,我每年要招收十个,开除一个。"

这叫什么章程?吴妈急了,脱口说:"有饭大家吃嘛,社会主义嘛。"

"这话谁说的？"

"陈部长。陈部长不比你懂啊？"

望程看看文清，突然哈哈大笑，末了又抓抓头自说自话地道："真是奇怪！咱们国家怎么到处流行一种弱者哲学，动不动就是谁挺可怜的，于是就迁就可怜的人，好像这就叫社会主义了。这样下去，国家能强盛起来？……吴奶奶，你不懂社会主义。社会主义也不是吃大锅饭，要是干好干坏干多干少都一个样，那你说谁还肯卖命干活儿？谁还肯拼命学本事？你说谁跟享福有仇哇？……"

"行了行了！"文清把望程推走了，又劝吴妈道。"您别在意，他这人……其实……"

"我无所谓哟！"

"我再跟他说说。"文清对她讨好地笑着。

吴妈再也没吱声。本来，这种事她也是犯不着插嘴的，事到临头却又忍不住。哪知望程这么不买账，还把陈部长骂一通，真划不来。

谁知隔天晚上，望程却把那小子背回家来。

那小子呻吟着倒在沙发上昏昏大睡，浑身酒气逼人。望程的外衣已经撕碎了，额头上挂着一条暗红色的血痂。他牙齿咬得格格响，瘫倒在地，看样伤得不轻。"拿……湿毛巾。"他喊。

文清慌忙出来："怎么了？"

望程吐出半颗血牙，把毛巾捂在脑门上，半天，才说一句："他撒酒疯。"

"是他打的？"文清冲上一步，指着他问。

但望程抱住她的腿，使了个眼色。"不是他。……民警要拘留他，我……"他痉挛了一下，眼皮又吃力地合上了。

文清脸都气歪了，扭身跑回里屋去。

吴妈看不过去,替他擦洗了,又扶他到里屋睡下。听那小子响起轻轻的鼾声,心里直翻。

"谢谢,"望程说,"明天买两只子鸡,蒸……"

这一夜,大家都睡得很早,再也没说话。半夜,她听见文清在轻轻地哭……

第二天,店里的人都买了东西来看望程,一帮一帮的。吴妈这才晓得:这小子存心报复,借着酒劲,在半路上把望程揍了一顿。民警来了,这小子自己却醉得跑不动,幸亏望程把他给保下来……文清一直不露面,躲在里屋生闷气。望程已经起来了,跟大家有说有笑,闭口不提昨天的事。倒是那小子低头蜷缩在拐角里,浑身簌簌地抖,大约生怕挨揍。但谁也不理他。

开饭了。望程斟满一杯酒,喊:"康康!"

那小子一震,站起来。

"来,今天我陪你喝!"

咚的一声,康康直挺挺地跪在地上。"望程哥,你揍我!你揍我!我不是人,我吃屎长大的呀!……"他号啕痛哭。

望程把他拖起来,搧了他一掌:"你小子昨天的威风上哪去了?熊样!来,喝!"

吴妈心里也不服,便进屋去陪文清。等她出来时,却见望程也在掉泪——

"我和你一样,康康,你那条路我走过!没用,康康,那没有用!……康康啊,你想过没有?再过多少年,后世来评论我们这代人时,会怎么说?一代痞子?一代废物?你不觉得脸红,可你的儿子孙子会怎么想!……从前,我们挑皮匠摊儿的时候,我们挨人白眼的时候,我也想过,我们没赶上好年头,我们没有好爹妈,我们也不想当这代人的代表,可我们总是人。人!你懂不懂?……有一回,下大雨,我和文清躲在百货公司的屋檐底下,雨横着扫过来,下身全湿了，冷得浑身发抖，我们俩互相搂着……文清突然对我说，那个人的胶靴是我们补的！我一看，果然是。那个人的裤管也淋湿了，可我敢断定，他的鞋不漏。那一刻，我们俩互相看一眼，顿时不冷了。文清还流了泪——因为我们突然意识到：我们不仅是能挣钱养活自己的人，我们还是对别人有用的人！……"

文清也出来了，眼里蓄了一泡泪，对着望程傻痴痴地看……康康却又想下跪了，望程一把托住。他站直了说："望程哥，这钱我不能要。"——吴妈这才注意到桌上有一摞子钞票。——"你那皮匠挑子我接了！一年以后，我要混不出个人样来，你零剐了我！到时，你可得把我收回来……"

"行！"望程又捶他一下，"……像条硬汉子！"

文清做了小产，在家休息。这使她很快活，整天有说有笑地跟吴妈拉呱。这在过去，都是骇死人的大事，她却当成儿戏，跟解个手一样。到底大户人家闺女吃不得苦——宁愿受这个罪，也不愿上班做事。吴妈是十二个想不通。

"你自己当心嗳，不能下冷水，不能坐长了，不能打毛线，不能吃咸，不能吹风……"

"没事！"文清咯咯笑着，"再接着讲。"这些天她老要吴妈讲乡下的事。陈年芝麻烂豆子，什么都想听。以前吴妈老觉得冷清，现在都烦了。

"我反正跟你打过招呼了噢，信不信在你。"

尽管这样，半个月的休息还使她精神格外好起来。整天笑盈盈的，歌声不断。唯一使她发愁的，就是她怎么也不习惯那个贴身的帆布兜子。"这叫腹带，"她解释说，一边艰难地扣着那排小纽扣，汗都挣出来。"还是小兰向我推荐的，演员都用这个。"

吴妈看了一眼，半天不舒服，就跟当年陈部长和裘主任搂在一起被她撞见那样。

"穿上这个，体形恢复得快。"

作孽！她想，三十出头的人了。

文清好像从她脸上看出点什么来，干干地笑了一声。"谁都希望自己美一点儿，不对吗？"

"嗯哪。"她背过身去。

"望程尤其希望我是美的。"

吴妈又好气又好笑："这话悄悄讲去。"

"为什么？"她又咯咯笑一阵，一把搂住吴妈的脖子，伏在她背上。"这难道不是真话？我可不愿把自己藏起来，我是自由公民。"

是真话。是真话就能随便跟人讲吗？

"有时候，我真矛盾！又盼着望程的事业越来越火红，可是又怕……想想还真不如两人一天到晚守着皮匠摊子……"

吴妈吃惊地回过头来，看文清两眼发着痴痴的亮光，不由心里一紧。"不过呢，我看叔叔在这方面，也还好……"

"是的，我知道。可我总是莫名其妙地紧张。有时候，我总幻想能写一本……书。关于人生的。……有一个人，她总是把握不住自己。在命运的海洋里，不管是波涛汹涌，还是风平浪静，她都不能把握自己生命的小船。她永远看不见彼岸，看不见尽头，看不见自己……"她哭了。而后，又笑起来，"我有点神经质了，是吗？其实这道理我也能想通的，如果真是我俩至今还守着皮匠摊儿，那么又该望程来提心吊胆，总怕我飞了……唉，这就是生活！"

吴妈也眼红红的。她顶见不得眼泪。这种事，女人最敏感，针尖上都能闻出鱼腥来。她是相信望程能干出这种事来的，又有钱，心又狠。这顿时使她生出母亲样的责任感来。这情感让她心里滚烫滚烫，热了好几天。她要是真有文清这么个女儿该有多好！女儿怎么讲也比儿子亲。但人们又偏偏喜欢要儿子……唉，这就是生活！——现在，她也学会用这种腔调叹气了。

这天晚上，望程又弄几个人来家胡吹。吴妈灌开水时，听见他们在骂"傻子瓜子"会做生意。因为瓜子是人人要吃的，所以他一桩生意永远做不败。而做提包就不行，一只提包能用好几年。上次新式提包只卖五百只就"饱和"了。

吴妈听了好笑，随口搭一句。"你们有本事就去骗小伢子钱。哪家没有小伢子？现在都是独生，金贵得很！"她现在倒习惯了，随便来什么人，都敢上去插话。反正他们也不在乎，没有规矩好讲。

谁知一句话，倒把他们讲愣了半天。

"有道理，有道理！"望程连连喊。

"看不出来，还真有两下子。"细长条老滋老味地在她肩头拍拍，"练两手，看看，瞧！"

"桌子板凳一样高的东西！"吴妈啐一口，走了。能把这帮小青年唬住，多少有些小得意。

"吴奶奶！坐坐嘛，没讲完就跑哇？"有人喊。

本来，她是信口胡诌的，真叫她讲，也讲不上来。但几双眼都盯住她，望程还不停地对她扬扬下巴，倒像她口袋里真装了多少锦囊妙计似的。"早先哩，陈部长家里哩……你要我讲就讲陈部长家的事哎……"

"讲吧讲吧。"望程现在是百听不厌。

"援朝跟建国两个顶调皮，一放学家来就翻我口袋搜铅角子。要没有就满家里到处翻。破瓶子、牙膏皮、烂报纸，什么都是好的。你要不把他，他们就害你。你要把他，哪有许多钱贴呢？后来才晓得，都是那收破烂的教的！他躲在大院外头，弄点麦芽糖，也不晓哄小伢子多少东西去。麦芽糖是什么好东西？他家什么好吃的没有？小伢子偏要那么搞。两个小鬼又脏又费，他家什么好吃的没有？小伢子偏要那么搞。两个小鬼又脏又费，就光包书皮的画报纸，也不晓用了多少张。有时候头天包上了，晚上又家来喊我包。也亏得裘主任单位上有哎，换了旁人家……"

还没说完，他们就哈哈大笑："麦芽糖时代早就过去了，现在时兴的是泡泡糖！"

"泡泡糖也有好几家，咱们尽喝汤吧！哈哈。"

嘭！望程把杯子砸在桌上，"太棒了！"他跳起来，"你们懂个屁！包书皮！懂不懂？——用塑料薄膜印成书皮，又干净又好看，保险受欢迎！五分钱一个，贵不贵？一个学生最少四个，就是两毛。一个班只要有一个学生买，就能影响十个。两毛钱，谁都出得起！一个学校多少？全市是多少？这是一笔大买卖！吴奶奶，你是这意思吧？"

"嗯……哪！"她没回过神来，屋里已经炸了，"对，还可以打出去！"

"眼镜，你爸不是教育局的吗？让他给各个学校打电话！五讲四美嘛，来点儿标准化！"

"万岁！吴妈妈，你能活一百岁。等你死了，劳动神公司为你树牌坊！"

"放屁！"吴妈嘴也咧得跟荷花一样。她感到了发明创造的快乐。这种感觉就像通了电，浑身都发抖。

"可惜呀，这也是一次性买卖。"望程点着头，瞪起眼，又现出那副阴阴的相来。"不过这次要把生意做大，来个迅雷不及掩耳，一下子占领全部市场！"他手在空中狠狠地一抓。

文清也出来了，笑嘻嘻地倚在门上："我说望程，就吴奶奶这条建议，就该先奖励。"

"那——自然！我早想过了。明明再过两年要进幼儿园，家里也不可能总请保姆……"

吴妈心陡地一沉。见鬼,我还赖在你家讨饭吃啊?

"到时候我准备聘请吴奶奶出任雕胡饭庄的大师傅,专做雕胡包子。"

"那是,咱们吴奶奶的汤水包子,一级水平!"文清赶紧说。

吴妈心想,一句好话都讲不全,吓人一跳!

"什么雕胡饭庄?"

"当年李白路过五松山,留下一首诗,其中一句叫做:跪进雕胡饭,三谢不能餐。我琢磨着,将来生意做大了,咱们就在五松山底下盖个雕胡饭庄,大做广告,专卖雕胡饭、雕胡包子!"

"那雕胡饭究竟是什么味儿?"

"咳,管它什么味儿?越说不清越好!反正有人崇拜名流。就凭这'雕胡'两字,净赚!"

"我说,真要办,还真得有点特色。到时候全靠你了,吴奶奶!"望程把手一挥,"这才是独家买卖!"

"瞎讲瞎讲,我哪中噢!"嘴这么讲,颈脖却已红起来,火燎燎的。

……这一晚,跟他们一直呱到散场。躺在床上,脑子转得跟风车一般,嗓子也干得不能过,好像张嘴就能喷出火星来。实在困不着,就索性坐在床上想。

月光,是方的,斜斜地投在被子上。她把手伸进月光里,跟洗手一样,使劲地搓。她不懂,自己这是怎搞的?这感觉,就像当年初到陈部长家,头一回在穿衣镜里那么完整地看见自己那样,心惊肉跳,痒爬爬的,浑身都是劲。唬一下小青年,出次把风头,得点子奖赏,甚至将来有可能去当大师傅,现在都在其次了,她只是怀疑自己。或者说,她是发现了自己——发现自己并不孬,脑袋里还装了这些"干货"。发现自己还怪能干,还能当大师傅。发现自己还不算老，在小青年眼里还有一身本事！可惜这些过去竟然自己还不晓得。过去这些东西跑到哪去了呢？困着了吗？

难怪男人们吃饱饭没事做，喜欢泡一杯茶在一堆穷吹，这样呱是开窍……有回陈部长跟几个老头子在屋里悄声悄气地拉呱，她听他们讲文化大革命如何如何，她也来气，便随便插了一句："革什么命嘛，是要人命噢。"这话以往她在陈部长面前也常讲，也没有什么，可这时，陈部长却把脸一黑：吴妈，我们在谈工作呢，你乱插什么？她吓得心别别乱跳，红着脸退出去。她晓得，陈部长这话是讲给那几个人听的，但她还委屈。陈部长没上班有好几年了，在家里平时也都随和得很，但在旁人面前，他还是主人。……后来她也想通了：要在文化大革命前，她敢随便插话吗？还不是看他倒霉了，才这么张狂……她恨自己下作！势利眼！没准性！骑马的还是骑马，地跑的还是地跑，人跟人，就是不一样……

但在这帮小青年跟前却没得规矩好讲。你讲，他也不懂。

……大师傅，大师傅也不错，孬好也是个工作，将来也是靠山。跟这帮小青年在一堆，还有好大亏吃啊？又不是做不动。弄不好还拿他们一把，真的话！看样子望程这人也还靠得住。再讲，靠自家本事吃饭，怕哪个啊？

真要有个工作，市面见多了，腰里有票子了，看准了合适的，干脆早早……谈得拢就谈，谈不拢就算。自家有工作，怕哪个啊？

……古里古怪的念头一起，越发心跳不已。吃惊归吃惊，高兴还是要高兴的。她想不通，五十出头的人了，还这么轻狂，跟大姑娘一样乱糟糟地瞎想。

可惜，这腾云驾雾般的轻快感，持续了只一天就破坏光了。下午，三子突然上门来。

"咦，吴妈妈，你在这儿？"一进门，他乐了。

吴妈妈,他还这么喊。她快活得架不住,又开电风扇,又拿热水瓶,手脚都乱了点子。她想代他泡一杯咖啡,到里屋一看,盒里只剩下两块了。想想不妥,改冲了白糖水,加了橘子汁。"你怎么找到的?"

"我干吗找不到?"三子还那样,里外屋一看,"真不错。"他摇摇头。

"今天不上班么?真难为你还……想着我。"她撩起衣襟擦眼睛。

山山愣了一下,坐下来。

"爸爸还好吧?"

"又吐血了,住了几天院。"

"重不重?"心咚咚乱撞起来,脸色也变了。三子一来,她就想到要出什么事。

"还不是老毛病吗?慢慢养着呗。"

"瞎讲!"一口气叹出来,到底小伢子不晓得轻重,他这老毛病,玩的吗?但她只是问:"裘主任好吧?家里都好吧?"

"还那样。"

"现在不吵了吧?"

"自己事自己做呗。老样子,过腻了就吵,吵腻了就停!"

不吱声了。她闷闷地看着三子。这伢子也长大了。几个月不见,髭须又黑了不少,硬硬地朝二边撇上去。他顶像他爸爸,就是脾气越来越古怪,年轻轻就对什么事都看不惯,什么都无所谓。前年考大学没考上,在家闲得无聊,就天天想点子要做生意开饭铺,陈部长不同意,就想些刻薄点子来气他娘老子。趁陈部长出差开会,竟然把办公桌撬开,偷了私章,悄悄代他老子打了退休报告!……陈部长家来气得吐血,要不是她护着,真能一菜刀把他的头劈开。后来,也不知怎么就风平浪静了,陈部长还真让他顶了职，在机关行政处当木工。木工就木工嘛，偏偏又不好生学……

"吴妈妈，肖大哥还没回来？"

"肖大哥？"吴妈笑起来。"我三子几月不见，懂事多了。我看你对援朝都没这么懂礼。"

"哼，看对什么人。"他站起来，"那我走了。"

"坐下子嘛，急什么？"

但他还是要走，她只好急急跑回屋去，取出五块钱塞在他手里。"拿着吧，买点东西吃。……不买烟，啊？"

山山的脸一下涨红了："吴妈妈，我还小吗？"

"小不小的，这是你吴妈妈的一点心……"

"跟你说实话，我……是来找肖大哥的。下回，我一定来看你！"说着，又把钱搁在桌上。

吴妈多少有点不快，但转而又警惕起来："你找他做什么事啊？"

"有大事。"

"你……还不死心呐，你晓得他是什么人啊？"

"什么人？"

她压低嗓门："他店里有好几个劳改犯。你吴妈妈是没有法子想哎，你怎么能跟他们哄啊？"

"嘻，那算什么？援朝、建国不也差点儿去劳改？"

她噎住了。其实她这话也有点昧良心，望程并不是那号人，她知道。刚才一急，就瞎讲一气。"那你也要当心……你是有工作的人嘛，端个铁饭碗，不容易……"

"唉，跟你说了你也不懂！单位现在让我带知青，我是和他商量联合的事……下次再来看你吧！"他挣开她就跑了。

吴妈怔了一下，立刻又追出去："三子！你来时……爸爸没讲什么话？"

"他不知道。我也不知道你在这儿的。"

"那,他家来请人服侍没有?"

"没有。你放心吧!"

"有什么事,你来讲一声……"山山已经跑远了,她还在喊:"他那病,马虎不得。"

是的,马虎不得!……气压一低,他就喘不上气来,还要咳血,还要有人代他揉。哪个代他揉?枕头不能垫很高了,太高了胸更闷胀……

明明醒了,她把她弄起来。明明哭了,她把她抱起来抖。但小家伙在外头逛惯了,还要上街。"你是街油子啊?跑野掉啦?"她骂她。

要不要去看一趟?应该的。买点东西?不,他不缺东西,也不缺人看,他要人服侍。

明明还是哭,小手往她肩头怀里乱扒,老是叫:"奶——"

在这种时候,应该回去的!怕人家讲?怕小孩子吵?五十岁的人了,跟小孩子斗什么气?"都是你带大的,跟你自己儿子一样嘛!"——陈部长的声音。是的,是跟自己伢子一样。但自己伢子也不容人哩。

明明还是止不住哭,还是闹,闹得更凶了。她想起来——少喂了一顿饭。

去?不去?打招呼?不打招呼?

乳儿糕开了,放蜂蜜,放丁维钙粉,放果子露……乱了,全乱了,她觉得自己脑子也像这滚开的乳儿糕,或者像洗衣机里上下蹿动打着旋的泡沫。

"奶——"明明跟催命一样。老是不凉,她舀了一勺放在嘴边吹,舔……

"哟,吴奶奶!"文清家来这么早,又给她撞上了。"我跟你说过多少回了,勺子不能搁嘴里吹,这样多不卫生!"

当!一慌神。小锅子翻下来,全扣在地下。

"是的,你家卫生,我脏!"她把明明塞给文清,去拿扫帚。

文清张着嘴,傻痴痴地瞧着她。

晚饭时,望程又突然挑剔起来:"吴奶奶,今天苋菜没揉过吧?硬邦邦的。"

"哪讲的?就这样。"她也吃一口,果然不对头。苋菜不缺油,只需三把揉——她忘了。

"那前天怎么好吃些?"

"就这样!"

他们对望一眼,不响了。洗碗时,她听见里屋在嘀咕——

"老太太今天怎么了?有心事?"

"妇女更年期,性情烦躁是正常的,算了!"

算……了?他们不吭声,她却更加不安生。他们表示谅解,她却更加不好过。

现在,她终于明白:人,出来几个月了,心,出不来,还丢在他家。她是必定要回去的,不管有多少难,多么苦,她是必定要回去的。不管世道怎么变,她还是她。只要他招招小拇指,招招小拇指……

九

望程拎着她的包,一直把她送出来。她说不用送,他还直讲"不要紧"。

"奶，见见。"明明学着妈妈说。她还不会招手，只能拿小手抓抓。

"安排好了就回来。"文清笑着，站在门槛上。

"嗯哪！"她掉头就走，不敢回头。她怕看明明那两只泉水一般的清亮的大眼睛，那里能照出人影子。吴妈扯了谎，说是乡下带信来，要她回去。看他们全家这么认真，心里又有点不是滋味。

望程腿长，步子大，走两步还迁就地看看她，等她。她正好不紧不慢地在旁边跟着，隔着两步远。走近了没得话讲更难受。

"这鬼天，要下又下不下来，一点风也没得。"

"听预报，说下午有雨。你路上要当心。"

"不碍事，坐船。"

"下船呢？还要走吧？带把伞多好。反正家里有。干什么都要有点预见性。"他又在教训人。

"嗯……哪。"她忽然觉得望程这人也怪可怜，整天冷冰冰的，好听话经他嘴一讲，都叫人不舒服。各人有各人的性子，生来就不一样。那眼、那鼻梁、那下巴，有棱有角的，就跟刀刻的一样。她叹了一口气，"二回，脾气也改改。文清生在大干部家，跟你不一样……"她这是真心劝他，希望他们过得好。

"对……"望程撇撇嘴，笑了。"她主要是无聊。生活好了，反而无聊。对自己缺少一种……怎么说呢？其实她很聪明，也有能力……"

"我看也是。"

"现在好了，她说准备写小说，写一本书，关于人生的。这就……好了。不管成功不成功，生活总得有个目标。不然活着多没劲。其实我们现在也不缺她挣的那几个钱。"

她站住了。第一次感到望程也不容易，也并不像原来想的那么刻薄。她伸手接过提包，对他抬抬手："你回吧。"

望程点点头，又把几张钞票塞在她手里："这二十块钱，是你四个月的奖金。"

"这真是……"她推给他。她明白，她连一个十分也没挣满。奖金，不过是个说法。她不能要。

"拿着吧，回家要用钱。"他抓抓头，对她不好意思地笑着，"我这人……野心挺大，其实又没多少本事。你多原谅！"

"瞎讲的话！"但他已经走开了。

她怔住了，捏着那钱，看着他急匆匆地侧着肩在人缝中闪过来，闪过去，不见了。她忽然鼻子有些发酸：她不明白"野心"、"本事"跟钱有多少关系，却实实在在地感到了对不住人。她不该扯谎的……这感觉，就跟那年糊弄根伢家远房婶娘时是一样的。……那年，她来找她，求她帮忙。她本当理应帮忙的，而且现成的就有一家，李书记家保姆走了。但她当时想到什么了？她想到李书记家保姆平日神气活现的样子，自以为当了一号大干部家保姆，了不起了！想到这位远房亲戚在自己受那死鬼的罪时，连头都不伸一下。想到她一旦成为李书记家保姆还有可能来欺压自己。想到自己将来有可能后悔——她也是有身份的人了，怎么受得了这个气？于是，便拿两块钱把她安慰一下送走了。临走时，那双泪蒙蒙的眼对她瞟了一下，让她心里一震，几天都空落落的……

是的，现在也是这样！是的，她不该骗人家的。

到了，前边就是大院了。机关街这条路，她走了三十年，闭眼也能摸得到。路两边的法国梧桐叶片已经老大，密密地把天空遮起来，像一条长长的绿篷子。路灯夹在树叶中间，时隐时现，不知为什么这时候还不关？几只早鸣的知了躲在浓荫中聒噪起来，"吱——吱——"起劲得很。早先这一带有许多雀子，一到清晨，就唧啾唶啼，有趣得很，现在这些东西也难得见到了。早先，这一带树也多得很，有一棵大桑树每年这时候能结许多乌黑的桑果子。

早先……人为什么总要想到早先呢？她忽然想到——

有次去买菜，看到许多人在排队，在抢，她也莫名其妙地挤上去，颈子伸酸了，脚尖踮痛了。到跟前一看，那些大葱并不好，又不想买了，但不买又觉得怪亏心……

这个古怪念头使她暗暗发笑。但她站住了——

迎面，陈部长和裘主任慢慢走过来。陈部长把手杖吊在胳膊上，背挺得很直。裘主任傍着他，也好像是托着他，手里提着时兴的草编提篮。近了，他们有说有笑地走近了。

迎上去，迎上去说，我又回来了，回来服侍你们一辈子。

……但她却走不动了，她突然胆怯起来——不是怕他们，是怕自己，或者说，是怕他们受不住自己变强了的性子。

她闪到路边大树下，看他俩蹒跚地移动着脚步。有人和他们打招呼——

"老头老太出来遛遛？"

"遛遛，顺便买点菜。"

"老裘退了没有？"

"退了。现在也想通了，就这么回事儿。"

"现在真当老百姓，也不容易。"

"从头学呗。生活嘛，都不容易。"

"老百姓也有老百姓的乐趣，哈哈……"陈部长笑着，又慢慢往前挪。他们走远了。

她发现，他们老了，却比从前更和谐了。她发现，他们都有了一些变化，并不像原先想的那个样。这变化，上回取衣服时，她就应当看出来的。对了，那天他们在里屋嘀嘀咕咕讲什么来着？好像是讲钱。陈部长说，"等以后吧。现在给她，是伤她心！"——给谁？给她？现在她忽然明白了，他们为自己准备了一笔钱。他们真是好人。但她是不会要的，不会的。因为她现在也有了变化。

是的，人人都在变化。她自己也一样。少来夫妻老来伴……他有伴，自己硬掺进去做么事？她也应当有自己的生活，自己的……伴。

病了……"老毛病。慢慢养着呗。"

是的，慢慢养着。他并没有喊你，他有自己的家，不差你一个人。

"还那样……自己的事自己做呗。"

还那样……她就蹲不住。援朝、建国早就在嘀咕，雯雯早就想要个单间。而山山，也该成家了。各人都有各人的事。人家并不需要你。

真的回去了，就快活吗？也不一定哩！她现在性子强了，心跑野了，主意也大了，什么事也想自己做主了——能快活吗？

"吴妈，我们谈工作呢，你乱插什么？"现在，如果再听到这话，她会怎么样？

此一刻，她忽然想到，对不住望程、文清的地方还很多。老是看不惯，老是跟从前比，老是发牢骚，无非就是欺人家年轻，欺人家没根基。讲到底，还是自己不习惯。不习惯，就心烦；心烦，就把人看扁了。其实，开头总是不习惯的；其实，从前留给她的，也不是全部，而是那些珍贵的、她愿意多想的一部分。想想，真该感谢望程：正是他，使她对自己有了许多令人气恼的也令人激动的发现。

什么时候起，落雨了。烟似的，轻悠悠地往下洒。她看着雨，看着雨中的马路，眼窝也湿了。

……

保姆乡，保姆乡，保姆乡女泪汪汪。
七岁八岁小丫环，十七八岁做花娘；
二十七八进城去，三十七八续新郎；

　　　　十年辛苦熬出头，四十七八树牌坊。

　　——是谁在唱？是她。那时她还只有十来岁，老姨奶奶快咽气了，要她唱的。那时她不懂事，只晓得唱着怪好玩。现在，这令人心酸的童谣为什么又在心中回荡？

　　年纪大了，老了，才晓得这是泪，是血，是乡下穷女人世世代代的命。奇怪的是，为什么那一带女伢偏偏比男伢多，而且一个比一个长得水灵？女伢子在一堆，谈起"做花娘""续新郎"来，并不十分怕羞，连大人也不忌讳。针黹女红，煎炒烹调，家家也都在传授……她们乡里还真树的有牌坊。熬成了太太的，便要回乡来光鲜光鲜。但世世代代，又有几座牌坊？

　　可怜老姨奶奶，在外做了一辈子，代儿子盖了三间大瓦屋，临死连碗汤都没喝上！

　　围了一屋人，都是来做白喜的。老姨奶奶指指枕头，大舅代她拿出来，那是一盒糖。她又抬抬手，要大舅代她散。散到各人手里，大家都偷偷笑——那糖早化了。这糖，老姨奶奶早先给她吃过。老姨奶奶讲，糖是大少爷送把她的。大少爷，吃过她的奶，待她顶好。大少爷高升了，还想着她。老姨奶奶一生一世都感他情……她捧着几张黏糊糊的糖纸，哇一声哭起来……当时她想到什么了？

　　这情形，多少年过去了，她还记得。记得，又有什么用？她不还是要走这条路？

　　天黑了，她还在马路上游荡。

　　——"吴妈，你就没想过要有个自己的窝吗？想开点，老姐姐……"

　　她突然看见徐阿姨那张娃娃似的圆脸，在她眼前转，对她笑着。是啊，她总不能帮人一辈子，叶落还有归根的时候。她的根在哪？乡下？陈部长家？望程——大师傅？……她并不想树牌坊，但她想活得像个人样。这心思，并不大。根在哪？在哪？她曾经以为找到了，其实那只是一堆浮云。根不在天上。天，生不住根。

身份……影响……也都是浮云，一阵风就能吹得精打光。——"这都什么年代了？还跟我们保姆来这一套！"小兰老气横秋地撇着嘴，对她开导着。

小兰啊，你还年轻，你知道多少套？你这么过下去，要吃人家亏！外头真像你讲的那样？

雨大起来，背心已经湿了。头发贴在脸上，一绺一绺地往下淌水。躲一躲吗？……躲一躲。

她躲进了候车棚。车棚里还有个老头，拄着拐杖。布鞋已经泡湿了，她顿着脚，水啪啪地溅起来。

公共汽车哧一声停在面前，车上跳下一对年轻人，洋乎得很。男的看着慢慢滑动的车，骂起来："真他妈的邪门儿，叫花子坐车还抢座儿！"

女的说："人家跟你一样花钱……"

吴妈心里一动：是的哎，钞票都一样大。你穿得洋乎，就小看人呐？

女的又说："听说广东那边，再高级的宾馆餐厅，只要有钱，同样接待。"

"不要介绍信？不要钻门子？"

"只要钱。"

"……咱们什么时候也去开开洋荤，花就花几个！"说着把女的一拽，两人挤到车棚另一头去，靠在一起……

吴妈往里挪挪，背过身去，心直跳。老头瞥了她一眼，她突然想和他搭个话。

街灯亮了，车棚里清清楚楚。雨还在下。

"现在年轻人也可怜，"老头像是自言自语，"家里小，没地方去，有的打了结婚证还得打游击。"

"那也不能在大街上……你认识他们？"

老头点点头，拐杖笃笃地在地上敲。

年轻人跑了，手拉着手。雨地里，闪出了一连串的水花和一阵响亮的快活的笑声。

吴妈不自禁地也笑一下。再回头，老头已经离去了，背影佝偻着，但走得很稳。立刻，她感到很空，很孤单，感到小小候车棚里是应该装满各种各样的人，哪怕老头阴阴地拄着拐杖，哪怕年轻人在大街上亲嘴。这有什么关系呢？各人有各人的活法，每个人都想把握自己……现在她忽然懂了。

水，顺着脸颊流下来，流下来。凉的，是雨；热的，是泪。可她并不感到难受。

不难受，她活了五十多岁，也不能讲白活。

夜深了，雨停了。她歇进一家小旅店。开了房间，服务员慌忙送来一盆热腾腾的洗脸水，对她笑笑："您睡好，明天见。"她注意到，旅店里有干部，有工人，有农民，人家并不因为她是保姆而对她两样。

躺在床上，听着窗外淅沥的雨声，心平和了。她决定明天到北京去玩玩，去看看小兰，去看看外面的世界，然后再来决定自己，究竟是做，还是不做。路，总还要走下去。路，也是走不到尽头的，只要你还在走。

原载于《收获》1984年第3期